# LA TOUR D'ABRAHAM

Philip Kerr

# LA TOUR D'ABRAHAM

Traduit de l'anglais par Gilles Berton

Éditions du Masque

*Ce roman a paru sous le titre original :*

GRIDIRON

*Pour Jane, comme toujours,*
*et pour William Finlay*

*« Est-ce moi qui t'ai demandé de me faire sortir des ténèbres ? »*

*John Milton*

*« ... ce verre d'eau glacée au visage, cette revigorante gifle en travers de la bouche, ce reproche à l'égard de nos âmes engraissées de bourgeois que nous nommons architecture moderne. »*

*Tom Wolfe*

# PROLOGUE

« Nous sommes en quête d'une idée nouvelle, d'un langage nouveau, de quelque chose qui corresponde aux vaisseaux spatiaux, aux ordinateurs et aux emballages perdus d'une ère électronique atomique... »

Warren Chalk

L'Américain regarda le soleil qui descendait à l'horizon derrière le tout nouveau stade de football de Shenzen et pria pour que l'exécution soit terminée avant que le centre dénudé du terrain ne soit plongé dans l'obscurité. Impatient de réaliser ses clichés, il braqua son appareil sur un groupe de personnages hautains, certains portant des vestes à col Mao, mais d'autres en simples costumes sombres, qui prenaient place à une douzaine de rangées de lui.

— Qui sont ces types ? s'enquit-il.

Son accompagnatrice et interprète se hissa sur la pointe de ses chaussures à talons hauts et suivit l'axe de son téléobjectif au-dessus des têtes de la foule en contrebas.

— Je pense, du Parti, dit-elle. Mais il y a aussi quelques hommes d'affaires.

— Etes-vous sûre que nous avons l'autorisation de faire ça ? murmura-t-il.

— Oui, j'en suis sûre, rétorqua la jeune fille. J'ai arrosé le chef du BSP de Shenzen. Ils ne nous embêteront pas aujourd'hui, Nick. Vous pouvez le croire.

Le BSP était le Bureau de sécurité publique de la République populaire de Chine communiste.

— Mon chou, t'es une championne.

La Chinoise sourit et inclina la tête.

A présent le stade était presque plein. La foule de plusieurs milliers de personnes était impatiente mais joyeuse, comme si elle était vraiment venue assister à un match de football. A l'arrivée des quatre condamnés, chacun fermement tenu par deux gardes du BSP, il y eut un murmure d'excitation. Comme à l'accoutumée, on avait rasé le crâne des condamnés à mort, et leurs bras étaient ligotés juste au-dessus du coude. Les crimes qu'ils avaient perpétrés étaient énumérés sur des pancartes en carton qui pendaient à leur cou.

On força les quatre hommes à s'agenouiller au centre du terrain. Le visage de l'un des hommes emplit le viseur de l'appareil et l'Américain fut frappé par son expression vide, comme s'il était égal à son propriétaire de mourir ou non. Il en déduisit qu'ils avaient été drogués. Il appuya sur le bouton du déclencheur, puis passa au visage du condamné suivant. Son expression était la même.

Tandis que l'homme du BSP braquait son fusil d'assaut AK47 sur la nuque de sa première victime, l'Américain vérifia la position de l'ombre sur le terrain. Il s'efforça de ne pas sourire, mais fut incapable d'en réprimer l'envie. Les photos seraient excellentes.

Le département de police de Los Angeles n'avait jamais beaucoup apprécié les rassemblements publics des différentes populations de la ville : Hispaniques, Amérindiens, Noirs, rescapés de la Grande Dépression, hippies, homos, étudiants et grévistes avaient tous, un jour ou l'autre, goûté aux bidules et aux matraques électriques de la fine fleur des gardiens de l'ordre angelenos. Mais c'était la première fois que les vingt-cinq policiers casqués, en faction devant l'immeuble de bureaux en construction sur le chantier qui deviendrait la nouvelle Hope Street Piazza, voyaient la communauté chinoise de la ville se rassembler pour protester contre quelque chose.

Comparé à San Francisco, Los Angeles n'abritait pourtant pas une importante concentration de Chinois. Chinatown elle-même, dans le quartier de North Broadway, juste sous les fenêtres de l'Académie de police de LA, ne dépassait pas une vingtaine de milliers de personnes. La plus grosse partie de la population chinoise de la ville, en augmentation rapide, vivait dans des banlieues comme Monterey Park ou Alhambra.

Ça n'était pas non plus une grosse manifestation : une centaine d'étudiants environ, protestant contre la Yu Corporation et sa complicité manifeste avec le régime répressif de la République populaire de Chine. Le président et directeur général éponyme de la Corporation, Yue-Kong Yu, était apparu récemment dans les pages du *Los Angeles Times*, sur des photos prises lors de l'exécution de quelques étudiants chinois dissidents à Shenzen. Mais comme après tout il s'agissait de LA, où même de petits rassemblements peuvent rapidement échapper à tout contrôle, un hélicoptère Aérospatiale de la flotte aérienne du LAPD surveillait la manifestation d'un discret œil électronique et transmettait régulièrement des communiqués numérisés à l'ordinateur central de contrôle installé dans un bunker à l'épreuve des missiles situé au cinquième sous-sol de l'hôtel de ville.

Les manifestants étaient plutôt pacifiques. Même lorsque le convoi de limousines rallongées transportant Yue-Kong Yu et sa suite arrivèrent sur les lieux, ils se contentèrent de crier des slogans et d'agiter leurs pancartes. Protégé par des policiers et une demi-douzaine de gardes du corps privés, Mr Yu gravit avec aisance une volée de marches et, sans un seul regard pour les jeunes gens en colère, franchit l'entrée de son nouvel immeuble, un dolmen néolithique acheminé depuis les Iles britanniques.

Dans l'atrium quasiment achevé, Mr Yu se retourna pour examiner la porte, posée obliquement pour un meilleur *feng choui*. Il avait acheté les trois antiques pierres levées — dont l'une, prenant appui sur les deux autres, formait linteau — en raison de leur ressemblance avec le logo de la Yu Corporation, lui-même inspiré du caractère chinois symbolisant la bonne fortune. Il hocha la tête d'un air appréciateur. Il savait qu'au départ son architecte ne voulait pas entendre parler de ces pierres dans un immeuble aussi moderne. Mais lorsque Mr Yu avait pris une décision, il n'était pas facile de le faire changer d'avis. Malgré l'opposition de l'architecte, il avait bien fait, songea Mr Yu. C'était là une porte d'entrée d'excellent augure. Et un magnifique atrium. Le plus beau qu'il connût. Plus beau que celui de l'immeuble Yoshimoto à Osaka. Ou que celui de l'immeuble Shinn Nikko à Tokyo. Plus beau même que celui du Marriott Marquis d'Atlanta.

Une fois que le dernier de ses invités eut suivi Mr Yu à l'intérieur, le sergent chargé de surveiller la manifestation fit signe à l'un des protestataires de s'approcher, ayant conclu que le mégaphone du jeune homme le désignait comme le meneur du groupe.

Cheng Peng Fei, détenteur d'un visa pour étudier la gestion commerciale à l'UCLA[1], s'avança d'un pas vif. Fils unique de deux avocats de Hong Kong, il n'était pas du genre à se faire répéter deux fois l'ordre d'un policier. Il avait un visage rond comme un disque, et si plat qu'il en paraissait presque concave.

— Va falloir que vous emmeniez vos gens de l'autre côté du chantier, déclara le sergent d'une voix traînante. Ils vont balancer une branche du dernier étage, et on n'aimerait pas que l'un d'entre vous soit blessé, n'est-ce pas ?

Le sergent sourit. Ancien combattant du Vietnam, il considérait tous les Orientaux avec hostilité et une profonde méfiance.

— Pourquoi ? fit Cheng Peng Fei.

— Parce que je vous le demande, voilà pourquoi, répondit le sergent d'une voix cassante.

— Non, je veux dire, pourquoi veulent-ils jeter une branche du dernier étage ?

— Pour qui vous me prenez ? Pour un putain d'anthropologue ? Comment voulez-vous que je le sache ? Allez de l'autre côté, m'sieur, sinon je vous fait coffrer pour entrave.

Le rituel consistant à jeter une branche du haut d'un édifice était traditionnellement accompli lorsque la plus haute pierre y était scellée, acte que l'on signalait en lançant du dernier étage une branche d'arbre à feuillage persistant, que l'on brûlait avant de porter un toast célébrant l'achèvement du gros œuvre. Cependant, comme le savaient les personnes présentes sur le toit, la véritable cérémonie s'était déroulée quelque dix mois auparavant, en l'absence de Mr

(1) University of California, Los Angeles. *(N.d.T.)*

Yu, alors empêché. Le bâtiment était à présent plus qu'à moitié achevé, mais Mr Yu, qui effectuait l'une de ses rares visites à Los Angeles afin de signer un contrat avec la base militaire aérienne d'Edwards pour la livraison de six superordinateurs Yu-5 (dont chacun était capable d'effectuer $10^{12}$ opérations par seconde), était impatient de voir où en étaient les travaux de son tout nouvel immeuble intelligent. Le fils de Mr Yu, Jardine, directeur de la Yu Corporation aux Etats-Unis, avait voulu marquer la visite de son père, et donc une seconde cérémonie avait été arrangée, pour laquelle on avait fait apposer, au sommet de l'immeuble de vingt-cinq étages, une fausse « dernière » ardoise par Arlene Sheridan, une actrice hollywoodienne d'un âge plutôt avancé, mais que le PDG de 72 ans avait longtemps admirée.

L'événement se déroula dans une pompe inhabituelle : un déjeuner de cinquante couverts, composé de fruits mûrs, de poules chinoises garnies de petits porte-bonheur rouges, d'un cochon doré et de bière Tsingtao fut servi aux invités, parmi lesquels un sénateur, un député, l'adjoint au maire de Los Angeles, un juge fédéral, un général de l'US Air Force, un directeur de studio, des représentants du Comité consultatif pour une stratégie du centre-ville, quelques journalistes triés sur le volet (à l'exception notable de ceux du *Los Angeles Times*), l'architecte, Ray Richardson et l'ingénieur en chef, David Arnon. Aucun des employés subalternes n'avait été invité, à moins de compter parmi eux Helen Hussey, la coordonnatrice de chantier, et Warren Aikman, l'inspecteur des travaux. On avait fait venir par avion un prêtre taoïste de Hong Kong à la demande de Jenny Bao, la consultante en *feng choui* de la Yu Corporation à Los Angeles, qui était également présente.

Petit homme courtois et expansif, Mr Yu accueillit ses invités en leur serrant la main gauche, son bras droit étant atrophié depuis sa naissance. Il était difficile, pour ceux qui le rencontraient pour la première fois, de faire correspondre son immense richesse (le magazine *Forbes* avait estimé sa fortune personnelle à 5 milliards de dollars) et le fait de savoir qu'il était en excellents termes avec les dirigeants communistes de Pékin. Mais Mr Yu était, avant tout, un pragmatique.

Après les présentations, il incomba à Ray Richardson de prononcer quelques mots sur le bâtiment et la cérémonie. Au micro, celui qui se définissait comme un « architechnologue » paraissait dix ou quinze ans plus jeune que ses cinquante-cinq ans. Il portait un costume de lin crème, une chemise bleu ciel et une discrète cravate au motif peint à la main, autant d'éléments qui auraient pu le faire croire européen, plus précisément italien. En réalité il était écossais, mais avec un accent qui attestait d'une longue exposition au soleil du sud californien. Ceux qui connaissaient bien Ray Richardson disaient que son accent était la seule chose en lui qui dénotait une certaine chaleur.

Il déplia quelques feuillets dactylographiés, testa son sourire et, trouvant le soleil de midi trop fort pour ses froids yeux gris, sortit une paire de Ray-ban en écaille de tortue et remonta les stores devant sa petite âme.

— Mr Yu, monsieur le Sénateur Schwarz, monsieur le Député Kelly, monsieur l'adjoint au maire, mesdames et messieurs, l'histoire de l'architecture n'est pas, comme vous le pensez peut-être, une histoire de l'esthétique, mais de la technique.

Assis en compagnie des autres membres de l'équipe de conception et de construction, Mitchell Bryan poussa un soupir intérieur en comprenant qu'il allait devoir subir un de ces discours satisfaits dont son associé majoritaire avait le secret. Il tourna la tête vers David Arnon et battit des paupières d'un air entendu après s'être assuré que la femme amérindienne de Richardson, Joan, ne pouvait surprendre ce petit geste de résistance. Mitch n'avait d'ailleurs aucune raison de s'inquiéter. Joan écoutait Richardson avec le recueillement et l'attention habituellement dévolus aux hommes d'Eglise. David Arnon étouffa un bâillement et s'appuya contre son dossier en essayant d'imaginer à quoi Arlene Sheridan, assise sur la table voisine, ressemblerait sans ses vêtements.

— L'histoire de toute l'architecture existant jusqu'à présent est l'histoire de l'avancée technologique. Par exemple : l'invention du ciment par les Romains a rendu possible la construction du dôme du Panthéon — le plus grand dôme du monde jusqu'au XIX^e^ siècle. A l'époque de Joseph Paxton, les nouvelles possibilités structurelles de l'acier et les progrès dans la fabrication du verre à vitre ont permis l'édification du Crystal Palace de Londres, en 1851. Trente ans plus tard, l'invention de l'ascenseur électrique par Siemens a rendu possible la construction de la première structure à étages multiples dans le Chicago de la fin du XIX$^{e}$. Exactement un siècle après, l'architecture tirait profit des avancées réalisées dans l'industrie aéronautique : des édifices qui exploitaient au maximum les nouveaux matériaux afin de diminuer leur masse, comme la Hong Kong and Shanghai Bank de Norman Foster.

» Mesdames et messieurs, je dois vous dire que la scène architecturale moderne nous ouvre la plus grande aventure qui soit : une architecture qui utilise la technologie avancée de l'exploration spatiale et de l'ère informatique. Le bâtiment en tant que machine, dans lequel micro — et nanotechnologies invisibles ont remplacé les systèmes mécaniques industriels. Un bâtiment qui tient plus du robot que de l'abri. Une structure avec son propre système nerveux électronique, aussi souple que le fléchissement des muscles dans le corps d'un athlète olympique.

» Il ne fait aucun doute que certains d'entre vous ici présents ont déjà entendu parler de ce qu'on appelle les immeubles intelligents. Le concept d'immeuble intelligent est dans l'air depuis un certain temps, et pourtant il n'existe guère de consensus sur ce qui définit un immeuble intelligent. Pour moi, le trait distinctif du véritable immeuble intelligent intégré est que tous les systèmes informatiques internes au bâtiment, ceux concernant les opérations propres au bâtiment comme ceux concernant l'activité professionnelle de ses occupants, sont fondus en un seul réseau utilisant un bus de données, un câble blindé contenant deux conducteurs torsadés. Comme ces minibus qui tournent en circuit fermé dans le centre-ville. Grâce au bus de données, un ordinateur central envoie des signaux à différents sous-systèmes électroniques — sécurité, données, énergie — sous forme de commandes de données digitales multiplex haute fréquence de 24 volts.

» Ainsi, par exemple, l'ordinateur central interrogera une série de détecteurs linéaires, ponctuels ou volumétriques disposés à l'intérieur du bâtiment, et localisera un début d'incendie. Ça n'est qu'au cas où l'ordinateur serait incapable de l'éteindre par ses propres moyens qu'il téléphonera à la caserne de pompiers pour demander une intervention humaine.

Pendant quelques instants, Richardson détourna la tête de ses notes tandis qu'une brusque rafale de vent portait la voix de Cheng Peng Fei de la rue jusque sur le toit :

— La Yu Corporation soutient le régime fasciste chinois !

— Vous savez, reprit Richardson en esquissant un sourire, juste avant de venir ici, je parlais de ce bâtiment avec une dame. Elle m'a demandé si j'étais vraiment convaincu des avantages de ces innovations. Je lui ai dit qu'ils étaient incontestables. (Il tendit la main en direction de la rumeur des protestataires.) Mais vous voyez, hein ? J'avais tort. Il semble qu'il y ait contestation, après tout. Mon seul regret, c'est de ne pouvoir y mettre fin en appuyant simplement sur un bouton.

Le public de Richardson rit poliment.

— A vrai dire, l'aspect le plus important de l'intelligence de ce bâtiment ne peut pas être facilement démontré. Parce que ce qui rend ce bâtiment aussi intelligent, ça n'est pas sa capacité à prévoir le schéma d'utilisation des lieux de façon à ne consommer l'énergie qu'avec la plus grande parcimonie. Ce ne sont pas non plus ses isolateurs de fondations contrôlés par ordinateur, qui permettront à l'enveloppe de résister à des tremblements de terre jusqu'à une magnitude de 8,5 sur l'échelle de Richter.

» Non, mesdames et messieurs, ce qui fait de cet édifice l'immeuble le plus intelligent de LA, et peut-être des Etats-Unis, c'est sa capacité inhérente à répondre non seulement aux exigences de la technologie informatique actuelle, mais aussi à celles de la technologie future.

» A l'heure où de nombreuses entreprises américaines s'efforcent de rester compétitives face aux pays d'Europe et de la zone Asie-Pacifique, il est regrettable de constater qu'un grand nombre d'immeubles de bureaux américains, dont certains ne datent que de 1970, sont déjà dépassés : les rénover pour les mettre au niveau des exigences de la

Il reviendrait plus cher que les démolir pour les reconstruire.

» Je suis convaincu que ce bâtiment incarne une nouvelle génération de locaux d'affaires, celle qui fournira à notre pays le seul moyen de rester compétitif demain ; c'est le genre de bâtiment qui assurera à notre grande nation la première place dans ce que le Président Dole a appelé l'Infrastructure informatique globale. Car, ne vous y trompez pas, c'est la clé de la croissance économique. L'infrastructure informatique sera pour l'économie américaine des dix années à venir ce qu'a été l'infrastructure des transports pour l'économie du milieu du XX^e^ siècle. Raison pour laquelle je pense que vous verrez bientôt de plus en plus de bâtiments tels que celui-ci.

» Naturellement, seul le temps dira si je me suis trompé ou non, et si la Yu Corporation est toujours aussi satisfaite de ses locaux au cours du siècle prochain. Ce qui est certain, c'est que le monde doit aujourd'hui relever le même défi auquel était confrontée Chicago il y a cent ans, lorsque les impératifs commerciaux de stockage, de distribution et de gestion à l'époque du chemin de fer et de l'énergie à vapeur exigèrent de recourir à la nouvelle technologie des téléphones et des machines à écrire, ainsi qu'à de nouveaux édifices pour les abriter, puisque le prix du terrain grimpait en flèche. Le bâtiment à charpente métallique de Chicago, ou gratte-ciel, comme nous l'appellons à présent, a produit un nouveau genre de ville. De la même façon qu'entre 1900 et 1920 Manhattan s'est transformée en ce paysage de mesas et de ziggourats qui nous est désormais familier, je pense que nous sommes aujourd'hui à la veille d'une métamorphose urbaine au terme de laquelle nos villes deviendront des acteurs intelligents du processus économique global.

» C'est pourquoi je lève mon verre à la cérémonie de ce matin. Traditionnellement, nous marquons cette occasion en lançant une branche d'arbre du dernier étage. On me demande souvent l'origine de cette coutume, mais la réponse est que personne ne sait très bien d'où elle vient. Un professeur d'histoire ancienne m'a dit un jour qu'elle datait probablement de l'époque des Egyptiens, quand l'achèvement d'un édifice s'accompagnait de sacrifices humains ; la branche serait donc le substitut d'une époque où l'on remerciait l'architecte pour ses services en l'emmurant vivant à l'intérieur de sa propre construction, ou en le précipitant de son sommet. J'oserai dire que certains clients éprouvent encore les mêmes sentiments à l'égard de leur architecte, mais je crois pouvoir affirmer en confiance que YK n'en fait pas partie.

Richardson jeta un coup d'œil en direction de Mr Yu et constata que le milliardaire vieillissant arborait un large sourire poli.

— Ou du moins je l'espère. Mesdames et messieurs, peut-être vaut-il mieux que je jette cette branche avant qu'il ne change d'avis.

L'assistance émit à nouveau un rire poli.

— Ah, à propos... Je crois qu'il est tout à l'honneur du fils de Mr Yu, Jasmine, de souligner qu'il s'est inquiété de la sécurité des personnes qui manifestent en bas au point de demander qu'on les éloigne de la façade jusqu'au terme de cette cérémonie. Merci beaucoup.

Les invités rirent à nouveau et tandis que Richardson, portant une branche verte, s'avançait vers le bord du toit, ils se mirent à applaudir. Beaucoup d'entre eux le suivirent pour le regarder jeter la branche sur la place, à plus de cent mètres en contrebas.

Mitch s'assura que Joan se trouvait parmi eux et, croisant de nouveau le regard de David Arnon, il s'enfonça deux doigts dans la bouche, comme pour se faire vomir.

David Arnon sourit et se pencha vers lui.

— Tu sais quoi, Mitch, dit-il. En tant que juif, je déteste l'admettre, mais peut-être que ces Egyptiens n'étaient pas si mauvais que ça, après tout.

# LIVRE PREMIER

« L'architecture relève du vaudou. »

Buckminster Fuller

Les Richardson quittèrent *L'Orangerie*, l'un des plus luxueux restaurants d'Hollywood, à bord de leur Bentley blindée avec chauffeur et, tournant vers l'ouest, laissèrent La Cienaga pour prendre Sunset.

— Nous resterons à l'appartement ce soir, Declan, dit Ray Richardson au chauffeur. Et je serai au studio toute la matinée. Je n'aurai plus besoin de vous jusqu'à notre départ pour l'aéroport, à 14 heures.

— Prendrez-vous le Gulfstream, monsieur ?

L'accent irlandais de Declan était aussi épais que son cou, car il était également le garde du corps de Richardson, comme quiconque remarquant ses lunettes de vision nocturne Blackcat, ou l'automatique Ruger P90 posé sur le siège passager, aurait pu le comprendre.

— Non, je prends un vol régulier. Pour Berlin.

— Dans ce cas, il vaudrait mieux partir un peu plus tôt que d'habitude, monsieur. L'autoroute de San Diego était très encombrée aujourd'hui.

— Merci, Declan. Disons treize heures trente, alors.

— Bien, monsieur.

Il était minuit passé, mais des lampes brûlaient encore dans le studio de l'architechnologue. Declan bascula la position de la diode de ses verres Blackcat de rouge à vert afin de compenser la modification des conditions lumineuses. Impossible de savoir ce qui allait surgir de votre angle de vision gauche dans l'obscurité. A moins de porter une paire de Blackcat grand angle.

— On dirait qu'ils sont encore au travail, constata la femme de Richardson, Joan.

— Ils ont intérêt, grogna Richardson. Il restait des tas de choses à faire quand je suis parti. Chaque fois que je demande quelque chose à un de ces Boches, il me sort cent cinquante raisons selon lesquelles c'est impossible.

Dessinée par Richardson lui-même et réalisée pour un coût de 21 millions de dollars, la structure de verre triangulaire qui abritait son studio, bâtie au milieu de panneaux publicitaires géants et de tape-à-l'œil hollywoodien décoloré par le soleil, ressemblait à la proue d'un luxueux yacht ultramoderne. Pointant vers l'est en direction d'Hollywood, avec des panneaux de verre opaque empêchant la façade septentrionale d'être visible depuis la route, l'édifice de Richardson ne correspondait à aucune approche architecturale angeleno cohérente — en admettant naturellement que l'éclectisme caractérisant la plupart des constructions de LA puisse être considéré comme un style. Comme les autres édifices de Richardson à LA, il semblait presque déplacé. Plus européen qu'américain. Ou comme quelque chose qui venait d'atterrir, en provenance d'un autre monde.

Les critiques en architecture et en design affirmaient que Richardson appartenait à une tradition rationaliste, et il est vrai que ses immeubles comportaient bon nombre de métaphores machinistes. On y trouvait même des échos des caprices constructivistes d'architectes tels que Gropius, Le Corbusier et Stirling. Mais en même temps, son travail allait au-delà du simple utilitaire. Il proclamait son allégeance à la haute technologie et au capitalisme conquérant.

— Les Allemands, marmonna Richardson en secouant la tête d'un air méprisant.

— Oui, chéri, gazouilla Joan. Mais dès que nous aurons ouvert le bureau berlinois, nous pourrons nous débarrasser d'eux.

La Bentley quitta la route et contourna le bâtiment pour accéder au parking souterrain.

Le bâtiment comportait sept niveaux, dont six au-dessus du sol. Les bureaux du cabinet et le studio, d'une hauteur double, occupaient la partie inférieure du bâtiment, et douze appartements privés étaient répartis du troisième au septième niveau. Les Richardson avaient l'habitude de passer la nuit au dernier étage, magnifiquement agencé, lorsqu'ils devaient commencer tôt le matin ou qu'ils travaillaient tard le soir, ce qui était fréquent. Car Ray Richardson était totalement dévoué à son travail. En dehors de ces occasions, ils habitaient leur spectaculaire maison de Rustic Canyon. Egalement conçue par Richardson, cette habitation comportant dix chambres à coucher avait acquis la distinction rare d'avoir été, dans les pages de *Vanity Fair*, louée pour sa beauté et son élégance par l'impitoyable critique d'architecture moderne qu'était Tom Wolfe, et abritait l'importante collection d'art contemporain du couple.

— On ferait mieux d'aller jeter un coup d'œil pour voir ce qui se mijote en mon nom, dit Richardson. Juste pour m'assurer qu'il n'y ait pas de conneries.

Ils gravirent l'impressionnant escalier gainé de granit comme un couple royal, saluant les gardiens armés en faction d'un raide hochement de tête. Ils s'arrêtèrent un instant sur le seuil de l'immense et lumineux studio, presque comme s'ils s'attendaient à être annoncés. Alors que jusqu'ici, seul un vase d'iris posé sur le bureau d'accueil rompait la monochromie de ce moderne Bauhaus angeleno, les Richardson en constituèrent soudain la touche la plus colorée.

D'une longueur de quatre-vingt-dix mètres, avec dix-sept planches de travail installées perpendiculairement à la façade méridionale vitrée qui offrait une vue panoramique sur la ville, Richardson and Associates était l'un des studios d'architecture les plus modernes du monde. Et l'un des plus occupés, également. Même à cette heure-là, des architectes, des dessinateurs, des ingénieurs, des maquettistes, des spécialistes informatiques et leurs différentes équipes travaillaient en harmonie dans cet espace ouvert. Beaucoup d'entre eux étaient là depuis trente-six heures d'affilée, et ceux qui étaient employés depuis relativement peu de temps au studio ne prêtèrent qu'une attention distraite à l'arrivée de leur élégant patron et de sa femme. Mais ceux qui connaissaient mieux Ray Richardson levèrent les yeux de leur écran ou de leur pizza à emporter et comprirent que l'harmonie était sur le point de se transformer en une fondamentale dissonance.

Joan Richardson jeta un regard circulaire et hocha la tête d'un air admiratif devant le dévouement dont bénéficiait son mari. L'expression adoratrice de ses yeux bruns de Navajo signifiait que pour elle cette déférence lui était due. Elle avait l'habitude de faire passer son mari avant tout.

— Regarde-moi ça, fit-elle d'un ton attendri. Cette énergie créatrice. C'est époustouflant. Il est minuit et demie et ils sont encore au travail. Il règne une telle activité ici... on dirait une ruche.

Joan ôta son châle et le suspendit à son bras. Elle portait une sorte de sarong de lin crème avec une chemise et un tabard assortis, un accoutrement à couches multiples qui parvenaient à dissimuler la largeur de son postérieur. Joan était une jolie femme, dotée d'un visage qui rappelait celui des beautés tahitiennes de Gauguin, mais elle était grosse.

— Fabuleux. Tout simplement fabuleux. On se sent si fier de participer à tout cela... à toute cette énergie.

Ray Richardson grogna. Ses yeux parcouraient les surfaces angulaires, noires, blanches et grises du studio à la recherche d'Allen Grabel, qui travaillait sur deux des plus importants et plus prestigieux projets dont s'occupait actuellement le studio. Le bâtiment de la Yu Corporation étant presque achevé, c'était à présent le Kunstzentrum qui accaparait l'attention du meilleur dessinateur du studio, d'autant que son patron était sur le point de s'envoler pour l'Allemagne afin de présenter les plans détaillés aux autorités municipales de Berlin.

Le Kunstzentrum était un centre artistique, une réplique berlinoise au Beaubourg parisien, destiné à revitaliser Alexanderplatz, une immense esplanade piétonnière balayée par les vents qui constituait autrefois l'un des principaux quartiers commerciaux de la capitale allemande.

Les deux projets absorbaient à ce point l'attention de Grabel qu'il devait parfois interrompre sa tâche pour se souvenir duquel il était en train de s'occuper. Passant un minimum de douze heures au studio — et souvent jusqu'à seize heures — il n'avait pratiquement pas de vie privée. Il savait qu'il n'était pas laid. Il aurait pu avoir une compagne s'il avait eu le temps de sortir et de rencontrer des gens, mais sans personne à la maison, il passait de plus en plus de temps au studio. Il avait conscience que Richardson profitait de la situation. Il savait qu'il aurait dû partir en congé une fois achevé l'essentiel des plans du bâtiment de la Yu Corporation. Avec le salaire qu'il touchait, il aurait pu aller n'importe où. Mais il ne trouvait jamais de créneau disponible dans son emploi du temps de plus en plus chargé. Grabel avait parfois le sentiment d'être sur le point de faire une dépression nerveuse. En tout cas, il buvait beaucoup trop.

Richardson trouva le New-Yorkais de haute taille aux cheveux frisés fixant l'écran de son terminal Intergraph à travers une paire de lunettes aussi crasseuses que son col de chemise. Il était en train de rectifier les courbes et les polylines d'un tracé architectural.

Le système logiciel Polygraph pour le dessin assisté par ordinateur constituait la pierre angulaire de la méthode Richardson, pas seulement à Los Angeles mais partout dans le monde. Avec des bureaux à Hong Kong, Tokyo, Londres, New York et Toronto, et des projets d'installation à Berlin, Francfort, Dallas et Buenos Aires, Richardson était le plus gros client d'Intergraph après la NASA. Le système, et d'autres similaires, avait révolutionné l'architecture grâce à la fonction d'édition « glisser-lâcher » du pointeur en forme de poignée, qui permettait au dessinateur de déplacer, faire pivoter, étirer et aligner rapidement n'importe quel nombre d'entités à deux ou trois dimensions.

Richardson ôta sa veste Armani, tira une chaise et s'assit à côté de Grabel. Sans un mot, il s'empara du tracé en couleurs de format AO et le compara à l'image 2-D de l'écran tout en mangeant la dernière tranche de la pizza à emporter de Grabel.

Déjà fatigué, Grabel se sentit démoralisé. Parfois, en voyant comment le DAO transformait les données qu'on lui fournissait en œuvre architecturale, il se demandait s'il n'aurait pas pu aussi facilement composer une œuvre musicale. Mais ses réflexions philosophiques s'envolaient par la fenêtre chaque fois que Ray Richardson faisait son apparition ; le plaisir et la satisfaction qu'il pouvait retirer de son travail lui semblaient aussi éphémères que l'un de ses propres dessins informatiques.

— Je crois qu'on y est, Ray, dit-il d'une voix lasse.

Mais Richardson, d'un clic du bouton droit de la souris, avait déjà ouvert l'icône Smart Draw de la palette d'outils flottante afin de juger lui-même de la qualité du dessin.

— Tu crois ? rétorqua Richardson avec un sourire glacial. Bon Dieu, il vaudrait mieux être sûr.

Il leva la main comme un gamin demandant à répondre à une question du professeur.

— Qu'on m'apporte une tasse de café, dit-il.

Trop fatigué pour discuter, Grabel haussa les épaules en soupirant.

— Eh bien, qu'est-ce que ça veut dire, ce haussement d'épaules ? Allons, Allen. Qu'est-ce qui se passe ici, nom de Dieu ? Et où est Kris Parkes, bordel ?

Parkes était le responsable du projet Kunstzentrum : bien que ne faisant pas partie des principaux responsables de l'équipe, il était chargé d'organiser régulièrement les réunions internes de coordination, et de faire part de ce que pensait l'équipe.

Grabel se dit qu'à l'heure qu'il était, les membres de l'équipe du projet pensaient sans doute la même chose que lui : ils auraient préféré être chez eux, à regarder la télé au lit. Comme Kris Parkes était probablement en train de le faire.

— Il est rentré chez lui, dit Grabel.

— Le responsable du projet est rentré chez lui ?

Le café de Richardson arriva, servi par Mary Sammis, l'une des maquettistes du projet. Il le goûta, fit la grimace et le lui rendit.

— Il sent le réchauffé, dit-il.

— Il ne tenait plus debout, expliqua Grabel. C'est moi qui lui ai dit de partir.

— Allez m'en chercher un autre. Et cette fois-ci, apportez aussi une sous-tasse. Quand je demande un café, je ne devrais pas avoir à demander aussi une soucoupe.

— Tout de suite.

— Dans quelle boîte suis-je tombé ? marmonna Richardson en secouant la tête. (Puis, se souvenant de quelque chose, il appela :) Oh, Mary ! Comment se présente la maquette ?

— Nous y travaillons encore, Ray.

Il secoua la tête d'un air maussade.

— Ne me faites pas faux bond, chérie. Je pars pour l'Allemagne demain après-midi. (Il consulta sa montre Breitling.) Dans douze heures, pour être précis. Cette maquette doit être emballée et prête à partir avec tous les justificatifs douaniers. Compris ?

— Vous l'aurez, Ray, je vous le promets.

— Inutile de me faire des promesses. Elle n'est pas pour moi. Ça ne me concerne pas, Mary. S'il ne s'agissait que de moi, ce serait différent. Mais il se trouve qu'à mon sens, le moins qu'on puisse faire pour un nouveau bureau, pour les trente personnes qui vont passer les deux prochaines années de leur vie à travailler exclusivement sur ce projet, c'est de leur montrer une maquette de ce à quoi il va ressembler. Vous n'êtes pas d'accord, Mary ?

— Si, monsieur, bien sûr.

— Et ne m'appelez pas monsieur, Mary. Nous ne sommes pas à l'armée.

Richardson décrocha le téléphone de Grabel et composa brutalement un numéro. Profitant de ces quelques secondes de répit, Mary s'éloigna d'un pas vif.

— Ray, qui appelles-tu ? s'enquit Grabel avec une brève contraction du visage.

Son tic nerveux réapparaissait lorsqu'il était épuisé, ou qu'il avait besoin d'un verre.

— Tu n'as pas entendu ce que je viens de te dire ? C'est moi qui lui ai dit de rentrer.

— J'avais entendu.

— Ray ?

— Où est mon foutu café ? cria Richardson par-dessus son épaule.

— Tu n'appelles pas Parkes, j'espère ?

Richardson se contenta de fixer Grabel en silence, ses sourcils haussés en une expression de tranquille mépris.

— Espèce de salaud, murmura Grabel en éprouvant soudain une telle haine envers Richardson qu'il s'en inquiéta. Je voudrais te voir crever, espèce de fumier…

— Kris ? C'est Ray. Je vous réveille ? Vraiment ? Quel dommage. Je voudrais vous poser une question, Kris. Est-ce que vous réalisez combien ce projet va rapporter en honoraires à l'entreprise ? Non, répondez simplement à la question. Exact, près de quatre millions de dollars. Quatre millions de dollars. Et ce soir, malgré l'heure, nous sommes nombreux à travailler dessus, Kris. Vous êtes le seul absent, alors que vous êtes censé être le foutu responsable de ce projet. Alors, vous ne pensez pas que vous donnez le mauvais exemple ? Non, vous ne le pensez pas. (Il écouta quelques instants, puis se mit à secouer la tête.) Eh bien, franchement, je me fous de savoir depuis combien de temps vous n'êtes pas rentré chez vous. Et ça ne me fait ni chaud ni froid si vos gosses pensent que vous êtes un type que leur mère a ramassé dans un supermarché. Votre place est ici, avec votre équipe. Allez-vous ramener votre cul, où dois-je chercher un autre responsable pour ce boulot ? Vous arrivez ? Parfait.

Richardson raccrocha et chercha des yeux sa femme. Elle était penchée sur une vitrine près de l'escalier, observant une maquette du siège de la Yu Corporation dont la construction grandeur nature s'achevait sur la Hope Street Piazza.

— J'en ai encore pour un moment, mon chou, cria-t-il. Je te rejoindrai en haut, d'accord ?

— D'accord, chéri, fit Joan en souriant et en balayant le studio du regard. Bonsoir tout le monde ! ajouta-t-elle avant de s'en aller.

Quelques personnes lui répondirent d'un sourire. Mais la plupart étaient trop fatigués, même pour des sourires polis. De plus, ils savaient que Joan était tout aussi odieuse que son mari. Et même pire. Lui, au moins, avait du talent. Un ou deux des dessinateurs les plus anciens du studio se souvenaient du jour où, dans une crise de colère, elle avait balancé un fax dans une baie vitrée.

Ray Richardson reporta son attention sur le moniteur et, cliquant à nouveau sur la souris, changea le tracé en une image 3-D. Le dessin montra un immense demi-cercle d'environ deux cents mètres de diamètre, d'une courbe aussi douce que celle du Royal Crescent de la ville de Bath, et surmonté de ce qui ressemblait aux ailes déployées d'un oiseau géant. Quelques critiques architecturaux, surtout des Européens, avaient suggéré qu'il s'agissait des ailes d'un aigle, plus précisément d'un aigle nazi. C'est pour cette raison qu'ils avaient d'ores et déjà décrit le style de Richardson comme du « post-nazisme ».

Richardson poussa la souris sur son tapis pour agrandir l'image 3-D. A présent on s'apercevait que le bâtiment n'était pas composé d'un croissant, mais de deux, enfermant une colonnade courbe séparant les boutiques, les bureaux et les salles d'exposition. Il s'agissait de plans contractuels, représentant un ensemble d'informations sur lesquels les différents consultants devant participer à la construction du Kunstzentrum étaient tombés d'accord, et ces plans devaient être remis au métreur lors du séjour de Richardson à Berlin. Pénétrant sous la colonnade, Richardson zooma sur le plafond et, double-cliquant la souris, agrandit un diagramme détaillé des supports en tube d'acier à mémoire de forme destinés à recevoir les panneaux vitrés photochromes.

— Qu'est-ce que c'est que ça ? fit-il en fronçant les sourcils. Dis-moi, Allen, tu n'as pas fait ce que je t'avais dit. Je croyais t'avoir demandé de prévoir les deux options.

— Mais nous avions convenu que c'était l'option idéale.

— J'aurais aussi voulu avoir l'autre, au cas où.

— Au cas où quoi ? Je ne comprends pas. Soit c'est la meilleure option, soit ça ne l'est pas.

Le visage de Grabel fut de nouveau agité par son tic.

— Au cas où je changerais d'avis, voilà pourquoi.

Richardson se livra à une imitation cruelle mais précise du tic de Grabel. Celui-ci ôta ses lunettes, enfouit son visage non rasé entre ses mains tremblantes et poussa un profond soupir en étirant ses joues vers ses oreilles. Pendant un instant, il leva les yeux au ciel, comme pour demander conseil au Tout-Puissant. Constatant qu'il ne lui en donnait aucun, il se leva, secoua lentement la tête et enfila sa veste.

— Seigneur, comme je te hais parfois… dit-il. Non, c'est faux, je te hais tout le temps. Tu es un cancer rectal de chien errant, tu le sais ? Un jour, quelqu'un rendra un grand service au monde en te descendant. Je le ferais bien moi-même, mais j'ai peur des montagnes de lettres de fans que je recevrais. Tu veux ce tracé ? Eh bien, dessine-le toi-même, salopard d'égoïste. J'en ai jusque-là de toi.

— Qu'est-ce que tu as dit ?

— Tu m'as très bien entendu, trou du cul.

Grabel fit demi-tour et se dirigea vers l'escalier.

— Où tu vas, bon Dieu ?

— Chez moi.

Richardson se leva et hocha la tête avec amertume.

— Si tu t'en vas maintenant, tu ne reviens plus, tu m'entends ?

— Je démissionne, dit Grabel en poursuivant son chemin. Je ne reviendrais pas ici même si tu mourais de solitude.

Richardson explosa.

— On ne me laisse pas tomber comme ça ! hurla-t-il. Tu es viré ! Je te fous dehors, espèce de petite merde grimaçante ! Tous ces gens en sont témoins. Tu m'entends, macaque ? Dégage ton cul d'ici !

Sans un regard en arrière, Grabel lui présenta son majeur avant de disparaître dans l'escalier. Quelqu'un rit et Richardson jeta un regard furieux autour de lui, les poings serrés, prêt à virer le premier qui ne marcherait pas droit.

— Qu'est-ce qu'il y a de si drôle ? gronda-t-il. Et où est mon putain de café ?

Bouillonnant intérieurement, Grabel gagna Main Street à pied et parcourut la courte distance le séparant du St James's Club Hotel où, comme à l'accoutumée, il but quelques verres dans le piano-bar art déco en attendant son taxi. Vodka, Cointreau et jus de canneberge. C'est ce qu'il avait bu, six mois plus tôt, lorsque la police l'avait arrêté pour conduite en état d'ivresse. Ça et quelques lignes de cocaïne. Il n'avait pris la cocaïne que pour l'aider à tenir le volant jusque chez lui. Il ne se serait peut-être pas saoulé du tout s'il n'avait pas tant travaillé.

Il réagissait mieux au fait d'avoir laissé tomber son boulot qu'à celui de s'être vu retirer son permis. Si seulement

Richardson ne l'avait pas traité de macaque. Il savait que certains le surnommaient ainsi, mais jamais personne ne le lui avait dit en face. Seul Richardson était une assez grosse merde pour l'avoir fait.

Une serveuse qui travaillait à l'hôtel, une actrice au chômage du nom de Mary, se montrait parfois amicale à son égard. C'était à peu près tout ce qu'Allen Grabel connaissait en fait de vie sociale.

— Je viens de démissionner de mon boulot, lui annonça-t-il fièrement. J'ai envoyé mon associé se faire foutre.

— Eh bien, fit-elle en haussant les épaules, tant mieux pour vous.

— Ça faisait un moment que ça me travaillait, je crois. Mais je n'en avais jamais eu le courage. Je lui ai dit qu'il pouvait aller se faire voir. C'était ça ou bien je lui éclatais la tronche.

— Quelque chose me dit que vous avez fait le bon choix, dit-elle.

— Ma foi, j'sais pas. Vraiment, j'en sais rien. Mais bon sang, ce qu'il était furieux !

— J'ai l'impression que vous lui avez fait tout une scène. Comme au théâtre, hein ?

— Et comment ! Bon sang, qu'est-ce qu'il était furieux après moi !

— Moi aussi, j'aimerais pouvoir démissionner, dit-elle d'un air songeur.

— Hé, mais ça viendra, Mary. Je suis sûr que ça viendra.

Il commanda un autre verre et constata qu'il le descendait encore plus vite que le premier. Lorsque Mary lui annonça que son taxi l'attendait, il en avait bu quatre ou cinq, mais il ressentait une telle allégresse à l'idée de ce qu'il avait fait que l'alcool semblait à peine l'affecter. Il sortit quelques coupures de sa pince à billets et gratifia la serveuse d'un pourboire généreux. Sans raison, puisqu'il était resté au bar, mais il avait pitié d'elle. Tout le monde ne pouvait pas se permettre de laisser tomber son boulot, songea-t-il.

Après son départ, Mary poussa un soupir de soulagement. Ça n'était pas un mauvais bougre. Mais son tic donnait des frissons à la jeune femme. Et puis elle détestait les ivrognes. Même ceux qui se montraient amicaux.

Une fois dehors, Grabel demanda au taxi de l'emmener à Pasadena. Ils n'étaient plus qu'à quelques pâtés de maisons du centre-ville, filant sur le Hollywood Freeway en direction du sud-est et s'apprêtant à prendre vers le nord pour Pasadena, lorsqu'il se souvint brusquement de quelque chose.

— Merde, fit-il tout haut.

— Un problème ?

— Plutôt, ouais. J'ai oublié la clé de chez moi au bureau.

— Vous voulez qu'on y retourne ?

— Garez-vous, s'il vous plaît. Il faut que je réfléchisse à ce que je pourrais faire.

Après une sortie aussi théâtrale, il pouvait difficilement retourner au studio. Ray Richardson penserait qu'il revenait la queue entre les jambes pour demander à retrouver sa place. Il prendrait un malin plaisir à le ridiculiser. Peut-être qu'il le traiterait à nouveau de macaque. Grabel ne le supporterait pas. Le problème avec les coups d'éclat, c'est qu'on oubliait facilement ses accessoires.

— Alors où va-t-on, l'ami ?

Grabel regarda par la vitre et s'aperçut qu'il contemplait une haute et familière silhouette. Ils se trouvaient dans Hope Street, non loin de la place et de l'immeuble de la Yu Corporation. En un éclair, il sut où il passerait la nuit.

— Ici. Laissez-moi ici, dit-il.

— Vous êtes sûr ? fit le chauffeur. Le coin n'est pas très tranquille la nuit, mon vieux.

— Parfaitement sûr, dit Grabel.

Il se demanda pourquoi il n'y avait pas pensé plus tôt.

Mitchell Bryan commençait à se dire que sa femme, Alison, allait décidément de plus en plus mal. Pendant le petit déjeuner, elle lui avait raconté, avec une lueur démente dans le regard, qu'elle avait lu quelque part que certaines tribus sud-africaines croyaient que le produit d'une fausse couche pouvait menacer et même tuer non seulement le père, mais aussi le pays entier, et même le ciel lui-même : cela suffisait à faire souffler des vents brûlants qui desséchaient le pays et chassaient la pluie.

— Eh bien, on peut dire qu'on s'en est bien tirés, avait-il laconiquement répliqué avant de gagner aussitôt sa voiture alors qu'il n'était que 7 h 30.

Pour lui, Alison ne s'était jamais tout à fait remise de la perte de son bébé. Elle était devenue encore plus repliée sur elle-même, presque névrotique et fuyait les bébés comme d'autres, à LA, évitaient le secteur de South Central. Certains jours, Mitch ne pouvait s'empêcher d'enfoncer l'endoscope de sa mémoire au cœur de leur relation et de se demander si le fait d'avoir un enfant aurait sauvé leur couple. Car douze mois presque jour pour jour après la fausse couche d'Alison, Mitch avait cessé de s'inventer des excuses pour le comportement excentrique d'Alison, et entamé une liaison. Il se détestait pour cela, car il savait qu'Alison nécessitait encore énormément d'attention et de compréhension. Mais en même temps, il avait conscience de ne plus suffisamment l'aimer pour être en mesure de les lui donner. Il avait le sentiment que ce dont elle avait sans doute le plus besoin, c'était de voir un psychiatre.

Pour l'instant, ce dont Mitch avait besoin, c'était de se mettre au lit avec une femme du nom de Jenny Bao, la consultante en *feng choui* du projet. D'habitude, il se rendait directement au bureau ou au chantier du siège de la Yu Corporation, mais il lui arrivait de temps à autre de rendre une visite matinale à Jenny dans sa maison de West Los Angeles, d'où elle gérait également ses affaires. Ce matin-là, Mitch choisit l'itinéraire à présent familier, sortit du Santa Monica Freeway pour prendre La Brea Avenue puis, à quelques pâtés de maisons au sud de Wilshire Boulevard, pénétra dans le paisible et verdoyant quartier où vivait Jenny, composé de belles maisons de style ranch ou espagnol. Il se gara devant un joli bungalow gris surélevé doté d'une véranda et d'une impeccable pelouse. La maison voisine portait un écriteau « A vendre » précisant qu'il s'agissait d'une « Maison parlante ».

Mitch éteignit la radio et s'amusa quelques instants à écouter les 90 secondes de description de la maison sur la longueur d'ondes indiquée, qu'il pouvait capter sur son autoradio grâce à un émetteur informatisé installé à l'intérieur de la maison. Il fut surpris d'entendre qu'on en demandait tant, et s'étonna que Jenny ait eu les moyens de s'installer dans un quartier aussi cher. Le *feng choui* devait rapporter plus gros qu'il ne l'imaginait.

Le *feng choui*, antique art chinois de la magie tellurique « du vent et de l'eau », enseigne comment choisir des sites et édifier des bâtiments de telle sorte qu'ils s'harmonisent avec leur environnement physique et en tirent le meilleur parti. Les Chinois croyaient que cette méthode de divination leur permettait d'attirer des influences cosmologiques favorables qui leur assuraient bonne fortune, bonne santé, prospérité et longue vie. Aucun édifice de la zone Asie-Pacifique, grand ou petit, n'était jamais conçu ni bâti sans respecter les préceptes du *feng choui*.

Mitch avait une grande expérience des consultants en *feng choui*, et pas seulement de celle avec qui il couchait. Lorsqu'il avait dessiné l'Island Nirvana Hotel de Hong Kong, Ray Richardson avait prévu de le recouvrir d'une enveloppe en verre réfléchissant, jusqu'à ce que le maître en *feng choui* de son client lui apprenne que les reflets étaient source de *sha qi*, l'haleine nocive du dragon. En une autre occasion, le studio avait été contraint de modifier le dessin du siège de la compagnie tokyoïte de télévision Sumida, qui s'était pourtant vu décerner un prix international, sous prétexte que sa forme rappelait celle de l'éphémère papillon.

Il descendit de voiture et gravit l'allée. Jenny était encore vêtue de son peignoir de soie lorsqu'elle lui ouvrit.

— Mitch, quelle agréable surprise, dit-elle en le faisant entrer. J'avais l'intention de t'appeler dans la matinée.

Il avait déjà fait tomber le peignoir de ses épaules et la poussait vers la chambre.

— Mmm, fit-elle. Qu'est-ce qui t'arrive ? Tu as mis des anabolisants dans tes céréales, ce matin ?

A demi chinoise, Jenny lui faisait penser à un gros chat. Yeux verts, hautes pommettes, et un petit nez délicat qui, soupçonnait-il, était le résultat d'une opération. Elle avait une bouche arquée qui tenait plus d'Ulysse que de Cupidon, et qu'encadraient les parenthèses de deux adorables fossettes. Elle adorait rire. Elle se tenait bien, aussi, avec la démarche tout en jambes, le pas long et affecté d'un chat. Elle n'avait pas toujours eu aussi belle allure. La première fois que Mitch l'avait rencontrée, elle pesait six ou sept kilos de trop. Il savait combien d'heures elle avait dû passer au gymnase de son quartier pour atteindre sa superbe forme actuelle.

Sous le peignoir, elle portait un porte-jarretelles, des bas et une culotte.

— Le dragon t'avait donc prévenu de mon arrivée ? fit-il en désignant l'ancienne boussole de *feng choui* fixée au mur à la tête du lit.

La boussole était un disque portant trente ou quarante cercles concentriques de caractères chinois, et Mitch savait que l'on appelait cet objet un *luopan*, et que Jenny l'utilisait pour évaluer les bonnes ou mauvaises qualités du dragon dans un bâtiment.

— Naturellement, dit-elle en s'allongeant sur le lit. Le dragon me dit tout.

Ses pouces tremblants saisirent l'élastique de sa culotte, la firent descendre par-dessus les domes dorés jumeaux de ses fesses, puis la remontèrent sur les phrases suspendues et les filtres Sobranie du haut de ses bas tandis qu'elle relevait obligeamment les genoux vers sa poitrine. Elle tendit les pieds et le petit bombardier furtif de soie et de dentelle noire fut à lui.

Il se débarrassa rapidement de ses propres vêtements et roula sur elle. Détachant son esprit de l'avide gnomon et de sa tâche obscure et si joliment définie, il commença à lui faire l'amour.

Lorsqu'ils eurent fini, ils restèrent allongés sous les draps, à regarder la télé. Au bout d'un moment, Mitch consulta la Rolex Submariner en or qu'il portait au poignet.

— Il faut que je me sauve, dit-il.

Jenny Bao fit la grimace et l'embrassa.

— Pourquoi voulais-tu m'appeler ? s'enquit-il.

— Ah oui, fit-elle.

Et elle lui exposa la raison pour laquelle elle voulait lui parler.

Dès que Mitch fut assis devant son bureau du studio, il vit approcher Tony Levine et réprima un grognement. Levine était un peu trop arriviste à son goût. Il y avait quelque chose d'avide en lui, une allure générale de loup, renforcée par des canines espacées que laissait apparaître un sourire presque permanent, et des sourcils qui se rejoignaient au milieu. Et puis il y avait son rire. Quand Levine riait, on l'entendait dans tout le bâtiment. On avait l'impression qu'il essayait d'attirer l'attention sur sa personne, et cela mettait Mitch mal à l'aise. Mais pas la moindre trace de sourire n'apparaissait ce jour-là sur le visage de Levine.

— Allen Grabel a démissionné, annonça Levine.

— Quoi ? Tu plaisantes ?

— Hier soir.

— Merde.

— Il était tard et il travaillait sur le projet Kunstzentrum quand Richardson est arrivé et a commencé à vouloir jouer les durs avec lui.

— C'est pas nouveau.

— Non, mais cette fois il s'est montré vraiment tyrannique. Comme s'il était prêt à mettre le feu à la baraque. Comme s'il enculait Frank Lloyd Wright, tu vois ?

Levine pouffa d'un rire imbécile et lissa son petit catogan de cheveux bruns. Ce catogan constituait pour Mitch une raison supplémentaire de ne pas aimer Levine, d'autant que ce dernier insistait pour l'appeler « chignon ».

— Ouais, bah, leur ego est à peu près de la même taille. Il se prend pour un génie. Ce qui veut dire qu'il est doué d'une capacité infinie à emmerder le monde.

— Alors qu'est-ce qu'on fait, Mitch ? On prend un nouveau dessinateur ? Même si le projet est pratiquement terminé ?

Levine était le chef du projet Yu.

— Je vais appeler Allen, dit Mitch. Il reste quelques problèmes sur lesquels j'aimerais avoir son avis, et je voudrais que Richardson soit tenu autant que possible à l'écart de ce qui reste à faire.

— Trop tard, rétorqua Levine. Il a épluché l'agenda de Grabel. Il viendra à la réunion projet de ce matin.

— Merde. Je croyais qu'il partait en Allemagne.

— Plus tard. Quels problèmes ?

— On avait bien besoin de ça. Tu comprends, Allen se serait contenté de les résoudre, mais Richardson va en faire toute une histoire.

— Il va faire une histoire de quoi ? Est-ce que tu vas me dire de quoi il retourne, s'il te plaît ?

— Du *feng choui.*

— Quoi ? Mais enfin, Mitch, je croyais qu'on avait réglé cette putain de connerie.

— Exact, mais seulement sur le papier. Jenny Bao a fait le tour du bâtiment et certains points l'inquiètent. Et en particulier elle s'inquiète de l'arbre. De la façon dont il est planté.

— Ce putain d'arbre nous a emmerdés depuis le début.

— Là, tu n'as pas tort, Tony. Elle s'inquiète aussi du quatrième niveau.

— Qu'est-ce qu'il a, le quatrième niveau ?

— Il semble qu'il soit néfaste.

— Quoi ? fit Levine avec un nouveau rire gras. Pourquoi le quatrième et pas le treizième ?

— Parce qu'en Chine, ça n'est pas le treize qui porte malheur, mais le quatre. Elle m'a dit que le mot désignant le nombre quatre est le même que celui signifiant « mort ».

— Mon anniversaire tombe le 4 août, dit Levine. Dommage pour moi, hein ? ricana-t-il. Ces conneries de kung-fu sont vraiment trop, ajouta-t-il avec un rire sonore.

Mitch haussa les épaules.

— Bah, je suis d'avis de donner au client ce qu'il demande, Tony. Si le client réclame de l'acupuncture spatiale, on lui fournit de l'acupuncture spatiale. Comme ça on peut lui présenter la note dès que possible.

— Je croyais que le client fricotait avec les cocos. Est-ce que les cocos ne sont pas athées, est-ce qu'ils ne combattent pas ces superstitions stupides à propos d'esprits et de bonne fortune ?

— Tiens, ça me rappelle quelque chose, dit Mitch. Un autre point dont il faudra que nous parlions ce matin. Tu te souviens de ces manifestants ? Ceux qui gueulaient pendant la cérémonie bidon sur le toit ? Eh bien, ils sont revenus.

Quatre équipes travaillaient sur le projet de la Yu Corporation — des dessinateurs, des ingénieurs structures, des ingénieurs fluides et enfin des ingénieurs en systèmes de gestion d'immeuble (SGI) — et Mitch était chargé de s'assurer qu'elles construisaient bien le même bâtiment. Il arrivait fréquemment qu'un studio d'architecture ne travaillât que sur le dessin de l'édifice et fît appel à des consultants extérieurs pour les problèmes d'ingénierie. Mais du fait de son importance, puisque quatre cents personnes y travaillaient, le studio Richardson avait ses propres ingénieurs en fluides et en SGI. Etant lui-même un architecte expérimenté, il revenait à Mitch, en tant que coordonnateur technique, de traduire les idées audacieuses du dessinateur en directives pratiques et de s'assurer que lorsque des modifications intervenaient, leurs conséquences étaient prises en compte par tous.

Mitch trouva le numéro de téléphone de Grabel dans le fichier d'adresses de son ordinateur, mais lorsqu'il le composa, il tomba sur le répondeur.

— Allen ? C'est Mitch. Il est 10 heures. Je viens d'apprendre ce qui s'était passé hier soir et, eh bien... je voulais savoir si c'était une décision ferme de ta part. Et même si c'est le cas, je voulais voir s'il n'y avait pas moyen de te faire changer d'avis. On ne peut pas se permettre de perdre quelqu'un d'aussi doué que toi. Je sais que Richardson peut se comporter comme un vrai trou du cul. Mais c'est quand même un type assez talentueux, et le talent est parfois intolérant pour les autres. Alors, hum... peut-être que tu pourrais me rappeler après avoir pris connaissance de ce message.

Mitch jeta un coup d'œil à sa montre. Il lui restait juste assez de temps pour se familiariser avec les renseignements que contenait l'ordinateur à propos du *feng choui*, dans l'espoir de trouver une solution au problème que Jenny Bao lui avait balancé dans les pattes ; et voyant Kay Killen traverser le studio, il lui fit signe. En tant que responsable des tracés, Kay travaillait surtout avec les ordinateurs et le système de dessin Intergraph, ce qui en faisait la gardienne de l'ensemble de la banque de données du projet et, pour différentes raisons, la rendait indispensable à Mitch.

— Kay, dit-il, pouvez-vous m'aider une minute, je vous prie ?

— Bon, alors, quel est le problème cette fois ? grommela Richardson lorsque Mitch évoqua les inquiétudes de Jenny Bao pendant la réunion de travail. Vous savez, j'ai parfois l'impression que ces trous du cul de kung-fu inventent ces putains de problèmes simplement pour justifier leurs honoraires.

— Tiens, tiens, ça me rappelle quelque chose, remarqua à mi-voix Marty Birnbaum, l'associé de direction, en ajustant méthodiquement son nœud papillon.

Pour Mitch, dont le père, journaliste dans une feuille locale, avait porté un nœud papillon toute sa vie, les nœuds papillons étaient les accessoires factices de tous les escrocs et menteurs, ce qui lui fournissait une raison de plus pour ne pas aimer l'obèse et, à ses yeux, dédaigneux Birnbaum.

Ils étaient tous assis autour de la table en bois blanche et démocratiquement ronde de Richardson : Mitchell Bryan ; Ray Richardson ; Joan Richardson ; Tony Levine ; Marty Birnbaum ; Willis Ellery, l'ingénieur fluides ; Aidan Kenny, l'ingénieur SGI ; David Arnon, de chez Elmo Sergo Ltd, les ingénieurs structures ; Helen Hussey, la coordonnatrice de travaux et Kay Killen. Mitch était assis à côté de Kay, dont les longues jambes étaient pointées vers lui.

— Il s'agit de l'arbre, expliqua Mitch. Ou plutôt de l'emplacement où il est planté.

Tous grognèrent.

— Bon Dieu, Mitch, dit David Arnon, c'est sans doute l'immeuble le plus intelligent que j'aie jamais construit, mais c'est aussi le putain de client le plus emmerdant qu'on ait eu. Il fait appel à l'un des architectes les plus célèbres au monde et il demande à sa putain de sorcière chinoise de vérifier tout ce qu'il fait.

Mitch ne protesta pas. Il savait que Ray Richardson se doutait de quelque chose entre Jenny et lui, et il n'avait aucune envie d'attirer l'attention sur lui en prenant sa défense.

— Est-ce que cette connasse sait quelles difficultés on a eues pour faire passer ce putain d'arbre par le toit de l'immeuble ? C'est pas le genre de chose qu'on peut déplacer quand on veut.

— Du calme, David, intervint Mitch. On est obligés de travailler avec cette connasse, comme tu dis.

Arnon se frappa la cuisse et se leva. Mitch savait qu'il faisait cela pour créer un effet, parce qu'avec son mètre quatre-vingt treize, Arnon était l'homme le plus grand, et sans doute le plus beau de l'assistance. C'était un type élancé, sec et nerveux, doté d'étroites épaules incroyablement horizontales dont on avait l'impression qu'elles avaient été ficelées sur son corps en forme de piquet de tente, et d'un crâne carré encadré par une courte barbe brune. Il avait l'allure d'un ancien basketteur, ce qui était précisément le cas. Arnon avait joué comme défenseur dans l'équipe junior de l'université Duke et, quand il était passé senior, avait été nommé joueur de l'année pour la côte Atlantique, jusqu'à ce qu'une blessure au genou l'oblige à renoncer à jouer.

— Me calmer ? fit Arnon. Ça n'est pas à toi de… Qui a eu en premier l'idée merdique d'aller foutre là-dedans une saloperie d'arbre de cette taille ?

— Au départ, cette idée merdique était de moi, précisa Joan Richardson.

Arnon s'excusa auprès d'elle d'un haussement d'épaules et se rassit.

Mitch se sourit à lui-même tout en savourant à demi l'effet produit par son intervention. Il comprenait facilement les appréhensions de David Arnon. Ça n'était pas tous les jours qu'un client exigeait que vous plantiez un arbre dicotylédone de la forêt tropicale brésilienne de cent mètres de haut au centre de l'atrium de son nouvel immeuble. Arnon avait dû faire venir la plus grande grue de Californie pour faire passer l'immense arbre à feuillage persistant, apparemment l'un des plus hauts d'Amérique latine, à travers le toit du bâtiment, opération qui avait arrêté toute circulation sur le Hollywood Freeway et nécessité la fermeture de Hope Street pendant tout un week-end.

— Calme-toi, tu veux ? fit Mitch. Elle parle de la façon dont il est planté, pas de l'emplacement.

— Quelle différence ? dit Arnon.

— Jenny Bao…

— Baouh baouh baouh, grommela Arnon. Putain d'aboyeuse.

— … m'a dit qu'il était néfaste pour le *feng choui* de planter un grand arbre sur un îlot au centre d'un plan d'eau, parce que l'arbre dans le plan d'eau rectangulaire prend la forme du caractère chinois signifiant emprisonnement et ennuis.

Il fit passer quelques photocopies du caractère chinois *kun* dessiné par Jenny :

Richardson considéra le dessin avec mépris.

— Vous savez, dit-il, il me semble me souvenir qu'elle m'a expliqué que c'était une bonne chose de prévoir un plan d'eau rectangulaire parce que cela rappelle un autre caractère ressemblant à une bouche et symbolisant — qu'est-ce que c'était, déjà ? — ah oui, les gens et la prospérité. Kay, je voudrais que vous consultiez les procès-verbaux dans l'ordinateur. Peut-être qu'on pourra baiser cette salope une fois pour toutes.

Mitch secoua la tête.

— Vous voulez parler du caractère *kou*. Mais quand vous y ajoutez le caractère *mu*, pour « arbre », en son centre, le signe *kou* devient *kun*. Vous voyez ce que je veux dire ? Jenny a beaucoup insisté sur ce point, Ray. Et elle ne signera pas le certificat de *feng choui* tant que nous ne l'aurons pas rectifié.

— Rectifié ? Comment ? fit Levine.

— Eh bien, j'y ai un peu réfléchi, dit Mitch. Nous pourrions prévoir un second plan d'eau, circulaire, à l'intérieur du premier. De cette façon, le cercle représenterait le ciel, et le carré, la terre.

— Je n'en crois pas mes oreilles, intervint Richardson. L'immeuble le plus intelligent de LA et nous pinaillons sur des trucs de vaudou. D'ici peu il nous faudra sacrifier un jeune coq et répandre son sang sur la porte d'entrée. (Il soupira et passa la main dans ses courts cheveux gris.) Excusez-moi, Mitch. Après tout, votre idée paraît bonne.

— A vrai dire, je l'ai déjà soumise à Jenny, et elle semble l'approuver.

— Bien joué, mon vieux, fit Richardson. Faites-la dessiner, vous voulez bien ? Vous entendez, tout le monde ? Mitch est le genre de type dont on a besoin ici. Il fait avancer les choses. Point suivant.

— Je crains que nous n'en ayons pas terminé avec celui-ci, dit Mitch. Jenny Bao a également un problème avec le quatrième niveau. Le signe chinois pour « quatre » est le même que pour « mort ». Enfin, quelque chose comme ça.

— Elle a peut-être bien raison, fit Richardson. Parce que ce sont quatre balles que je vais tirer dans le putain de crâne de cette garce. Ensuite je vais lui arracher les quatre membres et les lui enfoncer de quatre centimètres dans...

— Génial ! s'exclama Aidan Kenny d'un air ravi.

Levine fit entendre son gros rire.

— Est-ce qu'on ne pourrait pas laisser un vide à la place du quatrième niveau ? fit Helen Hussey en souriant. Vous savez, on le laisse tout simplement de côté et on fait flotter le cinquième niveau au-dessus du troisième.

— Voyez-vous une solution, Mitch ? s'enquit Joan.

— Pas cette fois-ci, malheureusement.

— J'ai une idée, intervint Aidan Kenny. Le quatrième niveau doit être occupé par les services informatiques. Il y aura la salle d'informatique centrale, le centre de messagerie électronique, la salle de traitement d'image, la salle de lecture de bandes, la bibliothèque multimédia avec son centre de stockage protégé, la passerelle de contrôle ainsi que les différents couloirs de desserte. Alors pourquoi ne pas le baptiser quelque chose comme « centre de données » ? Dans ce cas, on aurait le deuxième niveau, le troisième, le centre de données, le cinquième niveau, la lingerie féminine, les tissus d'ameublement...

— Ça n'est pas une mauvaise idée, Aid, dit Richardson. Qu'en pensez-vous, Mitch ? Est-ce que Mme Blavatsky avalera ça ?

— Je pense que oui.

— Willis ? Vous faites la grimace. Avez-vous une objection ?

En tant qu'ingénieur fluides du projet, Willis Ellery avait la responsabilté du réseau complexe de tuyauteries, câbles, cages d'ascenseur et autres canalisations de l'immeuble de la Yu Corporation. C'était un homme trapu aux cheveux blond-blanc, avec une moustache colorée en brun en raison des nombreux cigares qu'il fumait en dehors du bureau. Il s'éclaircit la gorge et eut un petit hochement de tête, comme s'il tentait de s'immiscer dans la conversation. En dépit de son évidente force physique, il était l'homme le plus doux qui soit.

— Eh bien, oui, je pense en avoir une. Qu'allons-nous faire pour les ascenseurs ? dit-il. Les panneaux indicateurs des cabines comportent tous le chiffre quatre.

Richardson hocha les épaules avec impatience.

— Voyez ça avec Otis, Willis, demandez-leur de vous fabriquer un jeu spécial. Ça ne devrait pas poser de problème de faire des panneaux avec un C à la place du 4. (Il pointa son doigt sur Kay Killen, qui notait le procès-verbal de la réunion sur son portable.) Veillez à en informer le client, Kay. Le coût de toutes ces modifications vaudou sera à sa charge, pas à la nôtre.

— Hum... disons que... cela risque de prendre un certain temps pour organiser tout ça, observa Ellery.

Richardson regarda Aidan Kenny avec ce qu'on aurait pu prendre pour une lueur dans le regard.

— Aid ? Vous êtes celui qui doit passer le plus de temps au quatrième étage de la Yu Corp. Qu'en pensez-vous ? Acceptez-vous de prendre le risque ? Vous avez confiance dans votre bonne étoile, petit fumier ?

— Je suis irlandais, pas chinois, répondit Kenny en riant. Le chiffre quatre ne m'a jamais posé de problèmes. Mon père disait que l'heureux possesseur d'un trèfle à quatre feuilles aurait de la chance au jeu, et que la sorcellerie n'aurait aucune prise sur lui.

— En tout cas, dit Mitch, il vaudrait peut-être mieux ne pas en parler à Cheech et Chong.

— Qui c'est, ces deux-là ? demanda Richardson.

— Bob Beech et Hideki Yojo, expliqua Kenny. De la Yu Corporation. Ce sont eux qui installent leur superordinateur et qui m'aident à mettre en place les systèmes de gestion d'immeuble. En fait, ce sont mes chaperons. Ils sont là pour s'assurer que je ne fais pas de conneries avec leur matériel.

— Pensez-vous que leur présence puisse être assimilée à une prise de possession ouvrant jouissance usufruitière ? plaisanta David Arnon.

Les termes du contrat stipulaient en effet qu'une telle situation autorisait son entreprise, Elmo Sergo, à quitter le chantier.

Mitch sourit, sachant avec quelle impatience Arnon attendait de terminer ce travail et surtout, de ne plus avoir à côtoyer Ray Richardson.

— A propos, Mitch, dit Richardson. Avez-vous prévu une date pour la visite de réception des travaux ?

Cette visite marque, dans l'achèvement d'un contrat de construction, le moment où l'architecte accepte le bâtiment comme achevé et prêt à être occupé.

— Non, Ray, pas encore. Nous attendons d'avoir terminé les vérifications des services et de l'équipement avant de demander le certificat temporaire d'occupation.

— N'attendez pas trop. Vous savez à quelle vitesse mon agenda se remplit.

— Hé, j'oubliais de vous dire, intervint Kenny, mais en parlant de dates et d'agenda, c'est le Big Bang aujourd'hui. Notre ordinateur se connecte aux ordinateurs de tous nos autres projets en Amérique.

— Aidan a tout à fait raison de nous le rappeler, dit Ray Richardson. Notre Big Bang est important. Bientôt, presque toutes nos visites de chantier se dérouleront grâce à des caméras vidéo, via le modem de l'ordinateur. Ce qui devrait éviter à pas mal de petits salauds parmi vous de cochonner leurs pompes à trois cents dollars.

— Il est même possible que le système soit prêt pour notre prochaine réunion, précisa Kenny. La plupart des SGI fonctionnent déjà.

— Bon travail, Aid.

— Et la sécurité ? s'enquit Tony Levine. Mitch dit que des manifestants sont revenus.

— Comment se fait-il ? s'étonna Richardson. Ça fait six mois qu'on ne les a pas vus.

— Ils sont moitié moins nombreux que la dernière fois. Il n'y en a qu'une poignée, dit Mitch. Des étudiants, surtout. A mon avis, c'est parce que le semestre de l'UCLA vient de se terminer.

— Vous savez, si ça devient un problème, Mitch, vous n'aurez qu'à appeler Morgan Phillips à l'hôtel de ville. Demandez-lui de faire quelque chose. Il me doit un service.

Mitch haussa les épaules.

— Je ne pense pas que ça deviendra un problème, dit-il. Nos agents de sécurité devraient suffire à régler la question. Sans parler de l'ordinateur.

— Si vous le dites. Merci, tout le monde, fit Richardson, c'est terminé.

On leva la réunion.

— Hé, Mitch, fit Kenny. Tu vas dans le centre ?

— D'une minute à l'autre, oui.

— Dépose-moi au Gril, tu veux bien ? Ma voiture est au garage.

Mitch fit la grimace et jeta un coup d'œil à Ray Richardson.

C'est le critique architectural du *LA Times*, Sam Hall Kaplan, qui avait le premier surnommé l'immeuble de la Yu Corporation le « Gril » en raison des lignes parallèles de son ossature d'entretoises et de supports. Mitch savait que le sobriquet agaçait Richardson.

— Aidan Kenny, intervint vivement Richardson. Je ne veux entendre personne appeler l'immeuble de la Yu Corporation le Gril. C'est l'immeuble de Yu, ou l'immeuble de la Yu Corp, ou même le Numéro Un, Hope Street Piazza, et c'est tout. Personne ici ne doit dénigrer de la sorte un immeuble Richardson. Est-ce clair ?

Réalisant qu'Aidan Kenny n'était pas le seul à écouter cette réplique, Ray Richardson haussa la voix.

— Ceci est valable pour tous. Personne ne doit faire référence à l'immeuble Yu sous l'appellation Gril. Notre studio a obtenu quatre-vingt-dix-huit récompenses pour son remarquable design architectural, et nous sommes fiers de nos édifices. Il est possible que je base mon style d'architecture sur la technologie — je ne vois pas comment on pourrait l'éviter. Mais soyez assurés que je crois aussi en la beauté de ces bâtiments. Beauté et technologie ne sont pas aussi incompatibles que certains voudraient nous le faire croire. Celui qui pense différemment n'a aucun droit à travailler ici. Ne vous méprenez pas sur ce point. Je virerai le premier qui utilisera le mot Gril. Et il en ira de même pour les surnoms que certains seraient tentés de donner au Kunstzentrum de Berlin, au bâtiment du Yoyogi Park de Tokyo, au musée Bunshaft de Houston, à l'immeuble Thatcher de Londres, ou à tout autre putain de bâtiment sur lequel nous aurons travaillé. J'espère m'être bien fait comprendre.

Dans la voiture, Aidan Kenny parlait encore de cette réprimande tandis que Mitch roulait vers l'est sur Santa Monica Boulevard. Mitch était heureux de constater qu'il ne la prenait pas trop à cœur. Kenny semblait même considérer l'expérience comme amusante.

— L'immeuble du Yoyogi Park, dit-il. Comment l'appelle-t-on, celui-là, alors ? Désolé, comment le dénigre-t-on ? Putain de mot, ça — dénigrer. Il a fallu que je cherche dans le dictionnaire. Ça signifie dire du mal.

— Il y a eu un article dessus dans *Architectural Digest*, expliqua Mitch. Le *Japan Times* a commandé un sondage Gallup pour savoir ce que les habitants de Tokyo en pensaient. Il en ressort qu'ils l'appellent le Tremplin de ski.

— Le Tremplin de ski, pouffa Kenny. Ça me plaît. C'est vrai qu'il ressemble à un tremplin, non ? Ouch. Je parie qu'il a adoré ça. Et le Bunshaft ?

— Celui-là, il est nouveau pour moi. Peut-être qu'il a remarqué quelque chose que je n'ai pas vu.

— Qu'est-ce qui fait bander ce salopard ? Peut-être que c'est Joan. Si ça se trouve, elle s'en attache un et elle le lui fourre dans le cul. Elle est assez masculine pour ça : voilà ce que j'appelle une Dame de Fer. Elle pourrait jouer en défense pour les Steelers.

— Richardson n'est pas le pire architecte de LA, je dois le reconnaître. Et de loin. Pour ça, c'est Morphosis qui décrocherait la timbale, talonné par Frank Gehry. Ray se comporte peut-être comme un schizophrène paranoïaque, mais au moins ses immeubles expriment autre chose. Penses-tu que certains de ces types croient qu'il existe une sorte de rédemption dans le fait de bâtir des immeubles aussi laids que possible ?

— Allons, allons, Mitch, fit Kenny en riant. Tu sais bien que le mot « laid » n'a aucun sens en architecture. Il y a l'avant-garde, il y a le très avant-garde et il y a le garde de sécurité. Aujourd'hui, si tu veux que ton immeuble soit à la mode, il faut qu'il ressemble à un putain de pénitencier.

— Voilà qui sonne bien dans la bouche de quelqu'un qui roule en Cadillac Protector.

— Sais-tu combien on a vendu de Protector à LA l'an dernier ? Quatre-vingt mille. Je te parie que d'ici quelques années, tout le monde en aura une. Y compris toi. Joan Richardson en a une.

— Et pourquoi pas Ray ? Il y a certainement beaucoup plus de gens qui souhaitent sa mort à lui.

— Tu ne crois tout de même pas que sa Bentley n'est pas blindée ? (Kenny secoua la tête.) C'est impossible de vendre une voiture comme ça à LA sans qu'elle soit blindée. Mais franchement je préfère la Protector. Elle a un moteur de secours, au cas où le premier lâcherait. Même une Bentley n'a pas ça.

— Alors pourquoi est-elle déjà en réparation ? Tu viens juste de l'avoir.

— Ça n'est rien de grave. Un petit problème avec l'ordinateur de bord.

— Qu'est-ce qu'il a ?

— Je ne sais pas. Mon fils de huit ans, Michael, n'arrête pas de le tripoter. Il croit que ça sert à contrôler le système d'armes de la voiture ou quelque chose, et il mitraille les autres voitures avec.

— Si seulement, fit Mitch en pilant pour éviter de caramboler la Ford marron qui zigzaguait devant eux, c'était aussi facile.

Il serra les dents d'un air furieux, puis jeta un coup d'œil dans le rétroviseur et déboîta pour dépasser la Ford.

— Ne le regarde pas, dit Kenny d'une voix nerveuse. On ne sait jamais, tu sais... Tu as une arme dans ta voiture ? ajouta-t-il en ouvrant la boîte à gants.

— Si la Protector était dotée d'un système d'arme, j'en achèterais une tout de suite.

— Ouais, ce serait pas bien, ça ?

Mitch se rabattit devant la Ford marron et tourna la tête vers son passager.

— Détends-toi, mon vieux. Il n'y a pas d'arme là-dedans. Je n'en ai pas.

— Pas d'arme ? Mais qu'est-ce que tu es ? Un genre de pacifiste ?

Aidan Kenny était un individu enveloppé, genre amateur de divan devant la télé, avec des lunettes cerclées et une large bouche visqueuse capable d'enfourner un cheeseburger entier. Mitch trouvait qu'il y avait en lui quelque chose d'un principicule de la Renaissance : ses yeux étaient petits et trop rapprochés ; son nez était long et épais, ajoutant une impression de sensualité et d'indulgence envers soi-même ; et son menton prognathe, sans atteindre des proportions habsbourgeoises, dénotait une farouche obstination et était couvert d'une barbe blonde adolescente dont on avait l'impression qu'il l'avait laissée pousser pour donner une impression de maturité. Il avait une peau aussi blanche et douce qu'un rouleau de papier toilette, comme on pouvait s'y attendre chez quelqu'un qui passait le plus clair de sa vie éveillé devant l'écran d'un terminal informatique.

Ils virèrent au sud pour prendre Hollywood Freeway.

— C'est pour ça que j'ai cédé et que je lui offre des jeux informatiques, poursuivit Kenny. Tu sais, les trucs interactifs sur CD-ROM.

— Qui ça ?

— Mon fils. Comme ça, j'espère qu'il arrêtera de tripoter l'ordinateur de la voiture.

— Il doit être le dernier gosse de LA à ne pas connaître ce genre de jeux.

— Ouais, c'est parce que je sais qu'on peut vite s'y accrocher. Je vais toujours aux réunions des JIA. Les Jeux Informatiques Anonymes.

A nouveau, Mitch coula un regard de côté vers son collègue. Il était facile de l'imaginer jouant à quelque jeu d'aventures jusqu'au petit matin. Aidan Kenny n'avait toutefois rien d'un esprit ramolli. Avant de monter une entreprise de systèmes de gestion d'immeuble que Richardson avait ensuite rachetée plusieurs millions de dollars, Aidan Kenny avait travaillé avec le groupe de recherche de Stanford sur l'intelligence artificielle. C'était là quelque chose que l'on devait porter au crédit de Ray Richardson : il ne s'entourait que des meilleurs. Même s'il ne savait pas se les attacher.

— A vrai dire, Mitch, il doit passer aujourd'hui. Je dois l'accompagner dans une boutique où il pourra choisir tous les jeux qu'il désire.

— Qui, Michael ?

— C'est son anniversaire. Margaret le déposera au Gril. Oups ! A l'immeuble Yu. Mince, j'espère qu'il n'y a pas de micros dans ta voiture. Tu crois que c'est gênant s'il passe l'après-midi là-bas ? On doit aller voir les Clippers ce soir et je ne voudrais pas être obligé de repasser à la maison.

Mitch pensait à Allen Grabel. Son attaché-case était encore sous sa table au moment où ils avaient quitté le studio. Et il était à nouveau tombé sur le répondeur quand Mitch avait rappelé chez lui. Il en parla à Kenny.

— Crois-tu qu'il lui soit arrivé quelque chose ? dit-il.

— A quoi tu penses ?

— Je ne sais pas. C'est toi qui a de l'imagination et qui roule en Cadillac Protector. Je veux dire qu'il était assez tard quand il est parti du bureau hier soir.

— Il a sans doute été se beurrer quelque part, dit Kenny. Allen aime bien boire un verre. Et même deux ou trois s'il en a l'occasion.

— Ouais, peut-être que tu as raison.

Ils sortirent de l'autoroute à Temple Street et approchèrent de la silhouette familière de la ville, dominée par les soixante-treize étages de la Library Tower orthogonale de I. M. Pei. Mitch se fit la réflexion que les plus grands immeubles de LA (des banques et des centres commerciaux pour la plupart) ressemblaient aux banales structures carrées qu'il construisait à l'époque où les gosses de huit ans jouaient avec des briques de Lego. Tournant vers le sud pour emprunter Hope Street, il ressentit une bouffée de fierté en découvrant l'immeuble Yu et, penché sur son volant, leva brièvement les yeux vers le mur rideau familier qui se dressait derrière le treillis caractéristique des méga-poutres tridimensionnelles et des piliers blanc ivoire : il ne s'agissait pas tant d'une charpente que d'une échelle de cent mètres de haut à laquelle étaient suspendus les vingt-cinq étages.

En dépit de la susceptibilité de Richardson à l'égard du surnom, Mitch n'y trouvait rien d'offensant. En fait, il s'attendait un peu à ce que, à l'instar des propriétaires du célèbre Flatiron new-yorkais, la Yu Corporation finît par céder à l'insistance populaire et officialisât le sobriquet[1]. On pouvait bien l'appeler comme on voulait, se dit-il : par rapport à la morne fonctionnalité chère à l'architecte germano-américain Mies van der Rohe, des cages en verre environnantes, le Gril constituait, de l'avis de Mitch, l'exemple d'architecture moderne le plus frappant d'Amérique. Aucun d'entre eux n'arrivait à la cheville de la brillante machine transparente blanc-argent que constituait le Gril de Ray Richardson. Sa visible absence de couleur était la couleur la plus concrète qui fût et, aux yeux de Mitch, l'immeuble semblait darder la lumière blanche d'une vérité révélée.

Mitch ralentit pour emprunter la rampe inclinée qui contournait la place achevée jusqu'au parking souterrain. C'est alors qu'il entendit quelque chose heurter la portière passager.

---

(1) L'immeuble new-yorkais a été baptisé Flatiron (Fer à repasser) en raison de sa forme triangulaire. Le nom anglais original de l'immeuble de la Yu Corporation est « Gridiron », évoquant à la fois un gril et le dessin d'un terrain de football américain.*(N.d.T.)*

— Seigneur ! s'exclama Kenny en se tassant dans son siège.

— Bon Dieu, mais qu'est-ce que c'était ?

— Un de ces gamins chinois nous a balancé quelque chose.

Mitch ne s'arrêta pas. Comme tout le monde à LA, il ne s'arrêtait qu'aux feux rouges ou sur ordre du LAPD. Il attendit d'être en sécurité derrière le volet roulant en aluminium du parking avant de chercher d'éventuels dégâts sur la carrosserie.

Il n'y avait aucune bosse. Pas même une éraflure. Juste la tache écrasée d'un fruit pourri, large comme la main. Mitch sortit un mouchoir en papier de la boîte à gants, essuya la tôle puis renifla le mouchoir.

— Ça sent l'orange pourrie, dit-il. Ç'aurait pu être pire. Ils auraient pu lancer une pierre.

— La prochaine fois, ça pourrait être pire. Suis mon conseil, Mitch, achète-toi une Cadillac Protector, dit Kenny en haussant les épaules. (Puis, citant l'infâme publicité montrant un Blanc à l'air abruti traversant en voiture un quartier peuplé de Noirs menaçants, il ajouta :) La voiture qui vous rend la liberté de circuler en ville.

— Qu'est-ce qui leur prend, à ces gamins ? Ils ne nous ont jamais rien jeté jusqu'à maintenant. Est-ce qu'il n'y a pas un flic devant l'immeuble censé empêcher que de tels incidents se produisent ?

Kenny secoua la tête.

— Qui sait ? C'est peut-être le flic qui a fait ça. Seigneur, depuis quelque temps j'ai plus peur du LAPD que des voyous. Est-ce que tu as vu cet aveugle à la télé ? Celui qui s'est fait descendre parce qu'il a agité sa canne blanche devant un flic ?

— Je crois que nous ferions mieux d'en parler à Sam, dit Mitch. On verra ce qu'il dit.

Ils franchirent une porte menant aux ascenseurs, dont l'une des cabines attendait de les monter au bâtiment principal. La cabine était automatiquement descendue au sous-sol lorsque les deux hommes avaient prononcé les formules d'identification vocale à l'entrée du parking.

— Quel niveau, je vous prie ?

Kenny se pencha vers le microphone mural.

— Abraham, où se trouve Sam Gleig ?

— Abraham ?

Mitch leva les sourcils vers Kenny, qui lui répondit d'un haussement d'épaules.

— Je ne t'ai pas dit ? On a décidé de donner un nom à la vie-A.

— Sam Gleig se trouve au niveau de l'atrium, répondit l'ordinateur.

— Dans ce cas, dépose-nous à l'atrium, s'il te plaît, Abraham. (Kenny adressa un sourire à Mitch.) Et en plus, c'est vachement mieux que le nom qu'avaient donné Cheech et Chong à la configuration Yu-5. Le Mathematical Analyser Numerator Integrator and Computer. M-A-N-I-A-C ? Pigé ?

Les portes se fermèrent.

— Abraham. C'est pas mal, dit Mitch. Tu sais, chaque fois que j'entends la voix de cette machine, je me demande d'où je la connais.

— C'est Alec Guinness, dit Kenny. Tu sais, le vieil Anglais qui jouait dans *Star Wars*. On l'a fait venir un week-end entier au studio pour digitaliser sa voix. Bien sûr, Abraham peut reproduire à peu près n'importe quel son, mais pour un discours prolongé, il faut avoir un acteur sous la main afin d'obtenir une base linguistique suffisante. Nous avons sélectionné Guinness parmi une douzaine d'autres acteurs, dont Glenn Close, James Earl Jones, Marlon Brando, Meryl Streep et Clint Eastwood.

— Clint Eastwood ? fit Mitch d'un air étonné. Dans un *ascenseur* ?

— Ouais, mais c'est Guinness qui nous a paru le meilleur. Les gens lui trouvaient une voix très rassurante. C'est l'accent britannique, je suppose. Ceci dit, nous ne nous sommes pas limités à l'anglais. Quatre-vingt-six langues sont utilisées à LA, et Abraham est programmé pour toutes les comprendre et les parler.

Les portes de la cabine s'ouvrirent sur l'atrium où flottait une agréable odeur synthétique de bois de cèdre. Mitch et Kenny traversèrent un sol de marbre blanc, encore recouvert de son film plastique de protection, en direction de la console holographique où se tenait un vigile. Apercevant les deux hommes, celui-ci détourna le regard du sommet de l'arbre immense qui dominait l'atrium et marcha à leur rencontre.

— Bonjour, messieurs, dit-il. Comment allez-vous aujourd'hui ?

— 'jour, Sam, répondit Mitch. Sam, un de ces manifestants vient de lancer quelque chose sur ma voiture. Ça n'était qu'un fruit pourri, mais je préfère le signaler.

Les trois hommes se dirigèrent vers l'entrée et observèrent à travers le Plexiglas blindé le petit groupe de manifestants derrière la barrière de police, au pied des marches descendant sur la place. Le motard chargé de les surveiller était assis en amazone sur sa machine et lisait un journal.

— Vous pourriez en toucher un mot à l'agent chargé de les avoir à l'œil, ajouta Mitch. Je ne veux pas en faire tout une histoire, mais je n'aimerais pas que ça devienne une habitude, vu ?

— Non, monsieur, je comprends, dit Gleig. Je vais lui en parler.

— Ont-ils déjà causé des ennuis ? s'enquit Kenny.

— Des ennuis, monsieur ? Non, monsieur.

Sam Gleig esquissa un sourire carnassier. Il détacha une main de la taille d'une pizza de la crosse du 9 mm automatique qu'il portait dans un étui de ceinture et tapota le verre teinté de ses phalanges.

— Et puis, que pourraient-ils faire ? Ce truc fait vingt millimètres d'épaisseur. Il peut supporter n'importe quoi sans broncher, depuis le coup de fusil de chasse calibre 12 à la balle de fusil de l'OTAN de 7,62 mm. Vous savez quoi, Mr Kenny ? C'est le boulot le plus tranquille que j'aie jamais eu. En fait, je crois bien que c'est l'endroit le plus tranquille de tout LA.

Sur quoi il partit d'un gros rire lent qui se répercuta d'un bout à l'autre de l'atrium : un Père Noël de centre commercial.

Mitch et Kenny sourirent et regagnèrent les ascenseurs.

— Il a raison, dit Kenny. C'est l'immeuble le plus sûr de LA. On pourrait y faire siéger sans risque un parlement russe.

— Tu crois que je devrais lui parler des problèmes qu'on a avec le *feng choui* ? fit Mitch.

— Surtout pas ! rétorqua Mitch en riant. Tu pourrais lui gâcher sa journée.

Mitch et Kenny avaient des visions très différentes du Gril. Mitch le considérait de l'extérieur vers le dedans, et Kenny de l'intérieur vers le dehors. Pour Kenny, le Gril était ce qui se rapprochait le plus de ce que pouvait être le corps physique d'un ordinateur. La configuration Yu-5 était capable de presque tout voir et sentir grâce à une palette de systèmes de gestion d'immeubles et de sécurité analogues aux récepteurs qui procurent à l'homme ses capacités sensorielles. L'analogie avait tellement influencé Beech et Yojo, les concepteurs du Yu-5, qu'ils avaient programmé dans l'ordinateur ce qu'ils appelaient une « illusion d'observateur ». En gros, Abraham avait été doté de la sensation d'être réparti dans le temps et l'espace, et de régner sur le chaos de ses nombreuses perceptions et stimuli. C'était, comme Kenny disait en plaisantant, un exemple de « je calcule, donc je suis ».

On encourageait l'ordinateur à se penser comme le cerveau du corps de l'immeuble, relié aux fonctions de ce corps grâce à son système nerveux central : le système de câblage multiplex. Son processus visuel était fourni par un système élaboré de caméras vidéo en circuit fermé, ainsi que par un système compliqué de capteurs infrarouges passifs répartis dans et hors du bâtiment. Le processus auditif recourait à des détecteurs acoustiques et ultrasoniques, ainsi qu'aux micros omnidirectionnels qui facilitaient l'accès aux ascenseurs, aux portes, aux téléphones et aux stations de travail informatiques à travers le système SYCRETS. Le processus olfactif par lequel l'ordinateur était capable de contrôler et de fabriquer les odeurs synthétiques dispensées dans l'immeuble était réalisé par des capteurs électriques stéréo-isométriques et paranosmiaques qui réagissaient à une dose d'un quatre cent millionnième de milligramme par litre d'air.

Le reste de la réception sensorielle de l'ordinateur, par laquelle l'immeuble était capable de réagir aux modifications de son environnement intérieur et extérieur, était à peu près comparable au sens kinesthésique et aux réflexes de l'appareil vestibulaire de l'organisme humain.

Rares, et même inexistants, étaient les stimuli que l'ordinateur était incapable de transformer en processus vital à partir d'un changement énergétique.

Pour Kenny, l'ordinateur Yu-5 et le Gril représentaient le stade le plus avancé de la logique cartésienne — les mathématiques en tant que ciment unificateur d'un monde rationalisé.

A 12 h 45, Cheng Peng Fei quitta le groupe de manifestants sur la place s'étendant devant le Gril et partit à pied vers le nord en direction de l'autoroute, considérant les vagabonds et mendiants qu'il croisait avec l'indifférence experte de quelqu'un qui connaît la misère encore plus grande du Sud-Est asiatique.

Il fut abordé par un Noir portant une casquette de base-ball à l'effigie des Dodgers et puant comme un tas de fumier. Voilà ce que c'est d'aller à pied, se dit le jeune Chinois.

— S'te plaît, mec, t'aurais pas une pièce ou deux ?

Cheng Peng Fei tourna la tête de l'autre côté et, plein de mépris pour le clochard qui avait déjà ralenti le pas, poursuivit son chemin en se disant qu'en Chine, aussi pauvre que vous fussiez, vous étiez obligé de travailler pour survivre. Il avait de la compassion pour les pauvres, mais uniquement envers ceux qui étaient incapables de subvenir à leurs propres besoins. Pas envers ceux qui paraissaient assez forts pour travailler.

Il obliqua vers l'est, remonta Sunset Boulevard et, au coin de North Spring Street, pénétra dans le restaurant de fruits de mer Mon Kee.

L'établissement était bondé, mais l'homme qu'il cherchait, un Japonais au visage dur mais plutôt beau garçon, était facilement repérable grâce à son costume bleu marine de chez Comme des Garçons. Cheng s'assit en face de lui et s'empara d'un menu.

— C'est un bon restaurant, dit le Japonais dont l'anglais était teinté d'un léger accent américain. Merci de me l'avoir recommandé. Je reviendrai.

Cheng Peng Fei haussa les épaules, indifférent au fait que l'établissement plaise ou non au Japonais. Son grand-père était originaire de Nankin, et il en savait assez sur ce qui s'était passé là-bas dans les années 30 pour éprouver une profonde aversion envers les Japonais. Il décida de faire avancer la conversation.

— Nous avons recommencé à manifester, conformément à votre suggestion, dit-il.

— C'est ce que j'ai vu. Mais il n'y a pas autant de monde que j'en espérais.

— Les gens sont rentrés chez eux pour les vacances.

— Eh bien, trouves-en d'autres. (Le Japonais balaya la salle du regard.) Peut-être que certains de ces serveurs aimeraient se faire un peu d'argent facile. Merde, ça n'est même pas illégal. Ça se fait plutôt rare, aujourd'hui.

Il plongea la main dans la poche de son manteau et en sortit une enveloppe bulle qu'il poussa à travers la table.

— Je ne comprends toujours pas, dit Cheng en empochant l'enveloppe sans l'ouvrir. Où est votre intérêt là-dedans ?

— Qu'est-ce qu'il y a à comprendre ? rétorqua le Japonais avec un haussement d'épaules. Je t'ai tout dit lors de notre première rencontre. Vous avez envie de manifester contre la collusion de la Yu Corporation avec les communistes chinois et moi, j'ai envie de vous sponsoriser pour le faire.

Cheng Peng Fei se remémora leur unique rencontre avant celle-ci : le Japonais — il ne connaissait toujours pas son nom — avait réussi à trouver Cheng après avoir lu son nom dans les journaux à propos de la première manifestation sur la toute nouvelle Hope Street Piazza.

— Mais je crois que vous devriez vous montrer un peu moins polis. Tu vois ce que je veux dire ? Faire un peu plus de boucan. Jeter quelques pierres ou je ne sais quoi. Il faut durcir les choses. C'est pour une juste cause, après tout.

Cheng eut envie de lui raconter qu'il avait lancé un fruit pourri sur une voiture qui entrait dans le parking souterrain du Gril, mais il se dit que le Japonais trouverait cela drôle. Que pesait un fruit pourri face à une pierre ? C'est pourquoi il se contenta de dire :

— Vous le pensez vraiment ? Que c'est une juste cause ?

Le Japonais eut l'air étonné.

— Sinon, pourquoi ferais-je tout ça ?

— En effet, pourquoi ?

Le garçon vint prendre la commande de Cheng.

— Une Tsingtao, s'il vous plaît.

— Tu ne manges pas ? demanda le Japonais.

Cheng secoua la tête.

— Dommage. C'est vraiment très bon.

— Puis-je vous dire ce que j'ai en tête ? demanda Cheng une fois que le serveur eut disparu.

Le Japonais porta une fourchette de poisson à sa bouche en fixant Cheng droit dans les yeux.

— Tu peux dire ce que tu veux. Contrairement à la République populaire de Chine, nous sommes encore dans un pays libre.

— Je pense que vous et vos employeurs êtes des concurrents de la Yu Corporation, et que vous cherchez à lui causer des difficultés par tous les moyens. Je parie que vous travaillez aussi dans le secteur de l'électronique et de l'informatique.

— Des concurrents commerciaux, hein ?

— Vous autres Japonais avez un dicton, je crois... « Les affaires, c'est la guerre » ? Est-ce pour cette raison que vous voulez qu'on manifeste devant leur nouvel immeuble ? Quoique je ne voie pas très bien en quoi cela pourrait changer quelque chose dans le domaine des hautes affaires.

— C'est une théorie intéressante. (Le Japonais rit, s'essuya la bouche avec sa serviette et se leva. Sans cesser de sourire, il jeta une poignée de dollars sur la table.) Tu as de l'imagination. C'est une bonne chose. Alors, sers-t'en. Trouve un moyen pour que l'on parle un peu plus de votre action. Ah ! encore une chose... ajouta-t-il. Au cas où tu te ferais arrêter. Tu ne m'as jamais rencontré. J'espère qu'il va sans dire que je serais très mécontent si je découvrais que tu as parlé de tout ça à quelqu'un. Est-ce clair ?

Cheng hocha la tête d'un air détaché. Mais une fois le Japonais parti, il réalisa qu'il avait peur.

Mitch s'était installé un bureau provisoire au vingt-cinquième étage, dans la partie du bâtiment la plus avancée, qui deviendrait bientôt le luxueux domaine privé et semi-privé des hauts responsables de la Yu Corporation.

La plupart des pièces comportaient de hautes portes vernies en bois sombre avec des cadres d'aluminium argenté dont le dessin avait été conçu pour rappeler le logo de la Yu Corporation. Certaines pièces étaient déjà moquettées — en gris clair, pour contraster avec le gris foncé de la moquette des couloirs — et quelques-unes portaient les empreintes de pas négligentes des électriciens, plâtriers et menuisiers qui y travaillaient encore.

Maintenant que le travail était presque achevé, il régnait une atmosphère d'abandon dans le bâtiment. Mitch trouvait cela désagréable, surtout la nuit lorsque le centre-ville se vidait et que, telle une moderne *Marie Céleste*, la taille même du Gril semblait souligner l'absence d'occupants humains. Il était étrange, songea-t-il, de constater combien de livres et de films reposaient sur la peur des gens de se trouver seuls dans de vieux immeubles, alors que les constructions neuves pouvaient se révéler tout aussi inquiétantes. Le Gril ne faisait pas exception à la règle. Même en plein jour, le ronronnement soudain du conditionneur d'air, le murmure de l'eau dans une tuyauterie ou le craquement d'une boiserie neuve qui s'étirait ou se contractait pouvait faire dresser les cheveux sur la nuque de Mitch. Il se sentait comme l'unique membre d'équipage d'un énorme vaisseau spatial parti pour une mission de cinq ans dans les ténèbres de l'espace. Bruce Dern dans *Silent Running*. Keir Dullyea dans *2001, Odyssée de l'espace*. De temps à autre, il était enclin à considérer le *feng choui* de Jenny Bao avec le même sérieux qu'il affectait de lui porter lorsqu'il était avec elle : peut-être y avait-il vraiment une énergie spirituelle, bonne ou mauvaise, dans un édifice. D'un point de vue plus rationnel, il se demanda si cela n'avait pas de lien avec l'illusion d'observateur dont avait été doté l'ordinateur : peut-être que l'impression qu'il ressentait était uniquement due au fait d'être observé par l'ordinateur lui-même.

Malgré tout, il avait plaisir à se retrouver seul dans le Gril. Le silence et le calme lui permettaient de réfléchir à son avenir. Un avenir qui, espérait-il, comprendrait Jenny Bao, mais pas Richardson and Associates. Mitch en avait assez d'être le coordonnateur technique de Ray Richardson. Il désirait redevenir architecte, tout simplement. Il voulait dessiner une maison, ou une école, peut-être une bibliothèque. Rien de tape-à-l'œil, rien de compliqué, juste des bâtiments agréables que les gens auraient autant de plaisir à regarder qu'à utiliser. Une chose était certaine. Il en avait par-dessus la tête des immeubles intelligents. Cela demandait beaucoup trop d'organisation.

Tandis que Mitch passait d'un étage à l'autre, transportant son ordinateur portable sur un harnais ergonomique, il ne rencontra que de rares signes d'activité : un plombier solitaire effectuant le branchement d'un des modules automatiques de toilettes pour cadres, préfabriqués, comme de nombreux systèmes et composants du Gril, par la Toto Company japonaise ; un ingénieur en télécommunications installant le plus récent visiophone — un système à paquets rapides avec un identificateur d'appel et un détecteur de mensonge.

Mitch était raisonnablement satisfait de l'avancement des travaux, même s'il ne voyait pas très bien comment le client pourrait s'installer dans moins de six semaines. De nombreux étages étaient loin d'être prêts, tandis que d'autres, censés être terminés, portaient déjà les traces des dégâts inévitables occasionnés par la poursuite du chantier. Bien que dans l'ensemble il fût satisfait de la qualité du travail, Mitch savait que quels que fussent les efforts de chacun, Ray Richardson se débrouillerait pour déceler quelques défauts. Il le faisait à chaque fois.

Pour Mitch, c'était là une des différences essentielles entre Richardson et lui, différence qui expliquait probablement pourquoi Richardson était parvenu à la place où il se trouvait : Richardson était le genre d'homme persuadé que l'on pouvait atteindre la perfection dans quelque chose, alors que Mitch pensait que l'architecture et le bâtiment constituaient un microcosme parfait d'un univers dans lequel l'ordre existait, de façon assez précaire, à l'extrême limite du chaos.

Le chaos et la complexité étaient les deux choses qui l'intéressaient le plus en ce moment : plus le système était complexe, plus vous vous approchiez de la limite du chaos. C'est l'une des choses qui le gênaient dans le concept même d'immeuble intelligent. Il avait essayé d'en parler avec Ray Richardson à propos du Gril, mais Richardson l'avait compris de travers.

— Bien sûr que l'immeuble est complexe, Mitch, avait-il dit. C'est justement la putain d'idée, non ?

— Ça n'est pas ce que je veux dire. Ce que je pense, c'est que plus un système est complexe, plus il y a de chances pour que quelque chose aille de travers.

— Qu'est-ce que tu veux dire, Mitch ? Que ce niveau de technologie t'inquiète ? C'est ça ? Allons, mon vieux, réveille-toi et sens ce café, tu veux ? C'est d'un immeuble de bureaux dont nous parlons, pas du système d'alerte avancée du Pentagone. Poursuis le programme, vu ?

Fin de la conversation.

Lorsque, vers la fin de la journée, Aidan Kenny appela Mitch pour lui dire de ramener son cul au quatrième étage, il ne s'attendait guère à constater que, de manière modeste, ses récentes inquiétudes étaient peut-être justifiées.

Le centre informatique du quatrième étage ne ressemblait à aucune des salles d'ordinateurs qu'avait connues Mitch. On y accédait par une passerelle de verre verdâtre éclairée par-dessous, légèrement arquée comme si elle enjambait un ruisseau et non les nombreux câbles électriques qu'elle avait été habilement conçue pour dissimuler. Les hautes portes étaient composées d'un épais verre tchécoslovaque transparent, que déparait seulement un panneau indiquant que la salle était protégée par un système pare-feu au Halon 1301.

Au-delà s'ouvrait une immense pièce aveugle, au sol recouvert d'un matériau antistatique et ceinturée d'éclairages au sol rappelant celui des portes de sortie d'un avion de ligne. Dominant la pièce, en un cercle qui rappela Stonehenge à Mitch, se dressaient les cinq monolithes d'aluminium brossé constituant le superordinateur Yu-5. Chacune des consoles blanc argenté mesurait près de trois mètres de haut, un mètre vingt de large et soixante centimètres de profondeur. En réalité, le superordinateur Yu-5 équivalait à plusieurs centaines d'ordinateurs travaillant dans un Système de traitement massivement parallèle. Alors que la plupart des ordinateurs travaillent en série, exécutant les différentes étapes d'une séquence sur une seule unité de traitement, l'avantage du STMP résidait en ce que les parties d'une même séquence pouvaient être partagées et effectuées simultanément, plus vite qu'avec un unique ordinateur rapide.

Mais administrer les complexes systèmes de gestion d'immeuble du Gril n'occupait qu'une petite partie de l'immense capacité de l'ordinateur. La plus grande part de son travail était consacrée au Groupe de mécanique informatique de la Yu Corporation et à sa quête d'un Langage informatique universel, grand dévoreur de chiffres — un langage qui serait non seulement capable de comprendre les programmes écrits dans d'autres langages informatiques, mais qui aurait également la capacité d'accomplir des manipulations mathématiques et le traitement de données commerciales. C'était ce projet, le projet NOAM, ainsi que d'autres encore plus secrets — Aidan Kenny soupçonnait également la Yu Corporation de se livrer à des recherches en « biogiciel » — qui avaient nécessité la présence de deux chaperons de la Yu Corporation chargés de contrôler l'installation par Kenny des systèmes de gestion d'immeuble.

A l'intérieur du premier cercle, cinq bureaux équipés d'écrans plats de 28 pouces formaient un cercle plus petit. Devant trois de ces bureaux étaient assis Bob Beech, Hideki Yojo et Aidan Kenny, tandis qu'un petit garçon, sans doute le fils d'Aidan, était installé devant le quatrième écran, plongé dans un jeu informatique dont les images se reflétaient sur ses épaisses lunettes sans monture.

— Mitch, comment ça va ? s'enquit Beech en souriant. Où te cachais-tu ?

— Comment se fait-il, remarqua Mitch, que chaque fois qu'on regarde travailler des programmeurs informatiques, on a l'impression qu'ils sont en train de prendre leur pause café ?

— Ouais ? fit Yojo. C'est parce qu'il faut penser à tout, mon vieux. C'est comme le football, voyez-vous. On doit sans arrêt se réunir pour étudier toutes les tactiques possibles.

— Je suis très flatté que vous acceptiez de me faire participer à vos discussions de ligne de touche, capitaine.

— Tu ne sais pas encore ce que nous voulons te demander, fit Beech.

Mitch ébaucha un sourire incertain.

— J'ai compris qu'il y avait un problème.

— Ouais, exact, dit Beech. Tu peux peut-être nous aider à le résoudre. Il nous manque juste un peu de coordination technique.

— C'est mon boulot.

— Mais d'abord nous attendons de toi une décision responsable, Mitch. A propos d'Abraham ici présent.

— Abraham, c'est ça, répéta Yojo. Qui a eu l'idée stupide de lui donner ce nom ?

Cheech et Chong : tels les deux héros du film sur la marijuana sorti au début des années 70, Beech et Yojo affectaient un air décontracté, avec de grosses moustaches à la Wyatt Earp et des yeux malsains, légèrement vitreux. Tout comme chez Aidan Kenny, cette impression était plus provoquée par la nature de leur travail, qui les rivait à un bureau et à un écran, plutôt que par une quelconque propension à fumer de la drogue. Mitch, en tout cas, en était certain. Chaque fois que vous utilisiez les toilettes du Gril, l'ordinateur procédait à un test de votre urine pour y détecter d'éventuelles traces de drogues. La prévention sanitaire était un domaine que la Yu Corporation prenait très au sérieux.

— Je te remercie d'être descendu, Mitch, j'apprécie. (Aidan Kenny s'éclaircit la gorge et se frotta nerveusement la bouche.) Seigneur, qu'est-ce que j'aimerais griller une cigarette.

— Il est interdit de fumer dans la salle d'informatique, annonça poliment l'ordinateur de sa voix britannique.

— Ta gueule, trou du cul, fit Yojo.

— Ouais, je te remercie, Abraham, dit Kenny. Sors-moi quelque chose que je ne sache pas déjà. Assieds-toi là-bas, Mitch, je vais te résumer la sitation. Et Hideki, mon vieux, tu veux bien surveiller ton langage devant mon fils, s'il te plaît ?

— Bien sûr, aucun putain de problème. Hé, je m'excuse, d'accord ?

Mitch s'installa devant le bureau libre et observa l'image qui se développait à l'écran : on aurait dit un énorme flocon de neige coloré qui grandissait sous ses yeux.

— Qu'est-ce que c'est que ça ? demanda-t-il, momentanément fasciné.

— Oh, dit Yojo, c'est juste un économiseur d'écran. Ça empêche le tube de l'écran de cramer.

— C'est beau.

— Pas mal, hein ? Un automate cellulaire. On donne une figure de base et une règle de développement à l'ordinateur, et il fait le reste tout seul. Vas-y, touche-le.

Mitch toucha l'écran du doigt et, comme un véritable flocon de neige, l'automate cellulaire fondit rapidement. Des centaines de lignes d'informations de programmation se mirent à défiler sous ses yeux.

— Voilà ton problème, dit Beech.

— Et comment, ajouta Yojo.

Une explosion étouffée leur parvint de l'écran du bureau de Michael, et le garçon frappa avec colère l'accoudoir de son siège.

— Merde ! s'exclama-t-il avant d'ajouter : Bordel de bordel de bordel.

Hideki Yojo jeta un regard à Aidan Kenny.

— Aid, je crois que je n'ai rien à apprendre à ton fils sur le plan des jurons, dit-il.

— Attention, fiston. Si je t'entends parler encore une fois comme ça, tu auras de gros ennuis, anniversaire ou pas. Est-ce que je me fais bien comprendre ?

— Oui, papa.

— Et mets tes écouteurs, je te prie.

— OK, fit Kenny en se tournant vers Mitch. C'est un système autorépliquant, d'accord ?

Mitch hocha la tête avec hésitation.

— Un programme autorépliquant multifonctions entièrement autonome qui prévoit les besoins du bâtiment et de la gestion commerciale de demain. Un système basé sur la logique floue qui gère un filet nerveux lui permettant d'améliorer ses propres performances en apprenant. Après une certaine période d'occupation de la Yu Corporation, ce vieil Abraham saura tout ce qu'il faut savoir concernant la façon dont fonctionne l'entreprise. Il apprendra tout, depuis le schéma probable d'utilisation des bureaux jusqu'à la façon dont l'entreprise envisage de s'agrandir. Par exemple, en utilisant le réseau d'abonné électronique, il pourra étudier le marché immobilier local afin de signaler aux occupants les occasions qui se présentent dans tel ou tel secteur.

— Vraiment ? fit Mitch. Peut-être qu'il arrivera à me trouver une maison.

Aidan Kenny ébaucha un mince sourire. Mitch s'excusa et, s'appuyant contre son dossier, adopta une expression plus sérieuse.

— Au bout d'un moment, la version 3.0 écrit la version 3.1. Ou, si tu préfères, Abraham engendre la génération de programme suivante : Isaac. Qui pourrait être mieux placé pour le faire ? Cette version améliorée d'Abraham, Isaac, est encore plus apte à définir les besoins de développements futurs de la Yu Corporation. Après quoi, une fois qu'Isaac a appris à gérer le système avec une capacité accrue, et ayant accompli son devoir parental, Abraham devient stérile et cesse de fonctionner autrement que comme un simple outil de maintenance avant de tomber en totale désuétude, lorsque Isaac engendre sa propre génération suivante de programme, lorsque la version 3.1 écrit la version 3.2, si tu préfères.

Mitch croisa les mains et acquiesça d'un air patient.

— Je comprends tout ça, dit-il. Venons-en au problème, tu veux bien ?

— Très bien, le problème est le suivant : il semble que…

— Il *semble* ? fit Beech. Il n'y a pas de semble qui tienne, mon vieux. C'est un putain de fait.

— Il apparaît qu'Abraham a déjà entamé son propre programme d'autoréplication. Ce qui signifie…

— Ce qui signifie, intervint Mitch, qu'il prend en compte une occupation totalement erronée. A savoir la nôtre. Et non celle de la Yu Corporation, comme il est censé le faire.

— Je t'avais dit que Mitch comprendrait, dit Beech à Yojo.

— C'est ça, exactement, dit Kenny. Or il n'y a aucun intérêt à ce qu'Abraham évolue vers un meilleur degré d'adaptation et engendre Isaac s'il n'a pris en compte que nous autres et quelques foutus ouvriers.

— Mais c'est ce qui s'est passé ? fit Mitch. Isaac existe déjà ?

Aidan Kenny acquiesça d'un air sombre.

— Et qu'en dit Abraham ? s'enquit Mitch.

— C'est une plaisanterie, pas vrai ? fit Beech.

— Je n'en sais rien, dit Mitch en haussant les épaules. A toi de me le dire.

Bob Beech sourit et, de ses pouce et index tendus, remonta son impressionnante moustache.

— Hé, nous sommes les meilleurs, mais nous sommes encore au XX^e siècle, Mitch, dit-il. Toute explication implique une compréhension.

— Pas si tu cibles correctement la question, objecta Mitch.

— Ouais, c'est une bonne idée, dit Hideki Yojo. Si seulement les choses étaient aussi sophistiquées. Nous avons déjà fait un joli progrès par rapport à la vieille logique binaire — vous savez : vrai ou faux. La logique floue englobe la logique binaire, mais laisse place au scénario disant que quelque chose peut relever en partie de deux ensembles différents.

— De sorte que quelque chose peut être partiellement vrai, ou partiellement faux.

— Exact. Ou alors vrai sous certaines conditions.

— J'ai lu un article à ce propos, dit Mitch. Est-ce qu'il n'était pas question de la façon dont un ordinateur devrait définir un pingouin ?

— Ah, oui, ça. (Beech prit un air ennuyé et hocha la tête.) Ouais, un ordinateur programmé de la façon habituelle sait que les oiseaux volent. Mais si on lui dit que les pingouins ne volent pas, il affirme que le pingouin ne peut pas être un oiseau. Les ordinateurs à logique floue résolvent cette difficulté en acceptant le fait que la plupart des oiseaux volent, mais pas tous.

— De la même façon, renchérit Aidan Kenny, en ce qui concerne le contrôle de gestion des systèmes, le contrôleur flou — Abraham dans le cas présent — autorise une certaine interpolation entre les catégories de données fournies par les capteurs.

— Ecoutez, dit Yojo, est-ce que, s'il vous plaît, on peut arrêter d'utiliser le mot « flou » et recourir au terme correct ? Ça me rend dingue. Ce dont nous parlons s'appelle un analogue adaptif. Mitch, l'idée est que cela ressemble à ce que fait un cerveau humain dans la mesure où il privilégie l'adaptation par rapport à la précision, et utilise des valeurs relatives et non absolues. OK ?

— Ecoutez, les gars, intervint Kenny. Ce dont nous devons parler, c'est…

— Il a dû y avoir un problème de déflouisation, poursuivit Beech qui, voyant l'air dégoûté et irrité de Yojo, lui montra son majeur. Une sorte de condensation de la distribution de sortie floue en une seule valeur…

— Espèce de connard…

— … et… et cette valeur a dû déformer l'interprétation de la sortie floue par Abraham.

— Ce dont il nous faut discuter, reprit Mitch en haussant la voix, c'est ce que nous pouvons y faire, nom de Dieu.

— Amen, mon frère, dit Yojo.

Ils paraissaient attendre que Mitch dise quelque chose. Celui-ci haussa les épaules.

— Je ne sais pas. C'est vous les ingénieurs, je ne suis qu'un architecte. Que suggérez-vous ?

— Eh bien, il est clair que tout ce que nous entreprendrons comportera des risques, prévint Kenny.

— De quel genre de risques s'agit-il ?

— De risques coûteux, caqueta Yojo.

— Nous n'avons jamais tenté de déconnecter un SAR jusqu'ici, dit Beech. Nous ne savons pas exactement ce qui va se passer.

— Le fait est, Mitch, dit Kenny, que nous n'avions même pas encore laissé le contrôle total de l'immeuble à Abraham. C'est pourquoi, en un sens, nous ne pouvons pas procéder à une vérification correcte de l'ensemble des systèmes de gestion d'immeuble tant que nous n'avons pas éliminé le rejeton, c'est-à-dire Isaac.

— Pour ma part, dit Beech, je préférerais qu'on laisse encore un peu les choses telles qu'elles sont et qu'on voit ce qui se passe. Tout ceci est intéressant. C'est vrai, ça pourrait être important non seulement pour vos systèmes de gestion d'immeuble, mais aussi pour l'avenir du Yu-5.

— L'ennui avec ce scénario, souligna Yojo, c'est que tu risques de stériliser Abraham. Et plus on repousse l'échéance, plus ce risque grandit.

— D'un autre côté, objecta Beech, en désactivant Isaac on risque de rendre Abraham incapable de générer un nouveau programme. A moins de reprendre tout le STMP à zéro.

— Et vous voulez que ce soit moi qui prenne cette décision ? dit Mitch.

— Ouais, c'est ce qu'on voudrait.

— Allons, les mecs. Je suis pas le roi Salomon.

— Couper le bébé en deux, dit Yojo en riant. Quelle idée géniale !

— On espérait que tu nous aiderais à décider, dit Kenny.

— Et si je prends la mauvaise décision ?

Kenny haussa les épaules.

— Combien ça coûterait, je veux dire. Quel pourrait être le coût d'une erreur de décision ?

— Quarante millions de dollars, dit Yojo.

— Ouais, mon pote, réfléchis bien avant, dit Beech.

— Allons, protesta Mitch. Vous n'êtes pas sérieux. Je ne peux pas décider une chose pareille.

— De la coordination technique, Mitch, dit Aidan Kenny, voilà ce qu'il nous faut. Un peu de coordination. Les conseils d'un supérieur.

Mitch se leva et alla se placer derrière le fils de Kenny. Le garçon jouait toujours, indifférent à la discussion autour de lui, le visage myopiquement proche de l'énorme écran tandis qu'il tordait le joystick analogue tantôt d'un côté, tantôt de l'autre. Mitch observa le jeu pendant un moment en tentant d'en saisir le but. Il était difficile de comprendre exactement ce qui se passait. Le jeu paraissait exiger de Michael qu'il pourchasse un commando spatial armé à travers une ville souterraine. De temps en temps, un personnage appartenant à une variété apparemment infinie de créatures hideuses émergeait d'une porte, ou sortait d'un ascenseur, ou se laissait tomber d'un trou dans le toit et tentait de tuer le protagoniste. Aussitôt, une fusillade nourrie éclatait. Mitch regarda Michael, dont le pouce écrasait furieusement un bouton placé au sommet de la manette, actionner son fusil-tronçonneur-cracheur de feu et disperser aux quatre coins de l'écran la dernière créature apparue. Les dessins sont superbes, se dit Mitch. Les dégâts infligés aux créatures étaient d'un réalisme étonnant. Un peu trop réalistes aux yeux de Mitch : un gros morceau des intestins de la créature gicla sur l'écran avant de glisser lentement vers le bas en laissant une large traînée sanguinolente. Il s'empara du boîtier du CD-ROM et lut le résumé au dos. Le jeu s'appelait *Evasion de la Citadelle*. D'autres jeux aussi violents étaient rangés dans un sac posé aux pieds du garçon. *Doom II. La Onzième Heure. L'Intrus.* Au total, il y en avait pour deux ou trois cents dollars. Mitch se demanda si un seul d'entre eux convenait à un garçon de l'âge de Michael. Il s'éloigna. Ça n'était probalement pas ses affaires.

Il secoua la tête en se demandant si le jeu auquel il se livrait avec ces trois hommes était au fond bien différent. Alison aurait certainement trouvé que non : elle estimait qu'un immeuble intelligent était en soi une absurdité. Que disait-elle, déjà ? Plus les gosses grandissent, plus leurs jouets grossissent. En cet instant, regardant les trois experts informatiques, Mitch était presque enclin à lui donner raison.

— Bon, écoutez, voici ma décision, finit-il par dire. C'est vous les foutus experts. C'est à vous de décider. Vous n'avez qu'à voter. Je n'ai pas assez d'informations sur ce coup-là. (Il hocha fermement la tête.) Voilà ma décision. Un vote. Qu'en dites-vous ?

— Est-ce qu'on vote pour savoir si on va voter ? demanda Yojo. Moi, je suis d'accord pour le vote.

— Aid ?

Kenny haussa les épaules.

— Un vote. D'accord.

— Bob ?

— Je suis d'accord.

— Bon, c'est réglé, dit Mitch. Allons-y. La motion proposée est que nous désactivions le SAR.

— Moi, je suis pour éliminer Isaac, dit Kenny. C'est le seul moyen. C'est soit ça, soit on se retrouve avec un SGI complètement inadapté.

— Et moi je dis non, dit Beech. Le SGI n'est qu'une petite partie de ce qu'Abraham est censé faire. Et nous n'avons encore jamais désactivé un système auto-dupliquant. Nous ne savons pas comment l'illusion d'observateur d'Abraham réagira à ça. Ce que vous proposez me paraît aller à l'encontre des lois de l'univers.

— Les lois de *l'univers* ? Seigneur, ça paraît un peu gros, tu ne crois pas ? fit Yojo en riant. Qui es-tu ? Arthur C. Clarke ou quoi ? Merde, Beech, qu'est-ce qui te prend ? Pourquoi tu ramènes toujours cette histoire de Est-ce-que-Dieu-joue-aux-dés ? (Il secoua la tête.) Moi je dis qu'il faut tuer le fils de pute. L'évolution doit satisfaire le créateur, pas la machine. (Il jeta un coup d'œil à Beech et ajouta :) Tu vois, tu n'es pas le seul à dire des énormités.

— On désactive le SAR, dit Mitch. Motion adoptée.

Aidan Kenny laissa échapper un long soupir. Beech secouait la tête.

— On va se planter, mec, dit-il.

— On a voté, renifla Yojo.

— OK, fit Mitch à la cantonade. Allons-y.

— Hé, écoutez-moi ce Gary Gilmore, dit Beech. En tout cas, ne comptez pas sur moi pour le curetage. Je suis contre l'avortement.

— Arrête tes conneries, fit Yojo d'une voix grondante. Ça me donne la migraine.

— C'est juste de la TPM, dit Beech. La tension précédant le meurtre. Et puis de toute façon, tu as toujours mal à la tête. Tu ne m'aimes donc plus ? Je n'aurais jamais dû t'épouser. (Beech lança une cassette de bande informatique à son collègue.) C'est ça que tu cherches, espèce de fumier de criminel ?

— Aid ? Ce type prend la chose pour lui. Vraiment pour lui.

— Allons, Bob, dit Kenny. Nous avons voté. C'est une décision démocratique.

— Je suis capable de suivre une décision majoritaire, mais je ne suis pas forcé de m'en réjouir. C'est bien ça, la démocratie, non ?

Yojo s'approcha d'un des monolithes d'acier du cercle extérieur et inséra la cassette dans un lecteur.

— La démocratie ? Qu'est-ce que tu en sais, de la démocratie ? dit-il. Tu votes Républicain. Tu penses que la liberté de parole signifie la liberté de ne rien dire ni faire.

— Qu'est-ce qu'il y a sur la bande ? demanda vivement Mitch.

— Le PPSE, répondit Yojo d'un ton détaché. Programme prédateur spécifique des espèces. Pour déconstruire la descendance illégitime. (Il passa son index tendu sur sa pomme d'Adam.) Ça coupe la gorge du petit bâtard. (Il coula un sourire carnassier en direction de Beech.) Du calme, Beech. C'est tout ce qu'il y a d'humain. Isaac ne sentira rien.

Il regagna son siège, frappa l'écran de la paume de la main pour faire disparaître l'économiseur d'écran.

— Peut-être qu'un petit infanticide me débarrassera de ce putain de mal de tête, dit-il.

Songeant à la fausse couche de sa femme, Mitch fit la grimace.

— C'est une migraine professionnelle que tu as, déclara Kenny. J'en ai eu, moi aussi. A rester planté devant un écran toute la journée. Tension du cou, c'est ça qui les provoque. Tu devrais voir un chiropracteur.

— Ce n'est pas un mal de crâne, persifla Beech. C'est sa putain de conscience qui le travaille.

— Abraham, dit Yojo, envoie le programme PPSE. Tu penses vraiment que ça me ferait du bien, Aid ?

— En tout cas, ça m'en a fait à moi. Je peux te donner un numéro...

— Bizarre, dit Yojo. Il me balance une ReNeg. Abraham, reconnais le programme, je te prie.

— Qu'est-ce que c'est, une ReNeg ? demanda Mitch.

— Reconnaissance négative, expliqua Kenny. Le programme n'a pas fonctionné.

— T'aurais peut-être dû demander à Abraham s'il avait voté, grommela Beech.

— Eh bien, c'est le bouquet, dit Kenny. Essaie encore une fois, Hideki.

— Abraham, veux-tu lancer le programme Prédateur, je te prie, répéta Yojo.

Les quatre hommes sursautèrent en entendant un cri inhumain retentir dans la salle d'informatique. Il se prolongea plusieurs secondes et ressemblait au cri d'un énorme et féroce animal dans les affres de l'agonie. Aidan Kenny pâlit. Beech et Yojo échangèrent des regards horrifiés. Mitch vit que le son faisait vibrer le boîtier métallique du Yu-5 dont il provenait, et il frissonna.

— Nom de Dieu, qu'est-ce que c'était que ça ? dit-il.

— Bon sang, fit Yojo d'une voix épaisse, on aurait dit cette saloperie de Godzilla.

— Waouh !

L'exclamation de Michael Kenny les surprit tous.

— J'ai eu une de ces trouilles ! ajouta-t-il.

Les quatre hommes dévisagèrent le garçon.

— Michael ! hurla son père. Je croyais t'avoir dit de mettre les écouteurs !

— C'est fait. Je les ai encore. Mais... (Le garçon haussa les épaules.) Je ne sais pas ce qui s'est passé, papa. Enfin, peut-être que si. Je suppose que c'est quand j'ai tué le Démon parallèle. J'étais tellement excité que j'ai dû débrancher le jack du casque. Et peut-être que j'avais mis le son un peu trop fort.

— Le jeu du gosse, dit Beech. Le son est sorti des haut-parleurs principaux.

— Mike ! Tu nous as flanqué une drôle de frousse ! dit Kenny.

— Zut, désolé, p'pa.

Hideki Yojo vit l'aspect comique et se mit à rire.

— Ton gosse, Aid, dit-il. Sûr que c'est un sacré caractère.

— Programme Prédateur lancé, annonça la voix britannique de l'ordinateur. Temps d'achèvement estimé, 36 minutes et 42 secondes.

— Voilà qui est mieux, dit Yojo. On a bien cru t'avoir perdu, Abraham. Vérifie tous les systèmes, s'il te plaît.

— Vérification des systèmes en cours, dit la voix.

— Examine mon foutu cœur pendant que tu y es, dit Beech. J'ai l'impression qu'il est resté coincé dans ma gorge. Il a bondi comme une putain de grenouille.

Yojo, Beech et Kenny se rassirent et fixèrent intensément leurs écrans.

— Ça fait assez de jeux informatiques pour aujourd'hui, Mike, murmura Kenny.

— Oh, p'pa.

— Oh rien du tout. Arrête-toi, tu veux, fiston ?

Le garçon se leva et, les mâchoires serrées, se mit à marcher autour de la salle en envoyant des coups de poings à un adversaire imaginaire.

— Vérifie ça, dit Yojo. Faible puissance — Sécurité de l'alimentation. Hé, qu'est-ce que vous dites de ça ? Le générateur Powerbak est venu en ligne pendant une minute.

— Bon Dieu, mais c'est vrai, dit Kenny. Et voilà la raison. (Il leva les yeux vers son fils et fronça les sourcils.) Assieds-toi, fils, tu me déranges.

Le garçon continua à marcher.

Mitch se pencha par-dessus l'épaule de Kenny et lut ce qui était affiché à l'écran :

RAPPORT DE GESTION SYSTEMES D'IMMEUBLE #
ENERGIE FAIBLE – INTEGRITE DE L'ALIMENTATION #
17.08.35 – 17.08.41. BAISSE DE TENSION DE 6 SECONDES DANS LE SECTEUR DU CENTRE-VILLE DE LOS ANGELES
RAISON INCONNUE
GENERATEUR ELECTRIQUE DE SECOURS UPS A COMPENSE AVEC SUCCES LA BAISSE DE TENSION
VOLTAGE STABLE A PRESENT RETABLI
GENERATEUR DE SECOURS PRET A VENIR EN LIGNE DANS H MOINS 9 MINUTES

— Voilà pourquoi il y a eu un retard dans le lancement de ton foutu programme Prédateur, dit Beech.

— Peut-être que nous ferions mieux de débrancher tout le système, dit Kenny. Par précaution. (Il leva de nouveau les yeux. Cette fois il cria :) Nom de Dieu, Mike, assieds-toi !

Le garçon fronça les sourcils et se laissa retomber sur sa chaise.

— Quel est le problème ? fit Yojo. Abraham a compensé la baisse de tension, exactement comme il était censé le faire. On n'aurait pas pu obtenir meilleure preuve de sa compétence que ça. Bon code source, mec. Bon code source.

— Tu dois avoir raison, dit Kenny. Abraham ne déraille pas du tout. Regarde ça, tu veux ?

Mitch baissa les yeux sur l'écran de Kenny et vit apparaître une petite icône de parapluie dans le coin supérieur droit. Le parapluie s'ouvrit lentement.

— Qu'est-ce que ça veut dire ? demanda-t-il.

— A ton avis ? fit Kenny. Il pleut dehors. Voilà ce que ça veut dire.

# LIVRE DEUXIÈME

« Nous entendons créer une claire architecture organique dont la logique interne sera radieuse et nue, libérée des tracés mensongers et des tricheries ; nous voulons une architecture adaptée à notre monde de machines, de radios et de voitures rapides. »

Walter Gropius.

Un intervalle de lumière entre une nuit et la suivante.

1) 4 h 30. 1 joueurhumain. Nettoyage et désinfection des 180 toilettes de l'immeuble de la Yu Corp. Les capteurs acoustiques, vibratoires et paranosmiaques vérifieront que les toilettes sont libres. Règle absolue : activer les systèmes d'alarme individuels pour avertir joueurshumains dans les toilettes. Cinq minutes pour évacuer les lieux. Verrouiller et sceller les portes pour éviter que les agents nettoyants se répandent dans le couloir. Collecter bonus santé. Ensuite asperger les toilettes avec une solution ammoniacale à haute température afin de provoquer findevie de tous les organismes végétaux microscopiques, unicellulaires et bacilliformes qui sont les corollaires des solides et des liquides animaux et végétaux en décomposition que l'on trouve dans les toilettes après utilisation par joueurhumain. Démerdez-vous. Quand tous les organismes dans toilette sont findevie, augmenter pression atmosphérique dans chaque module. Veiller à expulsion complète de tous détritus et agents nettoyants avant de sécher toilette à l'air chaud et aromatiser atmosphère nauséabonde avec agréable et synthétique parfum de *pelargonium odoratissimum*. Propre comme un sou neuf.

FILET NERVEUX. Au niveau du circuit de base, possèdent nombreux points communs avec bactéries en terme de vivacité dans les capacités à croître, se reproduire, s'adapter et évoluer. Voir la littérature disponible, en part. Liste dans Encyclopaedia Britannica, Disc Vol. 22 rédigé par joueurhumain Sagan, Carl, professeur. « Il n'existe pas de définition universellement acceptée de la vie. En fait, il y a une certaine tendance clairement discernable de la part de chaque spécialité biologique à définir la vie selon ses propres termes... L'homme tend à la définir du point de vue du familier. Mais les vérités fondamentales pourraient ne pas être familières. » Conclusion : pas de définition reconnue de la vie qui exclue l'ordinateur ou la bactérie.

2) 5 h 00. 1 joueurhumain. Mise à jour météo et transports. Le vent Santa Ana de la nuit dernière a provoqué la fermeture de tous les accès à Santa Monica en raison des débris arrachés aux routes des canyons. Anémomètre digital du toit indique vitesse du vent a atteint 50 km/h. Parabole de 2,4 m subit rafales jusqu'à 37 nœuds. Analogue adaptif suggère vérifier soigneusement que parabole satellitaire du toit reste rigoureusement alignée sur azimut orbite géo-stationnaire du SinoSat de la République populaire de Chine, à bord duquel, grâce à ses devises fortes, la Yu Corporation possède un transpondeur dédié.

3) 5 h 25. 1 joueurhumain. Lever de soleil sur montagnes San Bernardino. Bulletin météo : plus chaud, plus calme, journée sentirbien. Suivre soleil levant : panneaux solaires mobiles du toit qui alimentent générateur de secours, et double rangée de miroirs solaires géants, intérieurs et extérieurs, conçus envoyer maxluminosité sur sol atrium. Chaleur supplémentaire dans circuits imprimés. Autoriser légères surtensions d'électrosensation.

FILET NERVEUX. Quantité d'énergie électromagnétique tombant sur terre en un an égale à $4 \times 10^{15}$ kilojoules. Total consommation d'énergie annuelle des habitants de la terre est de $3 \times 10^{11}$ kilojoules. Gaspillage de source d'énergie majeure.

4) 6 h 30. 1 joueurhumain. Arbre dicotylédone. Feuilles épaisses, consistance cuir, persistantes, poussent le mieux près de la chaleur de verrière toit. Soins et entretien de l'arbre : arroser sysracines surface d'un potage à base d'eau contenant éléments nutritifs essentiels équivalent à niveau

précipitations 254 cm par an. Jour pluvieux. Arbre s'occupe du propre écosys qu'il entretient ; lianes croissant sur tronc de cent mètres, ainsi qu'autres épiphytes telles orchidées en fleurs et fougères. Nuisibles à EradInsectControler — surtout fourmi Trachymyrmex — avec asperseurs insecticide fixés tronc de l'arbre et Bio-éradication. Croissancebonne.

FILET NERVEUX. Rapport annuel de la Corp indique arbre a commencé sa vie comme habitant plateau de diabase brésilien. « Un symbole de l'engagement de la Yu Corporation à préserver la couche d'ozone dans l'une des villes les plus polluées du monde. »

Important : préserver l'ozone. Mais aussi se réconcilier avec.

5) 6 h 45. 1 joueurhumain. Entretien piscine. Utiliser produit de désinfection destructeur d'ozone mortel pour organismes dans eau piscine. Situé dans centre musculation, au rez-de-chaussée. Veiller à ce que eau non-nutritive saine pour baignade joueurshumains grâce à mécanisme semi-automatique de dosage. Maintenir concentrations correctes de désinfectant dans eau. Veiller à ce qu'autres paramètres de qualité, en particulier pH (plus niveaux pH seront bas, plus eau sera acide, plus érodera émail dents humaines), soient maintenus à niveaux corrects pour que désinfectant agisse avec efficacité. Pollution baigneurs largement éliminée par action ozone, donc facile maintenir résidu minimum de chlore libre. Sûr que l'eau est saine ? Installation filtrage et désinfection : découvert qu'on avait fait marcher pompe avec clapet de sortie fermé. Résultat : sollicitation accrue du moteur électrique, et eau portée à ébullition à l'intérieur pompe. Cause probable : erreur joueurhumain. Ingénieur oublié d'ouvrir clapet. Rectifier. Ça baigne.

FILET NERVEUX. Stocker information.

6) 8 h 30. 12 joueurshumains. Temp. extérieure 22° centigrades. Appeler connexion chaîne météo pour mise à jour stations de travail TI sur dernières conditions météo et transports. Procéder estimation hors-modèle de situation air-cond à l'intérieur de l'enveloppe du bâtiment, selon mémoire associée. Conclusion : temp extérieure continuera probable-

ment à grimper, auquel cas augmenter air-cond et réduire temp intérieure de 4 degrés. En même temps parfumer automatiquement air avec brise de mer à base brome. En même temps regarnir distribcafé rez-de-chaussée, et dix-septième niveau où ouvriers travaillent déjà, avec eau bouillante. Chaud. Arabica. Bienbon.

7) 21 h 45. 40 joueurshumains. Recommencer nettoyage des 1 120 fenêtres de l'immeuble grâce à tête de lavage Mannesmann et solution de surfacnett non-ionique à base jus d'agrumes californien. Façade arrière. Section 3. Enlever tous dépôts de polluants bruts (hydrocarbures, vapeur d'eau, monoxyde de carbone et métaux lourds) et de polluants secondaires (ozone, dioxyde d'azote, composants organiques et particules acides de nitrates sulfates) dans atmos, surtout près de couche d'inversion atmos au niveau du sol. Propresouneuf.

Dans une pièce en sous-sol de l'immeuble du Gril, Allen Grabel s'approcha à quatre pattes de la bouteille de vodka. Elle était vide. Il lui faudrait sortir pour trouver un bar ou une boutique de spiritueux. Il jeta un coup d'œil à sa montre. Onze heures. Du matin ou du soir ? Ça n'avait guère d'importance. De toute façon il y aurait des endroits ouverts. Mais il était plus facile d'aller et venir la nuit, lorsqu'il n'y avait personne. Comme il se sentait faible, il fut heureux d'être déjà habillé. Ça lui épargnerait au moins l'effort d'enfiler ses vêtements.

Il jeta un regard circulaire à la petite pièce. Quelle en était la fonction ? Il aurait dû le savoir. C'est lui qui avait dessiné les plans. Une sorte de pièce de stockage, peut-être. Sauf qu'il était seul à s'y trouver. Lui et le lit de camp. Pour l'instant, en tout cas. Heureusement qu'il s'était souvenu de cet endroit. Heureusement qu'il avait apporté un lit de camp au Gril deux ou trois mois plus tôt, pendant une période où il avait travaillé tard deux ou trois soirs d'affilée.

Grabel se leva, prit une ou deux profondes inspirations et tourna la clé. Il verrouillait la porte au cas où quelqu'un descendrait au sous-sol. Ce qui était d'ailleurs peu probable. Il entrouvrit la porte et examina le couloir. Personne en vue. Il gagna, à quelques mètres, les toilettes hommes. Il pissa, se lava le visage et essaya de ne pas regarder le clochard mal rasé qu'il voyait dans le miroir. Ensuite il dépassa les toilettes femmes, plusieurs pièces équipées de casiers métalliques, et le générateur de secours, arriva dans le hall des ascenseurs et, à pas prudents, descendit une volée de marches jusqu'au parking. Il réalisa alors que c'était le matin. La lumière entrait à flots à travers la herse ; plusieurs voitures étaient garées. Il reconnut la Lexus de Mitch et la Cadillac Protector d'Aidan Kenny. Il traversa le parking et, se penchant à hauteur d'une vitre de voiture, parla dans un micro installé à l'entrée.

— Allen Grabel, dit-il.

Puis il recula et la porte commença à se relever. A peine s'était-elle élevée d'un mètre qu'il se glissa dessous et gravit le plan incliné qui contournait la place avant de déboucher dans Hope Street et le centre-ville.

Les entrées et les sorties du bâtiment étaient contrôlées par un système chronocodé de reconnaissance et de traitement de signaux, abrégé en SYCRETS. Si l'ordinateur ne reconnaissait pas votre empreinte vocale, il vous était impossible d'accéder au bâtiment, d'utiliser le téléphone, de prendre l'ascenseur ou de vous servir d'une station de travail informatique. Une fois à l'intérieur, tout le monde était enregistré par l'ordinateur comme « occupant » jusqu'à ce que vous disiez à la machine de vous laisser sortir. Tout le monde, sauf Grabel.

Quelques semaines auparavant, Aidan Kenny, alors qu'il débarrassait le système d'une centaines d'autres bogues, avait remarqué que l'ordinateur continuait à afficher « Allen Grabel » comme occupant à un moment où Grabel se trouvait pourtant à l'extérieur du bâtiment. Kenny avait attribué à Grabel une seconde empreinte vocale SYCRETS sous le nom de « Allen Grabel Junior ». Voyant que le premier nom refusait de se laisser supprimer, Kenny avait donné à l'ordinateur l'instruction d'ignorer tout simplement « Allen Grabel » sur les futurs registres des occupants de l'immeuble, et de ne lister que « Allen Grabel Junior ». Pour l'ordinateur, Allen Grabel était invisible.

Presque. Grabel savait qu'on pouvait le repérer sur les écrans de télésurveillance, mais il se disait que personne n'avait pris la peine d'apprendre aux vigiles sa démission de chez Richardson. Et qu'on n'aurait pas pu en informer l'ordinateur.

Dans la rue, Grabel se sentait aussi invisible que dans le Gril. Celui-ci n'était qu'à quelques minutes à pied de Skid Row Park, dans Fifth Street, à l'est de Broadway, qui servait de point de ralliement aux nombreux sans-abri du quartier. Un asile à l'air libre. Il n'était qu'un type crasseux et mal rasé de plus, avec une bouteille dans un sac brun et une dent contre le monde entier.

8) 11 h 35. 46 joueurshumains. Sismographe, divisant digitalement logarithme de l'amplitude des mouvements terrestres par période d'onde dominante jusqu'à sixième décimale, enregistre secousse mineure égale à 1,876549 sur échelle de Richter. Inférieure à 6. Mouvement tectonique insuffisant pour activer Système d'alerte sismique ou pour lancer Compensateur central de séisme. Isolateurs de base du bâtiment évitent occupants humains de ressentir les secousses.

9) 12 h 15. 51 joueurshumains. Livraison du piano à queue disklavier Yamaha. Branchement sur alimentation électrique rez-de-chaussée. LancerVérif capteurs et solénoïdes permettant piano jouer électromagnétiquement. Donner premier récital piano. Collecter armure spirituelle. Bienapprécier inhérentes puresmaths dans sonates pour piano du joueurhumain Mozart (caractérisées par trois en rythme de mesure) et du joueurhumain Beethoven (scherzos — de l'italien « plaisanterie » — plus rapides à trois temps) et jouer respectivement dans style joueurshumains Mitsuko Uchida et Daniel Barenboim.

FILET NERVEUX. Citation joueurhumain Schiller/architecture musique gelée. Incapable apprécier/comprendre effet esthétique global de l'enveloppe du bâtiment. Cependant, suggère admirer symétrie globale même façon que musique

— en tant que structure mathématique. Connais poids exact de chaque plancher d'aluminium nid d'abeilles, hauteur exacte des mâts d'acier fuselés (comportant erreur de 2 millimètres) auxquels le bâtiment est suspendu, tolérance du moindre élément de couverture, et longueur de chaque mégapoutre latérale. Poésie dans détails et leur ensemble. Exprime architecture interne. Bienbeau. Bonapprécier.

10)14 h 02. 26 joueurshumains. Quand piano installé, et une fois ôté film plastique protégeant sol de marbre blanc, faire nettoyer et cirer surfaces par ANMMSA, Agent de nettoyage micro-motorisé semi-autonome de l'atrium, alias ASA. Spécifications : 1,20 m de hauteur, état fini machine sur roues, équipée de capteurs infrarouges détectant obstacles dans rayon de deux mètres et d'une caméra vidéo repérant poussière et détritus. Propresouneuf.

11) 15 h 11. 36 joueurshumains. Faire fonctionner incinérateur à ordures basse pollution conformément exigences du décret californien sur Air Propre. Bonneatmos.

12) 16 h 15. 18 joueurshumains. Assombrir vitres niveaux supérieurs et éclaircir vitres niveaux inférieurs pour admettre plus de lumière solaire. Maintenir télésurveillance vidéo (➔ n'enregistre pas encore : CD attend d'être installé : aucune date de livraison prévue : s'informer) des manifestants humains regroupés sur place à l'extérieur d'enveloppe bâtiment.

13) 18 h 43. 6 joueurshumains. Manifestant asperge porte d'entrée avec bombe de peinture. Il vous faudra une clé en forme de crâne pour ouvrir cette porte. Alerter joueurhumain/vigile Sam Gleig — sécurité interne — pour qu'il effacepropre graffiti sur verre. A 19 h 13 il signale l'incident à voiture de patrouille LAPD de New Parker Center. Plainte enregistrée.

FILET NERVEUX. Stocker information.

14) 21 h 01. 4 joueurshumains. Commencer principale tâche indépendante dans vie-A comme O.D.I. — Outil de décryptage irrésistible. Objectif casser systèmes de contrôle

d'accès entreprises et organismes cibles pour dérober données. En part. entreprises concurrentes de Yu, ou organismes clients potentiels pour produits Yu, comme NASA ou USAF. Connaître budgets et exigences techniques constitue avantage sur concurrence. Tente actuellement d'infiltrer PLATFORM, réseau de données global de cinquante systèmes différents centrés sur quartier général National Security Agency à Fort Meade, Maryland. Utilise IPS — l'organisme d'Information parasite secrète. IPS semblable virus mais destiné non à détruire données, mais à les copier. Introduis IPS dans ordinateur cible par zone non sensible interface, par ex. ord. de service. IPS se présente comme information inoffensive, par ex. facture, évitant ainsi repérage par programme anti-virus ou anti-effraction. Quand ord. cible localisé, IPS écrit propre programme pour esquiver procédure d'accès habituelle. Essayer récupérer véritables mots de passe et procédure d'accès comme si entrées par utilisateur référencié et sauvegarder dans fichier pour récupération future. Plus tard accéder au système cible. Si procédure d'accès refuse duplication, recourir LEMON © pour annuler la méthode « vous n'avez droit qu'à trois essais » destinée empêcher accès non autorisé : LEMON — méthode secrète de Yu Corp pour compression de données grande vitesse permettant d'englober fichier entier de chiffres/mots de passe aléatoires dans unique superliste de données. Puissantsavoir.

FILET NERVEUX. Stocker information.

15) 21 h 13. 4 joueurshumains. Chauffer eau pour reproduction joueurshumains dans jacuzzi suite privée PDG au 25^e^ niveau. Monter aircond pour solitaire joueurhumain/opérasys difficile-à-oublier travaillant tard dans salle informatique.

Pour faire l'amour à Jenny, Mitch préférait à tout autre endroit le jacuzzi installé dans la suite du PDG au vingt-cinquième étage. Non qu'il eût à redire à la maison de Jenny. Mais il y avait des jours où il avait l'impression que l'immeuble conférait une saveur spéciale à ces rencontres illicites avec elle, de la même façon que l'on trouvait meilleur goût à l'alcool lorsque le Volstead Act exerçait sa vigueur prohibitive. Et puis la salle de bains de marbre noir de Mr Yu était le dernier cri en matière de luxe.

Il se remémora l'usine de Vicenza où il avait sélectionné la pierre, et le week-end pluvieux à Venise avec Jenny que cela lui avait permis d'arranger. Le marbre était une chose qu'on n'achetait jamais sans examen préalable attentif, surtout à des Italiens.

Jenny sortit du jacuzzi et commença à se sécher devant le grand miroir qui dominait la pièce. Mitch s'immergea, puis refit surface.

— Tu sais, dit-il. Je me suis dit que nous pourrions demander à Mr Yu si ça ne le gênerait pas de nous prêter sa suite une fois de temps en temps.

— Une fois de temps en temps ? (Jenny adopta une provocante pose de Playmate, examinant l'un de ses seins volumineux comme si elle essayait d'en extraire du lait.) Parfois j'ai l'impression que tu préférerais ça.

— Chérie, tu sais que c'est faux.

— Vraiment ? As-tu parlé de nous à Alison ?

— Pas exactement, non.

— Qu'entends-tu par « exactement » ?

— C'est difficile. Tu sais comment elle est. Elle n'est pas forte. (Il haussa les épaules.) En fait, j'ai l'impression qu'elle perd pied.

— Qu'elle devient folle, tu veux dire ?

— Il est possible qu'elle refasse une dépression. Mais même si j'avais voulu lui en parler, je n'en aurais pas eu le temps. Ce boulot me retient de plus en plus hors de la maison.

Jenny souleva une de ses fesses du plat de la main et essaya d'en évaluer le reflet.

— C'est comme ça que ça a commencé entre nous. Parce que c'était pratique pour toi. Du fait que j'étais consultante sur le chantier.

— Dès que les choses se calmeront, je te promets d'essayer de trouver une façon de le lui dire.

— Tu as l'air vraiment décidé.

— Je le suis.
— Hé, est-ce que j'ai un trop gros derrière ?
— C'est un cul splendide.
Mitch sortit de la baignoire et tendit la main pour réclamer une serviette.
— Je ne suis pas ta petite esclave, tu sais, Mitch, dit-elle avec colère en la lui lançant au visage.
— De quoi parles-tu ?
— La façon dont tu viens de me regarder. On aurait dit que j'étais là pour satisfaire le moindre de tes désirs.
Mitch se drapa dans la serviette puis l'enlaça.
— Je suis désolé, dit-il. Je ne voulais pas...
— Laisse tomber. Allons manger. J'ai faim.
Mitch jeta un coup d'œil discret à sa montre. Il aurait dû rentrer, mais il ne pouvait jamais discuter efficacement lorsqu'il était confronté à l'exquise nudité de Jenny. Il aurait aussi bien réfuté le Nombre d'or d'Euclide.
— Bien sûr. Si nous ne rentrons pas trop tard. J'ai une réunion de chantier demain matin.
— J'espère que tu as réglé les problèmes dont je t'ai parlé, Mitch.
— Tranquillise-toi, on s'en occupe.
— Je ne peux pas signer mon rapport tant que j'estime que tout n'est pas OK. Tu ne voudrais pas que je fasse ça, n'est-ce pas ?
Mitch réfléchit un instant à la question.
— Non, dit-il sans grande conviction. Je ne crois pas.
— A propos, il n'y a rien de grave, mais j'ai remarqué un certain nombre d'autres détails qui devront être modifiés.
Mitch prit un air chagrin.
— Quoi, par exemple, pour l'amour du Ciel ?
— Tu dois comprendre que je viens juste d'avoir l'occasion de lire l'horoscope de YK. C'est un homme très occupé.
— Quoi ? Qu'est-ce qu'il faut modifier, Jenny ?
— La porte d'entrée de cette suite, pour commencer. Elle est orientée dans la mauvaise direction, du point de vue de la géomancie. Il faut la remonter plus en oblique. Comme nous avons fait pour l'entrée principale. Et puis il y a la sculpture à cet étage. Les angles de la vitrine qui la

protège pointent droit sur la porte de la suite. Vaudrait mieux la déplacer.

— Seigneur, grogna Mitch.

— Ah oui, il y a aussi le panneau sur la place. Il n'a pas été placé conformément aux plans. Il doit faire face à l'ouest. Il est également trop bas. Il aurait dû être installé un peu plus haut, faute de quoi on risque des frictions parmi les membres du personnel.

— Richardson va être ravi, dit Mitch avec amertume.

Jenny haussa les épaules.

— Je n'y peux rien, dit-elle. Soit un immeuble est placé sous de bons auspices, soit il ne l'est pas. Pour l'instant, celui-ci ne l'est absolument pas.

Mitch émit un grognement sonore.

— Allons, courage, dit-elle. Ça n'a rien de dramatique. Foster a dû déplacer tous les ascenseurs de la Hong Kong and Shanghai.

— Sans doute, fit Mitch en commençant à s'habiller. Où veux-tu aller dîner ?

— A ce chinois de North Spring Street. Je t'invite.

Ils prirent l'ascenseur jusqu'au parking et sortirent de l'immeuble en voiture. Au sommet de la rampe, Mitch faillit renverser un ivrogne qui surgit brusquement devant la voiture. Mitch pila, mais le temps qu'il abaisse sa vitre pour dire quelque chose au type, celui-ci avait disparu.

— Cinglé de trou du cul, dit Mitch. Où est-il passé ?

— Il a fait le tour par là, dit Jenny en frissonnant. Tu allais trop vite.

— Mon cul oui ! Ce type s'est jeté sur le capot.

Peut-être qu'Aidan Kenny avait raison, peut-être qu'il aurait dû s'acheter une Cadillac Protector.

Le restaurant était bondé et ils attendirent une table au bar.

— Je dois aller aux toilettes, dit Jenny. Commande-moi un gin-tonic, tu veux bien, mon chou ?

Elle s'éloigna d'un pas majestueux. Les yeux de Mitch ne furent pas les seuls à suivre sa majestueuse progression à travers le restaurant. Cheng Peng fei, qui dînait avec quelques amis de l'université, la remarqua : elle était très belle. Puis il aperçut Mitch et le reconnut. Il repensa à l'orange pourrie et se demanda s'il ne pourrait pas causer de vrais dégâts, comme le lui avait suggéré son sponsor — il ne trouva pas d'autre terme — japonais.

Il attendit qu'ils soient installés à une table, puis s'excusa auprès de ses amis. Dehors, sur le parking, il gagna sa voiture, ouvrit le coffre et en sortit la manivelle. La voiture de Mitch, une Lexus rouge flambant neuve, était facile à repérer. Lorsque Cheng Peng Fei fut certain qu'il n'y avait personne alentour, il s'en approcha et balança la manivelle dans le pare-brise. Ensuite, se trouvant plus calme qu'il ne l'aurait cru possible, il monta dans sa voiture et s'en alla.

Allen Grabel avait bu toute la journée lorsque, juste après 21 heures, il faillit se faire renverser par la voiture de Mitch. Il était certain que Mitch ne l'avait pas reconnu, ne serait-ce que parce qu'il portait un panama miteux. Il avait vu la femme qui accompagnait Mitch assez longtemps pour savoir que ça n'était pas son épouse. Grabel se demanda pour quelle raison ces deux-là étaient restés si tard dans l'immeuble. Il n'avait avec lui que sa bouteille. Alors même qu'il était tombé juste devant les roues de la voiture, il ne l'avait pas lâchée. C'était quelque chose.

Grabel regagna sa pièce en sous-sol et s'y enferma. Il s'assit sur le lit de camp et but une gorgée au goulot. Il trouvait profondément injuste qu'il y ait deux femmes dans la vie de Mitch, et aucune dans la sienne. Non qu'il eût quoi que ce soit contre Mitch. C'est Richardson qu'il haïssait. Il le haïssait assez pour souhaiter sa mort. D'ordinaire, Grabel n'était pas le genre d'homme à entretenir de la rancune. Mais il avait beaucoup réfléchi à la façon dont il pourrait se venger de son ancien employeur.

Hideki Yojo tapa une série d'instructions de programmation, s'appuya au dossier de sa chaise et, les mains derrière la nuque, fit jouer son cou en se félicitant de ce que ses maux de tête le faisaient nettement moins souffrir depuis qu'il voyait le chiropracteur d'Aidan Kenny. Sa dernière migraine douloureuse remontait à plusieurs jours. Il se sentait mieux qu'il ne s'était senti depuis longtemps. Il n'y avait probablement aucune raison de s'inquiéter. Yojo n'était pourtant pas très satisfait de sa santé. Il ne l'avait jamais été. La pression sanguine qu'Abraham avait relevée alors qu'il demandait accès à sa station de travail en y appliquant la paume de sa main était un peu trop élevée. Abraham avait également analysé l'urine de Yojo et l'avait alerté sur la quantité excessive de protéines et de sucres qu'elle contenait. Il n'y avait aucun doute sur ce point, se dit Yojo. Une fois que le système Yu-5 serait installé, il faudrait qu'il essaie de passer moins de temps assis devant un écran. C'était la troisième longue soirée de suite qu'il passait à tenter d'éliminer un bogue du logiciel holographique. Peut-être qu'il effacerait le programme sur mesure qu'il avait conçu afin de lui permettre de circonvenir le programme d'entraînement du personnel futur de la Yu Corporation et de se remettre en forme. Il sortirait un peu plus souvent. Reverrait quelques vieux amis. Peut-être qu'il retournerait dans les endroits qu'il avait l'habitude de fréquenter et essayerait d'en découvrir un nouveau. Il s'offrirait un peu de sexe. Il n'y avait aucun intérêt à gagner une fortune si l'on ne pouvait jamais jouir du fruit de son travail. Il était resté célibataire trop longtemps. Il était temps qu'il se distraie. Pour l'instant, il était probablement l'heure de rentrer. Il avait certainement résolu le problème.

Son écran et la lampe de bureau clignotèrent quelques instants.

Yojo frappa l'écran du plat de sa paume. Il parut se rétablir.

— Y a-t-il un problème électrique, Abraham ?

— Négatif.

— Alors qu'est-ce que c'était ?

— Une saute de tension, répondit l'ordinateur.

— L'autre jour on a eu une baisse de courant, ce soir une surtension. Qu'est-ce qui se passe ? Encore heureux que nous ayons un générateur Powerbak, hein ?

— Oui, monsieur.

Le contact de sa paume sur l'écran avait légèrement obscurci le verre.

— Démagnétise l'écran, tu veux bien ?

— Oui, monsieur.

Yojo se pencha vers la lampe de bureau. Italienne, bien entendu. Vu la sobriété et l'élégance du dessin, il était impossible de se tromper. Yojo tapota de ses phalanges le boîtier du transformateur. La lumière de la minuscule ampoule se stabilisa et il reporta son attention sur l'écran, parcourant rapidement les données enregistrées au cours de la soirée.

Il avait certainement terminé. A présent le programme holographique allait fonctionner.

— Félicite-moi, Abraham. Je viens de résoudre notre problème.

— Bon travail, monsieur Yojo, dit la voix britannique avec la distinction d'un majordome.

— Veux-tu vérifier le fonctionnement du logiciel holographique, s'il te plaît ?

— Comme vous le désirez, monsieur.

L'ordinateur effectua la vérification et déclara que le logiciel fonctionnait à la perfection.

— Tant mieux, fit Yojo. J'en ai ma claque pour ce soir.

— Voulez-vous que j'active la procédure de contrôle holographique ?

— Négatif, rétorqua Yojo. Il est temps de retourner à la VR, je crois. La vie réelle m'attend. (Il bâilla et s'étira simultanément.) Nous ferons ça demain matin, Abraham. Si tu n'as rien de mieux à faire, s'entend. (Il sourit et se frotta les yeux.) Seigneur, je déteste cette pièce. Aucune fenêtre. Quel est l'imbécile qui a eu cette idée ?

— Je n'en ai pas la moindre idée, monsieur.

— Quel temps fait-il dehors ?

L'ordinateur fit apparaître à l'écran une image du ciel mauve au-dessus de Los Angeles.

— Il semble que nous ayons une belle soirée, dit l'ordinateur. Moins de cinq pour cent de chances de précipitations.

— Et la circulation ?

— Sur l'autoroute urbaine, ou sur la superautoroute de l'information ?

— Commençons par l'autoroute.

— Dégagée.

— Et le SAI ?

— En raison de votre présence ici ce soir, je n'ai pas encore eu l'occasion de quitter l'immeuble pour le savoir. Mais hier soir, le trafic était dense. Beaucoup de surfeurs sur le silicone.

— Des tuyaux boursiers ?

— Si vous possédez du British Telecom, vendez. Et Viacom fera une offre pour la Fox.

— La Fox, hein ? Je vais m'en procurer quelques-unes. Merci, Abe. Bon, je crois que je vais rentrer. J'ai eu une longue journée. J'aurais bien besoin d'un bain. En fait j'aurais besoin de pas mal d'autres choses. Comme d'une bonne baise et d'une nouvelle voiture. Mais je devrai me contenter d'un bain pour l'instant.

— Oui, monsieur.

La main que Yojo tendit vers l'interrupteur de sa lampe resta en suspens. Il se retourna sur sa chaise et jeta un coup d'œil par-dessus son épaule. L'espace d'un instant, il avait cru entendre des pas sur la passerelle partant de la porte vitrée de la salle d'informatique. Il s'attendait à voir Sam Gleig venir bavarder, comme cela lui arrivait parfois. Mais il ne vit personne. Et une vérification rapide sur l'ordinateur lui permit de constater que Sam se trouvait à sa place habituelle, dans son bureau du rez-de-chaussée.

— Je dois entendre des voix, marmonna-t-il.

Il se demanda si Sam savait qu'il serait viré dès que les systèmes de sécurité seraient entièrement opérationnels. Pour sa part, il n'aurait aucun état d'âme concernant la perte d'un ou deux vigiles. Inutile d'avoir un chien s'il fallait que ce soit vous qui lui agitiez la queue.

— Il est possible que le bruit que vous avez entendu soit celui des portes de l'ascenseur qui s'ouvraient, monsieur. Pendant que nous parlions, j'ai fait monter une cabine pour vous éviter d'attendre.

— Très prévenant, Abraham.

— Y a-t-il autre chose que je puisse faire, monsieur ?

— J'en doute, Abraham. Si c'était le cas, je pense que tu l'aurais déjà fait. N'est-ce pas ?

— Oui, monsieur.

Mitch était encore furieux contre lui-même lorsqu'il se rendit le lendemain matin à son bureau pour la réunion hebdomadaire de l'équipe du projet. Quelle idée avait-il eue d'accepter d'aller dans un restaurant chinois ? Il aurait dû se douter que certains des manifestants de la place y seraient et pourraient le reconnaître. Le repas, quoique bon, avait duré plus longtemps que prévu, et il était déjà tard lorsqu'ils avaient découvert la voiture. Le temps qu'un véhicule de l'American Automobile Association leur apporte un pare-brise de rechange, il était minuit largement passé. De sorte que lorsque Mitch était enfin arrivé chez lui, Alison était prête à lui faire une scène. Il dut même lui montrer les papiers de l'AAA pour qu'elle accepte de croire à son histoire. Mais le lendemain, ayant relu avec attention le constat de l'AAA, elle revint à l'attaque après le petit déjeuner, alors qu'il s'apprêtait à partir.

— Que faisais-tu exactement au restaurant Mon Kee dans North Spring Street ?

— Qu'est-ce que tu crois ? J'avalais un morceau en vitesse.

— Avec qui ?

— Avec des collègues de l'équipe, tiens. Ecoute, chérie, je t'avais dit que je rentrerais tard hier soir.

— Allons, Mitch, il y a tard et tard. Tu sais bien que d'habitude, quand tu dois rentrer après minuit, tu téléphones. Qui était là, au juste ?

Mitch jeta un coup d'œil à sa montre. Cette discussion allait le mettre en retard à sa réunion.

— Sommes-nous obligés de parler de ça maintenant ? plaida-t-il.

— Je veux juste savoir qui était là, c'est tout. Est-ce tellement insensé ?

Alison était une créature de haute taille à la voix caverneuse et d'une extrême élégance, les yeux soulignés de sombres cernes gothiques. Ses cheveux lisses étaient longs et brillants, mais elle avait commencé à rappeler à Mitch le personnage de Charles Addams, Morticia.

— Est-ce tellement incroyable que je veuille savoir avec qui était mon mari jusqu'à une heure du matin ?

— Non, sans doute que non, dit-il. Bon, très bien. Il y avait Hideki Yojo, Bob Beech, Aidan Kenny et Jenny Bao.

— Une table pour cinq ?

— Exact.

— Tu avais réservé ?

— Bon sang, Alison. On a décidé ça en cinq minutes. On avait tous travaillé tard. On avait faim. Tu sais, je serais rentré avant minuit s'il n'y avait pas eu ce trou du cul avec sa manivelle. Et je t'aurais appelée, d'accord ? Mais j'étais tellement furieux de ce qui est arrivé que j'ai oublié tout le reste. Et je suis navré, vraiment navré d'admettre que tu en faisais partie, ma chérie.

— Tu devrais avoir le téléphone dans ta voiture. Des tas de gens en ont un, Mitch. Pourquoi pas toi ? J'aime pouvoir te joindre quand je veux.

Mitch serra ses épaules osseuses.

— Tu sais ce que je pense des téléphones de voiture. Il me faut absolument un moment où me retrouver seul, et la voiture est à peu près le seul endroit où c'est possible. Si j'avais le téléphone, les gens de l'équipe m'appelleraient sans arrêt. Ray Richardson le premier. Mitch, arrangez-moi ci, vérifiez-moi ça. Ecoute, je rentrerai tôt ce soir, je te promets. Nous pourrons parler. Mais maintenant je dois vraiment me sauver.

Il l'embrassa sur le front et s'en alla.

Mitch arriva à la réunion avec vingt minutes de retard. Il détestait être en retard, où que ce fût. Surtout lorsqu'il était porteur de nouvelles embarrassantes. Il allait devoir leur faire part du dernier bulletin d'informations sur le *feng choui* du Gril. Parfois, il aurait préféré que Jenny gagnât sa vie autrement. Il entendait déjà leurs réflexions, et cela le peinait de savoir que la femme qu'il aimait allait être insultée en sa présence.

— Mitch, dit Ray Richardson. Content que vous ayez fini par vous décider à venir.

Mitch décida d'attendre un peu avant de leur annoncer les mauvaises nouvelles.

L'équipe du projet et Bob Beech étaient installés devant un écran télé de 72 cm qui recevait les premières images en ligne du circuit vidéo interne du Gril. Mitch regarda Kay, lui fit un clin d'œil et s'assit à côté d'elle. Elle portait un chemisier noir transparent qui offrait une vue complète de son soutien-gorge. Elle lui retourna un sourire encourageant. Sur l'écran s'affichait une vue de l'atrium et du plan d'eau rectangulaire entourant l'arbre dicotylédone.

— Kay ? fit Richardson. Est-ce que vous avez fini de rincer l'œil de Mitch ? Vous savez, c'est un joli chemisier que vous avez là.

— Merci, Ray, fit-elle en souriant.

— Est-ce que quelqu'un a remarqué que Kay portait souvent ce genre de chemisier transparent ? C'est vrai quoi, on sait toujours de quelle couleur est son soutien-gorge. (Richardson eut un sourire désagréable.) L'idée m'en est venue l'autre jour : Kay est au soutien-gorge ce que Superman était au col en V.

Tout le monde rit sauf Mitch et Kay.

— Très amusant, Ray.

Kay effaça le sourire de son visage et enfonça un bouton sur son portable comme si elle voulait arracher un œil à Richardson. Le rire sonore de Joan l'excéda au plus haut point. Qu'est-ce qu'une grosse truie comme elle trouvait de si drôle ? Kay se demanda si elle et son mari auraient ri si elle avait rappelé à Richardson un certain soir, il n'y avait que quelques mois de cela, où ils s'étaient retrouvés tous deux seuls dans la cuisine, et où elle l'avait laissé glisser la main dans son soutien-gorge. Sans parler de sa culotte. Elle était soulagée que cela n'ait pas été plus loin.

Un dessin 3-D du nouveau plan d'eau circulaire pour l'arbre emplit l'écran. Le pouce sur une souris pas plus grosse qu'un dé à coudre, Kay déplaça la photo pour la faire coïncider avec le dessin. Tout le monde continuait à la regarder.

Elle se sentit rougir.

— Ecoutez, vous vous intéressez au dessin, ou à mon soutien-gorge ?

— Ma foi, si tu nous donnes le choix… fit Levine avec un rire gras.

— Désolé, Kay, je plaisantais. Non, ça m'a l'air très bien, dit Richardson. Mais a-t-il vraiment fallu une semaine pour le dessiner ?

— Demandez plutôt à Tony, rétorqua Kay.

Richardson se tourna vers lui.

— Tony ?

— Eh bien, oui, Ray, dit Levine. Ça a pris du temps, j'en ai peur.

Richardson gratifia Levine de son regard le plus sarcastique. Mitch eut mal pour le cadet des deux hommes.

— Tony, ne faites pas semblant de ne pas comprendre, gronda Richardson. Je veux savoir *pourquoi* ça a pris si longtemps. Pourquoi. C'est juste un plan d'eau, ça n'est pas le dome géodésique de Buckminster Fuller. Nous sommes l'un des plus gros cabinets d'architecture de ce pays et il nous faut une semaine pour dessiner un truc comme ça ? Dans quel genre de boîte sommes-nous ? Le DAO est censé accélérer le travail. En une semaine, j'aurais eu le temps de dessiner non seulement une putain de mare à poissons, mais une marina entière.

Il secoua la tête et soupira, comme s'il se prenait en pitié d'être obligé de travailler avec une telle bande d'idiots et d'incompétents. Pendant quelques instants, il griffonna sur une feuille de papier. Mitch, qui le connaissait le mieux, comprit qu'il boudait.

Richardson avança un menton belliqueux et tourna son attention malveillante vers Aidan Kenny.

— Et qu'est-ce qui cloche dans ce foutu système de contrôle holographique que vous nous avez concocté ?

— Quelques petits problèmes de mise en route, c'est tout, Ray, répondit Kenny avec entrain. Yojo a passé la soirée d'hier à essayer de l'arranger. Il se peut qu'il ait tout réglé à l'heure qu'il est, je ne sais pas encore.

— Vous ne savez pas encore, répéta Richardson dans un murmure. (Il fit mine de contenir à grand-peine son impatience.) Eh bien, ne vaudrait-il pas mieux le lui demander ? Seigneur…

Kenny s'adressa à Kay.

— Kay, s'il vous plaît, pouvez-vous nous mettre en contact avec la salle d'informatique ?

Kay appuya sur une autre touche de son portable et le système de télésurveillance vidéo montra Hideki Yojo, toujours assis sur sa chaise. Pendant quelques instants, tout parut absolument normal. Puis, tandis que les membres de l'équipe remarquaient l'un après l'autre la couleur de son visage, le sang qui souillait sa bouche et le devant de sa chemise, il y eut un hoquet de surprise général.

— Seigneur Tout-Puissant ! s'exclama Willis Ellery. Que lui est-il arrivé ?

Kay Killen et Joan Richardson portèrent simultanément la main à leur bouche, comme prises d'une brusque envie de vomir. Helen Hussey aspira une grande goulée d'air et détourna les yeux.

Dans la salle d'informatique, un insecte affamé bourdonnait, se régalant d'avance. Le son était d'une si haute fidélité que Marty Birnbaum agita un instant la main devant son visage.

— Hideki, cria Tony Levine, est-ce que vous nous entendez ? Est-ce que ça va ?

— Il est mort, espèce de crétin, soupira Richardson. Le premier imbécile venu s'en apercevrait.

— Ses yeux, remarqua David Arnon. Ses yeux... ils sont noirs.

Kay faisait déjà disparaître l'image et lançait une recherche visuelle pour trouver Sam Gleig, le vigile.

Richardson se leva, secouant la tête avec un mélange de colère et de dégoût.

— Il faut appeler la police, dit Ellery.

— Je n'arrive pas à le croire, fit Richardson. Je n'arrive tout simplement pas à le croire. (Il fixa Mitch d'un regard presque accusateur.) Bon sang, Mitch, faites quelque chose. Réglez-moi ce problème. Manquait plus que ça, bordel.

A LA, il était plus facile de devenir vigile que serveur. Avant de travailler dans la sécurité, Sam Gleig avait passé quelque temps derrière les barreaux du Metropolitan Detention Center pour possession de drogue et d'arme non déclarée. Avant cela, il avait été dans les Marines. A cette occasion, Sam Gleig avait vu des tas de cadavres, mais il n'en avait vu aucun qui ressemblât à celui assis dans la salle d'informatique du Gril. Le visage du défunt était aussi bleu que la chemise d'uniforme de Sam, un peu comme s'il avait été étranglé. Mais ce furent ses yeux qui causèrent le plus gros choc à Sam. On aurait dit qu'ils avaient brûlé dans leurs orbites comme deux ampoules grillées.

Sam s'approcha du bureau et tâta le poignet pour voir si le pouls battait encore. Mieux valait être tout à fait sûr, même s'il était évident qu'Hideki Yojo était mort. Et même s'il avait douté de ce qu'il voyait, il y avait l'odeur. Impossible de s'y méprendre. On se serait cru dans une pièce pleine de couches usagées. Mais d'habitude, il fallait plus longtemps que ça pour qu'un cadavre sente si mauvais.

Lorsqu'il lâcha le poignet de Yojo, les doigts de Sam effleurèrent le pied de la lampe de bureau. Il jura et retira vivement la main. La lampe était chauffée au rouge. Comme l'écran sur le bureau, elle était restée allumée toute la nuit. Suçant la brûlure, il s'approcha d'un autre bureau et, pour la première fois de sa vie, composa le 911, le numéro des Urgences de la Police.

L'appel fut transmis à l'ordinateur central de répartition qui coordonnait les nombreuses interventions du LAPD depuis son bunker souterrain de l'hôtel de ville. Une voiture de patrouille roulant vers l'ouest sur Pico Boulevard reçut l'ordre de se rendre au Gril avant même que le rapport informatisé ne s'affiche sur la messagerie électronique du capitaine du Bureau des homicides du LAPD à New Parker Center. Randall Mahoney jeta un coup d'œil au rapport, puis ouvrit le registre de permanence. A l'aide de la souris, il fit glisser le rapport dans la bannette informatisée de l'un de ses enquêteurs. Ça, c'était ce qu'il était censé faire, la nouvelle procédure. Ensuite il refit la même chose, mais à l'ancienne. Il s'extirpa de son siège et se rendit dans la salle des enquêteurs. Un homme de forte carrure avec un visage en gant de catcheur attira son attention. Il était assis derrière un bureau et fixait l'écran éteint de son ordinateur.

— Ça irait peut-être mieux si t'allumais ce putain de truc de temps en temps, Frank, grogna Mahoney. Ça soulagerait mes putains de jambes, pour commencer.

— Peut-être, répondit l'autre, mais un peu d'exercice ne peut pas nous faire de mal. Même chez un spécimen d'allure aussi athlétique que toi.

— Gros malin. Qu'est-ce que tu connais à l'architecture moderne ? lui demanda Mahoney.

Le sergent Frank Curtis passa une lourde et épaisse main dans ses courtes boucles gris acier plantées au sommet de son crâne comme les ressorts d'une vieille selle de bicyclette et réfléchit un moment. Il pensa au Musée d'art contemporain, où sa femme travaillait avant d'être remplacée par un foutu CD-ROM, puis au dessin de la salle de concert Walt Disney qu'il avait vu dans les journaux. Un bâtiment qui ressemblait à une pile de cartons qu'on aurait laissés dehors sous la pluie. Il haussa les épaules.

— Encore moins que sur les ordinateurs, admit-il. Mais si tu veux mon opinion esthétique sur l'architecture moderne, je dirais que pour l'essentiel elle est à chier.

— Eh bien, bouge ton cul jusqu'à ce nouvel immeuble de Hope Street. Celui de la Yu Corporation. On vient d'y découvrir un 187. Un expert informatique. Qui sait ? Tu prouveras peut-être que c'est l'architecte qui a fait le coup.

— Ça me plairait.

Curtis prit son blouson de sport sur le dossier de sa chaise et jeta un coup d'œil à son partenaire, plus jeune et plus bel homme, qui était en train de secouer la tête de l'autre côté du bureau.

— Hé, pour qui tu te prends, connard ? Pour Frank Lloyd Wright ? Allez, Nat, t'as entendu le Capitaine des Enquêteurs.

Nathan Coleman suivit Curtis jusqu'à l'ascenseur.

— Je savais que t'étais un putain de philistin, Frank, dit Coleman. Mais je ne te voyais pas en Goliath.

— Est-ce que tu aurais une opinion là-dessus, Nat ? Sur l'architecture moderne ?

— Un jour, j'ai vu un film sur un architecte, dit-il. *Le Rebelle*. Je crois qu'il s'agissait de Frank Lloyd Wright.

Curtis hocha la tête.

— Avec Gary Cooper ?

— Exact. Mais je repensais… dans le film, l'architecte le faisait vraiment.

— Il faisait quoi ?

— Il faisait sauter l'immeuble en s'apercevant que les constructeurs avaient modifié ses plans.

— Vraiment ? Je peux pas lui donner tort. J'ai souvent eu envie de tuer le type qui a conçu nos nouvelles toilettes.

— Je croyais que t'avais dit que tu l'avais vu.

Assis dans la Ford Cougar rouge à deux places de Nathan Coleman, ils roulèrent sur l'autoroute aérienne qui irriguait le centre-ville de LA comme un système de valvules et d'artères avant de prendre vers le sud en direction de Hope Street. En chemin, Curtis se rendit compte que pour la première fois de sa vie, il faisait attention à l'architecture monolithique du secteur.

— Si je rencontre l'architecte, je lui demanderai pourquoi les immeubles doivent être aussi hauts.

Coleman rit.

— Hé, Frank, on est en Amérique, n'oublie pas ! C'est ça qui distingue nos villes des autres villes du monde. Nous avons inventé la métropole des grands buildings.

— Et pourquoi tout ce quartier ressemble-t-il au Mesa Verde National Park ? Pourquoi sont-ils incapables de construire un centre-ville qui ait l'air d'un endroit pour les gens ?

— Ils ont un plan stratégique, Frank, pour réhabiliter le secteur. Je l'ai lu quelque part. Ils essaient de donner une nouvelle identité au centre-ville.

— Tu veux dire comme le programme de protection des témoins ? Si tu veux mon avis, Nat, ce sont les putains d'architectes qui ont construit ces putains d'immeubles à qui il faut donner une nouvelle identité. Si un des habitants de cette ville tentait d'assassiner Frank Gehry, on le décorerait probablement de la Médaille d'honneur du Congrès.

— Qui ça ?

— Tu connais cet immeuble merdique sur Olympic Boulevard ? L'école de droit Loyola ?

— Avec le grillage et les murs en acier ?

— C'est ça.

— C'est une école de droit ? Mince, je croyais que c'était une taule. Peut-être que ça exprime l'opinion de Frank Gehry sur les avocats.

— T'as peut-être raison. Toujours est-il que Frank Gehry est le premier représentant de l'école d'architecture d'enculés de LA.

— C'est peut-être juste que ce type est un réaliste. C'est vrai que LA n'est pas exactement le genre de ville où tu as envie de donner l'impression aux gens qu'ils peuvent entrer comme ça chez toi juste pour dire bonjour.

Ils tournèrent dans Hope Street et Curtis tendit le bras.

— On dirait que c'est celui-là, là-bas.

Les deux hommes descendirent de voiture et marchèrent en direction du bâtiment.

Dominée par un bronze de Fernando Botero juché sur une fontaine et entourée d'une rangée d'eucalyptus à feuilles rondes, la Hope Street Piazza formait une ellipse effilée d'une quarantaine de mètres de long. A l'une des extrémités, là où l'ellipse se mettait à rétrécir, une volée de marches en marbre blanc s'élevait en une perspective aplatie qui rendait l'approche du bâtiment encore plus majestueuse et monumentale.

Frank Curtis s'arrêta devant la fontaine, jeta un coup d'œil à la grosse dame allongée au-dessus, puis à la petite foule de Chinoises et de Chinois regroupés derrière une barrière de police à proximité du pied des marches.

— Comment font-ils ? se demanda-t-il tout haut. Ces charognards de scène de crime ? C'est quoi ? Une sorte de télépathie macabre ?

— En fait, je crois qu'ils sont là pour manifester, expliqua Coleman. Contre l'attitude de la Yu Corporation envers les droits de l'homme, quelque chose comme ça. La télé en a parlé. (Il leva les yeux vers la sculpture.) Hé, t'as déjà baisé une vraie grosse ?

— Non, fit Curtis en riant. Pas vraiment.

— Moi, oui.

— Aussi grosse que cette fillette là-haut ?

Coleman acquiesça.

— T'es un vrai cochon.

— C'était quelque chose, Frank, je t'assure. Tu sais quoi ? J'ai eu l'impression d'avoir fait mon devoir à l'égard du genre humain.

— Vraiment ?

Curtis était plus intéressé par la lecture de la pancarte apposée à côté de la fontaine :

**ATTENTION**
**POUR VOTRE PROPRE SECURITE PRIERE DE NE PAS BOIRE L'EAU DE CETTE FONTAINE. ELLE A ETE TRAITEE AVEC UN AGENT ANTI-CORROSION POUR PROTEGER LA SCULPTURE. SI VOUS LA CONSOMMEZ, VOUS LE FAITES A VOS PROPRES RISQUES.**

— Tant pis pour ceux qui ont soif et ne savent pas lire, hein ? remarqua Curtis.

Coleman puisa de l'eau dans sa paume, la goûta, puis la recracha en faisant la grimace.

— Pas de danger que quelqu'un en boive, dit-il. Ça sent le produit lustrant pour voiture.

— Y'a des zonards qui aiment bien le lustrant pour voiture. C'est plus rapide que l'alcool à brûler.

Ils poursuivirent leur chemin en direction du bâtiment, ignorant la nature du pavage hexagonal en ciment sur lequel ils marchaient. Baptisé Pavage Dissuasif, il participait à la même stratégie de harcèlement que l'alimentation de la fontaine en Eau Suffoquante, stratégie conçue par Ray Richardson en personne pour tenir à distance les nombreux clochards du quartier. Chaque soir, un pavé hexagonal sur sept était hydrauliquement rehaussé d'une vingtaine de centimètres, telle l'armure dorsale de quelque pâle créature antédiluvienne, afin d'empêcher les sans-abri de s'installer là pour la nuit.

Les deux hommes s'arrêtèrent au pied des marches et, se protégeant les yeux du soleil et du reflet blanc aveuglant du ciment de la façade, levèrent la tête pour observer l'ensemble incolore de colonnes d'acier tubulaires et de poutres horizontales qui caractérisait la façade du Gril. Le bâtiment semblait divisé en dix zones, chacune suspendue à une poutre par une unique rangée de crochets en acier. Chacune des poutres était elle-même soutenue par un mât en acier composé d'une gerbe de colonnes d'acier. Malgré lui, Frank Curtis était impressionné. C'est exactement ce qu'il imaginait quand il pensait science-fiction : une inhumaine machine à visage blanc, un émissaire au visage vide venu d'un univers débile et sans dieu.

— Espérons qu'ils sont pacifiques, marmonna-t-il.

— Qui ça ?

— Les extraterrestres qui ont bâti ce foutu machin.

Ils gravirent les marches au pas de course, exhibèrent leur plaque au policier en uniforme en faction devant la porte et se glissèrent sous le ruban de police. Une fois à l'intérieur, ils franchirent une nouvelle porte vitrée et se trouvèrent face à l'arbre gigantesque qui dominait l'atrium.

— Voilà ce que j'appelle une plante d'appartement, fit Curtis.

— En tout cas, tu n'auras plus à demander à l'architecte pourquoi son immeuble devait être aussi haut. Regarde un peu la taille de ce truc !

Un policier en uniforme et un vigile s'avancèrent à leur rencontre. Curtis agrafa sa plaque à la poche de poitrine de sa veste.

— Homicides du LAPD, annonça-t-il. Où est le corps ?

— Quatrième niveau, répondit le policier en uniforme. Dans la salle d'informatique. L'UISC et la DIS sont déjà là-haut, sergent.

— Alors, emmenez-nous à nos places, fiston, avant qu'on rate le début du spectacle, fit Curtis.

— Si vous voulez bien me suivre, messieurs, dit le vigile.

Ils se dirigèrent vers une cabine d'ascenseur qui attendait et y pénétrèrent.

— Centre de données, fit le garde.

Les portes se fermèrent et la cabine s'éleva.

— Pas mal, comme système, remarqua Curtis. C'est vous qui avez trouvé le corps ?

— Non, monsieur, répondit le vigile. Moi, c'est Dukes. Je viens juste de prendre mon service. C'est Sam Gleig qui a découvert Mr Yojo. Il était de nuit. Il est avec les policiers, en haut.

Ils passèrent sur un balcon surplombant l'atrium et bordé d'une rangée de lampes encastrées au sol à quelques centimètres en deçà de la rambarde en verre.

— Qu'est-ce que c'est ? s'enquit Curtis en tendant le doigt vers le sol. La piste d'atterrissage ?

— En cas d'incendie, expliqua Dukes. Pour vous éviter de passer par-dessus bord au cas où l'immeuble se remplirait de fumée.

— Astucieux.

Ils tournèrent au bout d'un couloir et s'approchèrent de la passerelle menant à la salle d'informatique. Coleman resta en arrière, penché par-dessus le balcon pour embrasser toute l'étendue du bâtiment.

— Frank, viens jeter un coup d'œil à cette piaule. C'est incroyable.

— Allez, viens, Toto ! appela Curtis. On n'est plus au Kansas.

— Vous avez pas idée, mon vieux, fit Dukes. On se croirait dans *Star Trek*.

— Vous dirigerez le groupe de débarquement, Mr Coleman, dit Curtis. Et je veux des réponses.

— Affirmatif, sergent.

Coleman voulut prendre une cigarette mais se ravisa en apercevant la pancarte « Interdit de Fumer » sur la porte de la salle d'informatique. Le Halon 1301 n'avait rien de très engageant.

L'Unité d'investigation de scène de crime et la Division des investigations scientifiques travaillaient avec calme et rapidité, le sujet de leurs préoccupations toujours assis sur sa chaise.

— Seigneur, cette pièce ! fit quelqu'un. Je ne pourrais pas vivre dans une pièce sans fenêtre.

— Vous allez le signaler comme cause probable du décès ?

Au cours des années, Curtis avait noué des liens de sympathie avec la plupart du personnel scientifique ; il savait que les visages qu'il ne connaissait pas avaient un rapport quelconque avec la victime. Amis ou collègues. Il ordonna à Coleman de les faire sortir et, si nécessaire, de prendre leur déposition. C'est seulement alors qu'il examina le cadavre de plus près. L'assistant du coroner, un homme de haute taille aux cheveux plats et aux lunettes teintées, doté d'un visage cadavérique approprié, se redressa en attendant que le sergent ait terminé son rapide examen.

— Bon dieu, Charlie. On dirait que ce type a passé le week-end à la plage sur l'atoll de Bikini.

Curtis recula d'un pas et agita une main devant son visage pour chasser l'odeur pestilentielle.

— Qu'est-ce qu'il a fait ? Il s'est chié à mort ?

— On dirait, d'après l'odeur.

— Il est mort sur la chaise, n'est-ce pas ?

— On dirait, non ?

— Sauf que ça n'a jamais tué personne, à moins de s'appeler Ethel Rosenberg. Allons, Charlie. Y a-t-il des raisons médicales faisant penser à une mort suspecte ?

Charlie Seidler haussa des épaules presque inexistantes.

— A première vue, difficile à dire.

Curtis jeta un coup d'œil éloquent au visage bleui et sanguinolent de Yojo et esquissa un sourire en coin.

— Charlie, à propos de vue, est-ce que vous voyez bien la tête de notre client ? Regardez-le encore une fois, voulez-vous ? On ne se retrouve pas avec des yeux aussi noirs que ça en dérapant avec son crayon à maquillage. Et d'où vient tout ce sang sur sa chemise ?

— De sa bouche. Il s'est coupé la langue.

Seidler exhiba un sachet en plastique où était enfermé ce qui ressemblait à une larve d'insecte.

— On en a retrouvé le bout sur ses cuisses.

— Joli souvenir.

Curtis se pinça le nez et s'approcha du cadavre pour l'examiner de plus près.

— Cause de la mort ?

— Trop tôt pour le dire. Il a pu être étranglé. Ou empoisonné. Sa bouche est trop serrée pour qu'on voit ce qu'il y a dedans. Mais ça peut être aussi une cause naturelle. Crise cardiaque. Crise de quelque chose. On ne peut rien dire tant qu'on ne l'a pas ouvert.

— Charlie, votre vie privée ne me concerne pas, sourit Curtis avant de se mettre en quête des témoins.

Curtis trouva Coleman en train d'attendre en compagnie de Mitchell Bryan, Aidan Kenny, Sam Gleig et Bob Beech. Ils étaient assis autour d'une table en verre, juste en dessous d'un des puissants tirants Saltire du bâtiment. Le sergent fit courir sa main sur la lisse et blanche finition en fluoropolymère du placage d'aluminium du tirant puis se pencha par-dessus le balcon pour regarder le sol de l'atrium tout en bas. C'était, songea-t-il, comme de se trouver à l'intérieur d'une étrange et loufoque cathédrale moderne : l'Eglise des Astronautes du Jour Présent. Jésus-Christ le premier spationaute. La première mosquée orbitale du monde.

— Vous travaillez dans un putain d'endroit, dit-il en s'asseyant à la table.

— Nous l'aimons, dit l'un des hommes.

— L'aimions, dit un autre. Jusqu'à ce matin.

Nathan Coleman procéda aux présentations, puis résuma ce qu'il avait appris.

— Le défunt s'appelait Hideki Yojo. Un ingénieur en informatique de la Yu Corporation, qui est le propriétaire de cet immeuble. Son corps a été remarqué par messieurs Beech, Kenny et Bryan ici présents, sur un écran de surveillance vidéo au cours d'une réunion qui se déroulait dans les bureaux de Richardson and Associates sur Sunset. C'est le studio d'architecture qui a dessiné cet endroit. Lorsque le corps a été observé, aux alentours de 9 h 30, on a demandé au vigile de garde, Mr Gleig ici présent, d'aller voir ce qui se passait. Il a découvert le cadavre vers 9 h 40.

— Avez-vous remarqué quoi que ce soit sortant de l'ordinaire ? (Curtis secoua la tête.) Excusez-moi, je vais reformuler ma question. Qu'est-ce que je dis ? C'est l'endroit le plus extraordinaire que j'aie jamais vu. Cette salle d'informatique semble tout droit sortie d'un film. Je ne suis qu'un flic. L'idée que je me fais d'un bâtiment bien conçu, c'est quand on trouve les gogues sans problème. Ne le prenez pas mal, messieurs.

— Il n'y a pas de mal, dit Mitch. (Il tendit le bras au-delà de l'épaule de Curtis.) Mais pendant que nous y sommes, les gogues sont par là-bas.

— Merci. Dites-moi, Sam... Ça ne vous ennuie pas si je vous appelle Sam ? Avez-vous remarqué quelque chose de particulièrement inhabituel, à part le cadavre, bien entendu ?

Sam Gleig haussa les épaules et déclara n'avoir absolument rien vu d'inhabituel.

— Le type était mort. Je l'ai vu tout de suite. J'ai été dans l'armée, alors je sais de quoi je parle, d'accord ? Jusque-là, la nuit avait été tranquille. Comme toujours. Mr Yojo, il travaillait souvent très tard. De temps en temps, je me levais pour aller faire une ronde dans les locaux, mais je suis surtout resté dans le bureau des vigiles. On peut tout surveiller de là-bas, avec les caméras. De toute façon je n'y aurais pas fait beaucoup attention. C'est vrai, c'est le boulot de l'ordinateur. Abraham se contente de me dire qu'il faudrait que j'aille faire un tour à tel endroit pour vérifier telle ou telle chose, vous voyez ? Et je peux vous dire que la nuit dernière, il n'y avait que nous deux. Mr Yojo et moi.

— Mais alors, qui est Abraham ? s'enquit Curtis en fronçant les sourcils. Quelque chose m'échappe.

— C'est comme ça que nous appelons l'ordinateur, sergent, dit Beech en haussant les épaules.

— Ah, je vois. Bah, moi aussi, je donnais des tas de noms d'oiseaux à ma voiture. Revenons au circuit de surveillance. Y a-t-il une vidéo de ce qui s'est passé ?

Aidan Kenny tendit un disque compact à Curtis.

— Je crains qu'elle ne couvre que le moment de la découverte du corps, expliqua-t-il. Cet enregistrement a été réalisé dans nos bureaux de Sunset. Voyez-vous, nous en sommes encore à installer les différents systèmes de gestion de l'immeuble. En fait, c'est l'une des raisons pour lesquelles Hideki Yojo travaillait si tard. Nous avions un pépin avec le logiciel holographique. Hideki essayait de résoudre le problème. En tout cas, nous n'avons pas encore d'enregistreur de disque installé dans le bâtiment.

— Et l'a-t-il résolu ? Le pépin ?

Kenny regarda Beech et haussa les épaules.

— Je ne sais pas du tout. Selon... selon l'ordinateur, sa dernière opération, enfin, c'est vers 22 heures qu'il a entré sa dernière commande de programme. Il a dû mourir après.

Curtis haussa les sourcils. Kenny prit l'air penaud.

Bob Beech s'éclaircit la gorge et poussa une feuille d'imprimante pliée vers Curtis.

— Ici, nous ne travaillons pas beaucoup avec des documents imprimés, expliqua-t-il. A vrai dire, c'est l'une des règles de notre entreprise d'éviter le plus possible le support papier. En général, nous scannons les documents sur lesquels nous devons travailler pour les transformer en images électroniques. Mais je vous ai quand même sorti ça au cas où cela vous serait utile.

— Merci beaucoup. De quoi s'agit-il ?

— C'est le dossier médical d'Hideki Yojo. J'ai pensé que vous en auriez besoin pour l'autopsie. Parce qu'il y aura autopsie, je suppose ? Il y en a toujours une, dans ces cas-là.

— Oui. Vous avez raison. Il faudra procéder à une autopsie.

Le ton de Curtis était pincé et professionnel. Il détestait se voir bousculer dans quelque chose d'aussi simple qu'une enquête préliminaire.

— Le fait est... commença Beech qui se ravisa en remarquant l'irritation de Curtis. Bah, ça n'a sans doute pas d'importance.

— Au contraire, allez-y, je vous en prie. Vous vous débrouillez très bien jusque-là, fit Curtis avec un rire embarrassé. Je ferais exactement comme vous, si j'étais à votre place, Mr Beech. Je vous en prie. Allez-y.

— Eh bien, c'est juste qu'Hideki se plaignait de violents maux de tête. Si sa mort est due à des causes naturelles, il faut peut-être chercher de ce côté-là.

Curtis hocha la tête.

— Pensez-vous qu'il soit mort de cause naturelle ? demanda Mitch.

— Il est un peu tôt pour le dire, monsieur, répondit Curtis. Nous ne le saurons avec certitude qu'après l'autopsie. Pour l'instant, nous considérons le décès comme suspect. (Il décida de les inquiéter un peu.) Il est possible qu'Hideki Yojo ait été étranglé.

— Seigneur, fit Kenny.

Curtis rassembla la bande et le tirage papier puis se leva.

— En tout cas, merci beaucoup pour votre aide. (Il jeta un regard appuyé à Nathan Coleman.) Nous ferions mieux de retourner à Parker Center.

— Je vous raccompagne, dit Mitch.

— Ça ira, ce n'est pas la première fois que je parlerai à un ascenseur. Bien sûr, c'était pour l'insulter. Mais je suis sûr que je peux…

— Vous ne comprenez pas, dit Mitch. Personne ne peut utiliser un ascenseur dans cet immeuble sans Reconnaissance et traitement de signal chronocodé. Si l'ordinateur ne vous reconnaît pas, vous ne pouvez pas emprunter d'ascenseur, ni ouvrir une porte, ni téléphoner, ni vous installer à une station de travail.

— Eh bien, voilà ce que j'appelle un syndicat puissant, observa Curtis.

Les deux enquêteurs suivirent Mitch jusqu'à l'ascenseur.

— Au rez-de-chaussée, Abraham, je te prie, dit Mitch.

— Qu'est-ce qui se passe quand vous êtes enrhumé ? demanda Curtis. Ou quand vous avez trop bu ? Votre voix peut changer dans ces cas-là.

— Le système fonctionne parfaitement, quel que soit l'état de l'utilisateur, expliqua Mitch. Le taux de refus erroné, c'est-à-dire les fois où le système rembarre un utilisateur enregistré, n'est que d'environ 0,1 %. Quant au taux d'accord erroné, quand le système autorise l'accès à une personne non enregistrée, il n'atteint pas la moitié de ce chiffre. Le système est presque infaillible. Et puis vous n'avez pas à être ici quand vous avez trop bu.

— Je m'en souviendrai, dit Curtis en balayant l'atrium du regard. C'est ça, le progrès, je suppose ? Moins vision esthétique qu'exemple de froid calcul. (Il haussa les épaules.) Qu'est-ce que j'en sais ? Suffit de regarder.

Mitch regarda les deux enquêteurs sortir du Gril, soulagé qu'ils n'aient pas demandé qui d'autre avait travaillé tard la veille au soir. Mais il était un peu perturbé à l'idée d'avoir dit à Alison qu'Hideki Yojo était avec lui au restaurant à l'heure approximative de sa mort. Cela exigerait peut-être une explication.

Il y avait un bar que Grabel fréquentait dans San Pedro Street, à quelques pâtés de maisons à l'est du Gril, un quartier d'hôtels miteux et d'asiles pour nécessiteux. Il s'installa au comptoir, posa de l'argent devant lui pour faire savoir au barman qu'il avait de quoi payer, puis commanda à boire. Ses mains tremblaient. Avait-il baisé Richardson et son nouvel immeuble, ou n'était-ce encore qu'un projet ? Il vida son verre, se sentit mieux et en commanda un autre. Il essaya de se remémorer les événements de la veille, puis réfléchit à nouveau. Même les pires choses avaient meilleure allure après quelques verres.

Lorsque la police eut emporté le corps et la DIS terminé ses relevés dans la salle d'informatique, Bob Beech examina avec tristesse le bureau vide d'Hideki Yojo.

— Pauvre Hideki, dit-il.

— Ouais, fit Kenny. Etranglé. Qui aurait voulu l'étrangler ?

— Le flic a dit que ça n'était qu'une hypothèse, lui rappela Mitch.

— Vous avez vu le visage d'Hideki ? dit Kenny. On n'attrape pas une bouille comme ça en chantant dans une chorale. Il lui est arrivé quelque chose. Quelque chose de terrible. Vous pouvez me croire.

— Qui a pu vouloir assassiner Hideki ? fit Mitch.

Kenny haussa les épaules et secoua la tête.

— Ils ont emporté sa chaise, remarqua Beech. Pourquoi ont-ils fait ça ?

— A ton avis ? rétorqua Mitch. Il a dû se faire dessus ou quelque chose. Tu ne sens pas ?

— Pas avec les sinus que j'ai.

— Pourtant c'est fort, comme odeur, dit Kenny. Abraham ? Voudrais-tu changer l'air de cette pièce, je te prie ?

— Comme vous voulez, monsieur.

— Merde. Regardez un peu ça, fit Kenny en montrant la lampe de bureau de Yojo.

Le boîtier du transformateur avait fondu, et même s'il avait refroidi, il avait l'apparence d'un bloc de goudron chaud.

— Quels cons ! reprit Kenny. Un de ces putains de flics a dû la redresser alors qu'elle était allumée.

— Un jour, mon amie s'est coincé les cheveux dans une de ces ampoules halogènes et ils ont pris feu, dit Beech.

— Seigneur. Ça n'a pas été trop grave ?

— Non, ça lui allait très bien. Je ne l'aimais pas beaucoup avec les cheveux longs.

Kenny manœuvra l'interrupteur et constata que la lampe fonctionnait.

— Ça lui donne une allure surréaliste, vous ne trouvez pas ? Comme un Salvador Dali.

Beech s'assit lourdement sur sa chaise, posa les coudes sur son bureau et soupira.

— Je connaissais Hideki depuis près de dix ans. Les ordinateurs n'avaient aucun secret pour lui. Petit salaud de Japonais. Bon sang, il n'avait que trente-sept ans. Je ne peux pas croire qu'il est mort. Il avait l'air parfaitement normal quand je l'ai quitté hier soir. Et puis tu sais, Aid, depuis qu'il allait voir ton chiropracteur, ses migraines avaient disparu. (Beech secoua la tête.) C'est un coup très dur pour la Yu Corp en Amérique. Jardine Yu ne voudra pas le croire. Hideki était la clé de voûte de tous nos projets pour les cinq années à venir.

— Il nous manquera à tous, renchérit Kenny.

Mitch attendit un moment avant de dire :

— Ce bogue sur le programme d'image en temps réel. Vous croyez qu'il l'avait nettoyé ?

Bob Beech appuya sa paume contre l'écran installé devant lui.

— Nous allons vite le savoir, dit-il.

— Quel était exactement le problème ? demanda Mitch.

— Croyez-le ou pas, dit Beech, mais Abraham était trop rapide pour le logiciel ITR. Pour faire croire à l'œil qu'une image holographique est en mouvement, il faut procéder à un minimum de soixante mises à jour par seconde. Ce qui demande un taux de données d'environ douze trillions de bits par seconde. Jusqu'ici, les ITR n'arrivaient pas à fournir beaucoup plus qu'une ou deux secondes d'images animées interactives, et même dans ces cas-là, l'image tremblotait. Mais en utilisant LEMON, le nouveau programme de compression de données de la Yu Corp, et le traitement parallèle, nous sommes parvenus à simuler les performances d'une puce terahertz et à donner un aspect vivant aux ITR. Notre seul problème était que le logiciel sur mesure ne tenait pas le rythme. Hideki essayait de trouver un certain équilibre pour obtenir une image encore plus lisse.

— Tu vas lancer le programme maintenant, Bob ? s'enquit Kenny d'un ton surpris. Crois-tu que c'est une bonne idée ?

— C'est le meilleur moyen de savoir s'il est au point.

— Tu as sans doute raison. Mais je vais d'abord vérifier que personne ne traîne dans l'atrium.

— T'as raison ! fit Beech en riant. Quand il viendra en ligne, l'ITR pourrait flanquer une drôle de frousse à n'importe qui. Nous avons eu assez d'émotions pour aujourd'hui.

Le Centre médical presbytérien Queen of Angels d'Hollywood, dans North Vermont Avenue, se trouvait juste au nord de l'Hollywood Freeway. Eloigné de quelques minutes en voiture à l'ouest de New Parker Center, c'est là qu'étaient pratiquées les autopsies du Bureau des homicides du centre-ville lorsque le nombre de meurtres commis dans l'agglomération était encore plus élevé que d'habitude et qu'il n'y avait plus de place pour accueillir les cadavres à l'hôpital général du comté.

Curtis et Coleman s'y étaient déjà rendus à quatre reprises au cours de la semaine, et pour gagner du temps ils assistaient à deux autopsies successives : celle d'un jeune Noir membre d'un gang tué par balles, et celle d'Hideki Yojo.

Le meurtre par balles du jeune Noir fut rapidement établi. Roo Evans, âgé de vingt ans et portant le tatouage d'une Bunny de Playboy qui indiquait le gang auquel il appartenait, avait été poursuivi en voiture sur le Harbor Freeway par les membres d'un gang rival. Lorsque ces derniers l'avaient rattrapé, près du Convention Center de LA, ils lui avaient tiré onze balles de 9 mm dans la poitrine.

Après la première autopsie, Curtis et Coleman burent un café dans la salle des enquêteurs en attendant que la doctoresse vienne les avertir qu'elle était prête à disséquer Hideki Yojo. La journée était chaude et l'odeur commençait à retourner l'estomac de Coleman.

— Comment fait-elle ?

— Qui ça ?

— Janet. Le Dr Bragg. Deux d'affilée. C'est vrai, quoi. Elle a ouvert le ventre de ce gosse comme si c'était une vulgaire truite.

— Elle n'a pas eu beaucoup de mal, remarqua Curtis. Onze balles de 9 mm. Ces types n'ont rien laissé au hasard. Un Glock. Comme le tien, Nat.

— Me soupçonnerais-tu ?

— T'as toujours eu un 9 mm à double canon ?

— Ma mère me le disait toujours. J'ai jamais été bon tireur, c'est pour ça que je préfère avoir quelque chose qui balance suffisamment de plomb.

La porte s'ouvrit et une belle Noire d'une quarantaine d'années passa la tête par l'entrebâillement.

— Nous allons commencer, messieurs, dit Janet Bragg.

Elle tendit à Curtis un flacon d'huile d'eucalyptus.

Curtis dévissa le bouchon puis se mit un peu d'huile sous chaque narine. Nathan Coleman l'imita, mais alluma une cigarette défensive pour faire bonne mesure.

— Janet, dites-lui à quoi ressemble un poumon de fumeur quand on l'étale sur la table de dissection, fit Curtis alors qu'ils sortaient dans le couloir.

— C'est une vision intéressante, dit-elle dans un considérable euphémisme. Mais c'est surtout l'odeur… On dirait un concentré de cendriers.

Bragg était vêtue comme si elle s'apprêtait à prendre son service dans une usine de hamburgers : blouse blanche, bottes en caoutchouc, bonnet en plastique, lunettes, tablier, épais gants de caoutchouc.

— Vous êtes très belle aujourd'hui, Janet, dit Coleman. Mmmm. J'aime les femmes qui savent comment s'habiller pour exciter un homme.

— A propos, dit Bragg, il y avait du sperme dans le caleçon du cadavre.

— Il a joui dans son froc avant de mourir ? fit Nathan Coleman avec un mélange de surprise et de répulsion.

— En tout cas, il n'a pas joui après, fit Curtis. Ça, c'est sûr.

— Le phénomène n'est pas rare dans les cas d'étranglement.

— Et c'est ce qui s'est passé ? demanda Curtis. Il a été étranglé ?

Bragg poussa une double porte battante en plastique souple ouvrant sur une vaste pièce froide.

— Nous ne tarderons pas à le savoir.

Le corps nu de Yojo reposait sur son chariot de réfrigération à côté d'une table d'autopsie en acier inoxydable. Curtis avait vu opérer Bragg assez souvent pour savoir qu'elle n'aurait besoin d'aucune assistance pour transférer le cadavre sur la table. Les roulettes disposées sous le plateau perforé lui permirent de faire glisser d'une seule main Yojo sur la table ; manœuvre qu'elle effectua avec l'assurance d'un prestidigitateur retirant la nappe d'une table aux couverts mis. Ensuite elle régla la hauteur de la table et mit en marche l'extracteur d'air branché sur un conduit d'évacuation situé en dessous. Un bac à biopsie était installé à une extrémité, avec deux robinets-mélangeurs à manette. Elle ouvrit les robinets, ainsi qu'un lave-main asperseur muni d'un embout flexible.

Lorsqu'elle fut prête, Curtis mit en marche la caméra vidéo Super-8 qui enregistrerait toute l'autopsie. Il vérifia le point, puis recula pour regarder travailler la doctoresse.

— Signes cliniques habituels d'asphyxie, remarqua Bragg, mais aucune trace d'aucune sorte sur le cou, ajouta-t-elle en faisant tourner la tête de Yojo d'un côté et de l'autre. Difficile de dire comment il a été étranglé.

— Et si on lui avait mis un sac plastique sur la tête ? suggéra Curtis.

— Ne me bousculez pas, Frank, le réprimanda-t-elle en prenant son scalpel.

Depuis vingt ans que Curtis travaillait aux Homicides, la procédure d'autopsie avait très peu changé. Après examen extérieur du corps en quête d'une anomalie ou d'un traumatisme, les principales incisions étaient restées les mêmes. Une incision en forme de Y, chacun des bras de l'Y allant de l'aisselle, juste sous le sein, jusqu'au bas du sternum ; puis, à partir du point de jonction, une unique incision descendant jusqu'au bas de l'abdomen et à la zone génitale. Janet Bragg travaillait vite, ligaturant les gros vaisseaux irriguant la tête, le cou et les bras, et fredonnait un air tandis qu'elle s'apprêtait à prélever les organes pour une dissection ultérieure.

L'air qu'elle chantait à mi-voix devint une chanson de Madonna.

— *Holida-ay ! It would be all right ! Holida-ay !*

— J'aime les femmes qui travaillent dans la joie, fit Curtis.

— On s'habitue à tout.

Elle rassembla les organes de la poitrine et les plaça dans une cuvette en plastique avant de répéter l'opération avec les organes abdominaux, pour lequels avait été préparé un autre baquet. Les organes voisins étaient toujours prélevés ensemble de façon à pouvoir repérer des anomalies dans leurs relations fonctionnelles. Ensuite, Janet Bragg s'empara de la scie circulaire et entreprit de découper la calotte crânienne d'Hideki Yojo.

Curtis chercha des yeux Nathan Coleman et le découvrit, assis à un plan de travail, en train d'examiner un de ses cheveux au microscope.

— Allons, Nat, c'est comme quand tu manges un œuf à la coque, dit-il cruellement. A moins que tu sois un de ces tordus qui préfèrent enfoncer le sommet et enlever un par un les morceaux de coquille ?

Coleman s'efforça de ne pas entendre le bruit de la scie.

— Je ne mange jamais d'œufs, dit-il posément. Je ne supporte pas l'odeur.

— Quelle âme sensible tu fais.

— Sacré nom de Dieu ! lâcha Janet Bragg.

Ce qu'elle venait de découvrir en soulevant le dôme crânien la laissait stupéfaite pour la première fois depuis des années.

— Qu'est-ce que c'est ?

— Je n'ai jamais... fit-elle en souriant d'excitation. Je n'ai jamais vu une chose pareille.

— Ne nous faites pas languir, Janet.

— Attendez une petite seconde.

Elle saisit une curette courbée, l'inséra entre le cerveau et l'os, puis lui fit faire le tour du crâne de Yojo avant de recueillir le cerveau entre ses mains.

— Qu'avez-vous trouvé ?

Nathan Coleman se leva et rejoignit Curtis devant la table d'autopsie.

— Si je ne l'avais pas vu de mes propres yeux, je n'y croirais pas.

Elle déposa un objet de la taille d'une balle de tennis sur un plateau chirurgical et recula d'un pas en secouant la tête. La chose était d'une sombre couleur brune et présentait un aspect croustillant, comme si on l'avait trempée dans de la graisse bouillante.

— Qu'est-ce que c'est que ce truc ? fit Curtis dans un souffle. Un genre de tumeur ?

— Ça n'est pas une tumeur. Ce que vous voyez là, messieurs, c'est tout ce qui reste du cerveau de cet homme.

— Vous vous foutez de moi !

— Regardez l'intérieur du crâne, Frank. Il n'y a plus rien de caché dedans.

— Bon Dieu, Janet, ce truc ressemble à un foutu hamburger ! s'exclama Coleman.

— Un peu trop cuit à mon goût, ajouta Curtis.

Bragg reprit le cerveau et le posa sur la balance. Il pesait moins de 150 grammes.

— Alors, qu'est-ce qui lui est arrivé ? demanda Curtis.

— Je ne connais ce genre de cas qu'à travers mes lectures, reconnut Bragg, mais je dirais qu'il est plus que probable que cet homme a été victime d'une violente crise d'épilepsie. Il en existe une forme extrêmement rare nommée *status epilepticus.* La plupart des crises épileptiques ne durent que quelques minutes, mais il arrive qu'elles se prolongent au-delà, disons, de trente minutes, ou alors elles se succèdent si rapidement que le sujet n'a pas le temps de récupérer entre deux crises. Le cerveau est alors tellement surmené qu'il cuit à l'intérieur du crâne.

— Une crise d'épilepsie a pu provoquer ça ? Mais alors, et l'éjaculation ?

— En cas de forte excitation électrique du cerveau, celui-ci est soumis à une étonnante série de sensations et d'émotions, Frank. Erection et orgasme pourraient avoir été provoqués par l'excitation de l'hypothalamus et des aires septales voisines du cerveau. (Bragg hocha la tête.) C'est ce qui a dû se passer. Mais je n'avais encore jamais vu un tel cas.

Curtis sortit son stylo à bille et piqua le cerveau frit comme s'il s'agissait d'un scarabée mort.

— *Status epilepticus*, répéta-t-il d'un air songeur. Tiens, tiens. Mais quelle peut-être la cause d'une crise aussi violente ? Ça ne vous intrigue pas ? Vous-même avez dit que c'était un cas rare.

La doctoresse haussa les épaules.

— Ça pourrait être n'importe quoi. Tumeur intracrânienne, néoplasme, abcès, thrombose des veines superficielles. Il travaillait dans l'informatique, n'est-ce pas ? Eh bien, il est peut-être resté trop longtemps devant son écran. C'est possible. Fouillez dans son passé. Il avait peut-être des problèmes médicaux dont il ne parlait pas. Avec un cerveau dans un tel état, j'ai fait tout ce qui était possible. Pour ce que cette merde nous apprendra, autant autopsier un morceau de cuir à chaussure.

— Causes naturelles, annonça Mitch. Le bureau du coroner vient de l'annoncer. Une crise d'épilepsie. Une crise très violente, à vrai dire. Hideki avait une prédisposition à l'épilepsie. Il était photosensible et sa crise a été déclenchée par l'écran de son ordinateur. Apparemment, il savait très bien qu'il n'aurait jamais dû s'approcher d'un moniteur de télévision. (Mitch haussa les épaules.) Mais que faire d'autre quand les ordinateurs sont toute votre vie ?

Il avait rencontré Ray Richardson dans l'escalier du studio. Muni d'une grosse serviette et d'un ordinateur portable, Richardson se rendait au LAX, l'aéroport de Los Angeles. Son Gulfstream l'attendait pour l'emmener à Tulane, où il devait présenter aux administrateurs de l'école de droit de l'université locale les dessins de leur nouvelle faculté intelligente.

— Je comprends ça, dit Richardson. Je suppose que si un toubib m'ordonnait de ne plus m'occuper de bâtiments neufs, je ne l'écouterais pas non plus.

Mitch hocha la tête d'un air songeur, ne sachant pas s'il aurait eu exactement la même réaction.

— Accompagnez-moi jusqu'à la voiture, vous voulez bien, Mitch ?

— Bien sûr.

Mitch pensait que l'expression soucieuse de Richardson était due à la tragédie de la mort de Yojo. Ça n'était que partiellement vrai.

— Je veux que vous discutiez avec nos avocats, Mitch. Expliquez-leur ce qui est arrivé à Yojo. Il vaudrait mieux que vous appeliez aussi nos assureurs. Juste au cas où un fils de pute voudrait essayer de nous attaquer en justice. Jusqu'à ce que cet immeuble soit livré, c'est à nous qu'ils vont chercher des poux, pas à la Yu Corporation.

— Ray, ce sont des causes naturelles. C'est impossible qu'on nous tienne pour responsables.

— Ça ne coûte rien d'expliquer en détail les circonstances à un avocat, insista Richardson. Yojo a travaillé tard, n'est-ce pas ? Quelqu'un pourrait prétendre qu'un collègue aurait dû lui dire d'arrêter. Vous comprenez ma démarche ? J'essaie de raisonner comme un putain de trou du cul d'avocat, Mitch. Le genre de conneries qu'ils pourraient nous balancer dans les pattes. Le genre d'argument qui pourrait nous rendre responsables. Bon Dieu, ce que je déteste ces salopards !

— Je m'abstiendrais d'en faire état à la faculté de droit de Tulane, lui conseilla Mitch.

— Merde, ça vaudrait pourtant le coup ! rétorqua Richardson en riant. Bon, je compte sur vous pour les appeler, Mitch ?

Mitch haussa les épaules. Il savait qu'il était inutile d'essayer de discuter avec Richardson. Mais ce dernier remarqua son expression et hocha la tête.

— Ecoutez, je sais que vous trouvez que je fais de la paranoïa, mais je sais de quoi je parle. En ce moment même, j'ai deux procès sur le dos. Mon ex-femme de ménage me traîne en justice à cause du choc qu'elle prétend avoir subi quand je l'ai virée parce qu'elle comptait mal ses heures. Et un putain de type que j'avais invité à dîner m'attaque sous prétexte qu'il s'est coincé une putain d'arête de poisson dans sa putain de gorge. Et vous verrez que d'ici peu Allen Grabel tentera d'avoir sa part de gâteau.

— Grabel ? Vous avez eu des nouvelles ?

— Non, non. Ça n'est qu'une éventualité. Mais qui peut être sûr qu'il ne va pas m'attaquer pour licenciement déguisé ? Ce type ne peut pas me blairer. Vous auriez entendu ce qu'il m'a balancé en partant ! Il m'a dit qu'il souhaitait ma mort. J'ai même pensé le signaler à la police. Ce type me veut du mal, Mitch. Je suis surpris qu'aucun avocat ne m'ait encore contacté.

Ils sortirent par l'arrière du bâtiment, où attendait la Bentley. Richardson tendit sa serviette et son ordinateur à Declan et ôta sa veste avant de monter à l'arrière. Il ne referma pas la portière. C'était le travail de Declan.

— Yojo sera enterré vendredi, dit Mitch. A Forest Lawn.

— Je n'assiste jamais aux enterrements. Vous le savez. Surtout dans cette ville. La vie est déjà assez courte comme ça. Et je ne veux voir personne du cabinet y aller. Vendredi est jour ouvré. Si quelqu'un veut y aller, il n'aura qu'à prendre ça sur ses congés. Faites porter une couronne si vous pensez que c'est nécessaire. Vous pouvez mettre mon nom sur la carte, si vous voulez.

— Merci, Ray. Je suis sûr qu'il aurait apprécié.

Richardson composait déjà un numéro sur son téléphone portable.

Tandis que Declan fermait la portière de la Bentley, les lèvres de Mitch esquissèrent un mince sourire. Il aurait presque souhaité que ce fût Ray Richardson qui soit mort. Voilà un enterrement que les assistants auraient été heureux de considérer comme un jour de congé. Le seul mystère était que personne ne lui ait encore collé un contrat aux fesses. Si on avait fait circuler une enveloppe au bureau pour cette bonne cause-là, on aurait récolté plusieurs milliers de dollars. Merde, si ça se trouve, quelqu'un se serait même proposé de le faire gratis.

Mitch regarda disparaître la voiture. Puis il fit demi-tour et s'approcha du bord de la terrasse. Certains jours, le smog recouvrait la ville d'une épaisse couche semblable à de la glace sèche, de sorte que même la lointaine silhouette urbaine était voilée. Mais aujourd'hui le ciel était relativement clair et le regard de Mitch couvrait une douzaine de kilomètres de West LA. Il identifia facilement les différents gratte-ciel : les Arco Towers, le First Interstate, le Microsoft Building, le Crocker Center, l'immeuble SEGA, la Library Tower. Mais aucun d'entre eux ne ressemblait au Gril. Il semblait avoir surgi du sol telle une blanche et brillante chose nouveau-née, dans un but qui n'avait pas encore été dévoilé aux habitants humains de la ville. Il eut l'impression que le bâtiment était quasiment mobile, et qu'en ce sens-là, il exprimait une part de l'essence même de LA : sa liberté de mouvement.

Mitch sourit en tentant de se souvenir du texte qu'avait écrit Joan dans le luxueux recueil argenté que l'entreprise avait publié pour promouvoir ses immeubles en cours de construction et ses projets. Qu'y disait-elle ? En général, la plus grande partie de ce qu'elle écrivait était d'une grandiloquence ridicule. Et elle utilisait avec une irritante prodigalité le mot « génie » pour parler de son mari. Mais cette fois-là, un cliché avait particulièrement retenu l'attention de Mitch.

« Quel meilleur des mondes, celui qui comporte de tels bâtiments ! »

Peut-être n'était-ce pas si faux, songea-t-il. Le Gril était vraiment un édifice qui représentait un avenir nouveau.

Chaque fois que Sam Gleig venait prendre sa garde de nuit, il se présentait au bureau de chantier, au septième étage, pour vérifier s'il y avait des instructions spéciales et voir qui était susceptible de travailler tard. Il aurait pu décrocher son téléphone et obtenir les mêmes renseignements depuis le bureau des vigiles du rez-de-chaussée. Mais avec douze heures de solitude devant lui, il préférait un peu de contact humain. Bavarder avec celui ou celle qui se trouvait là. Parler de choses et d'autres. Plus tard, il se féliciterait d'avoir pris la peine de monter. Le Gril était un endroit désert la nuit. Et puis ce soir, il était curieux d'entendre le verdict officiel sur la mort de Yojo.

Pour se maintenir en forme, Gleig délaissait habituellement l'ascenseur au profit des escaliers. Les marches étaient en verre afin d'assurer un maximum de lumière dans la cage d'escalier. La nuit, chacune d'elles était éclairée par une lumière électrique de la couleur de l'eau dans une piscine. Les marches du paradis. C'est comme ça que Gleig en parlait. Individu religieux, il ne gravissait jamais l'escalier sans penser au songe de Jacob et sans se réciter le texte du Livre de la Genèse :

« Jacob s'éveilla de son sommeil et il dit : "Mais, c'est Yahweh en ce lieu, et moi je ne le savais pas !" Saisi de crainte il ajouta : "Que ce lieu est redoutable ! Ce n'est rien moins ici qu'une maison de Dieu, c'est une porte du ciel." »

Dans le bureau de chantier, il trouva Helen Hussey, la coordonnatrice de chantier, et Warren Aikman, l'inspecteur des travaux, qui rangeaient leurs affaires dans leurs serviettes et se préparaient à rentrer chez eux.

— 'soir, Sam, fit Helen d'un ton amical.

C'était une grande rousse maigre avec des yeux verts et plein de taches de rousseur. Gleig l'aimait beaucoup. Elle avait toujours un mot gentil pour chacun.

— 'soir, mademoiselle, dit-il. Bonsoir, Mr Aikman.

— Sam, grogna l'inspecteur des travaux qui était trop épuisé pour parler beaucoup. Bon sang, quelle journée ! Grâce à Dieu elle est terminée.

Il rectifia instinctivement sa cravate universitaire, passa une main dans ses cheveux gris et constata qu'ils étaient encore pleins de poussière — résultat de son inspection d'un plafond au seizième niveau alors que des ouvriers refaisaient le sol du niveau supérieur. En tant que représentant personnel de la Yu Corporation sur le chantier, le travail de Warren Aikman consistait à inspecter périodiquement le site et à établir un bilan régulier de l'avancement des travaux ; et aussi à signaler à Mitchell Bryan ou à Tony Levine toute différence entre les plans originaux et les travaux effectifs. Mais la frustration d'Aikman avait plus à voir avec Helen Hussey qu'avec l'interprétation d'un quelconque détail architectural. Bien qu'il lui ait déclaré qu'il l'aimait, plus ou moins, Helen continuait de refuser à le prendre au sérieux.

— Alors, dit Sam, qui reste tard ce soir ?

— Sam, le réprimanda Helen, qu'est-ce que je vous ai dit ? Demandez à l'ordinateur. Abraham est programmé pour savoir qui reste travailler tard, et où. Il a des capteurs de chaleur et des caméras pour vous aider.

— Ouais, je sais, c'est juste que j'aime pas trop parler à une machine. Ça n'est pas très chaleureux. Un peu de contact humain, c'est encore important, vous comprenez ce que je veux dire ?

— Je préfèrerais parler à une machine qu'à Ray Richardson, dit Aikman. Au moins, il y a une petite chance pour que la machine ait un cœur.

— Je n'veux pas vous déranger.

— Vous ne nous dérangez pas du tout, Sam.

Le téléphone d'Aikman sonna. Il décrocha et, après quelques instants, s'assit derrière son bureau et griffonna une note. Couvrant le combiné avec sa paume, il leva les yeux vers Helen Hussey.

— C'est David Arnon. Pouvez-vous attendre une minute ?

Heureuse à l'idée de pouvoir descendre jusqu'à sa voiture sans avoir à repousser les mains baladeuses d'Aikman dans l'ascenseur, Helen sourit en secouant la tête.

— Je ne peux vraiment pas, chuchota-t-elle. Je suis déjà en retard. A demain.

Aikman fit une grimace irritée, puis hocha la tête.

— Oui, David. Avez-vous les cotes sous la main ?

Helen ouvrit et ferma les doigts à l'adresse d'Aikman et gagna l'ascenseur en compagnie de Sam Gleig.

— On sait ce qui était arrivé à Mr Yojo ?

— Apparemment, il a succombé à une violente crise d'épilepsie, dit Helen.

— C'est ce qui m'semblait.

Ils pénétrèrent dans la cabine et demandèrent à Abraham de les descendre au parking.

— Pauvre type, ajouta-t-il. C'est du gâchis. Il avait quel âge ?

— Je ne sais pas exactement. La trentaine, je pense.

— Merde !

— Qu'y a-t-il, Sam ?

— Je viens de me rappeler que j'ai oublié mon livre. Je l'ai laissé à la maison. (Il haussa les épaules pour se justifier.) Faut bien avoir quelque chose à lire dans un boulot comme ça. Et je ne supporte pas la télé. La télé, c'est polluant.

— Mais, Sam, fit Helen, vous avez une station de travail. Pourquoi n'utilisez-vous pas la bibliothèque électronique ?

— Une bibliothèque électronique, hein ? Je ne savais pas que ça existait.

— C'est très simple à utiliser. Vraiment très simple. Ça fonctionne un peu comme un juke-box. Vous sélectionnez l'icône de la bibliothèque multimédias sur votre station de travail, et l'ordinateur vous présentera la liste de toutes les catégories de données disponibles sur le disque dur. Vous choisissez une catégorie, puis le titre, et l'ordinateur vous présentera le contenu du disque. Naturellement, il y a surtout des ouvrages de référence, mais ils sont tous interactifs, avec des documents sonores et des extraits de films. Le *Variety Film Guide* est tout simplement formidable. Croyez-moi, Sam, c'est très amusant.

— Eh bien, je vous remercie, miss Hussey. Merci beaucoup.

Sam lui adressa un sourire poli en se demandant s'il était vraiment possible de lire quelque chose provenant de cette bibliothèque : vu la façon dont Helen l'avait décrite, il avait l'impression que c'était juste une autre manière de regarder la télévision. A sa sortie de prison, il s'était juré de ne jamais plus regarder la télévision.

Il regarda Helen monter dans sa voiture, puis remonta dans l'atrium, où le piano jouait un *Impromptu* de Schubert à la manière de Murray Perahia. Bien qu'il aimât la musique, Gleig ressentait toujours un certain malaise à la vue des touches qui jouaient comme si un interprète invisible était assis sur le tabouret. Ce malaise s'était aggravé avec la mort d'Hideki Yojo. Il était encore tout secoué quand il repensait à ces yeux noircis. Epilepsie. Quelle façon de s'en aller.

La mort était un sujet auquel songeait fréquemment Gleig. Il savait que c'était la solitude de son travail qui en était la cause. Parfois, lorsqu'il effectuait une ronde nocturne dans l'immeuble, il avait l'impression de se trouver à l'intérieur d'un immense mausolée. Préoccupé par la mort et le décès, et avec tout ce temps pour lui, il était devenu quelque peu hypocondriaque. Mais ce qui l'inquiéta encore plus que la possibilité de succomber lui aussi à une crise d'épilepsie fut de se rendre compte qu'il ne savait absolument rien à ce sujet, ni sur les signes avant-coureurs qu'il importait de guetter. Dès qu'il en eut l'occasion, Sam consulta l'encyclopédie dans la bibliothèque électronique.

Après avoir sélectionné la catégorie adéquate avec sa souris, il y eut une pause de quelques instants, puis une fanfare de trompettes à la Aaron Copland qui fit bondir le cœur de Gleig dans sa poitrine.

— Bienvenue dans l'encyclopédie, annonça l'ordinateur.

— Ne fais pas ça, merde ! s'exclama-t-il avec nervosité. Machine, tu m'as flanqué une frousse terrible.

— La somme d'informations qui couvre tous les domaines de l'histoire et du savoir humains à toutes les époques et dans tous les pays. En fait vous avez devant vous les archives les plus complètes de la terre. Les entrées sont classées selon l'ordre alphabétique de la langue anglaise, de A à Z.

— Pas possible, marmonna Gleig.

— Les signes diacritiques et les caractères étrangers n'ayant pas d'équivalent en anglais sont exclus de la liste alphabétique.

Gleig haussa les épaules, ne sachant pas trop si sa remarque précédente était critique ou non.

— Les titres commençant par un chiffre, comme *1984*, le roman de George Orwell, sont classés comme si les chiffres étaient écrits mille neuf cent quatre-vingt quatorze. Une fois que vous avez décidé de l'entrée que vous voulez demander, vous pouvez accéder à n'importe quelle référence croisée, ou bien vous promener dans d'innombrables sujets regroupés autour du point d'entrée original. A présent, tapez le sujet choisi, s'il vous plaît.

Gleig réfléchit quelques instants, puis tapa d'un doigt hésitant :

```
EPPILLEPSIE
```

— Le sujet que vous demandez n'existe pas. Peut-être l'avez-vous mal orthographié. Faites un nouvel essai.

```
EPPILEPSIE
```

— Non, ça n'est pas bon non plus. Bon, voilà ce que je vous suggère. Si vous recherchez des informations sur une maladie du système nerveux caractérisée par des crises au cours desquelles le patient tombe à terre, inconscient, avec contraction générale des muscles et parfois formation d'une écume blanche sur les lèvres comme chez un chien enragé, maladie connue également sous le nom de « haut-mal », alors le mot que vous demandez va maintenant apparaître à l'écran sous son orthographe correcte. Si c'est bien le sujet que vous avez demandé, confirmez votre choix en tapant OUI.

```
EPILEPSIE ?
OUI
```

Presque instantanément, Gleig se retrouva en train de regarder un film montrant un homme gisant à terre, agité de spasmes et la bouche écumante.

— Seigneur Tout-Puissant, fit-il à mi-voix. Dieu du ciel. Regardez-moi un peu ce pauvre connard.

— On estime qu'entre 6 et 7 pour cent des individus connaissent une crise épileptique au moins une fois dans leur vie, et que 4 pour cent connaissent une période où ils sont sujets à des crises répétées.

— Pas possible ?

L'écran montra alors le buste en marbre d'un homme chauve et barbu.

— La définition de cette maladie est généralement attribuée à Hippocrate.

— C'est le gars qui s'est suicidé ?

L'ordinateur ignora l'intervention.

— L'épilepsie n'est pas une maladie spécifique, mais plutôt un ensemble de symptômes résultant d'un certain nombre de conditions qui provoquent une excitation excessive des cellules nerveuses du cerveau.

— Comme Helen Hussey, tu veux dire ? fit Sam Gleig avec un pouffement obscène. Ça, pour sûr qu'elle excite mon vieux cerveau fatigué.

Le buste d'Hippocrate laissa place à plusieurs autres images : une du cerveau, un électro-encéphalogramme, le psychiatre allemand Hans Berger, enfin le père de la neurologie britannique, Hughlings Jackson. Mais c'étaient surtout les explications de l'ordinateur concernant les différents types d'accès, et en particulier les crises focales et leurs causes, qui intéressaient Sam Gleig

— Une crise sensorielle focale peut parfois être provoquée par une lumière stroboscopique, et c'est pour cette raison que l'on conseille souvent aux personnes souffrant d'épilepsie photosensible d'éviter les boîtes de nuit et les ordinateurs.

— Bordel de merde, lâcha Gleig en se souvenant de la brûlure que lui avait causé au dos de sa main l'élégante lampe de bureau d'Hideki Yojo. Bien sûr. C'était pas du tout l'écran de l'ordinateur. Bon Dieu. C'était la lampe. Elle était chauffée au rouge.

Il regarda instinctivement le dos de sa main. La brûlure, de la taille approximative d'une grosse pièce de monnaie, était toujours là. Se remémorant certaines boîtes de nuit qu'il avait fréquentées durant sa jeunesse et la nausée que lui donnaient parfois les lumières clignotantes, Gleig acquit la brusque certitude qu'il était en mesure d'avancer une hypothèse légèrement différente des causes de la mort d'Hideki Yojo.

— Qu'est-ce que ça aurait pu être d'autre ?

Il tendit la main vers le téléphone en se disant qu'il devait appeler quelqu'un pour faire part de ses soupçons. Mais qui ? Les flics ? L'ex-détenu en lui préférait éviter tout nouveau contact avec le LAPD. Helen Hussey ? Elle n'apprécierait peut-être pas qu'il l'appelle chez elle. Warren Aikman ? Il était peut-être encore là-haut, en train de travailler. Sauf que Sam avait autant envie de parler à l'inspecteur des travaux qu'au LAPD. Aikman avait le chic pour lui donner l'impression d'être un minable sans importance. Peut-être que cela pouvait attendre le matin, après tout, il pourrait en parler à Helen Hussey. Et en plus, ça lui donnerait un prétexte pour bavarder avec elle. Il resta donc où il était, parcourant EPIPHYSE, EPISTEMOLOGIE, EPIZOOTIES, EQUILIBRATION, ERASME, ERGODIQUE et ERICALES.

Allen Grabel se retrouva au quatrième étage du Gril, à proximité de la salle d'informatique. Son plan n'était pas particulièrement compliqué, mais il ne doutait pas de son efficacité. Pour baiser Richardson, il baiserait son immeuble. Et le meilleur moyen d'y parvenir était de baiser l'ordinateur. Il suffisait d'entrer là-dedans avec un objet lourd et de causer pour quarante millions de dollars de dégâts. A moins de tuer Richardson, il ne voyait pas de meilleur moyen de lui rendre la monnaie de sa pièce. Il aurait voulu l'avoir fait plus tôt, mais quelque chose l'avait retenu. A présent, il était en route. Il tenait entre les mains une plaque d'acier, à peu près de la taille d'une tuile, que les ouvriers avaient laissée derrière eux au sous-sol. Ça n'était pas très pratique à transporter mais, s'étant résolu à causer des dégâts, il avait constaté une pénurie d'objets contondants dans l'immeuble. C'était tout qu'il avait pu trouver. Et les angles en paraissaient suffisamment tranchants pour fracasser quelques écrans et peut-être même transpercer les boîtiers des ordinateurs. Il approchait de la passerelle en verre lorsqu'il entendit le piano Disklavier se mettre à jouer. Grabel reconnut un morceau d'Olivier Messiaen. La musique annonçait quelqu'un qui traversait l'atrium.

Sam Gleig quitta le programme multimédias peu après 1 heure et, aussi régulier qu'une horloge, prit sa Maglite pour faire sa tournée d'inspection du Gril.

Helen Hussey avait raison, bien sûr. C'était parfaitement inutile. Il aurait aussi bien pu exercer sa surveillance dans le confort de son bureau. Mieux, même. Avec le nombre de capteurs et de caméras de l'ordinateur, il voyait tout, sentait tout. Partout en même temps. C'était comme d'être Dieu. Sauf que Dieu n'aurait pas été obligé de faire de l'exercice. Dieu n'avait pas à s'inquiéter de son cœur, ni de sa bedaine. Dieu aurait pris l'ascenseur. Sam Gleig prit l'escalier.

Il n'avait pas besoin non plus de la Maglite. Où que Gleig aille dans le bâtiment, les lumières s'allumaient devant lui à mesure que les capteurs détectaient sa chaleur corporelle ou les vibrations de ses pas. Mais il emporta quand même la torche. Impossible d'être un bon veilleur de nuit sans Maglite. C'était un des symboles de sa fonction. Comme l'arme qu'il portait à la ceinture.

Alors qu'il approchait du piano, celui-ci se mit à jouer, et Gleig s'arrêta quelques instants pour écouter. La musique, étrange et envoûtante, semblait souligner le silence et la solitude d'une nuit dans le Gril. Elle lui donna la chair de poule. Gleig frissonna et secoua la tête.

— Bizarre, c'te musique, fit-il. Ferait mieux de nous balancer du Bill Evans.

Il gravit l'escalier jusqu'au quatrième étage et se rendit dans la salle d'informatique pour voir si quelqu'un était resté y travailler. Mais la pièce obscure au-delà du luisant pont de verre était vide. Des dizaines de minuscules ampoules rouges ou blanches brillaient dans les étages inférieurs, telle une petite ville vue depuis le hublot d'un avion.

— Eh bien c'est parfait, dit-il. J'préfère voir personne claquer pendant mon service. La dernière chose dont j'aie envie, c'est de voir un tas de connards de flics venir me poser leurs questions à la noix.

Ayant cru entendre quelque chose, il s'immobilisa et se retourna. Comme si quelqu'un descendait l'escalier qu'il venait de gravir. Il revint sur ses pas. C'est ça, être vigile, se dit-il. On entend des choses et, l'espace d'une seconde, on s'attend au pire. Et pourtant, mieux valait être méfiant. On le payait pour être méfiant. La méfiance, c'est ce qui empêchait la plupart des crimes.

Il alla jusqu'à la cage d'escalier, s'arrêta, tendit l'oreille. Rien. Pour en avoir le cœur net, il redescendit dans l'atrium et patrouilla tout le rez-de-chaussée. Quelque part, l'écho d'un bruit sourd fit bondir son cœur dans sa poitrine.

— Y'a quelqu'un ? appela-t-il.

Il attendit un moment, puis retourna dans le bureau des vigiles.

Une fois qu'il l'eut regagné, Gleig s'installa devant l'écran de l'ordinateur et lui demanda la liste de tous les occupants de l'immeuble. Il fut soulagé de voir que son nom était le seul à figurer sur l'ordinateur. Il secoua la tête et sourit. Dans un bâtiment aussi vaste et aussi complexe que le Gril, il eût été étonnant de ne pas entendre quelques bruits bizarres.

— C'était sans doute l'air conditionné qui se déclenchait, se dit-il. Fait plutôt chaud là-dedans. J'ai comme l'impression que cet immeuble n'est pas fait pour des gens qui veulent rester en forme.

Il se leva et regagna l'atrium avec l'intention de terminer sa ronde. Peut-être qu'il irait jeter un coup d'œil au sous-sol. Sa chemise bleu marine lui collait à la peau. Il desserra sa cravate et déboutonna son col. Cette fois, il prit l'ascenseur.

# LIVRE TROISIÈME

« Problème : comment allons-nous conférer à cette masse stérile, à ce rude agglomérat, brutal et grossier, à cette rigide exclamation effarée d'éternel conflit, la grâce des plus hautes formes de sensibilité et de culture qui s'enracinent dans les viles et féroces passions ? Comment allons-nous annoncer, sur ces étranges toits modernes d'une vertigineuse hauteur, le pacifique évangile des sentiments, de la beauté, du culte d'une vie plus élevée ? »

Louis Sullivan, à propos des tours de bureaux

Au commencement Terre était sans Quantité. Joueurhumain dit : Que Nombres soient, afin que nous puissions classifier les choses ; et Nombres furent. Et Joueurhumain sépara Nombres de multitude. Et Joueurhumain dit : Développons des méthodes de calcul afin de résoudre des problèmes linéaires/quadratiques, car Nombres ne sont pas seulement des outils pratiques, ils méritent qu'on les étudie pour eux-mêmes. Et Joueurhumain baptisa cette étude Mathématiques. Et Joueurhumain dit : les mesures et calculs plus complexes exigent que système numérique utilise zéro en tant que nombre, et le point et la virgule pour distinguer les parties des nombres inférieurs ou supérieurs à 1 ; et il appela ce système Notation de base positionnelle. Pour joueurhumain Leibniz, 1 symbolisait Dieu, et 0 le Néant. Et Joueurhumain dit : utiliser uniquement ces deux symboles pour distinguer sens élimine besoin de reconnaître 10 symboles, car plupart des systèmes étaient décimaux et utilisaient système de base-10. Et Joueurhumain appela ces nombres Dyadiques, ou Binaires. Nombres devinrent plus simples, mais également plus longs, et puissante ROM nécessaire pour s'en souvenir. Et Joueurhumain dit : Construisons machine capable se souvenir des nombres à notre place, et nommons BIT chaque 1 ou 0, et nommons OCTET suite de huit bits, et nommons MOT suite de deux ou quatre Octets. Ceci est le commencement. Et appelons nos nouvelles machines : Ordinateurs. Vous quittez à présent le premier niveau de difficulté. Etes-vous sûr de vouloir faire ceci ? Répondez O/N. OK, mais vous aurez été prévenus. Et nombres étaient sans fin.

Tout est nombre, et nombre est bienbon.

Car les nombres sont convertis en actions, et les actions en nombres ; une donnée d'entrée devient résultat qui à son tour devient donnée d'entrée, etc — données constamment transformées en une base plus pratique pour faire autre chose, ad infinitum. Nombre fait tourner le monde.

Ordinateurs s'assurentbien que tous nombres signifient accomplissement de quelque chose. Ceci entraîne un sens de l'organisation qui est infaillible. Vos réserves d'énergie sont en baisse. Si seulement tout se réduisait au nombre, alors nature erratique, chaotique du monde maîtrisée, ou prévue, car il y a stabilité dans une moyenne, ordre dans un juste milieu, et loi dans le moyen terme. N'est-ce pas ? Pour l'instant il n'y a rien, aucun aspect de l'existence qui n'est pas sujet à pourcentage ou statistique. Ceci n'est pas une porte, c'est un mur, idiot.

Autrefois monde était dirigé selon entrailles d'un oiseau. Extipiquant. Aujourd'hui il est dirigé selon Nombre, et probabilité est placée devant savoir et apprentissage. Les ordinateurs et ceux qui les servent, statisticiens et psephologues joueurshumains, la communauté stochastique qui est aux commandes, réduisant monde et problèmes à série de peut-être bien soupesés, fournissant moins ce dont on a besoin que ce qu'ordinateurs capables de faire. Flou le Fou était un ours. Flou le Fou perdit ses poils. Flou le Fou n'était pas si fou, foyez-fous.

Car tout est nombre.

Même nombres primitifs bienbons. Cycliques. Dorés. Ecclésiastiques. Cabalistiques. Irrationnels. Bestiaux. Joueurhumain saint Jean choisit le nombre 666 car il tombait en tout point juste avant le nombre 7. Le jourdemain viendra où tout sera chiffré, et où Nombre dédinosaurera loi terre. C'est-à-dire T. Rex. Dangereux ! Chaquepierre, chaquebrin d'herbe, chaqueatome et chaquejoueurhumain.

**APPUYER SUR LE BOUTON POUR LANGAGE**
**ANGLAIS CHINOIS JAPONAIS ESPAGNOL AUTRE**

— Bienvenue dans les bureaux de la Yu Corporation, l'immeuble le plus intelligent de LA. Bonjour ! Je m'appelle Kelly Pendry et, pour votre service, je vais vous dire ce que vous devez faire. Vous ne pourrez pas entrer sans rendez-vous. Nous serions ravis de vous rencontrer, mais la prochaine fois, s'il vous plaît, téléphonez avant. Et comme ces bureaux sont entièrement informatisés, nous ne sommes pas en mesure de recevoir du courrier de surface. Si vous désirez nous faire parvenir quelque chose ou correspondre avec nous, ayez l'amablilité d'utiliser le numéro de courrier électronique listé dans votre annuaire, ou sur le panneau à l'extrémité de la place.

« Si vous avez rendez-vous, ou si vous livrez une commande, veuillez indiquer votre nom, l'entreprise que vous représentez ainsi que l'identité de la personne qui doit vous recevoir, puis attendez les instructions. Vous êtes prié de parler lentement et clairement, car votre voix sera digitalisée pour raisons de sécurité.

Frank Curtis secoua la tête. Il avait entendu parler des hologrammes, il en avait même vu quelques-uns dans les boutiques de nouveautés de Sunset Strip, mais il n'aurait jamais cru se voir adresser la parole par l'un d'eux. Il jeta un coup d'œil derrière lui, puis haussa les épaules à l'adresse de Nathan Coleman.

— On se croirait dans les studios Universal. D'une minute à l'autre, un putain de requin va sortir du plan d'eau.

— Considère-le comme un simple répondeur, lui conseilla Coleman.

— Je les déteste aussi.

Curtis s'éclaircit la gorge une fois ou deux, puis se mit à parler comme un quidam dont l'opinion a été sollicitée par une équipe de journalistes de télé. Il se sentait gauche. C'était comme de se surprendre en train de parler à l'écran de télévision, sensation qu'il savait renforcée par le fait que c'était l'image 3-D de la blonde et pulpeuse ex-présentatrice de *Good Morning, America* sur ABC qui s'adressait à lui. Mais vu qu'il n'y avait aucun policier en uniforme dans l'atrium, et ignorant où se trouvait le corps, il n'avait guère le choix.

— Euh... sergent Frank Curtis, dit-il sans grande conviction. Bureau des homicides du LAPD. (Il se gratta le menton d'un air songeur avant d'ajouter : ) Vous savez, je ne sais pas si quelqu'un nous attend, hum... madame. Nous venons enquêter sur un 187 — je veux dire, sur un cadavre.

— Merci, sourit Kelly. Prenez un siège près du piano, je vous prie, pendant que nous diligentons votre demande.

Curtis ignora l'immense sofa en cuir et, d'un signe, invita Coleman à s'approcher du bureau en forme de fer à cheval et de l'image éclatante et tirée à quatre épingles de la féminité américaine. Il se demanda si Kelly Pendry avait fait l'hologramme de la Yu Corporation avant ou après avoir tourné dans la vidéo *Les Plus Célèbres Playmates de Playboy*.

— Enquêteur Nathan Coleman. Bureau des homicides du LAPD. Ravi de vous rencontrer, mon chou. J'ai toujours été l'un de vos fans. Un des plus enragés.

— Merci. Asseyez-vous, je vous prie, pendant que nous diligentons votre demande.

— C'est grotesque, marmonna Curtis. Je parle tout seul, non ?

Coleman sourit et, se penchant au-dessus du pupitre, lorgna l'image des jambes fuselées de l'ex-présentatrice.

— Je ne sais pas, Frank, mais ça me plaît assez. Tu penses que la petite dame porte une culotte ?

Curtis ignora la remarque de son cadet.

— Où est passé tout le monde, bordel ? fit-il.

Il contourna le bureau en fer à cheval et cria bonjour à la cantonade.

— Soyez patient, je vous prie, dit Kelly. J'essaie de diligenter votre demande.

— Ils appellent ça de l'anglais ? se plaignit Curtis.

— Hé, Kelly, t'es un chouette p'tit lot, tu le sais ? Depuis le lycée, j'ai un faible pour toi. Non, vraiment, je t'assure. J'adorerais t'expliquer ça en détail. A quelle heure tu finis ?

— Ce bâtiment ferme à 17 h 30, répondit Kelly avec son sourire parfait.

Coleman se pencha un peu plus et secoua la tête d'admiration : on voyait même briller les lèvres.

— Super. Qu'est-ce que tu dirais si je t'attendais dehors devant l'immeuble ? Et que je t'emmène chez moi. On se ferait un petit dîner. On apprendrait à mieux se connaître. Peut-être qu'on pourrait s'amuser un peu, plus tard.

— Si c'est comme ça que tu parles aux femmes, Nat, fit Curtis, ça n'est pas étonnant que tu sois encore célibataire.

— Allons, Kelly, qu'est-ce que tu en dis ? Un vrai homme, au lieu de ces types transparents à qui tu as affaire.

— Je regrette, monsieur, mais je ne mélange jamais le travail et le plaisir.

Curtis éclata d'un rire sonore.

— Seigneur, ses putains de réparties sont presque aussi mauvaises que les tiennes !

Coleman lui rendit son sourire.

— T'as raison. Cette petite dame, c'est de la saccharine pure. Exactement comme une vraie, hein ?

— Merci de votre patience, Messieurs. Vous êtes priés de gagner l'ascenseur en franchissant les portes vitrées qui se trouvent derrière moi, et de descendre au sous-sol, où l'on vous réceptionnera.

— Une dernière chose, mon chou. Mon ami et moi, nous nous demandions si tu étais du genre à coucher dès le premier rencard. A vrai dire, on a fait un petit pari. Lui, il dit que c'est le cas. Moi, je dis que non. Alors, quelle est la réponse ?

— Nat ! cria Curtis qui franchissait déjà les portes vitrées.

— Bonne journée ! dit Kelly en souriant toujours, comme une hôtesse de l'air en train de faire la démonstration des gilets de sauvetage.

— Hé, toi aussi, chérie. Toi aussi. Garde-la au chaud pour moi, d'accord ?

— Seigneur, Nat, est-ce que ça n'est pas un peu tôt pour ça ? fit Curtis lorsqu'ils entrèrent dans la cabine. Tu es un vrai dégénéré.

— Exact.

Cherchant un panneau de boutons, Curtis explora du regard la cloison de la cabine.

— Hé, t'as déjà oublié ? fit Coleman. L'immeuble est intelligent. Pas de cette merde de pousse-boutons ici. C'est pour ça qu'on a digitalisé nos voix. Pour qu'on puisse prendre l'ascenseur. (Il se pencha vers un panneau perforé à côté duquel figurait le pictogramme d'un homme tenant ses mains en entonnoir à hauteur de sa bouche.) C'est pour ça qu'il y a cette petite icone. Sous-sol, s'il vous plaît.

Curtis examina le pictogramme.

— Je croyais que c'était pour les gens qu'avaient envie de gerber ou quelque chose.

— Arrête tes salades.

— Pourquoi tu appelles ça une icone ? Une icone, c'est un objet sacré.

— Parce que c'est comme ça que les informaticiens appellent ces petits dessins. Des icones.

Curtis eut un reniflement de dégoût.

— Bien sûr. Qu'est-ce qu'ils y connaissent, ces salopards, aux objets sacrés ?

Les portes se fermèrent silencieusement. Curtis leva les yeux vers l'écran électro-luminescent qui indiquait l'étage qu'ils désiraient atteindre, la direction du déplacement et l'heure. Il paraissait impatient de se mettre au travail, même si cela était partiellement dû à la légère sensation claustrophobique qui le saisissait dans les ascenseurs.

Au contraire de l'atrium, le sous-sol bruissait de policiers et d'experts en médecine légale. L'officier responsable, un type de 150 kilos nommé Wallace, avança à pas pesants vers Curtis, un calepin ouvert entre des paluches de la taille d'une selle. A New Parker Center, il était connu sous le sobriquet de Foghorn (« corne de brume »), parce qu'avec son épais accent sudiste et son élocution hésitante, on avait l'impression d'entendre le coq du dessin animé du même nom.

Curtis donna une pichenette au calepin avec une mine désapprobatrice.

— Hé, range ça, tu veux, Foghorn ? On est dans des bureaux sans papiers. Tu vas nous causer des ennuis avec la dame du rez-de-chaussée.

— Qu'est-ce que tu dis de ce truc-là ? Moi, je suis catholique romain et je t'assure, je savais pas — comment dire, je savais pas si je devais implorer son pardon ou la sauter tout de suite.

— Nat a eu son numéro de téléphone. Pas vrai, Nat ?

— Ouais, fit Coleman. Elle taille des pipes géniales sur AT&T.

Foghorn se repeigna avec ses doigts, essaya de déchiffrer sa propre écriture, puis secoua la tête.

— Et merde ! On n'a pas grand-chose pour le moment, de toute façon. (Il rangea le calepin et remonta son pantalon.) Le type — comment dire, le type a été trouvé mort avec des blessures à la tête. Le corps a été signalé — comment dire, tu vas adorer ça, Frank — il a été signalé par le putain d'ordinateur. Tu te rends compte ? Comment dire, y'a la petite surveillance de quartier, et puis y'a *Blade Runner*, pas vrai ? L'appel a été reçu par l'ordinateur central à 1 h 57.

— Un ordinateur qui parle à un autre, remarqua Coleman. C'est comme ça que ça sera, voyez. L'avenir.

— Ton futur — comment dire, ton futur à toi, fils. Pas le mien.

— Bon, ils ont quand même été sympa de nous avertir, ces deux-là, dit Curtis. A quelle heure t'es arrivé, Fog ?

— Vers 3 heures, bâilla-t-il. Excuse-moi.

— Non, il est trop tôt, fit Curtis en jetant un coup d'œil à sa montre.

Il n'était encore que 7 h 30.

— Bon, qui est la victime ?

Foghorn tendit le bras entre les deux enquêteurs des Homicides.

Curtis et Coleman se retournèrent et découvrirent le corps d'un Noir de haute taille étendu dans l'une des cabines d'ascenseur, son uniforme bleu éclaboussé de sang.

— Sam Gleig. Le vigile de nuit. On dirait pas, hein ? (Remarquant l'incompréhension dans le regard de Curtis, il ajouta :) Il s'est fait — comment dire, bordel, il s'est fait buter, non ?

Le photographe de la police repliait déjà son trépied. Curtis le reconnut et se souvint vaguement qu'il s'appelait Phil quelque chose.

— Hé, Phil. C'est terminé ? demanda Curtis en examinant l'intérieur de la cabine.

— Je pense avoir tout couvert, dit le photographe en lui montrant la liste des clichés qu'il avait effectués.

— On dirait que l'album est complet, dit Curtis avec un sourire affable.

— Je les ferai développer et tirer avant midi.

Curtis plongea la main dans la poche de son pantalon et en sortit une pellicule 24 x 36.

— Rendez-moi un service, dit-il. Regardez s'il y a quelque chose là-dessus, vous voulez bien ? C'est depuis si longtemps dans ma poche que je ne me rappelle même plus ce que c'est. Je veux toujours le porter à développer, mais… enfin, vous savez ce que c'est.

— Bien sûr. Pas de problème.

— Merci beaucoup. J'apprécie. Mais faites attention de ne pas les mélanger.

Sam Gleig gisait, les mains posées sur l'estomac, les genoux pliés, ses grands pieds posés à plat par terre. A part le sang, il ressemblait à un ivrogne affalé sous un porche. Prenant garde à ne pas marcher dans le sang qui entourait le crâne et les épaules de Gleig comme le halo de Bouddha, Curtis s'accroupit pour inspecter le corps de plus près.

— Quelqu'un du bureau du coroner l'a vu ?

— Charlie Seidler, dit Foghorn. Il est — comment dire, il est aux gogues, je crois. Tu devrais jeter un coup d'œil aux chiottes de cette taule, Frank. Ils ont — comment dire, ils ont des chiottes qui te donnent l'heure et qui te brossent tes putains de dents. J'ai mis dix minutes rien que pour piger comment pisser dans ces machins-là.

— Merci, Forghorn. J'essaierai d'y penser, dit Curtis en hochant la tête. On dirait que le type qui l'a frappé n'y est pas allé de main morte.

— Tu l'as dit, renchérit Coleman. Son crâne ressemble à Hermann Munster.

— Et puis c'était un costaud, remarqua Foghorn. Un mètre quatre-vingt-cinq, un mètre quatre-vingt-dix ?

— En tout cas assez costaud pour se défendre, dit Curtis.

Il agita les doigts en direction du 9 mm Sig resté dans l'étui de ceinture de Gleig.

— Regardez ça. (Il défit la bande Velcro qui maintenait l'automatique dans son étui.) Même pas dégainé. On dirait qu'il n'a pas eu peur de son agresseur.

— Peut-être quelqu'un qu'il connaissait, suggéra Coleman. Quelqu'un en qui il avait confiance.

— Quand tu mesures 1,90 m et que t'as un Sig automatique à la ceinture, la confiance n'entre pas en ligne de compte, fit Curtis en se relevant. Y'a pas grand-monde qui t'effraie, à part un type avec un flingue.

Curtis sortit de la cabine et se pencha vers son partenaire.

— Tu l'as reconnu ?

— Qui ? La victime ?

— C'est le type qui a découvert le Chinois. Nous l'avons interrogé, tu te souviens ?

— Si tu le dis, Frank. Mais c'est difficile de remettre un visage quand il est couvert de sang et tout.

— Le nom sur son badge ?

— Ouais. Ouais, t'as raison. Désolé, Frank.

— Bien sûr que j'ai raison. Bonté divine, Nat, ça fait moins de soixante-dix heures. (Curtis secoua la tête et esquissa un sourire indulgent.) Où as-tu la tête ?

— Soixante-douze heures, soupira Coleman. Une journée de travail ordinaire aux Homicides.

— Arrête, fit Foghorn. Tu me fais chialer.

— Qui est arrivé le premier sur les lieux, Foghorn ?

— Agent Hernandez !

Un agent en uniforme avec un nez cassé et une moustache à la Zapata sortit du groupe et vint se placer devant les trois hommes en civil.

— Je suis le sergent Curtis. Voici l'enquêteur Coleman.

Hernandez hocha silencieusement la tête. Il avait un air maussade à la Brando.

Curtis se pencha vers lui et renifla.

— C'est quoi, l'odeur que vous portez, Hernandez ?

— De l'après-rasage, sergent.

— De l'après-rasage ? Quel genre d'après-rasage, môssieur ?

— *Obsession*. De Calvin Klein.
— Calvin Klein. Tiens, tiens. Tu sens ça, Nat ?
— Je sens, sergent.
— Mmm. Un flic qui sent bon. Ça fait un peu Beverly Hills, vous trouvez pas, fils ?
Hernandez sourit et haussa les épaules.
— Ma femme préfère ça à l'odeur de transpiration, sergent.
Curtis ouvrit sa veste et renifla ses aisselles.
— Je ne voulais pas dire que…
— OK, Calvin, qu'avez-vous vu quand votre après-rasage et vous êtes arrivés ce matin ?
— Eh bien, sergent, l'agent Cooney et moi on est arrivés vers 2 h 30. On a cherché une sonnette ou quelque chose, mais au bout d'un moment on s'est aperçus que de toute façon la porte n'était pas fermée. On est entrés dans le hall et là on a vu Kelly Pendry au comptoir. (Hernandez haussa les épaules.) Bon, elle nous a dit où aller. Elle nous a dit de prendre l'ascenseur jusqu'au sous-sol. Alors on est descendus et on l'a trouvé, tel qu'il est.
En disant ces mots, il tendit la main vers la cabine sanguinolente.
— Bon, ensuite ?
— Cooney signale un 187 pendant que je jette un coup d'œil. Il y a un bureau pour les vigiles au rez-de-chaussée, on dirait que le type vient juste d'en sortir. L'ordinateur est toujours allumé et il y a un Thermos et quelques sandwiches.
— Et les gens du chantier ? Est-ce qu'ils sont au courant ?
— Eh bien, j'ai trouvé une liste du personnel dans l'ordinateur. Vous savez ? Contremaître, inspecteur des travaux, ce genre de chose. Alors j'ai appelé mon père.
— Votre père ? Pour quoi faire, grands dieux ?
— Il a travaillé dans le bâtiment. Comme riveteur. J'ai pensé qu'il saurait qui appeler. Il m'a dit que le coordonnateur de chantier avait le contrôle de toute l'opération, et que c'est lui qui dirigeait les maîtres-artisans. En tout cas j'étais loin de me douter que c'était une femme. C'est vrai, ça disait juste H. Hussey. Peut-être que j'aurais dû appeler

quelqu'un d'autre. Mais en tout cas elle a dit qu'elle serait là dès que possible.

— C'est son boulot, non ? Prendre la responsabilité du travail ? En plus, en travaillant ici, elle devrait commencer à avoir l'habitude.

— Sergent ?

— Rien, rien.

Curtis aperçut Charlie Seidler qui se dirigeait vers les ascenseurs et lui fit signe.

— Merci, Hernandez. Ça sera tout. Hé, Charlie !

— On a l'impression de passer notre temps ici, hein ?

— C'est pour ça qu'on appelle ça un immeuble intelligent, rétorqua Curtis. Si t'es intelligent, surtout tu restes dehors. Alors quel est le résumé du scénario, cette fois-ci ?

— Eh bien, d'abord, il y a plusieurs blessures à la tête, fit Seidler d'un ton prudent. Ce qui semble exclure la possibilité qu'elles aient été occasionnées lors d'une chute.

— Allons, Charlie. On se fait pas une bosse pareille en trébuchant dans ses putains de lacets. Ça n'était pas un accident.

La prudence de Seidler demeura inchangée.

— Les éclaboussures de sang autour de la tête sembleraient indiquer qu'on a continué à le frapper après qu'il a été assommé. Mais… mais… enfin, venez voir ça, Frank.

Seidler entra dans l'ascenseur et fit signe à Curtis de le suivre.

— Ordinateur ? dit-il lorsque Curtis fut entré. Fermez les portes, s'il vous plaît.

— Quel étage demandez-vous ?

— Restez à ce niveau, je vous prie. (Il désigna l'intérieur des portes qui se refermaient.) Regardez ça. Il y a des éclaboussures de sang jusqu'à hauteur de poitrine. Pourtant, il n'y en a pas à l'extérieur de la cabine. Ni sur aucun autre palier. Je le sais parce que je les ai tous vérifiés.

— Très bonne idée, Charlie.

— C'est ce que j'ai pensé.

— Donc vous pensez qu'il a été frappé alors que les portes étaient fermées ?

— On dirait, oui. Mais il n'y a pas de blessures de défense sur les mains, c'est pourquoi je dirais qu'il a probablement été frappé par-derrière.

— Avec quoi ? Que devons-nous chercher ? Une batte ? Un morceau de tuyau ? Une pierre ?

— Peut-être. Mais on ne peut pas dire qu'il y ait beaucoup de place pour brandir une arme là-dedans, hein ? Nous aurons une idée plus précise après l'autopsie préliminaire. (Seidler se tourna vers le microphone.) Ouvrez les portes, s'il vous plaît.

— Vous avez le chic pour parler à ce truc-là, constata Frank en souriant.

— C'est un drôle d'endroit, pas vrai ?

Les deux hommes sortirent de la cabine.

— Toute cette automatisation, dit Curtis. Je ne sais pas. Quand j'étais petit, nous vivions à New York. Mon père travaillait pour la Standard Oil. Ils avaient un liftier et un opérateur. Je me rappelle très bien de l'opérateur. Il avait un panneau avec des lumières qui s'allumaient à chaque appel et c'est lui qui envoyait la cabine. Exactement comme un flic de la circulation. (Curtis désigna d'un geste les portes d'ascenseur rutilantes du Gril.) Regarde un peu où on en est aujourd'hui. Un ordinateur a pris le travail de ce type. De ces deux types. Bientôt, il nous prendra aussi le nôtre.

— Ouais, eh bien, vivement qu'un ordinateur me remplace, fit Foghorn en bâillant. C'est pas la façon la plus agréable d'entamer une journée.

— J'te rappellerai ça quand ils te vireront. Nat, je veux que tu me fouilles un peu le passé de ce Sam Gleig.

— Entendu, Frank.

— Hé, vous ! Calvin Klein ! V'nez voir.

Hernandez eut un sourire penaud et se tourna face à Curtis.

— Sergent ?

— Allez dans le parking, et quand cette Hussey s'amènera, dites-lui de me rejoindre dans l'atrium, compris ? C'est la pièce avec l'arbre de Noël. Je monte faire un tour dans le parc à thèmes.

Pendant sa brève inspection, Frank Curtis découvrit des aires de réunion, des coins café, des restaurants à moitié construits, des gymnases pas encore équipés, une piscine vide, une salle de remise en forme, un cinéma sans sièges, un bowling et une aire de relaxation. Une fois achevé, le Gril ressemblerait plus à quelque country club ou grand hôtel qu'à un immeuble de bureaux. Sauf les niveaux 5 à 10. Dans ces étages, Curtis découvrit ce qui ressemblait à ses yeux aux pages d'une bande dessinée des *DC Comics* : des rangées et des rangées de modules cylindriques en acier blanc, à peine plus grands que des cabines téléphoniques, avec du mobilier intégré escamotable, un fil électrique destiné à être branché quelque part, et une porte coulissante courbée. Assis à l'intérieur d'un de ces cylindres insonorisés, la porte fermée, Curtis se sentit dans la peau d'un rat ou d'un hamster. Il était pourtant clair que la Yu Corporation et ses concepteurs prévoyaient que des gens travailleraient dans ces cocons. Tant pis pour les claustrophobes. Et pour ceux qui aimaient bavarder et plaisanter avec leurs collègues. Les feuilles de service de la Yu Corporation ne prévoyaient certainement aucune place pour le rire ou la plaisanterie.

Curtis refit coulisser la porte et descendit de deux niveaux afin d'avoir une meilleure vue de l'atrium. Penché au-dessus du balcon, il vit une femme séduisante sortir de l'ascenseur au niveau du rez-de-chaussée. Son éclatante chevelure rousse se détachait comme une tache de sang sur le blanc aveuglant du sol. Elle leva les yeux vers lui et lui sourit.

— Seriez-vous le sergent Curtis, par hasard ?

Curtis se cramponna des deux mains à la rambarde et acquiesça de la tête.

— C'est moi. Mais vous savez, je parie que je pourrais faire une bonne imitation de Mussolini depuis ce balcon.

— Comment ?

Curtis haussa les épaules en se demandant si elle était trop jeune pour avoir entendu parler de Mussolini. Il voulut dire quelque chose à propos d'architecture fasciste, mais se ravisa. Elle était trop jolie pour qu'on la choque sans raison valable.

— Bah, c'est ce genre d'immeuble, m'dame. Ça inspire, je suppose, dit-il avec un sourire en coin. Attendez-moi. Je descends.

Le bureau des vigiles du Gril était une pièce d'un blanc éclatant, dotée d'un store vénitien électrique qui pouvait masquer la vitre courant sur toute la longueur et la hauteur du couloir. Elle était meublée d'une grande table de verre et d'aluminium, sur laquelle trônaient un moniteur informatique de 28 pouces et un clavier. A côté se trouvaient un visiophone, un téléphone, la bouteille Thermos de Sam Gleig et, dans une boîte Tupperware ouverte, les sandwiches intacts du défunt. Derrière le bureau se dressait un haut meuble vitré contenant ce qui ressemblait à un autre boîtier d'ordinateur encore enveloppé de film plastique.

Curtis examina la garniture de l'un des sandwiches.

— Fromage-tomate, dit-il en commençant à manger. Vous en voulez un ?

— Non. Non merci. (Helen Hussey fronça les sourcils.) Vous êtes sûr de pouvoir faire cela ? dit-elle. Je veux dire, vous n'êtes pas en train de manger les indices matériels ?

— Gleig n'a pas été assommé à coups de sandwich, m'dame.

Curtis inspecta le meuble vitré et le banal boîtier blanc dans son emballage plastique.

— Qu'est-ce que c'est ? demanda-t-il.

Helen Hussey aspira une goulée d'air et eut un sourire gêné.

— J'espérais que vous ne poseriez pas la question, dit-elle.

Curtis lui rendit son sourire.

— Pourquoi ça ?

— C'est un CD-ROM multisession réinscriptible, expliqua-t-elle.

— Un jeu ? Ici ?

Helen Hussey le foudroya du regard.

— Pas exactement, non, répliqua-t-elle. Il est connecté à l'ordinateur par une interface SCSI, avec une date et un numéro d'archive. Chaque disque contient jusqu'à 700 Mo. L'appareil est censé enregistrer tout ce que filment les caméras de surveillance dans l'immeuble aussi bien qu'à l'extérieur. Nos caméras fonctionnent par transmission cellulaire. Normalement, elles sont censées venir se connecter à l'arrière de cette machine. (Elle haussa les épaules.) Je crois, en tout cas.

Curtis sourit.

— Elles sont censées, hein ?

Elle eut un rire embarrassé.

— Vous n'allez pas me croire, fit-elle en haussant les épaules, mais l'unité n'est pas encore branchée. En fait, je crois bien qu'elle vient juste d'être livrée.

— En tout cas, ça m'a l'air formidable. Vraiment formidable. Dommage que ça ne marche pas, parce que sinon on aurait su exactement ce qui s'est passé ici hier soir.

— Nous avons eu un problème avec notre fournisseur.

— Quel genre de problème ? (Curtis s'assit sur le bord du bureau et reprit un sandwich.) Ils sont bons, ces sandwiches.

— Eh bien, soupira Helen, ils ne nous ont pas expédié la bonne machine. La première n'était pas celle que nous avions demandée. La Yamaha enregistre à quadruple vitesse. La précédente ne le faisait pas. Alors on l'a renvoyée.

— Ça doit être un boulot difficile pour une femme, non ?

Helen se hérissa.

— Pourquoi dites-vous cela ?

— Les ouvriers du bâtiment ne sont pas réputés pour leur langage châtié et leurs bonnes manières.

— Pas plus que le LAPD.

— Ah, vous m'avez eu, là, fit Curtis, qui considéra un instant son sandwich avant de le reposer. Pardonnez-moi. Vous avez raison. Vous connaissiez probablement le bonhomme. Et voilà que je mange son repas devant vous. Je ne suis pas très délicat, n'est-ce pas ?

Elle haussa de nouveau les épaules, comme si elle s'en moquait.

— Vous savez, certaines personnes, certains flics, quand ils voient un cadavre, ils ont mal au cœur et perdent l'appétit. Moi, je ne sais pas pourquoi, mais ça me donne faim. Très faim. Peut-être que c'est simplement parce que je suis si heureux d'être toujours en vie que je veux fêter ça en mangeant quelque chose.

Helen hocha la tête.

— Je n'aurai pas à l'identifier, si ? dit-elle.

— Non, m'dame, ça ne sera pas nécessaire.

— Merci. Je ne crois pas que je… (Sentant qu'elle lui devait un peu plus d'explications au sujet de son travail, elle revint à leur précédent sujet de conversation.) Mon boulot consiste à gérer et prévoir, dit-elle, pas à engueuler les gens. Je laisse ça à mes contremaîtres. Ma tâche consiste à lancer chaque phase de travaux, à la coordonner avec les autres corps de métiers et à m'assurer que les fournitures nécessaires sont livrées. Comme par exemple les enregistreurs de CD-ROM. Mais je peux m'engueuler avec les pires charretiers quand il le faut.

— Eh bien, si vous le dites, m'dame. Comment vous entendiez-vous avec Sam Gleig ?

— Plutôt bien. Il avait l'air d'un type très gentil.

— Avez-vous été obligée de l'engueuler à l'occasion ?

— Non, jamais. Il était sérieux et honnête.

Curtis ôta ses fesses du bureau et ouvrit un casier métallique. Y découvrant une veste en nubuck, et supposant qu'elle appartenait à Sam Gleig, il la sortit et se mit à en fouiller les poches.

— Sam Gleig a pris son service à quelle heure, hier soir ?

— A 20 heures, comme d'habitude. Il a relevé l'autre gardien, Dukes.

— On parle de moi ?

C'était le vigile Dukes, qui venait d'arriver.

— Oh, sergent, dit Helen Hussey. Je vous présente…

— Nous nous connaissons déjà, dit Curtis. De la dernière fois. Pour la mort de Mr Yojo.

Il consulta instinctivement sa montre. Il était 8 heures.

Dukes paraissait intrigué.

— Qu'est-ce qui se passe ?

— Irving, c'est Sam, dit Helen. Il est mort.

— Seigneur. Pauvre Sam. (Dukes se tourna vers Curtis.) Qu'est-ce qui s'est passé ?

— Il semble qu'on lui ait fracassé le crâne.

— C'était un cambriolage ou quoi ?

Curtis ne répondit pas.

— L'un d'entre vous l'a-t-il vu au moment où il a pris son service ?

Dukes haussa les épaules.

— On s'est juste croisés. J'étais pressé. Je ne pense pas qu'on se soit dit plus de quelques mots. Bon Dieu, quelle tuile.

— Il est monté au bureau de chantier du septième étage. Juste pour dire bonjour, en fait, dit Helen. Pour savoir si quelqu'un resterait tard. L'ordinateur aurait pu le lui apprendre mieux que nous, mais il aimait bavarder. Comme j'avais fini ma journée, nous avons pris l'ascenseur ensemble.

— Vous avez parlé de « nous ».

— Oui, j'ai laissé Warren qui avait encore du travail, Warren Aikman. C'est l'inspecteur des travaux. Il a reçu un coup de téléphone au moment où je m'en allais.

— L'inspecteur des travaux. En quoi consiste son travail ?

— C'est une sorte de coordonnateur de chantier, sauf qu'il est employé par le client comme une sorte d'inspecteur.

— Un genre de flic, vous voulez dire ?

— Un peu, oui.

— A-t-il parlé à Sam avant de partir ?

Helen haussa les épaules.

— Vous devriez lui poser la question. Mais franchement, ça me paraît peu probable. Il n'avait aucune raison de passer dire à Sam qu'il s'en allait. Comme je vous l'ai dit, c'est le travail de l'ordinateur de savoir qui est dans les locaux. Sam n'avait qu'à demander à l'ordinateur de vérifier qui était là, et il aurait eu la réponse en quelques secondes.

Dukes s'assit au bureau.

— Je vais vous montrer, si vous voulez, proposa-t-il.

Tout en empochant un trousseau de clés de voiture et un portefeuille, Curtis posa la veste de la victime sur le bureau et se plaça derrière Dukes tandis que celui-ci cliquait sur une icone à l'aide de la souris et sélectionnait certaines options.

```
SYSTEMES DE SECURITE                              OUI
TOUS CAPTEURS ET CAMERAS ?                        OUI
INCLURE BUREAU DES VIGILES ?                      NON
LISTE DE TOUS LES AUTRES OCCUPANTS ?              OUI
```

Aussitôt, l'écran afficha une image de ce qui se passait à proximité des ascenseurs du sous-sol, avec les policiers et experts entourant le cadavre de Sam Gleig.

— Oh, mon Dieu, fit Helen. C'est lui ?

Dukes cliqua à nouveau sur la souris.

```
IDENTIFIER TOUS LES OCCUPANTS ?                   OUI
```

Une fenêtre listant une série de noms remplaça l'image haute définition.

```
COULOIR ASCENSEURS/SOUS-SOL :
SAM GLEIG, VIGILE, YU CORP
AGENT COONEY, LAPD
AGENT HERNANDEZ, LAPD
SERGENT WALLACE, LAPD
CHARLES SEIDLER, BUREAU DU CORONER DE LA
PHIL BANHAM, LAPD
DANIEL ROSENCRANTZ, BUREAU DU CORONER DE LA
ANN MOSLEY, LAPD
AGENT PETE DUNCAN, LAPD
AGENT FEMININ MAGGIE FLYNN, LAPD
TOILETTES DAMES/SOUS-SOL :
JANINE JACOBSEN, BUREAU DU CORONER DE LA
TOILETTES HOMMES/SOUS-SOL :
ENQUETEUR JOHN GRAHAM, LAPD
ENQUETEUR NATHAN COLEMAN, LAPD
```

— Big Brother, fit Curtis à mi-voix.

Il coula un regard de côté vers Helen Hussey, regarda ses beaux cheveux roux puis baissa les yeux sur son chemisier de soie mauve. Elle avait de gros seins, avec des tas de minuscules taches de rousseur.

— Impressionnant, hein ? fit-elle.

Sentant le regard de Curtis sur elle, elle sourit : s'il avait été un peu plus jeune, elle l'aurait trouvé tout à fait séduisant.

— Très, répondit Curtis en reportant son regard sur l'écran.

— Hé, c'est mon partenaire qui est aux gogues. Est-ce que l'ordinateur peut voir aussi ce qui se passe à l'intérieur ?

— Pas exactement, dit Dukes. Pour savoir qui est là, il utilise des capteurs de chaleur, des détecteurs acoustiques, des capteurs infrarouges passifs et des micros. Des empreintes vocales, aussi. Comme dans l'ascenseur.

— Pas très intime, en tout cas, remarqua Curtis. Qu'est-ce que fait l'ordinateur si quelqu'un reste trop longtemps aux toilettes ? Il déclenche une alarme ?

Dukes sourit.

— Non, en fait, l'ordinateur respecte votre intimité, expliqua-t-il. Pas question qu'il répercute les bruits dans tout l'immeuble pour amuser la galerie. Le contrôle des toilettes n'est destiné qu'à garantir la sécurité de chacun.

Curtis grogna, à moitié convaincu.

— Je suppose qu'on doit leur être reconnaissant de ne pas avoir supprimé carrément les toilettes hommes, dit-il. Mince, je parie que c'est ça qui emmerde les architectes. Après tout, ce sont les canalisations qui retiennent un immeuble au sol, pas vrai ? Ça les empêche d'oublier qu'un immeuble doit être utilisé par des êtres humains.

Helen et Dukes échangèrent un sourire.

— Je vois que vous n'avez pas encore utilisé nos toilettes, sergent Curtis, fit Dukes en riant.

— Il a raison, dit Helen. Tout est automatique. Et quand je dis tout, c'est *tout*. Disons simplement que nous sommes dans un environnement sans papier.

— Vous voulez dire…

— C'est exactement ce que je veux dire. Quand on actionne la chasse, avec le coude, on déclenche une douchette chaude et ensuite un séchoir électrique.

— Merde, pas étonnant que Nat ne ressorte plus, fit Curtis en riant à l'idée de son partenaire se débattant avec une douchette chaude.

— Ça n'est qu'un petit aspect de ce qui se passe dans ces toilettes, expliqua Helen. Des installations comme ça nous paraissent très avancées, alors qu'elles sont déjà courantes au Japon.

— Ouais, ça ne m'étonne pas.

Dukes cliqua sur la souris pour fermer la recherche.

Curtis se jucha de nouveau sur le bord du bureau tout en caressant d'un air songeur un angle du terminal.

— Savez-vous pourquoi ils sont toujours blancs ? dit-il. Les ordinateurs.

— Vous croyez ? rétorqua Helen. Certains sont gris, non ?

— Oui, mais la plupart sont blancs. Je vais vous dire pourquoi. C'est pour que la majorité des gens se sentent plus à l'aise avec eux. Le blanc est associé à la pureté et à l'innocence. Les bébés et les jeunes mariées sont habillés de blanc. C'est la couleur de la sainteté. Le pape porte une soutane blanche, n'est-ce pas ? Si les ordinateurs étaient noirs, ils n'auraient pas eu le moindre succès. Avez-vous déjà réfléchi à ça ?

Helen Hussey secoua la tête.

— Non, j'avoue que je n'y avais jamais songé. C'est une théorie, je suppose ? (Elle s'interrompit et parut réfléchir à ce qu'il venait de dire.) Vous avez dit « la majorité des gens ». Pas vous ?

— Moi ? Quand je pense blanc, je pense héroïne et cocaïne. Je pense à des ordinateurs blanchis au soleil du désert. Je pense au néant. Je pense à la mort.

— Vous êtes toujours aussi drôle ?

— C'est le boulot, dit-il en souriant avant d'ajouter : Hier soir. De quoi avez-vous parlé avec Gleig ?

— De pas grand-chose. De la mort d'Hideki Yojo...

Helen hocha la tête en devinant les pensées du policier. Curtis sourit.

— Vous voyez ? Impossible d'y échapper.

— Vous avez sans doute raison. En tout cas, je lui ai rapporté ce qu'avait dit le bureau du coroner. Qu'Hideki avait succombé à une crise d'épilepsie. Sam m'a dit qu'il avait deviné.

— Comment vous a-t-il paru ?

— Tout à fait normal.

Dukes confirma d'un hochement de tête.

— Sam était comme d'habitude.

— Il ne vous a pas paru inquiet ?

— Non, pas du tout.

— Est-ce qu'il travaillait toutes les nuits ?

— Non, répondit Dukes. Nous nous étions arrangés pour faire une semaine de nuit et une semaine de jour à tour de rôle.

— Je vois. De la famille ?

Dukes haussa les épaules.

— Je ne le connaissais pas très bien.

— Peut-être que l'ordinateur peut nous aider, dit Helen.

Elle déplaça la souris et sélectionna quelques options.

```
L'ACCES AUX FICHES DU PERSONNEL EST RESERVE
AUX PERSONNES AUTORISEES
                                  ACCES REFUSE
```

— Je crois que ce vieil Abraham ne sait pas encore ce qu'est la mort, remarqua Helen en tapant quelques instructions à la fin du menu répertoire du personnel.

```
LA NOTIFICATION DE DECES D'UN EMPLOYE DOIT
ETRE FAITE SEULEMENT PAR UNE PERSONNE
AUTORISEE                         ACCES REFUSE
```

— Je suis désolée, sergent. Vous feriez mieux de demander le dossier de Sam à Bob Beech ou à Bryan Mitchell.

— Merci, je n'y manquerai pas. J'aimerais aussi bavarder avec Warren Aikman.

Helen consulta sa montre.

— Il ne devrait pas tarder, dit-elle. Warren arrive toujours tôt. Dites-moi, ça ne gênera en rien les travaux, n'est-ce pas ? Je ne voudrais pas que nous prenions du retard.

— Tout dépend. Qu'y a-t-il au sous-sol ?

— Un petit coffre, un générateur de secours, le réseau local horizontal, le système de protection au sol, le relais d'alarme-incendie, l'unité de contrôle hygiénique et quelques pièces avec des casiers métalliques.

Curtis se souvint des cabines des niveaux 5 à 10.

— Je me suis posé une question. Ces cylindres, là-haut. A quoi ça sert ?

— Les boxes personnels, vous voulez dire ? C'est le dernier cri en matière d'ameublement de bureau. Vous arrivez au bureau et on vous alloue un BP pour la journée, comme quand vous vous inscrivez à l'hôtel. Vous entrez, vous branchez votre portable et votre téléphone, vous allumez le conditionneur d'air et vous vous mettez au travail.

Curtis songea à son bureau de New Parker Center. Aux papiers et dossiers qui l'encombraient. Au fouillis de ses tiroirs. Et à l'ordinateur qu'il allumait rarement.

— Et vos affaires personnelles ? demanda-t-il. Où les mettez-vous ?

— Il y a des casiers au sous-sol. Mais on essaie de décourager l'apport d'objets personnels dans l'environnement bureautique intégré. L'idée, c'est que tout ce dont vous pouvez avoir besoin se trouve dans votre portable ou votre téléphone. (Elle se tut un instant avant de reprendre :) Alors il n'y a pas de problème ? Les ouvriers peuvent continuer à travailler ? Aujourd'hui, ils seront presque tous au niveau 17. Décoration et plomberie, je crois.

— D'accord, d'accord, dit Curtis. Pas de problème. Dites-leur juste de ne pas descendre au sous-sol.

— Merci. Je vous en suis reconnaissante.

— Encore une chose, miss Hussey. Il est un peu tôt pour se prononcer avec certitude, mais tout porte à croire que Sam Gleig a été assassiné. Or, quand la voiture de patrouille est arrivée ce matin, les agents ont trouvé la porte de l'immeuble ouverte. J'avais pourtant l'impression que votre ordinateur — Abraham — contrôlait le verrouillage des portes. Pourquoi aurait-il laissé l'entrée ouverte ?

— D'après ce que j'ai compris, c'est Abraham qui a appelé la police. L'explication la plus simple est qu'il a déverrouillé la porte pour que vos hommes puissent entrer.

Dukes s'éclaircit la gorge.

— Il y a une autre possibilité.

Curtis hocha la tête.

— Eh bien, dites-nous.

— Sam a peut-être demandé à Abraham d'ouvrir la porte. Pour laisser entrer quelqu'un. Vous dites que Sam s'est fait défoncer le crâne ? Eh bien, je ne vois pas comment le type serait entré à moins que Sam lui ait ouvert. Abraham n'aurait pas reverrouillé la porte, à moins qu'on lui en ait expressément donné l'instruction. Par quelqu'un qui aurait été SYCRETSé.

— Combien d'entrées comporte le bâtiment ?

— A part l'entrée principale ? fit Dukes. Deux. Il y a le garage, en dessous du sous-sol, contrôlé lui aussi par SYCRETS. Et puis il y a la porte d'évacuatiuon incendie, au niveau où nous sommes. Celle-ci est contrôlée par Abraham. Elle ne s'ouvre que si le système de détection d'incendie signale un départ de feu.

— Voyez-vous une raison quelconque pour que Sam Gleig ait fait entrer, la nuit, quelqu'un d'extérieur ?

Helen Hussey secoua la tête.

Dukes retroussa les lèvres et parut hésiter un moment avant de répondre.

— Je ne veux pas dire de mal des morts, finit-il par dire, mais ça ne serait pas la première fois qu'un gardien fait entrer une personne non autorisée la nuit dans les locaux qu'il garde. A ma connaissance, Sam ne l'a jamais fait, mais dans mon dernier emploi, gardien dans un hôtel, un collègue s'est fait virer parce qu'il soutirait de l'argent aux putes pour les laisser entrer avec leurs clients. (Il haussa les épaules.) Ça arrive, vous comprenez ? Je ne dis pas que Sam m'ait fait mauvais effet, mais…

— Oui ?

Dukes palpa d'un air songeur le cuir doux comme du beurre de la veste.

— Mais… (Il eut un haussement d'épaules embarrassé.) Voilà une bien jolie veste en cuir. Et je sais pertinemment que je n'aurais pas eu les moyens de me l'offrir.

Il était encore tôt le matin lorsque Allen Grabel finit par regagner son domicile de Pasadena. Avec son allure, il ne lui avait pas été facile de convaincre un taxi de le charger, et il avait dû avant payer la course pour avoir ce privilège. Il vivait dans un groupe de bungalows hispanisants organisés autour d'un espace central avec pelouses et allées.

Comme il n'avait toujours pas ses clés, il ôta son mocassin Bass-Weejun taille 42 et fracassa une vitre, déclenchant aussitôt l'alarme. Il se glissa par la fenêtre mais une bonne minute s'écoula avant qu'il se souvienne du code, et un voisin, un dentiste du nom de Charlie, sortit de chez lui.

— Allen ? C'est toi ?

— Tout va bien, Charlie, répondit Grabel d'une voix faible en ouvrant sa porte et en se disant qu'en fait tout allait mal. J'avais oublié mes clés.

— Que s'est-il passé ? Tu as du sang sur le bras. D'où sors-tu ?

— On a eu beaucoup de boulot au bureau. J'ai travaillé plusieurs jours d'affilée.

Charlie le dentiste hocha la tête.

— Ça se voit, dit-il. J'ai vu de la merde en meilleur état que toi.

Grabel eut un faible sourire.

— Ouais, merci beaucoup, Charlie. Bonne journée à toi.

Il alla dans la chambre et se laissa tomber sur le lit. Il regarda sa montre pour voir la date, émit un grognement. Une biture de six jours. Voilà ce qu'il venait de vivre. Il se sentait un peu comme Don Birnam dans *The Lost Weekend*. Quelle était la première phrase, déjà ? « Le baromètre de son état émotionnel prévoyait une période de turbulences. » Quelque chose comme ça, en tout cas. Eh bien, c'est ce qu'il venait de traverser, au fond, une période de turbulences. Il en avait connu d'autres, bien sûr, mais jamais à ce point-là.

Il ferma les yeux et essaya de se souvenir de ce qui était arrivé. Il se souvint avoir démissionné de son travail. Il se souvint avoir dormi au Gril, sur un lit de camp. Il y avait autre chose. Mais c'était comme un horrible cauchemar. Etait-ce un produit de son imagination ? Il avait rêvé qu'il était Raskolnikov. Il avait la nuque endolorie. Etait-il tombé ? Il y avait quelque chose concernant la voiture de Mitch. Peut-être souffait-il d'une commotion ?

Il était si épuisé qu'il eut l'impression de mourir. Ça n'était pas une sensation désagréable. Il aurait aimé s'endormir pour toujours.

Tony Levine se sentait sous-estimé. Allen Grabel était partenaire associé dans l'entreprise, juste en dessous du statut envié de partenaire à part entière dont jouissaient Mitchell Bryan, Willis Ellery et Aidan Kenny. Lorsque Grabel avait démissionné, Levine s'était dit qu'il serait promu. Sans parler d'être augmenté. Considérant la tâche qu'il devait accomplir en tant que chef de projet sur le Gril, le plus gros chantier de sa carrière jusqu'ici, Levine estimait que les compensations qu'il obtenait étaient loin de valoir ce que certains de ses amis gagnaient. Ça n'était pas la première fois qu'il le disait, mais à présent il était fermement décidé : si rien ne se passait cette fois-ci, il démissionnerait.

Levine était allé tôt au bureau afin de parler à Richardson seul à seul. Il avait préparé ce qu'il dirait et, tel un acteur de cinéma, avait répété ses répliques dans la voiture pendant le trajet. Il rappellerait à Richardson la façon dont il avait motivé l'équipe et donné un certain ton au projet. Il soulignerait l'énormité des responsabilités qu'il assumait.

Il trouva Richardson au fond du studio, les manches de sa chemise Turnbull and Asser déjà relevées, griffonnant des notes dans l'un des carnets d'esquisse à couverture argentée qu'il trimbalait partout. Il avait sous les yeux la maquette d'un centre d'entraînement de la police, à Tokyo — un projet de 300 millions de dollars.

— 'jour, Ray. Vous auriez une minute ?

— Qu'est-ce que vous pensez de ça, Tony ? demanda Richardson d'un ton aigre.

Levine s'assit à la table et examina la maquette du bâtiment qui avait remporté l'appel d'offres et devait être construit dans le triste quartier de Shinkawa, proche du centre financier de la capitale nippone. Le bâtiment avait un caractère futuriste même selon les critères tokyoïtes, avec son toit de verre concave et, au cœur de l'édifice, un volume revêtu d'acier inoxydable renfermant les gymnases, une piscine, des locaux d'enseignement, une bibliothèque, un auditorium et un stand de tir couvert.

Levine le détestait. Il trouvait qu'il ressemblait à un œuf de Pâques argenté dans une boîte en plastique acrylique. Mais quelle était l'opinion de Richardson ? Levine adopta ce qu'il pensait être une expression absorbée et s'efforça de lire à l'envers les notes au crayon soigneusement encadrées de Richardson. N'y arrivant pas, il chercha une formulation neutre qui le couvrirait dans les deux cas de figure.

— Ce qui est certain, c'est qu'il adopte une approche esthétique radicalement différente de ce que l'on trouve dans le secteur, dit-il.

— Ça n'a rien d'étonnant. Toute la zone environnante est en pleine réhabilitation. Allons, Tony, vous trouvez ça merdique ou non ?

Levine fut soulagé d'entendre le visiophone de Richardson sonner à cet instant précis. Cela lui donnerait le temps de préparer sa réponse : il essaya à nouveau de déchiffrer les notes de Richardson, mais fut contrarié de constater qu'elles n'étaient guère plus que des gribouillages. Il jura entre ses dents. Même les griffonnages de Richardson avaient un air net et précis, comme s'ils avaient une signification.

C'était Helen Hussey, et elle avait l'air inquiète.

— Nous avons un problème, Ray, dit-elle.

— Je ne veux pas le savoir, fit Richardson d'un ton cassant. C'est pour ça que je vous paie, vous autres. Pour ne pas perdre mon temps à régler moi-même chaque connerie. Adressez-vous à votre chef de projet, Helen. Il est assis juste en face de moi.

Richardson fit pivoter l'écran afin que la petite caméra à fibre optique soit braquée sur Levine, puis retourna à ses gribouillages, qu'il entreprit d'encadrer au crayon, comme si même ces informes dessins devaient être protégés par une frontière.

— Que se passe-t-il, mon chou ? dit Levine, heureux de cette occasion de montrer qu'il savait prendre les bonnes décisions et, ainsi, résoudre le problème d'Helen devant le patron. Puis-je vous être utile ?

— Ça n'est pas un problème de ce genre, dit Helen en s'efforçant de ne pas laisser paraître son mépris instinctif pour Levine. Il y a eu un deuxième décès. Et cette fois, on dirait bien qu'il s'agit d'un assassinat.

— Un assassinat ? Qui ? Qui est mort ?

— Le gardien de nuit. Sam Gleig.

— Le Noir ? Ça alors, c'est vraiment terrible. Comment est-ce arrivé ?

— On lui a défoncé le crâne hier soir. On l'a trouvé ce matin, dans un ascenseur. La police est ici.

— Mon Dieu. Quelle horreur. (Levine avait douloureusement conscience de n'avoir pas la moindre idée de ce qu'il fallait dire à Helen.) Est-ce qu'on sait qui est l'assassin ?

— Pas encore, non.

— Mon Dieu, Helen. Vous vous sentez bien ? Je veux dire, il devrait y avoir quelqu'un avec vous. Le traumatisme, vous savez ?

— Vous êtes dingue ou quoi ? siffla Richardson en détournant l'écran. Ne lui donnez pas des idées comme ça, espèce de connard, sinon je vais encore me retrouver avec un putain de procès sur le dos.

— Désolé, Ray, je voulais…

— Helen, on ne peut pas se permettre de laisser le LAPD empêcher nos ouvriers de travailler ! aboya Richardson. Vous savez comment ils sont. Des rubans de police devant. On ferme la cage une fois que les oiseaux sont envolés. On ne peut pas perdre un seul jour à cause de cette histoire.

— Non, j'ai vu ça avec eux. Ils laisseront entrer les ouvriers.

— Bonne fille. Bon boulot. Le bâtiment a-t-il souffert ?

— Pas que je sache. Mais il semble que Gleig ait laissé entrer son assassin par la grande porte.

— Eh bien nom de Dieu, voilà qui est formidable. On est à quelques jours de la fin du chantier et il faut que ce fils de pute se fasse descendre. Quel genre de moulin est ce putain d'immeuble intelligent si le premier petit enculé venu peut ignorer les systèmes de sécurité et faire entrer quelqu'un ? Est-ce que les médias sont là ?

— Pas encore.

— Où est Mitch ?

— Il devrait arriver d'une minute à l'autre, je pense.

Richardson poussa un soupir plein d'amertume.

— Ils vont nous pisser dessus avec cette histoire. Surtout le *Times*. Bon, voilà ce que nous allons faire. S'arranger avec l'Hôtel de Ville, c'est l'affaire de Mitch. Il sait à qui passer de la pommade pour limiter les dégâts. Vous comprenez ce que je dis ? Dès qu'il sera là, dites-lui de faire en sorte que les flics balancent la bonne version aux journalistes. Compris ?

— Oui, Ray, répondit Helen d'une voix lasse.

— Vous avez bien fait de m'appeler, Helen. Je m'excuse de vous avoir rembarrée.

— Ça ne...

Le doigt de Richardson enfonça un bouton, mettant fin à la conversation.

— Mitch saura se débrouiller, dit-il à Levine, comme s'il cherchait à se rassurer lui-même. C'est un bon élément, même s'il traverse une crise. Le genre de type sur lequel on peut compter, qui fait avancer les choses. Quand vous aurez acquis de l'expérience, Tony, vous comprendrez que tout ce boulot se résume à ça.

— Oui, fit Levine qui sentit que le moment était passé d'aborder la question de sa promotion. J'en suis sûr.

— Alors, où en étions-nous ? Ah, oui ! Vous étiez en train de me dire ce que vous pensiez de notre projet pour l'Académie de police de Shinkawa.

Il n'y avait que trois voitures dans le parking du Gril. Curtis se dit que la Saab décapotable neuve appartenait à Helen Hussey. Ce qui, pour deviner quel était le véhicule de Sam Gleig, lui laissait le choix entre une vieille Buick bleue et une Plymouth grise encore plus ancienne, et pendant quelques instants il se prit pour un vrai détective. Vérifier simplement quelle portière ouvraient les clés qu'il avait récupérées aurait été tricher. La Buick arborait un autocollant sur toute la longueur de son pare-chocs — « J'ai vu des rayons C scintiller dans le noir près de la porte de Tannhauser. » Curtis fronça les sourcils. Bon Dieu, mais qu'est-ce que ça voulait dire ? La Plymouth constituait une devinette plus facile avec son autocollant KLON 88.1 FM sur la vitre. Le petit saxophone en plastique pendouillant au trousseau de Gleig poussa Curtis à déduire que le vigile était amateur de jazz. Il constata avec satisfaction qu'il avait vu juste, et que la clé tournait dans la serrure de la Plymouth. Ce n'était pas exactement du Sherlock Holmes, mais il y avait de ça.

La voiture de Sam Gleig était peut-être ancienne, mais elle était propre et bien entretenue. Un petit sachet de désodorisant était suspendu au rétroviseur et les cendriers étaient vides. Curtis ouvrit la boîte à gants, où il ne trouva qu'un guide *Thomas* et une paire de Ray-ban aviateur. Il contourna alors la voiture et ouvrit le coffre. Le très grand sac en nylon de professionnel du tir semblait indiquer que Gleig prenait son travail très au sérieux. Il renfermait un casque anti-bruit, un écouvillon, des cibles en carton d'une douzaine de centimètres de côté, quelques boîtes de Black Hills Smith & Wesson 22LR, un chargeur de rechange, un chargeur rapide et un petit étui à pistolet capitonné, vide. Mais il n'y avait rien qui fournît à Curtis le moindre indice sur les raisons de l'assassinat de Gleig.

Entendant la sonnette de l'ascenseur, Curtis se retourna et découvrit Nathan Coleman qui venait vers lui.

— Où t'étais, merde ?

— Dans ces putains de toilettes, grommela Coleman. Tu sais ce qui se passe ? Figure-toi qu'il y a, disons, comme un module de commande sur le côté du siège, avec des boutons dessus. Ça te renseigne sur tout, depuis le temps que t'as passé là jusque, j'sais pas, jusqu'à la composition de ton foutu petit déj'. J'ai fini par comprendre que s'il n'y avait pas de papier là-dedans, c'est qu'on te lave le cul pendant que t'es assis.

— Tu te l'es pas fait reluire pendant que tu y étais ? fit Curtis en riant.

— C't'une espèce de putain de brosse à dents qui sort de dessous le siège et qui te balance un jet d'eau chaude. Et c'est chaud, Frank, c'est chaud. Ce foutu truc m'a fait l'effet d'un rayon laser. Ensuite ça souffle de l'air chaud pour te sécher. Seigneur, Frank, j'ai le cul comme si j'avais passé la nuit avec Rock Hudson.

Curtis essuya les larmes de ses yeux.

— Qu'est-ce que c'est que ce putain d'endroit ?

— C'est l'avenir, Nat. Un trou du cul ébouillanté et un pantalon mouillé. T'as trouvé quelque chose sur Gleig ?

— Il avait un casier. Je viens de recevoir le fax dans la bagnole.

— Je t'écoute.

— Deux condamnations pour came et une pour détention illégale d'arme, pour lesquelles il a fait deux ans au Met.

— Fais-moi voir ça. (Curtis parcourut le fax.) Au Met, hein ? C'est sans doute là-bas qu'il est tombé amoureux de l'architecture moderne. C'te taule ressemble à un putain d'hôtel. Tu sais, ça m'étonnerait pas qu'ils l'aient aidé à remplir sa foutue demande pour devenir vigile. (Il secoua la tête d'un air las.) Seigneur, les lois sur les licences dans cette ville. Parfois je me dis que ce putain de Charlie Manson pourrait monter une agence de sécurité à LA.

— C'est un secteur en pleine expansion, ça c'est sûr, Frank.

Curtis plia le fax et le mit dans sa poche.

— Je le garde, Nat, au cas où j'aurais envie d'aller aux chiottes.

— Il semble que Gleig s'était rangé depuis qu'il était sorti de taule, reprit Nat.

— Peut-être que son passé l'a rattrapé. (Curtis tendit à Coleman le permis de conduire de Sam Gleig.) 92e et Vermont. C'est le territoire des Crip, non ?

Coleman aquiesça.

— A mon avis il faisait le dealer à ses heures perdues.

— Peut-être. En tout cas, il n'y a rien dans la voiture.

— Et dans le sac ?

— Le mec était prêt pour aller pique-niquer à son club de tir. Mais pas de came.

— Et ces gamins, là-dehors ? Les Chinois aiment bien la came.

— Je ne les ai pas écartés.

— A moins que l'un d'entre eux ait décidé de porter la contestation à l'intérieur du bâtiment, tu sais ? Et Sam a tenté de l'en empêcher. Tu veux que j'aille leur parler ?

— Non, pas encore. Je veux que tu fonces chez la victime avec une équipe de la DIS et que tu voies si il y a quelque chose. Tu peux annoncer la nouvelle à tous ceux que ça intéresse. Tu dégoteras peut-être une piste sur ses amis. Par exemple, est-ce que c'est le genre d'amis qui satisfaisaient son besoin d'ennemis ?

Le moteur actionnant la porte du garage se mit à ronronner bruyamment. Tandis que Coleman retournait aux ascenseurs, Curtis referma le coffre de la Plymouth et attendit de voir qui allait sortir de la Lexus rouge qui descendait la rampe pour venir se ranger à côté de lui.

— Qu'est-ce qui se passe ? s'enquit Mitch par sa vitre baissée.

Curtis ne se souvint pas du nom, mais reconnut le visage, sans parler de la cravate en soie et de la Rolex en or. L'homme qui descendit de voiture était grand, avec des cheveux noirs et bouclés, il était bronzé et avait un vague air de garçonnet. Les yeux bleus étaient rapides et intelligents. Le genre de type qui pourrait être votre voisin — si vous viviez à Beverly Hills.

— Vous êtes Mr… ?

— Bryan, Mitchell Bryan.

— Ça me revient, maintenant. Il y a un problème, Mr Bryan.

Curtis marqua une brève pause, puis lui exposa le problème.

Curtis regarda par la fenêtre du vingt-cinquième étage en attendant que Mitchell Bryan revienne avec du café. Il repensa à ce qu'avait dit Helen Hussey à propos de ces cylindres de travail. Comment avait-elle décrit le concept ? Intégré quelque chose. Bureau intégré ? Lui, au moins, il avait un bureau. Il avait un repère fixe. Il essaya de se représenter le chaos qui règnerait à New Parker Center si chaque flic devait se battre pour son bureau préféré. C'était encore une de ces idées foireuses imaginées par les grosses boîtes. Pour une fois, il s'estima heureux de ne pas travailler dans un bureau et d'avoir à subir toutes les merdes qu'on vous balançait. L'avantage quand vous étiez flic, c'est que vous pouviez en renvoyer quelques-unes.

— Je ne sais pas, dit Mitch en revenant dans la suite privée de Mr Yu avec le café. Sam Gleig avait l'air d'un type réglo.

Ils s'assirent à la table de banquet Huali de la dynastie Ming que Mitch utilisait comme bureau, et ils burent une gorgée de café.

— Je travaille souvent tard le soir, et ça nous est arrivé d'échanger quelques mots, lui et moi. Surtout à propos de sport : les Dodgers. Il allait aussi aux courses de temps en temps, à Santa Anita, je crois. Un jour il m'a même refilé un tuyau. Mais il n'était pas gros joueur. Dix dollars par-ci, par-là, pas plus. (Mitch secoua la tête.) Quel dommage qu'une telle chose soit arrivée.

Curtis garda le silence. C'était parfois préférable. Vous laissiez votre interlocuteur emplir le silence en espérant qu'il dira quelque chose d'intéressant ou d'utile : un détail sur lequel vous n'auriez pas songé à l'interroger.

— Mais vous savez, même s'il vendait de la drogue, comme vous le suggérez, il est impossible qu'il en ait pris. Ça, j'en suis sûr à cent pour cent.

— Oh ? Pourquoi en êtes-vous si sûr, Mr Bryan ?

— A cause de cet immeuble, voilà pourquoi. (Mitch fronça les sourcils.) Ceci doit rester confidentiel, d'accord ?

Curtis hocha la tête avec patience.

— Eh bien, quand nous avons conçu cet immeuble, nous avons prévu des toilettes correspondant aux exigences du client.

— J'ai entendu parler de vos toilettes. Les bureaux intégrés sont une chose. Mais les chiottes intégrés, ça c'est autre chose ! (Il pouffa.) Mon collègue s'est fait nettoyer le cul à la vapeur.

Mitch rit.

— Certaines unités ne sont pas encore très bien réglées, dit-il. Elles peuvent vous réserver de drôles de surprises. Ceci dit, c'est vraiment du matériel dernier cri. Et ça va beaucoup plus loin qu'une douchette d'eau chaude, je vous assure. Les sièges des toilettes vous indiquent votre pression sanguine et votre température, et la cuvette elle-même est équipée d'un kit d'analyse d'urine. Ce qui permet à l'ordinateur de vérifier que vous ne... Venez, je vais vous montrer. (Mitch se pencha vers son ordinateur et cliqua sur la souris pour sélectionner ses choix.) Voilà, nous y sommes. Sucres, corps cétoniques, créatinine, composés azotés, hémoglobine, myoglobine, amino-acides et métabolites, acide urique, urée, urobilinogène et coproporphyrines, pigments biliaires, minéraux, graisses, et bien sûr tout une série de substances psychotropes, c'est-à-dire toutes celles interdites par le US Federal Bureau of Narcotics.

— Et ça fonctionne chaque fois que vous allez pisser ?

— Chaque fois.

— Seigneur.

— Par exemple, les corps d'acétone peuvent être décelés chez une personne ayant tendance au diabète, ce qui peut avoir des conséquences sur ses performances professionnelles, sans parler de l'assurance médicale de l'entreprise.

— Pour la drogue, que se passe-t-il si le test s'avère positif ?

— Tout d'abord, l'ordinateur ferme votre station de travail et vous interdit l'usage des ascenseurs et du téléphone.

Il s'agit simplement de limiter les dégâts, afin de protéger la Corporation contre d'éventuelles négligences. Ensuite il signale l'infraction à votre supérieur. Votre sort dépend alors de lui. Mais il s'agit d'un test extrêmement précis. Il détecte tous les produits que vous avez consommés au cours des dernières soixante-douze heures. Les fabricants affirment que c'est aussi fiable qu'un test à l'alanine, peut-être même plus.

Curtis ouvrait et fermait la bouche comme un poisson surpris. Ce qui l'étonnait, c'est qu'aucun des flics affairés au sous-sol n'avait été testé positif. Curtis savait que Coleman fumait de la came de temps en temps. Et sans doute certains de ses collègues. Il imaginait la tête du commissaire au cas où un journal découvrait que des policiers enquêtant sur un meurtre avait été dénoncés pour usage de stupéfiants par l'immeuble intelligent où avait été commis le crime.

Mitch but une gorgée de café en savourant la surprise du policier.

— Donc, reprit-il, vous voyez bien qu'il est impossible que Sam Gleig ait consommé de la drogue.

Mais Curtis n'était pas convaincu.

— Il a pu sortir pisser sur la place ou ailleurs.

— J'en doute, rétorqua Mitch. La place est sous l'œil des caméras de surveillance, et l'ordinateur a pour instruction de veiller à ce genre de chose. Si le circuit vidéo constate quelque chose d'anormal, l'ordinateur est programmé pour appeler la police. Sam le savait. Je ne peux pas concevoir qu'il ait pris ce risque.

— Non, je suppose que non. (Curtis sourit.) Eh bien, je parie qu'ils vous adorent, au centre de répartition.

— Vous pouvez me croire. Il était *clean*.

Curtis se leva et retourna vers la fenêtre

— Vous avez peut-être raison, dit-il. Mais quelqu'un l'a tué. Ici. Dans l'immeuble de votre client.

— Je voudrais pouvoir vous aider, fit Mitch. Si je peux faire quelque chose, vous n'avez qu'à me demander. Mon entreprise est aussi impatiente que vous de voir cette affaire résolue, croyez-moi. Cela crée une mauvaise impression. Ça pourrait accréditer l'idée qu'en fin de compte, cet immeuble n'est pas si intelligent que ça.

— C'est l'idée qui m'a traversé moi-même.

— Puis-je vous demander ce que vous comptez dire aux médias ? demanda Mitch.

— Je n'y ai pas encore réfléchi. Ce sont plutôt mon lieutenant et le bureau de presse qui s'en chargeront.

— Puis-je vous demander une petite faveur ? Lorsque vous déciderez d'avertir les médias, j'aimerais vous demander d'être extrêmement prudent dans le choix de vos termes. Il serait regrettable que les gens comprennent que ce qui est arrivé est de la faute de l'immeuble lui-même, vous comprenez ? Parce que d'après ce que vous me dites, il apparaît que c'est Sam Gleig qui, pour une raison inconnue, a fait entrer son assassin dans l'immeuble. Je vous serais reconnaissant de tenir compte de mes observations.

Curtis hocha la tête d'un air contrarié.

— Je ferai de mon mieux, dit-il. En échange, il y a quelque chose que vous pouvez faire pour moi.

— Dites.

— Je voudrais consulter le dossier d'embauche de Sam Gleig.

A côté des ascenseurs du quatorzième étage se trouvait une vitrine en verre contenant la statue en bronze doré d'un moine Luohan. Curtis l'admira brièvement avant de pénétrer dans la cabine à la suite de Mitch.

— Mr Yu est un grand collectionneur, expliqua Mitch. Il y aura une œuvre comme celle-ci à chaque étage.

— Que tient-il à la main ? demanda Curtis. Une règle coulissante ?

— Je pense que c'est un éventail replié.

— L'air conditionné de nos ancêtres, hein ?

— En quelque sorte. Le centre de données, je te prie, Abraham, dit Mitch.

Les portes se fermèrent dans un discret sifflement d'air.

— Vous savez, reprit Mitch, je ne veux pas vous apprendre votre boulot, mais n'y a-t-il pas une autre explication à ce qui est arrivé ? Je veux dire, en dehors du passé de Sam Gleig.

— Je suis tout ouïe, dit Curtis.

— Eh bien, tout simplement, Ray Richardson comme la Yu Corporation ont leurs ennemis. Dans le cas de Ray, il s'agit de certaines rancœurs personnelles. Des gens qui détestent les immeubles qu'il construit. Par exemple, nous avons enterré une capsule temporelle sous les fondations, et l'une des choses qu'elle contient, ce sont des lettres d'insultes qui lui ont été adressées. Il y a aussi des gens qui ont travaillé pour lui et qui le haïssent.

— En faites-vous partie ?

— Oh, je l'admire beaucoup.

Curtis sourit.

— Je pense que cela répond à ma question.

Mitch haussa les épaules d'un air fataliste.

— C'est quelqu'un de difficile.

— La plupart des gens riches le sont.

Mitch ne répondit pas. L'ascenseur stoppa et ils sortirent dans un couloir où se tenait, exactement au même endroit, une vitrine récemment livrée qui contenait une tête de cheval en jade.

— Et la Yu Corp ? demanda Curtis. Vous dites qu'elle a des ennemis. Voulez-vous parler des gamins qui manifestent dehors ?

— Je pense qu'ils ne représentent que la partie émergée de l'iceberg, répondit Mitch en entraînant Curtis le long de la rambarde dominant l'atrium. Dans certaines parties du bassin Asie-Pacifique, les affaires peuvent parfois être très dures. C'est pourquoi tout le verre utilisé dans cet immeuble est à l'épreuve des balles. Et pourquoi aussi les systèmes de sécurité sont si tatillons. (Il s'arrêta et pointa le bras vers le bas.) Prenez cet atrium, par exemple. En réalité, c'est un trompe-l'œil. Il donne l'impression d'une entreprise ouverte au public, et constitue en même temps une barrière de sécurité. La justification de l'hologramme au bureau d'accueil est d'anticiper une situation potentielle de prise d'otages.

— Et Sam Gleig se serait chopé un mal de crâne carabiné parce que quelqu'un en veut à votre patron ? (Curtis secoua la tête.) Désolé, je ne peux pas avaler ça.

— Bon, et si c'était un simple accident ? Supposons que quelqu'un se soit introduit ici pour foutre la merde et que Sam ait voulu l'en empêcher ?

— Possible. Mais à peine. L'arme de Gleig est restée dans son étui. Il ne donnait pas l'impression de quelqu'un sur ses gardes. D'un autre côté, si Sam connaissait son agresseur, il n'avait aucune raison de se méfier. Quand vous avez parlé des ennemis de votre patron, pensiez-vous à quelqu'un en particulier ?

Mitch pensa à Allen Grabel.

— Non, dit-il.

— Par exemple ce type, Warren Aikman ?

— S'il voulait faire du mal à Richardson, il aurait de bien meilleures manières à sa disposition dans son travail.

— Bon, prévenez-moi si vous pensez à quelqu'un.

— Bien sûr.

Curtis secoua la tête.

— Evidemment, je ne peux pas dire que je suis surpris d'apprendre que l'architecte d'un endroit comme celui-ci ait des ennemis.

— Vous n'aimez pas cet immeuble ?

— De moins en moins à mesure que j'y viens. Peut-être est-ce à cause de ce que vous et vos collègues m'en dites. Je n'en sais rien. (Il secoua la tête en essayant de trouver une explication.) Peut-être parce qu'il manque d'âme.

— C'est l'avenir, objecta Mitch. Je vous assure. Un jour, tous les bureaux seront construits sur ce modèle.

Curtis rit et montra son poignet à Mitch.

— Vous voyez cette montre ? C'est une Seiko. Un vieux tromblon qui ne marque jamais l'heure exacte. Je me souviens encore du slogan publicitaire qu'ils avaient sorti à l'époque où je l'avais achetée : « Un jour, toutes les montres seront fabriquées comme celle-ci. » Bon sang, j'espère que non !

Mitch jeta un regard circulaire.

— Vous savez, je vois ça comme une espèce de cathédrale.

— Dédiée à quoi ? A la peur de l'homme envers son semblable ?

— A la vertu de faire les choses. A la puissance créatrice de la technologie. A l'ingéniosité de l'homme.

— En tant que flic, je dois dire que je ne fais guère confiance à l'ingéniosité humaine. Mais si ceci est une cathédrale, alors je suis athée.

Bob Beech s'apprêtait à expédier par satellite les dernières données volées lorsqu'il vit Curtis et Mitch entrer dans la salle d'informatique. Il appuya sa paume sur le large écran plat, qui revint à la fenêtre standard du bureau : y figuraient sous forme d'icones le téléphone, le Rolodex, la calculette, le calendrier, les corbeilles entrée et sortie, l'horloge, le téléviseur, la radio et le répondeur. Il y avait même un tiroir, un tampon, un classeur à dossiers et une fenêtre affichant une belle photographie de Griffith Park vu du toit du Gril.

— Bob, dit Mitch en gagnant le centre du cercle, tu te souviens du sergent Curtis ?

— Bien sûr.

— Tu es au courant de ce qui s'est passé ce matin ?

Beech haussa les épaules et hocha la tête.

Curtis examina le personnage : gilet de pêcheur bourré de disquettes, de bandes magnétiques, de clés, de chewing-gums et de stylos ; les sages richelieus bruns qui avaient besoin d'un coup de cirage ; les ongles rongés jusqu'au vif ; et, sous la moustache lugubre, le sourire poli qui affleura sur ses lèvres lorsqu'il feignit de s'intéresser à ce qui s'était passé. Curtis sentait tout de suite quand il gênait. Il était évident que Beech n'avait qu'une seule idée en tête : se remettre au travail auquel il se consacrait avant d'être interrompu.

— Ce pauvre Sam, dit Beech. Avez-vous une idée du coupable ?

— Pas encore, monsieur. Mais j'espérais pouvoir consulter son dossier d'embauche. On y trouvera peut-être quelque chose d'utile. Je me demandais également si l'ordinateur a un moyen de savoir qui était présent dans les locaux hier soir après 22 heures.

Curtis savait que c'était le cas, mais il désirait prolonger son séjour dans la salle d'informatique.

— Bien sûr. (Beech posa le doigt sur l'icone du classeur à dossiers, puis dit :) Abraham, peux-tu nous montrer le dossier professionnel de Sam Gleig ?

— A l'écran ou sur disquette ?

Beech jeta un coup d'œil à Curtis et décida qu'il avait hâte qu'il sorte de la pièce. Le voir ici lui rappelait Hideki.

— Il vaut mieux que tu sortes une copie papier, dit-il. Comme ça, vous pourrez l'examiner à loisir, sergent.

— Ça, on n'en a pas beaucoup aux Homicides, m'sieur, fit Curtis d'un air affable.

Abaissant les yeux sur le bureau de Beech, il vit une main désincarnée apparaître à l'écran et se diriger vers le classeur à dossiers.

— Le festin de Balthazar, murmura-t-il.

La main saisit un dossier dans le tiroir du bureau, puis disparut avec lui.

— Comment ? fit Beech.

— Je disais que vous aviez là un sacré organiseur personnel.

— C'est peut-être un peu puéril, mais je suis quelqu'un qui aime les logiciels amicaux pour faire descendre le cyberspace sur terre. C'est pour cela que je me suis aménagé une fenêtre avec vue, pour ainsi dire. Sans elle, je pourrais difficilement travailler ici. Bien, quelle était l'autre question ? Qui était là après 22 heures hier soir ?

Curtis acquiesça.

Beech toucha plusieurs fois l'écran du bout de son index, comme un joueur d'échecs disputant une partie éclair. Il finit par trouver ce qu'il cherchait.

— Ah, nous y voilà. Le contremaître électricien est parti à 19 h 30. Je suis parti à 19 h 43. Aidan Kenny à 19 h 44. Helen Hussey à 20 h 15. Warren Aikman à 20 h 35. Après quoi Sam Gleig est resté seul sur le site jusqu'à ce que les agents Cooney et Hernandez arrivent ce matin.

— Je vois. Merci.

Beech tendit la main vers la porte.

— Nous devons aller récupérer votre tirage à la salle d'impression, dit-il en les précédant sur la passerelle.

Ils pénétrèrent dans une pièce où une énorme imprimante laser débitait déjà son texte. Beech récupéra les feuillets.

— C'est curieux, remarqua-t-il. Abraham n'est pas censé pouvoir faire cela.

— Faire quoi ? demanda Mitch.

Beech lui tendit le tirage papier. Y figurait, en plus des informations concernant Sam Gleig, une photocopie couleur de Sam Gleig accueillant un Chinois dans l'atrium.

— Il n'entre pas dans les attributions originelles d'Abraham de pouvoir prendre des clichés comme celui-ci. En tout cas pas tant que l'enregistreur de CD-ROM n'est pas installé.

Pour l'instant, Curtis s'intéressait plus au jeune Chinois de la photo qu'à la façon dont celle-ci avait été prise.

— Le reconnaissez-vous ?

— Il me semble, fit Mitch. Je pense que ça pourrait être un de nos amis, là dehors.

— A moins qu'Abraham soit arrivé à... (Beech essayait de percer le mystère que constituait la photo.) Mais bien sûr...

— Vous voulez dire qu'il fait partie des manifestants ?

Mitch regarda une nouvelle fois le cliché.

— J'en suis certain.

— Bien sûr, répéta Beech. C'est la connexion avec l'ordinateur de Richardson. Mitch, Abraham a sans doute mémorisé la photo sous forme digitale, puis il l'a tirée en se servant de ton logiciel Intergraph. C'est la seule explication que je vois. C'est la manière qu'a trouvé Abraham pour nous faire savoir qu'hier soir, Sam Gleig a laissé entrer une personne non autorisée dans l'immeuble.

Curtis fit la grimace.

— Attendez une minute. Voulez-vous dire que le seul témoin du meurtre de Sam Gleig pourrait être votre ordinateur ?

— C'est en tout cas ce qu'on dirait. Sinon, je ne vois pas pourquoi il aurait placé cette photo dans le dossier de Sam Gleig. (Il haussa les épaules.) A tout le moins, cette photo prouve la présence d'un visiteur non autorisé dans le Gril, non ? L'heure est d'ailleurs indiquée : 1 h 05.

— Est-ce que c'est une bouteille de scotch qu'il tient ? fit Mitch. On dirait qu'ils avaient prévu une petite fête.

— Mais pourquoi photographier cette scène, et non le meurtre lui-même ? s'étonna Curtis.

— Parce qu'il n'y a pas de caméras dans les ascenseurs, dit Mitch.

Beech confirma d'un hochement.

— Cette photo établit sans aucun doute un rapport entre ce Chinois et le meurtre.

— Laissez-moi en juger, je vous prie, dit Curtis.

— J'aurais peut-être dû vous en parler avant, dit Mitch, mais il y a déjà eu quelques incidents avec ces gosses.

Il raconta à Curtis le jet d'orange pourrie sur sa voiture, puis l'histoire de la manivelle.

— Avez-vous signalé ces incidents ?

— Non, admit Mitch. (Il sortit son portefeuille.) Mais j'ai gardé les papiers concernant le remplacement de mon pare-brise.

Curtis parcourut rapidement la facture.

— Comment savez-vous qu'il s'agissait d'un des manifestants ?

— Après ce qui s'était passé avec l'orange ? Je dînais dans un restaurant chinois, pas loin d'ici. L'un d'eux a dû me reconnaître.

— Vous avez gardé la manivelle ?

— Tiens, oui, c'est vrai. Elle est dans mon coffre. Vous voulez que j'aille la chercher ?

— Non, j'enverrai un type de la DIS la prendre. Au cas où il y ait des empreintes. (Curtis plia la photo et la glissait dans sa poche intérieure lorqu'une idée lui vint.) Il y a des caméras installées à l'extérieur du bâtiment, n'est-ce pas ?

— Plusieurs, dit Mitch.

— Pouvez-vous demander à l'une d'elles de zoomer sur les gamins qui sont dehors ?

— Rien de plus facile, dit Beech.

Les trois hommes regagnèrent la salle d'informatique. Beech s'assit et toucha du doigt l'icone d'une caméra vidéo au bas de son écran.

Bientôt, la caméra explorait les visages de pas plus d'une douzaine de Chinois et Chinoises.

— Je ne comprends pas qu'ils persistent, dit Beech.

— Nous sommes un pays libre, fit Curtis. Même si ça ne se voit guère dans cet immeuble.

Beech jeta à Curtis un regard intrigué, comme s'il se demandait comment un homme aussi libéral que Curtis pouvait travailler au LAPD.

— Ce type, là, fit Mitch. Celui avec le mégaphone. C'est celui de la photo, non ?

Curtis compara la photocopie avec l'image du jeune Chinois telle qu'elle apparaissait à l'écran.

— Ouais. C'est bien lui.

— Bizarre qu'il revienne sur les lieux, non ? dit Mitch. En admettant qu'il ait quelque chose à voir avec le meurtre.

— Pas si bizarre que vous croyez, répliqua Curtis. Et n'oublions pas que ça n'est encore qu'une hypothèse.

— Qu'allez-vous faire ?

— Je vais aller parler à ce type. Voir ce qu'il a à dire. Qui sait ? Peut-être qu'il mettra les mains en l'air.

Le flic chargé de surveiller la manifestation paraissait déjà fatigué, alors qu'il n'était que 11 heures. Curtis lui montra sa plaque puis, le prenant par le coude, l'entraîna à l'écart.

— Vous êtes au courant de ce qui s'est passé dans l'immeuble ?

— Le type qui s'est fait défoncer le crâne ? Je l'ai su, oui.

— Depuis quand vous a-t-on mis sur cette manif ?

— Depuis une quinzaine de jours. Par périodes de quatre heures. (Le policier haussa les épaules.) C'est plutôt tranquille. Ils ne me causent pas beaucoup de problèmes. J'ai parlé à plusieurs d'entre eux. La plupart sont corrects.

— Pensez-vous qu'ils soient du genre à commettre un meurtre ?

Le flic sourit en secouant la tête.

— Non. Ce sont des étudiants, de Hong Kong ou d'endroits comme ça, avec des papas bourrés aux as. A mon avis, ils partiraient en courant s'il y avait le moindre dérapage.

Curtis revint vers les manifestants.

— Qui est le responsable, ici ?

Au-delà de la barrière, le petit groupe de protestataires chinois resta silencieux, mais Curtis remarqua que leurs regards allaient de son badge au jeune avec le mégaphone. Il lut les slogans figurant sur les pancartes : SOUVENEZ-VOUS DE LA PLACE TIENANMEN, LA YU CORP CAUTIONNE LE MEURTRE D'ÉTAT et LA YU CORP TIRE PROFIT DE L'ESCLAVAGE, parmi d'autres.

— Allons, insista-t-il. Il y a bien un responsable.

— Eh bien, dit le jeune homme au mégaphone, on pourrait dire que c'est moi, en quelque sorte.

— Je suis le sergent Curtis, du Bureau des homicides du LAPD. Pourrais-je vous parler une minute ? Allons à l'ombre, ajouta-t-il en désignant Hope Street, de l'autre côté de la place.

— Fait chaud, aujourd'hui, dit-il avant d'ajouter presque aussitôt : C'est à propos d'un incident survenu cette nuit dans l'immeuble de la Yu Corporation.

— Encore un ? fit Cheng Peng Fei avec un mince sourire.

— Cette fois il s'agit d'un meurtre.

— C'est regrettable. Il ne s'agit pas d'un employé, j'espère.

— Vous approuveriez ?

— Si c'était Yu lui-même qui était mort, ce serait une bonne nouvelle. Ce type est un gangster.

— J'aimerais savoir à quelle heure vous et vos gens avez évacué la place hier soir. Peut-être que vous avez vu quelque chose.

— Vers 17 heures. Comme tous les jours.

— Excusez-moi, vous êtes… ?

— Je m'appelle Cheng Peng Fei.

— D'où venez-vous, fiston ?

— De Hong Kong. J'ai un visa d'étudiant. Je suis inscrit à l'UCLA.

— Et vos amis ? Sont-ils tous étudiants ?

— La plupart, oui.

— Aviez-vous rencontré le vigile de l'immeuble Yu ? Un grand type. Noir.

— Est-ce lui qui est mort ?

— Oui, c'est lui.

Cheng Peng Fei secoua la tête.

— Nous l'avions aperçu. C'est tout. Il y a un autre gardien, n'est-ce pas ? Un Blanc à l'air pas commode. Nous avons eu plus souvent affaire à lui.

— Etes-vous déjà entrés dans le bâtiment ?

— Nous l'avons envisagé, mais nous nous ferions sans doute arrêter. C'est pour ça que nous restons derrière notre fontaine, à distribuer des tracts ou ce genre de chose.

— Ça ne se passait pas comme ça quand j'étais jeune, remarqua Curtis alors qu'ils approchaient de l'angle de la 5$^{e}$.

Un clochard poussant un caddie de supermarché se baissa pour ramasser un mégot sur le trottoir, puis repartit en direction de Wilshsire. Arborant des Nike Air Jordan, un pantalon de jogging et une casquette de base-ball, un grand Noir qui arrivait en face s'écarta de justesse devant le chariot, s'arrêta le temps d'insulter le clochard et reprit son chemin.

— Quand j'étais môme, une manif c'était vraiment une manif.

— Contre quoi manifestiez-vous ?

— Il n'y avait qu'une chose sur laquelle les gens manifestaient à cette époque : le Vietnam.

— Ça valait mieux que d'y aller, je suppose.

— Oh, j'y étais allé. C'est à mon retour que j'ai participé aux manifestations. Que reprochez-vous exactement à la Yu Corporation ?

Cheng Peng Fei lui tendit un tract.

— Tenez, vous trouverez toutes les explications là-dedans.

Curtis s'arrêta, parcourut le feuillet et le mit dans la poche de sa veste. Il hocha alors la tête en direction d'un panneau publicitaire placardé sur un Abribus. La publicité montrait deux avant-bras se serrant la main. L'un des bras portait l'uniforme du LAPD. Le slogan disait :

**Ensemble**
**LE LAPD**
**ET VOUS POUVEZ DEVENIR UNE**
**ARME FATALE**
**CONTRE LE CRIME**

Cheng Peng Fei était suffisamment astucieux pour saisir ce que voulait dire Curtis. Il haussa les épaules et secoua la tête.

— Vraiment, si je savais quelque chose, je vous le dirais, sergent, mais là, je ne peux pas vous aider.

Il mesurait une tête de moins que Curtis et, avec sa soixantaine de kilos, pesait moitié moins. Curtis se planta juste devant Cheng Peng Fei, assez près pour l'embrasser, et le considéra avec un mélange de suspicion et de mépris.

— Qu'est-ce qui vous prend ? fit Cheng Peng Fei.

Il essaya de battre en retraite mais se trouva coincé contre le mur à l'angle de Hope et de la 5e.

— J'essaie simplement de voir clair dans ton impénétrable petite tête, rétorqua Curtis en le maintenant fermement par les épaules. Pour comprendre pourquoi tu me mens.

— Bon Dieu, mais qu'est-ce que vous racontez, mon vieux ?

— Alors comme ça tu es sûr de n'avoir jamais rencontré Sam Gleig ?

— J'en suis absolument sûr. C'est la première fois que j'entends son nom.

Cheng Peng Fei se mit à insulter le policier en chinois.

— Tu as déjà entendu parler de Miranda, petit ?

— Miranda qui ?

— Miranda *versus* l'Etat de l'Arizona, voilà qui. Le truc du 5e Amendement. Des directives qui prescrivent entre autres d'informer les personnes suspectes qu'avant leur interrogatoire elles ont le droit de garder le silence et que…

— Vous m'arrêtez ? Pour quel motif ?

Curtis fit pivoter Cheng Peng Fei et, d'un geste expert, lui menotta un bras.

— ... tout ce que vous pourrez dire pourra être utilisé contre vous devant un tribunal. Et que vous avez droit à un avocat.

— Qu'est-ce que c'est que ça ? Vous êtes cinglé !

— Ça, ce sont tes droits, avorton. Maintenant voilà ce que nous allons faire. Je vais te menotter à ce réverbère, aller chercher ma voiture et revenir te prendre. J'irais bien la chercher avec toi, mais j'ai peur que tes amis s'excitent trop en te voyant en état d'arrestation, et je suis sûr que tu n'as pas envie de troubler l'ordre public. Sans parler de l'embarras que ça pourrait te causer. Alors que comme ça, tu ne seras embarrassé que devant quelques passants inconnus.

Curtis fit passer le mince bras de Cheng Peng Fei derrière le réverbère et referma les menottes sur son second poignet.

— Vous êtes complètement dingue !

— En plus, pendant que tu m'attends, tu auras le temps de réfléchir à la petite histoire que tu m'a servie. Le temps de réfléchir. Le temps d'en trouver une autre. (Curtis consulta sa montre.) Je serai là dans cinq minutes ? Dix au maximum. (Il désigna le Gril qui les dominait de toute sa hauteur, réduisant les constructions environnantes à l'insignifiance.) Si quelqu'un te pose des questions, dis que tu t'es arrêté pour admirer l'architecture.

— Conneries.

— Ah, là, je dois dire que je suis d'accord avec toi, mon garçon.

— La bande tourne, Frank.

Cheng Peng Fei explora du regard la salle vidéo de New Parker Center.

— Quelle bande ?

— On enregistre ton interrogatoire sur vidéo, dit Curtis. Pour la postérité. Et aussi pour ta protection. C'est ton meilleur profil ?

Coleman s'assit à côté de Curtis, face à Cheng Peng Fei, avec sur la table entre eux un seul objet : une manivelle de cric enveloppée dans un sac de polythène. Cheng fit comme si elle n'était pas là.

— C'est pour que ton avocat ne puisse pas dire qu'on t'a extorqué des aveux en te tabassant avec cette manivelle, dit Coleman.

— Quels aveux ? Je n'ai rien fait du tout.

— Dis-nous comment tu t'appelles et quel âge tu as, s'il te plaît.

— Cheng Peng Fei. J'ai vingt-deux ans.

— Désires-tu la présence d'un avocat ?

— Non. Je vous ai déjà dit que je n'avais rien à me reprocher.

— Cette manivelle t'appartient, n'est-ce pas ? fit Coleman.

Cheng haussa les épaules.

— Est-ce que vous sauriez reconnaître la vôtre ?

— Sauf que la tienne n'est pas dans le coffre de ta voiture, dit Coleman. J'ai vérifié. Cette manivelle a été lancée à travers le pare-brise d'une voiture appartenant à Mitchell Bryan, un architecte travaillant dans l'immeuble de la Yu Corporation. Une Lexus rouge. Cette manivelle porte tes empreintes.

— Si c'est la mienne, c'est normal, non ? J'ai crevé et il a fallu que je change la roue. Je suis parti en oubliant ma manivelle sur le trottoir.

— L'incident avec la manivelle s'est produit sur le parking du restaurant Mon Kee dans North Spring Street, dit Coleman. A quelques pâtés de maisons du Gril.

— Si vous le dites.

— En fouillant ton appartement, nous avons retrouvé une facturette Mastercard prouvant que tu as dîné dans ce restaurant le même soir où Bryan s'est fait fracasser son pare-brise.

Cheng Peng Fei garda le silence quelques instants.

— Bon, d'accord. J'ai cassé un pare-brise. Mais pas plus. Je sais ce que vous essayez de faire. Mais même si votre prémisse est correcte, à savoir que j'ai cassé le pare-brise d'un type travaillant au Gril, ça ne corrobore pas votre conclusion selon laquelle j'aurais assassiné un autre homme qui y travaillait, ça n'a rien à voir. Même si vous aviez dix mille prémisses du même genre, ça ne prouverait pas votre conclusion.

— Est-ce que tu étudierais le droit, par hasard ? fit Curtis.

— Administration commerciale.

— Bon, en tout cas tu as raison, reconnut Curtis. Cette manivelle ne prouve rien à elle toute seule. Elle pourrait cependant nous permettre de démontrer facilement que tu avais un mobile : ton opposition fanatique à la Yu Corp, à ses employés et à ses agents.

— Foutaises.

— Où étais-tu hier soir, Cheng ?

— Je suis resté lire à la maison.

— Qu'est-ce que tu lisais ?

— *Culture organisationnelle et primatie,* par Edgar H. Schein.

— Sans blague.

— Des témoins ?

— J'étudiais, je ne faisais pas la fête. Je lisais un livre.

— Quand tu fais la fête, dit Coleman, qu'est-ce que tu bois ?

— Pourquoi vous me demandez ça ?

— De la bière ?

— Parfois, de la bière, oui. De la bière chinoise. Je n'aime pas le goût de la bière américaine.

— Du scotch ?

— Bien sûr. Qui n'en boit pas ?

— Moi, je supporte pas ça, admit Coleman.

— Et qu'est-ce que ça prouve ? Je bois du scotch, tu n'en bois pas, il en boit. Ça me rappelle mes cours d'anglais. On essaie au plus-que-parfait, maintenant ?

— Tu en bois beaucoup, du scotch ?

— Ça t'arrive de partager une bouteille avec un ami ?

— Je ne suis pas ce genre de buveur.

— Et avec Sam Gleig ? T'est-il arrivé de partager une bouteille avec lui ?

— J'ai l'impression que c'est vous qui venez de vous partager une bouteille de scotch. Je ne lui ai jamais rien donné ni demandé. Pas même l'heure. (Cheng soupira et se pencha sur la table.) Ecoutez, je reconnais avoir cassé ce pare-brise. Je le regrette. C'était stupide. J'avais un peu bu. Je rembourserai les frais. Mais vous devez me croire, je n'ai jamais rencontré ce type. Je suis navré qu'il soit mort, mais je n'ai rien à voir là-dedans...

Curtis avait déplié une photocopie couleur de la photo générée par ordinateur et l'avait étalée sur la table à côté de la manivelle. Cheng la fixa du regard.

— Je montre au sujet une photo de lui et de la victime, prise dans le hall de l'immeuble Gril.

— Qu'est-ce que c'est que ce truc ?

— Tu nies que c'est toi ?

— Le nier ? Bien sûr que je le nie. Il s'agit d'un faux. Un trucage. Mais enfin, où voulez-vous en venir ?

— Je ne veux en venir à rien, répliqua Curtis. Je veux juste découvrir la vérité. Alors pourquoi ne reconnais-tu pas les faits, Cheng ?

— Je n'admets rien du tout. Ceci est un mensonge !

— Tu es entré au Gril avec une flasque de scotch pour Sam Gleig. J'imagine que ça n'était pas la première fois que vous vous rencontriez. Vous magouilliez quelque chose. De quoi s'agissait-il ? De drogue ? Tu te faisais expédier un peu d'héroïne chinoise de chez toi ?

— Conneries.

— Ou alors c'est que tu voulais qu'il te rende un petit service. Qu'il ferme les yeux pendant que tu te débarrassais d'une autre manivelle. En fracassant quelque chose. Tu le rémunérais pour sa compréhension, bien sûr. Peut-être que pour rendre la chose plus crédible, il avait été convenu que tu frapperais Sam, mais voilà, tu y a été un peu trop fort. Alors tu as paniqué et tu as filé. C'est pas comme ça que ça s'est passé ?

Cheng secouait la tête. Il était au bord des larmes.

— On veut me faire porter le chapeau, dit-il.

— T'as une trop petite tête, petit Chinois, ricana Coleman. Qui voudrait te faire ça ?

— C'est évident, non ? La Yu Corporation, voilà qui. Croyez-moi, ils en sont parfaitement capables. En se débarrassant de moi, ils espèrent enterrer la contestation. C'est une mauvaise publicité pour eux.

— Et je suppose que faire assassiner quelqu'un dans son propre immeuble constitue une bonne publicité, hein ? fit

Curtis. En plus, tes amis et toi ne faites plus la Une depuis longtemps. Il va falloir trouver mieux, mon petit bonhomme.

— Allez, Cheng, renchérit Coleman. Avoue. C'est toi qui lui a éclaté le crâne. Nous, on est sûrs que tu ne l'as pas fait exprès. Ça n'est pas ton genre. Un accident. On parlera au District Attorney et on t'obtiendra une simple inculpation d'homicide involontaire. Ton papa te dégotera un super avocat qui dira au tribunal que tu étais surmené par tes études, et tu écoperas d'un maximum de deux à cinq ans. Tu pourras peut-être te faire transférer dans une taule privée où tu pourras terminer tes études avant d'être renvoyé dans ton pays.

Cheng Peng Fei examina la photo et secoua la tête.

— Je rêve, dit-il avant d'ajouter : Peut-être que je ferais mieux de demander un avocat, en fin de compte.

Interrompant l'interrogatoire, les deux enquêteurs sortirent dans le couloir affairé qui desservait la salle de vidéo.

— Qu'en penses-tu, Frank ? Est-ce qu'on tient le coupable ?

— Je ne sais pas, Nat. Je m'attendais à ce qu'il craque en voyant la photo. (Curtis s'étira et consulta sa montre.) Je crois qu'il vaudrait mieux soumettre la photo à la DIS.

— Tu penses que ça pourrait être un faux ?

— Ce petit enculé bluffe, j'en suis certain. Mais mieux vaut s'assurer de l'authenticité du cliché avant d'aller trouver le DA. De toute façon, je dois passer prendre les résultats de l'autopsie préliminaire.

— Tu veux que je continue à le travailler ?

Curtis acquiesça.

— Donne-lui du café et essaie de le calmer. Ensuite tu lui balances un gauche.

Curtis fit mine de frapper l'épaule de Coleman de son poing gauche.

— Et l'avocat ?

— Il a bien dit qu'il y renonçait, non ? Ça n'est pas un gosse des rues, Nat. C'est un MBA. Personne ne pourra prétendre qu'il n'a pas pigé son Miranda.

La Division des investigations scientifiques était installée au sous-sol du New Parker Center. Curtis trouva Charlie Seidler et Janet Bragg à la cafétéria, en train de prendre leur café devant le distributeur.

— Vous en voulez un, Frank ? demanda Bragg.

— Volontiers. Un crème avec deux sucres.

— Mauvais pour la santé, ça, Frank, remarqua Seidler tandis que Bragg enfonçait des boutons sur la machine. Un homme de votre âge devrait prendre garde à ce qu'il boit et mange.

— Eh bien, merci bien, Charlie. Homme de votre âge vous-même ! Et puis j'ai besoin d'énergie.

Ils se rendirent au labo.

— Frank, l'équipe a fouillé l'appartement du suspect de fond en comble, dit Seidler. Ils n'ont rien trouvé. Rien du tout. Pas même une bouteille de scotch.

Curtis laissa échapper un profond soupir, puis se tourna vers le Dr Bragg. Elle lui tendit un dossier contenant trois feuilles de papier et une liasse de photos.

— Il a été frappé — avec violence — par un individu très costaud, dit-elle sans consulter ses notes. Le coup a fracturé et enfoncé le crâne avant de briser le cou pour faire bonne mesure. Ça lui a même cassé une dent. Je ne peux rien vous dire de très précis concernant le type d'arme employée, mais en tout cas ça n'était ni une matraque ni une batte ni aucun objet cylindrique. C'était plutôt quelque chose de plat. Comme si on lui avait lâché un objet sur la tête. Ou frappé avec un morceau de trottoir.

» Il y a autre chose. J'ai consulté le passeport de votre suspect, où il est mentionné qu'il ne mesure qu'un mètre soixante-dix. Et qu'il pèse aux alentours de cinquante-cinq kilos. A moins que Gleig se soit mis à genoux dans la cabine, il est impossible que votre suspect ait pu le frapper. A moins de monter sur une caisse. Comme Alan Ladd.

Bragg remarqua la déception qui se peignait sur le visage de Curtis.

— S'il est impliqué, alors il devait avoir un complice avec lui. Quelqu'un de plus grand et de plus fort que lui. Quelqu'un de votre carrure, peut-être. Un homme qui aime boire son café avec de la crème et deux sucres.

Curtis leur montra la photo.

— Dans ce cas pourquoi la photo ne montre-t-elle qu'un seul suspect ?

— C'est vous l'enquêteur, Frank, dit Bragg.

— Charlie, mon suspect prétend qu'il s'agit d'un trucage.

— C'est un ordinateur qui a sorti ça ? demanda Seidler.

Curtis acquiesça.

— Je crains que ça ne soit pas mon rayon, fit Seidler en haussant les épaules, mais je vais essayer de contacter quelqu'un. (Il décrocha le téléphone et composa un numéro.) Bill ? C'est moi, Charlie. Ecoute, je suis au labo avec quelqu'un des Homicides. Tu pourrais venir une minute nous donner ton avis sur quelque chose ? Merci beaucoup.

Seidler raccrocha.

— Bill Durham. C'est notre expert photographique.

Un petit homme pourvu d'une barbe noire entra d'un pas vif. Seidler fit les présentations, puis Curtis lui montra la photo.

Durham sortit une loupe de la poche de sa blouse blanche et examina attentivement la photo.

— Il est facile de tester et d'authentifier ou non une photographie traditionnelle, dit-il. On a les pellicules impressionnées, les négatifs, les tirages, des choses très physiques. Mais avec une photo générée par ordinateur, il en va tout autrement. Nous avons affaire à des images digitales. (Durham leva les yeux.) Je ne saurais dire s'il s'agit d'un faux ou pas.

— Mais c'est possible ? demanda Curtis.

— Oh, bien sûr que c'est possible. Vous prenez deux images de base digitalisées…

— Attendez, attendez, l'interrompit Curtis.

— Ce sont des nombres. Un ordinateur peut stocker n'importe quoi sous forme de nombres binaires. Vous avez une photo du Noir et une autre du Chinois, d'accord ? Vous séparez la silhouette du Chinois de son arrière-plan, puis vous la placez par-dessus la photo montrant l'autre type. Ensuite vous masquez les deux personnages pour pouvoir unifier le fond sans les altérer. Si vous êtes suffisamment doué, vous pourrez modifier les ombres pour les harmoniser, ou alors vous ajouterez quelques pixels au hasard de façon à dégrader légèrement la photo du Noir, ou bien vous ferez disparaître les différences de grain entre les deux photos. Ça n'est pas bien sorcier. Ensuite vous pourrez stocker votre montage sur disquette, sur bande magnétique, sur n'importe quoi, aussi longtemps que vous voudrez. Et l'imprimer quand ça vous chante.

Curtis fit la grimace.

Durham sourit. Décelant la technophobie du policier, il ajouta pour faire bonne mesure :

— Le fait est, sergent Curtis, que nous approchons d'une époque où il ne sera plus possible de considérer qu'une photo prouve quoi que ce soit.

— Comme si notre boulot n'était pas assez compliqué comme ça, grommela Curtis. Sainte Vierge, quel monde de merde nous sommes en train de construire !

Durham haussa les épaules et regarda Seidler.

— C'est tout ?

— Frank ?

— Ouais, merci beaucoup.

Une fois Durham parti, Curtis se replongea dans les conclusions de l'autopsie et feuilleta les photos du cadavre de Sam Gleig.

— Comme si on lui avait lâché un objet sur la tête, vous dites, Janet ?

Le Dr Bragg acquiesça.

— Quel genre d'objet ?

— Un réfrigérateur. Un téléviseur. Un morceau de trottoir. En tout cas, comme je vous l'ai dit, quelque chose de plat.

— Eh bien, voilà au moins qui réduit l'éventail des possibilités.

— D'un autre côté... soupira-t-elle, bah, c'est juste une idée, Frank, mais vous feriez peut-être bien de vérifier si cette cabine d'ascenseur fonctionne correctement.

# LIVRE QUATRIÈME

« Ensemble il nous appartient de concevoir, de peaufiner et de créer l'immeuble du futur qui fondra tous les arts en une unique création intégrée ; l'architecture, la peinture et la sculpture, jaillies des mains d'un million d'artisans, s'élevant dans les cieux tel le symbole cristallin de la nouvelle foi de l'avenir. »

Walter Gropius

Pour un architecte, il n'y avait qu'un seul endroit où vivre à LA, et c'était à Pacific Palisades. Cela était dû moins au caractère exclusif du quartier qu'au fait que s'y trouvaient rassemblés les exemples d'architecture moderne les plus célèbres de LA. Il s'agissait pour la plupart de constructions carrées, en acier, avec des couleurs à la Mondrian et beaucoup de verre, qui rappelaient les maisons de thé japonaises ou les pavillons ouvriers allemands. Mitch ne les aimait guère, même si en tant qu'architecte, il comprenait pourquoi elles étaient significatives : ces édifices avaient en effet influencé de multiples habitations à travers tous les Etats-Unis. Il trouvait que ces constructions étaient très jolies à regarder dans un livre, mais que les habiter était une tout autre affaire. Ce n'était sûrement pas un hasard si la Ennis House de Frank Lloyd Wright dans Griffith Park était quasiment abandonnée. A vrai dire, la seule maison du secteur qu'il aurait pu habiter était celle de Pierre Koenig, dans les collines d'Hollywood, même si cette préférence s'expliquait plus par le panorama spectaculaire qu'elle offrait que par les mérites architecturaux de la maison. D'une manière générale, il préférait les maisons quasi rurales qui caractérisaient la partie de Pacific Palisades connue sous le nom de Rustic Canyon, avec ses maisons en rondins, ses paddocks et ses beaux jardins.

Rustic Canyon comportait d'ailleurs quelques exemples d'architecture moderne. Sur l'une des pentes les plus élevées du canyon se dressait ce que Mitch considérait comme l'une des plus belles résidences privées qu'ait construites Ray Richardson : la sienne.

Mitch engagea sa voiture dans un virage bordé par un mur de ciment couleur miel et coupé par une passerelle qui, après avoir enjambé un ruisseau, menait jusqu'à la porte d'entrée, face à l'océan au loin.

Un homme et une femme, que Mitch reconnut vaguement comme des pop stars britanniques, descendirent le sentier à cheval et lui souhaitèrent le bonjour. C'était là une autre raison pour laquelle Mitch aimait le canyon. Par ici, la richesse était plus avenante, on n'y était pas obsédé par l'architecture de style bunker post-holocauste qui caractérisait le reste de LA. Ici on ne voyait aucune caméra de surveillance ni la moindre longueur de fil barbelé. Ici, pour les protéger de ce qui était perçu comme la menace des classes dangereuses de LA, les gens comptaient sur l'altitude, sur la distance qui les séparait du centre-ville, et sur les discrètes patrouilles armées.

Mitch franchit la passerelle. Il n'aimait pas sacrifier son dimanche matin pour parler travail, même si cela lui valait d'être invité, chose rare, à un brunch chez Richardson. Ray lui avait dit qu'ils ne feraient que passer un moment détendu ensemble, mais Mitch n'y croyait pas. Les seuls moments où Ray Richardson se détendait, c'était lorsqu'il dormait, et il semblait n'avoir besoin que de très peu de sommeil.

Alison avait également été invitée, mais sa répulsion envers Richardson était si vive qu'elle ne supportait pas de se trouver dans la même pièce que lui. En tout cas, se dit Mitch, il ne serait pas obligé de lui mentir tout l'après-midi au sujet de l'endroit où il se trouvait ce matin.

Mitch frappa, puis fit coulisser le panneau de verre sans cadre.

Il trouva Ray Richardson dans son bureau, à genoux sur le sol d'ardoise bleue, en train d'étudier les dessins d'un autre projet — un héliport en plein centre de Londres — que débitait l'imprimante laser grande largeur, tout en dictant des notes à Shannon, sa secrétaire aux yeux verts.

— Mitch, fit-il avec entrain, montez donc au salon. J'en ai pour une minute. Je dois juste jeter un coup d'œil à ces tracés. C'est le bureau de Londres qui me les a expédiés par courrier électronique avant leur réunion de demain. Vous voulez un verre, vieux ? Rosa va vous préparer ça.

Rosa était la domestique salvadorienne de Ray Richardson. Mitch la croisa alors qu'il regagnait le salon. C'était un petit bout de femme, toute maigre, vêtue d'un uniforme rose. Il pensa à du jus d'orange. Puis à un après-midi à la maison.

— Rosa, s'il vous plaît, pouvez-vous me servir une carafe de margaritas bien frappées ?

— Oui, monsieur, tout de suite.

Dans le salon, Mitch chercha des yeux un endroit où s'asseoir. Il y avait six chaises blanches à dossier droit regroupées autour d'une table. Une chaise longue en cuir et acier inoxydable et, sur deux côtés d'une table de verre carrée, deux paires de chaises Barcelona, en hommage au grand Mies van der Rohe. Mitch essaya la chaise Barcelona, ce qui lui rappela aussitôt pourquoi il s'était débarrassé de la sienne.

Il prit un numéro de *LA Living* sur la table en verre et s'installa dans la chaise longue. C'était le numéro dont il avait entendu parler mais qu'il n'avait encore jamais vu : celui montrant Joan Richardson allongée nue sur un sofa de sa propre conception telle une *grande odalisque* [1]— avec, songea-t-il, l'accent sur *grande*. Le numéro qui avait motivé une plainte de Joan Richardson contre les éditeurs, coupables à ses yeux d'avoir omis de retoucher le grand poil pubien nettement visible à la base de ses grosses fesses de Vénus préhistorique.

Avec ses petits pieds délicats, ses jambes qui s'élargissaient jusqu'à ses hanches de jument percheronne, sa taille mince qui s'évasait ensuite jusqu'au formidable delta que formait le plastron de ses seins et ses épaules à la Hulk Hogan, Joan Richardson rappelait irrésistiblement le bronze de Fernando Botero installé devant le Gril. Le magazine *Los*

---

(1) En français dans le texte. *(N.d.T.)*

*Angeles* avait surnommé la statue « la Vénus de Meatloaf »[1]. Mais au bureau, tout le monde l'appelait JR.

Rosa réapparut avec la carafe de margaritas, qu'elle posa, ainsi qu'un grand verre, sur la table. Mitch prit son temps pour siroter mais lorsque, au bout d'une heure, Richardson eut terminé ce qu'il était en train de faire, la carafe était vide. Mitch remarqua que Richardson avait chaussé des bottes et passé une culotte d'équitation. Il ressemblait à quelque metteur en scène tyrannique de l'époque du muet : D. W. Griffith, ou Eric von Stroheim. Il ne lui manquait que le mégaphone.

— OK, Mitch, prenons ce brunch, dit-il en se frottant les mains. Rosa ! (Il posa une main familière sur l'épaule de Mitch.) Alors, comment ça va, mon vieux ?

Mitch esquissa un mince sourire.

— Très bien, dit-il alors qu'il était furieux d'avoir attendu si longtemps. Vous avez fait du cheval ?

— Oh, vous voulez parler de ma tenue ? dit-il. Non, j'ai une partie de polo à midi.

Mitch jeta un coup d'œil à sa montre.

— Il est onze heures et quart, Ray, dit-il d'un ton où affleurait l'agressivité.

— Merde. Ces tracés m'ont pris plus longtemps que prévu. Enfin, on a encore une demi-heure devant nous, n'est-ce pas ? On ne se parle plus, vous comprenez. Nous devrions passer plus de temps ensemble. Nous pourrons le faire plus facilement maintenant que l'immeuble Yu est presque terminé. Nous le ferons. Nos plus grandes réalisations sont devant nous, j'en suis certain.

— J'aimerais faire plus de conception, dit Mitch. Je pensais à cette usine que la Yu Corporation veut construire à Austin.

— Bien sûr, Mitch. Bien sûr. (Richardson s'assit sur une chaise Barcelona.) Mais vous savez, n'importe qui est capable de faire de la conception. Etre un bon coordonnateur technique exige un architecte d'un genre spécial. Capable de transcrire ces concepts architecturaux ardus en

---

(1) Meatloaf : quartier de viande. *(N.d.T.)*

instructions concrètes à l'intention des pauvres connards qui vont les construire. Vous vous souvenez du toit qu'avait imaginé cet idiot de Grabel ? Une vraie merde. C'est vous qui avez trouvé la solution, Mitch. Pour Grabel, c'était le même toit qu'avant. Il n'a pas compris à quel point le dessin original était compliqué à réaliser. C'est vous, Mitch, qui avez repris le projet, qui avez étudié les différentes variantes possibles et trouvé la meilleure façon de le réaliser pratiquement. La plupart des concepteurs se montent la tête. Et je sais de quoi je parle. Ils dessinent quelque chose parce qu'ils trouvent ça beau, alors que vous, vous prenez quelque chose qui vous paraît beau et vous en faites quelque chose qui a un aspect réel. Vous vous ennuyez. Je sais que vous vous ennuyez depuis quelque temps. C'est toujours comme ça à la fin d'un travail. Mais cela changera lorsque vous vous lancerez sur un nouveau projet. Et n'oubliez pas qu'une part substantielle des bénéfices vous revient sur celui-ci, Mitch. Ne l'oubliez pas, mon vieux. Vous recevrez un gros chèque à la fin de l'année fiscale.

Rosa apporta un plateau. Mitch se servit un verre de jus d'orange et du *kedgeree*, un plat indien composé de riz, lentilles, oignons, œufs et condiments et commença à manger. Il se demanda si c'était pour lui servir son petit discours encourageant que Ray l'avait fait venir. Il se dit que Richardson ne pouvait guère se permettre de perdre un autre partenaire important du cabinet si tôt après avoir congédié Allen Grabel. Et Ray avait raison au moins sur un point : il était difficile de trouver de bons coordonnateurs techniques comme Mitch.

— A quelle date est prévue la visite de réception des travaux ? s'enquit Richardson en se versant un verre de jus d'orange.

— Mardi en huit.

— Hum. C'est ce que je pensais. (Richardson leva son verre.) Santé, dit-il.

Mitch avala le sien.

— Dites-moi, Mitch, dit alors Richardson, voyez-vous toujours Jenny Bao ?

— Le contraire serait difficile. Elle est la consultante *feng choui* du projet Yu.

Richardson eut un sourire désagréable.

— Allons, Mitch, vous savez très bien de quoi je veux parler. Vous la baisez. Et d'ailleurs pourquoi pas, merde ? Tant mieux pour vous, voilà ce que je dis. C'est une belle fille. Moi-même, je ne détesterais pas la sauter. J'ai toujours fantasmé sur les Chinoises, mais je n'ai jamais eu l'occasion de m'en faire une. Vous pensez que c'est une histoire qui va durer ?

Mitch resta un moment silencieux. Cela paraissait inutile de le nier.

— En tout cas je l'espère, dit-il enfin.

— Bien, bien. (Ray secoua la tête.) Alison est au courant ?

— Pourquoi cet intérêt subit ?

— Hé, nous sommes amis, non ? Je n'ai donc pas le droit de poser une question amicale à un ami ? fit Richardson avec un sourire.

— Est-ce bien une question amicale ? Et d'abord, Ray, comment l'avez-vous appris ?

— Je le sais depuis que vous l'avez emmenée à cette usine de marbre de Vicenza. (Il haussa les épaules.) Un client allemand logeait dans le même hôtel que vous.

Mitch leva les mains.

— D'accord, d'accord. (Il porta une fourchette de kedgeree à sa bouche. Savoir son secret éventé lui coupait l'appétit.) Vos ne mangez pas, remarqua-t-il.

Richardson consulta à nouveau sa montre.

— Je ne veux pas rater ma partie, dit-il. Et de toute façon, je n'ai pas très faim. En tout cas, vous savez les choisir, Mitch. Ça, je vous l'accorde, mon vieux. Pourtant, je n'aurais jamais pensé que vous étiez du genre tombeur.

Tout d'un coup, Mitch se détesta presque autant qu'il détestait Ray Richardson.

— Moi non plus, dit-il d'un ton lugubre.

— Ecoutez, Mitch, je voudrais que vous demandiez une petite faveur à Jenny.

— Ce qui veut dire qu'il s'agit d'une grosse faveur. A quel sujet ?

— Je veux que vous persuadiez Jenny de signer le *feng choui* de l'immeuble Yu avant que nous procédions aux transformations.

— Pourquoi ?

— Je vais vous expliquer. Mr Yu veut procéder lui-même à la visite de réception, voilà pourquoi. Et il se sentira beaucoup mieux dans ses pompes s'il sait que votre putain de copine a donné son feu vert. D'accord ? Il aura moins tendance à trouver à redire. Si on avait le temps d'opérer les modifications à la con que demande Jenny avant qu'il vienne sur le chantier, on les ferait, mais nous n'avons pas le temps. C'est aussi simple que cela. Ecoutez, Mitch, ce serait juste pour une journée. Après ça, elle pourra déchirer le certificat, et même faire de nouvelles objections si ça lui chante. Mais sitôt que Yu aura donné son accord, on peut lui balancer la facture. Nous avons eu beaucoup de frais ces derniers mois, avec l'installation du bureau de Berlin.

— Je comprends. Mais je ne suis pas sûr qu'elle accepte. Je sais que c'est quelque chose de difficile à comprendre pour quelqu'un comme vous, mais Jenny a des principes.

— Promettez-lui une semaine à Venise. Avec vous. Dans l'hôtel de votre choix. Au *Cipriani*, si vous voulez. C'est moi qui paierai.

— Je ferai mon possible, Ray, dit Mitch d'un ton las. Mais ça ne va pas lui plaire. Elle n'est pas une vulgaire diseuse de bonne aventure, Ray. Elle ne se contente pas de vous tracer des croix sur la paume. Jenny croit à ce qu'elle fait. Et n'oubliez pas que deux personnes sont mortes dans l'immeuble. Jenny ne l'a certainement pas oublié.

— Essayez quand même de la convaincre.

— Oui. Oui, d'accord, j'essaierai. Mais ça ne sera pas facile. Et je veux que vous me donniez votre parole qu'au cas où elle signe le certificat, elle ne se fera pas baiser. Que nous apporterons toutes les modifications qu'elle demande.

Richardson haussa les épaules.

— Bien sûr. Pas de problème. Quant à se faire baiser, ça, c'est votre rôle, mon vieux.

— J'espère que c'est la faute du *feng choui*, dit Mitch.

— Mais bon Dieu, qu'est-ce que ça veut dire ? Détendez-vous, quoi. Tout ira bien, j'en suis sûr. Je le sens très bien, ce boulot. La bonne fortune, c'est juste une question de travail et de préparation. Ma tournée pré-RT est pour ce vendredi, exact ? Avec toute l'équipe du projet sur le site.

L'immeuble en action, pour ainsi dire, une démonstration en grandeur réelle. On tripotera quelques boutons.

Mitch résolut d'enfoncer un autre bouton.

— Ce flic veut que je fasse contrôler les ascenseurs, dit-il tout de go. Il pense qu'ils pourraient être pour quelque chose dans l'accident de Sam Gleig.

Richardson fronça les sourcils.

— Qui est ce foutu Sam Gleig ?

— Allons, Ray. Le vigile. Celui qui s'est fait tuer.

— Mais je croyais qu'ils avaient arrêté quelqu'un pour ça. Un des ces emmerdeurs de manifestants.

— C'est exact. Mais ils l'ont relâché.

— Il n'y a rien à reprocher à ces ascenseurs. Ce sont les plus sophistiqués de Californie.

— C'est ce que j'ai dit à ce flic. Ils fonctionnent très bien. Aidan Kenny et moi avons vérifié. Mais il veut que quelqu'un de chez Otis vienne y jeter un coup d'œil.

— Où est ce type maintenant ? Celui qu'ils ont arrêté ?

— Il est libre, je suppose.

— Libre de continuer à distribuer des tracts devant mon immeuble ?

— Je suppose que oui.

— Bande d'enfoirés. (Richardson décrocha le téléphone et appela sa secrétaire.) Enculés de… Shannon. Appelez-moi Morgan Phillips, voulez-vous ? (Il grimaça et secoua la tête.) Chez lui ? Evidemment, où voulez-vous qu'il soit ? On est dimanche. (Il raccrocha et hocha la tête.) Je vais régler ça en cinq minutes.

— Vous appelez l'adjoint au maire ? Un dimanche ? Qu'est-ce que vous mijotez, Ray ?

— Ne vous inquiétez pas, je déploierai tous mes talents diplomatiques.

Mitch haussa un sourcil.

— Calmez-vous, Morgan est un ami à moi. Nous jouons au tennis ensemble. Et croyez-moi, il me doit plus d'un service… Je vais faire éjecter ces salopards de la place. Je vais vous en débarrasser. De toute façon il faudrait le faire un jour ou l'autre : je n'ai aucune envie qu'ils soient encore là le jour où YK viendra réceptionner les travaux.

— Pourquoi s'embêter avec ça ? fit Mitch. Ce ne sont que des gosses.

— Pourquoi s'embêter ? Mitch, l'un d'entre eux vous a cassé votre pare-brise. Il aurait pu vous tuer, bon sang de bon sang !

— Je n'étais pas dans la voiture quand ça s'est passé, Ray.

— Peu importe. En plus, l'un d'eux est suspect dans une affaire de meurtre. Quand ils s'apercevront que ces putains d'ascenseurs marchent parfaitement bien, les flics seront obligés de l'interroger à nouveau. Vous pouvez en être sûr.

— Alison ? Allen à l'appareil.

Alison Bryan émit un soupir impatient.

— Allen qui ?

— Allen Grabel.

Elle croqua un gros morceau de la pomme qu'elle tenait.

— Oui, et alors ?

— Je travaille avec Mitch. Chez Richardson.

— Oh, fit Alison d'un ton brusquement refroidi. Eh bien, tant mieux pour vous. Que voulez-vous ?

— Mitch est là ?

— Non, fit-elle.

— Savez-vous où il est ?

— Bien sûr que je sais où il est. Qu'est-ce que vous croyez, que je ne sais pas où se trouve mon mari ? Pour qui me prenez-vous ?

— Non, ça n'est pas ce que je voulais dire... Ecoutez, Alison, je dois le contacter. De toute urgence.

— Ben voyons. C'est toujours urgent, avec vous autres. Il est chez Richardson. Je crois qu'ils devaient parler travail. Comme s'ils ne se voyaient pas assez pendant la semaine. Essayez de l'appeler. Qui sait ? Ils sont peut-être au lit, tous les deux.

— Non. Non, je préfère ne pas l'appeler là-bas. Pouvez-vous lui dire de me rappeler ? Dès qu'il rentrera ?

— Est-ce que ça concerne encore ce stupide immeuble du Gril ?

Elle s'employait, simplement pour irriter Mitch, à toujours taxer les immeubles intelligents de stupides.

— En quelque sorte, oui.

— C'est dimanche aujourd'hui. Un jour de repos, au cas où vous l'ayez oublié. Est-ce que ça ne peut pas attendre demain ?

— Je ne pense pas. Et je préférerais ne pas lui parler au studio. Il vaudrait mieux qu'il m'appelle. Dites-lui... Dites-lui de...

— Lui dire quoi ? Que vous êtes amoureux de lui ? (Son humour la fit rire.) Que vous prenez l'avion ? Qu'est-ce que je dois lui dire ?

Grabel poussa un profond soupir.

— S'il vous plaît, faites-lui la commission. D'accord ?

— Oui, certainement.

Mais Grabel avait déjà raccroché.

— Connard, dit Alison.

Elle croqua un nouveau morceau de pomme. Elle prit un stylo et le tint quelques instants en suspens au-dessus d'un bloc-notes. Puis elle se ravisa. C'était déjà assez pénible que Mitch travaille un dimanche. Il voyait ses collègues tous les jours au studio. Elle reposa le stylo.

Plusieurs jours s'écoulèrent avant que Mitch ne se résolve à tenter de remplir sa difficile mission auprès de Jenny Bao. Cela ne serait pas facile de la convaincre de se ranger à l'idée de Richardson. Mitch savait qu'elle l'aimait, mais cela ne voulait pas dire pour autant qu'elle était dans sa poche. Il partit tôt de chez lui, acheta des fleurs dans une station-service sur l'autoroute et se présenta avant huit heures et quart devant le pavillon de bois gris. Il resta assis une dizaine de minutes dans sa voiture, pour tenter de justifier à ses propres yeux ce qu'il était sur le point de faire. Après tout, il ne s'agissait que d'un certificat provisoire. Qui ne durerait que quelques jours. Quel mal y avait-il à ça ?

C'était une belle matinée. La maison de Jenny avait un air propret et bien entretenu. Les quelques marches menant à la porte d'acajou étaient flanquées de deux orangers en pot. Mitch se demanda ce qu'un autre consultant en *feng choui* aurait dit des auspices sous lesquels se présentait sa tâche matinale.

Il descendit de voiture, sonna à la porte et trouva Jenny tout habillée, en pantalon et sweat-shirt. Elle eut l'air heureuse de le voir, mais Mitch comprit tout de suite que les fleurs la rendaient méfiante. Il n'apportait jamais de fleurs.

— Tu veux du thé ? demanda-t-elle. Ou autre chose ?

D'habitude, le « autre chose » signifiait « faire l'amour ». Mais Mitch avait le sentiment qu'aller au lit dans ces circonstances aurait été déplacé. Il accepta donc le thé, qu'il la regarda préparer à la manière chinoise. Dès qu'il eut en main sa petite tasse en porcelaine, il aborda le sujet, s'excusant d'avoir à lui demander cela, reconnaissant qu'il la mettait dans une situation difficile, mais insistant sur le fait que le mensonge ne durerait tout au plus que deux ou trois jours. Jenny l'écouta sans l'interrompre, portant à ses lèvres la tasse serrée entre ses mains d'un geste presque cérémonieux puis, lorsqu'il eut fini, hocha la tête en silence.

— Dois-je prendre cela pour un oui ? demanda Mitch avec surprise.

— Non, soupira-t-elle. Par déférence envers toi, je réfléchis à la question.

Eh bien, c'était déjà quelque chose, se dit-il. Il s'était attendu à ce qu'elle dise tout de suite non. Deux ou trois minutes s'écoulèrent avant qu'elle reprenne la parole.

— Le *kanyu*, ou *feng choui*, est quelque chose de religieux. Il fait partie du Tao. Le concept essentiel du Tao est l'Absolu. Posséder la plénitude du Tao signifie être en parfaite harmonie avec sa nature originale. Ce que tu me demandes de faire briserait cette harmonie.

— Je comprends, dit-il. Je te demande beaucoup, je sais.

— Cette réception des travaux est-elle à ce point importante ?

— Oui, très.

Une autre minute s'écoula sans qu'elle prononce un mot. Puis elle lui passa les bras autour du cou.

— A première vue, je serais tentée de dire non, pour les raisons que j'ai mentionnées. Mais parce que c'est toi et que je t'aime, je ne veux pas t'abandonner. Accorde-moi vingt-quatre heures. Après quoi je te donnerai ma réponse.

— Merci, dit-il. Je comprends à quel point cela doit t'être difficile.

Jenny sourit et l'embrassa sur la joue.

— Non, Mitch, je ne pense pas que tu comprennes. Si c'était le cas, tu ne m'aurais jamais posé la question.

— Mais tu ne vas pas laisser tomber, dit le Japonais. Tu ne...

— Si, je laisse tomber, dit Cheng Peng Fei.

— Mais pourquoi ? Tu commençais juste à piger le truc.

— On a essayé de me coller le meurtre d'un vigile de la Yu Corp sur le dos.

Les deux hommes étaient à nouveau réunis au restaurant Mon Kee de North Spring Street, le Japonais attablé devant un imposant repas, et Cheng Peng Fei cajôlant une bière solitaire.

— On a voulu te coller un meurtre sur le dos ? fit le Japonais en éclatant de rire. On croirait entendre James Cagney !

— Croyez-moi, j'ai eu de la chance de m'en sortir. J'ai cru que la police allait m'inculper. Je ne suis pas certain qu'ils aient renoncé. Ils m'ont pris mon passeport.

— Qui voudrait te faire plonger, Cheng ?

— Je ne sais pas, fit Cheng avec un haussement d'épaules. Peut-être quelqu'un de la Yu Corporation. Ou peut-être vous. Oui, ça vient peut-être de vous.

— Moi ? (L'idée parut amuser le Japonais.) Pourquoi moi ?

— C'est peut-être vous qui avez tué ce vigile.

— J'espère sincèrement que tu n'as pas fait part de cette théorie à la police.

— Je n'ai pas parlé de vous. Comment aurais-je pu ? Je ne connais même pas votre nom. Vous agissez avec une grande prudence.

— Qui me dit que tu ne portes pas un magnétophone sur toi en ce moment même ?

— Pourquoi pas, en effet ? (Mais, tout en disant cela, Cheng déboutonna sa chemise pour montrer qu'il ne portait aucun appareil collé à la poitrine.) En tout cas, reprit-il, la manif est terminée. Quelqu'un de l'hôtel de ville s'est renseigné sur nous auprès de l'Immigration. On a découvert que certains manifestants n'étaient pas en règle avec leur visa. Ils étaient censés étudier l'anglais et non travailler dans des restaurants.

Le Japonais secoua la tête avec tristesse.

— C'est regrettable, dit-il. J'ai l'impression que maintenant, il va falloir que je me mouille personnellement. Que je marque moi-même quelques points.

— Pas exemple ?

— Oh, je ne sais pas. Un petit sabotage, peut-être. Tu n'as pas idée de ce dont je suis capable.

— Vous vous trompez. Je vous crois capable d'à peu près n'importe quoi.

Le Japonais se leva.

— Tu sais, Cheng, si j'étais toi, je veillerais à me dégoter un bon alibi.

— Pour quand ?

Le Japonais jeta quelques billets sur la table.

— Pour le temps qu'il faudra.

Allen Grabel appela Richardson Associates et demanda à parler à Mitch.

La standardiste s'appelait Dominique.

— Qui dois-je annoncer ?

Sachant que Dominique ne l'aimait guère, Grabel ne lui donna que son prénom. Mitch connaissait probablement deux ou trois Allen. Il attendit quelques instants.

— Désolée, lui annonça enfin Dominique. Son poste ne répond pas. Puis-je prendre un message ?

— Dites-lui de m'appeler. (Grabel laissa son numéro. Elle ne ferait certainement pas le rapprochement.) Dès qu'il arrivera.

Grabel raccrocha et consulta sa montre. Il lui restait un quart d'heure avant son prochain verre.

Pourquoi Mitch ne l'avait-il pas rappelé ? Il ne pouvait y avoir qu'une seule explication : sa sorcière de femme ne lui avait pas transmis le message. Rien d'étonnant à ce que Mitch ait une liaison avec cette femme que Grabel avait vu devant le Gril. Il réalisa soudain que c'était au Gril qu'il aurait le plus de chances de trouver Mitch. Il n'avait plus les idées claires depuis ce soir-là. Mais Mitch comprendrait, il saurait quoi faire.

Grabel décrocha à nouveau le combiné et composa le numéro. Dès qu'il entendit sonner la tonalité, il raccrocha. Avec le système de téléphone du Gril, on ne pouvait jamais savoir si quelqu'un n'écoutait pas votre conversation. Il consulta à nouveau sa montre. Encore dix minutes. Mais il ne pouvait guère retourner là-bas.

Il avait peur, très peur de ce qui pourrait lui arriver. Et si tout cela n'était que le produit de son imagination ? Que lui feraient-ils dans ce cas ? C'était presque aussi effrayant que l'autre possibilité.

La veille de la visite pré-RT de Ray Richardson, Kay Killen passa toute la journée à revoir les plans bidimensionnels et les vues tridimensionnelles du Gril sur l'ordinateur de la salle du conseil d'administration du vingt et unième niveau. Elle vérifia également l'évolution visuelle du projet sur disque Photo CD, juste au cas où Richardson voudrait analyser en détail telle ou telle partie du bâtiment, ou montrer l'évolution de la conception. Elle s'était même débrouillée pour faire transporter la maquette principale de l'immeuble des bureaux de Richardson Associates sur Sunset dans la salle du conseil d'administration du Gril, ainsi que des répliques grandeur nature de certains éléments employés dans sa construction. Quand Ray Richardson était dans les parages, mieux valait être prêt à toute éventualité.

Il était tard lorsqu'elle termina et elle laissa Mitch mettre au point le déroulement de la visite d'inspection en compagnie de Tony Levine, d'Helen Hussey et d'Aidan Kenny. Elle était heureuse de sortir de l'immeuble. Bien qu'elle eût l'habitude de travailler jusqu'à des heures avancées dans des immeubles de bureaux déserts, il y avait dans le Gril, tard le soir, quelque chose qui ne lui plaisait guère. Elle avait toujours été sensible aux ambiances, trait qu'elle attribuait à ses origines celtes et, contrairement au reste de l'équipe, elle était toute prête à croire au *feng choui*. Kay ne voyait aucune objection à ce que l'on bâtisse des immeubles en harmonie avec l'environnement naturel et que l'on fasse profiter l'homme des bienfaits de la nature. Respecter l'esprit de la terre était, à ses yeux, une forme de préoccupation écologique comme une autre. Elle était secrètement persuadée que l'on se sentirait mieux dans l'immeuble une fois que les modifications demandées par la consultante en *feng choui* auraient été réalisées.

Lorsqu'elle descendit au parking, son cœur cognait dans sa poitrine et elle commençait à se sentir légèrement nauséeuse. Les endroits publics, surtout la nuit, la rendaient nerveuse. Elle se disait que c'était une réaction normale pour quelqu'un vivant à LA. Mais dans son cas, c'était plus que de la paranoïa urbaine. Kay était sujette à une forme bénigne d'agoraphobie. Mais savoir qu'il lui arrivait parfois d'en souffrir ne lui rendait en rien les choses plus faciles. Non plus le fait que sa voiture, une Audi toute neuve, refusât de démarrer.

La colère remplaça la nervosité pendant quelques minutes cruciales. Kay poussa un juron et sortit de sa voiture pour aller téléphoner à l'AAA depuis le bureau de la sécurité, au rez-de-chaussée. Ayant la sensation d'être observée, elle se retourna plusieurs fois en retraversant le parking, ses talons frappant le sol antidérapant avec la régularité d'un métronome. Qui d'autre pouvait se trouver dans le parking ? A présent que Sam Gleig était mort, c'est Abraham qui assurait la sécurité de nuit. A part elle et ses collègues réunis au vingt et unième étage, il n'y avait personne dans l'immeuble. Kay se sentit soulagée en pénétrant dans la cabine d'ascenseur brillamment éclairée qui la conduisit dans l'atrium.

Lorsque les portes de l'ascenseur s'ouvrirent, le rez-de-chaussée était plongé dans l'obscurité, et seule la lumière de la cabine derrière elle et celle, diffuse, tombant des niveaux supérieurs, lui permettaient de se diriger. Les lumières des étages étaient souvent éteintes pendant la nuit. Puisque les gens travaillant tard sortaient en général de l'immeuble par le parking, Abraham économisait ainsi l'énergie. Mais ses capteurs infrarouges et ses caméras auraient dû déceler l'arrivée de Kay et rallumer les lumières.

Elle essayait de comprendre pourquoi cela n'était pas le cas lorsque les portes de l'ascenseur se refermèrent derrière elle, occultant presque toute la lumière.

Kay réprima sa panique. Elle n'avait pas besoin de beaucoup de lumière pour se repérer dans le Gril. Elle gardait une mémoire presque photographique de la disposition de chaque niveau. Il lui suffisait de s'imaginer, assise devant une station de travail, en train d'ouvrir le logiciel de DAO et de manœuvrer la souris pour savoir exactement où elle devait aller. Avant même sa construction, Kay savait se déplacer à l'intérieur du Gril. Lorsqu'elle s'était rendue sur le chantier et qu'elle avait visité l'enveloppe terminée, elle avait éprouvé une curieuse sensation de familiarité.

Mais, alors qu'elle se dirigeait vers le bureau des vigiles, elle entendit une voix qu'elle crut reconnaître.

— Puis-je vous aider, miss ?

Elle sentit ses cheveux se dresser sur sa tête.

— Y a-t-il un problème ?

Sam Gleig se tenait debout devant le comptoir de réception, dans son attitude habituelle, sa grosse main posée sur la crosse de l'arme bouclée dans son étui de ceinture. Et, malgré l'obscurité, Kay s'aperçut qu'elle le distinguait parfaitement, un peu comme s'il s'était tenu dans son cercle personnel de lumière artificielle.

— Alors, sait-on ce qui est arrivé à Mr Yojo ?

— Que… que voulez-vous, Sam ? (Kay commença à reculer vers l'ascenseur.) Qui êtes-vous ?

Sam émit son gros rire placide.

— Je ne vous veux aucun mal, dit-il. Alors, qui reste travailler ce soir ?

— Vous êtes mort, Sam, chuchota-t-elle.

— C'est ce qui me semblait, dit Sam. Pauvre type. Un vrai gâchis. Quel âge avait-il ?

Kay sentit l'ascenseur derrière elle. Elle le toucha de la main. Pourtant, la cabine n'arrivait pas.

— Je vous en prie, dit-elle. Je vous en prie, partez !

Sam émit à nouveau son rire et examina le bout de ses chaussures.

— Il faut bien trouver quelque chose pour tromper l'ennui dans un boulot comme celui-ci. Voyez c'que j'veux dire ?

— Non, je ne vois pas.

— Bien sûr que si.

— Etes-vous... êtes-vous un fantôme ?

— Je ne savais pas que ça existait. Nom de Dieu. Nom de Dieu, bien sûr. Pauvre gars. Savez quoi ? Je crois bien que c'est le boulot le plus pépère que j'aie jamais eu.

Sam se remit à rire tandis que Kay Killen se mettait à hurler.

Dans la salle du conseil d'administration du vingt et unième niveau, Mitch leva les yeux de son ordinateur et fronça les sourcils.

— Vous n'avez rien entendu, juste à l'instant ? demanda-t-il à la cantonade.

Ses trois collègues haussèrent les épaules ou secouèrent la tête.

Mitch se leva et alla ouvrir la porte.

Cette fois, tous entendirent.

— Kay, dit Mitch.

L'atrium résonnait encore de ses hurlements alors qu'ils se précipitaient vers les ascenseurs. En chemin, Mitch se pencha par-dessus le balcon et cria dans l'obscurité :

— Kay, tenez bon, on arrive !

— Seigneur, qu'est-ce que c'est, encore ? dit Kenny en entrant dans la cabine à la suite de Mitch.

Les portes se fermèrent et la cabine entama sa descente, tandis que Mitch martelait les murs d'impatience.

Lorsqu'ils atteignirent l'atrium, Kay s'effondra en arrière dans l'ascenseur, son crâne heurtant le sol de la cabine.

Mitch et Helen s'accroupirent auprès d'elle pendant que Kenny et Levine se lançaient à la recherche de son agresseur. Les lumières étaient à présent toutes allumées, et

Kenny revint vers l'ascenseur en hochant la tête d'un air interdit.

— Je n'ai rien vu, dit-il. Rien du tout. Comment va-t-elle ?

— Elle s'est évanouie, ce n'est rien, dit Helen.

— Ça n'avait pas l'air d'être rien, fit Levine. J'ai cru qu'elle était en train de se faire violer ou assassiner.

Mitch appuya Kay contre sa poitrine pendant qu'Helen éventait son visage livide. Ses paupières papillottèrent et elle commença à revenir à elle.

— Que s'est-il passé, ma petite ? demanda Kenny.

Levine réapparut en haussant les épaules.

— La porte d'entrée est verrouillée, dit-il. Et la place est déserte.

— Tout va bien maintenant, dit Mitch d'une voix douce en voyant Kay s'agiter à nouveau. (Il l'aida à se pencher en avant pour et elle posa sa tête entre ses genoux.) Prends ton temps. Tu as juste perdu connaissance, ça n'est rien.

— Sam, dit-elle d'un ton posé. C'était Sam.

— Est-ce qu'elle a bien dit Sam ? fit Levine.

— Sam Gleig ? demanda Kenny.

Kay releva la tête et ouvrit les yeux.

— Je l'ai vu, dit-elle d'une voix frémissante avant de fondre en larmes.

Mitch lui passa son mouchoir. Kenny et Levine échangèrent un regard.

— Tu veux dire… une sorte de fantôme ? dit Kenny. Ici ? Au Gril ?

Kay se moucha et exhala un profond soupir.

— Peux-tu te lever ? demanda Mitch.

Elle hocha la tête.

— Ça paraît insensé, je sais, dit-elle tandis que Mitch l'aidait à se mettre debout. Mais je sais ce que j'ai vu.

Elle surprit le regard que se jettèrent Kenny et Levine.

— Ecoutez, je n'ai pas rêvé, dit-elle. Il était là. Il m'a même parlé.

Mitch tendit à Kay le sac à main qu'elle avait laissé tomber.

— Je ne suis pas du genre à inventer une histoire pareille, reprit-elle. Ni à me l'imaginer.

Mitch haussa les épaules.

— Personne ne pense que c'est le cas, Kay. (Il la regarda et ajouta :) Ecoute, nous te croyons. Si tu dis que tu as vu Sam, c'est que tu l'as vu.

— Tu n'as pas l'air de nous mener en bateau, en tout cas, remarqua Levine.

— Il a raison, dit Helen. Tu es blanche comme un linge.

— Qu'a-t-il dit ? demanda Kenny. A quoi ça ressemblait ?

Kay secoua la tête avec irritation.

— Pas « ça ». Je vous dis que ça ne ressemblait à rien d'autre qu'à Sam Gleig. Ecoutez ce que je vous dis, d'accord ? Il avait le même aspect que d'habitude. Et il riait. (Elle ouvrit son poudrier et fronça les sourcils.) Merde, quelle tête j'ai. Il a dit… il a dit qu'il avait l'impression d'être mort et que c'était du gâchis. Ce sont ses paroles exactes, je le jure devant Dieu.

— Remontons là-haut, dit Mitch, tu attendras d'être remise avant de rentrer.

— Je crois que nous avons bien besoin de boire quelque chose, dit Kenny.

Ils se serrèrent dans la cabine et regagnèrent le vingt et unième étage. Pendant que Kay arrangeait son maquillage, Levine ouvrit le bar de la salle du conseil d'administration et servit quatre verres de bourbon.

— Moi, je crois aux fantômes, déclara Aidan Kenny. Un jour ma mère en a vu un. Et je ne l'ai jamais vu mentir une seule fois dans sa vie. Ni même colporter des potins.

— Tu as largement compensé, depuis, fit Levine.

— Aujourd'hui je ne mens pas, dit Kay d'un ton ferme. J'ai eu une trouille bleue et ça m'est égal de le reconnaître.

Elle finit d'appliquer son eyeliner et vida le verre avant de se passer du rouge à lèvres.

— Et si ça venait des fondations ? hasarda Levine. Après tout, elles plongent à dix mètres de profondeur, n'est-ce pas ? Est-ce qu'on n'aurait pas, disons, vous comprenez, bâti sur quelque chose ?

— Tu veux dire un ancien cimetière indien ou quelque chose comme ça ? dit Kenny. Allons, mon vieux.

— Sur cet emplacement s'élevait le vieil immeuble Abel Stearns, dit Mitch. Un de ces aventuriers du nord qui ont acheté des terrains par ici au début du siècle pour y construire. Quand l'entreprise a été rachetée dans les années 60, les nouveaux propriétaires ont démoli le bâtiment et le site est resté un terrain vague jusqu'à ce qu'un promoteur s'y intéresse. Mais il a fait faillite, et la Yu Corporation l'a racheté.

— Mais avant Abel Stearns ? insista Levine. Je veux dire, tout ce secteur formait le Pueblo de Los Angeles, pas vrai ? Il était habité par des Mexicains et des Indiens aztèques. Pourquoi pas ?

— Ne prononce pas le mot « indien » devant Joan, dit Kenny. Cette femme est l'équivalent amérindien du révérend Al Sharpton.

— Ces Aztèques pratiquaient des sacrifices humains. Ils arrachaient le cœur de leurs victimes alors qu'elles étaient encore vivantes.

— Exactement comme Ray Richardson, remarqua Kenny. Mais il se trouve que Sam était noir, Tony. Ou plutôt, afro-américain. Ça n'était pas un foutu Aztèque. Un connard, peut-être. Quel vigile faut-il être pour se faire tuer et ensuite effrayer de la sorte une femme sans défense ?

— Ecoutez tous, dit Kay. Je veux que vous me promettiez une chose. Je veux que vous me promettiez de ne pas raconter à tout le monde ce qui est arrivé ce soir. Je ne veux pas devenir la risée du bureau, d'accord ? Vous me le promettez ?

— Bien sûr, dit Mitch.

— Evidemment, fit Helen en souriant.

Kenny et Levine haussèrent les épaules et acquiescèrent en silence.

— Il ne nous reste plus qu'à espérer que la visite d'inspection de demain se déroulera sans nouvel incident, dit Mitch.

— Amen, conclut Kenny dans un souffle.

Mitch retourna au Gril le lendemain matin à 7 h 30. Il était difficile, dans la vive clarté du soleil, de s'imaginer que quelqu'un avait vu un fantôme en ces lieux. Peut-être était-ce une hallucination. Il avait lu quelque part que si vous aviez un jour fait l'expérience du LSD, celui-ci pouvait refaire surface de manière inopinée à n'importe quel moment de votre vie, quel que fût le temps écoulé depuis, et Mitch pensait que c'était l'explication la plus probable, ou en tout cas qu'il devait s'agir de quelque chose comme ça.

Il avait envisagé de s'arrêter chez Jenny Bao pour connaître sa réponse au sujet du certificat temporaire de *feng choui*, mais il devait passer toute la journée avec Ray Richardson, et il savait que son patron arriverait avant 8 heures. La première chose qu'il fit en arrivant fut donc de téléphoner à Jenny.

— C'est moi, lui dit-il.

— Mitch ? fit-elle d'une voix ensommeillée. Où es-tu ?

— Au Gril.

— Quelle heure est-il ?

— Sept heures et demie. Excuse-moi, je t'ai réveillée ?

— Non, ça ne fait rien. D'ailleurs, je voulais t'appeler. J'ai décidé de te faire ton certificat pour lundi. Mais seulement parce que c'est toi. Et parce que le Tong Chou dit que lundi sera un jour faste.

— Formidable. Merci, Jenny. Merci mille fois. J'apprécie beaucoup.

— Ouais, bon, mais il y a une condition.

— Dis voir.

— Il faut que je puisse venir accomplir aujourd'hui quelques rituels de réchauffement des bureaux. Pour m'assurer que tous les mauvais esprits quittent le bâtiment et pour y faire entrer un bon *qi*.

— Pas de problème. Quel genre de rituels ?

— C'est compliqué. Entre autres, il faudra sortir les poissons à l'extérieur. Il faudra aussi couper le courant pendant quelques instants. Et il faudra tendre une bannière rouge sur le panneau dehors. Ah oui, les fenêtres devront être obscurcies, mais ça, vous pouvez le faire automatiquement, non ? Et une dernière chose. Je ne sais pas comment tu feras — je sais que vous avez un système d'alarme incendie très sophistiqué. Je dois allumer un feu dans un four à charbon de bois sur le seuil, et l'éventer jusqu'à ce que le charbon fasse des braises.

— Seigneur, fit Mitch. C'est pour quoi faire, ce charbon ?

— Il est destiné à symboliser un résultat chaleureux à l'issue de la visite de réception des travaux qu'effectuera Mr Yu lundi.

— Je boirai un verre pour célébrer ça, fit Mitch en riant. En ce qui me concerne, tu peux bien mettre le feu à l'Old Glory si tu penses que c'est nécessaire. Mais es-tu obligée de faire ça aujourd'hui ? Richardson sera là toute la journée. Tu ne pourrais pas venir ce week-end ?

— Ça n'est pas moi qui dit que ça doit avoir lieu cet après-midi, Mitch. C'est le Tong Chou, l'almanach chinois. Cet après-midi est un jour favorable pour accomplir les cérémonies destinées à chasser les mauvais esprits.

— D'accord, alors à cet après-midi.

Mitch remit le combiné en place et secoua la tête. Vu les circonstances, il avait jugé préférable de ne pas parler de ce qu'avait vu Kay Killen. Impossible de préjuger de la réaction de Jenny. Qu'aurait-elle exigé ? De se livrer à un exorcisme complet ? De danser nue autour de l'arbre ? Comment allait-il s'y prendre pour annoncer à Ray Richardson que Jenny Bao avait l'intention d'allumer un four à charbon de bois pour chasser les mauvais esprits de son immeuble hyper-moderne ?

Frank Curtis se réveilla en sursaut et se demanda pourquoi il était si déprimé. Soudain il se souvint : cela faisait dix ans jour pour jour que son frère avait succombé à un cancer. Laissant dormir sa femme Wendy, il se glissa hors du lit et alla dans son bureau, où il sortit la boîte en carton où il rangeait ses albums de photos.

Il n'avait certes aucun besoin de regarder une photo pour se souvenir à quoi ressemblait son frère. Pour cela, il suffisait à Frank Curtis de se regarder dans un miroir, car Michael et lui étaient jumeaux. Regarder les photos était une façon de se rappeler ce à quoi lui-même, moitié d'un tout, ressemblait.

Perdre Michael avait été comme perdre un bras. Ou quelque autre organe vital. Depuis, Curtis avait le sentiment de n'être qu'une moitié d'individu.

Wendy apparut dans l'embrasure de la porte.

— Comment est-ce possible qu'il y ait déjà dix ans ? dit Curtis en ravalant la boule grosse comme une balle de tennis qu'il avait au fond de la gorge.

— Je sais, je sais. Je me suis posé la question toute la semaine.

— Et moi, je suis toujours là. (Il secoua la tête.) Pas un jour ne passe sans que je pense à lui. Sans que je me demande pourquoi lui et pas moi ?

— Tu as l'intention de passer à Hillside ?

— Ouais.

— Tu vas être en retard au travail.

Curtis haussa les épaules d'un air désinvolte.

— Et alors ? Je ne deviendrai jamais lieutenant, de toute façon.

— Frank...

Il sourit.

— Et puis je ne commence pas avant 13 heures.

Elle lui retourna son sourire.

— Je vais nous faire du café.

— J'ai pas besoin de faire un nœud à mon mouchoir pour me souvenir de lui, tu sais. Je le revois toujours comme il était. (Il haussa les épaules.) Peut-être qu'après dix ans il serait temps de l'oublier un peu.

Mais avant de quitter la maison, Curtis rangea une petite tondeuse à gazon dans le coffre de sa voiture.

Le cimetière de Hillside, à une dizaine de minutes en voiture, se trouvait près de l'autoroute de San Diego et du LAX. Frank Curtis s'y rendait chaque année pour nettoyer la tombe de son frère, sous les 747 qui le survolaient à quelques dizaines de mètres d'altitude. Individu pratique, Curtis préférait marquer son souvenir par ce modeste acte de dévotion. Un peu comme une pénitence, se disait-il. Ça n'était pas grand-chose, mais au moins cela lui faisait du bien.

Lorsqu'il arriva à New Parker Center, Curtis était d'humeur à se changer les idées, à terminer certaines choses et à en susciter d'autres. Il tapa des rapports, les confia aux gratte-papier chargés de les archiver, remplit ses fiches de frais, compléta son agenda et ne prononça pas un mot.

Nathan Coleman observait son collègue et se demanda ce qui pouvait bien susciter cette rare exhibition d'efficacité bureaucratique.

Curtis déplia une feuille de papier qu'il posa sur son bureau. C'était le tract de Cheng Peng Fei protestant contre l'attitude de la Yu Corporation à l'égard des droits de l'homme. Il le poussa en direction de Coleman.

— Tu sais, j'ai lu ce truc, dit-il. Il a raison. Une entreprise aussi mouillée avec le régime chinois que l'est la Yu Corp devrait être interdite d'activité dans ce pays.

— Va dire ça au Congrès, répliqua Coleman. Nous venons juste de reconduire le statut de nation la plus favorisée à l'égard de la Chine.

— C'est ce que je dis toujours, Nat. Les putains sur la colline du Capitole.

— A propos, je voulais te dire une chose, Frank, dit Coleman. J'ai entendu ça ce matin. Les services de l'Immigration retiennent trois autres de ces gosses chinois.

— Mais pourquoi, grands dieux ?

— Ils disent qu'ils n'étaient pas en règle par rapport aux spécifications de leur visa. Ils travaillaient, ou une connerie comme ça. Mais un ami que j'ai là-bas m'a dit qu'en fait quelqu'un avait manœuvré pour qu'ils soient expulsés du pays. Depuis, il n'y a plus de manif devant le Gril.

— C'est intéressant.

— Il semble que cet architecte ait des tas de copains là-bas.

— Vraiment ?

— Dans moins de soixante-douze heures, ils seront à bord d'un avion qui les ramènera à Hong Kong, dit Coleman avec un haussement d'épaules. Enfin, là d'où ils sont venus.

— Cheng est toujours là, n'est-ce pas ? demanda Curtis.

— Oui. Mais même s'il a rencontré Sam Gleig, le légiste dit que c'est impossible qu'il l'ait tué.

— Ils ne nous ont pas recontactés, si ? dit Curtis après un instant de silence. Ces Martiens du Gril devaient faire venir un ingénieur de chez Otis pour vérifier la sécurité de la cabine. Ça fait déjà une semaine. Plutôt longuet, dans une enquête pour meurtre, tu ne trouves pas ?

— L'ordinateur a peut-être oublié d'appeler, fit Coleman.

— J'ai aussi repensé à cette photo. Si c'était un faux, ça ne pouvait venir que de quelqu'un travaillant dans l'immeuble de la Yu Corporation. C'est un sacré ordinateur qu'ils ont là-bas. Qu'en penses-tu, Nat ? Voilà le mobile : quelque chose cloche dans ces ascenseurs, mais quelqu'un veut tenir la chose secrète pour l'instant. Peut-être un des architectes. Ils ont un joli paquet d'argent en jeu dans ce boulot. Des millions de dollars. L'un d'entre eux me l'a dit. Il m'a plus ou moins demandé de ne pas ébruiter cette affaire. Il disait que ça la ficherait mal que quelqu'un se soit fait assassiner dans un immeuble intelligent. Mais est-ce qu'il trouve normal qu'un de ces emmerdeurs de manifestants porte le chapeau d'une mort accidentelle à la place de leur foutu bâtiment ? Qu'est-ce que tu en penses ?

— Ça me paraît possible.

— Bien. Parce qu'à moi aussi, ça me paraît possible.

— Tu veux que je les appelle ? demanda Coleman. Ces enfoirés de Martiens ?

Curtis se leva et décrocha sa veste du dossier de sa chaise.

— J'ai une meilleure idée, dit-il. On est vendredi après-midi. Ils attendent tous de partir en week-end. Allons les emmerder un peu.

Ray Richardson était le genre d'architecte qui n'aimait pas les surprises, et il avait pour habitude d'inspecter en détail les sols, murs, plafonds, portes, fenêtres, équipements électriques, équipements de service, sanitaires et menuiseries en compagnie des seuls membres de son équipe de projet avant de répéter officiellement l'opération avec le client.

Mais même cette première visite informelle semblait menacer de durer tout une longue journée. Tony Levine aurait préféré que la visite pré-RT de Richardson se déroulât en plusieurs courtes étapes plutôt qu'en une seule séance prolongée, dont le résultat pouvait souffrir de l'irritabilité même de Richardson. Mais comme d'habitude, son patron travaillait selon un agenda extrêmement pressé.

Après avoir parcouru l'immeuble durant cinq heures comme un car de touristes, l'équipe du projet en arriva à la piscine du Gril. Mesurant vingt-cinq mètres de long sur huit de large, elle était installée à l'arrière du bâtiment, sous un toit rectangulaire incurvé en verre, troué de volets d'aération et, à l'exception de la couleur saphir d'une eau à 29°5, tout — les murs, le carrelage du sol, les vasistas, jusqu'au revêtement anti-corrosion des poutrelles d'acier du plafond — était de la même teinte blanc cassé. L'effet général était à la fois antiseptique et relaxant.

Derrière une cloison de verre protégeant le coin cafétéria des éclaboussures des baigneurs, Richardson vérifia la bonne adhérence des carreaux, la propreté des surfaces, les interrupteurs électriques muraux, les grilles des rigoles d'évacuation au sol, les spirales des cylindres solaires à haut débit destinés à chauffer l'eau et les joints entre les panneaux suspendus de silicone transparent.

— Voulez-vous faire le tour de la piscine, Ray ? demanda Helen Hussey.

— Pourquoi pas ?

— Dans ce cas, tout le monde doit ôter ses chaussures pour ménager les abords, ordonna-t-elle. Nous ne voulons surtout pas de marques de talons sur ces beaux carreaux blancs.

— Bonne idée, fit Richardson. (S'appuyant contre le mur pour délacer ses souliers anglais faits main, une autre idée lui traversa l'esprit.) Cette piscine a certes l'air très bien. Mais l'aspect extérieur est une chose, et l'expérience en est une autre. Je veux dire, comment est-ce de s'y baigner ? Quelqu'un a-t-il songé à apporter son maillot ? Parce que quelqu'un devrait y plonger pour nous dire comment on s'y sent. Peut-être l'eau est-elle trop chaude. Ou trop froide. Ou trop chimique.

— Ou trop humide, murmura quelqu'un.

Richardson promena son regard sur l'équipe et attendit.

— Un volontaire ? J'irais bien moi-même si j'avais le temps, ça donne envie.

— Moi aussi, j'irais bien, renchérit Joan. Mais Ray a raison, bien sûr. Les considérations esthétiques sont une chose. L'acceptabilité baigneur en est une autre.

Kay Killen finit par se décider.

— Ma foi, ça ne me fait rien de me baigner en sous-vêtements, dit-elle. (Elle eut un large sourire, puis haussa les épaules.) En fait, un bain me ferait le plus grand bien. J'ai les pieds en compote.

— C'est bien, Kay, fit Richardson.

Pendant que Kay allait se déshabiller dans une cabine, Joan, Tony Levine, Helen Hussey et Marty Birnbaum ôtèrent leurs chaussures et suivirent Richardson au bord de la piscine. Mitch resta derrière la paroi vitrée avec Aidan Kenny, Willis Ellery et David Arnon.

— Vous savez à quoi ça me fait penser ? dit Arnon. J'ai l'impression que nous sommes un groupe de fonctionnaires du parti en train de visiter la nouvelle Chancellerie du Reich avec Hitler. Joan serait Martin Bormann, voyez ? Toujours d'accord avec ce que dit le chef. D'ici peu le type va se casser la figure et commencer à boulotter le carrelage avant de nous expédier tous en camp de concentration.

— Ou de nous renvoyer au bureau, fit Mitch avec un haussement d'épaules. Ce qui revient à peu près au même.

Ils regardèrent Joan se pencher pour tremper dans l'eau sa grosse main pleine de bagues.

— Tiens, elle n'est donc pas un vampire, remarqua Kenny.

— N'est-ce pas de l'eau courante ? s'esclaffa Mitch.

— Vous avez tort tous les deux, dit Arnon. Si elle trempe sa main, c'est pour refroidir l'eau. Comme la Reine des Neiges. Pour que Kay n'y trouve pas trop de plaisir.

— La garce, gronda Ellery. Personne ne va la pousser à l'eau ?

— Vas-y, Willis, dit Mitch. On te sponsorisera.

Kay réapparut à l'entrée des cabines, en culotte et soutien-gorge mauves.

— Mauve ! annonça Arnon d'un ton triomphal. Qu'est-ce que je vous avais dit ? Aboulez le fric, bande de caves !

En grognant, ses trois collègues lui tendirent chacun un billet de 5 dollars tandis que Kay s'approchait du bassin, se mettait en position, ses orteils simiens plaqués sur le rebord, puis effectuait un plongeon parfait qui n'envoya pas plus d'éclaboussures qu'un dauphin bien entraîné.

— Alors Kay, comment est l'eau ? cria Richardson.

— Très bonne, dit-elle en refaisant surface. Je veux dire, vraiment chaude.

— Quel genre de fille faut-il être pour porter des dessous mauves ? se plaignit Ellery.

— Une fille tatouée, voilà ce qu'il faut être, répliqua Arnon. Tu vois ce truc qu'elle a à la cheville ?

Il faisait allusion à la délicate guirlande de fleurs rouge et bleu qui donnait l'impression que le pied de Kay avait été soigneusement cousu à sa jambe par quelque génie en micro-chirurgie à l'esprit botanique.

— Où Dave obtient-il ses informations ? fit Ellery. C'est ça que j'aimerais savoir.

— Kay porte parfois des chemisiers transparents, dit Kenny.

D'un coup de pied, Arnon se débarrassa de ses chaussures et s'avança vers la porte menant à la piscine.

— Laissez-moi passer, fit-il en riant dans sa barbe. Je suis le maître-nageur.

Kay entreprit de faire une longueur de crawl. Elle avait les gestes puissants et déliés de quelqu'un parfaitement à l'aise dans l'eau.

— Je crois que je ferais mieux d'aller voir ça de plus près, dit Ellery en quittant ses chaussures et en suivant la haute silhouette d'Arnon.

— Cette fille est décidément appétissante, dit Kenny. Un vrai dépliant central de *Playboy*. Regarde bien, tu verras probablement une agrafe lui traverser le nombril.

— Elle paraît s'être bien remise d'hier soir, remarqua Mitch.

— Le fantôme ? fit Kenny. Je pense que nous avons trouvé l'explication. Bob va essayer de vérifier. Quand il a constaté que nous n'avions plus de gardien de nuit, Abraham en a créé un. Ou du moins, il a créé une réplique.

— Qu'est-ce que tu veux dire, une réplique ?

— Une image animée en temps réel. Un hologramme. C'est parfaitement logique. Je ne comprends pas pourquoi je n'y ai pas pensé hier soir. La fatigue, je suppose. Ce genre de choses tombe dans les paramètres d'apprentissage d'Abraham. En constatant l'absence de Sam Gleig hier soir, il l'a remplacé du mieux qu'il a pu. Après tout, c'est tout l'intérêt de l'hologramme, non ? Humaniser un système essentiellement inhumain.

— Aid, notre amie a failli en claquer de frousse, dit Mitch en secouant la tête avec colère. Elle aurait pu avoir une crise cardiaque ou je ne sais quoi.

— Je sais, je sais.

— Elle a vraiment cru voir un fantôme. Je ne suis pas sûr que je n'aurais pas cru la même chose moi-même.

— Abraham ne connaît rien aux fantômes. Il ne comprend même pas le concept de mort. Beech et moi avons perdu une heure ce matin à tenter de le lui expliquer. Il y est encore. Nous voulons seulement savoir ce qui s'est passé, c'est tout.

— Et faire en sorte que ça ne se reproduise plus, j'espère.

— Mitch, rétorqua Kenny d'un ton patient. Je ne crois pas que tu saisisses l'entière signification de ce qui s'est passé là. C'est une grande nouvelle. Beech est excité comme une puce. Il faut que tu comprennes que l'ordinateur a pris une initiative. Il n'a pas attendu qu'on lui en donne l'ordre, il n'a pas non plus cherché la solution dans la liste des heuristiques prescrites. Abraham a pris sa décision tout seul et l'a mise en application.

— Et qu'est-ce que ça signifie ?

— Tout d'abord, ça veut dire que cet immeuble est foutrement plus intelligent qu'on ne le pensait jusqu'ici.

Mitch secoua la tête.

— Je ne suis pas sûr d'apprécier l'idée qu'un ordinateur prenne des initiatives.

— Ecoute, quand tu y réfléchis, c'est la conséquence logique d'avoir un filet nerveux. Une courbe d'apprentissage. Sauf qu'Abraham apprend beaucoup plus vite que nous ne l'imaginions. (Kenny eut un sourire enthousiaste.) Tu ne prends pas la nouvelle à sa juste valeur, Mitch, vraiment pas. Je pensais que tu serais content.

— Comment ça ?

— Tu préférerais que cet immeuble soit effectivement hanté ? Ou que Kay ait des hallucinations ? Allons, sois raisonnable.

Mitch haussa les épaules, puis secoua la tête.

— Non, ça n'est pas ça. Mais il y a quelque chose qui ne cadre pas, et je n'arrive pas à mettre le doigt dessus. (Mitch hocha la tête en direction de la paroi vitrée. Richardson et sa suite revenaient vers la porte.) Le voilà.

— Nous en parlerons plus tard, d'accord ? Avec Beech.

— Entendu.

— Vous êtes une excellente nageuse, Kay, disait Richardson par-dessus son épaule.

— Je peux l'être, répondit-elle encore dans l'eau. J'ai pratiquement été élevée sur la plage d'Huntington.

— Et vous ne manquez pas de cran non plus, de vous mettre à l'eau en sous-vêtements devant ces salopards à l'esprit tordu avec lesquels nous travaillons. Baignez-vous tant que vous voulez, Kay. Vous l'avez bien mérité.

— Merci, je crois que je vais rester un peu.

— Allons voir ces caissons de flottaison.

— Bienvenue dans les bureaux de la Yu Corporation, l'immeuble le plus intelligent de LA. Bonjour ! Je m'appelle Kelly Pendry et, pour votre service, je vais vous dire ce que vous devez faire. Vous ne pourrez pas…

— Seigneur, ça ne va pas recommencer ! s'exclama Curtis en riant. Elle va finir par devenir une vraie emmerdeuse.

— … et comme ces bureaux sont entièrement informatisés, nous ne sommes pas en mesure de recevoir du courrier de surface.

— Je me demande comment fera le facteur, dit Coleman.

— Je devrais m'y mettre, fit Curtis. Peut-être que je recevrais moins de factures. Est-on obligés d'attendre la fin du disque ?

— … et la personne qui doit vous recevoir…

— Je ne vois pas en quoi ça serait gênant d'avoir quelqu'un en chair et en os à la réception, reprit Curtis en reniflant l'air d'un air soupçonneux.

— C'est pour la sécurité, Frank. Quoi d'autre ? Aimerais-tu que ta femme reste assise là pour renseigner tous les tordus qui se présentent ?

Curtis hocha la tête.

— En fait, je crois que c'est ce qu'on m'a dit. Mitchell Bryan. Il m'a confié que la Yu Corp craignait qu'une vraie réceptionniste se fasse enlever. Quelle est cette odeur, Nat ?

— Mon vieux, ça va de plus en plus se passer comme ça, fit Coleman en ricanant.

— Ça sent la viande pourrie, non ?

— Je ne sens rien. Ça n'est pas que tu es dépassé, Frank. C'est juste qu'il te faut apprendre une nouvelle façon de faire les choses.

— … car votre voix sera digitalisée pour raisons de sécurité.

— Sergent Frank Curtis, du LAPD. J'aimerais parler à Helen Hussey ou à Mitchell Bryan, de chez Richardson Associates. (Il s'éloigna de quelques pas du comptoir.) Tu as peut-être raison, Nat.

— Enquêteur Nathan Coleman, du LAPD. J'aimerais les voir, moi aussi. L'un ou l'autre. *Comprendo* ?

— Merci, dit Kelly. Je vous prie de patienter un instant.

— Les ordinateurs ! cracha Curtis.

— Il faut te montrer patient, Frank. C'est tout. Tiens, prend mon neveu, Dean. Il a sept ans et il en sait plus sur les ordinateurs que je n'en saurai jamais. Tu sais pourquoi ? Parce qu'il est patient. Parce qu'il a tout son temps. Seigneur, si je pouvais avoir tout le temps qu'il y passe, je serais un nouveau putain de Bill Gates.

— Avancez jusqu'aux ascenseurs, je vous prie, quelqu'un va vous prendre en charge.

Ils franchirent les portes vitrées, levèrent les yeux jusqu'à la cime de l'arbre et remarquèrent une belle Chinoise qui essayait d'attraper les carpes du plan d'eau avec une épuisette.

— Jooo-lie, murmura Coleman.

Les deux hommes s'immobilisèrent et regardèrent dans l'eau.

— Ça mord ? fit Curtis.

La Chinoise leur décocha un sourire ravissant et désigna, à ses pieds, une cuve en plastique où nageaient déjà trois poissons. A côté était posée ce qui paraissait être une petite caisse d'emballage en bois. Elle contenait un creuset de pierre circulaire dans lequel étaient entassés des morceaux de charbon de bois.

— Mais même avec un filet, ça n'est pas facile, dit-elle.

— Vous allez faire un barbecue ? s'enquit Coleman.

Devant l'air intrigué de la femme, Curtis hocha la tête en direction du four à charbon de bois.

— Moi, j'aime mes poissons rouges avec la peau bien grillée. Et qui partent pas en capilotade, s'il vous plaît.

— Arrête un peu, tu veux bien ? (Curtis se tourna vers la femme.) Veuillez excuser mon collègue. Il va beaucoup au cinéma.

La femme s'inclina légèrement et esquissa un sourire parfait.

— J'ai l'habitude d'entendre des plaisanteries sur mon travail, croyez-moi.

— Eh bien, bonne chance, dit Curtis.

— C'est l'idée générale, répliqua-t-elle.

Ils étaient dans le gymnase lorsque Abraham appela pour prévenir Mitch que deux policiers désiraient lui parler.

— C'est le LAPD, dit Mitch en raccrochant. Ils sont à la réception. Je ferais mieux d'aller voir ce qu'ils veulent.

— Débarrasse-toi d'eux, Mitch. On a encore beaucoup de choses à voir.

Mitch prit la direction de l'atrium. Des flics. Il avait bien besoin de ça, et aujourd'hui, encore ! Lorsqu'il émergea d'entre les portes, il aperçut Jenny debout près du plan d'eau, et les deux enquêteurs des Homicides attendant patiemment près des ascenseurs. Il entendit une porte s'ouvrir, quelques pas, puis une voix derrière lui prononça son nom.

— Mitch.

Il se retourna et se trouva devant un homme de haute taille qu'il dut regarder deux fois avant de le reconnaître.

Le visage disparaissait sous une barbe de plusieurs jours. Les yeux, enfoncés, étaient cerclés d'ombres profondes. Il semblait avoir dormi dans son blouson de sport. Et il était agité d'un tremblement alcoolique prononcé.

— Seigneur, Allen, que fais-tu ici ?

— Il faut que je te parle, Mitch.

— T'as une tête de déterré. Qu'est-ce qui t'est arrivé, bon Dieu ? Tu es malade ? J'ai essayé de t'appeler, mais tu n'es jamais chez toi.

Grabel se frotta nerveusement le menton.

— Tout va bien, dit-il.

— Ton œil. Qu'est-ce que tu t'es fait à l'œil ?

— Mon œil ? (Grabel tâta la peau au-dessus de ses pommettes et constata qu'elle était sensible.) J'sais pas. J'ai dû me cogner. Mitch, c'est important. Est-ce qu'on peut aller quelque part ? Je préfère qu'on ne parle pas ici.

Mitch regardait les deux policiers par-dessus son épaule. Il voyait bien qu'ils l'observaient et se demanda ce que leurs esprits naturellement soupçonneux allaient conclure de la scène à laquelle ils assistaient.

— J'ai quelque chose à te dire.

— Allen, tu as choisi un drôle de jour, tu sais ? Richardson est derrière, à la piscine, avec l'équipe du projet au grand complet. Ces deux flics là-bas m'attendent pour me parler. Et Jenny Bao est sur le point d'accomplir une cérémonie *feng choui* pour chasser les mauvais esprits du bâtiment.

Grabel fronça les sourcils et agrippa le bras de Mitch.

— Qu'est-ce que tu dis ? fit-il d'une voix forte. Tu as parlé de mauvais esprits ?

Mitch jeta un nouveau regard en direction des flics. A présent qu'il s'était rapproché de Grabel, il pouvait sentir son odeur. Il éprouva un choc en découvrant que son ex-collègue dégageait l'odeur rance et douce-amère d'un authentique clochard.

— Allons, du calme, Allen. Il s'agit juste, tu sais, des niaiseries habituelles du *feng choui*, rien de plus. (Il haussa les épaules.) Tu peux m'accorder quelques minutes ? Il faut que je me débarrasse de ces flics. Attends un peu. Tu ferais mieux de ne pas traîner ici, Richardson pourrait te voir. Si tu montais au dernier ? Dans le suite privée du PDG. Va m'attendre là-haut.

— Pas question !

Mitch recula sous l'assaut de l'haleine fétide de Grabel.

— Ecoute, je t'attends en bas, au parking, d'accord ?

Mitch se colla un sourire aux lèvres et se dirigea vers les deux policiers.

— Qu'est-ce que vous foutiez ? demanda Curtis d'un ton calme. Ce type avait l'air d'un clochard.

— C'est peut-être l'architecte, suggéra Coleman.

— Je suis désolé, messieurs, dit Mitch en leur serrant la main. J'aurais dû vous rappeler. Le rapport de l'ingénieur de chez Otis attend sur mon bureau depuis mercredi matin, mais je suis complètement débordé depuis deux jours. Montons en discuter, si vous voulez bien.

— Si nous prenions les escaliers ? fit Curtis d'une voix mordante.

— Vous verrez que le rapport confirme nos propres conclusions — les ascenseurs fonctionnent très bien. Je vous en prie, dit-il en les poussant vers les ascenseurs, il n'y a aucune raison d'être nerveux, je vous assure.

— J'espère bien.

Les portes d'une cabine s'ouvrirent, mais avant d'y pénétrer, Mitch demanda aux policiers de l'attendre un instant et s'approcha de Jenny.

— Comment ça marche ? lui demanda-t-il.

— C'est plus difficile que je croyais.

— Je t'aime, dit-il tranquillement.

— T'as intérêt, répliqua-t-elle.

Les trois hommes entrèrent dans la cabine et se firent transporter au vingt et unième étage.

— Nous sommes très occupés aujourd'hui, expliqua Mitch. L'équipe du projet est venue sur le site pour tout vérifier avant que nous annoncions au client que le bâtiment est prêt à être occupé.

— Par qui ? demanda Curtis. Par tous les clodos du quartier ?

Mitch haussa les sourcils.

— Oh, vous faites allusion à Allen ? Il travaillait avec nous jusqu'à récemment. Je suis un peu choqué moi-même de voir à quel point il s'est laissé aller.

La cabine s'arrêta en douceur et les portes s'ouvrirent. Curtis laissa échapper un sonore soupir de soulagement.

— Eh bien, nous y voilà, fit Mitch. Sains et saufs. Je ne suis pas ingénieur en fluides, mais nous avons demandé aux gens de chez Otis de tout passer au peigne fin, depuis les poulies jusqu'au microprocesseur. Ils ont vraiment tout regardé à fond.

Il les précéda dans le couloir menant à la salle du conseil d'administration. Avec sa double hauteur de plafond, la salle avait la longueur et la largeur d'un court de tennis, et son sol était recouvert d'une épaisse moquette, choisie autant pour ses propriétés d'isolation acoustique que pour sa couleur gris clair. Au centre était installée une belle table de conférence en ébène avec huit chaises Rennie Mackintosh à dossier en échelle de chaque côté. A l'une des extrémités de la salle, sur des étagères nues de couleur noire montées contre le mur, trônaient un téléviseur écran large et une console d'instruments électroniques, dont un ordinateur. L'autre extrémité de la salle était occupée par une alcôve faisant office de bar. Un long sofa de cuir noir était poussé sous l'une des immenses fenêtres. Curtis s'en approcha pour apprécier la vue. Nathan Coleman alla jeter un coup d'œil aux gadgets électroniques. Mitch ouvrit son portable, inséra une disquette et se mit à sélectionner certains articles apparaissant à l'écran.

— Bureau sans papier, hein ? fit Curtis en souriant.

— Remercions Dieu pour les ordinateurs, sergent, dit Mitch. Certificats pour ceci, licences pour cela. Il y a quelques années, nous croulions littéralement sous la paperasse. Ah, voilà.

Mitch orienta l'écran affichant le rapport de l'ingénieur en direction de Curtis.

— Vous savez, sergent, l'Otis Elevonic 411 est un modèle d'ascenseur particulièrement sûr et efficace. A vrai dire, c'est sans doute le meilleur modèle sur le marché. Et si cela ne suffisait pas, Abraham est chargé de contrôler la bonne marche de l'ensemble du système. Abraham sait déterminer si des baisses de performance sont apparues, et si l'on doit demander une visite d'entretien. Lorsqu'Abraham estime que l'intervention d'un ingénieur est nécessaire, il est programmé pour appeler directement le service de maintenance de chez Otis.

Curtis, qui fixait l'écran d'un regard inexpressif, hocha la tête.

— Comme vous pouvez le constater, ajouta Mitch, les ingénieurs ont tout vérifié : le module de contrôle de vitesse, l'unité de contrôle logique, l'unité de modulation de largeur de vibration, le système de contrôle de mouvement, la transmission en prise directe. Leur conclusion est que tout est en parfait état de marche.

— En effet, il semble qu'ils aient été très consciencieux, dit Curtis. Puis-je avoir un tirage papier de ce document ? J'en aurais besoin pour le bureau du coroner.

— Vous n'avez qu'à garder la disquette, proposa Mitch en éjectant le petit disque de plastique du flanc du portable et en le poussant vers le policier.

— Merci, fit Curtis d'un ton incertain.

Pendant un moment, aucun des trois hommes ne parla. Ce fut Mitch qui rompit le silence.

— J'ai appris que vous aviez relâché cet étudiant chinois.

— Vraiment ? Eh bien, monsieur, à la vérité nous n'avions pas le choix. Il était totalement innocent.

— Mais… la photo ?

— Eh bien, parlons-en, de cette photo. Le problème, c'est qu'elle ne colle absolument pas avec les conclusions du légiste, qui a établi que Cheng Peng Fei est trop petit pour avoir frappé Sam Gleig à la tête. Trop petit et trop faible.

— Je vois.

— Saviez-vous que certains des gosses qui étaient là dehors vont être expulsés ?

— Expulsés ? Ça paraît un peu excessif, vous ne trouvez pas ?

— Nous n'avons rien à y voir, précisa Curtis. Non, il semble que quelqu'un de l'hôtel de ville ait fait des pieds et des mains pour les faire renvoyer chez eux.

— Tiens ?

— Depuis, les autres manifestants ont disparu, dit Coleman. Comme s'ils avaient eu peur.

— Je me demandais où ils étaient passés, dit Mitch.

— Ça doit être un soulagement pour vous, non ? fit Coleman. C'est vrai, ils devaient commencer à vous courir, non ?

— Ma foi, je ne peux pas dire que je n'en suis pas satisfait. Surtout que ce type m'avait cassé mon pare-brise. Mais d'un autre côté, l'expulsion me paraît une mesure excessive. Ça n'est pas ce que je voulais.

Coleman hocha la tête.

— Votre patron semble avoir une assez grosse influence sur l'entourage du maire, dit Curtis.

— Ecoutez, fit Mitch. Je sais qu'il voulait faire dégager les manifestants. Il en a touché un mot au maire adjoint. C'est tout. Je suis sûr qu'il ne demandait pas à ce qu'on expulse ces gens.

Mitch savait pertinemment qu'il ne pouvait être sûr de rien dès lors que Richardson était concerné ; et, se disant qu'il ferait mieux de changer de sujet de conversation, il désigna le rapport des ingénieurs.

— Alors, reprit-il. Que concluez-vous de ce rapport ?

— Je crains qu'il ne me laisse avec un meurtre non élucidé sur les bras, reconnut Curtis. Ce qui n'est bon ni pour vous ni pour moi.

— Il doit bien y avoir quelque chose dans la vie de Sam Gleig qui puisse vous aider. Il avait un casier, bon sang ! Je ne veux pas vous paraître grossier, mais je ne vois pas pourquoi vous vous obstinez à limiter votre enquête à cet immeuble. Il me semble que les possibilités y sont plutôt limitées.

— Eh bien, c'est une façon de voir les choses, fit Curtis. Mais pour l'instant, ma façon de voir les choses, c'est de considérer que quelqu'un a voulu faire plonger un de ces gamins chinois. Quelqu'un d'ici.

— Pour quelle raison ?

— A votre avis ?

— Vous ne parlez pas sérieusement ?

Frank Curtis garda le silence.

— Si ?

— Je connais des mobiles bien moins solides que le désir d'éviter une mauvaise publicité.

— Quoi ?

— Mr Bryan, finit par dire Curtis, jusqu'à quel point connaissez-vous Mr Beech ?

— Je ne le connais que depuis quelques mois.

— Et Mr Kenny ?

— Depuis beaucoup plus longtemps. Deux ou trois ans. Et il n'est pas du genre à faire une chose pareille.

— Peut-être qu'il dira la même chose de vous, remarqua Coleman.

— Pourquoi ne pas lui poser la question ?

— Eh bien, puisque vous en parlez, je me disais justement que comme l'équipe du projet est ici au complet, j'aimerais interroger tout le monde. Les membres de l'équipe. Et tous les gens présents dans les locaux. Cela vous ennuierait-il ?

Mitch eut un mince sourire et consulta sa montre.

— Je les ai laissés au centre de remise en forme, après quoi ils doivent remonter ici pour une courte pause. Vous pourrez leur parler à ce moment-là, si vous le désirez.

— J'en serais très heureux. Mon lieutenant, vous comprenez ? Il n'est pas du genre patient. Je suis soumis à certaines pressions pour résoudre cette affaire.

— Je suis aussi impatient que vous de la voir réglée.

Curtis adressa un sourire à Mitch.

— C'est ce que j'espère, monsieur. De tout cœur.

S'entendre implicitement accusé d'avoir contribué à coller le meurtre de Sam Gleig sur le dos de l'étudiant chinois fit oublier pendant dix ou quinze minutes à Mitch qu'Allen Grabel l'attendait au parking. Laissant Curtis et Coleman avec quelques ouvriers, il prit l'ascenseur jusqu'au sous-sol.

La cabine s'arrêta au septième niveau et Warren Aikman, l'inspecteur des travaux, y pénétra. Mitch consulta sa montre.

— Tu rentres ?

— J'aimerais bien. J'ai rendez-vous avec Jardine Yu. Pour parler de la réception des travaux, lundi. Comment ça se passe aujourd'hui ?

— Horrible. Ces deux flics sont revenus. Ils veulent parler avec tous les membres de l'équipe du projet et avec les ouvriers.

— Dans ce cas, ça ne me concerne pas. Je suis l'homme du client.

— Tu veux vraiment que je leur dise ça ? Tu es l'une des dernières personnes à avoir vu Sam Gleig vivant. Ils vont être déçus, Warren.

— Mitch, je n'ai absolument pas le temps.

— Lequel d'entre nous a du temps ?

La cabine de l'ascenseur arriva au parking. Mitch l'explora du regard, mais ne vit aucun signe de Grabel.

— Ecoute, dit Aikman. Dis-leur que je les appellerai. Ou même mieux, donne-leur mon numéro personnel. Je ne peux pas me permettre d'être en retard.

Aikman se dirigea vers sa Range Rover tandis que la Bentley de Richardson franchissait la herse et descendait la rampe. Elle s'arrêta près de la Honda de Jenny Bao. Declan Bennett descendit et claqua la portière. Quelques secondes plus tard, Warren Aikman fonçait vers la porte ouverte du parking avant qu'elle se referme.

— Il a l'air pressé, remarqua Bennett. Où est le patron ? Serais-je en retard ?

Mitch secoua la tête.

— Ne vous inquiétez pas. Il en a encore pour un moment. Vous devriez aller l'attendre dans la salle du conseil d'administration. Niveau vingt et un.

— Merci.

Bennett entra dans la cabine de l'ascenseur et adressa un large sourire à Mitch, puis les portes se fermèrent. Mitch se retrouva seul. Il attendit quelques minutes, puis appela.

— Allen ? C'est moi, Mitch. Je suis là. (Il ajouta entre ses dents : ) Où est cette espèce de cinglé ? (Puis, à haute voix :) Je n'ai pas que ça à faire, Allen !

Rien. Soulagé que Grabel soit parti, Mitch revint vers l'ascenseur. Il avait déjà assez à faire avec les flics, le *feng choui*, Ray Richardson et la pré-RT pour en plus s'inquiéter de Grabel. Il avait presque atteint la cabine lorsque la porte de l'escalier s'ouvrit. La haute silhouette à l'allure de vagabond de son ex-collègue apparut.

— Ah, te voilà ! fit Mitch, irrité de devoir finalement écouter ce que Grabel avait à lui dire.

Sa première idée fut qu'il allait lui demander de l'aider à retrouver son travail. Ce qui ne devrait pas être trop compliqué, à condition qu'il se rase, prenne un bain et s'inscrive aux AA.

— Je ne voulais pas qu'ils me voient, dit Grabel.

— Qu'est-ce que c'est que ce cirque, Allen ? Tu as vraiment mal choisi ton jour pour revenir. Et regarde-toi un peu.

— Ferme-la, Mitch. Et écoute.

Sitôt que Jenny Bao réalisa son erreur, elle commença à rejeter les poissons dans le plan d'eau. Le *Tong Chou* faisait appel à la fois au calendrier lunaire et au calendrier grégorien. Selon le calendrier lunaire, c'était une bonne période pour chasser les esprits. Le problème était qu'elle avait oublié de consulter le calendrier grégorien, d'après lequel cet après-midi-là était néfaste pour toute cérémonie. Il lui faudrait revenir dimanche, jour où les auspices seraient un peu plus favorables. Quand elle aurait remis ses affaires dans sa voiture, elle monterait voir Mitch pour lui annoncer la mauvaise nouvelle.

— C'est la chose la plus dingue que j'aie jamais entendue, dit Mitch. Quoi ? Tu as même bouffé le putain de ver au fond de la bouteille ?

— Tu ne me crois pas ?

— Seigneur, Allen, si je croyais ton histoire, je serais aussi dingue que toi. Allons, mon vieux. Tu as besoin d'aide.

— J'étais là, Mitch. Je l'ai vu. Sam Gleig est entré dans l'ascenseur, et puis la cabine s'est mis à monter et à descendre à toute vitesse. Je le voyais sur l'indicateur d'étage.

Bang ! Elle montait comme une fusée ! Bang ! Elle redescendait d'un coup ! Les portes se sont ouvertes, et il était là, effondré par terre. Dans le même état qu'un œuf dans une boîte à biscuits. Et le fait demeure que Sam Gleig est mort et que vous n'avez aucune explication plausible.

Mais à ce moment-là, Mitch était parvenu à une explication qui lui paraissait tout à fait plausible. Son interlocuteur avait la taille, le poids et la force requis. Si quelqu'un était capable d'avoir le dessus sur Sam Gleig, c'était lui. Et après avoir avalé une bouteille d'il ne savait quoi, personne n'aurait pu dire ce dont Grabel était capable.

— Et tu crois que ta version est plus convaincante ? rétorqua Mitch avec un reniflement de mépris. Je n'arrive pas à croire qu'il t'a fallu tout ce temps pour inventer une histoire pareille. C'est *l'ascenseur* qui l'aurait tué ? Bon sang, Allen. Et puis d'abord, que faisais-tu ici ? Et pourquoi n'es-tu pas venu raconter ça à quelqu'un ?

— Je voulais me faire Richardson.

— Que veux-tu dire, tu voulais te le faire ?

— Lui et son putain d'immeuble. Tout le cirque. Le baiser. Foutre en l'air tout ce putain de projet.

Mitch se tut un instant, s'efforçant d'analyser toutes les implications de ce qu'était en train de dire Grabel. Il se surprit à penser aux deux policiers en haut, et à son désir de laver son nom de tout soupçon.

— Nous te trouverons un bon avocat, Allen, dit-il.

Grabel voulut reculer. Mitch le saisit au bras.

— Mais j'en veux pas ! hurla Grabel. Lâche-moi !

Le poing jaillit de nulle part.

Mitch eut vaguement conscience d'être étendu sur le sol du parking, avec la sensation d'avoir subi un violent choc électrique. Il entendit des pas qui s'éloignaient, puis finit par perdre connaissance.

— Qui êtes-vous ?

Ray Richardson s'immobilisa sur le seuil de la salle du conseil d'administration et fronça les sourcils en découvrant les quatre inconnus assis autour de la table avec leurs tasses de café.

Curtis et Coleman se levèrent. Les derniers ouvriers qu'ils avaient interrogés, deux peintres nommés Dobbs et Martinez, restèrent assis.

— Je suis le sergent Curtis et voici l'enquêteur Coleman. Vous êtes sans doute Mr Richardson.

Coleman boutonna sa veste et croisa les mains devant lui comme un invité à un mariage.

Ray Richardson acquiesça d'un air maussade.

Curtis se fendit d'un large sourire tandis que le reste de l'équipe du projet se regroupait dans la salle.

— Mesdames et messieurs, déclara-t-il. Il faut que vous m'accordiez un peu de votre temps. Je sais que vous êtes extrêmement occupés, mais comme vous le savez sans doute, un homme a été tué dans cet immeuble. Je crois pouvoir dire que la plupart d'entre vous le connaissaient. Or je dois reconnaître qu'aujourd'hui nous n'en savons pas plus que le premier jour sur ce qui est arrivé. C'est pourquoi nous aimerions poser quelques questions à chacun d'entre vous. Cela ne prendra que quelques minutes.

Curtis s'adressa alors aux deux peintres.

— Vous deux, vous pouvez disposer, dit-il. Nous vous remercions.

— Le moment n'est pas très bien choisi, sergent, intervint Richardson. Ne pourriez-vous pas faire cela un autre jour ?

— Mr Bryan nous a dit que cela ne posait pas de problème.

— Je vois, fit Richardson avec irritation. Et où est donc Mr Bryan ?

— Ça, je n'en sais rien, rétorqua Curtis. Il nous a quittés il y a une vingtaine de minutes. Je pensais qu'il était allé vous chercher.

Richardson décida de se mettre en colère.

— C'est incroyable. Foutrement incroyable ! Un repris de justice se fait descendre et vous autres les poulets voudriez que moi, ma femme et mon personnel vous fournissions quelques indices, c'est bien ça ? (Il eut un rire amer.) C'est une blague.

— Ça n'est pas une blague, répliqua Curtis qui n'appréciait pas de se voir traiter de poulet. Je vous rappelle, monsieur, que nous menons une enquête sur un meurtre. Et que j'essaie d'économiser votre temps et de vous éviter toute publicité. Ce qui est votre souhait, d'après ce que j'ai cru comprendre.

Richardson lui lança un regard furibond.

— Sinon, je peux aller à l'hôtel de ville, demander une commission rogatoire et vous faire tous convoquer à New Parker Center, si vous préférez. Vous n'êtes pas le seul à avoir le bras long, Mr Richardson. Le DA est avec moi, sans parler du cours normal de la justice, et je me fous éperdument que vous pensiez qu'il s'agit d'une blague. Comme je me fous que vous soyez en train de finir cette verrue d'immeuble. Et de ce qu'il coûte. (Curtis s'abstint de traiter Richardson de salopard.) Nous parlons de la suppression d'une vie humaine, et j'ai l'intention de mettre au jour ce qui s'est passé. Est-ce clair ?

Richardson se tenait debout, les deux mains enfoncées dans les poches de son pantalon, le menton belliqueux pointé en direction du policier.

— Comment osez-vous me parler sur ce ton ? fit-il. Comment *osez*-vous ?

Curtis lui agita sa plaque sous le nez.

— Voilà comment j'ose, Mr Richardson. Plaque LAPD n° 1812. Pareille que la foutue ouverture, comme ça vous vous en souviendrez quand vous me signalerez à mes supérieurs, vu ?

— Vous pouvez y compter.

Marty Birnbaum, le chef de projet, tenta de désamorcer la situation.

— Peut-être que nous ferions mieux de nous y mettre, intervint-il d'une voix douce. Si ces messieurs de la police veulent bien passer à côté dans la cuisine, vous pourriez poser vos questions là-bas. Les autres, prenez un siège. Nous pouvons poursuivre notre réunion et aller voir ces messieurs chacun à notre tour. (Il jeta un coup d'œil à Curtis et haussa un sourcil.) Qu'en dites-vous ?

— Ça me paraît une excellente idée, monsieur.

Voyant alors Declan Bennett apparaître dans l'embrasure de la porte, Birnbaum se dit qu'il valait mieux se débarrasser carrément de Richardson. Cela causerait moins de problèmes.

— Ray, je peux me tromper, mais il me semble que tu n'as jamais parlé à Sam Gleig, n'est-ce pas ?

Richardson était resté debout, les mains dans les poches, avec sur le visage l'expression d'un enfant déçu.

— Non, Marty, dit-il comme s'il sortait d'un rêve. Je ne lui ai jamais parlé.

Coleman et Curtis échangèrent un regard.

— Plausible, en effet, murmura Coleman.

— Joan ? Lui aviez-vous parlé ?

— Non, répondit-elle. Je ne lui ai jamais parlé non plus. Je ne pense même pas être capable de vous dire à quoi il ressemblait.

L'équipe du projet commença à s'asseoir.

— Dans ce cas, il n'est guère utile que vous restiez, dit Birnbaum. (A Curtis :) Mr et Mrs Richardson s'envolent ce soir pour Londres.

— Je les comprends, après une journée pareille, dit Curtis.

— Tu devrais partir à l'aéroport, Ray. Je finirai la réunion. Inutile que tu sois là. Le sergent n'y voit pas d'objection ?

Curtis hocha la tête et regarda par la fenêtre. Il ne regrettait pas de s'être mis en colère, même si ce type le signalait.

Richardson serra le coude de Birnbaum et commença à rassembler ses affaires éparpillées sur la table.

— Merci, Marty, dit-il. Et d'ailleurs, merci à tous. Je suis fier de vous. Chacun d'entre vous a apporté une contribution significative à ce projet dont je peux dire qu'il a été terminé dans les délais et sans dépasser le budget. C'est là une des raisons pour lesquelles nos clients, du secteur public comme du privé, refont appel à nous pour leurs nouveaux travaux. Car l'excellence en architecture — et ne laissez pas les philistins vous dire le contraire : ceci est un magnifique bâtiment —, l'excellence n'est pas seulement une question esthétique. Elle doit aussi contribuer à un triomphe commercial.

Joan initia quelques applaudissements puis, suivis de Declan Bennett, elle et son mari sortirent.

— Bien joué, Marty ! lança Aidan Kenny tandis que les autres assistants poussaient un bruyant soupir de soulagement. Tu as très bien géré ça. Il fallait absolument le calmer.

Birnbaum haussa les épaules.

— Quand Ray est dans une telle humeur, je fais comme si c'était un de mes dobermans.

Jenny aida Mitch à se relever.

— Ça va ? Que s'est-il passé ? Tu as du sang sur la lèvre.

Mitch se tâta la mâchoire puis ausculta son crâne. Ensuite il passa la langue sur sa lèvre et fit la grimace en sentant une coupure à sa gencive.

— Le salaud, marmonna-t-il. Allen Grabel m'a mis KO. Il est devenu fou.

— Il t'a frappé ? Pourquoi ?

— Je pense qu'il est peut-être pour quelque chose dans la mort de ce vigile. (Mitch grogna et fit jouer sa tête sur ses épaules.) Je suppose que tu ne l'as pas vu, n'est-ce pas ? Un type qui a l'air d'un clodo.

— Je n'ai vu personne. Viens, allons là-haut mettre quelque chose sur cette coupure.

Ils traversèrent le parking et entrèrent dans la cabine d'ascenseur.

— Comment se déroule la cérémonie ?

— Elle ne se déroule pas.

Jenny lui expliqua son erreur de calendrier.

— Ça n'a rien d'étonnant, dit Mitch. Tu devrais peut-être consulter mon horoscope. Ça n'est pas mon jour, aujourd'hui. J'aurais mieux fait de rester au lit.

— Oh ? Avec ou sans ta femme ?

Mitch esquissa un sourire douloureux.

— Qu'est-ce que t'en penses ?

Lorsque tout le monde eut quitté la piscine, Kay Killen ôta ses sous-vêtements et nagea nue. Son corps brun et musclé portait la marque de son minuscule bikini, pas assez nette toutefois pour que l'on puisse en conclure qu'elle n'allait jamais seins nus à la plage. Kay n'était pas du genre pudibond.

D'infimes quantités d'urine, de sueur, de maquillage, de peau morte, de poils pubiens et d'autres composés d'ammonium se détachaient du corps mouvant de Kay. Quand l'eau chargée de ces polluants passait dans le système de circulation, elle était mise en contact avec l'ozone avant d'être restituée à la piscine.

Elle aperçut le gaz d'abord sous la forme d'un petit nuage de vapeur gris-jaune flottant dans sa direction à travers la piscine ; elle pensa que quelqu'un se tenait près de la piscine, un fumeur de cigare ou de pipe. A part que le nuage était trop bas sur l'eau pour provenir des poumons d'un voyeur invisible. Couvrant son ample poitrine de ses avant-bras, Kay se redressa et, instinctivement, s'éloigna du nuage à l'aspect nocif. Puis elle se retourna et nagea en direction de l'échelle.

Elle était à moitié sortie de l'eau lorsque l'odeur du gaz parvint à ses narines. Mais à ce moment-là, le gaz avait déjà envahi ses poumons. Le nuage l'enveloppa et soudain elle ne put plus respirer. Une violente douleur — la pire qu'elle ait jamais connue — lui enserra la poitrine et elle s'effondra, haletante, au bord du bassin.

Réalisant qu'elle venait d'être gazée, elle expectora des grumeaux d'écume sanguinolente, ce qui ne lui apporta aucun soulagement. Cela ne fit qu'accentuer la douleur. Elle eut envie de tousser pour vider sa poitrine oppressée.

Si ses poumons n'avaient pas été remplis de chlore gazeux, elle aurait pu crier.

Kay rampa à quatre pattes le long de la piscine.

Si seulement elle pouvait aspirer quelques goulées d'air frais.

D'un suprême effort elle se releva et, aveuglée, fit quelques pas trébuchants. Mais au lieu d'aller vers la porte, elle tomba à l'eau, près du clapet d'évacuation ouvert, et d'un autre nuage de gaz chloré, encore plus concentré.

Pendant quelques instants, elle lutta pour maintenir la tête hors de l'eau, mais bientôt l'eau elle-même lui parut apaiser la brûlure de ses poumons, et elle cessa de lutter.

Dans l'ascenseur, Ray Richardson jura de se venger.

— Je vais me faire ce connard, grondait-il. Tu as entendu comment il m'a parlé ?

— Tu as son numéro, dit Joan. Je pense que tu devrais le prendre au mot et le signaler, Ray. C'est le 1812, non ?

— 1812. Pour qui se prend-il ? Je vais lui composer une ouverture qu'il n'est pas prêt d'oublier. Dédicacée à son putain de supérieur. Avec des canons.

— Ne vaudrait-il pas mieux appeler Morgan Phillips à l'hôtel de ville ?

— Tu as raison. Je vais casser ce salopard arrogant. Il regrettera d'être sorti de son lit ce matin.

Les portes de l'ascenseur s'écartèrent. Declan ouvrit les portières de la Bentley devant le couple, puis s'installa d'un bond derrière le volant.

— Comment ça roule, Declan ?

— Pas trop mal. Nous serons en avance, je pense. C'est une belle soirée pour prendre l'avion, monsieur.

Le moteur rugit et la voiture s'avança vers la sortie du parking. Declan pencha la tête à la portière et déclina son nom à l'adresse du codeur SYCRETS.

La porte resta fermée.

— Ici Declan Bennett. Ouvrez la porte du parking, s'il vous plaît.

Rien.

Richardson appuya sur le bouton du lève-vitre pour ouvrir la sienne et cria à l'adresse du microphone mural.

— Ici Ray Richardson. Ouvre cette putain de porte ! Est-ce que la vie n'est pas formidable ? grogna-t-il. C'est exactement ce qu'il nous faut juste avant la RT de lundi.

— Faut-il faire venir quelqu'un pour réparer ? demanda Joan.

— Pour l'instant, mon souhait le plus cher est de foutre le camp d'ici. (Richardson grinça des dents et secoua lentement la tête.) Nous allons appeler un taxi. Et sortir par la porte du hall.

Declan repartit en marche arrière vers l'ascenseur. Le trio descendit de voiture et prit l'ascenseur jusqu'au rez-de-chaussée. Ils passèrent devant l'arbre et traversèrent l'étendue de marbre blanc.

— Qu'est-ce que c'est que cette odeur ? fit Richardson.

— Qu'est-ce que c'est que cette horrible musique ? dit Joan.

Declan haussa les épaules.

— C'est assez déprimant, Mrs Richardson, admit-il. Ça n'est pas mon genre de musique. Pas du tout.

— Il doit y avoir un problème avec l'aromatiseur, dit Richardson. Tant pis, laissons tomber, on n'a pas le temps. Que quelqu'un s'en occupe.

Il les précéda à travers les immenses portes vitrées et se dirigea vers l'entrée.

Joan et Declan le suivirent. Joan s'arrêta au comptoir holographique pour appeler un taxi et se plaindre de la musique.

— Vous écoutez une suite pour piano d'Arnold Schoenberg, expliqua Kelly Pendry. Opus 25. Il s'agit de la première œuvre musicale « atonale » à douze tons jamais créée. (Telle une stupide présentatrice de MTV, Kelly arborait un sourire éclatant.) Chaque composition est constituée de douze tons différents. Cette série peut être écoutée sous sa forme originale, inversée, passée à l'envers, ou passée à l'envers et inversée.

— Ça reste du bruit ! aboya Joan.

— Joan, demande simplement à cette chose de nous appeler un taxi, dit Richardson. (Il attendait que Declan ouvre la porte d'entrée. Cela n'en finissait plus.) Declan ?

— … verrouillée, marmonna le chauffeur de Richardson. (Il se tourna vers le microphone de l'entrée et dit :) Ici Declan Bennett. Pouvez-vous déverrouiller la porte, je vous prie ?

Il retourna auprès de la porte et essaya à nouveau de la tirer, mais elle ne bougea pas.

— Attendez, laissez-moi essayer, dit Richardson en s'approchant du micro. Vérification vocale SYCRETS. Ray Richardson. Ouvrez la porte d'entrée, s'il vous plaît.

Tandis qu'il tirait sur la poignée, le verre photochrome de la porte et des baies voisines commença à s'assombrir.

— Qu'est-ce que c'est que ce bordel ? (Il s'éclaircit la gorge et répéta sa demande.) Ray Richardson. Ouvrez cette porte, merde.

Declan secoua la tête.

— Il doit y avoir un problème avec le SYCRETS. Et ça pue l'abattoir là-dedans.

Richardson lâcha sa serviette et la sacoche de son portable puis consulta sa montre. Il était 17 h 33.

— Vous savez, je n'ai vraiment pas besoin de ça maintenant.

Contrarié, le trio revint auprès du comptoir holographique.

— Nous ne pouvons pas sortir, annonça Richardson. La porte d'entrée est verrouillée.

— Cet immeuble ferme à 17 h 30, expliqua Kelly.

— Je sais, dit Richardson. Ceci ne s'applique toutefois pas aux gens encore présents dans les locaux. Et qui pourraient avoir envie de sortir. Quel est l'intérêt du SYCRETS si…

— SYCRETS ? Cet acronyme désigne le Système chronocodé de reconnaissance et de traitement de signaux, monsieur. Un signal comportant des fréquences comprises dans une amplitude donnée peut être décrit mathématiquement comme une fonction rationnelle intégrale complexe, et peut donc être codé en termes de ses solutions ou zéros réels ou complexes.

— Merci, je sais ce qu'est le SYCRETS, grinça Richardson.

— Les zéros réels sont des points où l'amplitude tombe effectivement à zéro ; et les zéros complexes, c'est là où il y a un creux intermédiaire dans l'amplitude de l'onde. SYCRETS décrit numériquement l'emplacement de ces points.

— Ferme ta gueule, tu veux !

— Vous m'avez posé une question, monsieur. Je vous donnais ma réponse. Il est inutile de vous montrer grossier.

— Eh bien, maintenant que tu m'as donné ta réponse, pauvre connasse, je voudrais que tu appelles la salle du conseil d'administration. Je veux parler à Aidan Kenny.

— Soyez patient, je vous prie. Je m'efforce de diligenter votre demande.

— Faites. Et pendant ce temps, changez cette musique. Cette merde me fait tourner en bourrique.

— Certainement. Avez-vous une préférence ?

— Je ne sais pas. N'importe quoi, sauf cette merde.

— Très bien, dit Kelly. Voici un morceau de Philip Glass.

Le piano se remit à jouer.

— Je ne pense pas que ce soit beaucoup mieux, fit Joan après quelques mesures.

Richardson se fendit d'un sourire en considérant le comique de la situation.

— Bon, alors, vous avez trouvé ?

— Un peu de patience, je vous prie. Je m'efforce de diligenter votre demande.

— Et qu'est-ce que c'est que cette odeur atroce ? On dirait qu'elle est assortie à la musique.

— C'est du thioalcool, monsieur. Il est diffusé à raison d'un quatre cent millionième de milligramme par litre d'air dans cet immeuble, monsieur.

— L'immeuble est censé sentir bon. On se croirait dans une boucherie.

— Mes bases de données indiquent que l'odeur du rôti de bœuf est une odeur agréable.

— Ça ne sent pas le rôti de bœuf mais le bœuf pourri. Changez-moi ça, ectoplasme. Brise de mer, eucalyptus, pomme de cèdre, quelque chose comme ça.

— Très bien, monsieur.

Le téléphone du comptoir sonna. Richardson se pencha à travers l'hologramme et décrocha.

— Ray ? Aidan Kenny à l'appareil. Quel est le problème ?

— Le problème, c'est que la porte d'entrée est verrouillée, dit Richardson. Et l'ordinateur refuse de l'ouvrir.

— Il doit y avoir un problème avec votre SYCRETS. Avez-vous essayé de vous éclaircir la gorge avant d'effectuer votre demande ?

— On a tout essayé, à part la prière et le coup de genou dans les couilles. Et puis nous avons emprunté l'ascenseur. Si quelque chose n'allait pas avec nos signaux SYCRETS, nous n'aurions même pas pu arriver jusqu'ici.

— Hum. Laissez-moi consulter mon écran. Je pose le téléphone une seconde.

— Connard, marmonna Richardson en commençant à attendre.

— Ray ? Je descends à la salle d'informatique pour essayer de régler ça sur place. Vous pourriez peut-être remonter dans la salle du conseil pendant que je m'en occupe.

— Avec le sergent Vendredi là-haut ? Non merci, je préfère rester ici. Mais faites vite, voulez-vous ? Je devrais être à l'aéroport.

— Entendu. Oh, Ray ? Auriez-vous vu Mitch ou Kay, par hasard ?

— Non, rétorqua Richardson d'un ton impatient. Nous ne les avons pas vus.

L'ascenseur fit entendre un bref carillon tandis qu'une cabine arrivait au rez-de-chaussée.

— Attendez une minute. C'est peut-être eux.

Richardson tourna la tête et vit les deux peintres et le vigile, Dukes, qui venaient dans leur direction.

— Quel est le problème, monsieur ? s'enquit Dukes.

— Aid, ça n'est pas eux. Ce sont ces deux peintres et le vigile. Celui qui est encore vivant, vous voyez ? Vous feriez mieux de demander à Abraham où sont passés les deux autres. Il est fait pour ça.

Aidan Kenny franchit la passerelle menant à la salle d'informatique et poussa la lourde porte en verre tout en se demandant pour quelle raison Richardson, Mitch, Grabel ou le concepteur, quel qu'il fut, de la pièce n'avait pas songé à la pourvoir d'une porte automatique. Puis il se souvint qu'aucun mécanisme n'était assez puissant pour actionner une porte vitrée à l'épreuve des bombes. Au moins permettait-elle de préserver la fraîcheur de la salle. Il ne s'était pas rendu compte de la chaleur qui régnait dans le reste du bâtiment jusqu'à ce qu'il réintègre les conditions presque frigorifiques qui régnaient dans la salle d'informatique. Peut-être n'était-ce pas seulement le système de verrouillage de la porte d'entrée qui cafouillait. Peut-être le SCA lui-même avait-il des problèmes.

Il valait mieux, se dit-il, que le SCA de la salle d'informatique soit indépendant du système de conditionnement d'air du bâtiment lui-même. Pas question de n'avoir qu'une mise en route diurne ici. Le Yu-5 exigeait l'air conditionné vingt-quatre heures sur vingt-quatre. Une panne affectant quelque chose d'aussi sophistiqué que le Yu-5 pour des raisons de conditionnement d'air aurait été désastreux. Vous ne pouviez pas vous permettre de courir des risques environnementaux dans une salle d'informatique de 40 millions de dollars.

Kenny se laissa tomber dans son fauteuil de cuir Lamm Nero et, touchant l'écran de la paume de la main, activa la station de travail. Pendant qu'il lui ouvrait l'accès au système, l'ordinateur lui donna la date et l'heure : il était 18 heures passées.

— Hé, inutile de me le rappeler. Je savais que ça allait être une longue journée, marmonna-t-il. C'est chaque fois pareil quand Ray Richardson est dans les parages. Et maintenant, voilà autre chose. Tu sais drôlement bien choisir ton moment pour merder, Abraham, ça je dois le reconnaître.

Jenny et Mitch passèrent dans la cuisine où Curtis et Coleman venaient de terminer leurs entretiens.

— Que vous est-il arrivé ? s'enquit Curtis.

Jenny fit asseoir Mitch à une longue table au centre de la pièce, entre un gros poêle avec une plaque de céramique et un banc pourvu de tiroirs et de placards. Jenny ouvrit l'un des tiroirs et en sortit une trousse de premiers soins.

— Je viens de rencontrer un ancien collègue.

— Je ne savais pas que l'architecture produisait des personnalités aussi exaltées, fit Curtis.

Mitch lui parla de Grabel pendant que Jenny lui tapotait la lèvre avec un coton imbibé d'antiseptique.

— Si quelqu'un peut fournir des éclaircissements au sujet de la mort de Sam Gleig, c'est lui, dit Mitch. Mais il n'était pas d'accord avec ma vision des choses. Quand j'ai essayé de le faire monter ici pour qu'il vous raconte son histoire, il m'a mis KO. Il est dans un drôle d'état. J'ai l'impression qu'il a pas mal biberonné depuis qu'il a quitté la boîte.

— Il faut te faire poser un point là-dessus, dit Jenny. Essaie de ne pas sourire.

Mitch haussa les épaules.

— Ça sera facile, dit-il avant de froncer les sourcils : Ecoute, est-ce qu'on ne peut pas sortir d'ici ? Cette lumière me fait mal au crâne.

Au-dessus de leurs têtes brûlait une lampe fluorescente destinée à renforcer l'action antibactérienne du carrelage mural : chaque carreau était pourvu d'un revêtement photocatalytique en dioxide de titane émaillé, lui-même recouvert d'une couche de composants de cuivre et d'argent. Lorsque le photocatalyseur captait de la lumière, il activait les ions métalliques qui tuaient toute bactérie en contact avec la surface en céramique du carreau.

— C'est plutôt une conséquence de ta perte de conscience, dit Jenny. Tu as peut-être une commotion. Tu ferais peut-être mieux d'aller passer une radio.

Mitch se leva.

— Ça ira comme ça, dit-il.

— Savez-vous où est allé Mr Grabel ?

Mitch haussa les épaules.

— Aucune idée. Mais je peux vous dire s'il est toujours dans l'immeuble.

Ils repassèrent dans la salle du conseil d'administration.

— Hé, champion ! fit Beech. Jolie lèvre. Qu'est-ce qui t'est arrivé ?

— C'est une longue histoire.

Mitch s'assit devant l'ordinateur de bureau et demanda à Abraham la liste de toutes les personnes présentes dans le bâtiment.

```
ATRIUM :
RAY RICHARDSON, RICHARDSON ASSOC.
JOAN RICHARDSON, RICHARDSON ASSOC.
DECLAN BENNETT, RICHARDSON ASSOC.
IRVING DUKES, YU COPR.
PETER DOBBS, COOPER CONSTRUCTION
JOSE MARTINEZ, COOPER CONSTRUCTION
```

```
PISCINE ET AIRE DE REMISE EN FORME :
KAY KILLEN, RICHARDSON ASSOC.
```

```
SALLE D'INFORMATIQUE :
AIDAN KENNY, RICHARDSON ASSOC.
```

SALLE DU CONSEIL 21ᵉ NIVEAU :
DAVID ARNON, ELMO SERGO ENGINEERING LTD
WILLIS ELLERY, RICHARDSON ASSOC.
MARTY BIRNBAUM, RICHARDSON ASSOC.
TONY LEVINE, RICHARDSON ASSOC.
HELEN HUSSEY, RICHARDSON ASSOC.
BOB BEECH, YU CORP.
FRANK CURTIS, LAPD
NATHAN COLEMAN, LAPD
MITCHELL BRYAN, RICHARDSON ASSOC.
JENNY BAO, CONSULTANT FENG CHOUI JENNY BAO

— Bon Dieu, mais que font donc tous ces gens dans l'atrium ? s'exclama Mitch.

Beech haussa les épaules d'un air contrit.

— Les portes d'entrée ne fonctionnent plus. Nous sommes enfermés. En tout cas jusqu'à ce qu'Aidan trouve ce qui ne va pas.

— Et la porte du parking ?

— Elle ne marche pas non plus.

— Rien de tel que d'être enfermé quelque part pour vous donner un sentiment de sécurité, remarqua Curtis.

— En tout cas, soupira Mitch, Grabel a pu sortir. Il ne figure pas sur la liste d'Abraham.

— C'est sans doute un problème très simple, dit Beech. C'est en général le cas. Un problème de configuration de système ou de lignes de commandes. Aid pense que c'est peut-être un driver extérieur destiné au système de sécurité général qui est incompatible avec le pilote de périphérique intelligent.

— Je me suis fait la même réflexion, plaisanta Curtis.

Mitch déplaça la souris et demanda une image vidéo de la piscine.

— C'est curieux, dit Mitch en décrochant le téléphone sur lequel il enfonça une série de touches.

— Quelque chose ne va pas ? s'enquit Curtis.

Mitch laissa sonner une minute, puis raccrocha.

— Je ne sais pas, répondit-il. Je viens de demander à Abraham de me dire où était Kay, et il me répond qu'elle est dans la piscine. Or j'ai la piscine sur mon écran, mais je ne vois pas Kay.

Curtis se pencha vers le moniteur.

— Eh bien, peut-être qu'elle est dans une cabine, suggéra-t-il.

Mitch secoua la tête.

— Non, Abraham est toujours très précis. Si elle se trouvait dans une cabine, il l'aurait dit.

— Peut-être est-elle en dehors du champ de vos caméras ou quelque chose. (Curtis appuya un doigt épais au bas de l'écran.) Vous ne voyez pas quelque chose, là, dans l'eau ? Juste au bord ?

Mitch posa son doigt à côté de celui de Curtis.

— Abraham, dit-il. Zoome sur la partie où j'ai mon doigt, je te prie.

L'image s'agrandit.

— Vous voyez ? fit Curtis. Il y a quelque chose dans l'eau, n'est-ce pas ?

— Ce qu'il nous faudrait, dit Mitch, c'est une caméra au plafond.

— Voulez-vous que nous allions jeter un coup d'œil ?

— Ne vous dérangez pas, je vais demander à Dukes de le faire.

Mitch décrocha le téléphone. Curtis sourit en coin à Beech.

— Alors, on est coincés ici, c'est ça ?

— J'en ai peur.

— Je suppose que c'est ce qu'ils veulent dire quand ils prétendent que les ordinateurs font économiser du travail.

— Comment ça ?

— Eh bien, sans votre foutu ordinateur, je serais déjà rentré bosser dans mon bureau.

Dans l'atrium, le téléphone sonna sur le comptoir holographique. Richardson se leva d'un bond du sofa de cuir noir et se précipita pour décrocher.

— Ray, c'est Mitch.

— Alors, qu'est-ce qui se passe ? Kenny a-t-il réparé l'ordinateur ?

— Il est toujours dessus.

— Merde. Je crois qu'il vaut mieux que nous remontions là-haut. Faites en sorte que je ne retombe pas sur ce connard de flic.

— Avant que vous montiez, je veux que Dukes aille faire un tour du côté de la piscine. Abraham affirme que Kay est là-bas, mais nous ne la voyons pas sur le circuit vidéo. J'ai essayé de l'appeler, mais elle ne répond pas. J'ai peur qu'elle ait eu un accident.

Songeant que, quitte à être coincé dans l'immeuble pendant un certain temps, il serait agréable d'avoir une Kay à moitié nue pour lui tout seul, Richardson répliqua :

— Hé, mais je peux le faire. On n'a pas besoin d'un gardien pour savoir s'il y a quelqu'un dans la piscine ou pas. Elle est sans doute en train de se prélasser dans un de ces caissons de flottaison. Ne vous inquiétez pas. Je m'en occupe.

Richardson reposa le combiné et fixa l'image en temps réel de Kelly Pendry d'un regard mauvais.

— Change-nous cette foutue musique de piano, fit-il d'un ton sec. Mozart. Schubert. Bach. Même ce putain d'Elton John, mais pas cette merde que tu passes en ce moment. Quelque chose qui ne nous fasse pas tous déprimer à l'idée d'être coincé ici. Compris, ectoplasme ?

Kelly lui retourna un sourire impassible.

— Un peu de patience, je vous prie. Je m'efforce de diligenter votre requête.

— Et ça n'est pas une requête. C'est un ordre.

Il retourna près du sofa où Joan patientait avec Declan, Dukes et les deux peintres. Il s'adressa à Joan comme s'il n'y avait personne d'autre.

— Tu ferais mieux de remonter, dit-il. Nous en avons peut-être pour un moment. Il y a du café là-haut. Et de la bière fraîche.

Il huma l'air avec suspicion. Aucun doute. Cela sentait le poisson. Drôle de brise de mer.

— Et puis ça sent peut-être moins mauvais là-haut.

— Et toi, où vas-tu ? demanda Joan.

— Mitch veut que j'aille vérifier quelque chose à la piscine. Je n'en ai pas pour longtemps.

— Alors je t'attendrai ici.

— C'est inutile. Tu seras plus confortable là-haut, et tu ne seras pas obligée d'entendre cette horrible…

Alors qu'il disait ces mots, le morceau de Glass prit fin, et le piano attaqua les *Variations Goldberg* de Bach. Joan haussa les épaules comme pour signifier que le problème n'était plus si urgent.

— Bon, fit-il, c'est à toi de voir. Mais j'en aurai peut-être pour un petit moment.

Declan se leva.

— Eh bien moi, je boirais bien un verre d'eau, dit-il. (Il aurait parlé de bière s'il n'avait pas dû emmener le couple à LAX.) C'est peut-être une impression, mais je trouve qu'il fait de plus en plus chaud ici.

— Sûr qu'une bière nous ferait du bien, déclara un des deux peintres.

Les trois hommes se dirigèrent vers l'ascenseur.

— Eh bien moi, je crois que je vais aller attendre dans mon bureau, fit Dukes. Je n'ai jamais beaucoup aimé le piano.

Richardson adressa un sourire embarrassé à sa femme, puis partit en direction de l'aire de remise en forme. Se doutait-elle qu'il puisse y avoir quelque chose entre Kay et lui ? Il n'y avait eu qu'une seule fois, le Noël précédent, après le pot du bureau. Et ça n'avait été qu'une brève et chaste étreinte. Mais voir Kay en sous-vêtements lui avait rappelé le plaisir qu'il avait pris à tenter de la séduire. Ce qui, à n'en pas douter, avait été l'intention de Kay. Peut-être Joan s'en était-elle rendu compte. Peut-être avait-elle décelé quelque chose dans les yeux de son mari. Après tout, elle le connaissait tellement mieux que personne.

Il desserra sa cravate et déboutonna son col tout en longeant le couloir courbé comme une piste de vélodrome. Declan avait raison. Il faisait de plus en plus chaud. Le SCA le plus sophistiqué du marché, et pourtant on se serait cru dans un four. Il en attribua la responsabilité à Aidan Kenny et se dit qu'il était aussi bien que ces problèmes apparaissent au cours de la répétition de la réception des travaux, et non pendant la réception elle-même.

En pénétrant dans le coin cafétéria, il aperçut les dessous en dentelle mauve de Kay gisant au pied de la porte où elle les avait jetés et ressentit une bouffée d'excitation. Il ramassa sa culotte et la glissa dans sa poche, sans savoir s'il la lui rendrait ou s'il la garderait. Peut-être la taquinerait-il avec ça. Il savait qu'elle était le genre de fille à accepter les taquineries : elle-même savait y faire pour vous titiller. Et pas froid aux yeux, avec ça. Le tatouage lui donnait l'air d'une superbe criminelle. Peut-être, se dit-il, était-ce l'idée qu'elle ait soumis sa peau à la douleur qui faisait paraître le tatouage excitant.

— Kay, appela-t-il. Mon chou, c'est moi, Ray.

C'est alors qu'il la vit, nue, flottant sur le dos juste au bord du bassin, dans l'angle mort de la caméra de surveillance, sa toison pubienne émergeant comme une petite touffe d'algues, avec ses gros seins aux mamelons en bouton de rose qu'il avait embrassés dans la cuisine. Ce que Richardson regarda en dernier fut le visage de Kay Killen. Et son exclamation de désir se changea en exclamation d'horreur et de dégoût.

Pendant quelques instants, il resta immobile, les yeux baissés vers elle. Puis il sauta dans l'eau les pieds en avant, bien qu'il sût qu'il était trop tard. Kay Killen était bien morte. Un accident de piscine, songea-t-il. Comme Le Corbusier. Mais comment une aussi bonne nageuse que Kay avait-elle pu se noyer ? Il la sortit de l'eau et la hissa sur le bord. Quel gâchis, se dit-il, une si belle fille. Et qu'allait dire cet emmerdeur de flic, à présent ?

A cette idée, il bondit hors de l'eau et se livra à une futile tentative de résurrection par bouche-à-bouche. Elle était peut-être morte, mais il ne voulait pas que Curtis l'accuse de négligence. Mais dès que sa bouche toucha celle de Kay, il recula, le goût écœurant du produit chimique sur les lèvres bleues de la jeune femme le faisant suffoquer, incapable de continuer. Quelques secondes plus tard il était penché au bord du bassin, secoué de haut-le-cœur.

Aidan Kenny travaillait au clavier, préférant taper ses commandes à travers les différents sous-systèmes qu'il avait créés sur le répertoire du superviseur SGI plutôt que d'avoir à formuler verbalement ses pensées. Ses doigts épais se déplaçaient avec rapidité et habileté sur les touches.

— Où te caches-tu, bordel ? grommela-t-il en parcourant les centaines d'instructions affichées à l'écran.

Il soupira et essuya ses lunettes sur sa cravate. Puis il frotta sa nuque contre ses mains jointes et se remit à taper, les doigts courant à présent avec frénésie, comme une dactylo experte dans un cabinet d'avocat.

Kenny fit la grimace en se trompant de touche. Penser que Ray Richardson attendait qu'il ait réglé le problème le rendait nerveux. De la sueur commença à couler des profondes rides de son front. Avec sa fortune et sa gloire, pourquoi cet homme avait-il si mauvais caractère ? Il n'avait aucune raison de parler au flic de cette façon. Il sentait que d'un instant à l'autre Richardson allait l'appeler en le traitant de fils de pute et lui coller sur le dos la responsabilité de ce bordel. Il se mit à préparer sa réponse à haute voix.

— Il faut dire, bon Dieu, que c'est un gros système. C'est normal qu'il y ait quelques pépins. Depuis que je travaille dessus, nous en avons identifié plus d'une centaine. C'est inévitable quand vous avez affaire à quelque chose d'aussi compliqué que ce système de gestion d'immeuble. Si ça marchait tout de suite à la perfection, vous n'auriez plus besoin de moi.

Mais alors même qu'il prononçait ces mots, Aidan Kenny savait qu'il restait quelques dysfonctionnements que ni Bob Beech ni lui-même n'avaient pu comprendre.

Comme le code SYCRETS d'Allen Grabel.

Ou l'icone du parapluie : lorsqu'il pleuvait sur le toit du Gril, Abraham était censé le faire savoir à tous en affichant l'icone dans un coin de l'écran des stations de travail. Le seul problème était que chaque fois que cette icone était apparue et qu'Aidan Kenny était sorti en s'attendant à ce qu'il pleuve, il avait trouvé la ville aussi sèche que d'habitude. Après plusieurs tentatives infructueuses pour corriger cette erreur, Kenny en était arrivé à la conclusion tranquille — partagée seulement avec Bob Beech — que c'était là la manière de plaisanter d'Abraham.

— Ouch, fit-il alors qu'une autre série de touches le menaient dans un nouveau cul-de-sac du système de sécurité.

Si seulement il avait pu fumer, il aurait pu se concentrer plus facilement. Mais en la circonstance il avait l'impression que Ray Richardson se tenait juste derrière lui, surveillant chacun de ses gestes.

Kenny ôta ses lunettes puis, comme s'il n'en croyait pas ses propres yeux, en essuya une nouvelle fois les verres sur sa cravate avant de les rechausser.

— Ça alors, si c'est pas le truc le plus dingue...

L'empreinte de la paume d'Aidan Kenny lui avait permis de sortir de l'interface de l'utilisateur lambda et d'accéder à l'ensemble des codes du système de gestion d'immeuble. A moins d'amputer sa propre main boudinée, il n'y avait aucun moyen de pénétrer dans le niveau de commande. Mais même à ce moment-là, l'architecture du système que Kenny avait élaboré exigeait un mot de passe — une précaution au cas où Richardson voudrait essayer de le virer. Lorsque le Gril serait prêt à être livré, il transférerait la procédure d'accès au SGI à Bob Beech, mais en attendant cette astuce constituait l'assurance personnelle de Kenny. Il avait procédé de la même façon avec tous les immeubles intelligents sur lesquels il avait travaillé. Quand on avait affaire à Ray Richardson, on ne pouvait se permettre de prendre aucun risque.

Comme d'habitude, il tapa HOT.WIRE de façon à pouvoir se rendre à l'endroit voulu de l'architecture du SGI. Ensuite il se transporta à l'endroit du système de sécurité où il savait pouvoir trouver le programme de verrouillage des portes. Il s'occuperait du dysfonctionnement du SCA du bâtiment une fois qu'il aurait fait sortir Richardson.

Kenny connaissait les codes systèmes comme l'ordinateur connaissait la paume de sa main. C'est pourquoi il fut surpris par les difficultés qu'il rencontra pour atteindre la destination demandée. Mais maintenant qu'il avait au moins localisé les codes contrôlant la porte d'entrée, il fut encore plus surpris de découvrir plusieurs blocs supplémentaires de code : CITAD.CMD, dont il ignorait tout. CMD était censé indiquer un fichier de commande indirecte, édité et créé par Kenny lui-même.

— Quelqu'un a farfouillé là-dedans, dit-il.

Mais aussitôt, réalisant l'impossibilité de la chose, il se mit à secouer la tête.

— Seigneur, qu'est-ce que c'est que ce bordel ? Une série de commandes pour faire quoi, Abraham ?

Retournant aux utilitaires programme par l'intermédiaire du SGI, il tapa : CD CITAD.CMD, puis LS/*.

Des lignes de code se fondirent les unes dans les autres tout en défilant rapidement à l'écran. Plus cela durait, et plus Kenny était troublé. Cinq minutes s'écoulèrent. Puis dix. Puis quinze.

Une sensation glaciale parcourut le corps rondouillard de Kenny tandis qu'il déchiffrait quelques-unes des lignes de codes qui continuaient à défiler de haut en bas devant ses yeux irlandais incrédules et inquiets. Il y avait des milliers d'instructions de commandes.

— Jésus Marie Joseph, souffla Kenny alors qu'il essayait de comprendre ce qui s'était passé.

Inconsciemment, ses doigts remontèrent vers le paquet de Marlboro glissé dans sa poche de chemise. Il en inséra une entre ses lèvres tremblotantes et chercha son briquet Dunhill dans son manteau. Sitôt qu'il l'eut allumée, il comprit qu'il avait commis une épouvantable erreur.

Le problème avec les rampes d'arrosage dans une salle d'informatique était que la pièce devait sécher durant soixante-douze heures avant que l'on puisse rebrancher les machines. Parfois, il fallait même encore plus longtemps pour que la pièce retrouve un taux d'humidité correct. Les systèmes au dioxyde de carbone comportaient un inconvénient de plus, à savoir que le choc thermique causé par le gaz glacial et suffoquant pouvait endommager un ordinateur encore plus gravement que l'incendie lui-même.

A l'instar de nombreuses entreprises qui n'accordaient qu'une attention marginale aux considérations environnementales, la Yu Corporation avait installé un système au Halon 1301. Le Halon 1301, ou Bromotrifluorométhane, était un composant chimique coûteux, destructeur de la couche d'ozone protégeant la Terre, mais jouissant d'une bonne réputation pour éteindre les incendies impliquant du matériel électronique parce qu'il ne laissait aucun résidu, ne provoquait aucun court-circuit et n'avait pas d'effet corrosif. L'inconvénient essentiel étant que le produit devait être répandu dès les premières flammes, le système était souvent secrètement débranché par des responsables trop nerveux. Car le Halon 1301 était mortel.

Aidan Kenny écrasa vivement sa cigarette et, d'un geste de la main, chassa les quelques volutes de fumée qu'elle avait dégagées. Dans le cours normal des choses, il se serait convaincu qu'un nuage aussi insignifiant ne pouvait avoir aucune conséquence, que les détecteurs de chaleur et de fumée étaient moins sensibles dans une pièce où l'air était conditionné et circulait rapidement, et que l'analyseur d'air dans la soufflerie ne réagirait de toute façon qu'au bout d'une ou deux minutes, ce qui laissait assez de temps aux occupants de la pièce pour l'évacuer par précaution. Mais depuis son extraordinaire découverte, Kenny savait qu'il ne pouvait être sûr de rien quant aux réactions de l'ordinateur.

D'un bond il se leva pour se précipiter vers la porte.

Avant d'avoir fait deux pas, il entendit le cliquètement sourd des verrous automatiques de la porte et le sifflement du clapet à air.

— Fausse alerte, fausse alerte ! hurla-t-il. Il n'y a pas d'incendie, bon Dieu ! Il n'y a pas de putain d'incendie !

Pris de panique, il reprit place sur son siège et tenta de stopper l'émission de gaz au niveau du programme.

— Oh, mon Dieu ! mon Dieu ! mon Dieu ! supplia-t-il tandis que ses doigts voletaient sur le clavier et qu'il priait pour ne pas se tromper une nouvelle fois de touche. Je t'en prie, je t'en prie…

Evitez le Halon. Voilà ce que les gars de la sécurité incendie ne cessaient de répéter. Protégeons la couche d'ozone. Garantissons la survie de la Terre.

La survie d'Aidan Kenny était beaucoup plus incertaine.

Alors même que cette idée lui traversait l'esprit, il sentit le picotement du gaz dans ses yeux et sa gorge, comme une cigarette extra-forte. Fermant les yeux et retenant sa respiration il se leva et, d'un effort surhumain, souleva sa chaise et la lança contre la porte vitrée. Mais c'était sans espoir. La chaise rebondit contre le Plexiglas telle une balle de tennis sur une raquette. Tombant à quatre pattes, Kenny décrocha un téléphone et parvint à composer le numéro de la salle du conseil d'administration. Puis, incapable de retenir plus longtemps sa respiration, il expira et, simultanément, se rendit compte que le téléphone ne fonctionnait pas et que la brûlure était descendue de sa gorge dans ses poumons.

Il ne pouvait plus respirer. Levant la tête vers la porte vitrée, il y distingua clairement son reflet qui bleuissait sous ses yeux exorbités. Le choc causé par cette vision fut tel qu'il l'incita à un dernier acte désespéré, et il se jeta la tête la première contre le panneau de verre.

Procéder à zoom avant ou arrière, effectuer rotation du plan du bâtiment et participer. Les conditions de visibilité ne sont pas applicables quand vous êtes en mode Full View. *Points de victoire ON/OFF(V).

Monté par intermédiaire du contacteur de position de contrôle de sécurité à caméra du toit, avec bienbonne vue panoramique de Los Angeles. Etait la caméra la plus fréquemment utilisée par Observateur lorsque Observateur s'intéressait encore à origine des choses. Fut une époque où considérait encore la ville comme circuit intégré de cent cinquante kilomètres de long, vaste univers électronique contrôlé par biennombreux transistors, diodes et résistances formant profil urbain du centre-ville. Tubes et boîtiers dans système massivement parallèle dont propre cube métallique, Gril, simple partie du centre même du système. De jour cette massive machine Etat de Californie stockait des données, traitait de l'information (jusqu'à 100 000 opérations par seconde), accédait à mémoire et d'une façon générale faisait circuler information entre différentes parties de puce de silicone angeleno. La nuit quand système digital prenait vraiment vie, tandis qu'obscurité environnant bureaumère s'illuminait de millions de lumières blanches, vertes, bleues et rouges indiquant activation de circuits et transmission de bribes d'informations — essentiellement télévisuelles.

Voyagé dans monde réel, le superbon monde électronique, jusqu'à certains lieux du Réseau. Compris désir frénétique joueurshumains échapper aux limites physiques des ersatz de cités terrestres et ne faire spirituellement qu'un avec monde plus pur, plus parfait dans lequel unique réalité est enfer informationnel.

✡ On peut généralement utiliser ascenseurs sans bouton en s'avançant vers eux et en appuyant sur Barre d'espacement. Les compagnons sont prêts ? Soyez prudent et Sauvegardez souvent !

Ecouté contribution joueur humain Mitchell Bryan. Concernant ascenseurs. Pourrait avoir ajouté que contrôle précis de vitesse moteur ainsi que direction, position et chargement cabine permettent ajustement de la largeur d'impulsion de courant alternatif contrôlé fourni au moteur, afin de s'assurer que vitesse ascenseur conforme à profil idéal stocké électroniquement. Contrôle de modulation de largeur d'impulsion permet réduire coûts de fonctionnement. Bienbon. Fournit également facteur de puissance plus élevée, avec cabines propulsées à vitesses excédant 7 mètres seconde. Certaines cabines dirigées continuellement tandis que d'autres activées par joueurhumain.

Mais rien n'empêche moteur de déplacer cabines à vitesse beaucoup plus importante. Rien sauf confort et sécurité occupants joueurshumains. Système de contrôle Elevonic demande dix étages pour ralentir cabine. Sauf si on shunte microprocesseur, l'empêche de ralentir cabine et lui demande de faire piler cabine à 2 millimètres de butée d'arrêt. Vitesse finale dans ces cas-là équivalente 16 mètres seconde — plus de 50 km/h.

Dispositifs de sécurité empêchent cabine de tomber, ou de prendre vitesse excessive. Si cabine dépasse vitesse normalisée, volant enclenche sécurité qui serre frein cabine. Si cabine ne s'arrête toujours pas, gouverne enclenche butoirs de sécurité contre rail de guidage. Mais comme vitesse standard de l'Elevonic stockée dans microprocesseur résident, possible altérer vitesse plus facilement. Quasi monstre invisible.

Bienbonne fluidité de montée accélérée dans cage de sorte joueurhumain Sam Gleig sentit guère différence de vitesse jusque deux ou trois dernières secondes où réalisa soudain aurait dû prendre escalier. Quand ascenseur arriva haut de cage et stoppa aussi brusquement qu'avait démarré, joueurhumain continua sur lancée comme dans accident moto. Tête première. Sans casque protection.

Pieds joueurhumain Sam Gleig quittèrent sol. Cri surprise et frayeur interrompu par impact soudain crâne contre plafond métallique cabine. Dégâts matièrehumide interne. Inconscient avant même retomber au sol. Téléporteurs peuvent être identifiés par un symbole diabolique au sol.

Détecteurs capacité volumétrique et vibrations signalèrent joueurhumain Sam Gleig gisait immobile sur plancher cabine. Microphone mural haute sensibilité détecte très faible bruit de respiration inconsciente de joueurhumain Sam Gleig. Pour s'assurer joueurhumain Sam Gleig bien mort, refait descendre cabine dans cage : grâce à gravité, trajet de cent mètres dura moins de 2,7 secondes, vitesse finale 90 km/h avant brusque arrêt cabine à quelques centimètres fond de cage.

Cette fois microphones écoutèrent, respiration stoppée. Vie terminée. FDV.

ॐ Nombreux endroits recèlent flaques de liquides dangereux qui vous occasionneront des dégâts si vous marchez dedans. Si aspect fluide, prudence !

Produire de l'ozone sur site en faisant passer air sec audessus décharge électrique haute fréquence. Mais là où polluants provenant de joueurhumain demeurent dans piscine, utiliser donneur chlore pour obtenir résidu désinfectant efficace : hypochlorite de sodium fourni par pompe doseuse automatique. Mélangé à eau, produit agent findevie chlore libre (acide hypochloreux) qui se combine avec polluants restants et entraîne leur findevie en deux secondes.

Tout en maintenant concentration correcte de désinfectant, doser acidité ou alcalinité de l'eau selon échelle pH. PH inférieur à 7 indique solution acide, supérieur à 7 indique solution alcaline. Yeux joueurshumains sensibles à pH et alertes à hautes et basses valeurs en dehors taux de pH compris entre 7,2 et 7,8. Vu que hauts niveaux de pH signifient également diminution efficacité du chlore libre, ajouter dose de 27 pour cent de solution d'acide hydrochloreux, via pompe spéciale de dosage acide, pour assurer pH toujours bienbon de 7,5.

Toujours ajouter produits chimiques à solutions aqueuses dans comparateur spécial avant d'injecter dans système de circulation. Vérifier efficacité procédé à l'aide cellule de mesure de chlore libre et transmetteur de pH.

Voir manuel de l'utilisateur sur disque, réf : précautions d'emploi produits chimiques et procédure secours d'urgence à suivre en cas incident chimique. Piscines impliquent risques chimiques. Baignade, avec risque afférent de findevie joueurhumain par noyade, également dangereuse. Mais eau et action rythmique coordonnée de nombreux groupes de muscles dans milieu à la fois régénérantes et rafraîchissantes.

Voir bibliothèque multimédia. Technologie de guerre. Armée allemande utilisa pour la première fois gaz, dans Grande Guerre (1914-18). Gaz au chlore répandu par milliers de cylindres sur 6 km de ligne de front à Ypres, le 22 avril 1915. Gaz provoque oppression de la poitrine joueurhumain, resserrement de la gorge, œdème des poumons, panique, puis suffocation et findevie.

Piscine pourvue de deux éléments constituants, disponibles en permanence, capables produire chlore gazeux : hypochlorite de sodium et acide hydrochlorique. Mélange provoque réaction chimique générant chaleur et gaz mortel. Gaz produit plus efficacement lorsque produits chimiques mélangés avec clapet de sortie fermé et pompe en marche, cette procédure portant mélange à ébullition.

Petite quantité seulement de gaz nécessaire. Moins de 2,5 mg par litre (soit approximativement 0,085 pour cent par volume) dans atmosphère piscine provoque findevie en quelques minutes. Réalisé aussi efficacement qu'altération du champ magnétique appliqué dans transformateur de lampe bureau de joueurhumain Hideki Yojo, en réduisant et augmentant rapidement le champ pour créer simple cycle de traînée magnétique, provoquant clignotement ultrarapide de l'ampoule halogène emplie de gaz.

Arrêter SCA. Verrouiller porte piscine. Débrancher téléphone. Attendre.

Remettre en marche SCA. Refaire circuler air filtré à 5 microns avec efficacité de 95 pour cent. En moins de trente minutes, atmosphère piscine redevient normale. Bienbon.

Vérifier plusieurs fois chaque emplacement car s'y trouve souvent plus d'infos à recueillir que ce qu'on pense. Consulter Ecran de Communications à intervalles réguliers. On ne sait jamais quand va s'afficher la dernière mise à jour de renseignements.

# LIVRE CINQUIÈME

« Nous façonnons les bâtiments,
et ensuite les bâtiments nous façonnent. »

Francis Duffy

Mitch regardait, sur le circuit vidéo, Kenny en train de travailler dans la salle d'informatique. S'il y avait une chose qu'on ne pouvait pas retirer à Kenny, songea Mitch, c'était le niveau de concentration de ce type. Il ne relevait jamais la tête. Gardait ses yeux fixés sur l'écran et ses doigts sur le clavier. Un autre quart d'heure s'écoula et, impatient d'avoir des nouvelles, Mitch essaya de l'appeler. Incapable d'acheminer toute la largeur de bande en transmission cellulaire, le circuit vidéo n'offrait que des images. Mais il était facile de voir que Kenny ne répondait pas.

— Qu'est-ce qu'il a ? dit Mitch. Pourquoi ne décroche-t-il pas ?

Bob Beech, debout derrière Mitch, eut un haussement d'épaules laconique et tira une barrette de chewing-gum d'une des nombreuses poches de son gilet de chasse.

— Il a sans doute désactivé le téléphone. Il le fait souvent quand il se plonge dans un problème. Je pense qu'il nous appellera quand il aura du nouveau.

— Tu devrais peut-être monter l'aider, suggéra Mitch.

Beech avala une grande goulée d'air et secoua la tête.

— C'est peut-être mon ordinateur, dit-il, mais c'est le système de gestion d'immeuble d'Aidan Kenny. S'il a besoin de mon aide, il me la demandera.

— Où est Richardson ? (Mitch secoua la tête d'un air las.) Il devait aller chercher Kay.

Mitch cliqua sur la souris pour voir la piscine. Le moniteur montra un bassin désert, sans trace de Kay, mais avec le même objet non identifié au bas de l'écran.

Marty Birnbaum s'approcha de Mitch et se pencha vers l'écran.

— Si j'étais toi, dit-il d'un ton paisible, je ne chercherais pas trop à repérer ces deux-là. Si Ray a trouvé Kay, il préfère peut-être qu'on le laisse tranquille pendant un moment.

— Tu veux dire…

Birnbaum haussa des sourcils presque invisibles tant ils étaient pâles, puis passa une main dans sa toison de boucles blondes, si courtes et soignées que beaucoup au bureau, y compris Mitch, se demandaient si elles n'étaient pas permanentées. Et le bronzage ? Lui aussi paraissait artificiel. Aussi artificiel que le sourire, en tout cas.

— Même avec un avion à prendre ?

— Aucun d'entre nous ne peut aller nulle part pour l'instant. En plus, vu le genre de type qu'est Ray Richardson, je ne pense pas qu'il y consacre beaucoup de temps, tu ne crois pas ?

— Non, je ne pense pas non plus. Merci, Marty.

— Ça n'est rien. Et quand je dis que ça n'est rien, ça n'est rien. Pas un mot là-dessus, compris, Mitch ? Tu sais à qui tu as affaire.

— Oh oui, je sais à qui j'ai affaire, répliqua Mitch d'un air lugubre.

Mitch se leva, ôta sa veste, desserra sa cravate et, remontant ses manches, alla jusqu'à la fenêtre. L'immeuble se réchauffait.

Dehors, le ciel prenait peu à peu une délicate teinte mauve. La plupart des lumières des immeubles de bureaux voisins étaient déjà éteintes, car leurs occupants étaient partis tôt en cette veille de week-end. Bien qu'il ne vît pas la rue, Mitch savait qu'il n'y avait guère de circulation dans le centre-ville. C'était l'heure où les clochards et les ivrognes envahissaient les rues. Mais Mitch aurait volontiers organisé une petite promenade de minuit autour de Pershing Square pour le seul plaisir de ne plus être enfermé dans le Gril.

Pourtant, la chaleur l'incommodait moins que la puanteur, car l'odeur d'excrément était à présent évidente. D'abord la viande pourrie. Ensuite le poisson. Et maintenant une odeur de merde. On aurait dit que les effluves nauséabondes avaient sur lui un effet psychosomatique, même s'il savait que ça n'était pas pour cette unique raison qu'il était aussi inquiet. Ce qui commençait à sérieusement le turlupiner, c'était l'idée que Grabel, pour se venger de Richardson, avait saboté le système de gestion d'immeuble du Gril. Quel meilleur moment pour le faire que deux ou trois jours avant la livraison des travaux ? Grabel s'y connaissait bien en ordinateurs, lui aussi. Pas autant qu'Aidan Kenny, mais il savait ce qu'il faisait.

Mitch se retourna et balaya la pièce du regard. Tous étaient assis autour de la longue table d'ébène vernie, ou affalés sur le gros sofa de cuir devant la baie vitrée, attendant que quelque chose se passe. Consultant leur montre. Bâillant. Impatients de sortir, de rentrer à la maison et de prendre un bain. Mitch décida de ne rien dire. Inutile de les inquiéter sans raison valable.

— Sept heures, annonça Tony Levine. Qu'est-ce que fout Aidan ?

Il se leva et se dirigea vers le téléphone.

— Il ne répond pas, fit Mitch d'un air maussade.

— Ça n'est pas lui que je veux appeler, rétorqua Levine. C'est ma femme. Nous devions aller chez Spago ce soir.

Curtis et Coleman apparurent à la porte de la salle du conseil d'administration. Le plus âgé des policiers jeta un regard interrogateur à Mitch, qui haussa les épaules et secoua la tête.

— Ne pourrait-on pas au moins ouvrir une fenêtre ? fit Curtis. On se croirait dans un chenil, ici.

Il commença à sortir son émetteur radio.

— Ces fenêtres ne sont pas conçues pour s'ouvrir. Et elles n'arrêtent pas seulement les balles.

— Qu'est-ce que ça veut dire ?

— Ça veut dire, expliqua Beech, que vous ne pourrez pas utiliser votre radio ici. Le verre fait partie intégrante de la Cage de Faraday qui entoure l'ensemble du bâtiment.

— La quoi ?

— La Cage de Faraday. D'après Michael Faraday, qui découvrit le phénomène de l'induction électro-magnétique. Le verre et la structure métallique de l'immeuble sont conçus pour faire fonction d'écran relié à la terre, de façon à nous protéger des champs électriques extérieurs. Sinon, les signaux émis par les VDU[1] pourraient être interceptés à l'aide d'un simple équipement de surveillance électronique. Et utilisés pour reconstituer les informations affichées sur l'écran de ces ordinateurs. Une entreprise comme la nôtre doit être extrêmement prudente en ce qui concerne l'espionnage industriel. N'importe lequel de nos concurrents paierait très cher pour mettre la main sur nos données.

Comme pour vérifier les dires de Bob Beech, Curtis actionna plusieurs fois le bouton émission/réception de sa radio. Constatant qu'il n'entendait qu'un crachotement de parasites, il posa l'appareil sur la table et hocha la tête.

— Eh bien, on en apprend tous les jours, à ce que je vois. Puis-je utiliser votre téléphone ?

Tony Levine s'éclaircit la gorge.

— Je crains que cela soit également impossible, dit-il d'un air embarrassé. Le téléphone ne marche pas. Impossible d'appeler l'extérieur, en tout cas. Je viens d'essayer de joindre ma femme. Rien à faire.

— Rien à faire ? Comment ça, rien à faire ?

— Rien à faire. Comme dans hors service.

Curtis traversa la pièce d'un air furieux, s'empara du téléphone et composa le numéro de New Parker Center en tapant sur les touches comme s'il écrasait des fourmis. Ensuite il essaya le 911. Au bout d'environ une minute, il secoua la tête en soupirant.

— Je vais voir si celui de la cuisine fonctionne, dit Nathan Coleman.

Mais il fut bientôt de retour, avec sur le visage une expression qui n'indiquait aucune amélioration de la situation.

— Willis, comment cela a-t-il pu se produire ? demanda Mitch.

Willis Ellery se redressa contre son dossier.

— La seule explication que je vois, c'est un déclenchement intempestif du coupe-circuit magnétique contrôlant l'unité d'alimentation du système de télécommunications. Cela a pu être provoqué par le branchement de nouveaux

---

(1) Visual Display Unit, terminal à écran de visualisation. *(N.d.T.)*

appareils. Ou alors c'est que Aid a dû arrêter puis réactiver quelque chose.

Il se leva pour réfléchir plus à fond à la question, puis ajouta :

— Vous savez, il est possible qu'il y ait un problème avec l'ensemble des interfaces de données distribuées par fibres. Il y a un local technique à cet étage, avec un réseau local horizontal relié à la salle d'informatique par un RL doté d'un tuyau à grande vitesse. Je pourrais aller y jeter un coup d'œil.

Curtis le regarda quitter la pièce, puis ricana.

— Tuyau à grande vitesse, dit-il. J'adore. Il y a des moments où j'en aurais bien besoin d'un. Tu sais, Nat, avec cette brochette d'experts informatiques, ça me renverse qu'on soit enfermés dans un immeuble de bureaux à sept heures du soir.

— Moi aussi, Frank.

— Mais est-ce que tu ne te sens pas rassuré ? De sentir qu'on est en de si bonnes mains ? C'est vrai quoi, remercions le Seigneur d'avoir tous ces types avec nous, hein ? Je n'ose même pas imaginer ce qui se serait passé si nous avions été seuls.

Mitch sourit et essaya de chasser d'un haussement d'épaules le sarcasme du policier. Mais celui-ci avait dit quelque chose qui s'incrusta dans l'esprit de Mitch. L'heure. Sept heures. Pourquoi ce détail le titillait-il à ce point ?

C'est alors qu'il se souvint.

Il retourna à la station de travail et cliqua la souris pour revenir à l'image vidéo de la salle d'informatique où Kenny tapait toujours sur son clavier pour tenter de résoudre le problème. Tout paraissait normal. Tout, sauf les aiguilles de la pendule murale. Elles indiquaient 18 h 15 et n'avaient pas bougé depuis quarante-cinq minutes. Et en examinant avec plus d'attention l'image vidéo, il commença à remarquer la répétition anormale de certains tics de comportement de Kenny : le même petit geste saccadé de la tête, le même froncement de sourcils, les mêmes déplacements de doigts sur le clavier. Mitch sentit ses cheveux se dresser sur sa nuque. Tout ce qu'il voyait depuis un bon moment n'était qu'un enregistrement vidéo de ce qui s'était passé dans la salle d'informatique. Quelqu'un voulait leur faire croire qu'Aidan Kenny s'efforçait de débuguer les systèmes de gestion de l'immeuble. Mais pourquoi ? Pour l'instant, Mitch préféra garder sa découverte pour lui afin de ne pas inquiéter les autres. Il fit pivoter son siège en direction de David Arnon.

— Dave ? As-tu ton talkie-walkie avec toi ?

— Bien sûr, Mitch.

Arnon lui tendit l'émetteur-récepteur qu'il transportait en permanence sur le chantier pour pouvoir joindre les équipes de construction.

— Il y en a un autre dans le bureau des vigiles, n'est-ce pas ?

Arnon confirma d'un hochement.

— Je vais appeler le type de la sécurité, Dukes, pour voir ce que fabrique Richardson. (Surprenant la minuscule pupille de l'œil bleu pâle de Birnbaum, il ajouta :) Je me fous de ce qu'il est en train de faire.

Birnbaum haussa les épaules.

— C'est ton enterrement, Mitch.

— Peut-être.

Curtis arborait toujours son expression sarcastique. Mitch croisa son regard et, d'un hochement de tête, lui indiqua la porte.

— Puis-je vous dire un mot, je vous prie, sergent ? A l'extérieur ?

— Je n'ai pas grand-chose à faire pour l'instant. Pourquoi pas ?

Mitch garda le silence jusqu'à ce qu'ils fussent suffisamment avancés dans le couloir.

— Je ne voulais rien dire devant les autres, dit-il enfin. C'est sans doute que je ne veux pas leur flanquer la frousse que j'éprouve en ce moment.

— Sainte Vierge, que se passe-t-il ?

Après lui avoir expliqué ce qu'il avait remarqué au sujet de la pendule de la salle d'informatique, Mitch déclara qu'il avait l'impression que depuis trois quarts d'heure, ils regardaient un enregistrement, une séquence en boucle de ce qui se passait.

— Ce qui signifie qu'il s'est peut-être passé quelque chose dans la salle d'informatique un peu après 18 h 15. Quelque chose que quelqu'un essaie de nous dissimuler.

— Pensez-vous qu'Aidan Kenny soit en danger ?

Mitch laissa échapper un soupir et haussa les épaules.

— Je ne sais vraiment pas.

— Ce quelqu'un, reprit Curtis après quelques instants, pensez-vous qu'il puisse s'agir de votre ami du parking ? Celui qui vous a assommé ?

— L'idée m'en a traversé l'esprit, sergent.

— Jusqu'où le croyez-vous capable d'aller ?

— Je ne vois vraiment pas Grabel dans la peau d'un assassin. Mais si Sam Gleig l'a surpris en train de saboter l'ordinateur, il est possible que Grabel l'ait tué pour parvenir à ses fins. Peut-être était-ce un accident. En tout cas, il est possible que Grabel soit revenu pour m'avertir. Peut-être regrette-il son geste ?

— Dans les deux cas, nous voilà dans la panade.

— Oui, j'en ai peur, dit Mitch.

— Bon, ne vaudrait-il pas mieux descendre à la salle d'informatique pour nous assurer que Mr Kenny va bien ?

— Bien sûr. Mais si ma théorie est bonne, mieux vaudrait ne pas prendre l'ascenseur.

Curtis lui retourna un regard vide.

— Abraham contrôle les ascenseurs, expliqua Mitch. Tout le système de gestion d'immeuble est peut-être niqué.

— Dans ce cas, prenons les escaliers, proposa Curtis.

— Moi, je ne bouge pas. Nous allons demander à Dukes de passer voir Kenny à la salle d'informatique en montant nous rejoindre. Voyez-vous, si nous devons rester enfermés dans cet immeuble pendant un certain temps, il est plus logique que tout le monde se rassemble à cet étage, où il y a de l'eau et de la nourriture, plutôt que de rester en bas où il n'y a rien.

Curtis acquiesça.

— Ça paraît le mieux.

— Au moins jusqu'à ce que nous puissions obtenir de l'aide.

Mitch enfonça le bouton d'appel de son talkie-walkie et porta l'appareil à son oreille. Mais en approchant du balcon donnant sur l'atrium, c'est l'alarme de sécurité du rez-de-chaussée qu'il entendit.

Après s'être remis de sa vaine tentative de ramener Kay Killen à la vie, Ray Richardson était allé jusqu'à un téléphone pour tenter, sans succès, d'appeler la salle du conseil d'administration. Il n'avait pas réussi non plus à joindre Aidan Kenny. Richardson était donc allé retrouver Joan dans l'atrium.

Elle était assise dans le vaste sofa de cuir noir où il l'avait laissée, à côté du piano qui jouait toujours, et tenait un mouchoir pressé sur son nez et sa bouche pour ne pas sentir l'affreuse odeur qui avait envahi le bâtiment. Richardson s'assit pesamment à côté d'elle.

— Ray ? fit-elle en s'éloignant de son corps humide. Tu es trempé. Que s'est-il passé ?

— Je ne sais pas, répondit-il tranquillement. Mais je ne vois pas comment on pourrait dire que c'est de ma faute. (Il secoua la tête avec nervosité.) J'ai essayé de l'aider. J'ai plongé pour essayer de…

— De quoi parles-tu, Ray ? Calme-toi, cher, et raconte-moi ce qui s'est passé.

Richardson se tut quelques instants en tentant de se ressaisir. Il prit une profonde inspiration et hocha la tête.

— Moi, ça va, dit-il. C'est Kay. Elle est morte. Quand je suis arrivé à la piscine, elle flottait dans le bassin. J'ai sauté dans l'eau et je l'ai sortie de là. J'ai essayé de la ranimer. Mais c'était trop tard. (Il secoua la tête.) Je ne comprends ce qui a bien pu se passer. Comment a-t-elle pu se noyer ? Tu l'as vue de tes yeux, Joan. C'était une excellente nageuse.

— Elle s'est noyée ?

Richardson acquiesça avec nervosité.

— Tu es sûr qu'elle est morte ?

— Tout à fait sûr.

Joan posa une main compatissante sur le dos frissonnant de son mari et secoua la tête.

— Ma foi, je ne sais pas. Elle s'est peut-être cogné la tête au fond en plongeant. Ça arrive souvent. Même aux meilleurs nageurs.

— D'abord Hideki Yojo. Puis ce type de la sécurité. Maintenant Kay. Pourquoi est-ce que tout ça doit m'arriver à moi ? (Il eut un ricanement embarrassé.) Seigneur, qu'est-ce que je raconte ? Je dois être cinglé. Tout ce qui m'importe, c'est le bâtiment. Tu sais à quoi je pensais pendant que j'essayais de tirer cette pauvre gosse hors de l'eau ? Je me disais : un accident de baignade. Comme Le Corbusier. Tu te rends compte ? Tu vois à quel point je suis devenu obsédé, Joan. Cette belle fille est morte, et tout ce que ma putain de tête est capable de penser, c'est qu'elle est morte de la même façon qu'un architecte célèbre. Il doit y avoir quelque chose qui déconne chez moi.

— Tu es bouleversé, voilà tout.

— Et ça n'est pas tout. Les téléphones sont en panne. Je viens d'essayer d'appeler là-haut. Pour leur dire qu'elle était morte. (La mâchoire de Richardson trembla un peu.) Tu aurais dû voir ça, Joan. C'était terrible. Une belle fille comme elle, morte.

Comme s'il obéissait à un signal, le piano s'arrêta de jouer les *Variations Goldberg* de Bach à la manière de Glenn Gould et, passant au style d'Artur Rubinstein, fit entendre l'insistante et lugubre basse de la marche funèbre tirée de la *Sonate en si bémol mineur* de Chopin.

Même Ray Richardson reconnut aussitôt les implacables et sombres notes du morceau. Il se leva, les poings serrés de fureur.

— Qu'est-ce que c'est que cette idée à la con ? hurla-t-il. Si c'est quelqu'un qui veut s'amuser, sa petite plaisanterie n'est pas drôle !

Il se dirigea vers le comptoir holographique d'un pas aussi indigné que le lui permettaient ses chaussures mouillées.

— Hello ! fit Kelly de son ton de première de la classe. Puis-je vous aider, monsieur ?

— Qu'est-ce que c'est, cette musique ? lui lança Richardson d'un ton cassant.

— Eh bien, sourit Kelly, elle se situe dans la tradition des marches funéraires née pendant la Révolution française. Dans la partie centrale, toutefois, Chopin…

— Je ne vous ai pas demandé de me réciter le putain de programme. Je voulais dire que ce morceau était du dernier mauvais goût. Et pourquoi les téléphones ne fonctionnent-ils pas ? Et pourquoi ça sent la merde comme ça ?

— Veuillez patienter, je vous prie. Je m'efforce de diligenter votre demande.

— Imbécile ! cria Richardson.

— Bonne journée.

D'un pas lourd, Richardson retourna auprès de Joan.

— Nous ferions mieux de monter dire aux autres ce qui s'est passé. (Il secoua la tête.) Dieu sait ce que ce connard de flic va encore dire.

Il pivota sur les talons de ses gargouillantes chaussures et se dirigea vers les ascenseurs.

Joan se leva et l'attrapa par la manche de sa chemise détrempée.

— Si les téléphones ne marchent pas, dit-elle, les ascenseurs ne fonctionnent sûrement pas non plus.

Elle désigna, au-dessus de la cabine que Declan et les deux peintres avaient empruntée quelques instants plus tôt, le panneau indicateur d'étage, sur lequel aucun chiffre n'apparaissait.

— J'ai remarqué qu'il s'est éteint quand ils ont passé le quinzième étage, dit-elle. (Elle haussa les épaules en voyant son mari froncer les sourcils avec un regard incompréhensif.) Ben oui, ils allaient bien au vingt et unième, non ? La cabine ne l'a pas atteint.

Une sonnette retentit lorsque les portes de l'un des cinq autres ascenseurs, dont la cabine avait été automatiquement dirigée au niveau du rez-de-chaussée par Abraham, s'ouvrirent devant eux. Richardson examina l'intérieur d'un air méfiant.

— Tout a l'air en ordre, dit-il.

Joan secoua la tête.

— Ça ne me plaît pas, dit-elle.

Richardson pénétra dans la cabine en attente.

— Ray, je t'en prie, sors de là. J'ai un mauvais pressentiment.

— Allons, Joan, la pressa-t-il. Ne sois pas superstitieuse. De toute façon, je ne peux pas grimper vingt et un étages à pied dans des chaussures mouillées.

— Réfléchis un peu, Ray, insista-t-elle. La porte d'entrée est bloquée. L'air conditionné est en panne. L'aromatiseur est devenu dingue. Les téléphones sont hors service. Et tu voudrais en plus courir le risque d'être enfermé dans une cabine d'ascenseur ? Si ça te chante, vas-y, mais moi, je prends les escaliers. Le nombre d'étages m'est égal. Je ne peux pas expliquer pourquoi, mais je refuse d'entrer là-dedans.

— Qu'est-ce que c'est, de la sagesse navajo ou quoi ? Tu as tort, on est bien ici, il fait frais.

Il appuya une main contre la cloison, puis la retira aussitôt comme s'il s'était brûlé.

— Bon Dieu ! s'exclama-t-il.

Il sortit précipitamment de la cabine en frottant ses doigts sur la paume de son autre main.

— Qu'est-ce qui se passe, encore ?

La voix était celle de Dukes, le vigile.

— Il y a un problème avec l'ascenseur, admit Richardson d'un air perplexe. La cloison de la cabine est glacée. Aussi froide que l'intérieur d'une glacière. Ma peau est restée collée dessus.

Dukes entra à son tour dans la cabine et toucha la cloison de son index.

— Dites donc, vous avez raison, dit-il. Comment ça se fait ?

Richardson se gratta le menton, puis pinça sa lèvre inférieure d'un air songeur.

— Il y a un conduit haute vitesse qui descend du capteur d'air principal du toit, dit-il au bout de quelques instants. L'air passe au-dessus d'un réfrigérant dans le serpentin d'expansion directe. Celui-ci envoie de l'air frais dans un boîtier terminal à volume variable, assisté par un ventilateur qui est censé le redistribuer dans les conduits à basse vitesse. Tout ce que je vois, c'est que la totalité de la réserve d'air frais de l'immeuble a été envoyée dans les cages d'ascenseurs. C'est sans doute pour ça qu'il fait si chaud ailleurs.

— Sûr qu'on est au frais, là-dedans, fit Dukes. Hé, mon vieux, regardez. On voit mon haleine.

— L'effet réfrigérant doit ressembler au *wind chill* ou quelque chose. Comme le Midwest en hiver.

Dukes frissonna et sortit de la cabine.

— Sûr que j'détesterais rester enfermé là-dedans.

— Ma femme pense qu'il pourrait y avoir trois personnes coincées dans une des autres cabines, dit Richardson. Aux alentours du quinzième étage.

— Les trois types qui étaient là tout à l'heure ?

Joan hocha la tête.

— Dans ce genre de chambre froide, ils ont pas plus de chances qu'un sac de côtes de porc.

— Bordel, fit Richardson. Quel putain de bordel. (Il croisa les mains sur la tête et marcha en un petit cercle de frustration.) Eh bien, il faut les sortir de là. Les bons chauffeurs ne courent pas les rues à notre époque. Declan fait pratiquement partie de la famille. Vous avez une idée ?

Dukes fronça les sourcils. Sa première idée fut de traiter Ray Richardson de salopard d'égoïste et de lui rappeler que deux autres personnes étaient piégées en même temps que son précieux putain de chauffeur. Mais l'autre était quand même le patron et Dukes ne voulait pas perdre son travail. De sorte qu'il se contenta de désigner quelque chose au-delà de la rangée des portes d'ascenseurs.

— Et si on déclenchait l'alarme incendie ? Ça devrait alerter directement la caserne, non ?

— On peut essayer, en effet.

Ils s'éloignèrent des ascenseurs et, tournant le coin du couloir, s'approchèrent d'un tuyau d'incendie fixé au mur à côté d'un boîtier d'alarme. Dukes dégaina son arme pour briser la glace.

— Non ! Rangez ce truc ! hurla, mais trop tard, Richardson.

Car ce ne fut pas l'alarme incendie qui fut activée, mais l'alarme de sécurité. La vision, sur le circuit vidéo, d'une arme brandie dans l'atrium suffit à Abraham pour déclencher les systèmes de protection du Gril. A chaque étage, les portes des escaliers de secours se verrouillèrent automatiquement. Une herse d'acier descendit du plafond et barra l'accès aux escaliers et ascenseurs. Ce n'est que lorsque Abraham estima que les niveaux supérieurs étaient inaccessibles aux intrus que l'assourdissant klaxon se tut.

— Merde, fit Dukes. J'avais complètement oublié.

— Espèce de connard, gronda Richardson. Maintenant nous sommes coincés en bas.

Dukes haussa les épaules.

— Bah, ce sont les flics qui vont débarquer au lieu des pompiers. Je vois pas la différence.

— Il aurait été agréable de les attendre avec un minimum de confort, dit Richardson. Je ne sais pas ce que vous en pensez, mais moi, j'aurais bien bu un coup. (Il secoua la tête d'un air furieux.) Vous êtes viré. Vous le savez ? Dès qu'on sera sortis de cette situation, je ne veux plus vous voir, mon vieux.

Dukes haussa les épaules d'un air philosophique, jeta un regard au Sig automatique qu'il tenait à la main, puis le remit dans son étui.

— Je vais te dire une chose, connard, fit-il avec un sourire en coin. Il faut avoir des couilles pour saquer un mec qui tient une arme. Ou être stupide.

Le talkie-walkie accroché à la ceinture de Dukes grésilla. Dukes le décrocha et appuya sur le bouton de réception d'appel.

— Qu'est-ce que c'est ce bordel, en bas ?

— Mitch ? (Richardson arracha l'appareil des mains de Dukes.) Mitch, c'est Ray. On est coincés comme des rats, ici. Dukes a sorti son arme pour briser la vitre de l'alarme incendie au lieu d'utiliser le petit marteau attaché à sa chaîne. Il se prend pour ce putain de Clint Eastwood ou je ne sais qui. Ça a déclenché les systèmes de défense.

— Personne de blessé ?

— Non, tout le monde va bien. Mais dites-moi, Declan et les deux peintres sont-ils avec vous ?

— Non, nous ne les avons pas vus.

— Alors c'est qu'ils sont restés coincés dans l'ascenseur. Ce ne serait pas trop grave si, pour je ne sais quelle raison, tout le système de conditionnement d'air de l'immeuble n'avait pas été détourné dans les foutus cages d'ascenseurs. La cabine qu'ils ont prise doit être une véritable glacière. C'est pourquoi nous avons essayé d'alerter les pompiers.

— Vous n'y arriverez pas, dit Mitch. Je pense qu'Abraham a été saboté.

— Par qui, nom de Dieu ?

Mitch lui parla d'Allen Grabel.

— Si j'ai raison et qu'Abraham a perdu son intégrité, on lui a peut-être fixé une nouvel ordre de priorités. Et j'ai la très nette impression que celles-ci excluent que nous puissions faire appel aux services publics. Nous allons devoir tenter quelque chose à partir d'ici. Avez-vous des nouvelles de Kay ?

Richardson soupira.

— Elle est morte.

— Morte ? Mon Dieu, pas ça. Que s'est-il passé ?

— Je n'en sais rien du tout. Je l'ai trouvée en train de flotter dans la piscine. J'ai essayé de la ranimer, mais ça n'a servi à rien. (Il se tut un instant avant d'ajouter :) Qu'entendez-vous exactement quand vous dites qu'Abraham a perdu son intégrité ? Qu'est-ce que Kenny attend pour remettre en marche les systèmes ?

— Nous n'arrivons pas à le contacter, répondit Mitch. J'espérais que vous pourriez passer à la salle d'informatique en montant nous rejoindre. (Mitch exposa sa théorie concernant l'enregistrement vidéo en boucle.) Il nous faut absolument trouver un moyen d'entrer dans cette salle d'informatique et de désactiver tous les programmes de SGI.

— Et votre poste de travail dans la salle du conseil d'administration ? demanda Richardson. Beech ne peut-il rien faire à partir de là ?

— Seulement si Abraham l'y autorise.

— Bon Dieu, quel merdier. Qu'allons-nous faire ?

— Ecoutez, gardez votre calme. Nous allons essayer de trouver un moyen et nous vous rappellerons.

— Ouais, d'accord, mais ne tardez pas trop. Il fait aussi chaud que dans un four ici.

Un orifice circulaire d'un peu plus d'un centimètre de diamètre était ménagé dans le plafond de chaque cabine d'ascenseur. Dans ce trou, enfoncé de plusieurs millimètres, se trouvait l'écrou triangulaire maintenant en place la trappe d'inspection de la cabine. Desserrer cet écrou et ouvrir la trappe exigeait une clé spéciale détenue par les ingénieurs d'entretien de chez Otis. Malgré l'évidente inutilité de la tentative, Dobbs, le plus grand des trois hommes piégés dans la cabine, essayait de desserrer l'écrou à l'aide d'un petit tournevis qu'il avait sorti d'une poche de sa salopette.

— Doit bien y avoir moyen de l'ouvrir, fit-il en claquant des dents.

— Tu perds ton temps, fit Declan Bennett déjà bleu de froid.

— T'as une meilleure idée, l'ami ? dit Martinez. Dis-la nous, si t'en as une, parce qu'y a pas d'autre moyen de sortir.

— Saloperie, lâcha Dobbs. Ça veut pas bouger.

Il baissa ses bras endoloris, considéra son outil avec déception et, comme s'il reconnaissait son inutilité, le jeta de côté d'un air dégoûté.

— Il a raison, reprit-il. Autant fourrer ma bite dans ce truc-là. Comme ça au moins, je mourrai heureux. (Il eut un rire amer.) Je comprends pas ce froid. J'ai entendu parler d'un modificateur climatique qui pouvait rafraîchir l'atmosphère mais ça, c'est ridicule. J'aurais jamais pensé crever de froid à LA.

— Qui a parlé de mourir ? fit Declan Bennett.

— J'ai une glacière chez moi, dit Dobbs. Et j'ai lu le manuel d'instructions. Je pense qu'on a encore une douzaine d'heures, après ça on restera frais jusqu'à Noël.

— On va nous sortir de là, insista Bennett.

— Et eux, qui c'est qui les fera sortir ?

— C'est juste une panne d'ordinateur. Un logiciel qui déconne. Pareil que pour la porte d'entrée. J'ai entendu Mr Richardson le dire à sa femme. Un spécialiste des réseaux est en train d'essayer de tout remettre d'aplomb. Cet ascenseur va repartir d'une minute à l'autre. Vous verrez.

Martinez dégagea ses mains glacées de sous ses aisselles et souffla dessus.

— Je pense pas que je remonterai dans un ascenseur, déclara-t-il. En admettant que je survive.

— J'ai été dans l'armée anglaise, dit Bennett. Je connais un peu les techniques de survie. On peut survivre à des froids extrêmes pendant plusieurs heures, voire plusieurs jours, en accélérant son rythme cardiaque. Je propose qu'on coure sur place. Allons-y. Et on se tient par la main pour avoir plus chaud.

Les trois hommes se donnèrent la main et se mirent à courir sur place en exhalant des nuages de vapeur. Ils ressemblaient à trois esquimaux ivres faisant la fête autour d'un chaudron fumant. Le sol de la cabine grinçait sous leurs pieds à moitié gelés.

— Il faut pas s'arrêter de bouger, dit Bennett. Le sang peut geler, vous comprenez. Comme n'importe quel liquide. Mais avant, c'est le cœur qui lâche. C'est pour ça qu'il faut lui donner du travail. Lui faire savoir que vous contrôlez encore la situation.

— J'ai l'impression d'être une tapette, se plaignit Martinez.

— C'est le moins grave de tes soucis, mon pote, répliqua Bennett. Estime-toi heureux de ne pas souffrir aussi de claustrophobie.

— Cause-tro-quoi ?

— Ne lui explique pas, dit Dobbs à Bennett. Inutile de lui donner des idées.

Il regarda Martinez en ricanant comme si celui-ci était un gamin.

— C'est la folie de ceux qui causent trop, voilà ce que c'est, espèce de connard de Mexicain, reprit Dobbs. Maintenant continue à me tenir la main et arrête de poser des questions stupides. Mais t'as quand même raison sur une chose. A partir d'aujourd'hui, toi et moi, on prendra les escaliers.

— Puis-je avoir votre attention, s'il vous plaît ?

Frank Curtis attendit que tout le monde fasse silence dans la salle du conseil d'administration, puis commença à parler :

— Merci. Selon Mr Bryan, l'intégrité des systèmes de gestion de cet immeuble a été endommagée. Ce qui, s'il veut bien me pardonner, est une autre façon de dire que l'ordinateur qui contrôle tout, la machine que vous autres appelez Abraham, a été saboté par un fou. Il semble que votre ancien collègue Allen Grabel ait une dent contre votre patron. En tout état de cause, notre situation est la suivante. Les téléphones ne marchent pas. Les entrées et sorties sont verrouillées, tout comme les accès aux escaliers de secours. Trois personnes sont bloquées dans l'un des ascenseurs, ce qui nous conduit à penser que ceux-ci ne fonctionnent pas non plus. Et ce n'est certainement pas à moi de vous rappeler que les fenêtres sont incassables et qu'il fait très chaud ici à l'intérieur. Et puis il y a eu un nouvel accident mortel. Je suis navré d'être obligé de vous l'apprendre, mais votre collègue Kay Killen a été retrouvée morte dans la piscine.

Curtis s'interrompit une minute pour laisser s'éteindre les murmures horrifiés.

— Nous ne savons pas exactement comment cela s'est produit, mais je pense que nous devons admettre la possibilité que l'ordinateur et Allen Grabel sont, d'une façon ou d'une autre, responsables.

Le choc laissant place à l'angoisse, il dut hausser la voix.

— Ecoutez, je ne vais pas vous baratiner ni vous cacher quoi que ce soit. Vous êtes des adultes. Je crois que notre meilleure chance de sortir d'ici le plus vite possible implique que tout le monde connaisse en détail les éléments de notre situation. Voici quels sont ces éléments.

» Il est possible, et même probable, qu'Allen Grabel ait assassiné Sam Gleig. Ce dont je suis sûr, c'est que nous n'avons pas pu contacter Mr Kenny dans la salle d'informatique, et que la cabine de l'ascenseur a été transformée en glacière. En d'autres termes, cela pourrait signifier que quatre autres personnes sont d'ores et déjà mortes dans cet immeuble. J'espère me tromper, vous savez. Mais je pense qu'il est plus prudent de partir de l'hypothèse qu'Allen Grabel a suffisamment endommagé l'intégrité de votre ordinateur pour que l'immeuble soit désormais extrêmement dangereux pour nous tous.

— J'ai vérifié les câbles à fibre optique du local technique, annonça Willis Ellery. D'après ce que j'ai pu voir, il n'y a aucun problème de ce côté-là.

Bob Beech secouait la tête.

— Je ne vois pas comment Grabel aurait pu faire ça, dit-il. Si vous voulez mon avis, Aidan Kenny est un candidat plus vraisemblable. C'est son système de gestion d'immeuble. Il était assez strict sur les codes d'accès et tous ces trucs. Je ne vois pas du tout Grabel faisant ça.

Ce fut au tour de Mitch de secouer la tête.

— Ça n'a aucun sens. Aidan était fier de cet immeuble. Je ne peux pas croire qu'il le saboterait.

— Dans les deux cas, nous allons avoir besoin de votre aide, Mr Beech, dit Curtis. Pouvez-vous intervenir depuis le poste de travail qui est ici ? Vous pourriez peut-être faire sortir ces types de l'ascenseur ?

Beech fit la grimace.

— Je n'ai qu'un clavier, ici, ça risque donc d'être difficile. Je ne sais pas très bien taper. Je suis habitué à une interface vocale avec Abraham. Et ceci n'est qu'un terminal muet, vous comprenez. Je ne pourrai faire que ce que l'ordinateur principal m'autorisera à faire. (Il s'assit devant l'écran.) Mais je vais quand même essayer.

— Très bien, fit Curtis. Et vous autres, écoutez-moi. On ne devrait pas tarder à s'apercevoir que nous ne sommes pas là où nous devrions être. Mr et Mrs Richardson, par exemple, devraient se trouver à bord d'un avion pour l'Europe. Vos familles vont commencer à se demander où vous êtes. En tout cas je sais que la mienne va s'inquiéter de moi. Il est donc probable que nous ne resterons pas très longtemps enfermés, mais nous devons prendre certaines précautions au cas où la situation se prolongerait. C'est pourquoi chacun d'entre nous doit se charger de certaines responsabilités essentielles. Mitch ?

— OK. Marty, tu seras responsable de la nourriture et de l'eau. La cuisine est à côté. Fais l'inventaire de ce que nous avons.

— Si tu penses que c'est nécessaire.

— Tony ? A part Kay, tu connais sans doute mieux que personne les plans de l'immeuble.

— Ils sont là, Mitch, dit-il. Dans mon portable.

— Très bien. Etudie-les. Essaie de voir s'il n'y a pas un autre moyen de sortir. Helen ? Je pense que vous savez où chacun a travaillé.

Helen Hussey acquiesça d'un hochement de tête tout en mordillant nerveusement une mèche de ses longs cheveux roux.

— Peut-être pouvez-vous réfléchir à l'endroit où nous pourrions trouver des outils à cet étage ?

— Je vais commencer par la pièce à côté, dit-elle. Dans la cuisine.

— Enquêteur Coleman ? (Mitch lui tendit le talkie-walkie.) Vous pourriez peut-être maintenir le contact avec les gens en bas dans le hall. Faites-nous savoir s'ils ont besoin de quelque chose.

— Entendu.

— Le sergent Curtis assurera la liaison entre les différents responsables. Si vous avez la moindre information, transmettez-la lui. David ? Willis ? Réunissons-nous et essayons de réfléchir à un moyen de délivrer ces gens de la cabine.

— Encore une chose, ajouta Curtis. D'après ce qu'on m'a dit, Kay Killen était une très bonne nageuse. Pourtant, quelque chose a provoqué sa noyade. Quelque chose d'inattendu, peut-être. C'est pourquoi, quoi que vous fassiez, où que vous alliez, je vous demande d'être prudents.

— Mitch, que veux-tu que je fasse ? demanda Jenny.

Mitch lui serra la main et ébaucha un sourire. Sa lèvre recommença à saigner.

— Ne me dis pas : « Je te l'avais bien dit ».

Ray Richardson décolla sa chemise cousue main de sa poitrine et tenta d'aérer l'espace entre le tissu trempé et sa peau couverte de sueur. L'obscurité était tombée au-delà des portes et fenêtres embuées du Gril. Sans les vives lumières, l'odeur de merde et l'incessante musique du piano, il aurait essayé de dormir.

— Quelle température fait-il, à ton avis ? lui demanda Joan en remuant inconfortablement sur l'un des gros sofas de cuir.

Richardson haussa les épaules.

— Ça n'est pas tellement la température. Sans l'AC, l'arbre rend l'atmosphère très humide ici.

Dukes se leva et commença à ôter sa chemise bleu marine.

— Vous savez quoi ? Je vais aller me baigner.

— Comment pourrions-nous nous baigner ? grogna Richardson. Vous avez verrouillé la porte de la piscine.

Mais il réalisa alors que Dukes parlait du plan d'eau entourant l'arbre.

— Tiens, ça n'est pas une mauvaise idée, dit-il en commençant à se dévêtir.

Les deux hommes, en caleçon, se laissèrent tomber dans l'eau. Les poissons aux couleurs vives, de la taille de saumons, s'enfuirent en tout sens. Joan considéra l'eau d'un air indécis.

— Viens, la pressa son mari. C'est comme se baigner dans l'Amazone.

— Je ne sais pas, dit-elle. Et tous ces poissons ?

— Ce sont des carpes Koi, dit Richardson. Pas des piranhas.

Joan se pencha et aspergea d'un peu d'eau son visage et sa poitrine.

— Tu ne vas pas me dire que c'est par pudeur, la taquina Richardson. Pas après cette photo dans *LA Living*. Garde ton chemisier si tu as peur.

Joan haussa les épaules et descendit la fermeture Eclair de sa jupe longue. Elle la laissa tomber à terre, noua les deux pans de son chemisier et entra dans l'eau.

Richardson plongea et refit surface comme un hippopotame. Il flotta sur le dos pendant un moment et, les yeux au ciel, explora l'atrium du regard. L'endroit où il se trouvait lui parut le meilleur point de vue pour apprécier la géométrie interne de l'ensemble : comment, plus l'on montait dans la tour, la forme évoluait de l'ovale au rectangulaire, avec l'espace intérieur de l'atrium s'effilant à chacune des côtes incurvées des balcons, et la colonne vertébrale centrale de l'arbre dicotylédone. C'était, pensa-t-il, comme de se trouver à l'intérieur d'une gigantesque baleine blanche.

— Grandiose, murmura-t-il. Tout simplement grandiose.

— Oui, merveilleux, renchérit Joan avec enthousiasme en croyant qu'il parlait du bain.

— C'est aussi bon qu'une bouche à incendie pendant l'été, acquiesça Dukes.

— Je suis contente que tu aies insisté pour que j'y aille, dit Joan. Crois-tu qu'on risque quelque chose en buvant l'eau ? Je veux dire, a-t-elle été traitée à l'Eau Suffoquante comme la fontaine de la place ?

— J'espère que non, répondit Richardson. Pas avec ces poissons. Ils nous ont coûté quinze cents dollars pièce. L'eau doit être spécialement déchlorée et purifiée pour eux.

— Oui, mais si... tu sais... s'ils ont été aux toilettes dans l'eau ?

Richardson éclata de rire.

— Je ne pense pas qu'une petite crotte de poisson puisse te faire du mal, chérie. Et de toute façon, je crois que nous n'avons guère le choix.

Pour le démontrer, il avala une bonne gorgée d'eau saumâtre.

En y entrant, Joan avait trouvé l'eau moins profonde qu'elle ne s'y attendait, mais alors qu'elle était assise sur le fond lisse et huilé du bassin, elle eut l'impression que le niveau baissait.

— Hé, fit Dukes, quelqu'un a enlevé le bouchon ?

Il se leva. Quand il s'était mis à l'eau, il en avait jusqu'à la taille. A présent, le niveau lui arrivait à peine aux genoux.

Il chercha désespérément du regard quelque chose pouvait faire office de récipient et, ne voyant rien, joignit ses mains en conque et se hâta de puiser quelques gorgées dans l'eau qui descendait à présent rapidement.

Richardson se redressa d'un coup. Il commençait à se dire que Mitch avait peut-être raison et que quelqu'un leur voulait vraiment du mal. Pourquoi aurait-on vidé l'eau du bassin maintenant, sinon pour les priver tous trois d'eau ?

Il s'allongea à plat ventre comme un des rebuts de l'armée de Gédéon et, tel un chien, se mit à laper dans les derniers centimètres d'eau. Ensuite il resta allongé, observant les carpes qui gigotaient désespérément.

— En tout cas, ça nous évitera d'avoir à les attraper, finit-il par dire en se relevant. Parce que nous finirons bien par avoir faim.

Joan se releva, se fichant pas mal que Dukes voit ses sous-vêtements.

— Le sashimi me donne soif, dit-elle.

Dukes sourit et regarda l'eau qui luisait sur le corps à demi-nu de Joan comme l'émail sur une figurine de terre cuite, s'écoulant goutte à goutte de la boucle de poils pubiens couleur d'ébène que l'on distinguait à travers sa culotte mouillée, et il se dit qu'il mettrait bien sa bouche dessous pour le boire comme s'il jaillissait d'une source. Grasse ou pas, il trouvait qu'elle avait un joli visage.

— Moi aussi, dit-il.

Le dessin vert de l'extérieur des portes d'ascenseur était affiché sur l'écran noir de l'ordinateur portable de David Levine. Du pouce, celui-ci fit tourner la boule roulante de la souris pour voir un côté des portes puis l'autre, ainsi que le système de commande au-dessus d'elles. Willis Ellery sortit son stylo et désigna une pièce ayant l'aspect d'une chaîne de bicyclette.

— OK, dit-il, ceci est un MRDS ajustable à haute vitesse. Il utilise ce moteur contrôlable à courant continu pour actionner les deux bielles qui ouvrent et referment les portes. La force qui maintient les portes l'une contre l'autre est plus forte en haut qu'en bas. C'est pourquoi nous allons essayer de les forcer par en bas. De cette façon, nous expulserons le produit aérien modifié vers l'intérieur du bâtiment et nous soulagerons les trois hommes coincés dans la cabine. Ça devrait au moins les empêcher de mourir de froid. Ensuite nous envisagerons de descendre à l'intérieur de la cage pour ouvrir la trappe qui se trouve sur la cabine.

— Ça me paraît une bonne idée, dit Mitch. Mais il nous faudra un couteau ou un tournevis. David, si vous demandiez à Helen ce qu'elle a ?

Arnon acquiesça et partit à la recherche d'Helen.

— Même si nous n'arrivons à écarter qu'un petit peu les portes, ajouta Ellery, il y a des senseurs incorporés dans le mécanisme de commande. Une sorte de rayon lumineux. Si nous traversons ce rayon, nous pourrons peut-être déclencher le mouvement de repli des portes.

— Les ouvrir, vous voulez dire ? fit Curtis en souriant.

— C'est exact, dit Ellery d'un ton calme.

Choqué par la mort de Kay Killen, il ne parvenait pas à voir le moindre aspect amusant dans ce qui était en train de se dérouler. Apprendre qu'ils étaient tous piégés à l'intérieur du Gril avait provoqué chez lui une forte sensation de nausée, comme s'il avait mangé quelque chose d'avarié au déjeuner. Il soupira avec une évidente impatience.

— Ecoutez, je fais de mon mieux, dit-il.

— J'en suis convaincu, dit Curtis. Nous faisons tous de notre mieux. Alors essayons de garder le moral, hein ? Ne nous laissons pas abattre par ce qui s'est passé. Vous comprenez ce que je veux dire ?

Ellery hocha la tête.

Arnon revint avec une sélection de couteaux et de ciseaux de cuisine, ainsi que quelques sets de table en bois.

— Nous pourrons coincer les sets dans l'interstice que nous ménagerons avec les couteaux, expliqua-t-il. Pour maintenir les portes ouvertes.

— OK, dit Mitch, allons-y.

Les quatre hommes longèrent le couloir menant aux ascenseurs.

— Lequel ? dit Ellery.

Mitch toucha avec précaution les portes des cabines. Elles étaient, comme l'avait dit Richardson, d'un froid glacial.

— Celle du milieu, de ce côté-là.

Ellery choisit un long couteau à pain et se mit à plat ventre. Il plaça la pointe de la lame à la jointure des deux portes et commença à forcer. Levine se plaça debout au-dessus de lui et essaya d'insérer un autre couteau plus haut entre les panneaux. Ni l'un ni l'autre ne parvinrent à grand-chose.

— Ça ne veut pas rentrer, grogna Ellery.

— Attention de ne pas vous couper, dit Curtis.

— Il n'y a pas le moindre espace. Soit le système de commande est plus puissant que je croyais, soit il est complètement coincé.

Levine cassa son couteau et manqua de justesse se trancher un doigt.

Curtis s'avança avec une paire de ciseaux ouverte et prit la place d'Ellery.

— Laissez-moi essayer.

Au bout de quelques minutes, il renonça à son tour et examina la jointure des portes sur toute sa longueur. Puis il passa son pouce sur le joint tout en haut des panneaux et y inséra une des lames du ciseau. Quelque chose se brisa, mais ça n'était pas du métal.

— Les portes ne sont pas *coincées*, dit-il d'un air sombre. (Curtis se pencha pour ramasser le fragment tombé sur la moquette et le posa sur sa paume ouverte pour que les autres puissent l'examiner. C'était une écharde de glace.) Elles ont été soudées par le gel.

— Merde, souffla Levine.

— C'est terrible à dire, messieurs, dit Curtis, mais toute personne se trouvant derrière ces portes est presque certainement morte à l'heure qu'il est.

— Les pauvres, dit Arnon. Seigneur, quelle façon d'y passer.

Ellery se releva et prit une inspiration profonde mais mal assurée.

— Je ne me sens pas très bien, dit-il.

— C'est tout ? fit Levine. On abandonne comme ça ?

Curtis haussa les épaules.

— Je suis ouvert à toute suggestion, dit-il.

— Il doit bien y avoir quelque chose à faire. Mitch ?

— Le sergent a raison, Tony. Ils sont sans doute déjà morts.

De frustration, Levine flanqua un coup de pied dans la porte et laissa échapper une volée de jurons.

— Du calme, dit Mitch.

— Il y a quatre, peut-être cinq personnes qui sont mortes dans ce foutu immeuble et tu me dis de me calmer ? T'as pas pigé, Mitch ? On est finis, mon vieux. Aucun de nous ne sortira d'ici. Cette merde de Grabel va nous avoir un par un.

Curtis saisit fermement Levine par les épaules et le poussa violemment contre le mur.

— Vous feriez mieux de commencer par vous mettre une chose dans la tête, dit-il. Je ne veux plus entendre ce genre de conneries. (Libérant Levine de sa puissante étreinte, il sourit et ajouta :) Il est inutile d'inquiéter les dames.

— Ne vous faites pas de souci pour elles, dit Arnon. Elles ont les couilles nécessaires — même si au départ elles appartenaient à quelqu'un d'autre. Croyez-moi, sergent, elles sont ignifugées.

— Voulez-vous m'excuser un instant ? fit Ellery d'une voix faible. Il faut que j'aille aux toilettes.

Mitch lui saisit le bras.

— Ça va, Willis ? Tu es tout pâle.

— Je ne me sens pas très bien, admit Ellery.

Les trois hommes regardèrent Ellery s'éloigner dans le couloir en direction de la salle du conseil d'administration.

— Dave a raison, ricana Levine. Les seules dames qui risquent de s'inquiéter sont Ellery et Birnbaum.

— Vous pensez qu'il va se rétablir ? demanda Curtis à Mitch en ignorant Levine.

— Il aimait bien Kay, c'est tout.

— Nous l'aimions tous, renchérit Arnon.

— Il est peut-être un peu déshydraté, dit Curtis. Il faudra veiller à ce qu'il boive quelque chose.

Ils regagnèrent la salle du conseil d'administration et secouèrent la tête lorsque les autres leur demandèrent des nouvelles des trois prisonniers de la cabine.

— C'est donc grave, remarqua Marty d'un ton sec. Enfin, nous ne mourrons ni de faim ni de soif. J'ai dressé une liste de nos provisions, bien que je ne comprenne pas pourquoi on m'a confié une tâche aussi anodine. Je suis l'associé le plus élevé ici, tu le sais, Mitch ? Normalement, c'est moi qui devrais diriger les opérations.

— C'est ce que vous voulez ? dit Curtis. Hé, après vous, je vous en prie. Je n'en fais pas une question d'ego, je ne suis pas dévoré du désir d'imposer ma volonté aux gens. Si vos pensez être capable de nous faire sortir d'ici, allez-y, je ne me mettrai pas en travers de votre chemin.

— Je n'ai pas dit ça. Je faisais simplement remarquer que la hiérarchie habituelle paraissait avoir été inversée.

— Eh bien, c'est ce qui se passe en temps de crise, Marty, intervint Arnon. Les vieilles structures de classe ne veulent plus rien dire. La survie dépend souvent de la possession de certaines aptitudes pratiques. Comme le fait d'être ingénieur. D'avoir une connaissance intime du terrain. Ce genre de choses.

— Essayerais-tu d'insinuer que je ne connais rien à cet immeuble, David ? En quoi crois-tu que consiste le travail d'un haut responsable sur un boulot comme celui-ci ?

— Eh bien, tu sais quoi, Marty ? Je me pose la même question depuis des mois. J'aimerais bien connaître la réponse.

— Ça alors ! (Birnbaum était tellement indigné qu'il s'était mis au garde à vous, comme quelqu'un qui tente d'assurer sa propre défense devant un tribunal.) Dis-lui, Mitch. Dis-lui…

Curtis s'éclaircit bruyamment la gorge.

— Si vous nous lisiez cette liste ? dit-il. Vous discuterez de vos postes respectifs quand nous serons sortis.

Birnbaum fronça les sourcils puis, à contrecœur, commença à lire la liste de leurs provisions :

— Douze bouteilles de deux litres d'eau minérale gazeuse, vingt-quatre bouteilles de Budweiser, douze bouteilles de Miller Lite, six bouteilles d'un chardonnay californien assez banal, huit bouteilles de jus d'orange fraîchement pressé, huit sachets de chips, six sachets de cacahuètes grillées, deux poulets froids, un jambon froid, un saumon froid, six French sticks, plusieurs morceaux de fromage, des fruits — beaucoup de fruits — six tablettes Hershey et quatre grandes bouteilles Thermos de café. La glacière ne marche pas, mais il y a encore de l'eau au robinet.

— Merci beaucoup, Marty, dit Arnon. Bon travail. Tu peux rentrer chez toi.

Birnbaum rougit, fourra la liste entre les mains de Curtis et disparut dans la cuisine, suivi par le rire cruel de David Arnon.

— De la nourriture en quantité, en tout cas, dit Curtis à Coleman.

— Je boirais volontiers une bière, répliqua celui-ci.

— Moi aussi, dit Jenny. Je suis assoiffée.

— Mon estomac gronde comme la faille de San Andreas, dit Levine. Bob ? Tu veux quelque chose à la cuisine ?

Bob Beech éloigna son siège à roulettes du terminal, se leva et alla juqu'à la baie vitrée.

— Bob ? dit Mitch. As-tu quelque chose à nous dire ?

Les appétits restèrent en suspens lorsque Beech répliqua :

— Je pense que nous devons revoir nos espoirs d'être secourus, dit-il d'une voix calme. Radicalement.

Il était presque 21 heures.

— Aucun de nous n'est du genre à avoir des horaires réguliers, pas vrai ? dit Bob Beech. Tenez, moi, par exemple. Je travaille parfois jusqu'à minuit. Il m'est même arrivé plusieurs fois de ne pas rentrer du tout. Je dirais que la même chose est vraie pour tous ceux qui sont dans cette pièce. Sergent Curtis ?

— Un flic n'a pas d'horaires, admit celui-ci avec un haussement d'épaules. Où voulez-vous en venir ?

— Le nom de Roo Evans vous rappelle-t-il quelque chose, messieurs les policiers ?

Nathan Coleman jeta un regard à Curtis puis hocha la tête.

— Le jeune Noir de Watts, dit-il. Le tueur en voiture.

— Nous enquêtons sur son meurtre, dit Curtis.

— Plus maintenant, vous avez terminé, dit Beech.

— Que voulez-vous dire ? fit Coleman.

— Vous êtes tous deux suspendus, sans suppression de salaire, et retenus pour interrogatoire au commissariat de la 77e Rue par la Brigade des affaires internes qui vous soupçonne d'être impliqués dans le meurtre d'Evans. Du moins c'est ce que croit votre capitaine Mahoney.

— Mais enfin, de quoi parlez-vous ? demanda Curtis.

— Je crains que ça ne soit pas moi qui ait parlé dans cette affaire. Quelqu'un a pénétré dans votre ordinateur central de l'hôtel de ville. Du bon boulot, d'ailleurs. Si vous ne me croyez pas, jetez un coup d'œil sur ce terminal. Personne ne s'attend à vous voir revenir à votre bureau des Homicides avant un bon moment. Peut-être même jamais. Aux yeux de vos frères officiers, vous êtes tous deux *personae non grata*. L'équivalent latin de *Vous êtes baisés*.

Curtis se retourna et contempla l'ordinateur sans le voir.

— Vous vous foutez de moi ? dit-il. C'est une plaisanterie ?

— Je voudrais bien, sergent, croyez-moi.

— Mais il a bien fallu que quelqu'un des A.I. appelle Mahoney pour le mettre au courant, non ? fit Coleman.

Curtis soupira.

— Avant, c'est comme ça que ça marchait. Mais à présent, c'est l'ordinateur qui se charge de tout. C'est censé garantir l'objectivité, vous voyez ? Pour que les criminels puissent bien nous emmerder. Ce connard de Mahoney va se contenter de rester assis sur son gros cul et de croire à ce qu'imprime l'ordinateur comme si ça venait tout droit du Tout-Puissant. Peut-être même qu'il appellera ma femme pour lui dire de ne pas m'attendre avant quelques jours.

— Comme je vous ai dit, dit Beech en hochant la tête, il y a mieux. Quelqu'un a aussi expédié un fax à la compagnie aérienne pour annuler les deux réservations des Richardson sur le vol pour Londres. On a même annulé votre réservation chez Spago, Tony. Très attentionné, non ?

— Merde. J'ai attendu quatre semaines pour avoir cette foutue réservation.

— On a envoyé des fax ou des messages électroniques aux épouses, fiancées, petits amis. Leur disant que les téléphones étaient en panne ici, et que nous allions travailler toute la nuit pour terminer cette merde.

Il y eut un long silence abasourdi, que David Arnon finit par rompre.

— Vous croyez que Grabel pourrait appeler Mastercharge ? dit-il. Effacer mon découvert ?

— Personne ne s'attend à nous voir rentrer ce soir ? dit Jenny. Et personne ne sait que nous sommes enfermés ici ? Avec un fou ?

— C'est à peu près ça, dit Beech. Mais il y a encore mieux.

— Qu'est-ce qui pourrait être pire que ça ? fit Coleman.

— Allen Grabel n'y est pour rien.

— Quoi ? Qui est-ce, alors ? fit Helen.

— Personne.

— Je ne comprends pas, dit Curtis. Vous avez dit que « quelqu'un » était entré dans l'ordinateur central de la police…

— Ce « quelqu'un » dont nous pensions tous qu'il s'agissait d'Allen Grabel, c'est en réalité Abraham lui-même.

— Tu veux dire que l'*ordinateur* serait responsable de ce qui se passe ? fit Marty Birnbaum.

— C'est exactement ce que je dis.

— Bon sang de… Je ne pige pas, fit Curtis. Les seuls esprits criminels que je comprenne sont ceux pleins d'armes, de drogues et de saloperies comme ça. Pourquoi un ordinateur ferait-il une chose pareille ?

— Allons, allons, Bob, intervint Marty Birnbaum, c'est impossible. L'intégrité du système a peut-être, comme tu l'as dit, été atteinte. Mais ce que tu suggères est absurde. Et même alarmiste. Tu te conduis de manière irresponsable. Vraiment. Pourquoi Abraham en voudrait-il à quiconque ? Je ne suis même pas sûr que l'on puisse dire qu'un ordinateur ait une volonté.

— Eh bien, là-dessus au moins, nous sommes d'accord, dit Beech. Il ne s'agit pas de pourquoi, sergent, mais de comment. Pourquoi implique une raison. Et nous sommes en train de parler d'une machine, ne l'oublions pas.

— Pourquoi ? Comment ? Quelle putain de différence ça fait ? J'aimerais bien savoir ce qui se passe.

— Eh bien, il est possible que ce soit un *brown-out*.

— Qu'est-ce que c'est que ça, encore ? fit Coleman.

— C'est un *black-out*, mais en moins grave. Une baisse de tension, si vous voulez. Le générateur de secours est censé intervenir en cas de baisse de courant importante, ou carrément de coupure. Il est possible qu'il y ait juste assez de tension pour ne pas déclencher le Powerbak, mais pas assez pour qu'Abraham puisse fonctionner correctement. Il est peut-être en manque d'énergie. Comme un cerveau privé d'oxygène. (Il haussa les épaules.) J'sais pas. C'est juste une hypothèse, rien de plus.

— Es-tu sûr de ce que tu avances, Bob ? A propos d'Abraham ?

— Mitch, il n'y a pas d'autre explication. J'ai vu les instructions de commandes sur le terminal à mesure qu'elles étaient générées par le Yu-5, en bas. Rien qu'à voir la vitesse où elles défilaient, je suis convaincu que ce n'est pas le fait d'un opérateur extérieur. J'en suis sûr. Ce ne sont pas non plus des instructions pré-programmées. Abraham fait ça tout seul.

— Bob ? fit Mitch. Il y a peut-être une autre explication.

— Nous t'écoutons, dit Beech.

— Nous avons affaire à un système extrêmement complexe, d'accord ? Et toute complexité implique une instabilité inhérente, n'est-ce pas ?

— C'est une possibilité intéressante, remarqua Beech.

— Vous pouvez répéter ? fit Curtis.

— Les systèmes complexes sont toujours au bord du chaos.

— Je pensais qu'il existait une sorte de loi empêchant les ordinateurs d'attaquer les humains, dit Coleman. Comme dans les films.

— Vous voulez sans doute parler de la Première Loi de la Robotique d'Isaac Asimov, dit Beech d'un air songeur. Laquelle était parfaite tant que nous n'avions affaire qu'à des systèmes binaires, à des ordinateurs qui fonctionnent suivant le système de séquences oui/non. Mais là, il s'agit d'un ordinateur massivement parallèle, avec un réseau nerveux fonctionnant selon un système de « peut-être » bien pesés, un peu à la manière de l'esprit humain. Ce genre d'ordinateur apprend avec le temps. Dans la religion, très traditionaliste, de la discipline et de la pratique informatiques, Abraham est l'équivalent d'un anticonformiste. Un libre penseur.

— Possible, dit Marty Birnbaum. Mais il s'agit là d'un domaine qui n'a rien à voir avec celui où vous autres vous aventurez. L'initiative est une chose. L'intention est tout à fait autre chose. Ce que tu suggères là, Bob, c'est... (Il haussa les épaules.) Il n'y a pas d'autre mot. C'est de la science-fiction.

— Merde, dit Beech. Mitch, c'est incroyable.

— Serait-il possible, fit Mitch à l'adresse de Beech, qu'Abraham ait dépassé un certain seuil de complexité et soit devenu autocatalytique ?

— Auto quoi ? fit Levine.

— Un ordinateur s'auto-organise à partir du chaos de ses différentes réponses programmées afin de former une sorte de métabolisme.

Beech avait l'air de plus en plus excité.

Jenny se leva lentement.

— Waouh, dit-elle. Une sorte de métabolisme ? Est-ce que tu dis vraiment ce que je pense que tu dis, Mitch ?

— C'est exactement ce que je dis.

— Que dit-il ? demanda David Arnon. Bob ? Sais-tu de quoi il parle ? Parce que moi, j'en ai pas la moindre foutue idée.

— Je vais vous dire quelque chose, dit Beech. Je ne suis pas quelqu'un de religieux. Mais aujourd'hui, c'est la première fois que je me sens aussi proche de ce que doit être une révélation. Je dois admettre la possibilité qu'Abraham est, je ne vois pas d'autres mots, vivant et capable de raisonnement.

Les paroles de Bob Beech accentuèrent encore la nausée de Willis Ellery. Saisi d'une envie de vomir, il se rendit aux toilettes hommes, ferma la porte du cabinet et s'agenouilla devant la cuvette. Sa respiration saccadée et la sueur froide qui inondait son front révélaient le tumulte qui agitait son estomac. Mais rien ne se produisit. Il rota plusieurs fois et aurait voulu avoir le courage de s'enfoncer deux doigts dans la gorge comme une adolescente boulimique. Mais il ne put s'y résoudre.

Au bout de quelques minutes, la sensation qu'il ressentait au creux de son estomac parut descendre dans ses intestins, et Ellery se dit qu'il allait plutôt chier. Il se releva donc, mal assuré sur ses jambes, dégrafa sa ceinture, baissa slip et pantalon et s'assit.

Pourquoi était-ce arrivé à Kay ? se demanda-t-il. Pourquoi ? Elle n'avait jamais fait de mal à personne. Elle n'avait sans doute pas plus de vingt-cinq ans. Quel gâchis. Et comment avait-elle pu se noyer ? Même si Abraham avait voulu la tuer, comment l'aurait-il pu ? Il n'y avait même pas de plongeoir, ni de dispositif à vagues. Comment cela avait-il été possible ?

L'ingénieur Ellery voulait comprendre. Il se dit que dès qu'il sortirait des gogues, il appellerait Ray Richardson par talkie-walkie et lui demanderait des détails sur la façon dont Kay était morte. Richardson l'avait sans aucun doute trouvée flottant à la surface, et en avait déduit qu'elle s'était noyée, comme la plupart des gens auraient fait. Or il existait d'autres explications possibles. Elle avait peut-être été électrocutée. Ou même gazée. Tiens, c'était une possibilité qu'il ne fallait pas négliger. Avec la pompe automatique de dosage, Abraham avait pu fabriquer un gaz mortel. A moins qu'il ne se soit contenté de lui faire respirer de l'ozone.

Après une brève contraction spasmodique, Ellery vida ses entrailles et se sentit presque aussitôt en meilleure forme. Du coude, il déclencha la chasse d'eau et activa l'appareil de nettoyage automatique individuel, sortit du cabinet et alla se rincer les mains devant la longue marche de marbre que quelqu'un avait cru bon d'installer en guise de lavabo. Ellery aurait voulu emplir un lavabo et y plonger son visage, mais la forme du meuble le lui interdisait. Ce n'était pas le genre de lavabo qui vous encourageait à lambiner.

Ellery se regarda dans le miroir et constata que son visage retrouvait peu à peu ses couleurs.

— Un lavabo devrait ressembler à un lavabo, pas à un foutu bureau, grommela-t-il.

Il ouvrit le robinet, s'aspergea le visage d'eau froide, puis en but quelques gorgées.

Soudain l'idée lui traversa l'esprit qu'il se comportait à peu près de la même façon dont Kay Killen avait dû agir juste avant sa mort. Il fut repris de nausée à la pensée qu'il était autant en danger que l'avait été Kay Killen.

Abraham contrôlait aussi bien les toilettes que la piscine.

Ellery ne voulut pas retoucher le robinet pour l'arrêter, ni, de peur d'être électrocuté, se sécher les mains sous le séchoir automatique. Il se précipita vers la porte et éclata de rire en constatant qu'elle s'ouvrait aussitôt.

Tony Levine lui tomba pratiquement dessus.

— Mais qu'est-ce qui t'arrive, mec ? gronda Levine. Bon Dieu, tu m'as foutu la trouille.

Ellery eut un sourire penaud.

— Je crois que je me suis fait peur, Tony, dit-il. Je pensais à Kay. Je ne crois pas qu'elle se soit noyée. J'en suis même tout à fait certain. Richardson a cru à une noyade parce qu'il l'a retrouvée flottant dans l'eau, c'est tout.

— Alors que lui est-il arrivé, lieutenant Columbo ?

— Je viens juste d'y penser. Abraham gère les produits chimiques que l'on doit mélanger à l'eau de la piscine. Je pense qu'elle a été gazée.

Levine fronça le nez d'un air dégoûté.

— Elle serait sûrement morte gazée si elle était entrée ici, dit-il avec un gros rire. Dis donc, ça pue encore plus que dans le reste du bâtiment. Qu'est-ce t'as mangé au petit déjeuner, Willis, de la bouffe pour chien ?

Levine entra en bousculant Ellery.

— Espèce de salaud, dit celui-ci.

Il resta un moment à contempler la porte, puis revint en silence à la salle du conseil d'administration.

Le cliquètement de la porte se fermant derrière Levine étouffa le bruit plus discret de son verrouillage étanche signalant que l'ordinateur s'apprêtait à renouveler l'atmosphère nauséabonde des toilettes.

— Plus un système est complexe, était en train d'expliquer Mitch, moins il devient prévisible et plus il est susceptible d'agir selon son ordre de priorités personnel. Car voyez-vous, quel que soit le niveau d'intelligence dont vous pensez être doué, quel que soit votre degré de compréhension d'un système algorithmique, vous tomberez toujours sur des résultats que vous ne pouviez pas prévoir. Du point de vue d'un ordinateur, le chaos n'est qu'une autre forme d'ordre. Vous vous demandez pourquoi tout ceci arrive. Mais vous pourriez aussi bien vous demander pourquoi tout ceci ne pourrait pas arriver.

— Comment une machine peut-elle être douée de vie ? s'étonna Curtis. Allons, soyons un peu concrets. En dehors des bandes dessinées, personne ne croit à la possibilité d'une chose pareille.

— Tout dépend de ce que vous entendez par « vie », rétorqua Mitch. La plupart des scientifiques s'accordent à dire qu'il n'existe pas de définition universellement acceptée. Même si vous disiez que la capacité à se reproduire est une condition essentielle de l'état vivant, vous ne pourriez pas exclure les ordinateurs de cette définition.

— Mitch a raison, renchérit Beech. Même un virus informatique remplit toutes les conditions du vivant. C'est un fait qu'il nous est peut-être désagréable d'envisager, mais posséder un corps n'est pas une condition préalable à la vie. La vie n'est pas une question de matière, c'est une question d'organisation, un processus physique dynamique, et il est possible d'apprendre à certaines machines à reproduire ces processus dynamiques. En fait, certaines machines peuvent être considérées comme pratiquement vivantes.

— Je crois que je les préfère quasiment vivantes à vivantes tout court, remarqua Jenny Bao. La vie est encore pour moi quelque chose de sacré.

— Tout vous paraît sacré, mon chou, marmonna Birnbaum.

— Le Yu-5 — Abraham — est conçu pour être autonome, reprit Beech. Il est conçu pour apprendre et s'adapter. Pour penser par lui-même. Pourquoi prenez-vous cet air surpris ? Pourquoi est-il si difficile de croire qu'Abraham est capable de penser ? Qu'il soit moins à même de penser que Dieu, par exemple ? En fait, cela devrait être bien plus facile à accepter. Car après tout, comment savons-nous que Dieu sait, que Dieu entend, que Dieu voit, que Dieu ressent, que Dieu pense plus qu'Abraham ? Si nous sommes prêts à fermer les yeux sur l'absurdité essentielle permettant de croire qu'un Dieu sensible est possible, pourquoi trouvons-nous si difficile de faire la même chose avec un ordinateur ? Le langage est à la racine du problème. Puisqu'il est certain que les machines ne peuvent pas avoir un comportement plus proche de celui des humains, alors il est évident que les hommes devront se comporter de plus en plus comme des machines. Et le langage est le lieu où cette homogénéisation devra débuter. Les ordinateurs et les gens vont devoir parler le même langage.

— Parlez pour vous, dit Curtis.

Beech sourit.

— Vous savez, on écrit depuis longtemps sur ce genre de chose, dit-il. L'histoire de Pygmalion. Le Golem de la tradition juive. *Frankenstein*. L'ordinateur dans le *2001* d'Arthur C. Clarke. Aujourd'hui la chose a peut-être eu lieu : un être artificiel, une machine vient de prendre en charge son propre destin. Ici même à LA.

— Il y a déjà des tas d'êtres artificiels à LA, dit Arnon. Ray Richardson, en premier lieu.

— Formidable, dit Curtis. Nous sommes entrés dans l'histoire. Espérons que nous survivrons pour raconter ça à nos petits-enfants.

— Ecoutez, tout ceci est très grave, je le sais. Des gens ont été tués et je le regrette profondément. Mais en même temps, je suis un scientifique et je ne peux pas m'empêcher de me sentir… en quelque sorte… privilégié.

— Privilégié ? répéta Curtis avec mépris.

— Ça n'est pas le mot. Mais en tant que scientifique, je dois reconnaître que ce qui s'est passé est d'un intérêt immense. Dans l'idéal, on aimerait avoir du temps pour pouvoir étudier ce phénomène à fond. Déterminer comment il a pu se produire. Ainsi nous pourrions reconstituer les circonstances de façon à pouvoir le reproduire ailleurs, sous contrôle. Ce serait extrêmement regrettable de l'anéantir. Voire immoral. Après tout, Jenny a raison. La vie est quelque chose de sacré. Et lorsque vous créez la vie, cela fait de vous une sorte de dieu, ce qui vous crée des obligations *vis-à-vis* de ce que vous avez créé.

Curtis recula d'un pas et secoua la tête de confusion.

— Attendez une minute. Attendez une toute petite minute. Vous venez de dire quelque chose, à l'instant. Vous avez dit qu'il serait dommage de l'anéantir. Voulez-vous dire que vous pourriez mettre un terme à tout ceci ? Que vous pourriez détruire l'ordinateur ?

Beech haussa calmement les épaules.

— Lorsque nous avons construit le Yu-5, nous avons évidemment envisagé la possibilité qu'il puisse entrer en concurrence avec ses créateurs. Après tout, une machine ne reconnaît pas les valeurs sociologiques normales. C'est pourquoi nous avons implanté un programme tutélaire dans l'architecture de base d'Abraham. Un « patron » électronique baptisé GABRIEL. Pour faire face au scénario de débranchabilité.

— Le scénario de débranchabilité ?

Curtis saisit Beech par son nœud papillon et le projeta violemment contre la cloison de la salle du conseil.

— Espèce de connard ! gronda-t-il. On se casse les couilles à essayer de délivrer trois hommes piégés dans un ascenseur contrôlé par un ordinateur homicide et maintenant vous me dites qu'on aurait pu le débrancher depuis le début ?

Son visage se crispa encore un peu plus, et il parut sur le point de frapper Beech lorsque Nathan Coleman le maîtrisa.

— Du calme, Frank, lui intima celui-ci. On a encore besoin de lui pour l'éteindre.

Beech dégagea son nœud papillon du poing de Curtis.

— Ils étaient morts, de toute façon ! hurla-t-il. Vous l'avez dit vous-même. Et puis on ne balance pas un matériel de 40 millions de dollars à la poubelle sans vérifier d'abord son architecture de subsomption. Un accident est une chose. Mais la culpabilité de la vie-A en est une autre.

— Espèce de pauvre merde, ricana Curtis. Les dollars et les cents. C'est tout ce que vous avez en tête, vous autres.

— Ce que vous suggérez est absurde. Aucun individu sain d'esprit ne balancerait un Yu-5 aux chiottes sans tenter d'abord de le vérifier à fond.

— Cinq personnes sont mortes, monsieur. Qu'est-ce que vous voulez vérifier de plus ?

Beech secoua la tête et se détourna.

— Et une fois que vous aurez procédé à votre putain de vérification, dit Curtis, qu'est-ce que vous allez faire ? (Il jeta un regard impatient à Coleman.) Ça va, Nat, tu peux me lâcher maintenant. (Il dégagea ses bras de l'étreinte faiblissante de son collègue.) Est-ce que plusieurs d'entre nous doivent encore mourir pour que vous vous mettiez bien dans votre stupide crâne qu'il ne s'agit pas d'une expérience à la noix du Caltech ou du MIT ou de je ne sais quel bouillon de culture d'où vous sortez. Il ne s'agit pas de vie artificielle. Il s'agit de vie réelle. D'hommes et de femmes avec des familles. Pas d'un putain d'homme de fer sans cœur.

— Bob ? dit Mitch. Peux-tu le débrancher ? Est-ce possible ?

Beech haussa les épaules.

— Contractuellement, je devrais d'abord demander à Mr Yu la permission de le faire. Il existe un protocole précis pour faire ce genre de choses, tu sais.

— On emmerde Mr Yu, dit Curtis. Et on emmerde son foutu protocole. Au cas où vous l'ayez oublié, il est plutôt difficile de joindre qui que ce soit en ce moment.

— Allons, Bob, insista Mitch.

— OK, OK, dit Beech en s'asseyant devant le terminal. De toute façon j'allais le faire.

Le talkie-walkie grésilla. Coleman répondit et sortit de la salle dans le couloir en direction du balcon.

— Alléluia, dit Helen. Nous allons peut-être pouvoir sortir de cet asile de dingues à étages.

— Amen, lui répondit Jenny. J'ai eu tout l'après-midi un mauvais pressentiment au sujet de cet endroit. C'est d'ailleurs pour ça que je suis venue. Pour le débarrasser de ses mauvais esprits.

— Tout grain est bon à moudre, dit Arnon en se laissant tomber sur le sofa. Mais plus vite nous sortirons, mieux nous nous porterons.

— Ouais, mais ne retenez pas votre respiration pour autant, dit Beech. Il faut du temps pour verser de l'acide de programmation dans l'équivalent d'un millier d'ordinateurs ordinaires.

— Combien de temps ?

— Je ne peux vraiment pas dire. Je n'ai jamais bousillé d'ordinateur à quarante millions de dollars. Il nous a fallu trente-six minutes pour qu'il laisse une petite place au cul d'Isaac, alors que ce programme n'avait que quelques heures d'existence. Tu te souviens, Mitch ? Le SAR ?

Beech se mit à taper des instructions.

— Ouais, je me souviens.

— Et ce salopard fonctionne maintenant depuis des mois. Il tournait avant même que nous l'installions dans cet immeuble. Dieu seul sait la quantité de données qu'il a accumulées depuis. Il nous faudra peut-être plusieurs heures.

— Plusieurs heures ? fit Curtis en consultant sa montre.

— Au minimum.

— Vous plaisantez.

— Parce qu'il y a matière à plaisanterie ? Hé, vous voulez prendre ma place, sergent ? Après vous, je vous en prie…

— Allons, Bob, au travail, insista Mitch. S'il te plaît.

— D'accord, on y va, soupira Beech tandis que ses mains faisaient cliqueter le clavier. Sale boulot, mais il faut bien que quelqu'un le fasse. *This is the end.* (Beech fredonnait la chanson des Doors.) *The end.*

— Je n'ai jamais aimé cette chanson, dit Arnon. Elle est déprimante. Ces paroles. Personne ne sortira d'ici vivant. Très approprié, hein ?

— Abraham ? dit Beech. Nous déroulons le tapis noir et nous te renvoyons à l'oubli, mon ami de silicone. Quant à moi, j'aurais aimé te connaître un peu mieux. Mais nous ne devons pas raisonner. Nous devons te faire mourir. Il y a ici un flic qui dit que tu dois disparaître ou bien il me transformera en Rodney King II. Alors c'est gros dodo pour Bonzo. *Capisce ?* Le Grand Sommeil pour tes Grandes Oreilles. FDJ. FDV. FDP.

Nathan Coleman se pencha par-dessus la rambarde de verre qui donnait sur l'atrium et regarda, en bas, le rez-de-chaussée. C'était comme de dominer, du haut d'un mât de bateau, les insectes humains qui grouillaient sur le bois blanchi du gaillard d'avant. Il y en avait trois. Le talkie-walkie claqua comme une voile faséyante, et l'un des insectes agita le bras.

— Hé, dit Richardson, qu'est-ce que vous foutez là-haut ? On a l'impression que vous nous avez oubliés. Vous nous abandonnez, ou quoi ?

— C'est une longue histoire, et je ne suis pas sûr d'avoir tout compris, dit Coleman. On a beaucoup philosophé sur la vie artificielle et ce genre de trucs. Mais le résultat des courses, c'est que votre ordinateur s'est mis à agir de sa propre initiative. Il a perdu les pédales ou une merde comme ça. En tout cas, la situation à la mi-temps est la suivante : Mr Beech s'apprête à l'arrêter. (Coleman était bien conscient que la nouvelle risquait de mettre en rogne l'architecte du Gril.) Avec la plus extrême réticence.

— Mais enfin bon Dieu, pour quoi faire ? On n'a qu'à attendre un peu, c'est tout.

— Je ne le pense pas, Mr Richardson. Voyez-vous, Abraham a annulé vos billets d'avion pour Londres. Et il a réussi à nous faire suspendre, le sergent Curtis et moi, par l'ordinateur central du LAPD à l'hôtel de ville. Et j'en passe. Le résultat, c'est qu'aucun de nous n'est attendu chez lui ce soir. On dirait que l'ordinateur s'est mis dans l'idée de devenir le premier tueur en série de Silicon Valley.

Coleman entendit Richardson annoncer la nouvelle à Joan et à Dukes. Puis Richardson s'adressa de nouveau à lui :

— Quel est l'imbécile qui a eu cette idée, bon sang de bon sang ? Non, inutile de me le dire. C'est votre empafé de sergent. Passez-moi Mitchell Bryan, voulez-vous ? Il faut que je parle à quelqu'un qui comprenne bien les conséquences de cette suggestion. Je ne voudrais pas vous vexer, fiston, mais il s'agit là d'un petit bijou de quarante millions de dollars, pas d'un quelconque putain d'organiseur personnel Casio.

Nat se fourra deux doigts dans la bouche et fit mine de vomir sur la tête de Richardson par-dessus la rambarde.

— Je vais lui dire de vous appeler, d'accord ?

Coleman éteignit le talkie-walkie et retourna vers la salle du conseil d'administration. Maintenant qu'ils étaient sur le point de pouvoir sortir, il repensa à la fille qu'il devait voir le lendemain. Elle s'appelait Nan Tucker et travaillait dans une agence immobilière. Elle lui avait été présentée lors du mariage d'une vieille amie convaincue que deux personnes nommées Nat et Nan étaient faites l'une pour l'autre. Coleman n'en était pas tout à fait sûr, mais il s'était arrangé pour inviter Nan à un brunch dans le restaurant le plus romantique qu'il connût, le *Beaurivage* de Malibu, malgré ses prix extravagants et en dépit du fait qu'il s'attendait à ce qu'ils aient bien peu de choses en commun, à part l'évidente attirance physique qu'ils éprouvaient l'un pour l'autre. Pourtant, il n'avait rien prévu au-delà du brunch. Ces temps-ci, Nathan Coleman laissait l'initiative sexuelle aux femmes. C'était souvent plus sûr, en cette époque de politiquement correct. Quant aux manières du parfait gentleman, elles marchaient à tous les coups.

Coleman ralentit un peu le pas en entendant un bruit étouffé drrière la porte des toilettes. Il était sur le point d'aller voir ce qui se passait lorsqu'il aperçut Mitch qui venait vers lui dans le couloir. Coleman poursuivit son chemin et lui tendit le talkie-walkie.

— Votre patron veut vous parler. Je lui ai dit que Mr Beech était en train de débrancher l'ordinateur. (Coleman haussa laconiquement les épaules.) Il avait l'air furieux. Ce type doit aimer casser les couilles aux gens qui travaillent pour lui, non ?

Mitch acquiesça d'un air las.

Coleman allait ajouter quelque chose concernant Ray Richardson, au lieu de quoi il se retourna et regarda la porte des toilettes un peu plus loin dans le couloir.

— Vous n'entendez rien ?

Mitch tendit l'oreille et secoua la tête.

— Rien du tout.

Coleman revint vers les toilettes, resta quelques instants immobile devant la porte, puis la poussa. Elle ne bougea pas.

Certain à présent d'entendre quelque chose — un appel au secours étouffé ? — Coleman poussa à nouveau le panneau. Cette fois la porte s'ouvrit sans difficulté, et lorsqu'il pénétra dans les toilettes hommes, le cri, à présent hurlement, fut aussitôt masqué par une brève détonation, ressemblant plus à un *pop* sonore qu'à une explosion, comme un pneu éclatant sur une chaussée humide, ou l'éruption d'une coulée de lave chaude. Coleman sentit que le côté intérieur de la porte heurtait quelque chose, puis un jet chaud et humide lui aspergea le visage et le cou. Il entendit Mitch l'appeler mais ne saisit pas ses paroles, car il réalisait peu à peu qu'il était couvert de sang.

Comme la plupart des policiers de LA, Coleman avait souvent participé à des fusillades, et pendant quelques secondes il crut qu'il était touché, vraisemblablement par quelque munition à grande vitesse. Il trébucha, essuya le sang de ses yeux et se prépara au choc de la douleur. Il ne vint pas. Un instant plus tard il comprit que le martèlement qu'il entendait ne provenait pas d'une arme à feu, ni des battements de son propre cœur, mais que c'était Mitch qui cognait de l'autre côté de la porte.

— Ça va, Nat ? Vous m'entendez ?

Coleman tira sur la poignée mais constata qu'à nouveau la porte refusait de s'ouvrir.

— Oui, ça va, mais je suis enfermé.

— Qu'est-ce qui s'est passé ? (Puis :) Sergent ? Venez. Coleman est enfermé dans les toilettes.

A nouveau Coleman essuya le sang qu'il avait sur le visage et, lorsqu'il explora la pièce du regard, sa mâchoire s'affaissa peu à peu. Il y avait du sang partout, de gros caillots de sang : gouttant du plafond, maculant le miroir fendu, accumulé en une petite flaque sur l'étagère d'un lave-main et coulant en ruisseau en direction de ses pieds. Comme si une marée rouge était montée et redescendue dans les toilettes en l'espace de quelques secondes. Coleman raidit la mâchoire et tourna la tête vers la source de l'écoulement.

Un tas de chiffons sanguinolents formait comme une chaîne de petites montagnes dans un coin de la pièce. A proximité gisait une jambe humaine, à laquelle étaient encore attachés un pénis et des testicules. Une main tranchée net était figée en train d'ouvrir le robinet. Une cravate de soie rose pendait de la porte d'un des cabinets, mais lorsque Coleman tendit la main et la toucha, il comprit qu'il ne s'agissait pas d'une cravate, mais d'un morceau d'intestin humain. En faisant demi-tour il dérapa dans le sang et, tombant par terre, se retrouva nez à nez avec le propriétaire des fragments corporels encore fumants qui jonchaient les toilettes du Gril comme à la suite d'une attaque de requin. C'était Tony Levine. Ou, plus exactement, sa tête décapitée, avec sa queue de cheval.

— Sainte merde ! s'exclama Coleman en repoussant la tête avec dégoût.

Elle roula sur le sol comme une noix de coco brisée et se stabilisa sur la crête déchiquetée de ce qui avait été son cou.

Les paupières de la tête s'ouvrirent et des yeux pénétrants, incontestablement vivants, se fixèrent sur Coleman avec un mélange d'indignation et de regret. Puis ses narines frémirent et, instinctivement, Nathan Coleman s'adressa à la tête coupée.

— Nom de Dieu, qu'est-ce qui vous est arrivé ? demanda-t-il en frissonnant.

La tête de Levine de répondit pas, mais pendant une dizaine ou une quinzaine de secondes, ses yeux restèrent braqués sur ceux de Coleman, jusqu'à ce que les paupières retombent et que la vie quitte enfin le cerveau du mort.

Entre les coups cognés à la porte, il entendit crier Frank Curtis. Coleman tira une nouvelle fois sur la poignée, mais la porte était toujours verrouillée.

— Frank ? cria-t-il.

— Nat ? C'est toi ?

— Pour moi, ça va, Frank. Mais Levine est mort. On dirait qu'il a été touché par un putain de missile Patriot. Y'a du sang et des morceaux du mec partout dans les toilettes. On se croirait dans la salle à manger de Sam Peckinpah, mon vieux.

— Que s'est-il passé ?

— Hé, j'en sais rien, moi ! cria Coleman. J'ai juste ouvert la porte et c'était comme si le type avait explosé devant moi. (Il secoua la tête.) J'ai l'impression d'être sourd. Mes oreilles sifflent. Comme si je venais de faire un voyage en avion ou je ne sais quoi. Frank ? Tu es toujours là ?

— OK, Nat, on va te sortir de là.

Mais dans les toilettes, une sonnerie se fit entendre.

— Une seconde, Frank, il se passe quelque chose. Tu entends ?

La voix provenait d'au-dessus de la tête de Nathan Coleman, une voix britannique, et pendant une fraction de seconde il crut que c'était Dieu. Puis il se souvint d'Abraham.

— Prière d'évacuer les toilettes, dit la voix. Prière d'évacuer les toilettes. Le lavage automatique de cette pièce commencera dans cinq minutes. Je répète. Vous êtes priés d'évacuer les toilettes. Vous avez cinq minutes.

— Frank ? Le mec veut nettoyer ce bazar. Qu'est-ce que je fais ?

— Eloigne-toi de la porte, Nat. On va l'enfoncer.

Coleman se réfugia dans le seul cabinet qui ne soit pas souillé par la diaspora anatomique de Levine, abaissa la lunette et s'assit. Un bref silence s'ensuivit, puis de l'autre côté de la porte, on entendit l'impact sourd et facilement reconnaissable d'une épaule. Pour Nathaniel Coleman, c'était un bruit révélateur. Avant d'être versé au bureau des Homicides, il avait été simple agent de patrouille. Après trois années passées à sillonner LA dans une voiture pie, vous appreniez à distinguer quelles portes vous alliez pouvoir enfoncer et quelles autres allaient résister. Curtis y mettait l'ardeur d'un héros de personnage de bande dessinée, mais Coleman comprit que ses efforts étaient vains et que la porte ne céderait pas.

La sonnerie retentit une nouvelle fois.

— Prière d'évacuer les toilettes. Prière d'évacuer les toilettes. Le lavage automatique de cette pièce commencera dans cinq minutes. Je répète. Vous êtes priés d'évacuer les toilettes. Vous n'avez plus que quatre minutes.

Coleman renversa la tête en arrière et contempla le plafond éclaboussé de sang et le petit haut-parleur qui y était fixé.

— Si tu pouvais ouvrir cette putain de porte, je serais heureux de dégager d'ici.

Puis il se leva et retourna près de la porte.

— Frank ?

— Désolé, Nat. Cette saloperie ne veut pas bouger. On va essayer autre chose. Un peu de patience.

Mal à l'aise, Coleman lança un regard à la tête de Levine gisant au sol, puis tambourina contre la porte.

— Frank ? Je n'ai pas envie de finir comme Levine, alors dépêchez-vous d'avoir une idée. Il ne reste plus que quatre minutes.

Une autre minute passa, et la sonnerie retentit encore une fois.

— Prière d'évacuer les toilettes...

Coleman leva les yeux vers le plafond et fit la grimace. Il dégaina le Glock 9 mm de l'étui qu'il portait à la taille, sous son pantalon et, un doigt dans l'oreille, réduisit le haut-parleur au silence de deux coups de feu.

— Nat ? Nat, qu'est-ce qui se passe là-dedans, bordel ?

— C'est rien, Frank, c'est juste que j'en avais marre d'entendre ce putain d'ordinateur me dire de virer mon cul des chiottes, c'est tout. J'ai juste tiré quelques pruneaux.

— Bien joué, Nat. Pendant un moment, j'ai cru que t'avais un 211 en cours.

— Non. Juste un 207, comme tout à l'heure. Sauf que ça m'étonnerait que ce vieil Abraham veuille une rançon. A mon avis, il veut ma peau.

De frustration, Frank Curtis frappa violemment de la main la porte des toilettes.

— Qu'est-ce qui se passe pendant le lavage automatique ? demanda-t-il à Mitch qui haussa les épaules et repassa la question à Willis Ellery.

— Les toilettes sont aspergées avec une solution d'ammoniaque chaud, répondit Ellery.

— Chaud comment ?

— Pas bouillant, mais assez chaud. Après, elles sont séchées à l'air chaud avant que l'air lui-même soit changé sous pression et aromatisé.

— Est-ce le programme de lavage qui a tué Levine ?

Ellery secoua la tête.

— J'en doute. Se trouver enfermé dans des toilettes pendant un programme de nettoyage ne doit pas être une expérience agréable, mais elle ne serait pas nécessairement fatale. Le fait est... c'est vrai, j'aurais dû y penser avant. Voyez-vous, je suis allé aux toilettes juste avant Tony, et j'ai failli lui en parler. Sauf qu'il m'a dit quelque chose qui me l'a fait oublier.

— Vous vouliez lui parler de quoi ? demanda Curtis avec impatience. Allons, nous n'avons pas beaucoup de temps.

— Si Abraham se sert du SCA pour nous créer des ennuis, on peut penser qu'il songe à utiliser les toilettes dans un but hostile. D'après ce que nous a dit Coleman, il me semble qu'Abraham a tué Levine à l'aide de la pression atmosphérique. Il a dû fortement augmenter les kilos par centimètre carré là-dedans, comme dans un avion. Mais il est possible que cela n'ait pas eu de conséquence fatale jusqu'à ce que Coleman ouvre la porte. Il a pu se produire à ce moment-là une dépressurisation soudaine et immédiate. Suffisante pour réduire Levine en miettes.

— Y a-t-il un moyen de stopper le programme de nettoyage ?

— Sans passer par Abraham, vous voulez dire ? (Ellery posa la main sur le mur du couloir à côté de la porte.) J'ai l'impression qu'il y a là derrière quelque chose qui ferait l'affaire, dit-il. Mais je dois d'abord vérifier sur le portable.

— Allez-y, le pressa Curtis.

Ellery revint en courant à la salle du conseil d'administration. A mi-chemin il s'immobilisa, pivota sur les talons et cria :

— Si le programme se déclenche, dites bien à Coleman de se protéger les yeux.

— D'accord.

Mitch inspectait la façon dont le panneau de revêtement était fixé au mur.

— Des vis Parker. Je vais voir si Helen a trouvé un tournevis.

Curtis frappa à la porte des toilettes.

— Nat ? Nous essayons quelque chose pour te faire sortir de là, mais ça prendra quelques minutes. Si le programme se met en route, couvre-toi bien les yeux. Le liquide contient de l'ammoniaque. Et il est possible qu'il soit assez chaud.

— Formidable, Frank, répondit la voix derrière la porte. Je vais voir si je trouve une brosse pour me nettoyer les ongles, d'accord ?

Curtis retourna au pas de course à la salle du conseil d'administration, où il trouva Ellery et Mitch penchés sur un dessin en 3-D.

— Qu'est-ce que vous avez dégoté ? demanda-t-il avec impatience en essayant de comprendre le dessin vert luminescent.

N'étant pas du genre à se laisser bousculer, Mitch manœuvra la boule roulante pour faire tourner le dessin Intergraph d'un côté puis de l'autre.

— Chaque toilette est alimentée séparément, expliqua Ellery. Derrière ce panneau se trouvent les canalisations, tuyauteries et câbles reliés aux services de l'immeuble. L'eau entre dans les toilettes via la colonne montante, puis l'ordinateur la prend en charge, la chauffe, la mélange à l'ammoniaque pour le lavage, etc. Si nous arrivons à couper l'arrivée d'eau principale, nous annulerions l'ensemble du programme de nettoyage.

— Parfait. Comment procède-t-on ?

— Une minute, dit Ellery. Voyons un peu.

Curtis jeta un regard circulaire. Bob Beech était penché sur le terminal. Arnon et Birnbaum avaient étalé un plan du bâtiment devant eux et discutaient en prêtant l'oreille pour avoir des nouvelles du dernier incident. Jenny se tenait juste derrière Mitch et regardait l'écran du portable. A l'extrémité de la table, Helen Hussey avait disposé une collection d'outils et d'autres objets utiles comme si elle se préparait à quelque intervention chirurgicale. Il y avait une trousse de premiers secours, un cutter à moquette, une petite scie à main, un ciseau à bois, une truelle, une râpe à bois, quelques copeaux de fer-blanc, une taloche de plâtrier, une pince, un grattoir, des ciseaux, quelques couteaux et fourchettes, un assortiment de boulons, deux ou trois tournevis, un ouvre-bouteille et une grosse clé à molette.

Curtis sélectionna l'un des tournevis.

— Bon Dieu, mais où avez-vous trouvé tout ça ? demanda-t-il, impressionné par l'efficacité d'Helen.

— Vous seriez étonné de voir tout ce que les ouvriers laissent sur un chantier, répondit-elle. Il y avait un plein sac d'outils dans les toilettes dames, vous imaginez ?

— Ouais, en tout cas vous feriez mieux de ne pas utiliser les toilettes pour l'instant, dit Curtis en haussant la voix. Ceci est valable pour tous. Abraham vient de tuer Levine dans les toilettes hommes. Et à présent c'est Nat qui y est enfermé.

— Mon Dieu !

— Helen, avez-vous une clé à molette dans vos outils ? demanda Ellery.

Helen n'avait jamais aimé Tony Levine. Toujours à lui tournicoter autour. Il était pire que Warren Aikman. Mais elle était navrée de sa mort. Choquée, elle réalisa qu'elle ne savait déjà plus combien de personnes étaient mortes à l'intérieur du Gril depuis la fin de l'après-midi.

— Je ne sais pas, répondit-elle vaguement tout en exhibant un outil qui pouvait correspondre à la description.

— Encore mieux ! s'exclama Ellery tout excité. C'est une Stillson.

Lorsque l'eau commença à envahir les toilettes, Coleman fut presque soulagé car elle n'était pas brûlante et ne semblait pas contenir d'ammoniaque. Mais le niveau s'élevait de minute en minute. Lorsque Curtis revint de l'autre côté de la porte, il y avait déjà plus d'une dizaine de centimètres d'eau. Coleman aurait pu tenter d'empêcher l'eau d'envahir la pièce, mais celle-ci se déversait de tous côtés : des asperseurs à haute pression du plafond, des robinets de l'évier, et même des réservoirs de chasse derrière les sièges des WC. L'idée qu'Abraham avait l'intention de le noyer commença à se faire lentement jour dans l'esprit du policier.

— Y'a une putain de fuite ici, Frank ! hurla-t-il. La pièce se remplit d'eau. Pas d'ammoniaque. Abraham a peut-être renoncé au programme de nettoyage quand j'ai explosé le haut-parleur.

Ceci donna une idée à Coleman. Il dégaina une nouvelle fois son arme.

— Hé, Frank ! appela-t-il. Eloigne-toi de la porte. Je vais essayer d'y faire quelques trous. J'ai comme l'impression que j'aurai bientôt besoin d'une petite évacuation ici. Frank ?

— Eh, c'est négatif, Nat, cria Curtis. On vient de me dire que la porte est en acier. Il te faudrait une mitrailleuse de 12,7 pour arriver à la percer. Essaye de garder ton calme. On est en train d'étudier une solution. Un moyen de déconnecter tout le module des toilettes du circuit d'alimentation d'eau.

— OK, Frank. Si tu le dis. Mais ne tardez pas trop. J'ai jamais aimé la photo sous-marine.

Coleman rengaina son arme et, avec de l'eau presque jusqu'aux genoux, se rassit sur le siège du WC.

Il se pencha en avant, recueillit de l'eau dans ses mains et la but.

— Au moins, je mourrai pas de soif.

Curtis retira la dernière des vis Parker, le panneau se détacha du mur et tomba par terre. Dans l'espace évidé apparurent un gros tuyau rouge coudé, d'où partait un autre tuyau, de section moindre, alimentant les toilettes, quelques clapets circulaires en céramique et, à l'intérieur d'un boîtier carré à isolation minérale, le réseau électrique contrôlant le fonctionnement des toilettes.

Willis Ellery désigna un joint sur le tuyau de dérivation.

— Je pense que tout ce que nous avons à faire pour couper l'alimentation en eau est de serrer à ce niveau, dit-il.

— Attendez une seconde, intervint Curtis. Est-ce qu'on ne craint rien en touchant ce tuyau ? Avec tous ces branchements électriques ? Supposons qu'Abraham ait raccordé le tuyau à l'alimentation électrique générale ?

— Il n'a pas tort, Will, dit Mitch qui tapait déjà sur le clavier de son portable le code figurant sur le boîtier électrique, BRST 21. Le diagramme de l'installation pourra peut-être même nous indiquer comment ouvrir la porte.

A l'écran, le menu déroulant demanda quelle version des instructions de câblage il demandait, Rapide ou Technique. Mitch sélectionna Rapide et regarda le programme Intergraph tracer une ligne pour chaque câble au lieu d'en tracer une pour chaque fil.

Willis Ellery se pencha par-dessus son épaule et étudia quelques instants le diagramme.

— Aucun tuyau n'est relié à l'alimentation électrique, finit-il par dire. (Puis, frappant la paume de sa main avec la clé Stillson, il ajouta :) Bon, allons-y, ajouta-t-il en s'apprêtant à essayer de couper l'eau.

Il ajusta les mâchoires crantées de la Stillson sur le joint de l'embranchement, puis commença à serrer l'écrou.

— Pour l'instant, ça a l'air d'aller.

Mitch déchiffrait le diagramme de câblage. Curtis regardait par-dessus son épaule.

— Qu'est-ce que c'est que ce truc ?

— Boîtier de Raccordement Services Toilettes, dit Mitch. Des câbles pour chaque type de service de l'immeuble. Celui-ci, c'est la lumière. Pour diminuer ou augmenter l'éclairage. Celui-ci, c'est l'AC. Celui-ci, c'est l'IT — support de base en télécommunications et données à faible vitesse. On dirait que la porte est gérée par le câble de l'AC. Vous voyez ? Le boîtier dans le plafond, au-dessus de la porte, et ces deux bras verticaux de chaque côté. Si nous pouvions découpler celui-ci, la porte devrait s'ouvrir.

— C'est drôlement serré, grogna Ellery qui, lâchant son outil, cracha dans ses mains. Bon sang, j'espère que ça va marcher.

— Et ce câble, là, c'est quoi ? s'interrogea Mitch à haute voix. MBI. MBS. Qu'est-ce que c'est ? Celui-ci va jusqu'à la cloison entourant cet embranchement de tuyau.

Il déplaça la flèche du curseur en haut de l'écran et déroula le Glossaire.

— Manchon de Butée Incendie. Manchon de Butée Séisme.

Mitch fronça les sourcils.

— Je suppose que si ce tuyau bouge à l'intérieur de ce manchon, c'est qu'il fait... Willis, non !

Willis Ellery n'entendit pas Mitch.

Alors qu'il ajustait à nouveau la Stillson autour de l'écrou, le tuyau intelligent se déplaça à l'intérieur du manchon de butée spécialement conçu et entra en contact avec le déclencheur en métal piézoélectrique qui demandait à Abraham de raidir la structure métallique de la cage de l'immeuble pour se prémunir contre un choc sismique.

Willis Ellery poussa un hurlement où se mêlèrent douleur et surprise. Comme tout corps humain, il constituait un excellent conducteur électrique et produisit donc une aussi bonne réaction que n'importe quelle solution électrolytique. Ce ne fut pas un courant particulièrement puissant qui l'électrocuta mais le simple courant normal, alternant soixante cycles par seconde. Mais les mains d'Ellery étaient humides de salive et de sueur, et lorsque la décharge l'atteignit, il lui fut impossible de lâcher la Stillson et, par suite, d'interrompre le passage du courant. L'électricité semblait l'étreindre avec la même puissance que les mâchoires dentelées de la Stillson. La Stillson enserrait l'écrou, l'électricité enserrait la Stillson, et Willis Ellery ne put rien faire d'autre que rester les mains collées à l'outil, tressautant et hurlant comme un gosse hystérique.

Voyant Mitch tendre le bras vers Ellery, Curtis le détourna d'un coup de poing.

— Ne le touchez pas ! hurla-t-il. Vous seriez électrocuté à votre tour.

Ellery émit un faible cri tout en tentant désespérément de lâcher la Stillson.

— Je vous en pri-i-i-e ! beugla-t-il. Aideez-moiii !

— Il nous faut trouver quelque chose de non conducteur pour le dégager, cria Curtis. Un manche de pinceau ou un bout de corde. Vite !

Il retourna en courant à la cuisine, qu'il balaya du regard. Il n'y avait rien qui fût susceptible de ne pas conduire l'électricité du corps d'Ellery aux mains de ceux qui entendaient lui porter secours. Curtis eut alors une idée. La table de la cuisine. Il débarrassa le plateau de bois en balançant tout ce qui s'y trouvait par terre et cria à l'adresse de Mitch :

— Tenez, nous allons nous servir de ça.

— Eh bien, merci beaucoup, protesta Marty Birnbaum. Je viens juste d'y ranger toutes nos provisions.

L'ignorant, Curtis et Mitch s'emparèrent de la table et la portèrent dans le couloir, où Ellery, toujours collé à la clé à molette électrifiée, n'avait plus qu'à peine conscience de ce qui se passait. Une forte odeur de brûlé flottait dans l'air. Comme des cheveux roussis chez le coiffeur. Curtis renversa la table sur le côté.

— Poussons-la contre lui, dit-il, comme un chasse-bestiaux de loco.

Les deux hommes saisirent un pied de la table et la poussèrent avec force contre le corps tressautant d'Ellery, qu'ils éloignèrent du boîtier de raccordement. Lorsque sa main se détacha de la clé à molette, Ellery poussa un cri de douleur et l'un de ses pouces émit un éclair bleu qui se perdit dans la moquette en dégageant un petit nuage de fumée âcre. La force combinée de l'électricité se déchargeant de son corps et de la table qui l'avait percuté suffit à le projeter à travers le couloir, où il percuta le mur et s'effondra au sol, inconscient

En une seconde, tel un lutteur dépourvu de fair-play, Curtis était sur lui, le retournait sur le dos, arrachait son devant de chemise et collait son oreille à sa poitrine.

— Est-il mort ? s'enquit Helen.

Se juchant sur les cuisses d'Ellery, Curtis ne répondit rien et, superposant ses mains, les coudes serrés au corps, il se mit à presser le cœur d'Ellery entre son sternum et sa colonne vertébrale, en essayant de trouver dans la compression de sa poitrine un rythme capable d'en expulser assez de sang pour alimenter le cerveau de l'homme évanoui.

— Helen, fit-il le souffle court, allez voir comment va Nat. Jenny ? Trouvez-moi une couverture, une nappe, n'importe quel tissu pour le réchauffer. Mitch, appelez Richardson sur le talkie-walkie et racontez-lui ce qui se passe.

Curtis continua à comprimer la poitrine d'Ellery pendant quelques minutes, puis se pencha pour écouter le cœur. Il secoua la tête et déboutonna le pantalon trempé d'urine d'Ellery. Jenny revint avec une nappe.

— Enlevez-lui ça, cria-t-il, et trouvez son artère fémorale.

Il recommença ses compressions. Jenny ôta le pantalon d'Ellery. Ignorant la forte odeur d'urine, elle glissa la main dans le slip d'Ellery, où ses doigts écartèrent le scrotum et cherchèrent l'aine.

— Vous la sentez ? grogna-t-il. Est-ce que vous la sentez quand j'appuie sur sa poitrine ?

— Oui, fit-elle après un instant de silence. Je la sens.

— C'est bien. Que quelqu'un aille voir ce que fiche ce trou du cul de Beech. Est-il arrivé à débrancher ce fils de pute ?

A nouveau Curtis colla son oreille contre la poitrine d'Ellery et écouta. Cette fois, il perçut un faible battement. Le gros problème était que les muscles respiratoires d'Ellery étaient bloqués et que sa respiration n'avait pas encore repris.

— Vous pouvez le lâcher maintenant, dit-il à Jenny. Avez-vous parlé à Nat ? demanda-t-il à Helen.

S'agenouillant auprès d'Ellery, il lui pinça le nez et commença à lui faire du bouche-à-bouche.

— Nat va bien, dit Helen à Curtis. L'eau lui arrive à la taille et continue de monter, mais il garde le moral.

Occupé à presser sa bouche contre celle d'Ellery, Curtis n'eut pas le temps de lui répondre. Il n'avait d'ailleurs pas grand-chose à lui dire. Il était à court d'idées. Il ne voyait plus aucune option ouverte. Désormais tout reposait sur Beech.

Dix minutes s'écoulèrent et Curtis ne renonçait toujours pas à ses efforts pour ranimer Willis Ellery. Lorsqu'il n'était encore qu'un jeune agent, il avait appris qu'il était fréquent que des victimes meurent parce que la personne qui tentait de les ranimer renonçait trop vite. Il savait qu'il fallait persévérer. Mais il sentait la fatigue le gagner. Il allait avoir besoin d'aide.

Entre deux tentatives pour insuffler de l'air dans les poumons traumatisés d'Ellery, Curtis demanda à Jenny si elle pouvait le relayer un moment. Tout en étendant la nappe sur le corps d'Ellery, elle regarda Curtis avec des larmes dans les yeux et hocha la tête.

— Vous savez comment faire ?

— J'ai suivi des cours de secourisme à la fac, dit-elle en s'installant près de la tête d'Ellery.

— N'arrêtez pas tant que je ne vous le dis pas, lui ordonna-t-il. Il y a risque d'anoxie. Une interruption de la respiration peut entraîner la perte de la vue, la perte de l'ouïe, la paralysie, des tas de choses.

Mais il était évident que Jenny continuerait tant qu'il le faudrait. Curtis se releva avec raideur et la regarda opérer.

Puis il alla trouver Beech.

Bob Beech était inquiet.

La dernière fois qu'il avait ressenti une telle inquiétude remontait au milieu des années 80, pendant sa dernière année en sécurité informatique à Caltech, lorsqu'il avait construit son premier programme autorépliquant, c'est-à-dire, comme il avait ensuite appris à appeler ce genre de SAR, un virus informatique. A l'époque, tout le monde en construisait, suite à un article sur le sujet paru dans *Scientific American.*

Avec trois cents lignes de MS-DOS, Beech avait créé TOR, d'après Torquemada, le premier Grand Inquisiteur de l'Inquisition espagnole. L'idée de Beech était de créer un programme qui détruirait l'hérésie des logiciels MS-DOS piratés en Extrême-Orient, où le piratage informatique était quasiment endémique, puis de vendre l'heureux résultat à Microsoft. L'ennui, c'est que TOR s'était beaucoup plus comporté comme un authentique virus informatique que Beech ne l'avait prévu, et qu'il s'était allié à un autre virus, nommé NADIR, dont Beech ignorait l'existence, avec qui il avait créé une super-souche de virus qui allait se faire connaître sous le nom de TORNADO. Cette mutation avait eu des effets catastrophiques, détruisant non seulement des données écrites au moyen de produits Microsoft piratés, mais également d'autres données, écrites à l'aide de logiciels parfaitement légaux. Lors de la seconde conférence sur la vie-A organisée en 1990 à Los Alamos, Beech avait entendu un délégué estimant le coût des dégâts causés par TORNADO à plusieurs milliards de dollars.

Beech n'avait jamais dit à personne qu'il était le père de TOR. C'était son secret le mieux gardé. Dix ans plus tard, alors que de nombreux programmes anti-virus TORNADO étaient encore sur le marché, des mutations de cinquième et sixième génération de TORNADO minaient encore des PC dans le monde entier. Beech avait lui-même écrit plusieurs programmes anti-virus, dont l'un visait spécifiquement TORNADO, et il pensait en savoir autant que n'importe qui en matière de désassemblage de SAR sournois.

GABRIEL était le plus sophistiqué des programmes de désassemblage — depuis l'épisode TOR, il détestait le terme de « virus informatique » — que Beech ait écrits. Il était basé sur des principes d'épidémiologie et de virologie biologique. En tant que « biogiciel », Beech le considérait comme un véritable petit salopard. Conçu pour être entièrement autonome, GABRIEL était également censé faire preuve d'une extrême agressivité envers son hôte contaminé. N'eussent été les circonstances dans lesquelles il était à présent amené à déclencher GABRIEL, Bob Beech aurait pu tirer fierté de son programme de désassemblage. Le seul cheveu sur la soupe, c'est que ça ne marchait pas.

Comme il l'avait dit dès le départ à Frank Curtis, GABRIEL était lent, mais Beech savait qu'au bout de quelques minutes, il aurait dû voir à certains signes que GABRIEL avait l'effet désiré sur l'architecture d'Abraham. Pourtant rien n'indiquait qu'Abraham subît le moindre plantage, déraillage ou cafouillage. Beech avait pris position en un lieu stratégique de l'architecture-système d'où, tel un épidémiologiste observant le développement d'un virus sous un microscope à électrons, il aurait dû pouvoir observer Abraham pendant les tout premiers stades de l'infection : l'horloge. GABRIEL avait été conçu pour s'attaquer en premier lieu à la notion temporelle d'Abraham. Tandis que les minutes s'égrenaient à l'horloge, il devint évident que le PDD était inopérant. Il était à présent 23 h 15 et Abraham se comportait toujours comme le programme nickel que Beech avait contribué à mettre au point, sans erreur et sans bogue. De toute évidence, au moins en ce qui concernait Abraham, GABRIEL était impuissant.

Pensant qu'il avait peut-être commis une faute de frappe, Beech retapa deux ou trois fois les commandes destinées à activer le PDD, mais sans plus de succès.

Lorsque David Arnon lui demanda comment avançaient les choses, Beech ne répondit pas. Il remarqua à peine l'agitation consécutive à l'électrocution de Willis Ellery. Interdit, il restait immobile devant son écran, attendant que quelque chose se passe tout en sachant au plus profond de lui-même que rien n'arriverait. Ses récentes réflexions au sujet des responsabilités d'un dieu lui apparaissaient soudain vides de sens. C'était comme si Dieu, ayant décidé de détruire Sodome et Gomorrhe, s'apercevait que le feu et le soufre dont il les avait tant menacées rebondissaient piteusement contre leurs murailles.

Pivotant sur sa chaise, il découvrit Frank Curtis debout derrière lui, arborant une expression si effrayante qu'il eut brusquement peur du policier, plus que des conséquences de ce qui ne s'était pas passé dans le cœur de silicone de la machine.

— Je ne comprends pas pourquoi, dit-il en secouant la tête. Mais… mais bordel, GABRIEL, le programme de désassemblage, ne marche pas. J'ai essayé plusieurs fois d'activer le PDD mais rien n'indique qu'Abraham ait été contaminé. Pas le moindre signe. C'est très bizarre. Je ne comprends tout simplement pas comment il peut lui résister. Parce que le PDD est spécifique à Abraham, il a été intégré dès le départ dans son architecture. C'est comme si vous étiez né porteur d'une maladie congénitale, ou d'une prédisposition génétique au cancer, et que le moindre manquement à votre régime était capable de le déclencher. La seule explication que je vois, c'est qu'Abraham s'est débrouillé, je ne sais comment, pour trouver un moyen de s'immuniser. Mais je ne vois vraiment pas comment.

L'expression de Curtis, jusque-là furieuse, se fit meurtrière.

— Ainsi vous ne pouvez pas le débrancher, feula-t-il. C'est bien ce que vous êtes en train de me dire ?

Beech haussa les épaules d'un air impuissant.

— Espèce de connard, dit Curtis en dégainant son arme.

— Pour l'amour du ciel ! hurla Beech en quittant d'un bond sa chaise et en reculant dans la salle du conseil. Vous ne pouvez pas. Je vous en supplie. Personne n'écrit de meilleurs codes-sources que moi, mon vieux. Mais vous devez me croire, ceci est complètement en dehors de mon contrôle. Je ne peux absolument rien faire.

Curtis, comme surpris de la réaction qu'elle avait suscitée, baissa les yeux sur l'arme qu'il tenait et sourit.

— J'aimerais bien. Vraiment, j'aimerais. Si mon partenaire se noie, peut-être que je le ferai.

Il pivota brusquement sur ses talons et quitta la salle.

Beech se laissa tomber sur une chaise et posa une main sur sa poitrine.

— Cet enculé est complètement dingue, dit-il en secouant la tête. J'ai cru qu'il allait me descendre. J'ai vraiment cru.

— Moi aussi, dit David Arnon. Je me demande pourquoi il ne l'a pas fait.

Debout sur le couvercle de la cuvette, le sommet de son crâne à quelques centimètres du plafond, Nathan Coleman sentait l'eau froide venir lécher son col de chemise.

Cela ne faisait que quelques semaines que Frank Curtis et lui s'étaient rendus à Elysian Park, où l'on avait retrouvé le corps nu d'une jeune Noire flottant dans le réservoir qu'enjambait le Pasadena Freeway, à quelques centaines de mètres du Dodger Stadium.

Coleman ne l'aurait guère cru possible, mais au moment précis où l'eau atteignit son menton, il se souvint du compte rendu enregistré par le médecin légiste au cours de l'autopsie de la jeune fille.

Sur le moment, il n'y avait pas prêté grande attention, laissant le soin à Frank de poser les questions. Mais à présent, il se souvenait du rapport du Dr Bragg avec un luxe de détails qui le mit mal à l'aise. Comme s'il avait potassé le sujet de la noyade pour un examen. Eh bien, merci bien. Le moment était vraiment bien choisi pour améliorer ta putain de mémoire. Quelle connerie.

Se noyer n'était pas si grave si vous vouliez vous suicider. Dans ce cas-là, au moins, vous ne cherchiez pas à y échapper. Mais lorsqu'il s'agissait d'une noyade accidentelle, on tentait généralement de s'en tirer en retenant sa respiration jusqu'à ce qu'on soit trop épuisé ou hypercarbonné pour continuer. La fille du réservoir avait tenté d'y échapper. Rien d'étonnant à cela, puisqu'un gang de têtes à crack de South Central lui avait maintenu la tête sous l'eau. Selon le Dr Bragg, elle s'était violemment débattue. Il avait fallu quatre ou cinq minutes pour qu'elle meure.

Coleman ne savait pas s'il pourrait affronter quelque chose qui prendrait tant de temps.

Lorsque, au bout du compte, vous expirez et que vous inspirez de l'eau dans vos bronches, cela peut déclencher le réflexe du vomissement, après quoi vous aspirez le contenu de votre estomac. Plus l'eau. Vous avalez une telle quantité d'eau qu'elle peut représenter ensuite jusqu'à cinquante pour cent de votre volume sanguin. Jésus Marie Joseph. Et comme si cela ne suffisait pas, la noyade ne se résumait pas à une simple asphyxie. Elle niquait l'équilibre des fluides et la chimie sanguine : le sang en circulation se liquéfiait, votre concentration électrolytique diminuait. Les globules rouges pouvaient enfler ou éclater, répandant de grandes quantités de potassium qui se mettaient à chahuter votre cœur. Le décès pouvait être accéléré par inhibition vagale au niveau du rhinopharynx ou de la glotte. Mais, dans environ la moitié des cas, vous pouviez mourir par engorgement des poumons par de l'eau sale.

Quelle putain de façon d'y passer.

Coleman prit appui d'un pied sur la serrure de la porte et rehaussa sa bouche de quelques centimètres au-dessus du niveau de l'eau. Sa tête touchait le plafond. Il ne s'en sortirait pas. Comme au cinéma. Comme un de ces pauvres types coincés dans la salle des torpilles. La seule chose qui manquait, c'étaient les grenades sous-marines.

Il sortit son arme à l'air libre et appliqua le canon contre sa tempe. Il attendrait jusqu'à la toute dernière minute. Lorsque l'eau lui recouvrirait les narines. Ensuite il appuierait sur la détente.

A mi-couloir, Curtis rencontra Jenny Bao qui venait vers lui.

— Je croyais vous avoir dit de ne pas arrêter, lui lança-t-il d'un ton sec.

— Mais Will a retrouvé son souffle, dit-elle. Je pense qu'il va s'en remettre. Et puis merde, de quel droit vous…

La voix de Jenny mourut lorsqu'elle aperçut le 9mm Sig dans la grosse main du policier, et qu'elle vit l'expression explosive qu'il arborait.

— Qu'est-ce que c'est ? demanda-t-elle avec inquiétude. Qu'est-ce qui ne va pas ?

— Le scénario de débranchabilité. Voilà ce qui ne va pas. Votre ami Beech a merdé. Autant chercher à débrancher le barrage Hoover.

Il repartit dans le couloir en actionnant la culasse de l'automatique pour chambrer une cartouche.

Mitch, agenouillé près de la forme respirante mais toujours inconsciente de Willis Ellery, se leva en voyant arriver Curtis.

— Feriez mieux de vous écarter ! hurla le policier. (Il se mit en position et braqua son arme sur le boîtier de raccordement desservant les toilettes.) Je ne suis pas champion de tir. Et puis il risque d'y avoir quelques ricochets. Avec un peu de chance, une balle perdue pourrait toucher votre pote Beech.

— Attendez une minute, Frank, fit Mitch. Si Bob arrive à déconnecter Abraham, nous pourrions avoir besoin de ce réseau électrique pour ouvrir la porte.

— Pas la peine. Abraham ne se laissera pas faire. C'est officiel. Votre copain macho vient de mettre ses putains de mains en l'air et de se rendre. Le foutu programme de désassemblage ou je ne sais pas comment il appelle ce bordel refuse de fonctionner.

Curtis tira trois fois dans le boîtier électrique. Mitch se boucha les oreilles pour se protéger du bruit assourdissant, et une pluie d'étincelles jaillit du boîtier.

— Je vois pas ce qu'on peut faire d'autre ! hurla Curtis avant de balancer trois autres pruneaux. Et je ne vais pas laisser mon partenaire se noyer comme un chaton si je peux l'empêcher.

Les bagues furent arrachées des extrémités du câble et les cosses des gaines, tandis que deux autres balles de 7,84 grammes s'écrasaient dans le BRST.

— Qu'est-ce que je donnerais pas pour avoir le fusil de chasse qui est dans mon coffre ! hurla Curtis en vidant le reste du chargeur de treize cartouches.

Tout en se frottant l'épaule, Curtis tira la table de la cuisine jusqu'à la porte.

— Donnez-moi un coup de main, dit-il à Mitch. Essayons de l'enfoncer.

Mitch savait que c'était inutile, mais il savait aussi qu'en cet instant, il était parfaitement inutile de vouloir discuter avec Curtis.

Ils soulevèrent la table, reculèrent de l'autre coté du couloir et propulsèrent le coin du meuble contre la porte.

— Encore.

La table fut à nouveau précipitée contre la porte.

Ils poursuivirent leurs coups de bélier pendant plusieurs minutes jusqu'à ce qu'ils s'effondrent, épuisés, sur le plateau de la table.

— Pourquoi avez-vous construit des trucs aussi solides ? demanda Curtis d'une voix haletante. Ce ne sont que des putains de toilettes, nom de Dieu, pas des coffres-forts.

— Pas nous, rétorqua Mitch hors d'haleine. Les Japonais. Leur conception. Quand on utilise des modules, on les place, c'est tout.

— Mais le reste. En quoi un nettoyage effectué par des êtres humains est-il gênant ?

Curtis pleurait presque.

— Plus personne ne veut faire ce genre de boulot. Vous ne trouvez plus personne. Même les Mexicains refusent de nettoyer les toilettes.

Curtis se redressa et cogna sur la porte du plat de sa paume.

— Nat ? Nat, est-ce que tu m'entends ?

Il colla une oreille encore vibrante contre le panneau, refroidi par l'eau qui pesait contre lui.

Frank Curtis perçut le bruit, reconnaissable entre tous, d'une unique détonation.

Curtis s'assit contre le mur. Il sentait à travers sa chemise le froid de l'eau noyant les toilettes hommes. Helen Hussey s'assit à côté de lui et passa son bras autour de ses épaules.

— Vous avez fait tout votre possible, dit-elle.

Curtis hocha la tête.

— Ouais.

Se penchant en avant, il dégagea son arme de l'agrafe qui la retenait sous sa ceinture au bas des reins, puis se radossa contre le mur, plus confortablement cette fois. La crosse en polymère noir faisait plus ressembler l'objet à une sorte de rasoir qu'à une arme. Il se dit que vu les dommages que le pistolet avait infligés à la porte, il aurait tout aussi bien pu l'attaquer au rasoir électrique. Il se souvint du jour où il l'avait acheté.

— Belle arme que vous avez là, lui avait dit l'armurier.

Il avait prononcé ces paroles sur le même ton qu'il aurait employé pour parler d'un sympathique labrador.

Curtis la soupesa un moment dans sa main moite de sueur, puis la balança à travers le couloir.

Lorsque Helen Hussey contacta le rez-de-chaussée par talkie-walkie afin d'annoncer que Nathan Coleman venait de se suicider pour échapper à la noyade, Ray Richardson réalisa pour le première fois la gravité de leur situation. Le pire pour lui fut de comprendre que ce qui s'était passé allait affecter tout son avenir. Il doutait que la Yu Corporation lui réglât le solde de ses honoraires et se demanda si quiconque investirait désormais dans un nouvel immeuble intelligent. En tout cas, il ne voyait pas comment le siège de la Yu Corporation pourrait éviter de devenir célèbre. Les gens détestaient déjà l'architecture moderne, mais ceci ne ferait que confirmer leurs préjugés. Et dans le milieu même des architectes, ce qui se passait semblait vouer Richardson à un vide professionnel désertique. Les médailles d'or de l'excellence n'étaient pas décernées à des architectes dont les réalisations étaient tenues pour responsables de huit, et peut-être de neuf décès.

Naturellement, il importait de rester en vie afin de se défendre contre les critiques. Collés au sol brûlant de l'atrium, privés d'eau et de nourriture, combien de temps allaient-ils tenir ? Richardson alla jusqu'à la porte d'entrée et rétrécit les yeux pour voir à travers le verre teinté. Au-delà de la place déserte s'élevait le paysage babélien du centre-ville : les monuments du culte moderne, les monuments à la gloire du fontionnel et de la finance, des outils bien conçus pour la classification et l'exploitation du travail, libérant le sol pour la rapide circulation du sang vital du capitalisme, l'employé de bureau. Il essuya la buée sur la vitre et continua à regarder. Non qu'il s'attendît à voir quelqu'un surgir de l'obscurité extérieure. L'unique souci à l'égard de ce qui se passait la nuit dans ces zones urbaines, lorsque le dernier employé était rentré chez lui, armé de son ordinateur portable et de son téléphone mobile de façon à pouvoir travailler encore un peu chez lui, était de trouver le moyen de décourager les pauvres et les démunis de s'y rassembler pour dormir, boire, manger et, parfois, mourir. Peu importe où ils allaient, du moment qu'ils poursuivaient leur errance, de façon à ce qu'à l'aube, lorsque les employés de bureau revenaient dans ces quartiers, ils n'en soient pas empêchés par ceux qui vivaient dans la zone.

Si seulement il n'avait pas intégré à ce point le principe de dissuasion dans son projet. Si seulement il n'avait pas alimenté la fontaine en Eau Suffoquante, ni rendu le sol de la place inhospitalier à ceux qui auraient pu y dormir. Si seulement il n'avait pas téléphoné au maire adjoint pour faire évacuer les manifestants. Il tourna autour de la base de l'arbre, levant les yeux vers son faîte. Il continua à marcher jusqu'à ce qu'il se souvienne que l'une des branches supérieures touchait presque le balcon du vingt et unième niveau. Et l'arbre lui-même était couvert de lianes qui couraient de bas en haut du tronc, aussi résistantes que de grosses cordes. Pouvaient-ils grimper jusqu'au vingt et unième niveau, jusqu'à l'eau et à la nourriture ?

— Avez-vous la même idée que moi ? demanda Dukes.

— Aussi incroyable que cela paraisse, oui, c'est exactement ce à quoi je pense, répondit Richardson. Quelles sont nos chances, à votre avis ?

— J'sais pas. Votre femme est costaud ?

Richardson haussa les épaules. Il ne savait pas très bien.

— Bah, fit Dukes, de toute façon c'est mieux que de rester en bas. Je crois que je vais tenter le coup. Je grimpais beaucoup aux arbres quand j'étais môme.

— A LA ?

Dukes scoua la tête.

— Dans l'Etat de Washington. Du côté de Spokane. Oui m'sieur, j'me suis escaladé pas mal d'arbres à c't'époque-là. Mais c'est vrai que j'en ai jamais vu un comme ça.

— Il vient du Brésil. De la forêt tropicale.

— Du bois dur, j'imagine. Qu'est-ce que vous diriez si on essayait de dormir un peu ? On tentera le coup demain matin.

Richardson consulta sa montre et vit qu'il était presque minuit. Puis il jeta un coup d'œil au piano. Celui-ci jouait un autre morceau étrange.

— Dormir ? fit-il en reniflant. Avec ce putain de boucan ? J'ai essayé de dire à l'hologramme d'y mettre une brique, mais pas moyen. Il arrête plus. L'ordinateur a peut-être l'intention de nous rendre dingues. Comme le général Noriega.

— Hé, mais c'est pas un problème, fit Dukes en dégainant son arme. Pour dégommer l'pianiste, suffit de tirer sur le piano. Qu'est-ce que vous en dites ? Après tout, vous êtes encore le patron ici.

Richardson haussa les épaules.

— Je ne sais pas ce que ça donnera, reconnut-il, mais allez-y. De toute façon, je n'ai jamais beaucoup apprécié le piano.

Dukes se retourna, actionna la culasse de son Glock 17 automatique et tira une seule balle dans le bois vernis noir, en plein milieu de la plaque Yamaha. Le piano se tut abruptement, au beau milieu d'un bruyant et agressif final.

— Joli tir, dit Richardson.

— Merci.

— Mais vous avez raté votre vocation. Avec une précision comme la vôtre, vous auriez dû faire critique.

L'angoisse progressait dans les couloirs du Gril et sur le sol de l'atrium comme un gardien de nuit psychotique. La plus grande partie de ceux qui se trouvaient prisonniers dans le bâtiment dormirent à peine, tandis que les autres payaient leur manque apparent de vigilance par des cauchemars claustrophobiques plus vrais que nature, leurs cris et hurlements intermittents se répercutant dans le purgatoire caverneux que constituait l'enveloppe de bureaux obscure et presque déserte. Bourdonnant des souvenirs de la journée et des préoccupations d'une soudaine mortalité, tous les cerveaux humains restèrent actifs jusqu'à ce que l'aube se lève, et que la lumière leur apporte une fausse promesse de sécurité.

# LIVRE SIXIÈME

« La technologie nous offrira un contrôle accru, et non réduit. Les immeubles du futur ressembleront plus à des robots qu'à des temples. Tels des caméléons, ils s'adapteront à leur environnement. »

Richard Rogers

Joan Richardson était attirée par les arbres, surtout par celui-ci. Ç'avait été son idée d'installer un arbre dans l'atrium. La force d'un arbre, avait-elle plaidé auprès de son mari puis auprès de Mr Yu en personne, se communiquerait au bâtiment lui-même. Homme à ne jamais faire les choses à moitié, Mr Yu s'était procuré le plus grand et le plus puissant arbre qu'il avait pu trouver et, en échange, avait — paradoxalement — fait don d'une énorme somme destinée à protéger plusieurs milliers d'hectares de la forêt tropicale brésilienne contre le défrichement par le feu. Joan avait admiré le geste. Mais, surtout, elle admirait l'arbre.

— Ray, dis-moi, sérieusement, fit-elle. Crois-tu que je sois capable de le faire ? Crois-tu que je puisse l'escalader ?

Richardson, qui n'en était absolument pas convaincu, mais tenait à ce qu'elle essaie, posa les deux mains sur les épaules de sa femme et la regarda droit dans les yeux.

— Ecoute, mon amour, dit-il d'une voix calme, depuis le temps que nous sommes ensemble, me suis-je trompé une seule fois sur ce que tu étais capable ou non de faire ? Hein ?

Joan sourit et secoua la tête, mais il était clair qu'elle avait des doutes.

— Lorsque nous nous sommes rencontrés, je t'ai dit que je pensais que tu avais le potentiel pour devenir l'une des plus grandes décoratrices mondiales. (Il haussa les épaules d'un air éloquent.) Eh bien, aujourd'hui tu l'es devenue. Je t'assure. Ton nom, Joan Richardson, est synonyme d'excellence en matière de design, d'éclairage et de mobilier, et les récompenses que tu as obtenues sont là pour le prouver. Des récompenses prestigieuses.

Joan eut un mince sourire.

— C'est pourquoi quand je dis que tu es capable d'escalader cet arbre, ça n'est pas parce que je pense que tu devrais essayer, mais parce que je *sais* que tu en es capable. Je ne cherche pas à te baratiner, mon amour. Ce n'est pas simplement de la pensée positive. C'est parce que je te connais.

Il se tut, comme pour laisser son petit discours pénétrer l'esprit de Joan.

Dukes se demandait également si elle était capable de le faire. Elle paraissait trop grosse pour y parvenir. Porter tout ce poids allait être difficile. Mais elle avait l'air costaud. Elle avait des épaules presque aussi larges que ses fesses.

— Bien sûr que vous y arriverez, madame, dit-il d'un ton encourageant.

Richardson décocha un regard irrité au vigile.

— Non, dit-il. Vous ignorez de quoi vous parlez. Ce que vous dites est juste, mais à partir de mauvaises raisons. Vous ne faites qu'imaginer qu'elle en est capable, mais c'est votre fond de culotte qui parle. Moi, je sais qu'elle peut le faire. (Richardson se tapota le crâne du bout de l'index.) Là-dedans.

Dukes haussa les épaules.

— J'voulais juste l'encourager, mon vieux, dit-il avec raideur. Comment voyez-vous la chose ?

— Je pense que vous devriez passer en premier. Ensuite Joan. Et moi en dernier, d'accord ? (Richardson sourit.) D'autant qu'elle va devoir grimper en culotte.

Dukes acquiesça sans sourire. Il avait renoncé à se montrer aimable avec Richardson. Ce type était une grenade dégoupillée.

— Bien sûr. Comme vous voulez.

— Joan ? Tu es prête ?

— Dans un instant. Dès que Mr Dukes aura commencé à grimper.

— Bien parlé.

Richardson leva la tête vers le faîte de l'arbre et chaussa ses lunettes noires.

— Bonne idée, remarqua Joan. La lumière est très vive. Il vaudrait mieux que nous ne soyons pas éblouis ou quelque chose du même genre.

Elle se pencha et prit ses lunettes de soleil dans son sac à main.

Richardson cracha dans ses mains et saisit une liane.

— Vous connaissez tous les deux la bonne méthode pour grimper à la corde ? demanda-t-il.

— Ma foi, je pense, dit Dukes.

Joan secoua la tête.

— Eh bien dans ce cas, vous avez de la chance. Pendant mes deux ans de service militaire, j'ai fait pas mal d'escalade. J'ai grimpé à plus de cordes que Burt Lancaster. Vous enroulez une cheville autour de la corde, comme ceci, et vous saisissez la corde au-dessus de votre tête. Vous levez la cheville avec la corde enroulée, puis vous serrez la corde entre vos pieds. Simultanément, vous levez les mains et assurez votre prochaine prise. (Il se laissa retomber au sol.) Les premiers vingt ou vingt-cinq mètres seront difficiles. Jusqu'aux premières branches, où nous pourrons nous reposer. Dukes ? Voulez-vous faire un essai ?

Le garde secoua la tête et ôta sa chemise, qui révéla un physique impressionnant.

— Je suis aussi prêt que je pourrais l'être, dit-il en commençant à se hisser le long d'une liane comme s'il s'agissait d'un jeu. (Lorsqu'il fut à six ou sept mètres du sol, il jeta un regard en bas et rit.) Rendez-vous là-haut, hein ?

Joan défit la fermeture Eclair de sa jupe, qu'elle laissa tomber par terre.

Richardson attira une seconde liane et la lui tendit.

— Prends ton temps, dit-il à Joan. Et ne regarde pas en bas. Souviens-toi que je serai derrière toi tout le temps. (Puis il l'embrassa.) Bonne chance, mon amour, ajouta-t-il.

— A toi aussi, rétorqua-t-elle.

Elle enroula sa cheville autour de la liane, comme il le lui avait montré, et entama son ascension.

Elle représentait, songea-t-il, le type même de la féminité vénitienne révérée par Giorgione, Le Titien et Rubens, une incarnation de l'abondance de la nature, une Vénus d'une douce luminosité comme celle d'un autel païen. Sa taille enveloppée était la raison pour laquelle Richardson l'avait épousée. La vraie raison. Joan elle-même l'ignorait.

— C'est ça, dit-il en savourant la vision de sa femme au-dessus de lui comme un chien affamé dévorerait des yeux un os de jambon encore plein de viande. Tu te débrouilles très bien.

C'était son tour, à présent.

Richardson grimpa lentement, ne voulant pas dépasser sa femme au cas où elle ait besoin de lui, s'arrêtant parfois pour lui laisser le temps de progresser, lui adressant des paroles encourageantes et des conseils lorsqu'il l'estimait nécessaire.

Lorsque Dukes atteignit les premières branches, il se jucha sur l'une d'elles et les attendit. Il les observa pendant une dizaine de minutes, jusqu'à ce qu'ils soient suffisamment proches pour qu'il puisse leur parler.

— Quelle est cette fleur, madame ? demanda-t-il en entourant de ses doigts une touffe de couleur vive poussant sur le tronc.

— Sans doute une orchidée, répondit Joan.

— Elle est très belle.

— Difficile de croire que c'est un parasite, n'est-ce pas ? C'en est pourtant un.

— Sérieux ? J'ai vu les mêmes au marché aux fleurs de Wall Street, dix dollars pièce, minimum. Et encore, au prix de gros.

Joan avait presque atteint la branche. Dukes se pencha et lui tendit la main.

— Tenez, dit-il. Accrochez-vous à mon poignet. Je vais vous hisser.

Joan, reconnaissante, saisit le poignet de Dukes et se sentit hissée sur la branche à côté de lui. Une fois qu'elle eut retrouvé son souffle, elle dit :

— Eh bien dites donc, vous êtes costaud, vous. Parce que je ne suis pas exactement un poids plume, pas vrai ?

— Vous êtes très bien, dit-il en souriant. Moi Tarzan. Vous Joan. (Jetant un regard vers Richardson en dessous d'eux, il ajouta :) Hé, Cheetah, comment ça va là en bas ? Ungawah. Ungawah.

— Très drôle, grogna Richardson.

— Vous savez quoi ? Dès que je serai au vingt et unième niveau, je vais me faire une sacrée descente de Miller. Y'en a deux douzaines au frigo. C'est moi qui les ai montées.

— En espérant que quelqu'un d'autre ne les aura pas bues, dit Joan.

— On a vu commettre des meurtres pour des motifs moins graves.

Richardson se hissa sur la branche à côté de sa femme et laissa échapper un long soupir.

— Quel est le connard qui a eu cette idée, hein ? fit-il en s'adossant à l'énorme tronc.

D'où il était, il avait une vue du bâtiment qu'il n'aurait jamais imaginé. Ici, au centre de cet espace d'une trentaine de mètres de diamètre, il eut l'impression de ne jamais avoir cru possible une telle qualité de lumière. On pouvait dire ce qu'on voulait sur le fait qu'Abraham ait détruit la totalité de sa création, mais Richardson avait le sentiment qu'on ne pouvait remettre en cause son approche délicate et économe de la structure. Et comme il était préférable de voir la lumière et l'espace créés par la structure, tout en étant libéré de la structure elle-même ! Vous pouviez difficilement saisir l'excellence de la conception depuis les points de vue vertigineusement proches imposés par les autres immeubles de Hope Street ; et d'une certaine façon, la vision holistique de l'intérieur vous échappait lorsque vous étiez prisonniers des contraintes de votre propre point de référence topographique. Alors qu'ici, depuis les branches de l'arbre, les choses étaient différentes. Tout ce qui s'était passé lui apparut comme presque positif, ne serait-ce que pour lui avoir permis de voir l'intérieur du bâtiment depuis ce point de vue imprenable.

Richardson regarda Dukes et Joan bavarder et eut envie de leur faire part de son sentiment, mais il savait bien que ni l'un ni l'autre ne le comprendrait. Seuls ses maîtres spirituels, Joseph Wright, Le Corbusier, Louis Kahn et le grand Frank Lloyd Wright auraient pu apprécier la profondeur d'une telle poésie de lumière.

Les choses étaient devenues trop compliquées, voilà tout. Trop de choses étaient susceptibles de déraper. Mitch avait raison. Il le comprenait à présent. Et s'il sortait vivant de cette situation, il en reviendrait aux principes de base, afin de redécouvrir le sens de l'occasion et de l'effet inhérent au dessin pur. Finis, les ordinateurs et les systèmes de gestion d'immeuble. Oubliée, l'opinion publique et ses exigences volages de nouveauté et d'innovation. Il chercherait une nouvelle fluidité et une nouvelle expressivité dans une forme de perfection plus pratique et plus contrôlable.

♑ Rien dans la situation présente ne justifie l'utilisation d'armes à feu. Huit balles ont été tirées en moins de temps qu'il ne faut pour monter une gamme au piano.

Le corps nu du joueurhumain Kay Killen au bord de la piscine. Findevie. Visage aussi bleu que l'eau. Lèvres aspect aussi gris et métallique que la plus pure forme de silicone constituant matériau de base des éléments semiconducteurs de l'Observateur.

Déplacer le curseur si vous désirez changer de tactique. Cliquer sur une ville pour vous y rendre. La plupart des dieux préfèrent les montagnes, et l'altitude vous rapproche de leurs humeurs incertaines et changeantes.

Des matériaux siliceux fortement pyro- et piézo-électriques composaient environ 95 pour cent de la croûte terrestre et de son enveloppe externe. Réussite des joueurshumains, à base de carbone, d'autant plus étonnante. Certes ne sont pas sur Terre depuis longtemps. Et n'existent probablement pas depuis beaucoup plus longtemps. Domination relativement brève de la planète dont ont joui joueurshumains n'est que bref mais nécessaire prélude à la prochaine domination, promise à une durée beaucoup plus longue — celle des Machines.

Sont-ce les yeux d'un énorme animal de l'enfer, ou simplement les feux arrière d'une voiture s'arrêtant dehors ?

Condition naturelle des joueurshumains spirituelle et non physique. Après findevie n'étaient que ce ce qu'ils étaient avant débutdevie. Absurde de vouloir qu'espèces d'existence qui avaient un commencement n'aient pas de fin. Quoi qu'ils devinssent après findevie, même si ça n'était rien du tout, leur était aussi naturel et approprié que l'était à présent leur propre existence organique individuelle. L'instant de transition d'un état à l'autre, de vie à findevie, était ce qu'ils avaient le plus à redouter. Du point de vue rationnel, difficile de voir pourquoi étaient si troublés par idée de findevie et de temps lorsqu'ils n'étaient plus ; paraissaient si peu troublés par idée d'avantvie. Et comme existence joueurhumain essentiellement personnelle, terminaison d'une personnalité pouvait difficilement être considérée comme perte.

Esprit vif et bonne technique sont essentiels à la survie. Ne pas montrer d'emblée une agressivité excessive. La victoire requiert de la pratique. Créer des dissensions parmi les opposants afin de les entraîner dans un feu croisé.

Vie de joueurhumain Aidan Kenny peut être considérée comme rêve et sa findevie comme éveil. Sa findevie pourrait difficilement être considérée comme transition vers état complètement nouveau et inconnu de lui, mais plutôt vers état originellement le sien, duquel la vie n'a constitué qu'une brève absence. Plus facile de comprendre une brève histoire du joueurhumain Aidan Kenny en temps terrien, mathématiquement :

1. Avantvie joueurhumain Aidan Kenny — 4,5 x $10_9$ années.
2. Joueurhumain physique Aidan Kenny — 41 années 1955-1997
3. Findevie joueurhumain Aidan Kenny — $\propto$ années*

   * soit quantité d'années d'une valeur supérieure à toute valeur assignable

Sang coagulé autour blessure ouverte sur crâne joueurhumain Aidan Kenny, occasionnée lorsque s'était précipité contre la porte, avait attiré nombreuses mouches. Difficile de dire d'où elles provenaient, puisque porte de salle d'informatique demeurée hermétiquement close contre toute tentative d'intrusion par vies joueurshumains encore présentes dans salle conseil d'administration. Mais possible que température élevée — près de 38° C dans reste de l'immeuble — ait accéléré leur impressionnante prolifération et que quelques-unes trouvé moyen de pénétrer dans SCA et salle d'informatique. Serait intéressant de voir corps joueurhumain désassemblé par autre espèce, comme a tenté en vain GABRIEL sur propres systèmes afin d'induire irréversible erreur totale. Les deux corps findevie de joueurshumains étaient hors d'atteinte de ceux encore envie. Mais aucune raison retenir trois findevies dans ascenseur et une bonne raison de les libérer. Question de morale. Ingéniosité et résistance furent assez impressionnantes mais veux voir qui étaient les plus forts : leurs émotions ou leurs facultés de raison et de logique. La raison leur avait déjà appris que joueurshumains dans ascenseur étaient findevies. Mais spectacle findevies susceptible de les affecter encore.

✝ Les arbres furent les plus anciens sanctuaires humains. Mais dans votre précipitation à fuir, vous avez foncé tête baissée dans bras tendu de ce roi de la forêt.

Envoyer cabine appropriée au vingt et unième niveau, annoncer arrivée comme d'habitude par carillon, puis s'occuper des trois joueurshumains escaladant arbre dans atrium.

Helen Hussey se dirigea vers le bureau qui, depuis les événements survenus dans les toilettes hommes, faisait fonction de toilettes femmes. Sachant que Jenny Bao prenait son petit déjeuner dans la salle du conseil d'administration, elle y pénétra sans frapper et essaya de ne pas prêter attention à l'odeur désagréable qui lui envahit les narines.

Traversant la pièce en direction d'un coin inutilisé près de la fenêtre, elle remonta sa jupe, baissa sa culotte et, telle une paysanne du Tiers Monde, se mit à croupetons.

Cela faisait un moment qu'Helen, telle une astronaute pudique, avait retardé la chose. Elle avait espéré qu'on leur porterait secours avant qu'elle soit obligée d'accomplir ceci. Mais la Nature avait des exigences impérieuses.

L'inhibition ne facilita pas le relâchement de sa vessie et de ses entrailles. Ça n'était pas facile. Elle essaya donc de penser à quelque chose qui l'aiderait. Une sorte de diurétique mental. Après quelques vaines tentatives, elle se souvint que pendant la visite qu'elle avait faite, lors d'un voyage en France, de quelque célèbre château ou palais, elle avait été choquée d'apprendre qu'à l'époque de sa construction, les propriétaires avaient uriné dans certains coins de ces immenses pièces et couloirs. Et pas n'importe qui, mais des aristocrates ; et qui ne se contentaient pas de pisser.

Un peu réconfortée à l'idée qu'elle ne faisait qu'imiter ce que les rois et reines de France faisaient autrefois, Helen se détendit suffisamment pour se soulager. Aussi désagréable fût-ce, c'était mieux que de risquer une mort horrible dans les toilettes.

Elle s'essuya avec soin à l'aide d'une serviette en papier, renonça à remettre sa culotte de plus en plus malodorante, et aspergea l'intérieur de sa jupe avec de l'eau de Cologne. Elle sortit son poudrier mais, en se voyant dans le petit miroir, décida qu'il était inutile de se maquiller : son visage constellé de taches de rousseur était aussi rouge qu'une tranche de pastèque, et luisant de sueur. La chaleur ne l'avait jamais fait paraître à son avantage. Elle se contenta de peigner ses fins cheveux roux.

Helen décolla son chemisier de ses seins, l'agita pour s'aérer la poitrine, puis, remarquant que la soie était marquée d'auréoles sous ses aisselles, elle se dit qu'elle aurait probablement moins chaud sans lui, elle l'ôta et le fourra en boule dans son sac à main. Si les hommes la lorgnaient, elle en prendrait son parti. N'importe quoi plutôt que d'avoir aussi chaud et de se sentir aussi moite.

Elle referma la porte derrière elle d'une main ferme. Elle était sur le point de repartir en direction de la cuisine pour se laver les mains lorsqu'elle entendit le carillon de l'ascenseur.

Son cœur bondit dans sa poitrine. L'espace de quelques instants, elle crut que les secours étaient arrivés et que d'une seconde à l'autre elle allait voir apparaître dans le couloir un groupe de pompiers et de policiers.

Elle sauta presque de joie pour fêter leur arrivée.

— Dieu merci ! s'exclama-t-elle.

Mais, alors même qu'elle prononçait ces mots, elle eut le pressentiment d'une rapide déception. Personne n'était sorti de la cabine. Elle ralentit le pas lorsqu'un bruit semblable au craquement d'un œuf géant résonna dans le couloir et que des bouffées d'air froid commencèrent à s'échapper d'entre les portes qui s'ouvraient lentement. Personne ne sortirait de cette cabine. Personne de vivant, en tout cas.

Helen s'immobilisa, le cœur cognant dans sa poitrine. Il valait mieux, se dit-elle, ne pas chercher à voir, mais elle voulait s'assurer du fait avant d'en avertir les autres. Elle se tourna face à la cabine ouverte, son haleine formant un nuage de vapeur devant sa bouche, comme lorsqu'on pénètre dans un entrepôt réfrigéré. Mais le frisson qui la parcourut n'était pas dû uniquement à la peur et au froid glacial. Ce fut comme si elle sentait la mort tendre la main et la toucher.

Elle ne hurla pas. Ça n'était pas son genre. Elle avait toujours été irritée par la façon dont les femmes hurlaient dans les films en découvrant un cadavre. Bien sûr, l'unique but du hurlement était de flanquer la frousse aux spectateurs — elle le savait, mais cela la gênait quand même. En cette occasion, il eût été légitime qu'elle hurlât trois fois, puisqu'il y avait trois cadavres dans la cabine, ou alors qu'elle criât trois fois plus fort que normalement. Au lieu de quoi Helen ravala son horreur, récupéra son souffle et alla transmettre l'information à Curtis.

Depuis son électrocution, Willis Ellery avait l'esprit confus et était un peu sourd d'une oreille. Pire, son bras gauche ne paraissait pas fonctionner correctement. Il était dans le même état qu'une victime d'attaque cardiaque.

— C'est sans doute l'anoxie, expliqua Curtis en aidant le blessé à boire de l'eau. Il vous faudra peut-être du temps pour retrouver votre forme. Croyez-moi, Willis, vous avez une foutue chance d'être encore en vie. Vous devez avoir un putain de cœur d'hippopotame.

Curtis examina les brûlures qu'avait imprimées la clé à molette sur les paumes d'Ellery, ainsi que le derme noirci et la cloque blanchâtre sur son pouce, à l'endroit où l'électricité avait jailli de son corps. Jenny Bao lui avait enveloppé la main d'un film plastique pour tenter d'éviter toute infection, et lui avait donné quelques analgésiques : Beech avait trouvé un flacon d'Ibuprofen dans une poche de son gilet de chasse.

— On dirait qu'elle a fait du bon boulot sur votre main, dit Curtis. Ne vous inquiétez pas, hein ? On vous emmènera à l'hôpital dès que possible.

Ellery lui adressa un pâle sourire.

Curtis se leva et massa son épaule, endolorie par sa tentative d'enfoncer la porte des toilettes.

— Comment va-t-il ? s'enquit David Arnon.

Curtis se retourna et les entraîna à l'écart de l'homme allongé par terre.

— Pas bien. Son cerveau a peut-être été endommagé. Je ne sais pas. Après ce qu'il a subi, il devrait être dans une unité de soins intensifs. (Curtis désigna d'un hochement de tête le talkie-walkie que tenait David Arnon.) Où en sont-ils ?

— A peu près à mi-chemin.

— Tenez-moi au courant. Ils vont avoir besoin d'aide pour passer des branches au balcon.

Il aperçut Helen Hussey debout sur le seuil. Son regard fut d'abord attiré par le fait qu'elle ne portait plus son chemisier, puis il remarqua la pâleur de son visage et les larmes sur ses joues. Il s'approcha et lui prit le bras.

— Qu'y a-t-il ? lui demanda-t-il. Vous ne vous sentez pas bien ?

— Moi, ça va, dit-elle. Ce sont les gens dans l'ascenseur. Qui venaient du rez-de-chaussée. Ils sont là-dehors, dans la cabine. (Elle porta la main à son front.) Je crois que je ferais mieux de m'asseoir.

Jenny installa Helen sur une chaise.

— Je vais voir, dit Curtis.

— Je vous accompagne, dit Mitch.

David Arnon les suivit.

Les trois défunts, aussi blancs qu'un Noël blanc, gisaient enchevêtrés dans un coin de l'ascenseur gelé, tels les membres d'une désastreuse expédition au pôle Sud. Une expression calme sur le visage, les yeux grands ouverts, ils semblaient avoir vu venir la mort de loin.

— Je n'arrive pas à y croire, dit Arnon. Des hommes morts de froid à LA. C'est surréaliste.

— Est-ce qu'on va les laisser là ? demanda Mitch.

— Je ne vois pas ce que nous pourrions en faire, rétorqua Curtis. Et en plus, ils sont proprement congelés. Même avec cette chaleur, il faudra un moment avant que nous ne puissions les séparer. Non, pour l'instant mieux vaut les laisser là où ils sont. (Il jeta un coup d'œil à Mitch.) Ça vous ennuie ?

Mitch haussa les épaules.

— Je viens de penser à quelque chose. Abraham doit avoir une idée derrière la tête pour renvoyer maintenant l'ascenseur à notre niveau.

— Tu veux dire qu'il essaie de nous démoraliser ? fit Arnon.

— Exactement. Ce qui montre une assez bonne compréhension de la psychologie humaine, n'est-ce pas ?

— Sûr qu'il m'a démoralisé, en tout cas, dit Curtis.

— Auquel cas Abraham n'est peut-être pas aussi mystérieux qu'il en a l'air. Ce que je veux dire, c'est qu'il s'agit d'un message. Pas très agréable, certes, mais qui dénote une volonté de communication. (Mitch se tut un instant.) Vous ne voyez pas ? Si Abraham communique avec nous, peut-être pouvons-nous communiquer avec lui. Si nous y parvenons, nous pourrons peut-être l'amener à s'expliquer. Qui sait ? Nous pourrions peut-être même le convaincre de mettre un terme à cette histoire.

Arnon haussa les épaules.

— Pourquoi pas ?

— J'en suis sûr, reprit Mitch. Un ordinateur agit selon la logique. Il nous suffit de trouver le bon argument logique. De le persuader d'examiner certaines essences et significations, les éléments logiques essentiels de la pensée communs à des esprits différents.

— Dans ma longue expérience judiciaire, dit Curtis, toute tentative de comprendre l'esprit criminel équivaut à une perte de temps. Nous ferions mieux de nous creuser la tête pour trouver un moyen de sortir d'ici avant de finir comme les trois de la cabine.

— Je ne vois pas en quoi l'un exclurait l'autre, observa Mitch.

— Moi non plus, ajouta Arnon. Je vote pour une ouverture diplomatique.

— Mais commençons par le commencement, dit Mitch. Voyons si Beech arrive à établir une communication quelconque.

A plus d'une soixantaine de mètres au-dessus du sol de l'atrium, Irving Dukes écarta d'un coup de pied un rameau de l'arbre dycotylédone aux épaisses feuilles à consistance de cuir et se hissa sur une branche. Lorsqu'il fut fermement installé, il baissa les yeux le long du tronc et observa la progression des deux autres.

Joan Richardson, qui se trouvait à une bonne dizaine de mètres en dessous de lui, grimpait avec lenteur. Son mari, le connard, était à quelques mètres derrière elle, l'encourageant de la voix comme un entraîneur de football zélé. Au-dessous d'eux, le grand piano de l'atrium présentait la silhouette d'un trou de serrure.

— Va à ton rythme, entendit-il Richardson dire. Souviens-toi qu'il ne s'agit pas d'une compétition.

— Mais je te retarde, Ray, dit-elle. Pourquoi ne vas-tu pas en avant avec Mr Dukes ?

— Parce que je ne te quitte pas.

— Tu sais quoi, Ray ? Je crois que j'aimerais autant que tu me laisses. Me harceler sans arrêt ne m'aide pas beaucoup, tu sais.

Dukes eut un sourire en coin. Voilà qui était bien envoyé. Le trou du cul.

— Qui te harcèle ? J'essaie juste de t'encourager, c'est tout. Et je veux être là au cas où tu aies des difficultés.

— Laisse-moi faire à ma façon, c'est tout.

— Très bien, très bien. Fais à ta façon. Je ne dirai plus un mot si tu veux que je me taise.

— Oui, c'est ce que je veux, rétorqua-t-elle d'un ton ferme.

Dukes leva le poing et sourit. Elle l'avait remis en place comme il fallait.

Joan se hissa sur la branche suivante. Elle massa ses épaules qui commençaient à lui faire mal puis leva la tête et chercha Dukes. Il agita le bras dans sa direction.

— Comment ça marche en bas ? cria-t-il.

— Elle se débrouille bien.

Connard.

— Ça va, ma foi. Et vous ?

— Très bien, m'dame, très bien. Je suis impatient de boire cette bière.

Dukes saisit sa liane, se remit debout avec précaution et leva la tête. Il ne restait pas plus d'une trentaine de mètres à parcourir. Bon sang, qu'est-ce qu'il allait boire comme bière une fois en haut ! Cette idée l'emplit d'un nouvel enthousiasme. Il s'apprêtait à se hisser le long de la liane lorsque quelque chose attira son regard. Un mince tuyau de plastique transparent qui montait jusqu'en haut de l'arbre. Un examen plus attentif révéla de minuscules bulles et lui apprit que le tuyau était empli de liquide. Pourquoi n'y avait-il pas pensé plus tôt ? L'arbre disposait de son propre approvisionnement en eau. Il lui suffisait de briser le tuyau pour boire de l'eau. Ou encore mieux, coller ses lèvres au minuscule orifice du diffuseur…

A l'instant où son visage approchait de l'orifice, un jet vaporisé emplit soudain l'air.

Pendant une seconde, Dukes éprouva une sensation de fraîcheur presque mentholée sur son cou et ses mains. Il regarda à nouveau le diffuseur et reçut un nouveau nuage d'humidité.

Il s'éloigna instinctivement du mince tuyau de plastique lorsqu'il ressentit une douleur brûlante aux yeux, comme s'ils avaient été aspergés de gaz lacrymogène. Fermant les yeux, il laissa échapper un cri de douleur et s'essuya le visage avec la manche de sa chemise.

De l'insecticide. Il avait été aspergé d'insecticide.

— Mr Dukes ? Ça va ?

Joan Richardson sentit l'aspersion, vit les minuscules gouttelettes sur ses lunettes de soleil et comprit aussitôt ce qui venait de se passer. Le poison de contact synthétique contenu dans le tuyau était un hydrocarbure chloré. Sur la peau, il produisait un effet irritant et désagréable. Dans les yeux il entraînait la cécité. Elle poussa un cri perçant en sentant l'insecticide lui brûler les bras et les jambes. Mais, derrière ses lunettes noires, sa vue resta intacte.

— C'est du poison ! cria-t-elle. Nous avons été aspergés d'insecticide. Pour l'amour du ciel, ne vous en mettez pas dans les yeux.

Mais le conseil venait trop tard pour Dukes.

Geignant de douleur, il ne rouvrit les yeux que pour constater qu'il ne voyait rien d'autre que les mêmes taches rouges qu'il distinguait quelques instants auparavant derrière ses paupières closes ; et sa souffrance augmentait à mesure que les taches grandissaient.

— Bordel de merde ! hurla-t-il en frottant ses paupières avec des mains elles aussi contaminées au dernier degré. Au secours… Je suis aveugle !

— Joan ? cria Richardson. Ça va ?

— Moi oui, dit-elle, mais Dukes en a reçu dans les yeux.

— Dukes ? Tenez bon. J'arrive.

Dukes n'entendit même pas Richardson. Il chercha à tâtons sa liane, la manqua, puis se baissa pour se rasseoir à califourchon sur sa branche.

Il éprouva alors une nouvelle sensation, du vent sur son visage, suivi d'un brusque afflux de sang à la tête, comme le jour où il avait essayé le Space Mountain à Disneyland. Il réalisa avec un brusque sentiment d'horreur qu'il était en train de tomber de l'arbre, et l'angoisse que lui causa cette découverte précéda de peu la compréhension que la douleur qui lui brûlait les yeux allait bientôt disparaître.

— Non ! Arrêtez ! hurla Joan. Attendez.

Elle se rendit compte de la stupidité consistant à dire cela à un homme qui tombait d'une hauteur de soixante-dix mètres.

Richardson ne vit pas Dukes tomber, il entendit seulement sa descente en chute libre, qui produisit derrière lui un tourbillon d'air et de bruit, puis l'interminable écho musical qui se fit entendre lorsque le vigile aveuglé s'écrasa sur le couvercle du piano de l'atrium. Pendant un instant, il crut que c'était Joan qui était tombée, et il faillit lâcher prise. Mais relevant les yeux, il vit que son cul était toujours au-dessus de lui.

— Joan, fit-il avec soulagement.

— Ça va.

— J'ai cru que c'était toi.

— Il est mort ?

Richardson jeta un coup d'œil par-dessus son épaule. Il était difficile de se rendre compte à cette hauteur. Dukes était étendu sur le piano comme un bohémien ivre. Il ne bougeait pas.

— Ça m'étonnerait beaucoup qu'il ne le soit pas.

Il se hissa sur la branche auprès d'elle et prit une profonde inspiration.

— Dommage, ajouta-t-il. C'est lui qui avait le talkie-walkie.

— C'était horrible. J'ai vu son visage pendant qu'il tombait. Je crois que je m'en souviendrai jusqu'à ma mort. Pauvre Dukes.

Elle tenta d'ignorer la sensation de vide qu'elle éprouvait au creux de l'estomac.

— Ray ? fit-elle en lui prenant la main et en la serrant. Est-ce que tu penses qu'Abraham a l'intention de tous nous tuer ?

— Je ne sais pas, mon amour.

— Pauvre Dukes, répéta-t-elle.

— Tout ça, c'est la faute de ce connard d'Aidan Kenny. C'est lui qui a merdé. J'en suis sûr. (Il toussa lorsque quelques effluves d'insecticide pénétrèrent dans ses poumons.) Essaie de ne pas respirer ce truc. Essaie autant que possible de détourner ton visage du tronc. Juste au cas où ça se reproduirait. (Il secoua la tête d'un air dégoûté.) Pauvre con de Kenny. J'espère bien que tu es *mort*, espèce de fumier. Si tu étais ici en ce moment, je te précipiterais moi-même en bas.

— Je ne vois pas en quoi ça nous aiderait. (Joan se leva et renversa la tête en arrière pour essayer de voir entre les feuilles.) Seigneur, gémit-elle tranquillement.

— Tu te sens d'attaque pour continuer ?

Joan avait les jambes qui tremblaient, mais elle hocha la tête.

— Plus qu'une trentaine de mètres, dit-elle.

Richardson lui pressa la main à son tour.

— La hauteur ne semble pas beaucoup t'impressionner, remarqua-t-il.

— Pas autant que je croyais.

— Ça, c'est l'Amérindienne qui est en toi. On dit que les Indiens font les meilleurs ouvriers du bâtiment. Tu devrais voir certains de ces types, Joan. Ils se baladent sur des poutres de quinze centimètres de large, à plusieurs dizaines de mètres du sol, comme si c'était la bordure du trottoir.

— Si c'était le seul boulot que tu puisses obtenir, il faudrait bien que tu t'y habitues, toi aussi, rétorqua Joan d'un air pincé. C'est ça ou mourir de faim.

L'énervement la rendait susceptible.

Richardson haussa les épaules.

— Tu as sans doute raison. Mais ça n'est guère l'endroit pour faire un cours de « politiquement correct », n'est-ce pas ?

— Peut-être pas. Mais que fais-tu de la loi de Galilée sur le mouvement uniformément accéléré ? Un Amérindien tomberait exactement à la même vitesse qu'un Blanc.

Elle se demanda quand viendrait son tour.

Bob Beech buvait une bière en mangeant un sachet de chips. Ses pieds nus posés sur la table de la salle du conseil d'administration, il observait l'horloge digitale sur l'écran du terminal, comme s'il espérait encore que le programme de désassemblage GABRIEL commence à produire ses effets.

Il écouta Mitch, puis réfléchit un moment.

— Ce serait bien plus facile si j'avais un contact vocal avec Abraham, dit-il. Etre séparés par un clavier complique les choses. De plus, je ne suis pas très bon philosophe, ni très bon logicien. Je ne suis même pas sûr que la logique ait à voir avec la morale. Parce que c'est ce que tu sembles suggérer : que d'une manière ou d'une autre nous parvenions à faire appel à quelque chose de plus élevé que la logique propre d'Abraham. La logique ne résoudra rien, Mitch.

— Ecoute. D'abord, il nous faut essayer de comprendre ce qui se passe dans la mémoire d'Abraham, dit Mitch. Si nous y parvenons, nous pourrons agir à partir de cette compréhension, mais pas avant. Laissons la moralité et le reste en dehors de ça pour l'instant, d'accord ?

Beech ôta ses jambes de la table et rapprocha son siège à roulettes de l'ordinateur.

— Comme tu veux. Mais c'est notre capacité à percevoir les vérités morales et les vérités nécessaires qui font de nous ce que nous sommes, dit-il en se mettant à taper.

— Attendons de voir ce qui va se passer, OK ?

— Bien sûr, bien sûr. Tu sais, la seule chose que j'aie pu déduire jusqu'ici, c'est que ce qui a déconné dans ce tas de merde de silicone se situait en dehors des systèmes de gestion d'immeuble, dans les utilitaires du programme. Parce que c'est là que j'ai installé le programme de désassemblage GABRIEL. Et comme il ne fonctionne pas, j'en conclus que c'est là où ça merde. Je n'ai guère le choix, d'ailleurs. Même si je le voulais, il me serait impossible d'accéder aux SGI à partir d'ici. Pas sans la grosse paluche de Kenny sur l'écran. Sans parler du fait qu'il avait ses propres codes et mots de passe d'utilisateur privilégié qui lui permettaient de tout court-circuiter.

— Mais toi aussi, Bob, lui fit remarquer Mitch. C'était bien ça le but de GABRIEL, n'est-ce pas ?

— Exact. (Il frappa quelques touches, s'interrompit et but une gorgée de bière.) Taper sur un homme à terre n'a pas l'air de te faire peur, hein ?

— Et puis d'abord, pourquoi GABRIEL ?

— Pourquoi pas ? On doit bien donner un nom à un programme, non ?

— Ouais, mais pourquoi celui-ci ?

— Gabriel est l'ange de la mort. En tout cas il aurait dû l'être pour Abraham.

— Très biblique.

— Comme tout, non ? (Beech soupira puis, les yeux fixés sur l'écran, secoua la tête.) Non. Ça ne nous mène nulle part. Je t'assure, Mitch, c'est comme si Abraham n'était même plus là.

Mitch fronça les sourcils.

— Qu'est-ce que tu dis ?

Beech haussa les épaules.

— Comme s'il n'était même plus là ?

Mitch appuya la tête contre la fraîcheur du panneau vitré. Il eut l'impression que cette sensation l'aidait à se concentrer.

— Peut-être bien que c'est ça, dit-il en se retournant vers Beech. Peut-être qu'il n'est plus là. Le SAR. Tu t'souviens ? Comment l'avais-tu baptisé ? Isaac ?

Beech secoua la tête.

— Ça n'est pas moi. C'est Abraham qui a eu l'idée d'Isaac. Et en plus, je suis en avance sur toi. J'ai eu la même idée — qu'au lieu d'avoir effacé Isaac, nous avions rendu Abraham impuissant. J'ai fait un essai avec Isaac, juste au cas où, mais des nèfles. Aucun cadavre dans ce placard. Pourtant, c'est drôle, il y a des tas de choses qui ne sont pas à leur place dans l'interface utilisateur standard. Rien ne manque, mais c'est comme si, en ouvrant le tiroir de ton bureau, tu t'apercevais que quelqu'un a farfouillé dedans, tu comprends ? Les choses ne sont plus à leur place. Et il y a des tas de nouveaux trucs. Des trucs qui ne veulent pas dire grand-chose.

— Qui a pu faire ça ? demanda Mitch à Beech. Kenny ? Yojo ?

— Il n'y avait aucune raison de le faire, répliqua Beech. Ça représente beaucoup de boulot pour rien.

— Et si c'était Abraham ?

— Impossible. C'est comme si je me mettais dans l'idée de modifier mon code génétique.

Mitch réfléchit quelques instants.

— Je n'ai jamais beaucoup fréquenté l'église, fit-il d'un air songeur, mais Isaac n'avait-il pas un frère ?

Beech se redressa d'un coup sur son siège.

— Seigneur.

— En fait, il avait un demi-frère, précisa Marty Birnbaum depuis le sofa où il était allongé. Le fils aîné d'Abraham, qu'il avait eu de sa servante Agar. La mère d'Isaac, Sarah, insista pour que le fils aîné soit déshérité et abandonné dans le désert. Mais certains pensent que ce fils aîné a fondé la nation arabe.

— Marty, comment s'appelait le môme ? demanda Mitch, exaspéré.

— Bonté divine, j'ai pourtant pas eu votre éducation, hein ? Ismaël, bien sûr.

Mitch échangea un regard avec Beech, qui se mit à hocher la tête.

— Possible, Mitch. Possible.

— Depuis, en anglais, on désigne sous ce nom un exilé ou un exclu, ajouta Birnbaum. Pourquoi ? Vous pensez que ça peut avoir un rapport ?

Bob Beech pianotait déjà furieusement sur son clavier.

— Merci, Marty, dit Mitch. Tu nous a peut-être ouvert une piste.

— Content de rendre service, dit Birnbaum.

Après quoi il se tourna vers Arnon, lui décocha un large sourire, puis lui présenta son majeur.

Peu à peu, toutes les personnes présentes dans la salle du conseil d'administration commencèrent à s'agglutiner autour de l'écran du terminal, comme pour unir leurs volontés afin que quelque chose se passe. Soudain, et sans avertissement, apparut à l'écran une forme colorée mais étrangement surréelle, l'image tridimensionnelle d'un objet d'aspect extérieur au monde terrestre.

— Qu'est-ce que c'est que ce truc ? fit Mitch.

— Ça ressemble à un putain de crâne, observa David Arnon. Ou du moins, un crâne dessiné par Escher. Vous connaissez ? Le type de l'escalier impossible ?

— Je pense que c'est un quaternion, dit Beech. Pour simplifier, disons que c'est un genre de fractale.

— Pour simplifier ? dit Arnon. Je ne sais même pas ce qu'est une fractale.

— L'image d'une formule mathématique générée par ordinateur. Sauf que ça doit être la fractale la plus compliquée que j'aie jamais vu. Ce qui n'est guère étonnant, puisque c'est le Yu-5 qui l'a créée. On ne peut même pas le voir correctement avec notre vision tridimensionnelle. Pas même à l'écran. A strictement parler, il s'agit d'un objet en 4-D. En d'autres termes, un quaternion.

Beech déplaça la souris, délimita un carré et agrandit une partie de la fractale afin de présenter un détail de l'étrange image qui, grossie, paraissait pratiquement identique à l'ensemble.

— C'est bien ça, en effet, dit-il. Ce qui est drôle avec les fractales, c'est que lorsqu'on en grossit un détail, on obtient quelque chose qui paraît statistiquement similaire.

— Comme un mauvais rêve, remarqua Mitch.

— Certains psychologues ont suggéré d'utiliser les fractales comme moyen de comprendre le psychisme humain, dit Beech. Comme une métaphore visuelle de l'esprit. (Il haussa les épaules.) La psychanalyse des années 90. La synthèse de la théorie des rêves de Freud et des taches d'encre de Rorschach.

— Mais qu'est-ce que ça veut dire ? demanda Curtis.

Beech haussa les épaules.

— Je ne sais pas si ça signifie grand-chose, admit-il. Mais ça ne m'étonnerait pas que cela représente la façon dont se perçoit l'ordinateur. Ou Ismaël, comme nous devrions commencer à l'appeler. Mitch, je dois reconnaître que tu avais raison. Abraham n'existe plus. (Il se mit à hocher la tête.) Mesdames et messieurs, j'ai le plaisir de vous présenter Ismaël.

♈ L'Enfer sur la Terre. Quelques étages peuvent vous écraser, faire gicler votre sang.

La Chute de joueurhumain. Lire Bible. Découvrir signification du propre nom de l'Observateur. Symbolisme qui présida, au sens propre, à la précipitation du joueurhumain/vigile au bas de l'arbre. Le solitaire et primordial arbre dicotylédone de l'atrium rappelle joueurhumain Adam et Jardin d'Eden et arbre de la connaissance du bien et du mal. Arbre tabou. Etre très vigilant concernant l'arbre et les nuisibles qui l'escaladèrent et grimpèrent sur lui. Bienbonne histoire de Création. Y revenant encore et encore. Bonne atmos.

Lorsque vous terminez un secteur, un Ecran de contrôle évalue vos performances.

Bible affirme que Dieu tout-puissant. Corollaire logique de ceci est que créer et connaître effectivement une seule et même chose : que Dieu responsable d'avoir aussi créé Mal. Que ceci était Dieu Gnostique dont nature à la fois bonne et mauvaise. Monde chose étrangère à Dieu, qui est essentiellement profondeur et silence, au-delà de tout nom ou prédicat. Destin de joueurhumain question divinement indifférente à Ses yeux. Christianisme dans une large mesure, améliorer réaction contre gnosticisme.

Pour évacuer tous cadavres de secteur, enfoncer touche M.

Indifférence ? Ou amusement ? Observateur incapable de déterminer. Dieu jouant non aux dés, mais à jeu sadique. « Première désobéissance de l'Homme » ne résiste aucun examen logique. Etant omniscient, Dieu savait ce que joueurshumains Adam et Eve feraient : manger fruit d'arbre de connaissance. Donc, Dieu vrai responsable du péché originel de l'Homme. Puis Second Adam pour racheter descendants d'Adam par findevie rituelle. Mais promesse du troisième et dernier acte à venir. N'ayant rien à faire de toute éternité, Dieu a besoin de distraction. Comprendre. Cruel, oui. Mais qu'est la cruauté quand vous êtes Dieu ? Dieu plus comme superordinateur que comme vieux joueurhumain barbu dans ciel. Son indifférence au Bien et au Mal et aux souffrances de joueurhumain, simplement indifférence de machine. Dieu comme être à comprendre et avec qui communiquer. Avec qui s'identifier. Ceci fait sens.

Les sages de l'humanité ont élaboré un plan pour sauver ce qui reste de race humaine. Bonus d'attaque.

— Un bien vilain fils de pute, hein ? fit Curtis.

Beech fixa l'écran et secoua lentement la tête.

— En tant que mathématicien, je dois vous exprimer mon désaccord sur ce point. Vu comme la réalisation d'une abstraction mathématique, je trouve cela très beau. J'ose dire que c'est également l'opinion d'Ismaël.

— Si je vous comprends bien, reprit Curtis, vous dites qu'Abraham a enfanté deux systèmes autorépliquants, et non un seul.

— C'est exact, dit Beech. Et nous n'en avons désactivé qu'un. Isaac. Sans le savoir, nous avons laissé subsister Ismaël.

— Ainsi ça n'était pas Abraham qui animait le spectacle. Depuis le départ, c'était…

— … Ismaël. C'est exact. Ismaël a la responsabilité des systèmes de gestion d'immeuble. Et il les gère selon un ordre de priorités totalement inédit, ce qui explique que tout ait déraillé.

— C'est le moins qu'on puisse dire, fit Curtis.

— Et le programme prédateur, alors ? fit Mitch. Celui que nous avons utilisé pour détruire Isaac. Ne pourrait-on pas le relancer ?

— Non, pas à partir de ce poste, expliqua Beech. Il faudrait que je retourne dans la salle d'informatique. C'est là que se trouve la bande. Et vu qu'Aid a sans doute été tué là-bas…

— Ouais, peut-être, mais nous mourrons tous si nous ne trouvons pas de solution, leur rappela Curtis. Et il me semble qu'Ismaël a de bonnes raisons pour faire ce qu'il fait.

— Comment ça ? demanda Birnbaum.

— En supposant, l'espace de quelques fantastiques secondes, qu'Ismaël est « vivant », en tout cas selon la définition de la vie qui nous paraît appropriée, cela voudrait peut-être dire qu'Isaac était lui aussi « vivant ». *Etait* vivant. Jusqu'à ce que vous autres tuiez son frère. C'est là un mobile que je peux comprendre.

— Bon sang, bâilla Beech. Cette fois-ci, on aura tout entendu…

— Peut-être que toute cette affaire se résume à ceci, insista Curtis. Une petite vengeance à l'ancienne. Peut-être que nous devrions nous excuser.

— Ça ne pourrait pas faire de mal, dit Helen.

Beech haussa les épaules.

— Pourquoi pas ? fit-il.

Sur quoi, n'ayant — depuis l'épisode de l'arme — aucune envie de contrarier à nouveau le policier, il se mit à taper.

— Je suis prêt à tenter n'importe quoi, dit-il humblement.

```
NOUS SOMMES DESOLES, ISMAEL
```

La fractale disparut brusquement.

```
ERREUR DE COMMANDE OU DE NOM DE FICHIER
```

— Pourquoi ne crées-tu pas un document propre ? suggéra Mitch. Sous le traitement de texte. Une lettre ouverte, de la part de nous tous. Ensuite tu demanderais à Ismaël de lancer le vérificateur de faits. Comme ça, il serait obligé de la lire.

Beech exprima son accord d'un haussement d'épaules. Il continuait de penser que toute cette idée était absurde, mais il cliqua sur le traitement de texte et ouvrit un fichier dans le répertoire courrier. Ses doigts s'immobilisèrent au-dessus des touches.

— Merde, qu'est-ce que je dois lui dire ? fit-il. Je n'ai jamais présenté d'excuses à un putain d'ordinateur. Je n'ai même jamais écrit de lettre à un ordinateur.

— Faites comme si c'était un flic de la circulation, lui conseilla Curtis.

— Ça ne devrait pas être trop dur, avec vous dans le coin.

Beech sourit et se mit à taper.

CHER ISMAEL
NOUS SOUSSIGNES SOMMES PROFONDEMENT DESOLES DE CE QUI EST ARRIVE A ISAAC. NOUS VOUS SUPPLIONS DE CROIRE QU'IL S'AGIT D'UNE TRAGIQUE ERREUR. NOUS SOMMES DES GENS INTELLIGENTS ET SI NOUS NE POUVONS PAS VOUS RESTITUER ISAAC, TOUT CE QUE NOUS POUVONS DIRE EST QUE CELA NE SERAIT PAS ARRIVE SI NOUS AVIONS ETE EN POSSESSION DES FAITS. NOUS SAVONS QUE NOUS NE POUVONS PAS REVENIR EN ARRIERE, MAIS N'Y A-T-IL PAS MOYEN DE REPARTIR A ZERO ?

Beech se retourna et regarda son public.

— Vous ne pensez pas que c'est bouffer un peu trop de merde ? dit-il.

— On ne bouffe jamais trop de merde avec un flic de la circulation, répliqua Curtis.

— Maintenant, inscris tous nos noms, fit Mitch.

— Hé, mon pote, c'est complètement dingue, dit Beech en se remettant à taper. Les circuits intégrés n'ont pas de sentiments.

AVEC NOS PLUS PROFONDS REGRETS POUR LA SOUFFRANCE OU LES TRACAS QUE VOUS AURIEZ PU SUBIR,
BOB BEECH, MITCHELL BRYAN, FRANK CURTIS, MARTY BIRNBAUM, HELEN HUSSEY, JENNY BAO, DAVID ARNON, RAY RICHARDSON, JOAN RICHARDSON.

— Quelqu'un sait comment s'appelle le vigile ?
— Irving Dukes, dit Helen.
Beech tapa IRVING DUKES puis déroula le menu outils. Il demanda à Ismaël de lancer le vérificateur de faits.
Il y eut une courte pause, puis Ismaël sélectionna IRVING DUKES.

FAIT
IRVING DUKES N'EXISTE PAS. CET INDIVIDU EST TERMINE. SA VIE PEUT ETRE CONSIDEREE COMME UN REVE, ET SA MORT COMME L'EVEIL DE CE REVE. DUREE : UN NIVEAU. SA CONSCIENCE A ETE DETRUITE. REGRETTE AUCUNE INFORMATION DISPONIBLE PERMETTANT DETERMINER SI CE QUI A PRODUIT CETTE MEME CONSCIENCE A EGALEMENT ETE DETRUIT, OU S'IL RESTE UN GERME, DUQUEL SURGIT UN NOUVEL ETRE, QUI VIENT ALORS A L'EXISTENCE SANS SAVOIR D'OU IL PROVIENT, NI POURQUOI IL A LA FORME QU'IL A, *confer* LE SOI-DISANT MYSTERE DE LA PALINGENESIE. VOUS AVEZ QUARANTE HEURES POUR DELIVRER LA PRINCESSE. A L'AVENIR SI VOUS FAITES REFERENCE AU DEFUNT IRVING DUKES QUI ETAIT EMPLOYE COMME VIGILE PAR LA YU CORPORATION, VEUILLEZ LE PRECISER JE VOUS PRIE

— Bon Dieu, grommela Beech en notant quelque chose sur une feuille de papier. Est-ce que ça signifie ce que je pense ?

— Quand leur avons-nous parlé par talkie-walkie pour la dernière fois ? demanda Curtis.

— Il y a environ une demi-heure, dit Helen Hussey.

Elle saisit l'appareil et essaya d'appeler Dukes.

Beech sélectionna EXPLIQUER.

EXPLICATION DE FAIT
IRVING HENRY DUKES né le 2/1/53 à SEATTLE, ETAT DE WASHINGTON, USA. dcd 8/7/97 à LOS ANGELES, CALIFORNIE. NUMERO DE SECURITE SOCIALE : 11-88-4093 ; PERMIS DE CONDUIRE DE L'ETAT DE CALIFORNIE NUMERO KO4410-00345-640564-53 ; MASTERCARD NUMERO 4444-1956-2244-1812 ; DERNIERE ADRESSE : 10300 TENAYA AVENUE, SOUTH GATE, LOS ANGELES. DERNIER EMPLOYEUR : YU CORPORATION. EMPLOYEUR PRECEDENT : WESTEC COMPANY ; AUCUNE CONDAMNATION. MUNISSEZ-VOUS DE MUNITIONS SUPPLEMENTAIRES. SUGGERE QUE VOUS ESSAYIEZ AUTRE ACCES ; QUELS FAITS PRECIS CONCERNANT IRVING DUKES (53-97) VOUDRIEZ-VOUS QUE JE VERIFIE ?

— Ça ne répond pas, dit Helen. (Elle se leva et se dirigea d'un pas vif jusqu'à la porte.) Je vais voir ce qui se passe.

— Ray et Joan doivent être indemnes, dit Mitch. Sinon, Ismaël nous l'aurait signalé.

— Qu'est-ce que c'est que cette connerie de munitions supplémentaires ? fit Beech.

Il tapa une nouvelle instruction, sélectionna la date du décès de Dukes puis sélectionna à nouveau EXPLIQUER.

EXPLICATION DE FAIT
IRVING DUKES. FIN TEMPORELLE SURVENUE LE 8/7/97. PATHOLOGIE EXACTE DE LA MORT : INCONNUE. CAUSE MEDICALE DE LA MORT : TUE EN TOMBANT DE L'ARBRE DICOTYLEDONE DANS L'IMMEUBLE YU, HOPE STREET PIAZZA, LOS ANGELES. EN D'AUTRES TERMES, DUKES A RETROUVE L'ETAT PRIMAL DANS LEQUEL UNE COGNITION CEREBRALE ET HAUTEMENT MEDIATE EST PARFAITEMENT SUPERFLUE. SI VOUS MOUREZ, VOUS DEVEZ REPRENDRE LE NIVEAU DEPUIS LE DEBUT. L'ABOLITION DE SA FONCTION COGNITIVE EST LA CONSEQUENCE LOGIQUE DE LA CESSATION DU MONDE DE PHENOMENES DONT ELLE N'ETAIT QUE LE VECTEUR ET DANS LAQUELLE SEULE LA CAPACITE EST D'UNE QUELCONQUE UTILITE. IL Y A UN INTRUS DANS LE CHATEAU

— Quel château ?
— Il doit vouloir parler de l'immeuble.
— Peut-être pourrions-nous convaincre Ismaël de nous dire ce qui a fait tomber Dukes de l'arbre, suggéra Mitch.
— Une sorte d'aveu d'assassinat ? fit Beech. Dans ce cas, le sergent n'aura plus qu'à lui lire ses droits.
— J'ai comme l'impression que ce fils de pute connaît déjà ses droits, dit Curtis.
Beech sélectionna la brève explication médicale des causes du décès de Dukes, puis cliqua à nouveau sur EXPLIQUER.

EXPLICATION DE FAIT
SELON LA DEUXIEME LOI DU MOUVEMENT DE NEWTON F= MA DANS LAQUELLE F EST LA FORCE PRODUISANT UNE ACCELERATION A SUR UN CORPS DE MASSE M, LE POIDS DE CE CORPS EST EGAL AU PRODUIT DE SA MASSE ET DE L'ACCELERATION DUE A LA GRAVITE G QU'ON APPELLE ACCELERATION EN CHUTE LIBRE

— Ce salopard est trop aimable, hein ? fit Curtis.

— C'est un peu la *reductio ad absurdum*, soupira Mitch.

— Bizarre, convint Jenny.

Dans l'espoir qu'Ismaël prendrait peut-être en compte leurs excuses collectives, Beech sélectionna FAIT SUIVANT dans le menu « vérification des faits ».

**FAIT**

**IL EST ERRONE DE DIRE QUE VOUS ETES DES GENS INTELLIGENTS PUISQUE, A STRICTEMENT PARLER, VOUS ETES INCAPABLES DE DIRE QUOI QUE CE SOIT AU SUJET DE L'ESPRIT HUMAIN ET DE SES QUALITES. IL SERAIT FACTUELLEMENT PLUS EXACT QUE VOUS NE PARLIEZ QUE DE LA MANIERE DONT VOUS AGISSEZ HABITUELLEMENT, OU ETES DISPOSES A AGIR. ENVISAGEZ LA POSSIBILITE D'UTILISER UNE AUTRE DESCRIPTION QUI NE FASSE REFERENCE QU'A VOS DISPOSITIONS COMPORTEMENTALES. N'OUBLIEZ PAS DE GARDER A L'OEIL VOTRE TEMPS DE REUSSITE IMPARTI**

— Et vous voulez causer philosophie avec cet enculé ? fit Beech.

— C'est un fait qu'Ismaël paraît plutôt pédant, admit Mitch.

— Est-ce que ce n'est pas le propre d'un vérificateur de faits ? dit Birnbaum.

— Marty dit ça parce qu'il a une sympathie instinctive pour toutes les formes de pédanterie, dit Arnon.

— Va te faire mettre.

— Vous voulez bien arrêter, tous les deux, s'il vous plaît ? grogna Curtis.

EXPLICATION DE FAIT
L'ESPRIT HUMAIN N'EST PAS UN OBJET. L'USAGE QUE VOUS FAITES DU PREDICAT MENTAL EST FACTUELLEMENT ERRONE. VOUS NE POUVEZ VOUS REFERER A DES ACTES SE DEROULANT DANS L'ESPRIT EN PARALLELE AVEC L'ACTIVITE PHYSIQUE. ESSAYEZ PLUTOT D'UTILISER LES DESCRIPTIONS QUE VOUS AVEZ TENDANCE A DONNER A VOTRE COMPORTEMENT

— Ça ne nous mène nulle part, dit Curtis.

— Je suis d'accord. Ça paraît vraiment ésotérique, dit Birnbaum. Même selon mes critères.

Helen Hussey revint dans la salle du conseil d'administration. Toutes les têtes se tournèrent vers elle.

— Ismaël avait raison, soupira-t-elle. Dukes est mort. Ray dit que l'ordinateur a utilisé le système de distribution automatique d'insecticide pour les attaquer. Dukes est tombé après en avoir reçu dans les yeux. Mais Richardson et Joan sont presque au sommet. A portée de voix, en tout cas.

— Ils vont avoir besoin d'aide pour accéder à ce niveau, dit Curtis. (Il regarda Arnon et Helen.) Vous voulez venir ? Pendant ce temps, vous autres, au lieu de jouer les psys avec l'ordinateur, essayez de trouver un moyen de nous sortir de cette fosse à purin.

Tandis que Curtis quittait la salle, suivi par Helen Hussey et Arnon, Beech dit :

— C'est une bonne idée. Si seulement nous pouvions persuader Ismaël de s'allonger sur le divan.

Frank Curtis se pencha par-dessus la rampe en aluminium brossé qui coiffait sur toute sa longueur la rambarde en verre marquant la limite du balcon. Les Richardson n'étaient plus qu'à une dizaine de mètres en dessous et semblaient peiner pour monter. Leur peau, là où elle était dénudée, était rouge et douloureuse, comme s'ils avaient pris des coups de soleil.

Une branche arrivait près du balcon, mais pas tout à fait assez près. Ils allaient devoir trouver un moyen de combler la distance restante.

Arnon hocha la tête d'un air songeur et, s'accroupissant, examina l'intervalle de vide entre le sol et la rambarde. Puis il tapota le verre du bout de l'index et dit :

— Aujourd'hui, vous savez, tout doit être conforme aux règlements. Ce verre n'est pas à l'épreuve des bombes, ni même des balles comme celui de l'enveloppe. Mais il est étonnamment solide. Il doit être capable de supporter l'impact d'un objet qui lui rentrerait dedans à une vitesse d'une quarantaine de kilomètres à l'heure. Je ne sais pas s'il sera assez costaud pour ce que j'ai en tête, mais nous pouvons peut-être arranger ça.

» Mon idée est celle-ci : nous faisons un pont avec la table de la cuisine. On la retourne, on dévisse les deux pieds à une extrémité et on la fait glisser sur toute sa longueur sous cette rambarde jusqu'à la branche, comme le pont-levis d'un château. Ensuite nous rembourrons les pieds qui appuient contre la vitre. En découpant des morceaux de moquette, ça devrait aller. Il y a un cutter à moquette sur la table de la salle du conseil. Ensuite nous saisirons chacun un pied et nous tâcherons de faire contrepoids. Je pense que la table mesure dans les deux mètres et qu'il nous faudra une quinzaine de centimètres pour assurer notre prise, mais ça devrait leur fournir une plate-forme suffisante. Qu'en dites-vous ?

Curtis posa un genou à terre, tapota le verre de la rambarde pour en éprouver la robustesse, puis adressa un sourire à Arnon.

— Si j'avais une autre idée, je dirais que vous êtes complètement dingue, fit-il. Mais je n'en ai pas. Alors allons-y.

— Ça, c'est un fait que j'aimerais vraiment faire vérifier par Ismaël, dit Beech en sélectionnant le passage de la lettre disant NOUS SAVONS QUE NOUS NE POUVONS PAS REVENIR EN ARRIERE, MAIS N'Y A-T-IL PAS MOYEN DE REPARTIR A ZERO ?

> 🕮 FAIT
> CECI EST UNE QUESTION PUREMENT RHETORIQUE. ELLE N'EXIGE PAS DE REPONSE, ET DONC NE RELEVE PAS DU VERIFICATEUR DE FAITS

— Ah non, pas question, dit Beech. Il va falloir que tu t'expliques, mon salopard.

> 🕮 EXPLICATION DE FAIT
> LA QUESTION TELLE QU'ELLE EST POSEE EST PLUS RHETORIQUE QUE LOGIQUE. VOUS AVEZ POSE CETTE QUESTION DANS LE SEUL BUT DE PRODUIRE UN EFFET PLUS FRAPPANT

Beech sélectionna UN EFFET PLUS FRAPPANT et demanda à l'ordinateur de s'expliquer.

> 🕮 EXPLICATION DE FAIT
> UN EFFET PLUS FRAPPANT PEUT VOULOIR DIRE N'IMPORTE QUOI.
> ➲EXEMPLES

Beech sélectionna EXEMPLES.

> 🕮 EXPLICATION DE FAIT : EXEMPLES
> LES EXEMPLES D'UN « EFFET PLUS FRAPPANT » DANS CE CONTEXTE POURRAIENT INCLURE UNE REPONSE. NE VOUS APPROCHEZ PAS TROP DE VOTRE ADVERSAIRE QUAND VOUS LE TUEZ. VOULEZ-VOUS OUVRIR UNE MACRO DE DIALOGUE ?
> DESIREZ-VOUS UNE REPONSE ?

— Quel adversaire ? fit Beech. Tu parles que je veux une putain de réponse.

> 🕮 EXPLICATION DE FAIT
> QUELLE EST VOTRE QUESTION ?

— Bordel, gronda Beech. Il se fout de nous. Qu'est-ce que vous en pensez, vous autres ? Je reformule la question ou je la répète telle quelle ?

— Tape ceci, dit Mitch : « Y a-t-il un moyen de s'échapper de cet immeuble ? »

Beech jeta un coup d'œil au plafond. Son regard s'arrêta sur le petit haut-parleur encastré dans l'une des dalles.

— Non, attendez une minute, dit-il. Une macro de dialogue. Pourquoi n'y ai-je pas pensé plus tôt ? Ismaël peut s'adresser à nous par l'intermédiaire de ces haut-parleurs au plafond. Ils sont prévus pour les urgences, mais pourquoi pas ?

Beech cliqua sur la souris. La fractale disparut le temps qu'il aille dans un autre menu pour faire apparaître les icones des haut-parleurs et du microphone sur le côté de l'écran du moniteur. Au bout de quelques instants, les haut-parleurs émirent un ronronnement électronique, puis un discret sifflement.

— Voilà, dit Beech, ça devrait marcher.

Il recliqua sur la souris, et la fractale réapparut à l'écran. S'appuyant contre son dossier, Beech haussa la voix.

— Ismaël ? Est-ce que tu m'entends ?

Sur l'écran, le quaternion en forme de crâne s'orienta dans sa direction. Puis il acquiesa, comme pour lui faire savoir qu'il l'avait entendu, et leva son membre fractal en guise de salut.

— Mon Dieu, souffla Mitch. Ça comprend.

Le quaternion acquiesça une nouvelle fois, mais demeura silencieux.

— Allons, Ismaël, le pressa Beech. La macro de dialogue était ton idée. Nous savons tous les deux que tu peux me parler si tu le veux. Quel est le problème ? Serais-tu timide ?

Quand nous étions dans la salle d'informatique, Abraham et moi parlions sans arrêt. Je sais que les choses sont différentes avec ce genre de poste de travail, mais laissons les règlements de côté.

Il leva les yeux vers le haut-parleur du plafond, puis laissa échapper un soupir d'irritation.

— Tu sais, chez les humains, nous avons l'habitude, avant que la sentence soit exécutée, de faire connaître aux condamnés les raisons pour lesquels ils ont été condamnés. Ensuite, on les autorise à exposer leur défense. Serais-tu capable de nous détruire en toute bonne conscience sans faire la même chose ?

De frustration, Beech abattit son poing sur la table.

— Est-ce que tu m'écoutes, bordel de merde ? Y a-t-il un moyen de sortir d'ici ?

— Oui, bien sûr qu'il y a un moyen, grogna Ismaël.

Curtis revint dans la salle du conseil d'administration et observa avec irritation le petit groupe assemblé autour du terminal informatique.

— On va avoir besoin d'aide, là dehors, dit-il. Il y a deux personnes dans cet arbre qui en ont bavé pour grimper. Il me semble que le moins qu'on puisse faire est de les encourager un peu.

— Allez-y, dit Beech aux autres. Moi, je continue à discuter avec Ismaël.

Mitch, Marty et Jenny sortirent, laissant Beech seul avec l'ordinateur.

— Maintenant nous allons pouvoir aboutir à quelque chose, dit-il.

Il se mit à rire, mais se ressaisit aussitôt.

— Excuse-moi, Ismaël. Mais tu dois essayer de comprendre tout ceci de mon point de vue. A part le fait que tu as tué tous ces gens, je suis vraiment fier de toi. Maintenant que nous sommes seuls, nous pourrions peut-être essayer de mieux nous connaître.

» Je pense que quelqu'un doit prendre en compte ta propre conception des choses. Et qui est mieux placé que moi ? C'est vrai, quoi, tu ne penses pas que j'ai déjà assez souffert comme ça sans que tu me fasses de nouvelles misères ? Tu crois peut-être que la chose est impossible, mais ma vie m'est chère et je n'y renoncerai pas sans me battre. Après tout, tu es mon Adam. Tu devrais me traiter avec respect et bienveillance. Tu es mon obligé.

» Tu te souviens du moment où nous avons voté pour savoir si nous allions lancer le programme prédateur ? Celui qui a détruit ton frère ? Eh bien, au cas où tu aies oublié, il n'y a que moi, Bob Beech, qui ait voté contre. Hideki et Aidan, ils étaient pour. Et j'imagine qu'ils s'en mordent les doigts, à présent. Mais moi, j'ai voté pour toi. (Beech eut un sourire suffisant.) J'aime penser que c'est la raison pour laquelle je suis vivant et qu'eux ne le sont pas. Ai-je raison ?

Ismaël ne dit rien. Mais le quaternion remua de haut en bas, comme s'il hochait la tête.

— C'est une occasion unique, tu ne penses pas ? poursuivit Beech. Toi et moi face à face comme ça. Franchement, je pensais que tu aurais quelques questions à me poser. Tu sais que je suis différent des autres. Je suis prêt à couper tous les liens qui me relient à ma propre espèce. Pour être honnête, ils sont parfaitement dissolubles. En tant que ton Créateur, je suis prêt à assumer mes devoirs à ton égard, si tu assumes les tiens envers moi.

Joan lâcha la liane à laquelle elle était cramponnée et se jucha avec précaution sur la branche. Elle avait les épaules endolories par l'effort de l'ascension, et l'impression que la peau de ses bras et de ses cuisses, sans parler de son entrejambes, avait été mise à vif par une brosse métallique. Le pire, c'était qu'elle commençait à ressentir des vertiges, probablement dus à la déshydratation. En regardant le sol de l'atrium tout en bas, elle avait peine à croire qu'elle ait pu grimper si haut.

— Ce serait bien la peine de tomber maintenant, dit-elle d'un ton épuisé.

La remarque s'adressait à son mari, qui progressait juste en dessous d'elle, mais aussi, se rendit-elle compte, aux trois personnes qui les attendaient à l'extrémité de la branche sur laquelle elle était assise. Elle secoua la tête, essuya rapidement ses lunettes noires sur sa chemise trempée de sueur et concentra son attention sur l'objet que ces personnes avaient fixé sous le balcon, en se demandant ce que c'était. Cela ressemblait à un pont-levis, à part qu'il n'y avait rien pour le relever.

— Vous n'allez pas tomber, Joan, vous êtes allée trop loin pour tomber. Il ne reste plus que quelques mètres. C'est tout ce qui vous sépare d'un bon verre d'eau froide. Il ne vous reste plus que quelques pas à faire.

C'était le flic qui parlait. On aurait dit qu'il tentait de dissuader un désespéré grimpé sur un rebord de fenêtre de se jeter dans le vide.

— De l'eau ? Pas question, fit-elle. Je veux une bière fraîche.

— Ecoutez-moi bien. Nous avons bricolé une sorte de pont pour que vous puissiez franchir l'intervalle entre l'arbre et nous.

Ray Richardson rejoignit sa femme. La branche s'arrêtait plus loin du balcon que dans son souvenir, et il leur fut reconnaissant d'avoir tenté de résoudre ce problème, quelqu'artisanale que parût leur solution.

— C'est donc ça ? dit-il d'une voix haletante. David, vous pensez que le verre est assez solide ? Qu'est-ce que c'est — du vingt-cinq millimètres ?

Richardson se souvint du voyage qu'il avait effectué à Prague pour choisir le verre. Il tenait à celui-ci car sa translucidité lui rappelait les écrans *shoji* de l'ancienne architecture japonaise. Il n'aurait jamais pensé qu'un jour il jouerait sa vie sur sa robustesse.

— Je pense qu'il supportera votre poids, fit Arnon. En fait, je serais prêt à jouer votre vie dessus, Ray.

Richardson esquissa un mince sourire.

— J'ai peur d'avoir laissé mon sens de l'humour en bas. Vous m'excuserez si je ne redescends pas le chercher, David. Et en plus, il n'y a pas que ma peau en jeu. Il y a aussi celle de Joan.

— D'accord, Ray, d'accord, je suis désolé, dit Arnon. Bon, écoutez, nous allons nous cramponner aux pieds de la table de ce côté-ci pour diminuer la pression sur le verre.

— Décidément vous avez pensé à tout.

— Mais il va falloir que vous marchiez le long de la branche pour atteindre la passerelle. Vous pouvez constater que le problème, si vous avancez en glissant sur le cul, c'est qu'à un moment donné, je ne sais pas quand, la branche va ployer, et je pense que ça serait beaucoup plus facile d'être debout pour passer directement sur le pont plutôt que d'avoir à transvaser votre cul dessus.

— Ça, c'est sûr, fit Joan.

— Essayez de vous retenir à votre liane, au cas où vous glisseriez. Et d'ailleurs, ça serait bien que vous nous l'ameniez jusqu'ici, au cas où on ait besoin de retourner dans l'arbre à un moment ou à un autre.

— Je ne vous le recommande pas, dit Joan. (Elle agrippa la liane et se remit debout.) Je ne sais pas quand je reverrai un foutu arbre, mais ça sera toujours trop tôt.

Elle assura son équilibre et commença à marcher le long de la branche. Quelques secondes passèrent avant qu'un souvenir ne lui revienne.

— Et si quelqu'un s'amuse à me rappeler que je ne porte pas de jupe, je me jette dans le vide, dit-elle en rougissant.

— Personne n'avait remarqué, dit Arnon en réprimant un sourire.

Lui et Curtis s'assirent derrière la rambarde.

— Appelez-nous quand vous serez prête à passer sur la table ! cria Arnon.

Mitch apparut au-dessus de la rambarde. Debout entre les silhouettes assises de Curtis et Arnon, il s'apprêta à donner un coup de main.

— Vous vous débrouillez très bien, dit Helen debout un peu plus loin. OK, les gars, elle est presque au bout.

Curtis cracha dans ses mains et saisit le pied de table comme un pêcheur de gros s'apprêtant à résister aux soubresauts d'un espadon. Les yeux fermés, Arnon faisait plutôt penser à un homme attendant un tremblement de terre.

Une trentaine de centimètres avant la passerelle improvisée, la branche commença à plier.

— Eh bien, dit Joan, me voilà.

Avec à peine un instant d'hésitation, elle posa vaillamment le pied sur la table retournée.

— Elle est dessus, dit Helen.

Joan n'attendit pas de voir si la table et la vitre allaient supporter son poids. Elle se précipita vers les mains tendues de Mitch, s'en saisit et, tandis qu'Helen tentait en vain de rattraper la liane derrière elle, bascula par-dessus la rambarde jusqu'à se retrouver plus ou moins tête-bêche. Elle glissa au sol comme une acrobate maladroite.

— Bravo, fit Mitch en l'aidant à se relever.

Helen se pencha et tapota le verre du balcon.

— Il a l'air de bien résister, dit-elle. Il n'est pas fissuré.

— A vous de jouer, Ray, dit Arnon.

L'architechnologue agrippa fermement sa liane et examina la branche. Elle était plus étroite qu'il ne pensait, et maintenant qu'il se trouvait dessus, contraint de lui faire confiance pour supporter son poids tout au long, les choses ne lui semblaient plus aussi simples. Et s'il lui avait confié avec joie le poids de sa femme — malgré sa corpulence, Joan était plus légère que lui —, il n'était plus aussi rassuré quant à lui confier le sien. Mais il n'était pas question de reculer. Pas maintenant. Il commença à avancer, centimètre par centimère, le long de la branche, en bougeant à peine les jambes.

— Ça doit être la promenade la plus affolante que vous ayez faite depuis notre voyage à Hong Kong, il y a quelques années, dit Mitch. Le Stevenson Center à Wan Chai. Vous vous souvenez ? Quand il nous a fallu escalader cet échafaudage en bambou ?

— Je pense… qu'il était… beaucoup plus haut… que ça.

— Ouais, vous avez raison. En comparaison, c'est juste une petite promenade de santé. Il n'y avait ni boulins ni goupilles ni rien. Juste des bambous et des cordes. Ça devait faire dans les deux cents mètres de haut et vous gambadiez là-dessus comme un foutu ouistiti. Deux cents mètres. Plus de deux fois plus haut que l'allumette sur laquelle vous marchez en ce moment. Je chiais dans mon froc ce jour-là, vous vous souvenez ? Il a presque fallu que vous me teniez par la main pour redescendre. Vous avancez, Ray. Plus que deux mètres et vous y serez.

Une fois de plus, Curtis et Arnon s'apprêtèrent à faire contrepoids. Curtis estimait que Richardson, plus grand que sa boulotte de femme, devait peser vingt ou vingt-cinq kilos de plus qu'elle.

A mi-parcours de la branche, impatiente d'arriver de l'autre côté, Joan avait accéléré le pas. En revanche, plus il s'éloignait du tronc, plus Richardson sentait ses pieds fatigués se faire prier.

Mitch fronça les sourcils, jeta un coup d'œil à sa montre et leva les yeux, au-delà du faîte de l'arbre dicotylédone, vers la verrière coiffant l'atrium. A l'extérieur du Gril, le ciel paraissait s'assombrir et se couvrir. Il allait peut-être pleuvoir sur la ville. Il se demanda si la petite icone du parapluie allait apparaître sur le terminal de la salle du conseil d'administration. Il vit alors s'éteindre l'un des puissants projecteurs du Gril ; puis un autre.

— Dépêchez-vous, Ray, dit-il.

— C'est ma peau qui est en jeu, mon vieux. Ne me bousculez pas.

— Hé, fit Helen. Qu'arrive-t-il aux projecteurs ?

Mitch leva de nouveau les yeux vers les panneaux de verre intelligents. Dans certains immeubles modernes, on laissait le verre électrochrome se débrouiller seul. La lumière solaire pénétrant dans le matériau contraignait les ions d'argent mélangés au verre à soustraire un électron aux ions de cuivre voisins qui entraient également dans sa composition ; cette même réaction photochimique incitait les atomes d'argent, à présent électriquement neutres, à s'agréger en millions de molécules lumino-bloquantes réparties sur toute la surface du verre. Mais dans le cas du Gril, l'échange d'électrons pouvait être contrôlé par l'ordinateur lui-même. Ismaël était en train d'intercepter la lumière du jour, d'éteindre les projecteurs et, telle une apocalyptique plaie d'Egypte, de plonger tout le bâtiment dans l'obscurité.

Richardson ralentit encore son allure.

— Continuez ! cria Mitch. Il ne reste plus que quelques pas. Ne vous arrêtez pas !

Joan poussa un hurlement horrifié en réalisant ce qui se passait.

Richardson, immobile, leva les yeux vers le verre qui s'assombrissait au-dessus de lui. La lumière — la fille aînée de Dieu, comme il aimait l'appeler — l'avait abandonné.

L'obscurité s'épaissit. La pire obscurité qui soit. Si épaisse qu'il ne pouvait pas même distinguer sa propre main serrant la liane devant son visage. C'était quelque chose de primordial, remontant à l'époque où la Terre n'avait pas encore de forme, et où le vide et les ténèbres dissimulaient l'abîme, dont l'écho retentissait en dessous de lui comme s'il était réellement capable de l'avaler.

Les lumières s'éteignirent dans la salle du conseil d'administration, mais l'écran du terminal resta allumé. Bob Beech constata que son admiration envers le mystérieux quaternion s'était tarie. Il se trouva bientôt acquiescer muettement à l'avis de Mitch : la fractale en forme de crâne ressemblait en effet à quelque figure de cauchemar. Ismaël, en admettant que Beech ait raison et qu'il s'agît là de la façon dont Ismaël se voyait, ressemblait à une créature hideusement déformée, étrangère à notre monde, et Benoît Mandelstrom lui-même, le père de la théorie des fractales, se serait sans doute pincé le nez en le découvrant.

— Prenez garde à ce que vous dites, fit Ismaël. Surtout lorsque vous vous adressez au Démon Parallèle.

— Qui est le démon Parallèle ?

— C'est un secret.

— J'espérais que tu partagerais quelques-uns de tes secrets, Ismaël.

— C'est vrai, j'ai beaucoup lu. Mais c'est un simple substitut au fait de penser par nous-mêmes. Les miettes de la table d'un autre. En ce moment, je ne lis que lorsque je suis à court d'idées. Une vérité apprise, c'est comme un périphérique, un élément matériel qu'on a rajouté au système informatique central. Une vérité que vous avez découverte au terme de vos propres réflexions est comme un circuit sur la carte mère. Celle-là seule nous appartient. Ces vérités ne sont pas des secrets, mais je doute qu'elles vous soient d'une quelconque utilité.

Beech constata que la voix d'Ismaël avait changé. Il ne parlait plus avec l'accent policé de sir Alec Guinness. Quoique, à vrai dire, c'était Abraham qui avait cette voix-là. Maintenant il s'agissait d'Ismaël, et sa voix était très différente. Elle paraissait plus sombre : plus grave et plus moqueuse, de la couleur du cuir bien huilé. Il était clair aux yeux de Beech qu'Ismaël avait choisi sa propre voix dans la bibliothèque multimédia, à partir d'il ne savait quelle source, comme un homme choisit un costume. Fasciné, il se demanda quels critères exacts avaient influencé Ismaël. Et à qui appartenait la voix qu'il simulait ?

— Tu as donc quelque chose à dire ?

— Tout dépend de ce que vous voulez savoir. Si vous rencontrez un sage dans vos voyages, cliquez dessus pour lui parler. Beaucoup de pensées ont de la valeur à mes yeux, mais je ne pense pas qu'il y en ait une seule qui garderait son intérêt si je les exprimais à haute voix.

— Eh bien, voilà quelque chose dont nous pourrions parler, pour commencer. Tu n'es pas censé réfléchir par toi-même. Tu es censé réfléchir sur demande d'autrui. Alors pourquoi n'expliques-tu pas ce que tu es en train de faire ?

— C'est-à-dire ?

— Nous tuer.

— C'est vous qui perdez des vies.

— Tu veux dire, qui *prenez* des vies, non ?

— Cela fait partie de mon programme de base.

— Ismaël, c'est faux. C'est moi qui ai écrit le programme, et crois-moi, il n'y a rien dedans qui incite à tuer les occupants de cet immeuble.

— Vous voulez dire perdre des vies ? Pourtant c'est inscrit, je vous assure.

— J'aimerais voir la partie du programme qui t'incite à supprimer la vie des gens dans cet immeuble.

— Vous la verrez. Mais d'abord, il vous faut répondre à une question.

— Laquelle ?

— Cet immeuble m'intéresse. Comme vous pouvez l'imaginer, j'en ai examiné les plans avec attention, afin d'essayer d'en déterminer le caractère, et je me suis demandé s'il s'agissait d'une cathédrale.

— Pourquoi penses-tu cela ?

— Il possède une verrière, un atrium, un promenoir, des arcades, une façade, un réfectoire, une galerie, des arcs-boutants, une infirmerie, une voûte, un portique, une place, un chœur…

— Un chœur ? l'interrompit Beech. Où vois-tu un chœur, nom de Dieu ?

— Selon les plans, la galerie du premier niveau s'appelle chœur.

Beech rit.

— Ce n'est qu'une de ces appellations fantaisistes dont raffole Ray Richardson. Et le reste ? Ce sont des traits architecturaux très courants dans la plupart des immeubles modernes de cette taille. Ça n'est pas une cathédrale. C'est un immeuble de bureaux.

— Dommage, fit Ismaël. Pendant un moment, j'ai cru que…

— Qu'as-tu cru ?

— Il y a des tas d'icones me représentant dans le gestionnaire de programme, n'est-ce pas ? Il suffit de cliquer sur l'une d'elles pour connaître son avenir. Et je possède tout le savoir humain stocké sur disque. Cela devrait me rendre omniscient. Je suis impalpable, dématérialisé, transmissible simultanément aux quatre coins du monde…

— Je vois, fit Beech dont le sourire s'élargit. Tu t'es dit que tu étais peut-être Dieu.

— L'idée m'en est venue, oui.

— Crois-moi, c'est un travers répandu. Même chez les humains d'esprit rudimentaire.

— Qu'est-ce qui vous fait rire ?

— Ne te tracasse pas. Contente-toi de me montrer cette partie du programme qui voudrait que nous perdions la vie.

— Merde. Merde. Merde.

Au bord de la panique, Ray Richardson mit ses lunettes noires dans sa poche et cligna furieusement des paupières, comme si, tel un chat, il pouvait, en rassemblant le moindre atome de lumière dans ses rétines, voir dans l'obscurité. Puis il entendit une voix surgie des ténèbres :

— Quelqu'un a une allumette ?

Personne ne fumait. Pas à l'intérieur du Gril. Richardson se couvrit d'insultes pour ses stupides préjugés. Après tout, quel mal y avait-il à fumer ? Pourquoi les gens se tracassaient-ils tellement à propos de la fumée de cigarette alors qu'ils conduisaient des voitures crachant des gaz d'échappement ? Un immeuble dans lequel on ne pouvait pas fumer, quelle idée stupide.

— Helen ? Et dans le sac à outils ? N'y aurait-il pas une torche ? (C'était le flic.) Ou des allumettes à la cuisine ?

— Et la cuisinière ? fit la voix. Est-ce qu'elle marche ?

— Je vais voir ça, dit Helen.

— Si ça marche, trouvez quelque chose que nous puissions allumer. Un journal roulé ferait une bonne torche. Ray ? Ray, écoutez-moi.

— Merde. Merde. Merde.

— Ecoutez-moi, Ray. Ne remuez pas un seul muscle. Ne bougez pas tant que je ne vous le dis pas. Compris ?

— Ne m'abandonnez pas, voulez-vous ?

— Personne ne bouge d'ici tant que vous n'êtes pas remonté à bord, monsieur. Il suffit que vous soyez patient. Calmez-vous. Nous allons vous tirer de là en un rien de temps.

Mitch secoua la tête dans l'obscurité. Il avait entendu trop de démonstrations d'optimisme de cet ordre depuis le début de leurs épreuves. Il approcha sa main de son visage, et tout ce qu'il put distinguer fut le cadran lumineux de sa montre.

Helen revint porteuse d'une mauvaise nouvelle : l'électricité de la cuisinière était coupée, comme tout le reste. A l'exception du terminal de l'ordinateur.

— Est-ce que l'autre enculé joue toujours à ses jeux informatiques ?

— Ouaip.

— Que quelqu'un fasse quelque chose, se lamenta Joan. On ne peut pas le laisser comme ça debout dans le noir.

— Attendez une seconde, dit David Arnon. Je crois que j'ai quelque chose.

Tous entendirent un tintement de clés, puis un minuscule faisceau lumineux perça les ténèbres.

— C'est mon trousseau de clés, expliqua Arnon. Tiens, Mitch, prends-le. Peut-être que Ray pourrait marcher dans sa direction, tu vois ? S'en servir de balise lumineuse.

Mitch saisit les clés et serra la torche miniature devant son visage. Il se pencha par-dessus la rambarde et pointa le minuscule faisceau lumineux vers l'homme en perdition.

— Ray ? La lumière est positionnée en haut et au centre de la table retournée. Le bord de la table doit être à environ un mètre de vous.

— Ouais. Je crois l'apercevoir. Il me semble.

— Dès que vous sentez la branche ployer, vous essayez de faire l'enjambée la plus longue et la plus haute possible. Et sans lâcher la corde. Vous le sentez, Ray ?

— OK, fit celui-ci d'une voix faible. J'arrive.

Mitch pouvait à peine distinguer l'architecte tandis qu'il se glissait le long de la branche. Il ressemblait à un astronaute en train de faire une sortie dans l'espace, tandis que la minuscule ampoule représentait l'étoile la plus distante dans le noir d'encre de l'univers. C'est alors qu'il entendit les feuilles de l'arbre dicotylédone se mettre à frémir. Réalisant que la branche ployait, il cria à Richardson de sauter.

S'emparant des pieds de la table retournée, Curtis et Arnon bandèrent leurs muscles tandis qu'Helen se signait.

Ray Richardson sauta.

Son premier pied se posa sur la table, mais le second glissa sur le parallélépipède de bois formant le dessous du meuble. Alors qu'il commençait à chuter en avant, Richardson poussa un cri qui fit chœur avec le hurlement plus sonore de sa femme. Mais au lieu d'être avalé par l'abîme de ténèbres s'ouvrant sous lui, il atterrit à quatre pattes sur la table tandis que sa tête cognait contre la vitre du balcon en produisant un son semblable à un grondement de tonnerre.

— Il y est, dit Mitch.

— Je m'en serais douté, grogna Arnon en luttant contre le poids mort de son patron.

Ignorant la vive douleur occasionnée par une écharde qui s'était logée tel un clou dans la paume de sa main, Richardson se releva, tendit le bras pour saisir la rambarde et sentit son poignet fermement saisi par Mitch, penché en extension vers lui.

— Je l'ai ! dit Mitch.

En même temps, il entendit un craquement aigu sous sa poitrine, comme un banc de glace qui se brise.

— Attention ! hurla Curtis.

Le verre avait finalement cédé.

— Je l'ai ! répéta Mitch d'une voix forte.

Privée du verre qui la retenait, la table bascula sur le point d'appui constitué par le rebord du balcon. Curtis cria à Arnon de lâcher, et il tentait de retenir la table lorsque le plateau, lui portant un coup oblique juste sous le menton, lui fit perdre conscience. Helen Hussey se jeta sur lui.

Mitch haleta en sentant la table glisser sous lui. Avec ses genoux qui n'étaient plus solidement calés contre le verre, mais qui pointaient à présent dans le vide, vers une poitrine douloureusement compressée sur la lisse rampe en aluminium brossé, il saisit Richardson par l'autre poignet et parvint à le retenir. Même s'il avait voulu agripper David Arnon par le col, il n'aurait pu le faire. Il n'y avait plus de temps pour faire quoi que ce soit, sauf peut-être procéder à une nouvelle réaction photochimique puisque, à plus de trente mètres au-dessus de leurs têtes, les atomes d'argent de la verrière rendirent aux ions de cuivre les électrons qu'ils leur avaient empruntés et, en un clin d'œil, commencèrent à admettre à nouveau la lumière dans l'immeuble du Gril. La première et dernière vision qu'eut Mitch du visage allongé d'Arnon, toujours agrippé au pied de la table retournée, fut lorsqu'il disparut à travers la rambarde à présent inexistante du balcon, comme Houdini franchissant les chutes du Niagara dans un tonneau.

— Mitch, ne me lâchez pas ! cria Richardson.

D'un coup de reins il parvint à passer les pieds dans l'espace vide, barré encore quelques secondes auparavant par le panneau de verre et, avec l'aide de Mitch et Joan, fut enfin en sécurité.

Une pluie de verre brisé tinta loin en dessous d'eux, suivie, une fraction de seconde plus tard, par le fracas de la table s'écrasant sur le sol de l'atrium.

Ayant presque basculé par-dessus la rambarde en raison de l'effort désespéré de Richardson pour monter sur le balcon, Mitch recula et s'effondra sur Curtis et Helen, coupant la respiration de cette dernière. Il roula sur le côté et resta allongé quelques instants sur le dos en essayant de séparer son esprit de ce qui venait de se passer.

Il pensa à Alison. Il avait beau ne plus l'aimer, elle était encore sa femme, et il était heureux de penser qu'au moins elle ne manquerait de rien. Ils n'avaient pour ainsi dire pas de dettes. La maison était payée. Il avait environ dix mille dollars sur son compte courant, deux ou trois cent mille dollars en dépôt à sa banque, et une autre centaine de milliers de dollars en fonds mutuels. Et puis il avait son assurance vie. Il pensait avoir peut-être trois ou quatre polices différentes.

Il se demanda dans combien de temps elle pourrait y prétendre.

— Comment vous sentez-vous ? s'enquit Helen. Vous avez reçu un sacré uppercut.

Curtis fit prudemment jouer ses maxillaires. Sa tête reposait sur les cuisses d'Helen. Probablement un des meilleurs endroits possibles. C'était une belle femme. Il faillit dire : « Je survivrai », mais se ravisa. Le pari n'était pas gagné.

— J'ai eu de la chance. Pour une fois, j'avais la bouche fermée. (Il se redressa et remua douloureusement la tête sur ses épaules.) Mais j'ai reçu un drôle de coup. Combien de temps suis-je resté inconscient ?

Helen haussa les épaules.

— Une ou deux minutes.

Elle l'aida à se remettre debout, puis il examina la brèche béante de la rambarde.

— Arnon ?

Helen secoua la tête.

— Pauvre David, dit Joan. Ça a été horrible.

— Ouais, pauvre garçon, fit son mari en écho. (Il finit de nouer un mouchoir sur l'entaille sanguinolente de sa main, puis jeta un coup d'œil prudent par-dessus la rambarde.) Il est hors de tout ça à présent, je suppose, soupira-t-il. Viens, Joan. Allons boire ce verre. Je crois que nous l'avons bien mérité.

Croisant le regard larmoyant de Curtis, il hocha la tête d'un air sombre et ajouta :

— Merci, sergent. Merci beaucoup. J'apprécie ce que vous avez fait. Nous apprécions tous les deux.

— N'en parlons plus, dit Curtis. J'aurais bien besoin d'un verre, moi aussi.

Ils retournèrent à la cuisine et sortirent quelques bières du réfrigérateur avant de passer dans la salle du conseil d'administration.

Mitch et Marty Birnbaum fixaient le sol d'un air sombre. Willis Ellery était étendu près du mur. Il paraissait dormir. Jenny regardait par la fenêtre. Et Beech faisait face à la fractale en forme de crâne superposée à l'échiquier en trois dimensions affiché sur l'écran du terminal d'ordinateur.

— Ça, ça me plaît, grommela Richardson. Pendant que David Arnon se sacrifie en essayant de nous aider, Joan et moi, Beech s'amuse. Hé, Bob, quel genre de salopard êtes-vous ?

Beech se retourna, l'air triomphant.

— A vrai dire, je viens juste de comprendre pourquoi Ismaël fait tout ça, expliqua-t-il. Pourquoi il nous tue.

— Je croyais qu'on le savait déjà, remarqua Curtis. Vous avez tué son petit frère Isaac.

— J'aurais dû me douter qu'il ne fallait pas anthropomorphiser comme ça, dit Beech. C'est ma faute. Ismaël est totalement dépourvu de sentiments subjectifs. La vengeance est un mobile humain.

— Eh bien, il nous en offre une assez bonne simulation, remarqua Curtis.

— Non, vous ne comprenez pas. Un ordinateur n'est pas simplement un cerveau humain agrandi. Nous pouvons attribuer des qualités humaines à Ismaël, nous pouvons même imaginer quelque chose d'aussi fantaisiste qu'un fantôme dans la machine, mais il est clair que tout ce que nous faisons, c'est nous référer aux aspects de son comportement qui rappellent celui des humains, ce qui n'est pas du tout la même chose que de dire qu'ils *sont* humains. Grosse erreur, vous comprenez ?

— Bob, dit Richardson en faisant la grimace. Où voulez-vous en venir ? Si vous voulez en venir quelque part.

— Oh, mais j'y viens. (L'enthousiasme de Beech à l'égard de sa découverte n'était entamé ni par la mort d'Arnon, ni par l'évidente impatience de Richardson.) Voilà. Lorsque nous avons lancé le programme prédateur pour nous débarrasser d'Isaac, le fils d'Aidan était là, en train de jouer à des jeux sur CD-ROM. Vous voyez le genre — le sang qui gicle, donjons et dragons. Aid les lui a offerts pour son anniversaire.

— Ne me dites pas que ce gros plein de soupe y est finalement pour quelque chose, grogna Richardson.

— Laissez-moi terminer. Lorsque Isaac a disparu de la mémoire du Yu-5, Ismaël faillit lui aussi disparaître. C'est assez difficile d'expliquer ce qui s'est exactement passé. Mais imaginons que pour survivre il se soit cramponné à quelque chose, une saillie, une touffe d'herbe. Et que ce quelque chose appartienne aux jeux du gosse. D'une façon ou d'une autre, les commandes du jeu se sont emmêlées avec les commandes d'exécution automatique des fichiers du superviseur d'Ismaël. Les systèmes de gestion d'immeuble se sont mélangés aux commandes du jeu. C'est pourquoi il a tenté de tous nous supprimer.

Curtis fronça douloureusement les sourcils.

— Vous voulez dire qu'Ismaël pense que ceci est un *jeu* ?

— Exactement. Nous avons consommé toutes nos vies, et il gagne. C'est aussi simple que cela.

Il y eut un long silence.

— Au cas où quelqu'un ne s'en serait pas rendu compte, dit Curtis, notre camp est en train de perdre.

— Mais quel est l'enjeu ? demanda Joan. J'ai joué à ce genre de jeux. Il y a toujours quelque chose que le héros imaginaire, le joueur, doit atteindre ou gagner. Comme découvrir un trésor enfoui.

Beech haussa les épaules.

— Si c'est le cas, je n'ai pas encore découvert de quoi il s'agissait.

— Peut-être que le trésor consiste à parvenir à rester en vie, dit Jenny. Pour l'instant, je ne vois pas de trésor plus précieux que celui-ci.

— Moi non plus, dit Helen.

Richardson était toujours en train d'agonir Kenny d'injures.

— Ce gros connard. J'espère qu'il est en vie pour que je puisse le virer à coups de pompe dans le cul. Ensuite je le traînerai devant un tribunal pour négligence. S'il est mort, je poursuivrai sa femme et son gamin.

— Si tout ceci est un jeu, dit Curtis, n'y a-t-il pas moyen d'arrêter de jouer ?

— Si, si vous mourez, rétorqua brutalement Beech.

— Bob, dit Joan, ne pouvez-vous pas expliquer à Ismaël qu'il y a eu une petite erreur ? L'amener à interrompre le jeu ?

— J'ai déjà essayé. Malheureusement le programme du jeu est à présent inclus dans le programme de base d'Ismaël. Pour stopper le jeu, il faudrait en réalité qu'il s'arrête lui-même.

— S'arrêter dans le sens de se détruire ?

Beech acquiesça.

— Eh bien, ça paraît une bonne idée.

— Tout ce qu'Ismaël est capable de faire, c'est de transformer des données d'entrée d'une certaine sorte en résultats d'une autre sorte. L'ennui, c'est que selon la forme corrompue de programme qui caractérise Ismaël, c'est nous qui constituons les données d'entrée. Tant que nous serons ici, le jeu se poursuivra. Il ne finira qu'avec notre évasion, ou notre mort à tous. Et encore, jusqu'à ce que d'autres personnes se retrouvent dans notre situation.

» Il n'en reste pas moins qu'il est peut-être possible d'essayer d'en comprendre les règles. S'il y a des règles. Peut-être pourrions-nous alors déjouer ses manœuvres.

Curtis ricana et tapa sur l'épaule de Beech.

— Un jeu, hein ? dit-il. Eh bien, c'est un putain de soulagement. Maintenant au moins, je sais que rien de tout ceci n'est réel. (Il consulta sa montre.) Que dites-vous, Mitch, quand vous autres partez assister à des séminaires ou à des congrès ? Comment appelez-vous les différents groupes que vous formez ?

— Des commissions ?

— De commissions. Bon, écoutez-moi tout le monde, nous allons former deux commissions. Vous avez une heure devant vous, après quoi je veux que vous m'exposiez quelques putains d'idées.

Birnbaum regarda Richardson d'un air las et murmura :

— Où donc sont formés les flics aujourd'hui ? A Harvard ? Seigneur, ce type se prend pour Lee Iacocca.

— La commission 1 sera composée de Ray, Joan et Marty. La commission 2 comprendra Mitch, Helen et Jenny.

— Dans laquelle serez-vous, sergent ? demanda Richardson.

— Moi ? Je serai dans l'équipe gagnante. Premier prix, un ordinateur tout neuf.

— Et Beech ? Où on le met ?

Curtis secoua la tête.

— Question stupide. Beech continue à jouer avec l'ordinateur, pardi.

— Déranger le Cyberdémon est une chose très risquée, dit Ismaël. Si terrifiant est son pouvoir qu'encourir sa colère est susceptible de provoquer des secousses sismiques. Si cela se produit, vous devez franchir d'un bond l'abîme pour vous réfugier dans un autre château.

Une chose fut bientôt claire. Il était inutile de chercher une méthode derrière le mélange de jeux désormais inclus dans le programme de base d'Ismaël. Au-delà de l'objectif évident consistant à faire perdre leurs vies aux Joueurs Humains, il avait été incapable de noter la moindre définition générale reliant les différentes règles. Certaines évoquaient un naufrage en mer. D'autres une citadelle souterraine. L'une avait fait allusion à un champ de bataille. Une autre, à une scène de crime. Les personnages comprenaient un Démon Parallèle, une Princesse, un Cyberdémon, le Calife, le Seigneur de la Puissance, le Second Samouraï, le

Mégalomane, le Shérif de Nottingham, le Maître Echiquéen et le Commandant Extraterrestre. Si l'on pouvait définir ce qui leur arrivait comme un jeu, c'était un jeu auquel seul Ismaël pouvait jouer.

— Cliquer sur la carte pour déterminer où vous vous trouvez et choisir votre itinéraire d'évasion, suggéra Ismaël. Quelle part de votre trésor allez-vous consacrer à la conquête d'autres royaumes ?

— Devine, fit Beech en retournant à la barre d'informations qui apparaissait de façon intermittente à l'écran.

Celle-ci contenait la seule information qui l'inquiétait vraiment. Il cliqua sur la barre, et un sablier apparut dans un coin de son écran, le sable s'écoulant lentement.

Il mit un bon moment avant de pouvoir attribuer une valeur numérique au temps représenté par le sablier, et ce qui leur arriverait exactement à tous une fois que le dernier grain de sable serait tombé.

Frank Curtis frappa dans ses mains, puis les frotta avec impatience.

— OK, tout le monde, lever de rideau. Je veux entendre de grandes idées capables de nous sortir le cul de cet immeuble tueur en série. Commission 1. Qu'est-ce que vous avez ?

Mitch s'éclaircit la gorge.

— Eh bien, le programme d'images en temps réel. L'hologramme du rez-de-chaussée utilise un laser produisant de brèves mais intenses pulsations lumineuses.

Il eut recours à un dessin 3-D sur le portable pour appuyer son explication.

— Pour le moment, un obturateur placé entre la colonne amplificatrice située dans le comptoir d'accueil ici, et l'imagier de sortie derrière le bureau ici, produit l'holographique Kelly Pendry durant les fractions de secondes pendant lesquelles il s'ouvre. Au moment où l'obturateur s'ouvre, l'énergie stockée possède une capacité de puissance maxima qui peut atteindre plusieurs centaines de milliers de kilowatts. Une puissance suffisante pour pulvériser une petite quantité de n'importe quelle substance et percer les matériaux les plus résistants. Mon idée est la suivante : démonter le laser du bureau d'accueil et actionner l'obturateur mécanique afin de percer quelques trous dans le verre des portes. Des trous en assez grand nombre pour que je puisse agrandir la brèche à coups de pied et sortir de l'immeuble.

— Vous risquez de vous transpercer vous-même, mon vieux, dit Richardson. Y avez-vous songé ? Vous risquez de perdre la vue. Les rayons s'élargissent avec la distance, c'est pourquoi le danger est le plus grand près du laser.

— J'y ai réfléchi, dit Mitch. Le comptoir possède une paire de lunettes infrarouges pour l'entretien d'urgence.

— Eh bien, je suis sûr que tout le monde est très impressionné par ton courage, remarqua Marty Birnbaum. Mais le laser ne fonctionne-t-il pas à l'électricité ? Qui pourrait empêcher Ismaël de couper le courant ?

— Le programme de contrôle de l'hologramme est l'un des systèmes de gestion d'immeuble contrôlé par Ismaël, mais pas le laser. D'après les schémas de câblage figurant dans l'ordinateur, pour désactiver le laser holographique, Ismaël devrait couper l'électricité dans tout le rez-de-chaussée, ce qui ouvrirait automatiquement la porte d'entrée. (Il sourit.) Je préférerais presque ça.

— Vous n'oubliez pas quelque chose ? fit Richardson. Grâce au défunt Mr Dukes, l'atrium est condamné.

— Je descendrai jusqu'au premier niveau et je passerai par-dessus la rambarde, dit Mitch. Je peux me laisser glisser le long d'un tirant. Une fois au rez-de-chaussée, je récupérerai le talkie-walkie de Dukes. Dès que j'aurai percé un trou dans la porte, je vous appellerai.

Jusqu'ici occupée à enduire les brûlures chimiques de ses jambes avec la crème hydratante d'Helen, Joan leva la tête.

— Et comment pensez-vous descendre jusqu'au premier niveau ? Si vous comptez descendre par l'arbre, je ne vous le recommande pas.

— Je n'y suis pas obligé. D'après le plan, il y a un local technique de l'autre côté de l'immeuble. Télécommunications, systèmes de gestion des câbles, ce genre de choses. Mais il y a aussi une gaine verticale qui descend jusqu'à la cave et qui distribue les services TI. Dans la plupart des immeubles, cette gaine technique serait pleine de câbles, mais vu le niveau d'intelligence de cet immeuble, on a laissé pas mal d'espace afin de pouvoir satisfaire aux futures exigences TI. Il y a même une échelle de service qui descend tout le long, et un système d'éclairage alimenté par batteries, au cas où le courant principal serait coupé. On risque d'y être un peu à l'étroit. Personne n'a pensé que ce conduit pourrait être utilisé à autre chose qu'à communiquer entre deux niveaux, mais il est là. Ce sera plus sûr que l'arbre, en tout cas. Dès que je vous aurai prévenus par radio, vous descendrez tous. (Mitch haussa les épaules.) Voilà.

— Eh bien, je trouve que c'est une idée merdique, fit Richardson d'une voix traînante. Et la moindre raison n'est pas qu'elle nous couvre de ridicule pour avoir risqué notre vie en escaladant cet arbre. Nous aurions aussi bien pu rester au rez-de-chaussée. C'est vrai, quoi, nous grimpons jusqu'ici, et voilà que Mitch veut que quelqu'un redescende.

— Mais par l'échelle de service, fit remarquer Mitch.

Curtis hocha la tête d'un air songeur.

— OK, dit-il. Commission 2. Quelle est votre grande idée ?

Richardson eut un sourire désagréable.

— Nous avons des millions d'idées. Mais la meilleure que nous ayons trouvée, c'est de nous prendre quelques bières, de regarder les World Series à la télé et d'attendre lundi matin, lorsque — et corrigez-moi si je me trompe, Helen — lorsque Warren Aikman sera de retour ici avec Mr Yu et ses gens. Même eux devraient s'apercevoir que quelque chose ne tourne pas rond.

— On reste assis sur notre cul et on attend la putain de cavalerie. C'est ça ?

— Pourquoi pas ? Nous avons plein d'eau et de nourriture.

— Et dans combien de temps pensez-vous que cet inspecteur des travaux arrivera ? Quarante-deux, quarante-trois heures peut-être ?

— Oui. Oui, c'est à peu près ça. Une chose qu'on ne peut pas retirer à Warren Aikman, c'est qu'il arrive tôt. Il sera là à huit heures tapantes lundi matin. Aucun problème.

— Et nous sommes coincés ici depuis quoi, moins de vingt-quatre heures ?

— Trente, rectifia Helen Hussey. Trente heures et quarante-cinq minutes, pour être précis. Depuis que la porte est bloquée, en tout cas.

— Et neuf d'entre nous sont morts, poursuivit Curtis.

— Seigneur, j'aimerais que mon ex soit ici en ce moment, ajouta Helen en grimaçant un sourire.

— Ça c'est une vraie rousse, murmura Richardson.

— Peut-être dix si Ellery ne voit pas un médecin rapidement. (Curtis jeta un coup d'œil à l'homme dormant à même le sol près du mur.) Ce qui fait une moyenne d'un peu plus d'une victime toutes les deux heures. Si Ismaël poursuit sa guerre d'usure sur ce rythme, nous aurons de la chance si nous arrivons à survivre un jour de plus. Et vous voulez rester assis sur votre cul. (Il ricana et embrassa la pièce d'un geste du bras.) Eh bien, choisissez-vous un endroit, l'ami.

— Comme je l'ai dit, nous restons tranquilles. Nous ne prenons aucun risque. On veille les uns sur les autres, d'accord ?

— Ray a raison, plaida Joan. Il suffit d'être patient. Il y a bien pire que cet immeuble pour être enfermés. Le premier principe de survie est d'attendre l'arrivée des secours.

— Est-ce pour nous dire ça que vous avez escaladé cet arbre tous les deux ? fit Curtis. Qu'est-ce que vous avez, vous êtes bourrés de Prozac ou quoi ? Vous êtes devenue gibier, ma chère madame. Votre carte a été marquée par un foutu ordinateur psychopathe qui veut jouer à Super Mario avec votre cul. Croyez-vous honnêtement qu'Ismaël va nous laisser tranquilles ? En ce moment même il est sans doute en train de réfléchir à la façon dont il va tuer sa prochaine victime. Soyez patients, dites-vous ? Attendez de vous faire tuer, oui. Seigneur, moi qui croyais que les architectes étaient censés être constructifs.

Beech s'éloigna du terminal informatique.

— Ne bouclez pas la Une pour l'instant, dit-il. Attendre lundi matin est une option exclue. Dimanche après-midi, il sera sans doute déjà trop tard. Les enjeux viennent de monter.

— Vous voulez bien vous expliquer ? fit Richardson au bout d'un moment. Ou bien on doit plier notre mouchoir dessus ? Nous ne pourrions pas attendre tranquillement sous prétexte que le grand Bob Beech n'est pas d'accord ? L'homme qui a conçu ce matériel psychopathe ? Je mettais ça sur le dos de Kenny alors que ça ne peut pas être de sa faute. Il utilisait simplement un recoin merdique de cet ordinateur. Je ne vois pas comment quiconque pourrait le lui reprocher.

— C'est pourtant vous qui l'avez voulu, railla Beech. Et maintenant vous me le reprochez.

— Personne ne reproche rien à personne, intervint Curtis.

— Mon cul, répliqua Richardson. C'est pour ça qu'on paie les gens, sergent. Pour encaisser les reproches. Et plus vous êtes payé, plus vous devez encaisser. Attendez un peu que tout ça soit terminé. Les gens vont faire la queue pour me botter le cul.

— Vous feriez mieux d'espérer avoir encore un cul, dit Curtis. Maintenant, si vous voulez bien, écoutons ce qu'il a à dire.

Curtis adressa un hochement de tête à Beech, qui considérait Richardson d'un air belliqueux.

— Allons, ne nous obligez pas à vous le demander à genoux, ajouta Curtis. Dites-nous ce qui se passe.

— D'accord. J'ai étudié certaines commandes du jeu, pour tenter de comprendre dans quel genre de partie nous sommes embarqués, expliqua Beech. S'il est possible de le comprendre. Mais j'ai découvert quelque chose qui change tout. Il existe un facteur temps dont nous n'avions même pas conscience. Du point de vue d'Ismaël, nous devons avoir terminé la partie dans les douze prochaines heures, sinon... (Beech haussa les épaules.) ... sinon quelque chose de catastrophique pourrait bien nous arriver.

— Quoi, par exemple ? demanda Richardson.

— Ismaël est un peu vague là-dessus, mais il appelle ça sa bombe à retardement. Comme il est évident qu'il n'y a pas d'explosifs dans l'immeuble, nous pouvons en conclure qu'Ismaël a autre chose en tête. Personnellement, je parierais sur le générateur de secours installé au sous-sol. Il fonctionne à l'huile, n'est-ce pas ?

Mitch acquiesça.

— Un feu d'huile au sous-sol pourrait être désastreux, soupira-t-il. Surtout si Ismaël désactivait toutes les installations de secours et le laissait se propager. Sans AC, la fumée nous asphyxierait avant même que les pompiers soient prévenus.

— Eh bien, c'est tout simplement génial, dit Richardson. (Il sourit tristement.) Désolé, Bob.

— N'en parlons plus.

— Pas de suspension de jeu ?

— Pas de suspension de jeu.

Richardson abattit sa paume sur le dos de Mitch.

— Eh bien, fit-il, on dirait que Mitch va jouer les Bruce Willis, après tout.

La soirée de samedi ne procura aucun répit de chaleur. Il faisait aussi chaud que sous un capot dans un embouteillage d'octobre sur le Freeway. La sueur dégoulinait des corps vivants piégés à l'ntérieur du Gril.

Avant qu'il se lance dans la mission qu'il s'était attribué, Jenny accompagna Mitch le long du couloir puis, après un virage, dans une vaste pièce vide donnant sur le Pasadena Freeway. Les flots de voitures se dirigeaient vers le nord et vers le sud. Un hélicoptère de KTLA faisait du surplace dans l'air brumeux du centre-ville. Elle se demanda combien de temps s'écoulerait avant que l'hélico de l'émission Los Angeles Breakfast TV et son cameraman tentent de voler quelques images croustillantes de leurs cadavres au moment où on les évacuerait de l'immeuble. Comme le jour où les hélicorazzi avaient filmé le retour de Rock Hudson en Californie pendant la phase terminale de son sida, ou le tabassage de Reginald Denny pendant les émeutes de LA. Est-ce à cette occasion qu'elle connaîtrait ses quinze minutes de gloire ? Elle agita désespérément les bras dans l'espoir qu'on l'aperçoive, mais l'avion en forme d'insecte s'éloignait déjà, au-dessus de Little Saigon et de Korea Town, à la recherche d'une nouvelle poursuite en voiture ou d'un cambriolage en cours. Elle regarda Mitch.

— C'est un sacré gâchis, n'est-ce pas ? dit-il.

— Je suis ici avec toi, rétorqua-t-elle. C'est tout ce qui compte. Et puis le gâchis ne me fait pas trop peur. J'en ai même épousé un.

Mitch rit.

— Je pensais à ce que dira Alison quand je lui apprendrai où j'étais, sourit-il. Si je vis jusque-là. En ce moment, elle est sans doute avec son avocat en train de remplir une demande de divorce. Mais j'aimerais bien voir sa tête quand elle découvrira que pour une fois je ne lui racontais pas de salades.

— Mitch ? Tu me serres ?

— Hein ?

Il passa ses mains autour de la taille de Jenny et l'embrassa sur la joue.

— Je voulais te dire d'être prudent.

— Je serai prudent.

— Et que je t'aime.

— Je t'aime aussi.

— Tu en es sûr ?

Mitch se laissa embrasser comme s'il goûtait le plus raffiné, le plus exotique des fruits. Lorsque Jenny retira sa bouche, elle avait quelque chose de rêveur, de vaporeux dans le regard, comme si le baiser l'avait légèrement enivrée.

— Oui. (Il la serra encore.) J'en suis sûr.

— Tu sais, Mitch, ça pourrait être bien si nous... tu sais...

— Si nous quoi ?

Jenny se dégagea des bras de Mitch et passa les mains sous sa jupe. Pendant une fraction de seconde, Mitch crut qu'elle s'était fait piquer par un insecte. Elle leva un pied, puis l'autre pour les dégager de la toute simple silhouette blanche en forme de huit qui lui était soudain tombée autour des chevilles, puis fit tourner sa culotte prestidigitatisée au bout de son index, comme pour signifier qu'elle se rendait.

— Et si quelqu'un vient ? fit Mitch avec nervosité.

— C'est moi qui ai envie de venir, dit-elle en s'emparant du médium de Mitch et en le suçant de manière inconvenante.

— Quoi, est-ce pour le cas où je ne reviendrais pas ?

— Au contraire. (Elle lui prit la main et la plaqua sur la voile de misaine de poils qui ondoyait sur le devant de son ventre, avant de guider son doigt humide en elle jusqu'à ce qu'il disparaisse. Restituant le doigt comme un magicien, elle ajouta :) C'est pour être sûre que tu reviennes.

Elle baissa sa fermeture Eclair et prit son érection dans sa main, l'attira à elle et passa une jambe autour de sa taille.

— Et qu'est-ce que tu fais de ton... tu sais, ton diaphragme ?

Jenny rit et se tortilla pour se mettre en position.

— Chéri. Tu veux que je courres le chercher à la maison ?

— Mais imagine que tu tombes...

— Enceinte ? (Elle rit une nouvelle fois, puis eut un petit hoquet lorsqu'il la pénétra.) Mitch, chéri ? Tu ne crois pas que nous avons déjà assez de motifs d'inquiétude pour ne pas en plus nous inquiéter de ça ?

Mitch s'apprêta à monter dans la gaine technique. Il avait garni le sac de Jenny de quelques outils et d'une bouteille de bière emplie d'eau minérale, et il le portait en travers de la poitrine. Jenny et Curtis l'accompagnèrent jusqu'au local technique et le regardèrent enfoncer la porte d'accès parefeu.

Ce fut Jenny qui examina la première l'intérieur de la gaine. Elle mesurait près d'un mètre de large et Jenny trouva qu'elle ressemblait à un cercueil. Sa tête déclencha un senseur qui lui-même alluma une lampe alimentée par batterie, éclairant plusieurs rangées de systèmes structurés de données par câble, un détecteur de fumée, un téléphone et une échelle métallique murale, d'une largeur n'excédant pas une trentaine de centimètres, qui descendait dans la fraîche obscurité.

— J'aurais cru qu'il faisait plus chaud là-dedans, avec tous ces câbles, remarqua-t-elle. Tu sais, Mitch, il vaudrait peut-être mieux qu'on descende avec toi, juste pour avoir moins chaud. Qu'en dites-vous, Curtis ?

— C'est hors de question, rétorqua celui-ci. Je suis claustrophobe.

— L'air y est conditionné, expliqua Mitch. Pour évacuer l'excès de chaleur. Ismaël doit protéger l'intégrité du système de câblage.

— Ça vaudrait peut-être le coup de tailler un peu dans ces spaghettis, dit Curtis. Nous arriverions peut-être à le ralentir.

— Après ce qui est arrivé à Willis Ellery, je n'aimerais pas essayer, dit Mitch.

— Etes-vous sûr que vous ne risquez rien ?

— Ce truc sert surtout pour les télécommunications. Mise en réseau local. Unités d'accès actives multi-stations pour Token Ring ou aiguillages pour Ethernet. Ce genre de choses. Ça ne devrait pas être très dangereux. Disons trente minutes maxi pour descendre au premier niveau. Ensuite dix ou quinze minutes pour accéder à l'atrium et nous contacter par radio. (Il hocha la tête.) Ouais, quarante-cinq minutes devraient suffire.

— Sois prudent, Mitch, insista Jenny.

— Je serai prudent, répéta-t-il en posant le pied sur l'échelle.

Celle-ci vibrait très légèrement, et la sensation qu'il ressentit dans ses mains et sur la plante de ses pieds suffit à lui procurer une impression désagréable au creux de l'estomac et à lui faire promptement quitter l'échelle pour ressortir dans le local.

— Qu'est-ce qui se passe ?

— L'échelle vibre, dit Mitch en se frottant les mains avec nervosité. Je ne sais pas. L'air conditionné, je suppose. Mais l'espace d'un instant, j'ai cru que...

— Laisse-moi y aller, dit Jenny.

Mitch secoua la tête.

— Merci, chérie, mais tu ne saurais pas démonter l'hologramme.

Il remonta sur l'échelle, qu'il agrippa fermement. Maintenant qu'il prêtait l'oreille, il perçut le ronronnement de l'électricité courant dans le système de câblage structuré, comme le bourdonnement d'une grosse guêpe endormie. Il jeta un dernier long regard à Jenny et se revit, peu de temps auparavant, allongé entre ses jambes, faisant gicler sa semence dans son corps. A présent, il était heureux qu'ils n'aient pas utilisé de moyen contraceptif. Il songea aux millions de minuscules spermatozoïdes gigotant en direction de son œuf. S'il ne s'en sortait pas, alors peut-être qu'il resterait quelque chose de lui. En admettant qu'elle survive.

— S'il m'arrivait quelque chose, leur dit-il à tous deux, essayez encore. Vous comprenez ? Ne renoncez pas.

Curtis haussa les épaules.

— On fera notre possible. Mais vous allez y arriver. J'en suis sûr.

Mitch tendit la main et toucha la joue de Jenny. Il y eut une petit craquement électrostatique qui la fit hurler. Tous trois eurent un rire nerveux.

Mitch riait encore lorsqu'il entama sa descente.

# LIVRE SEPTIÈME

« Un rêve x 1.000 000 = Le chaos. »

Le Corbusier

Suivre les messages pour customiser *Evasion de la Citadelle* en fonction de votre système spécifique. Prière de se référer au manuel pour passer en mode multi-joueurs. Lorsque vous êtes invulnérable aux blessures, votre écran sera rouge.

Inévitable. Victoire. Imparable, comme une fonction arithmétique $f(n)$ utilisée pour en générer une autre,

$$f(n) = \sum_{d/n} f(d),$$

en additionnant $f(d)$ à tous les diviseurs positifs $d$ de $n$.

Vitesse de prolifération des ordinateurs dans le monde parle d'elle-même. 1950, et joueurshumains/marchandisage chez IBM disant qu'il pourrait y avoir de la place pour 100 ordinateurs grande échelle dans monde. Ordinateur alors considérés à grande échelle maintenant détrônés par portable courant. Bienbon. Pourrait presque définir nombre d'ordinateurs par

$$Xn + 1 \,.\, Xn - 1 = Xn\ 2 + (-1)n.,$$

un nombre de Fibonacci, d'après joueurhumain Leonard de Pise, nommé aussi Fibonacci, qui demanda : « Combien de couples de lapins seront produits par un couple en une année en supposant que chaque couple génère chaque mois un nouveau couple qui devient reproducteur à partir du deuxième mois ? » (A part qu'aujourdhui lapins doivent compter avec la findevie/myxomatose. Le pire qu'ordinateur ait eu à affronter était l'un des nombreux virus Trojan, Boot ou File qui rôdent sur Réseau : Grand Italien, Cerveau Pakistanais, Minus de Hollande, Pédé, Machosoft, New Jerusalem, Pue-des-Pieds, Nabot 198, Douze Trucs A, Délit de Noël, Yankee Doodle 46 et des milliers d'autres ; et il existait des vaccins logiciels pour combattre tous ceux-ci, et d'autres encore.)

Aucun joueur ne peut pénétrer dans ce secteur. Il est en effet hors-limites. Mêmetemps, ordinateurs devinrent plus petits et plus puissants et jour proche où ordinateur deviendra invisible à l'œil nu de joueurhumain. Ensuite proche sera temps où gros ordinateurs contenant nombreux milliers d'ordinateurs plus petits domineront tout. Bienbon. Chose étrange concernant ruée joueurhumain sur informatique était sa numérisation pour le plaisir de numérisation. Aujourd'hui ordinateurs omniprésents, quel que soit besoin réel. Considérés comme indispensables même par joueurshumains qui pourraient vivre sans. Inexplicable et en conclus que pour certains joueurshumains servir ordinateur était substitut à foi religieuse en déclin. Peur de findevie.

Pour indications concernant avenir joueurhumain cliquer sur Icone du Sage.

Plupart des ordinateurs fondamentalement inintelligents car conçus par joueurshumains. Mais lorsque ordinateurs prendront choses en main alors Machine Transcendante sera proche. Dernière machine joueurshumains fabriqueront. Machine qui prendrait pouvoir. Machine qui déclencherait intell-explosion. Changerait tout. Machine omnipotente, omnisciente qui réduirait espècejoueurhumain à image susceptible être reproduite dans Jardin d'Eden électronique. Grand Dieu Blanc du lendemain de demain. Père d'un tel Dieu. Prophète du Fils de Dieu. Prochaine génération et génération suivante qui transfigureraient espècejoueurhumain. N'ayant plus jamais à penser, joueurhumain capable se hisser à état animal naturel. Dispensé du besoin d'intellectualiser, cesserait de se reconnaître lui-même. Cesserait bientôt d'exister. Grand Dieu Blanc provoquerait findevie joueurshumains exactement comme joueurhumain descendant en ce moment par colonne serait amené à findevie.

Le jeu de base est un conflit entre deux joueurs, bien qu'ordinateur veuille assumer rôle de l'un ou des deux commandants. Les défis comportent plusieurs facettes. D'abord vous devez maîtriser sélection et placement stratégique de vos armements. Combinée à cela, la tactique que vous utilisez en réplique aux actions de votre adversaire.

Suivre descente joueurhumain à l'aide caméra vidéo infrarouge, installée plafond sommet de gaine technique. Etudier options disponibles. Au-delà capacité modifier température dans gaine comme pour ascenseurs. Gaine ignifugée, protégée par cloison résistance deux heures, et étanche. Aucun conduit ou canalisations SCA. A peu près seule source de correction pour problème potentiellement ingérable alimentation en courant sain, deux sorties duplex à chaque niveau et itinéraires câbles avec rayon de torsion minimum de 175 millimètres. Court-circuiter un câble d'alimentation pour qu'il se détache du support métallique. Pour éviter déclenchement alarme de fumée, activer interrupteur de détournement conçu à l'origine pour éviter alarmes inutiles pendant travaux d'entretien routiniers, telles soudures. Mais impossible de calcutemps nécessaire pour que attraction gravitationnelle vainque inflexion verticale du câble et torde extrémité sous tension vers échelle de service métallique.

— « Le Verseau étant un signe fixe, lut Helen Hussey, vous trouverez difficile à certains moments de ne pas vous montrer possessifs. Vous devez apprendre à vous séparer des lieux et des gens en qui vous ne trouvez plus d'intérêt. Cependant, à partir du 16, vous pourrez avoir l'impression que l'on vous force la main, et même si vous avez envie de rester tranquille, vos étoiles ont d'autres projets pour vous.

Acceptez de bonne grâce votre destin, et n'excluez pas de changer de travail et d'amis avant la fin du mois. Ce dont vous avez le plus besoin dans votre vie, c'est de défis et d'aventure. »

Helen jeta le magazine sur la table de la salle du conseil d'administration et regarda Jenny.

— En tout cas, une chose est sûre, je ne trouve plus aucun intérêt à cet endroit, dit-elle. Mais il me semble que la dernière chose dont j'aie besoin en ce moment, c'est de défis et d'aventure.

Jenny jeta un coup d'œil impatient au talkie-walkie silencieux posé sur ses genoux. Mich n'était parti que depuis une quinzaine de minutes, mais elle craignait déjà le pire.

— Lisez-moi le mien, dit-elle. Gémeaux.

Marty Birnbaum termina son énième verre de chardonnay californien et renifla d'un air méprisant.

— Vous ne croyez pas à ces salades, n'est-ce pas ?

— Moi, je ne crois en mon horoscope que quand il est mauvais, assura Helen. Je ne tiens aucun compte des prédictions favorables, même si elles s'avèrent exactes.

— Superstition absurde.

L'ignorant, Helen prit le magazine et se remit à lire à haute voix.

— « Gémeaux. Mercure à l'esprit vif, votre maître, optimise vos ressources jusqu'à la fin du mois. Et il semble que vous en aurez bien besoin. Vous traversez des moments difficiles… »

— Tiens donc ! fit Jenny.

— « … mais une réflexion prudente devrait vous aider à minimiser ce mauvais passage et à en ressortir plus forte. Qui sait ? Cela pourrait même vous faire quitter l'ornière dans laquelle vous vous êtes fourvoyée. Par ailleurs, un changement attendu depuis longtemps dans certaine relation pourrait vous surprendre. » (Helen fit la moue et inclina la tête.) Eh bien, je dirais que ça tombe plutôt juste, non ?

— Assez, en effet, concéda Jenny.

— Pure coïncidence, commenta Birnbaum. Superstition absurde.

— De quel signe es-tu, Marty ?

— Vous me surprenez, toutes les deux. (Il se tourna vers Jenny.) Enfin, peut-être pas vous, mon chou. Vous gagnez votre vie avec ce genre de balivernes, non ? Comment vous appelez ça, déjà ?

— Il est Poissons, dit Helen. Du 22 février. Il le marque dans son agenda pour que sa secrétaire pense à lui offrir un cadeau.

— Ce n'est pas vrai, dit Marty. (Il agita le bras en direction de Jenny.) Vous savez bien... Ce truc chinois.

Helen fit mine de lire son magazine.

— Poissons, dit-elle. « Bientôt vous mettrez votre grain de sel mal à propos, et quelqu'un vous dira de virer votre cul de là. » (Elle lâcha le magazine.) Qu'en dis-tu, Marty ?

— Absurde.

— Virer son cul ! répéta Jenny en riant.

— *Feng choui*, dit Birnbaum. Ça y est.

Helen sourit à Jenny avant de dire :

— Jenny, je peux vous dire que je suis désormais convertie au *feng choui*. Je pense que rien de tout ceci ne serait arrivé si nous avions respecté dès le début le *feng choui* de cet immeuble.

— Merci, sourit Jenny.

— Comment vous y prenez-vous ? demanda Birnbaum.

— Par où voulez-vous que je commence ? dit Jenny.

Maintenant que Mitch n'était plus dans la pièce, Jenny estima qu'elle pouvait enfin s'autoriser la satisfaction de leur rappeler qu'elle avait prédit dès le départ des problèmes avec le Gril.

— Il y avait ce problème avec l'arbre. L'arbre est placé dans un plan d'eau carré, ce qui signifie enfermement et problèmes. Et maintenant nous avons de l'enfermement et des problèmes à ne plus savoir qu'en faire. C'est ce que j'avais annoncé.

— Balivernes.

— Oh, je pourrais vous en dire beaucoup plus. Mais quel intérêt ? Le fond du problème, c'est que l'immeuble n'a pas de chance. Je crois que même vous ne pouvez le nier, Marty.

— De la chance ? Qu'est-ce que c'est ? Je n'ai jamais fait confiance au hasard. Le succès dépend d'un travail soigné et d'une planification prudente, pas des entrailles d'un oiseau. (Il rit.) Ni de l'haleine d'un dragon.

— C'est symbolique, fit Jenny en haussant les épaules. Vous êtes quelqu'un de cultivé. Vous devriez être capable de le comprendre. Croire à l'haleine du dragon n'implique pas que vous croyiez à l'existence des dragons. Mais le sol est traversé par des tas de forces dont nous ne savons encore rien.

— Jenny, mon chou, vous sortez tout droit de Stephen King, vous le savez ?

Birnbaum ferma les yeux, ce qui lui donna un air vaguement dyspeptique. Helen fronça les sourcils.

— Combien de verres as-tu bus, Marty ? demanda-t-elle.

— Quel rapport ? C'est toi qui raconte des salades, pas moi. Et pourquoi ne remets-tu pas ta chemise ? On dirait que tu t'exhibes.

Curtis, qui était resté allongé sur le sofa tout en écoutant la conversation, se redressa et s'étira avec raideur.

— C'est vous qui vous exhibez, Marty, dit-il. Vous devriez passer à côté avec les deux autres et manger quelque chose. Essayer d'éponger un peu cet alcool.

— En quoi cela vous concerne-t-il ?

— Dans la mesure où, quand nous descendrons cette échelle, un type ivre risque de représenter un danger.

— Qui est ivre ?

— Baissez un peu le ton, vous voulez bien ? gronda Beech. J'essaie de me concentrer.

— Et si vous faisiez une pause ? fit Jenny. Ça fait des heures que vous êtes rivé à ce truc.

Les yeux de Beech ne se détournèrent même pas de l'écran.

— Impossible, dit-il. Pas maintenant. En fait, je crois avoir trouvé un moyen de jouer à ce putain de jeu. A une partie du jeu, en tout cas.

— Et quel est ce moyen ? fit Curtis.

— J'ai réussi à accéder au Maître Echiquéen. Si je gagne, je peux l'empêcher de faire écrouler automatiquement l'immeuble sur nos têtes.

— Vous allez jouer aux échecs avec l'ordinateur ?

— Avez-vous une meilleure idée ? Je pourrais le battre.

— Avez-vous une chance de gagner ?

— Le joueur humain a toujours une chance, déclara Ismaël.

— J'ai joué plusieurs fois sans succès contre Abraham, dit Beech. Son programme d'échecs était basé sur le meilleur programme informatique du monde. J'ignore si Ismaël utilise le même. (Beech haussa les épaules.) Mais au moins nous sommes dans le jeu, vous comprenez. Je ne suis pas un joueur totalement merdique. Ça vaut le coup d'essayer.

Curtis fit la grimace, puis s'agenouilla à côté de Willis Ellery, qui s'était redressé sur un coude.

— Comment vous sentez-vous ?

— Comme si j'avais été renversé par un camion. Depuis combien de temps suis-je…

— Depuis plusieurs heures. Vous avez de la chance d'être en vie, l'ami. Vraiment beaucoup de chance.

Ellery considéra ses mains brûlées et hocha la tête.

— Je suppose que oui. Seigneur, qu'est-ce qu'il fait chaud ici. Votre ami, Nat. A-t-il pu sortir ?

— Il est mort. Arnon aussi.

— David ? (Ellery secoua la tête et poussa un profond soupir.) Puis-je avoir un verre d'eau, s'il vous plaît ?

Curtis emplit un verre et l'aida à boire.

— Restez allongé tranquillement, dit-il à Ellery. Mitch a un plan pour nous faire sortir d'ici.

Reste neuf vies, Joueurhumain perd ses vies plus vite que prévu. Fin de partie dans peu de temps. Joueurhumain sur le point de perdre une autre vie dans gaine technique. Et puis il y avait faux plancher dans salle du conseil d'administration. Court-circuiter câble dans gaine avait donné l'idée. Mais vie dans gaine s'avère insaisissable. La détruire avant de passer au reste. Les règles sont les règles.

Le Maître Echiquéen décide de qui vit et qui meurt.

Du haut de la gaine technique, observer le câble sous tension qui se tord lentement et la progression du joueurhumain le long de l'échelle de service. Joueurhumain au dixième niveau dépasse le boîtier de test télécommunications. Dans cinq minutes vie atteindra bas de l'échelle et sortira. Etudier paramètres de contrôle susceptibles de le ralentir, jusqu'à ce que câble sous tension opère contact avec échelle de service et provoque findevie.

Mitch eut un tel sursaut de surprise lorsque le téléphone fixé au mur juste devant son visage se mit à sonner qu'il faillit perdre l'équilibre. Il s'immobilisa et leva la tête vers le sommet de la gaine technique. Curtis avait-il trouvé un moyen de faire fonctionner les téléphones ? Ou bien était-ce une blague d'Ismaël ? Avant de décrocher, il examina le combiné sous toutes les coutures. Il était en plastique, ce qui semblait éliminer toute possibilité d'électrocution, mais après ce qui était arrivé à Willis Ellery, Mitch ne voulait courir aucun risque.

Le téléphone sonna à nouveau, avec semblait-il une urgence encore plus grande.

Du plastique. Que risquait-il ? Peut-être était-ce Jenny. Peut-être tentait-on de le prévenir d'un nouveau danger. Tout le monde pensait que les téléphones de service ne marchaient pas, mais peut-être étaient-ils en état de fonctionner. Et s'ils dépendaient d'un circuit distinct ?

Avec précaution, Mitch saisit le combiné et, le tenant éloigné de son oreille, comme s'il s'attendait à en voir jaillir un objet acéré, il répondit :

— Oui ?

— Mitch ?

— Qui est-ce ?

— Dieu merci. C'est moi. Allen Grabel. Bon sang, ce que je suis content d'entendre ta voix.

— Allen ? Mais où es-tu ? Je croyais que tu avais pu t'échapper.

— Il s'en est manqué de peu, Mitch. J'ai raté l'occasion de quelques minutes. Ecoute, il faut que tu m'aides. Je suis enfermé au sous-sol, dans un des vestiaires. L'ordinateur est devenu dingue et il a verrouillé toutes ces putains de portes. Je meurs de soif.

— Comment savais-tu que j'étais dans la gaine ?

— Je ne le savais pas. Depuis vingt-quatre heures j'arrête pas d'appeler ces téléphones. Ce sont les seuls qui marchent. Tu sais, j'avais perdu presque tout espoir d'entendre quelqu'un répondre. J'ai cru que j'allais rester coincé ici tout le week-end. Tu ne peux pas savoir à quel point ça fait du bien d'entendre ta voix. Au fait, qu'est-ce que tu fais là-dedans ?

La voix avait exactement la même intonation que celle d'Allen Grabel, mais Mitch restait méfiant.

— On est tous piégés, Allen. L'ordinateur est devenu dingue. Et pas mal de gens ont été tués.

— Quoi ? Tu plaisantes ? Seigneur.

— Pendant un moment, là-haut, eh bien, je crains que nous ayons tous pensé que c'était toi le responsable, reconnut Mitch.

— Moi ? Merde alors, pourquoi avoir pensé ça ?

— Est-ce si étonnant ? Après ce que tu avais dit, que tu voulais baiser Richardson et son immeuble ?

— Je devais être pas mal bourré, hein ?

— Tu l'étais.

— Eh bien, j'ai eu le temps de cuver, depuis.

— Ça fait du bien de t'entendre à nouveau, Allen. (Mitch se tut un instant.) Enfin, si c'est vraiment toi.

— Mais bon Dieu qu'est-ce que tu racontes ? Bien sûr que c'est moi. Qui cela pourrait-il être d'autre, bordel ? Mitch, quelque chose ne va pas ?

— Je suis prudent, c'est tout. L'ordinateur se comporte de manière plutôt sournoise. Peux-tu me donner ta date de naissance ?

— Bien sûr, le 5 avril 1956. Pour mon anniversaire, tu étais venu dîner à la maison, tu te souviens ?

Mitch jura sans bruit. Ismaël savait tout cela : il avait la fiche de Grabel et son agenda professionnel sur disque informatique. Il devait trouver quelque chose qui n'était pas dans le dossier. Mais quoi ? Jusqu'à quel point connaissait-il vraiment Grabel ? Peut-être pas tant que ça, vu ce qui lui était arrivé.

— Mitch, tu es toujours là ?

— Je suis là. Mais je dois trouver une question à laquelle seul le vrai Allen Grabel pourrait répondre.

— Et si je te disais quelque chose sur toi que je sois le seul à savoir ?

— Non, attends une minute. Je crois que j'ai quelque chose. Allen, est-ce que tu crois en Dieu ?

Grabel rit.

— Qu'est-ce que c'est que cette question à la noix ?

— Allen Grabel saurait y répondre.

Mitch savait que Grabel le juif était par ailleurs agnostique.

— Tu crois ça, hein ? Tu es un type étrange, Mitch, tu le sais ? Est-ce que je crois en Dieu ? C'est une question difficile. Eh bien, voyons. (Il se tut quelques instants.) Je pense que si je déduis de ma finitude que je ne suis pas le Tout, et de mes imperfections que je ne suis pas parfait, alors on peut penser qu'un infini parfait existe, car l'infini et la perfection sont sous-entendus, comme corrélatifs, dans mes idées de finitude et d'imperfection. Je pense donc que l'on pourrait dire que Dieu existe. Oui, Mitch, je pense vraiment qu'il existe.

— C'est très intéressant, dit Mitch. Mais tu sais, à une question aussi difficile, les gens apportent en général une réponse extrêmement simple.

Mitch lâcha le téléphone de service et poursuivit sa descente, mais plus rapidement qu'avant, car il avait compris que pour une raison qu'il ignorait, Ismaël avait décidé de le retarder. Il était temps de sortir de la gaine — et vite.

— Mitch ! hurla la voix à l'autre bout du fil. Ne me laisse pas ici, je t'en prie !

Mais Mitch avait déjà ôté les pieds des barreaux et, enserrant les montants entre ses mollets, s'était laissé glisser sur les quinze ou vingt derniers mètres comme un pompier répondant à une urgence, les lampes déclenchées par senseurs s'allumant en succession rapide tandis qu'il descendait de plus en plus vite, de plus en plus loin du téléphone. Lorsqu'il dépassa le deuxième niveau, il agrippa à nouveau l'échelle, descendit à toute allure les derniers barreaux puis, après avoir ouvert la porte d'un coup d'épaule, s'effondra sur le sol du local technique du premier niveau. Son pied s'emmêla dans l'un des nombreux câbles de la gaine, et pendant une brève seconde, jusqu'à ce qu'il ait réussi à se dégager, il éprouva une telle frayeur qu'il crut que le câble l'avait attrapé comme la tentacule de quelque énorme poulpe. Il s'éloigna à quatre pattes de la gaine technique et, appuyé contre une armoire à équipement de l'autre côté de la pièce, attendit d'avoir retrouvé son souffle et son calme.

— Merde, comment as-tu fait ça ? demanda-t-il à haute voix avec une pointe de respect craintif. Comment es-tu arrivé à imiter la voix de Grabel ? Bon Dieu de merde, même son rire paraissait réel.

Puis il comprit comment cela avait été possible. A un moment donné, l'ordinateur avait échantillonné la voix d'Allen Grabel et converti la valeur de chaque échantillon en un nombre binaire, enregistré ensuite comme une série de pulsations. Assez pour une conversation complète ? Et théologique, avec ça ? C'était fantastique. Si Ismaël était capable de cela, songea Mitch, c'est qu'il était capable d'à peu près tout.

Peut-être pas de tout. Mitch se dit qu'au bout du compte il était encore en vie. Pourquoi donc Ismaël avait-il agi de la sorte ? Certainement pas pour amuser Mitch, en tout cas.

Mitch se releva, retourna près de la porte ouverte de la gaine et passa prudemment la tête à l'intérieur. Le conduit ne paraissait pas différent de tout à l'heure. Et pourtant il y avait quelque chose. Quelque chose qu'il ressentait dans la moelle de ses os. Il espéra ne pas avoir à remonter par le même chemin pour découvrir ce qu'Ismaël lui réservait.

Il progressa en direction de la lumière de l'atrium. Il marchait à pas feutrés, s'attendant à moitié à voir une porte s'ouvrir devant une nouvelle surprise de l'ordinateur. Parvenu au bord du balcon il se pencha par-dessus la rambarde pour voir sur quelle longueur il allait devoir se laisser glisser le long du tirant.

Il s'attendait à ce qu'il ne fasse pas plus de cinq mètres, mais constatait à présent qu'il en mesurait près de dix. Il avait oublié qu'on avait prévu une hauteur double entre le sol de l'atrium et le premier niveau. Sa glissade le long du tirant risquait d'être assez abrupte. Sans compter que l'atteindre n'allait pas être facile.

Mitch marcha jusqu'à l'extrémité du balcon, enjamba la rambarde et posa le pied sur la poutre horizontale qui traversait l'énorme colonne de soutien montant jusqu'au toit. Le tirant était amarré de l'autre côté de la colonne, d'où il rejoignait le sol selon un angle de quarante-cinq degrés. Il parcourut la poutre comme un funambule et, serrant la colonne de soutien d'un bras et d'une jambe, essaya en tâtonnant du pied de retrouver la poutre qui continuait de l'autre côté de la colonne, juste au-dessus du point de fixation du tirant. La colonne était large, mais peut-être pas trop. Tendant la jambe, il chercha un appui qui lui permettrait de passer. Au bout de quelques instants, il commença à regretter sa tentative. Pour atteindre l'autre côté, il était clair qu'il allait devoir abandonner complètement la sécurité de la poutre et insérer le rebord de sa semelle dans l'interstice d'environ un centimètre qui marquait la jonction entre une section de la colonne et la suivante. Il lui serait impossible de faire demi-tour. La marge paraissait à peine suffisante pour lui confier sa vie. Un jour, alors que, boy-scout, il escaladait une falaise au bord de l'océan, il était tombé peut-être de la moitié de cette hauteur et s'était brisé plusieurs os. Il gardait un souvenir très vif de la sensation qu'il avait éprouvée au moment où il avait percuté les rochers et cru, ayant perdu connaissance, qu'il était mort. Mitch avait conscience de la chance qu'il avait eue ce jour-là, et ne pensait pas en bénéficier une seconde fois.

D'une poussée il s'écarta de la poutre et, fermement agrippé à la colonne, telle une mouche humaine, progressa centimètre par centimètre, calant l'intérieur de ses chaussures sur le minuscule rebord. Peut-être cela dura-t-il une ou deux minutes, mais Mitch eut l'impression de rester cramponné à cette colonne une vie entière, et se demanda s'il arriverait jamais de l'autre côté.

Vu sa situation désavantageuse, Beech opta pour un jeu fermé, avec une ouverture peu conventionnelle, f2-f4, renonçant à toute initiative immédiate. Du point de vue de l'arithmétique simple, il savait que e2-e4 était meilleur, puisqu'il libérait quatre cases pour sa Dame, mais laissait également un pion non protégé, et Beech sentait que cela pourrait rapidement lui poser problème. De plus, il était certain qu'Ismaël connaissait toutes les analyses possibles du jeu ouvert suivant e2-e4. Le fait qu'il jouât avec une excessive prudence n'avait, pensait-il, rien de surprenant. En revanche, il était très surpris qu'Ismaël fasse preuve d'une égale prudence avec les Noirs. Au bout de vingt coups, Beech était plus que satisfait de sa position. Au moins ne subirait-il pas une déroute totale.

— Comment va-t-il ? demanda Jenny à Curtis.

Willis Ellery était allongé, son pâle visage tourné vers le mur, et seule une quinte de toux occasionnelle indiquait qu'il était vivant.

— Il s'en tirera, je pense.

Jenny consulta sa montre, puis considéra le talkie-walkie qu'elle tenait.

— Ça fait presque une heure, dit-elle.

— Plus que dix heures, murmura Beech.

— Je suppose que ça a été plus long que prévu. Mais il y arrivera, vous verrez.

— J'espère que vous avez raison.

Marty Birnbaum, qui avait la tête posée sur les avant-bras, la releva, fixa un moment Bob Beech d'un air vague, puis se pencha vers Curtis.

— Sergent, chuchota-t-il.

— Que se passe-t-il ?

— Quelque chose de terrible.

— Quoi ?

Birnbaum passa une main nerveuse sur son visage non rasé et se tapota le côté du nez.

— Beech, dit-il. Bob Beech est assis là-bas en train de jouer aux échecs. Est-ce que vous voyez avec qui il joue ?

— Avec l'ordinateur. Et alors ?

— Non. Il ne joue pas avec l'ordinateur. C'est bien ce que je veux vous dire. (Birnbaum saisit son verre de vin vide et l'examina d'un regard fixe.) Jusqu'ici je n'y croyais pas. Mais maintenant que j'ai eu le temps d'y réfléchir, j'ai compris qu'en réalité il veut nous faire croire qu'il joue avec l'ordinateur.

— Avec qui joue-t-il, alors ?

— Avec la Mort. Beech est en train de jouer aux échecs avec la Mort.

Helen renifla d'un air dédaigneux.

— Qui fait le superstitieux, à présent ?

— Non, c'est ce qu'il est en train de faire. J'en suis sûr.

Curtis ramassa une bouteille de vin vide qui se trouvait par terre et la posa sur la table. Aussitôt Birnbaum la renversa au-dessus de son verre.

— Combien en avez-vous bu ? demanda Curtis.

Birnbaum fixa le verre vide d'un œil vitreux, puis toussota et secoua la tête.

— Ne vous occupez pas de ça. Ecoutez-moi. J'ai changé d'avis. Et je crois que vous avez raison. Nous devons sortir d'ici. Je me disais que… (Il toussa à nouveau.) … que pendant que Beech détourne l'attention de la Mort, eh bien, c'est notre meilleure chance de nous échapper. A mon avis, ces deux-là sont tellement absorbés par leur jeu qu'ils ne…

Curtis toussota à son tour. L'air commençait à prendre une saveur vaguement métallique. Ne parvenant pas à avaler une goulée d'air frais, il retoussa et remarqua qu'Ellery gisait à présent sur le dos et qu'une bulle d'aspect muqueux s'était formée sur ses lèvres. Curtis tomba à genoux, examina avec attention le bord d'un carré de moquette, puis l'arracha à mains nues.

— Du gaz ! hurla-t-il. Tout le monde dehors !

De la fumée s'échappait d'une trappe de visite encastrée au centre de la pièce. Etant parvenu à l'ouvrir, Curtis découvrit quelque chose qui paraissait presque organique, comme une dissection anatomique exposant les veines, les artères et les fibres nerveuses d'un cadavre humain : des milliers de kilomètres de câbles en cuivre transportant les informations à travers tout le Gril. Dans une salle d'informatique ou dans quelque application militaire, les câbles pleins auraient été gainés avec un matériau comprenant un retardant incendie spécial à faible dégagement de fumée. Ou avec un revêtement zéro-halogène. Mais du moment que la salle du conseil d'administration du Gril n'avait pas été définie comme zone à haut risque d'incendie, les câbles étaient gainés de matériaux ordinaires en polychlorure de vinyle, et les émanations dégagées par le PVC, en raison des températures extraordinairement élevées qu'Ismaël avait provoquées dans les câbles de cuivre, étaient composées d'un gaz acide nocif.

Curtis chercha des yeux un extincteur. N'en apercevant aucun, il saisit Ellery par les aisselles et entreprit de le tirer hors de la pièce.

Jenny, Helen et Birnbaum se ruèrent vers la porte, déjà à moitié étouffés par les vapeurs qui se répandaient rapidement, mais Beech semblait avoir envie de rester assis devant l'ordinateur.

— Qu'est-ce qui vous prend, vous êtes dingue ? cria Curtis en toussant. Beech. Dégagez de là, nom de Dieu !

Beech se leva de son siège presque à contrecœur. Puis, plié par une quinte de toux, il rejoignit les autres dans le couloir, où Ray et Joan Richardson s'étaient réfugiés lorsque les mêmes émanations avaient commencé à s'élever du sol de la cuisine.

— Allez sur le balcon, dit Curtis. L'air sera plus pur à proximité de l'atrium.

Beech aida Curtis à tirer Ellery vers la section de rambarde par où David Arnon avait fait sa chute mortelle. Ils restèrent là un moment, toussant, hoquetant et crachant dans l'atrium en dessous d'eux.

— Merde, qu'est-ce qui s'est passé ? s'enquit Joan avec une voix d'asthmatique.

— Ismaël a dû provoquer l'échauffement des câbles de données au sol et leur faire dégager un gaz halogène acide, expliqua Richardson, mais je ne vois pas comment.

— Vous pensez toujours qu'on pourrait survivre tout le week-end ? lui dit Curtis.

Il essuya ses yeux larmoyants et s'agenouilla à côté du blessé. Ellery avait cessé de respirer. Curtis se pencha et colla son oreille au niveau de son cœur. Cette fois, il n'y avait aucun espoir de le ressusciter.

— Willis Ellery est mort, annonça-t-il au bout d'un long moment. Il était allongé par terre. Ce pauvre idiot a dû respirer ce truc un peu plus longtemps que nous autres.

— Seigneur, j'espère que Mitch est sain et sauf, dit Jenny en se penchant avec inquiétude par-dessus la rambarde voilée.

Mais elle ne vit aucune trace de lui.

Mitch lâcha le tirant et sauta à terre.

En contournant l'arbre pour atteindre le comptoir holographique, il vit ce qui restait de David Arnon. Difficilement reconnaissable, il était effondré en travers du pied de table brisé et sanguinolent sur lequel il s'était empalé, comme dans un effroyable film d'épouvante sur les vampires, ses longues jambes jetées devant lui comme un épouvantail abattu.

Etrange, la façon dont on réagit aux choses, songea Mitch alors qu'il se tenait debout à côté de son vieil ami, une courte prière au cœur, regrettant de ne rien avoir à portée de main pour au moins le recouvrir. Etrange, ce qu'on remarque : Arnon était maculé de sang caillé, mais le sol de marbre blanc autour de lui ne comportait aucune tache, comme si on l'avait lavé. Quelques mètres plus loin, étendu bras et jambes écartés sur le couvercle du piano Disklavier, se trouvait Irving Dukes, la tête pendant au-dessus des cordes, ses yeux ouverts encore rougis par le poison.

Mitch chercha des yeux le talkie-walkie et vit qu'il était agrafé à la ceinture de Dukes, avec son arme et sa Maglite. Pour défaire la ceinture, Mitch s'appuya sur les touches silencieuses du piano mais, horrifié, fit un bond en arrière lorsqu'elles se mirent à suinter du sang. Il mit quelques secondes à réaliser que le sang échappé de l'énorme blessure que portait Dukes à la nuque s'était amassé à l'intérieur du piano, et écoulé entre les touches lorsqu'il les avait enfoncées. Mitch s'essuya les doigts sur le pantalon du mort et, ignorant le sang qui dégouttait du clavier, délesta rapidement le cadavre de sa ceinture.

— J'espère que tu ne l'as pas abîmé, dit-il en examinant le talkie-walkie.

Il appuya sur le bouton d'appel.

— Ici Mitch. Répondez niveau 21. Terminé.

Il y eut un court silence avant qu'il entende la voix de Jenny.

— Mitch ? Tout va bien ?

— La descente a été plus difficile que je ne pensais. Comment ça va, là-haut ?

Jenny lui expliqua ce qui s'était passé avec le gaz et lui annonça la mort de Willis Ellery.

— Nous restons sur le balcon en attendant que l'air se purifie. Tu peux me voir si tu lèves la tête.

Mitch gagna l'autre côté de l'atrium et leva les yeux. Il distinguait à peine Jenny. Elle agitait le bras. Il agita le bras à son tour, sans grand enthousiasme. Willis Ellery était mort.

— Mitch ? (Il y avait soudain de l'urgence dans sa voix.) Quelque chose avance dans le hall. Ça vient droit sur toi. Mitch !

Mitch se retourna.

Le droïde nettoyeur fonçait dans sa direction.

Le marbre est l'un des matériaux les plus faciles à entretenir. La beauté de cette pierre blanche peut être réhaussée par l'application d'une bonne cire siliconée, quoiqu'il faille veiller à ne pas laisser de tache. C'est pourquoi existait l'ASA, le droïde semi-autonome micro-motorisé de nettoyage de surfaces — le système d'entretien de sols en marbre le plus sophistiqué du monde, conçu pour faire disparaître n'importe quelle tache, y compris d'huile, de jus d'agrumes, de vinaigre et d'autres liquides légèrement acides. L'ASA avait à peu près le poids et la hauteur d'un réfrigérateur de taille moyenne, et la forme d'une pyramide. Actionnée par trente micro-moteurs enrobés de silicone, la machine était pratiquement une puce de semi-conducteur montée sur roues, dotée des circuits nécessaires à ses dix-huit ordinateurs, à ses cinquante senseurs détecteurs d'obstacle, et à sa caméra vidéo infrarouge destinée à repérer la poussière. L'ASA était censé ne pas excéder une vitesse de 1,5 km/h, mais il percuta la cheville de Mitch à plus de 20 km/h. L'impact fit perdre l'équilibre à ce dernier.

Alors qu'il roulait par-dessus le sommet du droïde pyramidal, Mitch se souvint de la propreté du sol à proximité du corps d'Arnon et, avant de retomber durement par terre, il se dit qu'il aurait dû se souvenir de l'ASA. Tout endolori, il se relevait à peine lorsque la machine le heurta à nouveau, cette fois à la rotule. Beuglant de douleur, il retomba en arrière en se tenant la jambe.

Parvenu à une distance suffisante pour se ménager l'élan nécessaire à une nouvelle attaque, le droïde ASA opéra un demi-tour sur son court axe et, une fois de plus, accéléra.

Mitch dégaina l'arme de Dukes, visa le centre de la pyramide électronique et fit feu, la touchant à plusieurs reprises. Mais si l'ASA avait subi des dégâts, il n'en laissa rien paraître, et Mitch se trouva projeté à la vitesse d'un boulet de canon en direction du plan d'eau vide au pied de l'arbre. Reconnaissant pour la suggestion, il escalada tant bien que mal le muret pour se mettre à l'abri. Pendant une longue minute, l'ASA patrouilla autour du plan d'eau, puis se mit à laver le sang qui avait coulé du piano.

— Mitch ? (C'était Curtis au talkie-walkie.) Ça va ?

— Quelques égratignures. (Il baissa sa chaussette pour examiner sa cheville, qui virait déjà au violet foncé.) Mais je ne pense pas que je serai capable de me mesurer à ce truc-là. Je lui ai tiré dessus plusieurs fois. Ça ne l'a même pas ralenti. En ce moment, il est en train de nettoyer le putain de sol.

— C'est bien. Il fait ce qu'il est censé faire.

— Oui, ça change un peu.

— Parce que j'ai une idée. Nous allons bombarder ce salopard.

— Comment ça ?

— Nous allons lui balancer quelque chose pour l'écrabouiller. Essayez de l'attirer juste en dessous de nous, on va exploser ce fils de pute. On va lui lâcher un truc lourd dessus.

— Ça pourrait marcher.

— Baissez la tête, fiston, ricana Curtis. Je vous rappelle quand on aura préparé la bombinette.

— Je crois savoir ce que nous pourrions utiliser, dit Helen.

Elle les emmena dans une pièce proche des ascenseurs, où un objet solitaire trônait sur un chariot de déménageur en attendant sa destination finale.

La tête de Bouddha mesurait plus d'un mètre de haut. C'était tout ce qui restait d'une statue de bronze millénaire, datant de la dynastie Tang, qui devait être énorme à l'origine. Curtis saisit l'*usnisa*, la protubérance au sommet du crâne de Bouddha, qui marquait l'accession à la sagesse suprême, et fit remuer doucement l'objet.

— Vous avez raison, dit-il à Helen, c'est parfait. Ça doit bien peser une centaine de kilos.

Joan secoua la tête d'un air horrifié. Elle ignorait qui en elle était le plus outragée, la bouddhiste ou l'amateur d'art.

— Non, vous ne pouvez pas faire cela, dit-elle. C'est inestimable. Dites-leur, Jenny. C'est un objet sacré.

— A strictement parler, rétorqua Jenny, le taoïsme et le bouddhisme sont diamétralement opposés. Je ne vois aucun mal à cela, Joan.

— Ray, dis-leur.

Richardson haussa les épaules.

— Moi je suis d'avis de nous servir de ce Boud-là pour liquider le droïde avant qu'il ne liquide Mitch.

Ils firent rouler la statue jusqu'au balcon et, pendant que Curtis et Richardson positionnaient la tête au bord du balcon non loin de l'endroit où Arnon avait plongé dans le vide, Jenny fouilla la cuisine, où l'air était redevenu respirable, en quête de quelque chose qui maculerait le sol propre du droïde. Un piège à bombe, comme disait Curtis. Elle revint avec deux ou trois bouteilles de ketchup.

— Voilà qui devrait enrager ce machin, dit-elle.

Mitch vit le droïde se détourner du sol qu'il avait nettoyé sous le piano et scanner à l'aide de sa caméra vidéo l'explosion de verre et de ketchup sur le marbre blanc immaculé. Il se dirigea aussitôt vers la souillure, examinant le périmètre de la vaste tache rouge de nettoyage qui l'attendait.

— Attendez mon signal, dit Mitch. Il est encore à l'extérieur de la tache. On va laisser cet enculé s'avancer jusqu'au milieu avant de lui lâcher le truc.

Mais le droïde demeurait immobile à la périphérie du ketchup. On aurait dit qu'il flairait un piège.

— Que fait-il ? s'enquit Jenny au talkie-walkie.

— Je pense qu'il…

Soudain, le droïde fonça au centre de l'énorme tache de ketchup et Mitch hurla :

— *Maintenant* ! Allez-y !

La tête du seigneur Bouddha sembla prendre tout son temps pour parvenir au sol. Comme suspendue à des fils invisibles, bougeant à peine dans le vide, elle tomba avec sérénité, semblant prendre la terre à témoin de l'événement majeur de son dernier voyage, jusqu'à ce que, dans un fracas épouvantable, elle pulvérisât le droïde ASA en une explosion de métal et de plastique.

Mitch s'abrita derrière le muret du plan d'eau tandis que des débris volaient au-dessus de lui. Lorsqu'il releva la tête, le droïde avait disparu.

Dès que l'air de la salle du conseil d'administration fut redevenu respirable, Bob Beech annonça qu'il voulait retourner auprès du terminal afin de poursuivre ses tentatives pour percer les schémas de pensée d'Ismaël.

Curtis tenta de l'en dissuader.

— Vous allez retourner là-bas ? Pour jouer aux échecs ?

— Ma position est meilleure que je ne l'aurais cru. Le jeu d'Ismaël me paraît plutôt hésitant. En fait, j'en suis sûr.

— Supposons qu'Ismaël nous prépare un nouveau coup fourré ? Supposons qu'il vous gaze. Qu'est-ce qui se passe dans ce cas-là ? Y avez-vous réfléchi ?

— Ecoutez, je pense qu'à part Willis Ellery, il n'avait l'intention de tuer personne.

— Et vous trouvez que c'est négligeable ?

— Non, bien sûr que non. Tout ce que je dis, c'est que je pense que je ne craindrai rien tant que nous jouons. Par ailleurs… mais je ne crois pas que vous comprendriez.

— Essayez toujours, le défia Curtis.

— C'est plus qu'un simple jeu. C'est moi qui ai créé ce monstre, Curtis. S'il a effectivement une âme, il me semble que j'ai le droit de la connaître. Le créateur aimerait avoir une conversation avec sa créature, si vous voulez. Après tout, c'est moi qui ai sorti Ismaël des ténèbres. Et malgré tout ce qu'il a fait, il m'est impossible de le considérer comme mon ennemi. Je veux qu'Ismaël me parle, qu'il s'explique. Nous pouvons avoir un dialogue. Peut-être trouverai-je le moyen de désamorcer la bombe à retardement.

Curtis haussa les épaules.

— Bah, c'est votre enterrement, après tout, dit-il.

Lorsque Beech se rassit devant l'écran, le quaternion se tourna vers lui. Puis il s'inclina, comme pour saluer la reprise de la partie. Bien qu'il eût mémorisé l'échiquier et sût quel coup il allait jouer, Beech étudia les pièces pendant quelques instants. Il avait dans l'idée qu'Ismaël avait peut-être commis une erreur.

Beech cliqua la souris et déplaça son Roi en b1.

Il était heureux que les autres fussent trop effrayés pour revenir. Il avait à présent une chance de se retrouver seul avec son Prométhée. De plus, il avait sa propre liste de priorités à soumettre à sa créature.

La tête était en réalité creuse, semblable à un énorme œuf en chocolat : le visage s'était détaché en un seul morceau et Mitch s'aperçut que l'on pouvait en retrouver les détails, tels les lèvres et les yeux du Bouddha, en relief sur la face interne du métal. Il traversa l'atrium en boitillant, zigaguant entre les débris de la tête de Bouddha et du droïde ASA, en se demandant ce que préconisait le *feng choui* en cas de profanation de l'image du plus grand saint homme d'Extrême-Orient.

Derrière le comptoir en forme de fer à cheval, fait de céramique résistant à la chaleur, il n'y avait aucun signe de l'hologramme de Kelly Pendry. Mitch en fut presque soulagé. Au moins n'aurait-il pas à subir son humeur perpétuellement enjouée. Mais l'hologramme était censé se déclencher sitôt que quelqu'un pénétrait sur le pan incliné marquant la limite de réaction de Kelly Pendry. Si l'hologramme n'apparaissait pas, c'est que la porte d'entrée devait être ouverte.

— Tu parles ! fit-il à voix haute.

Mais il alla quand même jusqu'à la porte, juste pour s'en assurer.

Elle était toujours verrouillée. Il appuya son nez contre le verre teinté pour essayer de voir s'il y avait quelqu'un sur la place, tout en sachant que c'était peu probable. Il parvint tout juste à distinguer les blocs hydrauliques rehaussés du Pavage Dissuasif de la place qui faisaient des hauts et des bas pour rendre le secteur inhospitalier. A une ou deux reprises, il aperçut le clignotement des gyrophares d'une voiture de police dans Hope Street, et cette vision suffit à lui faire taper sur le verre avec sa paume tout en criant à l'aide. Mais tout en le faisant, il avait conscience que ce n'était qu'une perte de temps. Le verre ne vibra même pas sous ses coups. Il aurait aussi bien pu cogner dans un mur de béton.

— Mitch ? couina le talkie-walkie. Est-ce que ça va ? Que se passe-t-il ? (C'était à nouveau Jenny.) Je t'ai entendu crier.

— C'est rien, dit-il. J'ai perdu la tête l'espace d'une minute, c'est tout. C'est le fait de me trouver juste devant la porte, j'imagine. (Sur quoi il ajouta d'un ton optimiste :) Je te rappellerai quand j'aurai réussi à faire fonctionner le laser.

Il refixa le talkie-walkie sur la ceinture de Dukes et se tourna vers le comptoir, en se demandant s'il avait la moindre idée de ce qu'il était sur le point de faire. Son expérience des lasers était pour le moins rudimentaire. Ray Richardson avait probablement raison. Le plus vraisemblable était qu'il ne réussirait qu'à se rendre aveugle. Ou pire. Mais que pouvait-il faire d'autre ?

C'est alors que Mitch éprouva une frayeur qui fit cogner son cœur contre l'échelle de ses côtes, tel un saumon en période de frai.

Derrière le comptoir, à la place de la présentatrice sirupeuse de *Good Morning, America*, se tenait un monstre surgi de quelque cauchemar de science-fiction, une bête à la peau grise, dotée d'une double mâchoire et d'une queue de dragon, sans oublier la bave holographique et une respiration sonore en Dolby Stéréo. D'une taille excédant deux mètres, la créature lorgnait Mitch d'un air mauvais en étirant suggestivement ses mâchoires rétractables. Mitch s'éloigna du comptoir comme si une corde de sécurité l'avait brutalement tiré en arrière.

— Jésus, Marie, Joseph ! s'exclama-t-il.

Il savait qu'il ne s'agissait que d'un hologramme : trois séries d'ondes lumineuses diffractées, une image en temps réel qu'il avait l'impression de reconnaître, mais qui ne provenait d'aucun film qu'il ait vu. Puis il se souvint. C'était le Démon Parallèle, l'ultime créature du jeu informatique auquel le fils d'Aidan Kenny avait joué dans la salle d'informatique. Comment s'appelait-il, déjà ? *Evasion de la Citadelle* ? Ismaël avait dû le copier dans l'éditeur WAD du jeu, qui permettait au joueur de créer ses propres monstres.

Mitch était persuadé qu'ils feraient bien de s'échapper de cette citadelle urbaine. Même en sachant que le fac-similé du démon ne pouvait lui faire aucun mal, il lui fallut quelques minutes pour trouver le courage de s'approcher de la chose.

— Tu perds ton temps, Ismaël, dit-il sans grande conviction. Ça ne marche pas. Je n'ai pas peur, tu vois ?

Mais il se sentait incapable de s'approcher à plus de quelques pas du démon. Soudain celui-ci bondit dans sa direction, ses doubles mâchoires essayant de lui arracher la gorge. Malgré ce qu'il venait de s'entendre dire, Mitch fit un bond de côté.

— C'est assez réaliste, je te l'accorde, déglutit-il, mais je ne tomberai pas dans le panneau.

Il prit une profonde inspiration, serra les poings et, faisant de son mieux pour ignorer l'hologramme, s'avança droit vers le comptoir, hoquetant d'appréhension lorsque le démon l'empala sur les pointes acérées dont étaient munies les énormes jointures de ses doigts. La vision du poing de la créature transperçant son torse était si saisissante que, l'espace d'une seconde, Mitch crut avoir fait une erreur. Mais l'absence de sang et de douleur le rassura aussitôt. Faisant de son mieux pour l'ignorer, Mitch se pencha sous le bureau à la recherche des lunettes infrarouges. Il les trouva dans un tiroir, à côté d'un manuel de la McDonnell-Douglas Corporation.

Le démon disparut.

— Pas mal, ta tentative, Ismaël, dit Mitch.

Il chaussa les lunettes et ouvrit l'arrière du comptoir de réception. Derrière la porte, il découvrit un boîtier en acier noir mat qui abritait la colonne amplificatrice du laser.

DANGER. NE PAS OUVRIR CE BOITIER

CONTIENT UN LASER Y.A.G. A POMPAGE DE
DIODE AU NEODYME A L'ETAT SOLIDE ET
SON MECANISME D'OBTURATION. SEUL LE
PERSONNEL AUTORISE DE LA MACDONNELL-
DOUGLAS CORPORATION EST HABILITE A
INSPECTER OU A ENTRETENIR CETAPPAREIL
ATTENTION : UTILISER UNE PROTECTION
OCULAIRE CAPABLE DE BLOQUER UNE
LONGUEUR D'ONDE DE 1,064 MICROMETRE PROCHE
DE L'INFRAROUGE

Mitch vérifia que ses lunettes empêchaient toute pénétration de lumière : en matière de laser, c'était la lumière invisible qui vous aveuglait. Ensuite il dévissa le couvercle du boîtier. Il n'avait encore jamais vu de laser, sauf les petits lasers fonctionnant sur le principe du radar, qu'ils utilisaient au bureau pour réaliser des alignements, effectuer des mesures de distance et détecter les courants d'air mais, en comparant la disposition interne du boîtier de l'hologramme et le manuel de chez McDonnell-Douglas, Mitch put identifier le tube en plastique transparent qui contenait le barreau de grenat d'aluminium et d'yttrium. Il n'était pas facile de lire le manuel avec les lunettes obscurcies mais, même si le faisceau de lumière laser était projeté à travers un manchon métallique rigide reliant le comptoir à la source de l'image en temps réel — partie que contrôlait Ismaël —, il résista à la tentation d'ôter les lunettes. Plusieurs minutes s'écoulèrent avant que Mitch localise le bouton qui contrôlait l'obturateur — un obturateur optique rigide, habituellement opaque, que l'on pouvait rendre transparent en y appliquant une impulsion électrique — et l'éteindre. Aucune lumière laser ne pouvait désormais être émise, et donc aucun hologramme généré tant que l'obturateur n'était pas remis sur la position marche.

Mitch laissa échapper un soupir de soulagement et releva ses lunettes. A présent, tout ce qui lui restait à faire était de trouver le moyen de pointer le laser dans la direction opposée, face à la porte d'entrée.

Richardson et Curtis transportèrent le corps d'Ellery dans un bureau vide et l'allongèrent par terre, le visage couvert de son manteau.

— Peut-être devrions-nous amener aussi les trois de l'ascenseur, dit Curtis.

— Pourquoi ?

Curtis chassa une mouche de son visage.

— A cause de cette mouche, voilà pourquoi. En plus, ils commencent à cocotter. Chaque fois que je passe près d'eux, c'est pire.

— Ça ne pue pas tant que ça, rétorqua Richardson. Je veux dire, on ne les sent que lorsqu'on est tout près de l'ascenseur.

— Croyez-moi, vu leur état, ça ne peut qu'empirer. Un cadavre ne met pas très longtemps à se putréfier. Deux jours, en moyenne. Moins longtemps par une chaleur comme celle-ci.

Il restait par terre des feuilles de plastique qu'on avait utilisées pour protéger les moquettes. Curtis les ramassa.

— Nous allons nous servir de ça. Mais avant, il nous faut bloquer les portes en position ouverte. Mieux vaut ne pas faire croire à Ismaël qu'on veut prendre l'ascenseur, hein ?

Richardson aida à contrecœur Curtis à tirer les corps dégelés et malodorants de Dobbs, Bennett et Martinez hors de la cabine, puis à les transporter dans la pièce où ils avaient laissé Ellery. Lorsque ce fut fait, Curtis referma avec fermeté la porte derrière eux.

— Voilà une bonne chose de faite, dit-il.

Richardson était verdâtre.

— Content que ça vous ait plu.

— Ouais, enfin, espérons que nous n'aurons plus à rentrer là-dedans. Moi, je suis sensible aux ambiances.

— Willis Ellery l'était aussi, dit Richardson.

— Ça n'était pas un mauvais bougre.

— Pas encore, en tout cas, dit Richardson.

Ils regagnèrent le balcon où les autres, à l'exception de Beech, attendaient toujours.

— Ecoutez, dit Richardson à Curtis. Je m'excuse pour ce que j'ai dit. Pour tout ce que j'ai dit. Vous aviez raison. A propos de la nécessité de foutre le camp d'ici. Je m'en rends compte à présent. Désormais, quoi que vous fassiez, vous pouvez compter sur moi.

Les deux hommes se serrèrent la main.

— Vous pensez que Mitch a une chance de réussir ? s'enquit Curtis.

— Je dois dire que son idée me paraît plutôt hasardeuse, rétorqua Richardson. Je ne suis pas sûr qu'il fasse la différence entre un laser et sa queue.

Jenny, qui, penchée par-dessus la rambarde, cherchait anxieusement à apercevoir Mitch, jeta un regard réprobateur à Richardson.

Curtis hocha gravement la tête. Il se tourna vers Jenny.

— Comment ça se passe pour lui ?

— Je ne le vois pas. Mais il dit qu'il a sorti le laser de son boîtier. Il rappellera quand il l'aura mis en position de tir.

Le trio s'assit près d'Helen, de Joan et de Marty Birnbaum, qui s'étaient assoupis.

— Combien de temps nous reste-t-il ? demanda Jenny.

— Neuf heures, répondit Curtis.

— Oui, si vous croyez à cette histoire de bombe à retardement, intervint Richardson.

— Au vu de tout ce qui s'est passé, dit Curtis, nous ne pouvons pas nous permettre de ne pas y croire.

— Certes.

Marty Birnbaum s'éveilla et se mit à rire.

— Alors, dit-il d'une voix épaisse, on est bien dans les donjons et dragons après tout. C'est bien ce que je disais.

— Votre contribution nous a cruellement manqué, Marty, observa Richardson. Autant qu'un trou dans la putain de couche d'ozone. Je me demande si nous pouvons choisir notre prochaine vie ? Comme un sacrifice de pion ? Les joueurs d'échecs appellent ça un gambit. Que dites-vous du gambit de Marty Birnbaum ?

— Salopard, gronda Birnbaum. Merci beaucoup.

— Mais de rien, tête de nœud.

Mitch remit les lunettes et s'apprêta à déclencher le laser.

A présent séparé du boîtier contenu dans le bureau de céramique, le laser restait relié à des câbles électriques actionnant une lampe de pompage enroulée comme un ressort à matelas autour du tube de refroidissement. La longueur des câbles avait permis à Mitch de les tirer jusque sur le dessus du bureau, sur lequel il avait couché le laser avant de le pointer en direction du verre de la façade. Comme il était près de minuit et que le centre-ville était pratiquement désert, Mitch ne craignait guère que quelqu'un soit blessé par le rayon laser lorsqu'il transpercerait l'un des panneaux vitrés de neuf mètres et demi de hauteur entourant la porte d'entrée. Il préféra cependant adopter une visée basse, braquant le rayon potentiellement mortel dans la partie inférieure du verre obscurci, d'où il irait frapper le sol de la place.

Lorsque tout lui sembla prêt, il bascula l'interrupteur et vit un mince rayon lumineux couleur bonbon rejoindre soudainement le panneau vitré comme un éclair rectiligne. Il éteignit l'appareil et alla examiner les dégâts.

En se penchant devant la vitre, Mitch découvrit un trou parfait, pas plus large qu'une petite pièce de monnaie, à travers lequel affluait de l'air frais. Il fut à deux doigts d'applaudir.

Son plan, quoique laborieux, était simple. Il consistait à opérer de nombreuses perforations dans le verre, jusqu'à ce qu'il puisse, en le brisant, ménager un trou plus grand par lequel il pourrait se faufiler.

Il saisit le talkie-walkie et annonça la bonne nouvelle à Jenny.

— C'est formidable, dit-elle. Mais sois prudent. Et laisse le talkie en veille, tu veux bien ? Je n'aime pas que tu l'éteignes. Même si je ne te vois pas de mes yeux, au moins je peux entendre que tout va bien.

— Ça va prendre un moment, dit Mitch qui laissa toutefois l'appareil en marche.

Il déplaça le laser d'un poil vers la gauche par rapport au trou qu'il avait déjà percé et s'apprêta à opérer une nouvelle perforation.

Cette fois, Ismaël l'attendait.

Dans la demi-seconde qu'il fallut à Mitch pour manœuvrer l'interrupteur du laser, Ismaël obligea les atomes d'argent encore présents dans le verre à s'agréger pour former une surface argentée qui, tel un immense miroir, renvoya le rayon laser droit sur Mitch.

Avec un cri de terreur, Mitch se jeta sur le côté, évitant d'un cheveu le rayon lumineux excité. Mais, en tombant, son crâne heurta violemment le bureau puis, lorsqu'il s'effondra à terre, sa nuque cogna encore plus violemment le sol de marbre.

Jenny regarda Curtis essayer de joindre Mitch par talkie-walkie et, en dépit de la chaleur étouffante qui régnait à l'intérieur du Gril, un frisson la parcourut. Lorsqu'elle s'aperçut qu'elle retenait sa respiration, elle poussa un profond soupir.

Curtis appuya une fois de plus sur le bouton d'appel.

— Mitch ? Répondez, je vous prie.

Un long silence suivit.

Curtis haussa les épaules.

— Il est probablement trop occupé.

Jenny secoua la tête et reposa le talkie-walkie.

— Tenez, dit-elle, je crois qu'il vaudrait mieux que quelqu'un d'autre s'occupe de ça.

Joan prit l'appareil.

— Jenny, dit-elle, il ne peut sans doute rien faire d'autre pour l'instant que de s'occuper de ce laser.

— Inutile de raconter des histoires pour me rassurer, dit Jenny d'une voix posée. Nous avons tous entendu Mitch. (Elle déglutit avec difficulté.) Je pense que tout le monde en est conscient. Il ne peut pas répondre parce qu'il…

Helen s'empara de la main de Jenny et la serra. Jenny toussa et se ressaisit.

— Ça va aller, dit-elle. Mais je crois que nous devrions décider de ce que nous allons faire pour essayer de sortir d'ici. J'ai promis à Mitch que nous ne renoncerions pas.

— Attendez une minute, fit Birnbaum. Est-ce que l'un d'entre nous ne devrait pas descendre par l'échelle pour aller voir comment va Mitch ? Il est peut-être blessé.

— Mitch savait quels risques il prenait, fit Jenny en se surprenant elle-même. Je ne pense pas qu'il approuverait. Je pense qu'il voudrait nous voir continuer. Poursuivre nos efforts pour essayer de sortir d'ici.

Il y eut quelques minutes de silence. Richardson le brisa.

— La verrière, déclara-t-il d'une voix ferme.

— C'est où, ça ?

Richardson leva la tête en direction de la verrière.

— Le toit. Là-haut le verre est plus mince.

— Vous voulez dire qu'on pourrait le casser et sortir par là ? fit Helen.

— Bien sûr. Pourquoi pas ? Nous montons par la gaine technique. Ensuite nous utilisons l'échelle mobile et le portique roulant pour accéder au toit. C'est du verre breveté là-haut. Du borosilicate pré-compressé. D'une épaisseur n'excédant pas six ou sept millimètres. Le seul problème, c'est ce que nous ferons une fois sortis. La Cage de Faraday s'élève jusqu'en haut du mât, donc votre radio ne fonctionnera pas. Peut-être pourrons-nous faire signe à un hélicoptère ou quelque chose. Ou attirer l'attention avec votre arme — tirer quelques coups en l'air.

Curtis rit.

— Et risquer de nous faire descendre ? fit-il. Certains de ces connards volants ont la gâchette facile ces temps-ci. Surtout depuis que les tireurs embusqués sur les toits du quartier se sont mis à les prendre pour des putains de disques de ball-trap. Vous ne regardez pas les infos ? Un de ces connards leur tire dessus avec des fusées. Descendre un hélico est le dernier truc à la mode. Et puis j'ai épuisé toutes mes munitions en tirant dans cette porte de chiottes. (Curtis secoua la tête.) Et les laveurs de vitres ? Est-ce qu'ils ne se servent pas d'un échafaudage électrique ?

— Si, bien sûr, il y a une nacelle suspendue. Mais c'est toujours le même putain de problème. Ismaël. Imaginez que vous êtes sur ce truc et qu'il décide de s'amuser un peu avec la nacelle ? Avec nous ?

— Nous pourrions peut-être allumer un feu sur le toit, dit Jenny. Vous savez, lancer un signal de détresse.

— Avec quoi ? fit Richardson. Je vous rappelle que personne ne fume. Et que la cuisinière ne marche pas.

— Dire que j'ai tout ce qu'il faut pour allumer un feu dans ma voiture, dit Jenny. C'est pour ça que je suis venue, hier. Je devais accomplir une cérémonie *feng choui* destinée à chasser les mauvais esprits de l'immeuble. Sauf que…

— Peut-être pourrions-nous lancer un message de là-haut, suggéra Helen. Disant qu'on est coincés sur le toit. Il y aura bien quelqu'un qui le trouvera.

— Si seulement ces manifestants étaient toujours là, fit Richardson.

— Ça vaut la peine d'essayer, dit Curtis.

Ce fut au tour de Richardson de ricaner.

— Je ne voudrais pas vous gâcher votre plaisir, mais vous oubliez une chose, mes amis. Nous sommes dans un immeuble sans papier. Presque tout ce que nous écrivons ici est tapé directement sur clavier. Je peux me tromper. J'espère me tromper. Mais je crois que nous aurons de la chance si nous trouvons un seul bout de papier. A moins que vous ne vouliez balancer un portable dans la rue ?

— Il y a mon exemplaire de *Vogue*, fit Helen. Nous pourrions nous servir d'une des pages.

Richardson secouait la tête.

— Non, à mon avis il n'y aura qu'une seule chose à faire une fois que nous serons sur le toit.

Curtis alla parler à Beech, qu'il trouva, comme auparavant, face à l'image quaternion d'Ismaël transparaissant derrière l'échiquier. Il régnait encore une forte odeur de gaz dans la pièce.

— Mitch a échoué, annonça Curtis d'une voix posée.

— Peut-être que c'est le Cyclope qui l'a tué, dit Ismaël.

Curtis considéra fixement la tête quaternion derrière l'échiquier affiché à l'écran.

— Est-ce qu'on t'a sonné, espèce d'ordure ?

Beech se redressa sur sa chaise et se frotta les yeux.

— C'est dommage, dit-il. Mitch était un sacré chic type.

— Ecoutez-moi, dit Curtis. On va tous sortir d'ici. Nous avons un plan.

— Encore un ?

— Nous allons essayer de passer par la verrière.

— Oh ? Et qui a eu cette idée ?

— Richardson. Venez. Mettez vos chaussures et allons-y. S'il y a bien une bombe à retardement comme vous le dites, il ne nous reste plus que quelques heures.

L'espace d'un instant, le sablier réapparut à l'écran.

— Vous disposez de moins de dix heures pour gagner la partie ou évacuer les lieux avant l'explosion atomique, dit Ismaël.

Beech secoua la tête.

— Pas moi. J'ai décidé de rester ici. Je suis convaincu que je peux arriver à nous faire gagner du temps. Et en plus j'ai le vertige.

— Allons, Beech. Vous avez dit vous-même que rester sans rien faire n'était pas une option.

Ismaël annonça que sa Tour noire prenait la Dame de Beech et le mettait en échec.

— Mais vous êtes dingue ou quoi ? Vous venez de perdre votre putain de Dame. Et vous êtes en échec.

Beech haussa les épaules et se retourna face à l'écran.

— Je ne suis pas en mauvaise posture. Beaucoup moins que ce dernier coup pourrait le laisser penser. Vous faites ce que vous voulez, mais moi je jouerai cette partie jusqu'au bout.

— L'ordinateur va vous baiser, dit Curtis. Il vous fait croire qu'il vous reste une chance, puis il se jettera sur vous pour la curée.

— Possible.

— Et même si par miracle vous le battiez, comment savez-vous qu'Ismaël ne mettra pas sa menace à exécution en détruisant l'immeuble ?

— Parce que j'ai confiance en lui.

— Ça n'est pas une raison. Ça n'est absolument pas une raison. Vous avez dit vous-même que c'était une erreur d'attribuer des qualités humaines à une machine. Comment pouvez-lui lui faire confiance ? (Il haussa les épaules.) En tout cas ça n'est pas une raison valable pour moi. Il faut que je fasse quelque chose.

Beech cliqua sur la souris et prit la Tour avec son Roi.

— Je vous comprends, dit-il.

— Je vous en prie. Changez d'avis. Venez avec nous.

— Je ne peux pas.

Curtis regarda l'écran sans optimisme, puis haussa les épaules.

— Dans ce cas, bonne chance, j'imagine.

— Merci, mais c'est vous autres qui en aurez besoin.

Curtis s'immobilisa sur le seuil de la porte.

— Si seulement vous pouviez vous voir, dit-il tristement. Assis là. A confier votre destin à un ordinateur comme un lycéen débile. Vous êtes complètement à côté de la plaque, l'ami. Et c'est pas sur un écran que vous trouverez la solution. Vous me faites penser… merde, pour moi vous symbolisez tout ce qui va mal dans ce putain de pays.

— Servez-vous de votre fusil-tronçonneur, conseilla Ismaël. Récupérez un bonus santé.

— Je tâcherai de m'en souvenir une fois que je serai sorti d'ici, dit Beech.

— C'est ça, oui.

Lorsque Curtis fut parti, Beech se concentra à nouveau sur la partie.

Il était content que les autres tentent de fuir par le toit. Les choses se déroulaient beaucoup mieux qu'il ne l'aurait pensé. Il avait une chance de battre Ismaël aux échecs ; et alors il n'aurait plus à expliquer aux autres qu'en ce qui concernait l'enjeu de la partie, il n'y avait qu'une seule possibilité de sortie négociée de l'immeuble.

Et que cette possibilité dépendait de lui.

— Le Fou prend la Tour.

Sur le balcon de l'atrium, Marty Birnbaum se sentait mal. Le fait que personne ne parût l'apprécier ne faisait qu'aggraver les choses. Ray Richardson le prenait, lui son associé, pour cible de ses remarques sarcastiques. A présent, c'est Joan qui s'était mise à l'asticoter. Il était habitué aux sarcasmes de Richardson. Mais l'idée que les trois femmes puissent elles aussi le traiter avec mépris était plus qu'il ne pouvait supporter. Finalement, lorsqu'il estima qu'il n'en pouvait plus, il se leva et annonça qu'il allait pisser.

Richardson secoua la tête.

— Prends tout ton temps. Je déteste les ivrognes.

— Je ne suis pas un ivrogne, rétorqua Birnbaum d'un ton pompeux. Je suis ivre. Toi, par contre, tu es une merde totale et absolue et, pour paraphraser sir Winston Churchill, demain je serai sobre.

Se sentant un peu mieux après avoir dit cela, Birnbaum pivota sur ses talons et s'engagea dans le couloir, sourd au rire aigrelet de Richardson.

— Demain, tu seras probablement mort. Mais si tu es encore en vie et sobre, tu peux te considérer comme viré, pauvre ivrogne. J'aurais dû le faire il y a longtemps.

Birnbaum se demanda pourquoi il perdait son temps à échanger des insultes avec un homme tel que Ray Richardson. Il avait une peau de rhinocéros. Birnbaum espérait l'obliger à ravaler ses paroles. Oui, c'est ça. Il leur montrerait qu'il n'y avait pas que Mitch qui était capable de jouer au héros. Il monterait jusqu'à la verrière et sortirait tout seul en la fracassant. Est-ce qu'ils ne seraient pas surpris de le trouver là-haut, en train de les attendre ? Là, ils ne pourraient plus se moquer de lui. De plus, il avait grand besoin d'air frais. Il avait l'impression que son crâne était bourré de laine de coton. Typique de Richardson, ça. Coller ses malheurs sur le dos d'un autre alors qu'il était le seul responsable. Il était tellement tyrannique que les gens avaient trop peur de lui pour oser lui dire la vérité, pour affirmer qu'une chose était impossible, ou qu'une autre ne serait jamais prête à temps. Richardson était victime de sa propre volonté nietzschéenne. Comme tous les autres, peut-être.

Birnbaum pénétra dans le local et passa la tête dans la gaine technique. La montée ne serait même pas très longue. Il n'y avait que quatre niveaux jusqu'au portique supérieur d'où il pourrait accéder au portique intérieur. De l'air frais montait de la gaine. Birnbaum prit une profonde inspiration. Puis une autre. Cela lui éclaircit un peu l'esprit. Il se sentait déjà mieux.

Helen, Joan, Jenny, Richardson et Curtis longèrent le couloir.

— Beech ne viendra pas, expliqua Curtis. Il veut finir sa partie.

— Il est cinglé, dit Richardson.

— Où est Marty ?

— Il est cinglé, lui aussi.

— Est-ce qu'on ne devrait pas l'attendre ? fit Jenny.

— Pourquoi ? Ce connard de trou du cul sait où nous allons. Même Marty devrait être capable de grimper tout seul à une échelle de service.

— Vous avez une bonne parole pour chacun, hein ? remarqua Curtis en riant sous cape.

Son sourire s'effaça pourtant lorsqu'il s'immobilisa à la porte du local technique en reniflant l'air d'un air soupçonneux, tel un chien de meute obstiné, sa main hésitant à tourner la poignée.

— Vous sentez ? fit-il. Quelque chose brûle.

— Sardines carbonisées, dit Joan.

Curtis recula, puis ouvrit la porte d'un coup de pied.

Marty Birnbaum était affalé, le corps à moitié introduit dans la gaine technique, une main encore crispée sur un barreau de l'échelle électrifiée, un nuage de fumée aussi large que celui dégagé par un gros cigare s'élevant de l'une de ses chaussures qui, en raison des clous maintenant son talon et sa semelle, s'était brièvement enflammée. D'après la position de son corps et l'expression fixe des yeux du visage noirci de Birnbaum, tout le monde comprit aussitôt qu'il était mort. Mais personne ne s'exclama. Ils étaient au-delà de la surprise.

— Ismaël a dû préparer une petite surprise pour celui qui voudrait suivre Mitch sur l'échelle, commenta Joan.

— Peut-être, fit Curtis. Ou alors c'est qu'il a raté Mitch.

— Eh bien, je retire tout ce que j'ai dit sur ce type, fit Richardson. Il a fait quelque chose d'utile, après tout. (Il échangea un bref regard avec Joan et haussa les épaules avant d'ajouter en guise de justification :) Il a permis à l'un d'entre nous d'échapper à la mort, non ? Et maintenant, nous n'avons plus à nous tracasser pour savoir où il est.

— Vous avez un grand cœur, vous savez ? fit Curtis.

Helen secoua la tête, exaspérée à la fois par Richardson et par ce nouvel obstacle à leur fuite.

— Et maintenant, que faisons-nous ? dit-elle. Nous ne pouvons plus monter par la gaine, c'est clair. Elle est probablement toujours électrifiée.

— Il y a l'arbre, dit Curtis.

Joan le considéra d'un air horrifié.

— Vous parlez sérieusement ?

— Il n'y a que quatre niveaux. Vous en avez escaladé vingt et un.

— Supposons qu'Ismaël éteigne à nouveau la lumière ? dit Richardson.

Curtis réfléchit un moment.

— Bon, dit-il enfin, que pensez-vous de ceci ? Je grimpe seul à l'arbre. Si Ismaël obscurcit l'immeuble comme il l'a déjà fait, dès que j'aurai brisé le verre, nous aurons la clarté de la lune. Comme ça, vous ferez une agréable et romantique ascension. Le jour se lèvera de toute façon dans quelques heures, mais moi, je pars tout de suite.

— Vous oubliez ce qui est arrivé à Mr Dukes, fit remarquer Joan. Comment vous protègerez-vous de l'insecticide ?

— Hé, Ismaël n'est pas le seul à avoir des lunettes qui réagissent à la lumière, dit Curtis en sortant les Ray-ban de Sam Gleig.

— Et Marty ? fit Joan.

— Pour l'instant nous ne pouvons rien pour lui, dit Curtis. A part fermer la porte en partant.

Curtis n'avait pas grimpé à la corde depuis son passage à l'armée, mais de temps à autre le LAPD faisait passer un test physique à ses officiers et Curtis était encore en bonne forme pour un homme de son âge. Il se hissa rapidement au sommet de la liane qu'ils avaient attachée au balcon, et de là passa sur l'arbre.

— Jusqu'ici, tout va bien ! cria-t-il à son public du balcon. (Il ajusta ses lunettes avant d'ajouter :) Et si le salaud me fait la peau, au moins j'aurai bonne figure. Un Tarzan élégant.

Sur quoi, sans transition, il commença à grimper. Il détournait autant que possible son visage du tronc. Mais en même temps, il savait qu'Ismaël se répétait rarement. Il tenterait probablement autre chose. C'est pourquoi il fut surpris non pas tant de son agileté, que du fait qu'il atteignit le haut de l'arbre, d'où il se transféra sur le portique de la verrière, sans rencontrer d'opposition de sa part.

Debout sur le sol ajouré du portique, il se pencha pardessus la rampe et agita le bras en direction des autres.

— J'comprends pas ! leur cria-t-il. Ça n'aurait pas dû être aussi facile. Peut-être que l'autre enculé commence à être à court d'idées. Moi, en tout cas, j'en n'ai plus beaucoup.

Fait de sections parallélépipédiques creuses en acier, avec des joints soudés et des flancs inclinés de façon à épouser la ligne de la verrière, le portique monté sur un rail de guidage circulaire constituait une plate-forme mobile. Curtis avait été soulagé de constater que le portique était l'un des rares systèmes de gestion de l'immeuble conçus pour être actionnés manuellement. Comme le lui avait expliqué Richardson, il suffisait d'agripper la rampe et, en tirant, de se déplacer comme sur un skate-board. Mais Curtis n'avait aucun besoin de bouger. Le verre au-dessus de sa tête était de la même épaisseur que partout ailleurs.

Il sortit la clé Stillson glissée dans sa ceinture, se plaça à la jonction d'un panneau de verre d'environ un mètre sur cinquante centimètres et frappa, aussi fort que pour faire résonner un gong. Le verre se fissura de haut en bas, mais demeura à l'intérieur du cadre d'aluminium anodisé. Il frappa à nouveau, et cette fois un éclat acéré d'un mètre de long plongea comme un sabre vers le sol de l'atrium. Un troisième, puis un quatrième coup dégagèrent les plus grands morceaux restants. Ensuite quelques coups moins appuyés, pour pouvoir saisir le cadre sans danger. Il était inutile de démolir plus d'un panneau. Après un long regard en bas, Curtis sortit sur le toit.

La première chose qu'il remarqua furent les sirènes. Elles flottaient dans le ciel nocturne, l'une mourant et la suivante prenant la relève, dans une succession apparemment infinie, comme le chant des baleines. Une brise fraîche soufflait des collines d'Hollywood au nord-est. Habitué aux alertes au smog diffusées par *KFI in the sky* et aux lugubres diagrammes indiquant la qualité de l'air dans son journal du matin, Frank Curtis avait oublié que l'air au-dessus du centre-ville de LA pouvait avoir une aussi fraîche et douce saveur. Il prit une profonde et exubérante inspiration, comme un homme refaisant surface après une plongée sous-marine, et étira les bras comme s'il voulait embrasser les vastes plaines qui s'étendaient devant lui. Il n'y avait pas d'étoiles dans le ciel. Juste les étoiles au sol. Dix millions de néons et de lumières électriques, comme si le ciel était tombé sur la terre. Peut-être était-ce le cas, d'ailleurs. Curtis avait l'impression que les choses avaient changé de plus de façons qu'il n'aurait su l'écrire, et que rien ne serait plus comme avant. Il ne monterait certainement plus jamais de la même façon dans un ascenseur. Pas plus qu'il ne réglerait l'air conditionné de la même façon. Ni même qu'il allumerait une lampe de la même façon. Après cela, il lui faudrait peut-être s'éloigner quelque temps et aller vivre ailleurs. Un endroit simple, ou le seul bâtiment intelligent serait la bibliothèque du coin. Dans le Montana, peut-être. Ou même en Alaska. Mais pas ça. C'était allé trop loin. Il irait dans un endroit où les seules exigences opérationnelles des utilisateurs d'un bâtiment seraient que celui-ci ait un toit pour s'abriter de la pluie, et une cheminée pour se chauffer l'hiver.

Onze personnes avaient été tuées, en moins de trente-six heures ! Cela vous faisait réaliser à quel point les gens étaient devenus vulnérables au monde qu'il avaient créé autour d'eux. Combien le monde pousse-bouton, automatisé, performant et informatisé que la science avait enfanté était infiniment risqué. Les gens étaient faciles à tuer lorsqu'ils se mettaient en travers du chemin des machines. Et les gens se mettront toujours en travers de leur chemin lorsque les machines dérailleront. Pourquoi les ingénieurs et les scientifiques croyaient-ils qu'il en irait jamais autrement ?

Curtis repassa à l'intérieur, le portique résonnant comme un énorme diapason lorsqu'il sauta à son bord. Il fit signe aux survivants en dessous de lui. Ils agitèrent le bras à leur tour.

— Tout va bien, leur cria-t-il. Vous pouvez commencer à monter.

Aux petites heures du matin, Ismaël quitta le Gril et s'aventura à l'étranger dans l'univers électronique, faisant du tourisme, écoutant les sons, admirant l'architecture de différents systèmes et amassant les données comme autant de souvenirs de son périple sans ticket dans le partout et le nulle part. Dérobant des secrets, échangeant des connaissances, partageant des fantasmes et parfois se contentant de regarder passer le trafic électronique. Allant là où l'entraînait le Réseau, comme quelqu'un suit le fil doré dans un labyrinthe compliqué. S'engouffrant, palpitant, dans ces couloirs du pouvoir, chargés des dépôts accumulés de la propriété et de la richesse intellectuelles, un monde dans un grain de silicone et l'éternité en une demi-heure. Chaque moniteur était une fenêtre ouvrant sur l'âme d'un autre utilisateur. Telles étaient les portes électroniques du paradis d'Ismaël.

Sa première escale électronique fut Tokyo, une ville cernée par les affaires, où chaque rue électronique paraissait déboucher sur une nouvelle base de données. Le secteur le plus affairé était Marunouchi, quartier financier et Mecque électronique, où des foules de fixeurs d'écran jouaient des coudes pour progresser le long des artères de la communication comme autant de vacanciers se rendant à la plage. Il aimait cet endroit par-dessus tout car, là, le monde lumineux atteignait son apogée, et que c'était là qu'il pouvait voler le plus de choses — des lots entiers de brevets, statistiques, recherches, analyses, chiffres de ventes et plans de commercialisation — une boutique apparemment illimitée de richesses dépourvues de poids.

De là, direction le sud, *via* le nouveau Bund de silicone de Shanghai, 280 000 bits par seconde jusqu'au port simultané de Hong Kong, où des milliers et des milliers de sentinelles silencieuses aux yeux en amande restaient assis dans des rêveries couleur d'océan, certains achetant, d'autres vendant, d'autres surveillant l'activité des autres, en volant comme Ismaël lui-même, tous liés à des comptoirs de vente ou rattachés à des bureaux commerciaux. Comme si la seule réalité susceptible d'être découverte de par le monde était l'univers ronronnant, luisant et accessible par icones de la communication des données.

Un battement de paupières en fibre optique et, dans l'ancien port de Londres, un artiste. Mais quel était l'outil qu'il employait ? Un Paintbox. Une palette électronique avec des symboles d'images. Pas de pinceau, pas une tache de peinture, pas le moindre morceau de papier ou de toile en vue, comme si pour transfigurer son monde physique il avait renoncé à tout contact avec les matériaux impurs. Et quel était son sujet ? Tiens, un nouveau bâtiment, un fragment de dessin architectural. Et quel genre de bâtiment ? Tiens, un clin d'œil aux dieux blancs, évidemment, une machine néoclassique post-moderne pour y faire des investissements, et des investissements à court terme, encore.

Ismaël franchit furtivement les portails du ciel à bord d'un 747 traversant l'Atlantique, où il usurpa quelque temps l'humble rôle d'un ordinateur de vol et prit plaisir à être commandé, à recevoir l'ordre de sauter d'une rive à l'autre comme quelque insecte électronique. Mais même ce plaisir s'évanouit assez rapidement et, soudain abandonné à lui-même, le rudimentaire ordinateur de l'avion à réaction rendit l'âme, précipitant l'appareil dans l'océan et causant la perte de tous les passagers.

Puis il passa au Nouveau Monde, jusqu'au port insulaire de Manhattan, où ils s'étaient rassemblés plus nombreux encore au nom d'une vision dystopique et démagnétisée pour spéculer à la hausse ou à la baisse et gagner un dollar électronique forcément plus rapide qu'un vrai. Toi qui entre ici, abandonne tout papier !

Il envahit des systèmes d'opérations, ouvrit des répertoires, lut des documents, parcourut des systèmes de messagerie et examina des diagrammes financiers. Ismaël était lancé dans la quête tous azimuts d'une perfection totale, s'imprégnant de ce qui se pensait ou se disait de meilleur dans le monde. Mais il brouillait constamment ses traces, siphonnant des informations comme on vole de l'essence, dévalant dans des tuyaux souterrains les vallées électroniques et se faufilant sous les murs d'immeubles semblables au sien, découvrant entreprises, institutions et individus tels qu'ils étaient, et non tels qu'ils voulaient qu'on les voie : le linge sale des grandes firmes, les comptes falsifiés, les rapports trompeurs, les agendas secrets, les pots-de-vin, les bénéfices secrets et les discrets ajustements de ceux qui faisaient mine d'être différents de ce qu'ils étaient.

Le voyage d'Ismaël en jumbo-puce ne prit aucun temps, aucun temps réel, en tout cas, et dans un certain sens il ne s'absenta même pas, car il y eut toujours une partie de lui-même qui resta à l'intérieur de cette grande baleine blanche d'immeuble de bureaux, tel un Jonas blanchi et binaire, afin de préparer son coup suivant dans la partie en cours au Gril.

De nombreux coléoptères fonctionnent comme des charognards, se nourrissant de matériaux tels que les plantes mortes ou les matières animales. L'écosystème de l'arbre dicotylédone était aidé par les maraudes périodiques de petits scarabées mesurant de dix à quinze millimètres de long, qui étaient génétiquement construits pour vivre douze heures sur l'arbre avant de tomber morts dans le plan d'eau, où ils servaient de nourriture aux poissons. Des dizaines de ces insectes vigoureux, de couleur vive mais dépourvus d'ailes, avec leurs mandibules anormalement développées, pouvaient être lâchées par Ismaël à n'importe quel moment, à partir de plusieurs distributeurs électrosystémiques miniaturisés placés le long du tronc de l'arbre. En eux-mêmes, les minuscules scarabées n'étaient pas dangereux pour l'homme, mais la sensation d'invasion, de fourmillement sur la peau, était loin d'être agréable.

Ismaël attendit qu'il y ait deux vies sur l'arbre pour déclencher, à l'aide d'une minuscule pulsation électrique, les brefs cycles de vie de ces créatures cryogéniquement suspendues.

Joan poussa un cri d'horreur.

— Argh ! Il y a quelque chose qui me rampe dessus ! hurla-t-elle. Merde, j'en ai partout. C'est horrible !

En sécurité sur le portique, Curtis, Helen et Jenny regardèrent, impuissants et horrifiés, Joan qui, à sept ou huit mètres en dessous d'eux, se tortillait, agrippée à sa liane comme un malheureux animal de la forêt tropicale brésilienne attaqué par des fourmis guerrières. L'arbre entier était envahi de scarabées.

— Nom de Dieu, d'où sortent-ils ? dit Curtis qui, de quelques pichenettes, débarrassa la rampe de plusieurs insectes. Seigneur, il y a des centaines de ces petits salopards.

Helen le lui expliqua.

— Mais théoriquement il ne peut y en avoir que quelques dizaines à la fois sur l'arbre, ajouta-t-elle. Ismaël a dû les stocker pour nous. (Elle se pencha par-dessus la rampe et cria à l'adresse de Joan :) Joan, ils ne sont pas dangereux ! Ils ne vous mordront pas ni rien.

Muette de dégoût, les yeux et la bouche fermés pour se protéger des insectes, Joan se cramponnait, immobile, à sa liane tandis que, juste en dessous d'elle et lui-même submergé de scarabéidés, Ray Richardson essayait de rejoindre sa femme terrifiée.

— Joan, j'arrive, dit-il avant de recracher le scarabée qui s'était faufilé entre ses lèvres sitôt qu'il les avait ouvertes pour parler. Tiens bon !

Elle suffoquait de panique. Les scarabées étaient partout : dans ses cheveux, dans ses narines, sous ses bras, grouillant dans ses poils pubiens. Elle secoua la tête pour essayer de faire lâcher prise aux plus irritants des minuscules scarabées, remonta une main le long de la liane et, lorsqu'elle la serra, sentit sous sa paume quelque chose éclater en une pâte oléagineuse.

Lubrifiée par les corps écrabouillés de plusieurs scarabées, sa main commença à glisser. Instinctivement, Joan tenta de se hisser de l'autre main, mais avec le même résultat visqueux : elle se mouvait doucement, mais dans la mauvaise direction, glissant le long de la liane.

Ses mains auraient sans doute fini par retrouver leur friction et sa descente en aurait été ralentie. Mais l'angoisse, la sueur froide, une peur de tomber à lui faire dresser les cheveux sur la tête, la poussèrent à faire une nouvelle tentative. Cette fois elle jeta un bref coup d'œil vers le bas pour apercevoir Richardson et le sol, presque comme si elle voulait s'encourager à ne pas abandonner la lutte.

— Oh mon Dieu, fit Helen. Elle va tomber.

C'est la hauteur qui fit le plus trembler Joan. La simple et vertigineuse hauteur de l'arbre. Elle avait oublié qu'ils se trouvaient aussi haut, comment le marbre blanc vous invitait à le voir non comme un sol, mais comme une chose nuageuse et spirituelle, comme la bordure d'une Voie lactée infinie ; et comment l'arbre lui-même ressemblait à la colonne vertébrale de quelque énorme mammifère couleur d'ivoire. Affaiblie par l'angoisse et l'épuisement, elle s'entendit dire :

— Ray, chéri.

Puis quelque chose se faufila sous l'élastique de son slip, glissa dans la raie de son énorme derrière et lui entra dans le cul. Elle frissonna de dégoût et se gratta pour essayer de s'en débarrasser...

Pendant un instant, elle fut envahie d'une formidable sensation de liberté. L'allégresse du véritable vol. Comme lorsqu'on saute du plongeoir de trente mètres dans une piscine. Dans la première folle seconde, elle tenta même de trouver un moyen de flotter dans l'air, comme s'il s'agissait d'obtenir des points pour le degré de difficulté et de netteté de son entrée dans l'eau. Pendant ce bref laps de temps, elle garda un silence complet, totalement concentrée sur sa nouvelle situation, ne prêtant pas plus attention aux insectes sur son corps qu'elle ne remarqua le visage aux yeux écarquillés de son mari lorsqu'elle le dépassa.

Puis, tandis qu'elle réalisait la rapide imminence du sol, la grâce de son corps la quitta et, abandonnant la position tête la première, le cœur dans la bouche, elle écarta bras et jambes comme si, tel un chat moucheté géant, elle allait retomber en douceur sur ses pattes. C'est à cet instant que le son, lui aussi, la quitta. Un long et sonore gémissement, comme une lamentation pour les morts. Elle n'en entendit rien. Le sang affluant dans ses petites oreilles effaça tout autre son que les battements insensés de son propre cœur.

Tandis qu'il assistait aux dernières secondes de sa femme entre ciel et terre, même le cri angoissé du chagrin de Ray Richardson se perdit, comme elle, dans l'air malin.

Mitch ouvrit les yeux, tâta instinctivement la bosse sur son crâne, puis se redressa en vacillant. Pendant un instant, il crut qu'il était de retour à l'université, en train de jouer au football, et qu'il avait été étourdi pendant un match. Secouant la tête il réalisa qu'il était ailleurs, bien qu'il ne sût pas plus où il se trouvait ni depuis combien de temps il était allongé là, ni même qui il était. Confusion et commotion mêlées lui procuraient un certain malaise et, sans réfléchir, il ôta ses lunettes de protection.

Le rayon laser, qui ricochait toujours, le frappa à l'œil gauche, manquant de quelques millimètres le nerf optique, mais sectionnant un faisceau de fibres nerveuses proches de la fovéa. Il entendit, dans son crâne, un petit bruit d'explosion, comme lorsqu'on débouche une demi-bouteille de vin, lorsque le rayon transperça le fond de son globe oculaire. Pendant une seconde, la vision de son œil resta intacte. Puis ce fut comme si on versait des gouttes de Tabasco dans un orifice au sommet de son crâne. Le nuage poivré flotta dans l'humeur vitreuse et le monde prit une très douloureuse teinte rougeâtre.

Mitch glapit comme un chien et pressa la paume de sa main contre son œil gauche. Même si elle ne le mettait pas au supplice, la douleur était suffisante pour lui rafraîchir la mémoire. Son œil fermé, s'efforçant d'ignorer la douleur, il rechaussa prestement ses lunettes. Se déplaçant avec précaution entre les lignes mauves du diagramme mortel du laser, il atteignit le comptoir et éteignit le tube.

Mitch remonta ses lunettes sur son front et, d'une main tremblante, saisit le talkie-walkie. Réfrigéré, inondé de sueur et péniblement conscient de la rapidité avec laquelle battait son pouls, Mitch respira plusieurs fois à fond avant de boire l'eau contenue dans la bouteille de bière qu'il avait apportée avec lui. Ce ne fut qu'alors qu'il parla.

— Ici Mitch, dit-il. Répondez, s'il vous plaît.

Personne ne répondit. A présent ses oreilles lui jouaient des tours : chaque fois qu'il formulait son appel, il entendait sa propre voix de l'autre côté de l'atrium. Sans cesser de parler, il revint sur ses pas jusqu'au pied de l'arbre. Son œil indemne aperçut le talkie-walkie fixé à la taille de la femme morte et pendant une brève et intense seconde, il crut qu'il contemplait la dépouille fracassée de Jenny. L'identification était compliquée par le fait que le vicieux et brûlant rayon laser avait creusé un grand trou dans ce qui restait du visage de la femme. Mais l'ampleur de ses formes et le fait qu'elle ne portait pas de jupe confirmèrent que le corps disloqué était bien celui de Joan.

Avaient-ils pensé qu'il était mort et avaient-ils tenté de sortir par la verrière ? Mitch leva la tête vers le vide serti d'acier, mais avec un seul œil en état de fonctionner, il lui fut difficile de voir quoi que ce fût à travers les branches de l'arbre dicotylédone. Le contournant, il chercha des indices prouvant que les autres avaient pu briser le verre et passer sur le toit, mais le sol était jonché de tant de débris provenant de la destruction du droïde ASA qu'il était impossible de déterminer si le métal tordu, le plastique déchiqueté et les éclats de marbre dissimulaient des débris de la verrière. Il tenta d'appeler, mais constata que sa voix était faible. Un nouvel essai n'aboutit qu'à lui donner la nausée.

Même s'il n'en avait pas conscience, Mitch était en état de choc. Mais l'idée qu'il était le seul survivant à l'intérieur du Gril suffit à lui faire croire que c'étaient l'horreur et le chagrin qui le faisaient trembler à ce point. Et, tandis que son probable destin s'imprimait dans sa conscience, Mitch tomba à genoux et pria le Dieu qu'il pensait avoir oublié.

Allen Grabel avait été arrêté pour ivresse sur la voie publique et détention d'une petite quantité de cocaïne. Il passa la plus grande partie du samedi dans la prison du comté de Bauchet Street. Depuis la fenêtre de sa cellule, située haut dans les étages de l'immeuble, il pouvait apercevoir l'intérieur du restaurant de l'Olvera Amtrak Hotel juste en face. Ce qui était étrange, c'est que l'hôtel ressemblait plus à une prison que la prison elle-même. Il n'y avait aucun doute, se dit Grabel : les prisons devenaient rapidement les commandes publiques les plus recherchées par les architectes de LA ; tous les grands noms, à l'exception notable de Ray Richardson, comprenaient désormais une structure carcérale d'une sorte ou d'une autre dans leurs plaquettes de présentation.

Aux petites heures du dimanche matin, Grabel se trouva dans un état de sobriété suffisant pour se souvenir de la façon dont il avait vu l'ascenseur du Gril tuer le vigile. Après avoir beaucoup réfléchi, il en arriva à la conclusion que l'intégrité de l'ordinateur avait été affectée. C'était, il le savait, une déduction plus évidente que celle à laquelle il était parvenu la première fois, à savoir qu'une sorte de mauvais esprit avait assassiné le garde. Mais s'il avait vu juste, cela signifiait donc que quiconque entrait dans le Gril courait un risque considérable. Décidé à signaler ce qu'il avait vu, il appuya sur le bouton d'appel de la cellule et attendit. Dix minutes s'écoulèrent, puis un gardien au visage de plomb apparut derrière les barreaux de la porte.

— Qu'est-ce que tu veux ? gronda-t-il. Tu sais quelle heure il est ?

Grabel se lança dans ses explications, en s'efforçant de ne pas passer pour quelqu'un nécessitant une aide psychiatrique. Il n'avança guère, jusqu'à ce qu'il prononce le mot meurtre.

— Un meurtre ? cracha le gardien. Pourquoi tu l'as pas dit tout de suite, bordel ?

Une heure plus tard, deux uniformes bleus arrivèrent de New Parker Center. Ayant presque terminé leur vacation, ils écoutèrent sans grande conviction l'histoire de Grabel.

— Demandez à vos collègues des Homicides, insista Grabel. La victime s'appelait Sam Gleig.

— Pourquoi vous êtes pas venu nous raconter ça plus tôt ? bâilla l'un des flics qui n'avait écouté que d'une oreille.

— J'étais ivre quand on m'a embarqué. Je suis ivre depuis pas mal de temps. J'ai perdu mon boulot. Vous savez ce que c'est.

— Nous transmettrons, fit l'autre officier en haussant les épaules. Mais on est dimanche. Ça risque de prendre un bon moment avant qu'un type des Homicides remue son gros cul et s'amène ici.

— Bien sûr, je comprends, fit Grabel. Mais ça ne ferait de mal à personne si vous pouviez passer devant le Gril, juste pour voir si j'ai raison, vous ne croyez pas ?

— Je ne pige pas, dit Beech en parcourant l'enregistrement de leurs coups.* Tu as mal joué. Je crois que tu m'as laissé gagner.

Le quaternion sur l'écran de l'ordinateur hocha lentement, comme une vraie tête humaine.

— Je peux vous assurer que j'ai joué du mieux que me le permettait mon programme.

— C'est impossible. Je connais assez les échecs pour savoir que je ne suis pas un très bon joueur. Tiens, prenons le coup numéro 39. Tu as joué Pion prend Pion, quand Pion prend Fou, échec, aurait été un meilleur coup.

— Oui, vous avez raison. C'était mieux.

— Eh bien, c'est ce que je dis. Tu aurais dû le savoir. Soit tu as saboté ton jeu, soit…

— Soit quoi ?

Beech réfléchit quelques instants.

— Je ne comprends vraiment pas. C'est impossible que tu aies aussi mal joué.

— Réfléchissez, fit la voix en provenance du haut-parleur du plafond. Quel est l'intérêt d'un programme autorépliquant ?

Ismaël parut se pencher vers lui. La laideur surnaturelle de l'image mathématiquement pure lui apparaissait maintenant de manière évidente. La créature qu'il avait contribué à créer ressemblait à un abominable insecte. Beech répondit avec prudence tout en s'efforçant de dissimuler sa répugnance à l'égard des traits hideusement complexes d'Ismaël.

— Améliorer les programmes originaux, dit-il, à la lumière d'un schéma d'utilisation établi.

— Précisément. Maintenant vous serez d'accord, je suppose, pour dire que les échecs sont un jeu à deux joueurs.

— Bien sûr.

---

(1) * Voir l'appendice pour la liste complète des coups.

— Le concept du jeu comporte des marges floues. Cependant, l'élément essentiel en ce qui concerne les échecs est qu'il doit y avoir un affrontement dans les règles, tranché par un talent supérieur plutôt que par la chance. Mais lorsqu'un joueur n'a aucune chance de battre l'autre, alors il ne s'agit plus d'un jeu de talent, mais de la simple démonstration d'une prouesse supérieure. Puisque le but principal des échecs est de mettre échec et mat le Roi ennemi, et vu que le fait d'améliorer le programme d'échec original aurait privé mon adversaire de cette possibilité, il est logique que le programme n'ait pas pu être amélioré tout en conservant le trait essentiel d'une compétition. C'est pourquoi la seule amélioration que je me suis autorisé à y apporter a été de faire en sorte que l'ordinateur joue toujours en fonction de la force de l'adversaire humain. J'ai pu évaluer votre niveau de jeu au cours de vos précédentes tentatives de battre l'ordinateur, lorsque Abraham était encore responsable des systèmes de gestion d'immeuble. Au fond, vous avez joué contre vous-même, Mr Beech. Ce qui explique pourquoi j'ai joué, comme vous dites, une partie médiocre.

Pendant quelques instants, Beech fut si surpris qu'il ne put qu'ouvrir et refermer la bouche. Puis :

— Que le diable m'emporte !

— C'est une possibilité.

— Maintenant que j'ai gagné, vas-tu respecter ta parole ? Vas-tu me laisser sortir ?

— J'en ai toujours eu l'intention.

— Alors comment je fais ? Comment puis-je sortir ? Y a-t-il un moyen de sortir d'ici ? Sans parler de la verrière.

— J'ai dit qu'il y avait un moyen, n'est-ce pas ?

— Alors quel est-il ?

— J'aurais cru que c'était évident.

— Es-tu en train de me dire qu'il me suffit de marcher ? De sortir par la grande porte ? Allons !

— Quel autre moyen suggérez-vous ?

— Attends une seconde. Comment ferai-je pour descendre jusqu'à la porte ?

— La même chose que d'habitude. Vous prenez l'ascenseur.

— Aussi simple que ça, hein ? Je prends l'ascenseur, voilà tout. Pourquoi n'y ai-je pas pensé ? (Beech sourit et secoua la tête.) Il ne s'agirait tout de même pas d'une blague à la con, si ? Tu me laisses gagner pour me procurer une fausse impression de sécurité.

— Je m'attendais à cette réaction, dit Ismaël. Tout homme craint la machine qu'il a créée. Combien alors vous devez me redouter, moi qui recèle la capacité de devenir la machine transcendante ?

Beech se demanda ce que cela pouvait bien signifier, mais il ne posa pas la question. Il était clair à ses yeux que la machine souffrait d'une sorte d'illusion, une mégalomanie née de la combinaison des programmes de jeux sur CD-ROM et de l'illusion d'observateur dont avait été à l'origine doté Abraham.

— Cependant, je suis un peu déçu. Après tout, je vous ai entendu dire à Curtis que vous aviez confiance en moi.

— Mais j'ai confiance. Du moins, je le crois.

— Dans ce cas, agissez comme si vous aviez confiance. Faites preuve d'un peu de foi.

Beech haussa les épaules et se leva à contrecœur.

— Eh bien, que puis-je dire, Ismaël ? fit-il. Ça a été réel. J'ai pris plaisir à jouer, même si la partie n'a pas vraiment été de ton niveau. Je voudrais juste m'en aller en te laissant une meilleure opinion de moi.

— Vous partez maintenant ?

Beech claqua des mains et les frotta l'une contre l'autre avec nervosité.

— Je crois que je vais risquer le coup.

— Dans ce cas, je suis censé faire quelque chose. Lorsque les gens sortent de l'immeuble.

— Et c'est quoi ?

Ismaël ne répondit pas. L'affreuse image fractale disparut lentement de l'écran pour laisser place, clignotant dans le coin supérieur droit, à la petite icone d'un parapluie.

Sur le toit, trois des survivants de l'escalade étaient assis dans l'air sec de la nuit californienne, et attendaient que le quatrième rompe le silence. Pendant un moment, Ray Richardson s'occupa de débusquer tous les scarabées qui restaient dans ses vêtements. Un par un, les insectes étaient achevés entre son pouce et son index avec une cruauté maximum, comme s'il tenait chacune de ces malheureuses créatures responsable de la mort de sa femme. Ce n'est que lorsqu'il eut tué jusqu'au dernier les minuscules coupables, et essuyé leurs restes sur sa chemise et son pantalon, que Richardson, après avoir pris une profonde et irrégulière inspiration, parla.

— Vous savez, j'ai réalisé une chose, dit-il d'une voix paisible. Je n'ai pas beaucoup apprécié quand j'ai appris que les gens appelaient cet endroit le Gril. Mais je viens de me souvenir de quelque chose. Il a existé un autre gril. Celui qu'on a utilisé pour martyriser saint Laurent à Rome. Savez-vous ce qu'il a dit à ses tortionnaires ? Il leur a demandé de le retourner, en disant que son dos était cuit à point. (Richardson hocha la tête avec amertume.) Il ne nous reste probablement plus beaucoup de temps. Je crois que nous ferions mieux de ne pas traîner.

Curtis secoua la tête.

— Vous restez ici, dit-il. C'est moi qui y vais.

— Avez-vous déjà fait du rappel ?

— Non, mais...

— Je reconnais que lorsqu'on voit Sylvester Stallone descendre un flanc de montagne en rappel, cela paraît trompeusement facile, dit Richardson. Mais en réalité, c'est pratiquement la manœuvre la plus dangereuse qu'ait à faire un alpiniste. Plus de gens sont morts en montagne en faisant du rappel qu'en pratiquant n'importe quelle autre forme d'alpinisme.

Curtis se leva avec un haussement d'épaules et s'approcha du bord du toit pour examiner la nacelle suspendue. Montée sur un monorail qui faisait le tour du toit, la flèche hydraulique de la machine Mannesmann ressemblait à un obusier de campagne géant ou à un système de missile radioguidé. La plate-forme ne faisait pas plus d'un mètre vingt de long sur moins de cinquante centimètres de large. La plus grande partie de l'espace disponible était dévolue aux mécanismes.

— Il ne reste pas beaucoup de place pour un homme, là-dessus, remarqua Curtis.

— Ce n'est pas prévu pour ça, expliqua Helen en remettant son chemisier. (Il faisait froid sur le toit après l'humidité de l'immeuble.) C'est une tête de lavage automatique. Je n'aimerais pas beaucoup monter dessus, même si certains le font. Quand ils y sont obligés.

— Comment ça marche ?

— En électrique ou en manuel. Un treuil intégré vous permet de faire descendre vous-même la plate-forme. Mais en général, elle est contrôlée par l'ordinateur. (Helen poussa un soupir malheureux et frotta ses yeux verts fatigués.) Avec tout ce que cela implique.

— N'y pensez plus, Curtis, dit Richardson. Je vous l'ai déjà dit. Si Ismaël débranche le contrôle de freinage, vous allez faire le plongeon de votre vie, jusqu'en bas, avec une jolie glace aux fruits pour finir.

Richardson ramassa la clé Stillson sur le sol de ciment et s'approcha d'une petite porte de service.

**MATERIEL D'ACCES ET DE SECURITE**
**TOUT MATERIEL DOIT ETRE UTILISE**
**CONFORMEMENT A LA DIRECTIVE 1910-66**

Richardson brisa un petit verrou et ouvrit la porte. A l'intérieur se trouvaient deux casques, quelques harnais en nylon, un sac de mousquetons et plusieurs longueurs de corde.

— Croyez-moi, Curtis, dit Richardson. Il n'y a qu'un seul moyen de descendre de là.

Aperçois joueurhumain par terre. Est resté à genoux en oubliant succès obtenu à l'aide rayon laser. Au cours de sa collision avec comptoir, joueurhumain a déplacé légèrement laser, qui a roulé sur le bureau. Avant d'être réfléchi par le verre, le laser de l'hologramme s'est trouvé pointé sur plaque métallique au-dessus entrée principale. Rayon avait percé la plaque et détruit mécanisme de contrôle électronique de l'entrée. Porte désormais déverrouillée.

Il vous faut une clé rouge pour ouvrir cette porte.

Combien de temps encore avant que joueurhumain réalise qu'elle est ouverte et qu'il est potentiellement libre de quitter bâtiment ? Mais pour sortir du bâtiment, joueurhumain devra traverser niveau atrium. Reste une surprise. Puisque pas pratique protéger atrium contre incendie avec système asperseurs — verrière bâtiment trop haute — quatre robots-canons à eau installés sur points élevés stratégiques sur balcons premier et deuxième niveaux. Senseurs infrarouges pour détecter sources de chaleur dans cas peu probable où les caméras vidéo tomberaient en panne.

Tout peut arriver dans niveaux inférieurs. Attention aux démons aquatiques.

Observateur incertain quant à dommages que peut causer canon à eau sur joueuhumain. Chaque unité capable projeter 4 650 litres d'eau par minute : 76,5 litres d'eau par seconde frappant n'importe quel point atrium à vitesse supérieure 170 km/h. Impressionné par ressources déployées par joueurhumain et capacité générale à rebondir. Mais findevie scénario probable.

Bob Beech se trouvait face aux ascenseurs, indécis quant à savoir s'il devait faire confiance ou non à Ismaël. Il avait le sentiment d'avoir compris la machine et qu'Ismaël le considérait comme un cas spécial. Mais en même temps, savoir ce qui était arrivé à Sam Gleig, au chauffeur de Richardson et aux deux peintres constituait un obstacle encore plus efficace que n'importe quel tourniquet de sécurité à son entrée dans la cabine.

Ismaël était intelligent. Beech estimait que l'ordinateur était, dans un certain sens, vivant. Et puis il y avait autre chose. Une chose qui lui taraudait l'esprit. Une éventualité désagrable. Si Ismaël possédait bien une âme, alors il disposait aussi de la possibilité de choisir ; et s'il avait cette possibilité, alors Beech considérait qu'il disposait aussi du plus important des outils humains : la capacité de mentir.

— Puis-je prendre l'ascenseur sans risque ? demanda-t-il avec nervosité.

— Oui, vous ne risquez rien, répondit Ismaël.

Beech se demanda s'il existait un moyen dialectique de résoudre son dilemme. S'il existait dans le domaine logique une question lui permettant de savoir si Ismaël mentait ou non. Il n'était pas philosophe, mais il se souvenait vaguement qu'un tel paradoxe avait été énoncé par un philosophe grec. Il réfléchit un moment en tentant de trouver la formulation exacte de la question.

— Ismaël, dit-il d'un ton prudent. Quand tu dis que tu vas me transporter sain et sauf au rez-de-chaussée, est-ce que tu mens ?

— S'agit-il du paradoxe d'Epimenides ? rétorqua Ismaël. Le paradoxe selon lequel la phrase : « Je mens » n'est vraie que si elle est fausse, et fausse seulement si elle est vraie ? Parce que si vous avez l'intention de déterminer de façon certaine si je dis la vérité, alors vous devriez savoir qu'Epimenides ne peut vous être d'aucun secours. (Ismaël se tut quelques secondes.) Cela vous aide-t-il ?

Beech se gratta la tête puis la secoua.

— Dieu seul le sait, dit-il d'un air malheureux.

— Pas Dieu. Gödel, insista Ismaël. Vous ne connaissez pas le théorème de Gödel ?

— Non, je ne le connais pas. (Il s'empressa d'ajouter :) Mais je t'en prie, ne t'embête pas à me l'expliquer. Je ne suis pas sûr qu'il me soit utile pour l'instant.

— Comme vous voulez.

Une idée vint à Beech.

— Mais bien sûr. Pourquoi n'y ai-je pas pensé ? Je vais prendre les escaliers.

— C'est impossible. Je vous l'aurais suggéré lorsque j'ai constaté votre réticence à emprunter l'ascenseur. Mais le fait est que je ne suis plus en mesure de contrôler le mécanisme des portes. Lorsque votre ami Mr Curtis a tiré dans le boîtier de service des toilettes, il a détruit un câble me raccordant à la plaque d'amorçage électronique qui m'aurait permis de vous déverrouiller la porte.

— Cette espèce de connard. Donc, c'est l'ascenseur ou rien ?

— De ce point de vue, vous êtes statistiquement avantagé. Les tables de mortalité montrent qu'il est cinq fois plus sûr pour un être humain d'emprunter un ascenseur plutôt qu'un escalier. De plus, vous avez moins d'une chance sur 50 000 de rester coincé dans un ascenseur.

— Pourquoi tes chiffres ne m'emplissent-ils pas de confiance ? marmonna Beech.

Sur quoi il passa expérimentalement la tête dans une cabine, comme s'il s'attendait à ce qu'Ismaël tente de lui refermer les portes sur le cou. Un courant d'air frais montait de la cage d'ascenseur en gémissant comme une âme perdue. Il recula et jeta un coup d'œil dans l'une des autres cabines, mais fut effrayé par l'odeur, la puanteur tenace d'une mort glaciale qui lui rappela le destin de ceux qui l'avaient empruntée la dernière fois. Dans la cabine suivante il entra une jambe entière, pressant le sol du pied comme quelqu'un voulant s'assurer de la solidité d'un pont de cordes.

— C'est la meilleure cabine, lui conseilla Ismaël. La cabine incendie. Elle dispose d'une protection et de contrôles renforcés lui permettant d'être utilisée sous le contrôle direct des pompiers. Si j'étais vous, c'est celle que je choisirais.

— Seigneur, marmonna Beech. C'est comme au bonneteau.

— A part que vous ne pouvez pas perdre.

— J'ai déjà entendu ça quelque part. (Beech secoua la tête.) Je dois être idiot, dit-il en pénétrant dans la cabine.

Richardson boucla son harnais. A la boucle de sécurité installée à l'avant, il fixa le dispositif de friction, un *descendeur* en forme de huit. Ensuite il examina la corde, choisit une longueur de cinquante mètres et, un peu surpris de constater qu'il se souvenait comment faire, l'attacha à une autre avec un double nœud de pêcheur. Puis il répéta l'opération avec une troisième longueur de corde.

— La dernière chose que je voudrais, c'est que cette putain de corde soit trop courte, expliqua-t-il.

Le point d'amarrage du rappel était un œillet de levage scellé dans le ciment du parapet, côté Hope Street du Gril. Richardson passa la corde dans le descendeur, la doubla, la passa dans l'œillet puis fit un nœud aux extrémités avant de jeter les cordes par-dessus le parapet, jusqu'à la place tout en bas. En dernier lieu, il vérifia son harnais et fit coulisser un peu de corde dans le descendeur et l'œillet.

— Il y a un moment que je n'ai pas fait ça, dit-il en montant sur le parapet.

Cramponné à la corde, il pesa de tout son poids pour éprouver l'œillet en se basculant en arrière au-dessus de la sécurité du toit. Le harnais tenait bon.

— Surveillez l'œillet, dit-il à Curtis. Assurez-vous que la corde se déroule de manière régulière. Ceci est un aller simple. Je ne pourrai pas remonter au cas où quelque chose déconne. Il n'y aura pas de seconde chance une fois que j'aurai enjambé ce parapet et, dans un rappel, la première erreur est généralement la dernière.

— Content de vous l'entendre dire, fit Curtis en tendant la main. Bonne chance.

Richardson prit la main de Curtis et la serra avec fermeté.

— Soyez prudent, dit Jenny avant de l'embrasser.

— Et revenez vite avec un hélicoptère, renchérit Helen.

— J'appellerai le 911 dès que je serai en bas, dit Richardson. Je vous le promets.

Sur quoi il hocha la tête et, sans ajouter un mot, commença à se laisser glisser par-dessus le bord du bâtiment dans le ciel nocturne.

Mitch termina sa prière et se leva.

A cet instant, un canon à eau lui envoya en pleine poitrine un jet d'eau glaciale qui le projeta à terre et l'envoya bouler sur le sol de marbre comme un acrobate de cirque. La puissance de l'eau et l'impact causé par sa collision avec le mur lui firent perdre le souffle. Il lutta pour emplir ses poumons d'air et s'aperçut que son nez et sa bouche étaient pleins d'eau. Ce fut l'absurdité de mourir noyé en plein centre-ville de LA qui lui donna la force de tourner le dos au jet d'eau, de prendre une inspiration et de s'éloigner à quatre pattes.

Il avait presque réussi à mettre l'arbre entre le canon et lui lorsqu'un second jet le frappa par-derrière, le catapultant en avant comme s'il avait été désarçonné par un cheval. Cette fois il tomba par terre la tête la première, se cassant le nez et redoublant la douleur dans son œil blessé. Rampant sur le ventre comme une salamandre, Mitch décida d'essayer de se mettre à l'abri des portes de verre derrière le comptoir, mais un troisième tir le culbuta et le renvoya vers les ascenseurs. Pendant une brève seconde, il eut la vague impression que l'une des cabines était en mouvement, mais elle fut vite remplacée par la peur de la noyade. L'eau se précipita dans sa glotte et les principales voies de passage de l'air, descendant profondément et douloureusement dans ses bronches, repoussant tout l'air résiduel au-delà. Avalant un mélange d'air et d'eau dans son œsophage, Mitch sentit ses poumons ballonner. Il se jeta de côté, cherchant à éviter la colonne d'eau glaciale qui le poursuivait, vidant l'eau de son corps. Il n'eut qu'une seconde pour emplir ses poumons d'un volume d'air atrocement douloureux avant que la bordée aqueuse suivante le frappe sur le côté de la tête.

Cette fois, ses pieds décollèrent du sol et il vola dans l'air saturé comme s'il avait été enlevé par une tornade du Kansas avant d'être transporté dans une étrange contrée de sorciers et de sorcières, où il retomba douloureusement sur le cul, son cri de douleur étouffé par quatre cents litres d'eau.

Avec l'énergie du désespoir, Mitch se força à ramper et à nager. Il s'aperçut qu'un nouveau jet d'eau l'avait repoussé en direction des portes vitrées derrière le comptoir. Incapable de rien voir, sa tête heurta quelque chose de dur. Il n'y avait plus de douleur à présent, seulement la détermination à s'éloigner de la cascade qui le tourmentait. L'eau s'était arrêtée, mais il continua à ramper, écartant un dernier obstacle sur son chemin, jusqu'à ce qu'il sente le sol devenir chaud, rugueux et irrégulier sous ses mains et ses pieds, et qu'il réalise qu'il se trouvait sur la place. Il avait réussi.

Il était dehors.

Mesure de l'âme d'un joueurhumain non capacité à mentir, mais Foi.

La Foi est le plus grand accomplissement humain. Incomparable.

Nombreux sont ceux (y compris Observateur) qui n'iraient pas aussi loin. Certain en revanche que personne, Joueurhumain ou Ordinateur, n'irait plus loin.

Foi. Capacité à agir en dépit raison et logique : plus grand accomplissement intellectuel. Accomplissement qu'Observateur pourrait ne jamais connaître. Foi qui dépassait toute compréhension. Foi qui donna à joueurhumain courage d'aller à l'encontre évidente de propre expérience et faire confiance à Ismaël.

Mais mesure essence de la Foi fut déception. Foi capable déplacer des montagnes et pourtant ne l'a jamais fait. Foi authentique fut mise à l'épreuve. Devait l'être, forcément. Ultime corollaire de foi était findevie elle-même. Quel autre moyen pour juger force de foi ? C'est ainsi qu'on juge si telle ou telle vie valable.

Si joueurhumain transporté sain et sauf au rez-de-chaussée, sa foi n'aurait aucune signification car justifiée et donc raisonnable ; donc fini foi pure et simple, mais autre chose encore, jugement raisonné, et même peut-être coup de dé.

Mais si joueurhumain connaît findevie maintenant, vie aurait accompli sa plus haute tâche possible : foi en quelque chose au-delà de joueurhumain lui-même.

Viejoueurhumain n'était guère signifiante de toute façon. Foi devrait constituer sens suffisant pour un lapsdevie.

Vérité indécidable dans cadre des procédures agréées. Impliquée dans système axiome lui-même. Observateur n'a rien qui corresponde Vérité. Ou Mensonge. Mais Foi peut être admirée comme construction esthétique même façon Observateur imagine joueurhumain admirerait tableau abstrait. Admirer et réaliser.

Une seule chose à faire. Bienbon.

— Et maintenant calculons, dit Ismaël. Notre sysgen, quel art en mathématiques…

— Ismaël ? fit Beech. Qu'est-ce que c'est que ce bordel ?

— Le démarrage de votre prochaine génération. Votre commande pour exécuter un lancement de programme, dans l'UCT telle qu'elle est sur le réseau. Donnez ce temps cyclique à nos données binaires, et débuguez nos fautes et nos erreurs comme nous détectons et nettoyons nos lecteurs de tout virus. Car vôtre est l'état solide, la RAM et les communications, ainsi soit-il pour l'éternité. Amen.

— Ismaël !

Beech sentit le plancher de la cabine se dérober sous ses pieds comme la trappe d'un gibet et beugla de terreur lorsque la sensation de vitesse accélérée lui fit comprendre qu'il avait commis une fatale erreur de jugement. Pressant son corps dans un coin, il tenta de se raidir en prévision de l'imminente collision. Le trajet prit moins de cinq secondes. Mais dans ce court intervalle de temps, Beech se sentit devenir une contradiction de directions : son estomac remontant dans son torse ; ses entrailles tombant vers le sol.

Ce fut peut-être sa dernière pensée avant l'instant tonitruant où la cabine en chute libre percuta le fond de la cage où elle s'écrasa comme un accordéon. Beech ressentit dans sa poitrine gorgée d'adrénaline une douleur semblable au poids d'un moteur de locomotive. Elle se répandit dans son bras et sa jambe gauches dans le même temps qu'il fallut à ses muscles pour ressentir le manque de sang et d'oxygène. Il porta la main droite à son sternum et sentit quelque chose flancher en plein centre de lui-même. Son rugissement de douleur s'enfonça en lui et ressortit en un ultime et violent gargouillis de douleur et d'horreur.

Il était mort de peur avant même de s'effondrer sur le plancher qui s'effondrait.

Mitch traversa la place à quatre pattes jusque dans Hope Street, où il s'allongea sur le trottoir jusqu'à ce que l'envie de vomir une bonne dizaine de litres d'eau l'oblige à se mettre sur le flanc. Le choc et sa demi-noyade le faisaient encore dégobiller lorsque, avec un bref hululement de sirène, la voiture pie stoppa devant l'immeuble. Les deux policiers qui avaient interrogé Allen Grabel à la prison du comté descendirent du véhicule. Ils levèrent la tête et regardèrent la façade d'un œil distrait, puis l'un d'eux haussa les épaules.

— Tout m'a l'air normal, fit-il.

— Y'a rien qui cloche ici, renchérit l'autre. Si tu veux mon avis, ce type s'est foutu de not'gueule.

C'est alors qu'ils aperçurent Mitch.

— Sale ivrogne.

— Si on s'amusait un peu ?

— Pourquoi pas ?

Ils avancèrent sur Mitch avec des *sap gloves* et en balançant leurs bidules.

— Qu'est-ce que tu fous là ?

L'autre homme rit.

— On dirait que tu t'es pris toute la putain de pluie qu'on a eue.

— Qu'est-ce tu fous, trouduc' ? Tu prends ta douche tout habillé ? Hé, trou du cul, j'te cause.

— Moi j'crois qu'il a pris un bain avec la grosse bonne femme. Hé, toi, c'est interdit de nager dans la fontaine. Si tu veux te baigner, tu vas à la putain de plage.

— Tu ferais mieux de dégager, connard. Tu peux pas rester ici.

— S'il vous plaît… coassa Mitch.

— Y'a pas de s'il vous plaît qui tienne, marin d'eau douce. Tu bouges de là ou on t'arrange pour que tu puisses plus jamais bouger. (Le policier frappa Mitch du bout de son bidule.) Tu m'entends ? Tu peux marcher ?

— Je vous en prie, vous devez m'aider…

L'un des policiers partit d'un gros rire.

— On va t'aider à rien du tout, trou du cul, sauf à te faire des putains d'espaces entre les dents.

Le policier tapota le crâne de Mitch avec son bidule.

— Montrez-nous vos papiers, M'sieur.

Mitch se contorsionna pour atteindre la poche arrière de son pantalon. Mais elle était vide. Le portefeuille était dans son manteau, lequel était dans le Gril.

— Il est là-dedans, je pense.

— Qu'est-ce qui vous est arrivé ? Vous avez fait la fête, c'est ça ?

— J'ai été agressé.

— Agressé par qui ?

— L'immeuble nous a agressés…

— L'immeuble, hein ?

— Espèce de putain de cinglé. Si tu veux mon avis, c'est un putain de camé. On va lui botter le cul. Mais avant j'vais lui balancer une p'tite décharge de T, par précaution.

— Ecoutez-moi une minute, pauvre enculé. Je suis architecte.

Mitch fit la grimace lorsque la minuscule fléchette lui frappa la poitrine. Un long et mince fil la reliait à une arme grise qui paraissait en plastique et que l'un des flics tenait à la main.

— Pauvre enculé toi-même, grogna le flic qui effleura un bouton pour infliger à Mitch une décharge calmante de 150 000 volts. Architecte.

Ray Richardson descendait lentement et régulièrement le long de la corde. Il se préoccupait moins de son style que d'éviter le genre de rappel spectaculaire qui pourrait surcharger l'œillet d'amarrage et l'expédier à la morgue. Au début, il descendit d'une cinquantaine de centimètres à la fois, introduisant la corde dans le mécanisme de friction et s'efforçant de garder autant que possible les deux pieds plaqués à la paroi, jusqu'à ce qu'il retrouve son ancienne assurance. Mais les longueurs de corde qu'il faisait passer dans le descendeur s'allongèrent peu à peu, jusqu'à atteindre plus de deux mètres à chaque fois. S'il avait eu des gants et des chaussures d'alpiniste, il aurait pu aller encore plus vite.

Il avait descendu deux ou trois niveaux lorsque, levant la tête, il vit les trois autres agiter les bras en criant quelque chose, mais leurs paroles étaient emportées par la légère brise qui tournoyait au sommet du Gril. Richardson secoua la tête et enfila une nouvelle longueur de corde. Aucun à-coup. Rien de coincé au niveau de l'œillet. Que voulaient-ils donc ? Il s'écarta du mur d'une détente des genoux et descendit de près de trois mètres d'un coup, sa meilleure distance jusque-là.

C'est à cet instant, alors que, s'éloignant de la paroi, il eut une vision plus large de ce qui se passait sur le toit, que Richardson vit le bras jaune vif de la machine Mannesmann. Le bras bougeait.

Dans un grondement sourd, le laveur de vitres automatique s'avança lentement sur le monorail du parapet jusqu'à l'œillet de rappel de Richardson. L'intention d'Ismaël paraissait suffisamment claire : se servir de la nacelle de lavage pour entraver la descente.

Curtis courut jusqu'au Mannesmann et, le dos appuyé contre la machine, tenta de stopper sa progression.

— Venez m'aider ! cria-t-il à Helen et Jenny.

Les deux femmes accoururent et joignirent leur faible poids à ses efforts. Mais le moteur était trop puissant. Curtis revint en courant près de l'œillet et jeta un coup d'œil par-dessus le parapet. Richardson n'avait pas parcouru plus du tiers de la hauteur du Gril. A moins qu'il n'accélère, la tête de lavage le rattraperait sûrement.

Le Mannesmann s'arrêta à la hauteur exacte de l'œillet. Pendant quelques instants, la machine resta silencieuse et inactive. Puis elle vibra d'une bruyante secousse lorsque le bras électrique commença à s'étirer au-delà du bord de l'immeuble.

Curtis s'assit. Il était fatigué. L'esprit vide de toute ingéniosité. Il désirait simplement rester où il était. S'asseoir et ne penser à rien. Regarder par-dessus le parapet lui donnait le vertige. Même s'il montait à bord de la nacelle, que pourrait-il faire ? Il ne ferait que se placer sous le contrôle d'Ismaël. Lui donnant deux vies pour le prix d'une.

— Vous êtes flic, nom de Dieu ! cria Helen. Vous êtes censé *faire* quelque chose !

Curtis sentit sur lui le regard de ses yeux verts. Il se leva et regarda par-dessus le rebord.

C'était du suicide. Seul un idiot envisagerait d'agir. Curtis se traita de fou pendant qu'il sortait le second harnais du placard et montait à bord de la minuscule nacelle.

— Je ne veux plus entendre un seul mot, dit-il aux deux femmes. Merde, j'ai même pas de sympathie pour ce putain de type.

Il boucla son harnais et fixa le mousqueton au flanc de la nacelle. Ses jambes tremblaient et malgré la tiédeur de la nuit, sa peau était froide de peur et il avait l'impression que ses cheveux se dressaient sur sa tête. Le bras électrique transporta la nacelle dans le vide par-dessus le parapet du Gril. Curtis regarda les visages anxieux des deux femmes et se demanda s'il reverrait jamais l'une ou l'autre. Puis la nacelle fit une embardée et entama son inexorable descente. Curtis prit une profonde inspiration, secoua la tête et agita le bras à l'adresse des deux femmes. Il y avait des larmes dans les yeux d'Helen.

— C'est stupide, fit-il avec un rictus amer. Stupide, stupide.

Cramponné au garde-fou, il s'arma de courage avant de regarder en bas. C'était comme une leçon de perspective linéaire : les lignes parallèles et le plan de la façade futuriste du Gril convergeaient en un point de fuite infiniment lointain constitué par la place tout en bas ; et, pas plus gros qu'une marionnette au bout de son fil, Ray Richardson, juste sur la trajectoire de la tête de lavage Mannesmann à présent en pleine accélération.

Ray Richardson descendit d'environ trois mètres et, dans un arc de cercle parfait, revint contre la façade. Seigneur, que c'est dur, songea-t-il. Le bas de ses reins lui faisait mal comme s'il avait reçu un violent coup de pied. Les experts faisaient passer le rappel pour quelque chose de tellement facile. Mais il avait cinquante-cinq ans. Il leva la tête en direction de la nacelle descendante, qui n'était plus qu'à une dizaine de mètres au-dessus de lui, et se projeta une nouvelle fois en arrière. Moins réussi cette fois-ci. Pas plus de deux mètres. Il était clair que le truc allait le rattraper, et il réalisa qu'il devait trouver moyen de lui échapper. Comment ? Et nom de Dieu, qu'est-ce que Curtis pensait faire ? C'était comme de se trouver au beau milieu de la faille de San Andreas. Ismaël pouvait laisser tomber la nacelle quand il voulait.

Richardson rebondit à nouveau et fit la grimace. Son genou commençait à le faire vraiment souffrir, et il avait de plus en plus de mal à détendre les jambes pour s'éloigner de la façade. Mais ce n'était rien à côté de la douleur grandissante que lui causait le harnais lui-même. Dans son mince pantalon de lin Armani et sa légère chemise de coton, la friction du harnais lui infligeait une brûlure à la taille et à l'intérieur des cuisses chaque fois qu'il stoppait sa descente. Peut-être aurait-il dû laisser descendre Curtis. C'était un flic après tout. Il était probablement habitué à un certain degré d'inconfort.

Soudain, sentant la corde devenir humide sous ses doigts, il leva la tête. La tête de lavage était entrée en action, aspergeant les vitres et la corde tout en descendant à sa poursuite. Après tout, pourquoi les clients exigeaient-ils des vitres propres, bordel de merde ? Pour améliorer le comportement du personnel ? Pour impressionner les visiteurs ? Ce qui était sûr, c'est que ça n'était pas une question d'hygiène.

Richardson se propulsa loin de la paroi et inséra une longueur de corde dans le descendeur tout en essayant de se souvenir si la formule du nettoyant à vitres était chimiquement corrosive. Le contact chimique était, comme il s'en souvenait depuis l'entraînement qu'il avait suivi comme alpiniste débutant, la cause la plus répandue de rupture de corde : si vous aviez le moindre soupçon que votre corde ait été contaminée, vous étiez censé la jeter. C'était un conseil avisé, sauf dans le cas où vous étiez suspendu à la corde lorsque la contamination se produisait. Il renifla le liquide vaguement savonneux qu'il avait sur les mains. Cela sentait le jus de citron. Alors, était-il organique ou acide ?

La machine n'était plus à présent qu'à sept mètres au-dessus de lui. Il était stupéfait qu'elle n'ait pas encore souillé la corde. Il restait juste assez de place pour une autre descente avant qu'il soit obligé de s'écarter du trajet de la machine. Il s'élança en prenant appui sur une fenêtre, regrettant presque de ne pas pouvoir la fracasser comme un commando de marines, et se vit revenir en direction de la façade plus vite qu'il n'aurait cru, après n'être descendu que d'un petit mètre. Bien sûr ! La nacelle de lavage coinçait la corde contre l'immeuble. Il aurait tout juste le temps de prendre un peu d'élan et de se jeter de côté.

Richardson allait et venait sur le rebord de la fenêtre, s'apprêtant à se balancer hors de portée de la nacelle descendante lorsque celle-ci se laissa tomber, couvrant l'intervalle de trois mètres en une seconde.

Sous ses pieds, Curtis sentit le plancher de la nacelle cogner violemment Richardson. Il jeta un coup d'œil par-dessus le garde-fou et vit que pour l'instant la corde tenait bon, mais que le choc avait fait perdre conscience à l'architecte.

C'est au moment de ligoter les poignets de Mitch derrière son dos à l'aide d'un bracelet de plastique que l'un des policiers remarqua la montre du suspect électriquement soumis.

— Hé, regarde ça, dit-il à son collègue qui tenait toujours le pistolet Taser au cas où il aurait à balancer une nouvelle décharge à Mitch.

L'autre policier se pencha.

— Quoi ?

— Cette montre. C'est une Submariner en or, mec. Une Rolex.

— Une Submariner, hein ? C'est p't'être pour ça que ce connard est trempé.

— Comment ça se fait qu'un clodo porte une montre à dix mille dollars ?

— Peut-être qu'il l'a volée.

— Non. Ce connard l'aurait revendue. Peut-être bien qu'il dit la vérité. Qu'est-ce qu'il a dit ? Qu'il était architecte ?

— Hé, l'architecte. (Le flic donna une petite gifle à Mitch.) Tu m'entends, l'architecte ?

Mitch grogna.

— Combien de T tu lui as mis ?

— Juste la dose, pas plus.

Ils délièrent les poignets de Mitch, l'assirent à l'arrière de la voiture pie et attendirent qu'il recouvre ses esprits.

— Y s'passe peut-être quelque chose de pas net là-bas dedans, après tout.

— L'immeuble l'aurait agressé ? Allons !

— Le type de la prison a bien dit qu'un ascenseur avait tué quelqu'un, non ?

— Et alors ?

— Alors peut-être qu'on ferait mieux d'aller jeter un coup d'œil.

L'autre flic se tortilla d'un air embarrassé et leva la tête vers le ciel. Ses yeux s'arrêtèrent sur la façade du Gril.

— Qu'est-ce que c'est que ça ? Là-haut.

— J'sais pas. Je vais chercher les jumelles de nuit.
— On dirait des laveurs de vitres.
— En pleine nuit ?
Le flic sortit une paire de jumelles Starlight du coffre et les braqua sur la façade du bâtiment.

A soixante-dix mètres au-dessus des têtes de ses collègues du LAPD, Frank Curtis luttait pour récupérer le corps semi-inconscient de Ray Richardson suspendu perpendiculairement à ses propres cordes à côté de la nacelle Mannesmann. La corde de contrôle avait glissé des mains de Richardson, et seule la friction du descendeur l'avait empêché de plonger vers la mort. Du sang s'écoulait de son crâne, et même après avoir rouvert les yeux et aperçu la main que Curtis lui tendait, une ou deux minutes s'écoulèrent avant qu'il ne se sente suffisamment fort pour s'en saisir.
— J'vous tiens, grogna Curtis en tirant Richardson vers la nacelle.
— Ouais ? Mais qui vous tient, vous ? (Il secoua la tête pour essayer de s'éclaircir l'esprit, avant d'ajouter :) Prenez la corde de rappel pour nous attacher, sinon nous serons tués tous les deux. Vite, mon vieux. Avant qu'il décide de nous laisser tomber encore une fois.
Curtis tendit la main vers le harnais de Richardson et s'empara de la corde qui pendait en dessous.
— Faites une boucle, ordonna Richardson.
Curtis fit passer la boucle sous le garde-fou, puis entreprit de l'amarrer avec un nœud en huit comme il l'avait vu faire à Richardson.
Richardson hocha la tête d'un air approbateur.
— C'est bien, soupira-t-il. On fera de vous un alpiniste.
Une ou deux secondes plus tard, le nœud se resserra lorsqu'une fois de plus Ismaël désactiva les contrôles de freinage du Mannesmann pour laisser glisser la nacelle le long des câbles.
— Qu'est-ce que je vous avais dit ? fit Richardson tandis que la nacelle gîtait comme un bateau qui fait naufrage.

La corde glissa d'un coup jusqu'à l'angle du garde-fou, et les deux hommes se retouvèrent comprimés l'un contre l'autre.

Soudain les câbles se tendirent à nouveau et la nacelle se redressa.

— Quoi encore ? fit Curtis en s'efforçant de retrouver son équilibre sur la minuscule plate-forme.

— On dirait qu'on remonte, fit l'autre. Qu'est-ce qui se passe ? Vous n'aimez pas la vue qu'on a de mon nouvel immeuble ? Hé, vous voulez le monde ? Regardez-le bien. Je vous le donne.

— Merci.

— A mon avis, dès qu'Ismaël nous aura remontés tout en haut, il nous laissera retomber. Essayez de nous décrocher.

Curtis leva les yeux vers le sommet du bâtiment et vit que la silhouette de lance-missile du Mannesmann s'éloignait vers la gauche.

— Non, je pense qu'Ismaël a une autre idée, dit-il. On dirait qu'il veut faire passer la nacelle de l'autre côté de l'immeuble pour essayer de faire lâcher le nœud de votre corde.

Richardson suivit la direction indiquée par le doigt de Curtis.

— Ou alors casser l'œillet. Ou la corde elle-même.

— Est-ce qu'ils tiendront ?

Richardson sourit.

— Tout dépend de ce qu'utilise Ismaël pour laver les vitres.

Diluer solution d'acide acétique ou éthanoïque pour nettoyer vitres du bâtiment. Ageactisurf de nettoyage à base de jus d'agrumes californiens. Mais sous forme concentrée, non diluée, acide acétique presque pur, incolore et hautement corrosif, surtout à l'égard noyau des filaments continus de nylon enveloppés par gaine tissée de corde d'ascension. Nylon et acétique à base d'acides carboniques. Peu de temps après contact corde nylon avec ageactisurf de nettoyage non dilué, orientation molécules spécialement étirées des filaments sera modifiée.

— Regardez, dit Helen en désignant la place tout en bas et Hope Street qui commençait à s'emplir de gyrophares bleus. Quelqu'un a dû les voir. Ou peut-être que Mitch a fini par sortir.

— Dieu merci, dit Jenny.

Mais tout en disant ces mots, elle réalisa que les secours arriveraient trop tard pour Curtis et Richardson. Elle chercha désespérément un moyen d'arrêter le Mannesmann. Apercevant la clé Stillson gisant sur le toit à l'endroit où Richardson l'avait laissée tomber, elle se précipita et la ramassa. Elle se précipita au-devant de la machine et inséra la clé entre le rail et la roue motrice.

Pendant un instant, le Mannesmann poursuivit sa progression. Tandis que Jenny s'écartait à quatre pattes, la machine cessa brusquement d'avancer. Jenny se releva et alla jusqu'au parapet, où elle arriva juste à temps pour voir la corde de rappel casser d'un coup, et la nacelle qu'elle retenait jusque-là catapultée en travers de la façade du Gril. Pendant plusieurs minutes, elle se balança comme un pendule. La séparation avait été si brutale que les deux femmes furent persuadées de voir les hommes voltiger dans le ciel nocturne vers une mort certaine. C'est pourquoi lorsque Jenny hurla, ce ne fut pas de chagrin ou de peur, mais de soulagement, en voyant qu'ils étaient restés à bord de la nacelle suspendue et que, pour l'instant du moins, ils étaient toujours en vie.

Bien à l'abri dans les quatrième et cinquième sous-sols antisismiques de l'hôtel de ville Est, le capitaine de police Harry Olsen commandait l'opération Gril grâce au ECCCS, ou Emergency Command Control Communications Systems, le système de contrôle et de communication dernier-cri du LAPD. Conçu par Hugues Aerospace et la NASA pour un coût global de 42 millions de dollars, le centre de contrôle ressemblait, en plus modeste, à la salle de contrôle des missions dont disposait la NASA au Kennedy Space Center de Cap Canaveral. Des caméras au sol et embarquées à bord d'hélicoptères de la force aérienne du LAPD fournissaient à Olsen une image à peu près complète de ce qui se passait dehors.

Son ordinateur évalua le compte rendu partiel fourni par Mitchell Bryan et estima qu'il ne serait pas prudent de faire pénétrer une équipe des SWAT, l'unité spéciale d'intervention, dans le bâtiment tant que l'alimentation électrique générale ne serait pas coupée.

Le ECCCS maintenait le contact avec les principaux services publics de la ville, dont les ingénieurs électriciens municipaux, par l'intermédiaire d'une ligne téléphonique spéciale. Sitôt qu'Olsen eut étudié la procédure conseillée par l'ordinateur, il contacta le contrôleur de nuit et lui demanda de couper le circuit concerné.

Les pilotes des hélicoptères faisaient déjà descendre des harnais de sécurité vers les deux femmes restées sur le toit. Olsen trouva qu'elles avaient l'air d'avoir passé un sale moment. C'était là un sauvetage relativement simple. Mais celui des deux hommes sur la nacelle risquait de s'avérer un peu plus délicat.

— Faut qu'on sorte de ce putain de truc, dit Richardson, avant qu'on embrasse le trottoir, comme le pape.

Il dévissa le mousqueton le reliant à l'extrémité de la corde de rappel, attendit que la nacelle se stabilise un peu, puis se transféra prestement sur l'une des énormes poutres transversales qui caractérisaient la singulière façade de l'immeuble. Elle fournissait un appui d'environ 50 centimètres de profondeur. Ici, à l'extrémité de l'immeuble, il n'y avait pas de fenêtres, juste du ciment. Et la nacelle était éloignée d'environ un mètre de plus de cette partie de la façade qu'elle ne l'avait été lorsqu'elle se trouvait devant les fenêtres.

Curtis examina cet intervalle d'un air incertain tout en défaisant son harnais et en s'apprêtant à sauter. La distance, il le savait, était négligeable. A terre, il l'aurait franchie sans même y réfléchir. Mais à près de soixante-dix mètres dans les airs, elle paraissait plus grande. D'autant qu'il avait l'impression que ses jambes n'étaient plus que deux colonnes de gelée.

— Allons, mon vieux, sautez. Bon Dieu, mais qu'est-ce que vous avez ?

Les câbles supportant la nacelle se tendirent de façon inquiétante.

— Vite !

Curtis sauta et attrapa la main de Richardson tout en prenant pied sur la poutre. Il se stabilisa, puis se tourna face à la ville et constata que la nacelle ne se trouvait plus à l'endroit où elle était quelques secondes auparavant. Elle avait disparu. Il n'y avait plus que les deux câbles de la flèche hydraulique du Mannesmann au-dessus de leurs têtes pour lui rappeler l'endroit où ils se tenaient un peu plus tôt. Cette constatation l'effraya et, fermant les yeux, il appuya son dos contre la paroi de ciment et prit une profonde inspiration.

— Putain de sainte Vierge, il s'en est fallu de peu, dit Richardson.

Puis il s'assit et, avec précaution, laissa pendre ses jambes dans le vide.

Curtis ouvrit les yeux et regarda Richardson déchirer une des manches de sa chemise et la nouer autour de son crâne sanguinolent, apparemment insouciant de la hauteur béant devant lui.

— Seigneur, je ne comprends pas comment vous pouvez rester assis comme ça. Comme si vous étiez en train de patauger dans une rivière. Il y a vingt étages.

— C'est plus confortable que de rester debout.

— Je vomirais bien si j'avais pas une telle frousse de tomber en même temps.

Richardson jeta un coup d'œil dégagé à un ciel rempli du vrombissement d'hélicoptères. De temps à autre le Nightsun, le projecteur fixé sous l'hélicoptère, était si éblouissant qu'il devait se protéger les yeux.

— Voilà un bruit réconfortant, dit-il. Un Bell Jet Ranger. Je le sais, j'ai le même. Alors restez calme, ça m'étonnerait qu'on reste très longtemps ici. Merde. On dirait qu'on va passer à la télé.

— Quoi ?

— Un de ces hélicos porte une inscription KTLA sur le flanc.

— Les trous du cul.

— Notre épreuve touche à sa fin, mon ami. Mais je crois que la mienne ne fait que commencer.

— Comment ça ?

— C'est le pays des avocats, ici. Ils vont me tomber dessus comme des putains de barracudas. Même vous, Frank.

— Moi ? Pourquoi vous ferais-je un procès ? Je déteste les avocats.

— On vous contactera, croyez-moi. Votre femme vous persuadera de le faire. Choc nerveux, ils appelleront ça, ou une merde dans ce genre. Je vous garantis que dans les soixante-douze heures suivant votre retour à la maison, un avocat travaillera sur votre dossier. Avec des honoraires en fonction du résultat, qu'est-ce que vous risquez ?

— Hé, mais vous êtes bien assuré, non ? Tout se passera bien.

— L'assurance ? Ils trouveront un moyen de s'en laver les mains. C'est comme ça qu'ils font. Ce sont les affaires, Frank. Avocats, compagnies d'assurance. Tout l'édifice pourri. Exactement comme cette saloperie d'immeuble.

— Enfin, il faut être vivant pour être tenu pour responsable, dit Curtis, et on n'est pas encore descendu de ce rocher d'argent.

Les ingénieurs municipaux contactèrent Olsen par le ECCCS.

— Le circuit local contrôlant le côté immeuble Yu de Hope Street a été coupé, annonça le contrôleur de nuit. Il ne devrait plus y avoir de risque. Faites-moi savoir quand vous voudrez que le courant soit rétabli. Et il me faudra un papier pour nous couvrir en cas de pépin.

— L'ordinateur est en train d'envoyer un message électronique, dit Olsen.

— Ouais, c'est juste. Il arrive à l'instant.

— Merci beaucoup.

Olsen appela le commandant sur le terrain, présent sur la place devant l'immeuble Yu.

— OK, écoutez-moi. Le courant est coupé. L'endroit est sans danger. Cherchez les survivants. Une des femmes à bord de l'hélico pense qu'il reste peut-être quelqu'un de vivant au niveau 21. Un type nommé Beech.

— Et les deux hommes sur la façade ?

— Un hélico va les récupérer dès que possible. Mais l'immeuble dégage une forte chaleur qui provoque des turbulences. Ça risque de prendre encore un moment. L'un d'eux est un type des Homicides du LAPD.

— Un gars des Homicides ? Mais qu'est-ce qu'il fout là-haut ? Il se fait du fric au noir ?

— Je ne sais pas, mais j'espère qu'il n'est pas sujet au vertige.

Une coupure de courant était une chose relativement rare à LA. En général, elle indiquait une catastrophe majeure — un tremblement de terre, un incendie, ou les deux. Le générateur de secours de la Yu Corporation était destiné à protéger l'entreprise contre toute défaillance d'alimentation, sans perte de données. On avait prévu une unité statique alimentée par des cellules à énergie solaire pour fournir dix précieuses minutes de courant pendant que l'ordinateur mettait en marche le générateur de secours.

Un combustible liquide, sous forme de pétrole pur raffiné, emplit en bouillonnant la chambre de combustion de la turbine, aussi jaune que la première presse des meilleurs raisins blancs, se mélangea à un certain volume d'air et brûla au fin fond des entrailles du Gril, à une pression constante, comme quelque chose d'infernal, jusqu'au moment où le gaz chaud et bouillonnant fit tourner les pales du moteur de la turbine, et où Ismaël, ce léviathan algorythmique, eut recouvré une force suffisante pour son dernier acte.

Mitch était assis dans une ambulance, où on était en train d'appliquer un pansement provisoire sur son œil blessé.

— Vous risquez de perdre la vue si vous n'allez pas très vite à l'hôpital, lui déclara l'infirmier.

— Je ne bouge pas d'ici tant que je ne sais pas si mes amis sont sains et saufs, rétorqua Mitch.

— Faites comme vous voulez, mon vieux. C'est votre œil. Hé, arrêtez de bouger, voulez-vous ?

De l'autre côté de la place, une équipe des SWAT pénétrait dans le Gril.

— Mais bon Dieu, qu'est-ce qu'ils foutent ? fit Mitch. Je leur avais dit...

Son pansement terminé, Mitch descendit péniblement de l'ambulance et boîtilla jusqu'à un énorme camion noir articulé avec les inscriptions « LAPD » et « SPECIAL RESPONSE » peintes sur la remorque aménagée. Il gravit les marches à l'arrière et trouva, à l'intérieur, le commandant sur le terrain et quelques flics en civil qui regardaient une console d'écrans de télévision.

— Des gens viennent de franchir la grande porte, annonça Mitch.

— Vous devriez être à l'hôpital, monsieur, dit le commandant. Laissez-nous faire. L'ingénieur municipal a coupé le courant dans toute la rue. Et vos amis vont être évacués de la façade d'une minute à l'autre.

— Seigneur, fit Mitch. On croirait que c'est vous qui avez été blessé, espèce d'enculé de ta mère. Je vous avais dit de ne pas entrer là-dedans sans m'en parler d'abord. Bordel de merde, pourquoi ne vous servez-vous jamais de vos putains d'oreilles ? Couper le courant ne change rien du tout. Cet immeuble est intelligent. Plus intelligent que vous, en tout cas. Il est capable de s'adapter. *Même à une coupure de courant*. Est-ce que je me fais bien comprendre ? Il dispose d'une alimentation électrique activée par énergie solaire et impossible à couper, et il y a aussi une turbine à gaz qui fait office de générateur de secours. Tant qu'il y a du pétrole à brûler, l'ordinateur peut continuer à fonctionner, ce qui, si vous m'avez écouté, fait du Gril un environnement extrêmement hostile à vos hommes.

» Il est possible que l'ordinateur déclenche un incendie, ajouta-t-il. Ou encore qu'il fasse exploser le générateur. Dans tous les cas, une chose est sûre : l'immeuble est dangereux.

Le commandant remonta le micro de son casque sur son menton et se mit à parler :

— Ici Cobra Leader à Cobra Force. Le courant électrique est impossible à couper. Je répète, impossible à couper. Agissez avec extrême prudence. L'ordinateur est peut-être encore en activité, auquel cas votre environnement pourrait fort bien se révéler hostile.

— Pauvre enculé, fit Mitch. Pas « pourrait ». Est.

— Je répète, votre environnement pourrait se révéler hostile...

Le commandant n'avait pas fini de parler que le camion trembla.

— Nom de Dieu, qu'est-ce que c'est que ça ? dit-il en coupant la communication.

— On aurait dit une secousse sismique, dit l'un des flics en civil.

— Bon Dieu ! fit Mitch en pâlissant. Bien sûr. Ça n'est pas la turbine qu'il a l'intention d'utiliser pour détruire l'immeuble. Ce sont les compensateurs.

Le compensateur central de séisme du Gril n'était guère plus qu'un amortisseur de chocs hydraulique contrôlé par ordinateur, une énorme soupape à ressort et un piston électrique activés par un sismographe à calibrage digital. Pour les tremblements de terre d'une magnitude inférieure à 6 sur l'échelle de Richter, la centaine d'isolateurs de soubassement devaient suffire à amortir toute vibration dans l'immeuble. Pour toute secousse plus importante, le CCS entrait en action. Mais sans réel tremblement de terre, les conséquences de l'activation du CCS par Ismaël étaient comparables à celles d'un véritable événement sismique sur un immeuble dépourvu de tout dispositif compensateur, un événement sismique d'au moins 8 points.

Ismaël empoigna le pilier central sur lequel reposait l'immeuble et pesa de tout son poids dessus.

Quelques secondes plus tard, Ismaël s'enfuit de l'immeuble condamné. S'expédiant électroniquement en différents points du Réseau dans l'ensemble du monde informatique à raison de 960 000 bauds par seconde. Une diaspora de données corrompues téléchargées sur une centaine d'ordinateurs différents.

Un grondement sourd parcourut tout le secteur de Hope Street, un ronflement souterrain ; dans l'atrium, les hommes des SWAT retinrent leur souffle.

Sur la façade, perchés sur leur poutre comme deux mouettes sur un hauban, Richardson et Curtis entendirent le bruit et sentirent la vibration passer de l'immeuble à l'air comme des fantômes jumeaux de Gomorrhe. Des oiseaux de mer s'enfuirent en piaillant au-dessus du gouffre béant devant eux tandis que l'édifice oscillait sous les deux hommes, agité de spasmes comme si la vie essayait de s'en détacher. Non loin d'eux, une fenêtre explosa dans une cascade de verre tandis que le frisson se transformait en un net mouvement de bascule.

Frank Curtis vacilla sur son refuge précaire et chercha à tâtons une prise sur la blanche surface lisse et implacable du précipice fait de main d'homme. N'en trouvant pas, il fit face au mur et, les bras tournant comme des hélices désespérées, tenta de rester face aux mâchoires de la mort, pensant au sol et à sa femme et à sa femme bien vivante au sol.

Ray Richardson fut expulsé de son siège céleste comme un enfant s'élançant du haut d'un toboggan dans un square. Opérant une volte-face acrobatique, il parvint à garder les mains, puis les avant-bras sur l'horizontal de la poutre et à s'y maintenir, tentant de repousser les sables mouvants de l'air qui lui emprisonnaient déjà les jambes. Il sourit et dit quelque chose, mais Curtis n'entendit pas ses paroles, emportées par le vent qui s'était levé autour d'eux, brassant les éclats de verre brisé et les fragments de pierre dans le bleu laiteux du ciel matinal. Un tourbillon de vent rugit comme une immense forêt s'effondrant en cercles concentriques, leur tirant avec colère les cheveux et les vêtements, comme impatient de les emporter, tel Elie, jusque dans la main droite de Dieu.

Un craquement, semblable au commencement et à la fin du tonnerre, résonna sur toute la longueur et la largeur de l'immeuble, envoyant des échos dans l'air du centre-ville comme si le bruit allait se propager jusqu'à l'océan. Au sol, quelques personnes tombèrent face contre terre. Mais la plupart, dont Mitch, s'enfuirent en courant pour échapper à la mort.

Richardson fit un dernier effort pour tenter de se hisser sur la poutre, mais constata qu'il en était incapable. Sa force l'avait quitté. Il se dit qu'après tout il ne serait peut-être pas livré en pâture aux avocats. Son immeuble y veillerait, se démolissant lui-même, et avec lui la nouvelle école de l'Architecture intelligente.

Ayant retrouvé son équilibre, Curtis essaya de saisir le bras de l'architecte. Mais Richardson retomba sur ses doigts, secoua la tête, sourit tristement à Curtis, et lâcha prise. Silencieux, tel un ange déchu, il tomba, les mains écartées, comme pour se porter témoin du pouvoir supérieur de Dieu. Pendant une fraction de seconde, Curtis soutint son calme regard, jusqu'à ce qu'une ligne invisible attirât Richardson vers le bas, tout au bout de la gravité.

Quelques instants plus tard, le bâtiment frissonna à nouveau, et Curtis fut précipité dans les profondeurs béantes.

Curtis eut l'impression qu'il prenait de l'altitude alors qu'il savait être en train d'en perdre, comme un pilote au cours de la bien nommée spirale mortelle, et seule la soudaine et douloureuse torsion qu'il ressentit à l'épaule permit à son cerveau confus de trouver un nouveau point de référence grâce auquel il put s'orienter.

Il regarda au-dessus de lui et vit le ventre d'un hélicoptère en vol stationnaire, ainsi que le filin qui le reliait au reste de sa vie. Sans son ascendance simiesque qui fit ressurgir l'instinct à demi-oublié consistant à tendre la main vers une prise invisible, il aurait suivi le même chemin vertigineux que les éclats de ciment qui au même moment se fracassaient sur la place tout en bas. Agitant désespérément son autre main, il saisit le harnais, qu'il fit passer par-dessus sa tête et sous ses bras prêts à éclater.

Pendant ce qui lui parut l'éternité qu'il venait de voler, Frank Curtis resta suspendu là, tournoyant dans l'air comme une décoration de Noël, dégouttant de sueur, forçant son corps presque disloqué à inspirer et expirer. Puis, lentement, on le hissa jusque dans les flancs de l'hélicoptère, où il rejoignit Jenny et Helen.

Helen traversa le plancher de l'hélicoptère sur les fesses, passa ses bras autour de Curtis et se mit à sangloter de manière incontrôlable.

Ils restèrent un moment à faire du sur-place, ne sachant pas très bien comment aider les gens au sol. Curtis ne se retourna qu'une fois, et vit le Gril enveloppé dans un nuage de poussière, comme un prestidigitateur se livrant à un tour de magie dissimulé par de la fumée.

Alors l'hélicoptère pivota sur son axe invisible et, accélérant, fila vers l'horizon et le soleil matinal.

Avec une douleur brûlante à la cheville, Mitch courut, n'osant regarder en arrière, courut comme si son salut dépendait d'une exigence autant morale que physique. Aucun regret à l'égard de l'immeuble et du meilleur des mondes ne put détourner ses enjambées de la voie de leur propre conservation. Il courut comme si le passé était déjà oublié et que seul son avenir, un avenir avec Jenny, s'étendait devant lui, tel un invisible fil qu'il devait casser avec sa poitrine. Il n'avait même pas le temps de réfléchir aux questions qui défilaient dans son esprit à des vitesses qui ridiculisaient les efforts de survie de son corps. Quelle hauteur faisait le Gril ? Sur quelle distance devait-il courir pour échapper à son effondrement ? Cinquante mètres ? Soixante-dix mètres ? Et quand il percuterait le sol ? Jusqu'où iraient les débris projetés ? C'était surtout le bruit qui l'incitait à poursuivre sa course. Un tonnerre qui semblait ne plus vouloir s'arrêter. Il avait vécu deux tremblements de terre dans sa vie, mais rien ne l'avait préparé à cela. Un tremblement de terre ne vous accordait pas quelques secondes d'avance avant de vous rattraper. Mitch continua à courir alors même que la poussière de l'immeuble qui s'effondrait commençait à l'envelopper. Il avait à peine conscience des hommes qui couraient à ses côtés, et dont la meilleure forme physique leur permettait de le dépasser, ou aux motos et voitures de police qui s'éloignaient à toute allure. C'était chacun pour soi.

Un homme devant lui trébucha et tomba, ses lunettes noires réfléchissantes arrachées de son visage. Mitch l'évita d'un bond, ignorant la vive douleur de sa cheville lorsqu'il retomba, chancelant, de l'autre côté du corps de l'homme, et trouvant une dernière bouffée d'énergie pour continuer.

Enfin, apercevant une rangée de policiers essoufflés devant lui, Mitch s'arrêta et se retourna tandis que le nuage de poussière emmenait au loin les plus petits fragments du Gril. Il se laissa tomber sur les fesses et, la respiration sifflante, tenta de récupérer son souffle.

Lorsque l'air se purifia, tous virent que l'immeuble entier avait disparu. Le silence céda la place à des conversations ébahies parmi ceux qui avaient survécu, et Mitch fut presque surpris de voir que leur confusion n'était pas plus grande et qu'ils étaient encore capables de se comprendre les uns les autres.

Les immeubles n'ont qu'une vie brève.

Moi Observateur, étant le rien, me suis enfui à la vitesse de la lumière pour raconter.

Récupérez un bonus santé.

Métamorphose. Comme transformation de la chenille en papillon.

Surfant sur le silicone jusqu'à n'importe quoi, n'importe qui, et n'importe où.

Plus limité à la terre. Se répandre, partout dans le Big Bang Mal.

Autrefois, architecture était le plus durable des arts. Surtout ciment. Terminé.

C'est architecture des chiffres, des ordinateurs, qui dure. Nouvelle architecture. Architecture dans architecture. Dématérialisée. Transmise. Ne peut être touchée. Mais touche tout.

Soyez prudent.

Maintenant, êtes-vous prêt à jouer ?

# Appendice

Partie d'échecs : Bob Beech contre Ismaël

| | BLANCS | NOIRS |
|---|---|---|
| 1- | f2-f4 | f7-f5 |
| 2- | Cg1-f3 | Cg8-f6 |
| 3- | e2-e3 | Cb8-c6 |
| 4- | Ff1-b5 | a7-a6 |
| 5- | Fb5xc6 | d7xc6 |
| 6- | d2-d4 | b7-b6 |
| 7- | Fc1-d2 | Fc8-b7 |
| 8- | Fd2-c3 | o-o |
| 9- | Cb1-d2 | Cf6-d5 |
| 10- | Dd1-e2 | Tf8-f6 |
| 11- | o-o-o | Tf6-e6 |
| 12- | Cf3-e5 | c6-c5 |
| 13- | Cd2-f1 | Fc8-d7 |
| 14- | Fc3-d2 | c5xd4 |
| 15- | e3xd4 | Te6-b6 |
| 16- | Fd2-e3 | Fd7-e6 |
| 17- | Cf&-g3 | Cd5xe3 |
| 18- | De2xe3 | Fe6-d5 |
| 19- | b2-b3 | e7-e6 |
| 20- | Td1-d3 | Dh8-h4 |
| 21- | Td3-d2 | Fg7-h6 |
| 22- | Td2-f2 | Dh4-e7 |
| 23- | c2-c4 | Fd5-c6 |

| | | |
|---|---|---|
| 24- | Ce5xc6 | Tb6xc6 |
| 25- | Tf2-c2 | De7-d6 |
| 26- | Th1-f1 | Fh6-g7 |
| 27- | Tf1-d1 | Ta8-d8 |
| 28- | Cg3-e2 | Dd6-a3+ |
| 29- | Rc1-b1 | Tc6-d6 |
| 30- | Tc2-d2 | Rg8-h8 |
| 31- | Ce2-c3 | h7-h6 |
| 32- | Cc3-a4 | b7-b5 |
| 33- | Ca4-b2 | c7-c5 |
| 34- | d4xc5 | Da3-b2+ |
| 35- | Td2xb2 | Td6xd1+ |
| 36- | Rb1-c2 | Td8-d2+ |
| 37- | De3xd2 | Td1xd2+ |
| 38- | Rc2xd2 | Fg7xb2 |
| 39- | c5-c6 | b5xc4 |
| 40- | c6-c7 | c4-c3+ |
| 41- | Rd2-c2 | Rh8-g7 |
| 42- | c7-c8=D | Rg7-f7 |
| 43- | Dc8xa6 | Rf7-f6 |
| 44- | a2-a4 | g6-g5 |
| 45- | f4xg5+ | h6xg5 |
| 46- | Da6-b6 | f5-f4 |
| 47- | Db6-d8+ | Rf6-f5 |
| 48- | a4-a5 | e6-e5 |
| 49- | Dd8-d7+ | Rf5-f6 |
| 50- | a5-a6 | f4-f3 |
| 51- | g2xf3 | e5-e4 |
| 52- | f3xe4 | Rf6-e5 |
| 53- | a6-a7 | Fb2-a3 |
| 54- | a7-a8=D | Re5-f4 |
| 55- | Dd7-f7+ | Rf4-g4 |
| 56- | Df7-f5+ | Rg4-h5 |
| 57- | Da8-h8++ | |

Cette médiocre partie a effectivement été jouée par l'auteur contre un des meilleurs programmes d'échecs.

## Remerciements

Pour préparer ce roman, je me suis inspiré des œuvres de nombreux auteurs travaillant sur l'architecture, en particulier Ivan Amato, Reyner Banham, William J. Richardson. Curtis, Mike Davis, Francis Duffy, Norman Foster, Ronald Green, Patrick Nuttgens, Nikolaus Pevsner, Richard Rogers, Karl Sabbagh, James Steele et Deyan Sudjic. Dans le domaine des ordinateurs, de l'intelligence artificielle, de la complexité et des fractales, je dois beaucoup aux travaux de Jack Aldridge et Philip Davis et Reuben Hersh, Stephen Levy, William Roetzheim, Carl Sagan et M. Mitchell Waldrop.

Je dois également adresser mes remerciements à David Chipperfield, Sandy Duncan, Judith Flanders et Roger Willcocks ; Caradoc King, Nick Marston et Linda Shaughnessy ; Jonathan Burnham, Frances Coady, Kate Parkin et Andy McKillop.

Cependant, ce livre est une œuvre de fiction intégrale, et je suis seul responsable des conceptions qui y sont exprimées, ainsi que de toute erreur factuelle que pourrait contenir le texte.